台灣新詩史

孟樊、楊宗翰 著

序言

二十年磨一劍——台灣新詩史的新篇章

孟樊

話得從頭說起。千禧年六月我拿到台大的博士學位，兩個月後我如願進入甫成立的佛光人文社會學院（即現在的佛光大學）文學系，順利應聘專任教職，從任職十幾年也筆耕十多年的媒體界轉換跑道到學術界，開始在大學黌宮執起教鞭。翌年（二〇〇一），文學系設立博士班，一年後宗翰就進來了，也因此成就了我們一段師生緣。那時系上除了校長龔鵬程坐鎮外，還有馬森、楊松年等幾位大咖老師穩住門面，這也是那時宗翰捨輔仁比較文學研究所而就佛光文學所的主要原因。

宗翰寫詩，更寫得一手好評論，進入博士班專治新詩，自是順理成章之事。我後來在佛光成立現代詩學研究中心，他出力甚多，在二〇〇三年年底更共同擘劃於台大校友聯誼社主辦了一場盛大的「兩岸現代詩學國際學術研討會」，他本人則於研討會上宣讀了論文〈台灣新詩史：一個未完成的計畫〉，宣告我們要共同合寫的《台灣新詩史》正式開跑。

但這合著的構想和計畫到底是怎麼來的？我本來就有寫作詩史的想法，特別是在讀了海峽對岸的學者古繼堂的《台灣新詩發展史》之後；但礙於詩史架構龐大，以一人之力難以剋期完成，曾想和林燿德一起合寫來拚拚看；怎奈燿德英年早逝，計畫因此無疾而終。與宗翰的合作則源於一次的閒聊，我問起他未來博士論文的寫作方向，他說打算研究新詩史，並以寫作一部新詩史為目標。我一聽之下恰好正中下懷，說我也有此意，建議他說不如我們來一起合寫，想不到他欣然同意。可這樣的合作計畫，卻讓他的博論主題非轉彎不可，後來證明，他轉向詩論評的研究，確實讓論文進度耽擱了多年。

如前所述，在我們合寫的計畫誕生前，對岸學界就率先出現一部《台灣新詩發展史》，而稍後出現的包括公仲與汪義生的《台灣新文學史初編》（一九八九），劉登翰、莊明萱、黃重添與林承璜的《台灣文學史》（一九九一，一九九三），以及王晉民等人的《台灣當代文學史》（一九九四），甚至是洪子誠與劉登翰合著的《中國當代新詩史》（一九九三），也都特闢有台灣新詩史的專章，不說因兩岸的隔閡而造成的訊息舛誤，光是渠等所持史觀以及對於台灣詩人的月旦與詩作的品評，我們就有不同的看法；但是這樣的慨嘆卻也於事無補，因為此間台灣確實欠缺一部由自己人執筆的完整的台灣新詩史或台灣現代詩史。

在台灣詩壇與學界，識者咸信，自己的詩史自己寫！詩史的寫作關乎話語權的競逐，茲事體大，確實不可等閒視之，台灣人更不應缺席。但一部詩史或文學史的寫作，工程浩大，要由一人獨自完成確屬不易，也因此一九九五年與二〇〇一年才有由文訊雜誌社與世新大學英語系分別主辦的「台灣現代詩史研討會」與「台灣現當代詩史書寫研討會」，企圖合眾人之力，以集體撰述共譜一部詩史。那兩場研討會論文的合輯自然不構成一部新詩史或現代詩史，除了體例不一，各篇論文的撰述者南腔北調，史觀齟齬，終究只是論文的湊合，各自表述。正是出於這樣的體認，我和宗翰才有志一同地認為此事刻不容緩，應該有人努力來完成這部由台灣人自己撰述的新詩史，在二〇〇三年藉由那場「兩岸現代詩學國際學術研討會」，宣告我們要開筆向台灣新詩史挑戰了。

忽忽數年已過，我們撰史的進度卻呈牛步走狀態：在我這邊，進入學院體制，除了備課教學，更面臨研究和升等的壓力，遂把新詩史的寫作一擱再擱；宗翰那邊，除了投入他繁忙的媒體工作，最初還得先把博論完成，後來轉進學術界，一樣要面臨與我相同的備課與升等壓力，難以兼顧詩史寫作。何況，閱讀入史的詩人作品是詩史寫作的基本功，而那些作品不管之前有無讀過，在下筆之前都須全部重新閱讀，甭說蒐集所有詩人詩集就令人頭痛，就說光是花在讀詩的時間便難以估計，以我自己而言，寫作這部新詩史，有四分之三以上的時間都花在閱讀詩作上。

兩人合著，尤其是有關文學史的寫作，前提要件是彼此要有共同的史觀，包括品評詩人及其詩作的理據，絕對不能南轅北轍，而這也是我們可以合作共寫的最重要的基石——一部新詩史總不能寫成兩個半部詩史的合輯吧？也因此在寫作的過程中，光是體例設定以及何人可以入史的篩選，便來來回回討論、調整，前後不下十多次，所幸我們都有相當的共識，罕見出現爭議情形。兩人共識既成，寫作架構與體例乃定，奇數章由我執筆，而偶數章交宗翰完成，分量各負一半，責任也均攤。

春去春又來，忽忽再過數年，我們的寫作更數度停頓，雖然進度已至半途。就在這期間，料想不到兩岸竟陸續出現相關的詩史著述，包括：張雙英的《二十世紀台灣新詩史》（二〇〇六）、古遠清的《台灣當代新詩史》（二〇〇八）、章亞昕的《二十世紀台灣詩歌史》（二〇一〇）以及鄭慧如的《台灣現代詩史》（二〇一九）等，而當中張和鄭二書，無庸贅言，更是出自台灣學者之手，誠如李瑞騰戲言，當初我們大張旗鼓宣稱要為台灣交出一部自己人撰寫的新詩史，敲鑼打鼓，唯恐兩岸詩壇不知，迄今卻一直難產，最後則讓人後發先至，終不免慚愧。

痛定思痛——這是晚出的鄭書所給出的正面回應。我們互為惕勵自勉，同感新詩史的寫作勢必加快腳步；尤其再數年我將自學校退休，時不我予，期勉在卸下教職前能將這多年未償之願戮力完成，也算給自己交代。

撰史者各持不同史觀，可謂皆有其一偏之見，我們撰寫的這部《台灣新詩史》自然也不例外。本書從寫作架構、分期擘劃、體例編排，即可看出與現有之新詩史或現代詩史著述顯有差異——所持之寫作立場可從導論見之。我的老東家聯經出版公司願意在鄭書之後再添一部新詩史，支持「孟／楊版」的一偏之見，萬般感激。隨著歷史向前滾動，一代新人換舊人，本書未來或有再版修訂的可能，畢竟這是當代人寫當代史無可迴避之事，我們的寫作也得跟著時間滾動。

編按：由於「臺」、「台」二字在使用上並行不悖，為方便讀者閱讀，除人名外，本書提及之書刊、報紙、組織、單位等，皆使用「台」字。

目次

第三章　承襲期　085

第四章　鍛接期　141

第五章　展開期　217

餘論

第一章

導論

一、前言

自一九二〇年代初迄至二十一世紀的今天，台灣新詩從初起開始一路走來，不僅早逾一甲子，更堂堂跨過百年大關。一百年的時間，說長不長，說短不短；縱然如此，從歷代史書的撰述來看，通常都是由後代人撰寫前代史——若是當代人來寫當代史，很少不被質疑的——這個「通例」也涵括文學史的書寫，儘管文學的生發與演變自有其自律性（autonomy），不必追隨改朝換代的腳步。正因為如此，余光中為一九七二年出版之巨人版的《中國現代文學大系（詩選）》撰寫〈總序〉時，尚感惴惴不安。該詩選選輯的是自一九五〇至一九七〇年二十年之間台灣詩人的代表性作品，惟二十年的光陰委實太過短暫，遂有余氏此言：「一位作家的創作生命，往往還不止二十個寒暑，何況一整個文學運動？」的確，「在文化上要形成一個獨立自足的時期，二十年似乎嫌短」（一九七二：一），而在這麼短的歲月中便要藉詩選為詩人定位，實在說不過去，余光中為此感到不安，自有道理，畢竟主其事者很難避免患上「時代的近視症」，詩選既如是，況乎詩史之撰述？

雖然余光中有上述那樣的疑慮，然而《中國現代文學大系》仍照計畫如期出版。為此，余氏引用艾略特（T. S. Eliot）在論葉慈（W. B. Yeats）時提出的說法：「時至今日，詩似乎以二十年左右為一代。」並特別加上註解說明：過去這二十年來「我們的詩人……確乎創造了一種異於五四及三〇年代的新文學，而且隱隱然呈現了一種近乎運動的共同趨勢」（一九七二：二）。一九五〇至一九七〇年間的台灣詩壇是否出現過誠如余氏所言的「一種近乎運動的共同趨勢」，在此表過不談；如果說現代詩二十年的「發展」可以編選一部（上下二巨冊）詩選集，那麼古繼堂的《台灣新詩發展史》於一九八九年始出版也算順理成章了，畢竟此時台灣新詩的腳步已經走過一甲子的時光。

一九八九年中國大陸著名詩人艾青在為古氏該書寫的〈台灣版序〉中劈頭第一句話：「古繼堂先生所寫的《台灣新詩發展史》，目前在海峽兩岸還是第一部。」（一）橫跨二十世紀仍是「絕響」。雖然仍是「絕響」的這部著作，由於作者隔岸觀「詩」的視角，加上地理位置（人在北京）拉遠的結果，顯得問題百出，不談其疑點重重的史觀問題[1]，光是最基本的資料與分類處理，就被張默指為「偏頗、錯置與不實」，包括：「詩人分類歸屬，張冠李戴」、「評介詩人標準，南轅北轍」、「全書校勘粗疏，錯誤百出」（一九九六：三七—四五）[2]等。本乎此，始有孟樊與楊宗翰合撰的《台灣新詩史》的寫作計畫。

一甲子時光之後忽忽又是三十個年頭。在古繼堂該書出版之後，台灣新詩史的著述似乎衝破擋關的柵欄，半甲子的時間之內，兩岸竟陸續出現相關的詩史著述，包括：張雙英的《二十世紀台灣新詩史》（二○○六）、古遠清的《台灣當代新詩史》（二○○八）、章亞昕的《二十世紀台灣詩歌史》（二○一○）以及鄭慧如的《台灣現代詩史》（二○一九）等，這些詩史相較於古繼堂前著，文獻舛錯之處雖已大為改善，但或過於凸顯其意識形態，或架構太過龐大，或詩史分期稍嫌籠統，或寫作體例標準不一……而且各自呈現相異其趣的史觀，若再多一本「早發後至」的《台灣新詩史》，或可提供另一種視野，並將詩史回歸到詩本身（下詳）[3]。

1 孟樊有專文〈中國大陸的台灣新詩史觀〉對古繼堂該書所援用的史觀提出質疑（二○○五：一一九—一四一）；此外，孟樊另文〈書寫台灣詩史的問題——簡評古繼堂的《台灣新詩發展史》〉，亦曾針對該書的史觀有所檢討（一九九二：七三—七六）。

2 古繼堂該書於一九九七年增訂再版時，對於張默該文的指正，關於資料掌握的不實以至於誤解，以及校戡上的錯誤，大致都做了修正；但是有關個人對於資料的解讀、分類，包括對於作品的詮釋、詩人的評價與定位等問題，仍舊堅持己見，絲毫不見「妥協」。

3 事實上，本書之撰寫初始時間均在前述諸書之前，原初寫作動機除了秉持「自己詩史自己寫」的想法外，也出於擬修正與補述古繼堂該書的闕漏與舛誤；當然，更重要的是提出不同的新詩史觀。沒想到本書一拖就是多年，以致後面晚出的詩史都在本書之前問世。

歷史學家處理的對象是過去，所謂的「過去」，今天只能依靠一些殘存的跡象或碎片來再現；然而文學史家所處理的對象雖然也是過去，但這過去並不像一些檔案文件、皇室法令，或者營建帳單那樣成了化石一般，死氣沉沉，跟今日的生活無甚關係，李白、杜甫的詩作，就像莎士比亞（William Shakespeare）的戲劇、魯本斯（Paul Rubens）的畫作一樣，迄今依然栩栩有生氣，依然在美學上感動著我們，激勵著我們，依然擁有取之不盡的可能性。所以法國上世紀初著名的文學史家朗松（Gustave Lanson）在〈文學史方法〉一文中始指出：「我們〔文學史家〕的對象也是過去，但這是今日依然存在的過去：文學這個東西既是過去也是現在。」（拜爾，四）[4]台灣新詩史的撰述者現在面臨的也是類似的情況；不同的是，其所處理的對象，除了少數（詩人及其詩作）已成過去，大部分都還在「現在」當下，也因此《台灣新詩史》的撰寫就要面臨當下還在感動的時刻，而這和面對已經「過去」的詩人及作品最大的不同是，你很難避免受到既存對象的干擾。所謂「干擾」並不意味某某詩人指著你說：「怎麼沒把我寫進去！」或者以嘲諷的口吻說：「看來，你實在不了解我！」等等；一個時代所形成的文化氛圍，對於撰史者的期盼，甚至於撰述者自己預期的批判回音，都可能令撰述者下筆之際動輒得咎，造成「干擾」。

鄭慧如，《台灣現代詩史》（聯經出版）

這樣的「干擾」，對同時代的撰史者來說，平心而論，是難以逃脫的，譬如《台灣新詩史》寫作大綱向外公開後，就遭到若干「異音」的「干擾」。然而，有時這樣的「干擾」，竟也有醍醐灌頂的效果，提醒撰史者的疏忽與偏頗，未始不是一件好事，雖然詩史的撰述從來就不可能是客觀的、公正的，或多或少都帶點史家的偏見。其實，所謂「偏見」正是立場的一種宣示，而每一部文學史都有撰述者所站的位置，即便有人宣稱他博取諮諏，採「綜合」立場撰史，類此看來自失立場或沒有立場的「立場」，仍然也屬一種立場。在盡量剔除同代人的人情干擾（你可以說是六親不認）之外，《台灣新詩史》的撰述者並不自欺欺人地說：「我們絕無偏見。」或者說：「我們毫無立場。」

在我們看來，寫作這部《台灣新詩史》，所持觀點有破有立。首先在「破」的方面，本書認為新詩史要達到「真正的可能」，必須率先破除歷來相關的四個「迷思」，分別是起源說、進化觀、國族論、作者論——這些史觀涉及意識形態的抉擇、歷史進程的看法、變遷動力的主張、詩人與作品的定位、詩作的詮釋及評價等問題。其次在「立」的方面，本書一反前衛理論的主張，認為新詩史的主角既是新詩文本本身，所以就應該把歷史還原為文學，如此至少可以免去著重社會脈絡（context）所帶來的意識形態上的轇轕。基此觀點，《台灣新詩史》所持之史觀不妨可稱之為「文本主義」（textualism）的史觀[5]。以上正是《台灣新

4 朗松（一八五七—一九三四）曾任法國巴黎大學教授（一九〇〇），並曾出任巴黎高等師範學院校長，他是高乃依（Pierre Corneille）、伏爾泰（Voltaire）專家，著述甚豐，其中最重要的著作首推他那部影響有一世紀之久的《法國文學史》，此書從法國文學起源寫到十九世紀末年，初版於一八九四年，一九六七年時已出到第四十二版，是法國學生及教師研習法國文學史必讀的書目之一。〈文學史方法〉一文，是朗松談如何治文學史非常重要的一篇文章，收入由美國耶魯大學法文系教授拜爾（Henri Peyre）主編的《方法、批評及文學史——朗松文論選》（*Gustave Lanson: Essais de m'exhode, de critique et d'histoire litt'eraire*）一書中（Librairie Hachette, 1965）。中譯本由徐繼曾翻譯，北京中國社會科學出版社於一九九二年出版。

5 在此所謂的「文本主義」，指的是對於詩文本的詮釋、評價，以至於歷史（連同文本的作者）的定位，都要回到詩文本本身，與一般所說的文本批評（textual criticism）不同：文本批評係指對一部作品的各種版本進行研究與分析，它的方法是盡可能確切地考證作者的原意，並解釋現存版本之間的各種差異，因而有時亦被稱為「文本校勘批評」。

詩史》一書的撰述立場，此一立場也是我們所持的「一偏之見」。面對「台灣新詩史如何可能？」此一大哉問，底下即按上述「破」與「立」的立場分述之，並以之作為對此一問題的回答。

二、新詩史的四大迷思

美國哈佛大學教授柏金斯（David Perkins）在他一九九二年討論文學史的專著《文學史可能嗎？》（*Is Literary History Possible?*）中指出，文學史的功能之一，在生產關於「過去」有用的虛構，也就是設計「過去」進入「現在」，使「過去」能反映出我們當下的關懷與企圖（Perkins，一八二；楊宗翰，二〇〇四：一一一）。柏氏這一說法強調了撰史的兩個重點：一是文學史呈現的「過去」（the past）乃是「有用的虛構」（useful fictions）；二是所謂的「過去」實係被「生產」（to produce）出來的，也就是被「設計」出來的。依此說法，台灣新詩史本身也一樣是被「生產」出來的，只要它是「有用的虛構」，那麼台灣新詩史「當然可能」，因而問題的焦點就不在「可不可能」，而是在「如何可能」？進一步的追問也就是：在什麼條件之下，新詩史才真正可能？

然而，歷年來有關新詩史（或文學史）的主張，多未有此認識，率多有「還原真相」的企圖，其背地崇奉的乃是德希達（Jacques Derrida）所批判的理體中心主義或邏各斯中心主義（logocentrism）（一九七六），理體中心主義認為存有一種思想體系（即邏各斯）——不論它被賦予神言（如《聖經》或《可蘭經》）、理性、邏輯或者是論述（discourse）之名，它都是我們思維中的最高概念，乃是萬事萬物的起源，柏拉圖（Plato）主張的「理型」（ideal form）即是最典型的邏各斯（logos），認為世上萬物皆是此一絕對的、永恆的、不變的「理型」的複本（copy），而詩人描摹事物，製造的則是「複本的複本」；複本想反映代表真實

（reality）的「理型」，已離真實有段距離；至於「複本的複本」當比複本更遠離「真實」（所以柏拉圖要將詩人逐出「理想國」）。柏拉圖此一「還原真相」之說（在西方）持續發酵並影響了千百年來的各種學說思想，使得後世作傳與撰史者或多或少承襲此說，包括文學史或新詩史的撰寫，必須秉持將歷史還原（為真實）的理念，此一理體中心主義經由長期的積累，迄今已成為一種迷思或神話（myth）。基於這樣的迷思，有關台灣新詩史的撰述與主張，不出下述這四大論證史觀，茲進一步分述如下。

（一）起源說

依照史學家布南德斯（Georg Brandes）的說法，史學家在從事歷史書寫與研究時，不管如何武斷或偶然（arbitrary and fortuitous），他都得信賴自己的本能或天賦去訂定出一個「開頭」（beginning）來（Brandes，一九八；楊宗翰，二〇〇四：一一三）。不同的文學史家會設定不同的「開頭」，歷史的「開頭」雖然有所分別，但是其對於起源（origin）的迷戀則一。起源的存在提供了一個穩定不變的中心，史家依此遂能製作、生產出文學史的「連續性」與「傳統」，好滿足其對「正『本』清『源』、『連』續『一』貫的追求」（二〇〇四：一一三）。例如彭瑞金在《台灣新文學運動四十年》一書中第一章開宗明義頭一句話便斬釘截鐵地說：「台灣新文學運動發微於一九二〇年，在此之前，台灣的文學活動則以陶醉於擊缽聯吟、散佈全台各地詩會、詩社之舊文人為中心。」（一九九一：一）[6]這是起源說最典型的例子。

此一起源說的迷思，當然是德希達所質疑的邏各斯中心主義最好的註腳。在他看來，整個西方哲學的

6　古繼堂的《台灣新詩發展史》在第一章第二節〈五四運動和台灣新詩之發萌〉中則有不同的「開頭」說法：「發生在一九一九年的偉大的五四運動，是我國新文學運動的發端。同樣也是台灣新文學運動的開端。」（一八），其設定台灣新文學運動的發端要比彭氏所說早了一年。

傳統都是理體中心的，亦即它「總是以一般的方式將真理的起源（the origin of truth）編派給邏各斯（the logos）」（一九七六：三），思想（哲學、形而上學）有了這個起源作為「第一義」（the first principle）或「基本因」（the underlying cause），始有一獨立的組織性的中心，歷史才能有所依循，繼而演變發展。然而，德希達認為此一理體中心主義基本上是唯心主義（idealism）的，在解構唯心主義（deconstruction of idealism）的同時，便可達到對理體中心主義的拆解（the dismantling of logocentrism）（一九八一：五一），就文學史的撰述來說，也就可以破除起源說的迷思。

那麼關於台灣新詩起源的說法又如何呢？對於此點，首先，台海兩岸代表性的史家與評論家似乎能在歧異中找到共同的看法。他們大致都認為，追風（謝春木）於一九二三年以日文創作而在隔年四月十日出版的《台灣》雜誌上發表的〈詩的模仿〉（四首），是台灣最早出現的新詩。例如古繼堂在《台灣新詩發展史》第二章〈台灣新詩的發萌和奠基〉中即言：「追風的〈詩的模仿〉，應該承認它是台灣新詩的濫觴。」（二五）（古遠清和章亞昕亦持此論調）此一「濫觴」甚至被陳千武認為係「形成了台灣新詩的四種原型」，以致「可以說台灣新詩是以這四種原型延續下來發展的」（引自鄭炯明，一九八九：一一三）。「濫觴說」在此進一步變成「原型說」，是德希達所說的理體中心主義又一典型的例子。

但是此一說法安全嗎？我們是否可以換個角度想：如果哪天在歷史考證上有了新發現，追風不再被視為台灣新詩的第一個作者時，那麼像上述陳千武這類「原型說」還能剩下多少文學史意義呢？（楊宗翰，二○○四：一一三）新詩史（以及文學史）想當然耳應該要有個「開始」，但是這個「開始」其實並不容易確定，或許由於有此體認，在洪子誠與劉登翰合撰的《中國當代新詩史》卷三（第十二章）談到台灣新詩的起源時，便只能籠統地說：「日據時期的台灣新詩，產生於本世紀的二〇年代中期，是台灣新文學運動中最早顯示出實績的部門。」（四五四）「二〇年代中期」之說有個模糊地帶，看來較為「安全」，但如果後來新出的史料被證明是在稍早的初期，則又該如何說呢？

其次，除了確切的時間源頭之外，起源說迷思還包括「台灣新詩之從何所出」的說法——在此，兩岸論者就分道揚鑣了。如上所述，陳千武堅信的「原型說」（也即追風的四首〈詩的模仿〉），是取「從台灣本土所出」的論調。但是洪子誠與劉登翰上書卻主張台灣新詩的源流係來自中國五四新詩的傳統（四五四）。他們援用之前陳千武在〈台灣現代的歷史和詩人們〉一文中所提出的「兩個根球」的說法，即台灣新詩發展的兩個源流：一是「紀弦、覃子豪從中國大陸搬來的戴望舒、李金髮等所提倡的『現代派』」（一九九七：九三），一是「台灣過去在日本殖民地時代，透過曾受日本文壇影響下的矢野峰人、西川滿等所實踐了的近代新詩精神」（九四），在洪、劉二氏看來，陳千武所揭櫫的上述這兩個根球（源流），卻「都共同地根源於『五四』新詩的傳統」（四五四）。諷刺的是，當初陳千武之所以提出「兩個根球」論，目的在解構「台灣新詩源自中國」（或「是由紀弦從中國帶來」）的迷思，想不到同樣的說法在此卻被洪、劉二氏給李代桃僵，換成皆源自中國的說法。「兩個根球」的起源之說，其實是唯心主義式的「建構」，而誠如德希達所說：「唯心主義乃是最直接的再現（the most direct representation）」（一九八一：五一）——請注意「再現」這二字，再現是史家唯心式的建構，而如上所述只要解構掉這「起源再現」的迷思，它的形上基礎理體中心主義也就同時給拆解了。

（二）進化觀

歷史的進化觀或進化論（theory of evolution）是借自生物學的概念，認為歷史從古至今是往前發展的，在社會學家孔德（Auguste Comte）看來，發展（development）就是進步，這是生物學賦予歷史的基本規律，在他的描繪下，把人類的進化視為一個沒有危機、間斷和更新的進程。到了史賓塞（Herbert Spencer）

時，孔德的「發展觀」被修正成「漸成說模式」，也就是所有的演變（不論是宇宙的、生命的、人及其他產品的，或是社會及其形態的），都被視為「從簡單到複雜的過程」，而這個進化的過程乃是逐漸形成的，它可以導致結構的改變（使之從同質轉化為異質），因此其成長也一樣是發展的（佩魯，一九八七：四—五）。史家援此論點，便認為文學史從起源開始「演變」乃是一種「演進」，也就是「歷史的進化是發展的」，或者「歷史的發展是進化的」；而不論往前邁步的發展或進化，都是一種「進步」。

歷史的進化觀並不排除在發展過程中遭致的阻滯以致趑趄不前，但總的來看，在歷史長河中出現的這些小挫折或障礙，終究「瑕不掩瑜」，經過調整（或者「盤整」）之後，歷史的腳步仍舊向前邁進。洛夫在〈中國現代詩的成長〉一文中一開頭雖表示「歷史的進化論並不完全適用於文學」，並質疑傳統史觀視文學發展為一連鎖性演進的說法，譬如「中國詩的發展是由四言而後楚辭，楚辭而後五言，五言而後七言，古詩而後律絕，律絕而後詞曲，近代則由白話詩、自由詩以至今天的現代詩」。但是洛夫認為文學的發展卻非這種「相因相成」的連鎖性進化，而是「一連串相剋因素反動的延續」，「換言之，它是相反相成，舊文學與新文學衝突激盪，而得以推陳出新，生生不息」（一九七八：二一九）。歸根究柢，洛夫只是「換了另一角度來觀察」，他所持的依舊是「歷史的進化論」，也就是說，新詩在「成長」過程中儘管遭致反對、甚至反叛，以至於受阻，但正因為如此反而激勵它的成長，「而其發展之遭受阻撓自為意料中事」（三二）。

新詩發展的進化觀也可在古繼堂《台灣新詩發展史》一書中見之。首先，該書光從書名「發展」二字即能一目瞭然：作者所持的乃是一種「發展史觀」；其次，再從他的章節標題及安排來看，例如第二章〈台灣新詩的發萌和奠基〉與第三章〈台灣新詩的成長和發展〉，作者所持的進化史觀亦呼之欲出；復次，以其論述策略看來，古氏更是借用這來自生物學的進化觀點以為檢視台灣新詩發展的依據。例如他在總結台灣新詩「從誕生到跨越語言的一代」以及所謂的「斷層期」這一段詩史時即表示，這一階段新詩發展的主要特點在：「詩的誕生和發展與祖國大陸新詩的誕生和發展，基本上是同因同步的。台灣和大陸新詩出自一個母體，那就是從五四運動發端的祖國的新文學運動。」（八五）其中「母體」、「誕生」與「發展」等概念，都是來自生物學的進化論。

上述這種進化觀的迷思往往又和目的論（teleology）相結合，即其常「預設了歷史的演進方向與可欲的變化結果，甚至直接視後兩者為文學史發展的動因」（楊宗翰，二〇〇四：一一二），最明顯的例子莫過於葉石濤的《台灣文學史綱》。在該書中葉石濤表示他寫作的「目的」在「闡明台灣文學在歷史的流動中如何地發展了它強烈的自主意願，且鑄造了它獨異的台灣性格」（一九八七：二），可見台灣文學的「自主意願」以及「獨異性格」被他懸為歷史發展的鵠的，在末章第二節〈什麼叫做台灣文學？〉中（即他寫作該書時歷史發展的最終章——一九八〇年代中期），他便以此標準來界定「台灣文學」，最後且下了這樣的斷言：「進入了〔一九〕八〇年代的初期，台灣作家終於成功地為台灣文學正名，公開提倡台灣地區的文學為『台灣文學』。」（一九八七：一七二）亦即台灣文學的發展最終（於一九八〇年代初期）達到了「為台灣文學正名」的目的。恰恰相反，古繼堂在所著上書中懸之為個人撰史鵠的乃在論證：「台灣的詩園總是貼著母親的胸懷開放出中國的民族之花。」（八）

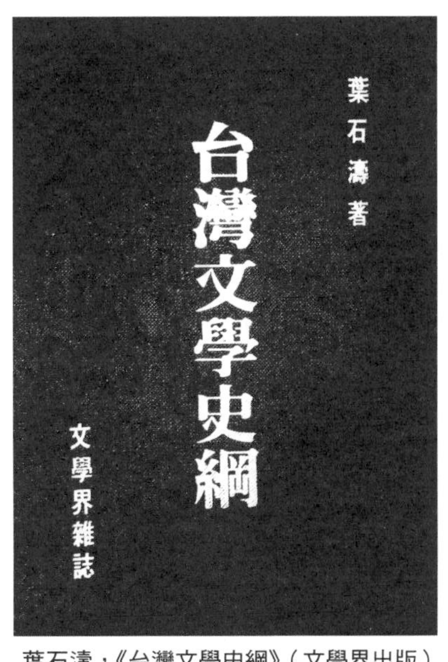

葉石濤，《台灣文學史綱》（文學界出版）

平心而論，不同的民族主義的歷史進化觀與目的論，建構出各自的論述情節以至於高下定位（如詩人及其作品的品評），這點其實無可厚非，因為新詩史本來就是史家們各自精心建構下的產物；然而進化觀（兼目的論）的迷思為歷史所預設的方向與結果，卻只會嚴重阻礙我們對「過去」的判斷與認識，讓我們在激情、幻象、虛妄中逐漸迷失，不可不慎（楊宗翰，二〇〇四：一一三）。

（三）國族論

自十八世紀後期現代的民族（nation）觀念形成後，歷史研究與歷史寫作便常與民族國家（nation-state）的塑造過程緊密相繫，其中尤以歐洲的英、法、德、義四國為烈。英國歷史學者柏格（Stefan Berger）等人便揭露這四個民族國家中，許多的歷史研究著作根本是在為各自的民族認同提供歷史的正當性（legitimacy），淪為一種可怕與危險的「史學民族主義」（historiographic nationalism）（Berger，一三；楊宗翰，二〇〇四：一一一－一一二）。原來從英文Nationalism一詞翻譯過來的民族主義，最簡單的涵義是指同一民族的人群應該建立一個屬於他們自己的國家，而一個國家也必須設法使其成員由同一民族所構成，所以葛爾納（Ernest Gellner）在其名著《民族與民族主義》（*Nations and Nationalism*）一書開頭即言：「民族主義基本上是一種政治原則，主張政治單元與民族單元必須一致。」（一）若從這個角度看，那麼Nationalism譯為國族主義會顯得較為貼切（陳俊榮，二〇〇五：一三二）。邇來有關台灣文學史的爭論，背後多半都涉及不同的國族論史觀有以致之（如發生於二〇〇〇年陳映真與陳芳明的「二陳論戰」）[7]。

目前面世的有關台灣文學史或新詩史的著作，泰半都有強烈的國族論色彩，也就是撰史者（甚或是史論家）都站在自己認同的國族立場說話，並以此作為正當性的訴求。從這個角度看，兩岸文學史家在此便有了極大的分殊。就台灣本地的撰史者而言，張揚「台灣民族性」乃是其責無旁貸之事——在此，國族論的迷思則以本土論的面貌出現。例如葉石濤在《台灣文學史綱》中即表明，要能反映台灣民眾心靈的文學，需要「有一部翔實的記錄，以保存〔台灣〕民族的歷史性內心活動的記憶」，言下之意即他所撰寫的這部《史綱》，是為了要記錄台灣民族的文學活動，「希望台灣民眾能夠了解台灣文學以往的一段歷史」（一九八七：二）。正因為台灣史家的立意如此，所以台灣人的文學史要台灣人自己來寫，彭瑞金在《台灣新文學運動四十年》中便特予表明：「若以台灣文學記錄台灣民族成長經驗的角度進行思考，我堅持台灣文學的正字解釋權還在台灣作家或台灣文學史家的手裡。」（一九九一：一七）如此強調台灣民族的重要性，到了游勝冠手中則以本土論的主張出現，在《台灣文學本土論的興起與發展》一書中，他把台灣文學分三個歷史階段，即本土論的興起（日據時代）↓本土論的式微（一九五〇、六〇年代）↓本土論的再興（一九七〇、八〇年代）（一九九六）。游勝冠的本土論指涉台灣意識，而台灣意識正是凝塑台灣民族的基礎。安德森（Benedict Anderson）不是說過：民族乃是一種「想像的共同體」（an imagined political community）（一九九一），而台灣意識不就是被「想像」出來的嗎？即使陳芳明在他後來的《台灣新文學史》提出不同的「後殖民史觀」的主張（二〇一一：二五—二九），其所謂「殖民主」（日本、國民黨政權）的對位，依然指涉台灣民族，究其實，他的殖民史觀不啻就是本土論的暗度陳倉。

相對於台灣本地的撰史者，彼岸所持的則是「中國民族」的國族史觀，亦即孟樊（陳俊榮）在〈中國大

7　陳芳明自一九九九年八月於《聯合文學》發表〈台灣新文學史的建構與分期〉一文，繼而連續刊載他正在撰寫中的《台灣新文學史》部分內容以來，便受到陳映真的關注，以至於在《聯合文學》上提出不同的看法，也引發陳芳明的反駁，雙方一來一往，批判力道遒勁，遂有「二陳論戰」之稱。刊於《聯合文學》上陳映真之文有〈以意識形態代替科學知識的災難——批評陳芳明先生的〈台灣新文學史的建構與分期〉〉（一八九期，二〇〇〇年七月）、〈關於台灣「社會性質」的進一步討論：答陳芳明先生〉（一九一期，二〇〇〇年九月）、〈陳芳明歷史三階段和台灣新文學史論可以休矣！〉（一九四期，二〇〇〇年十二月）；而陳芳明的反駁之文則有：〈馬克思主義有那麼嚴重嗎？——回答陳映真的科學發明與知識創見〉（一九〇期，二〇〇〇年八月）、〈當台灣文學戴上馬克思主義——再答陳映真的科學發明與知識創見〉（一九二期，二〇〇〇年十月）、〈有這種統派，誰還需馬克思主義？——三答陳映真的科學創見與知識發明〉（二〇二期，二〇〇一年八月）。

陸的台灣新詩史觀〉中所指陳的「中國的國族主義」（nationalism of China）（二〇〇五：一三二），這裡所說的「中國」當然把台灣涵括進去，依此論調，「毫無疑問，台灣文學是中國文學的一個組成部分」（劉登翰等，一九九四：四）；理所當然，「台灣當代詩歌是中國當代詩歌發展的一個重要組成部分」（洪子誠、劉登翰，一九九三：四五一）。例如章亞昕的《二十世紀台灣詩歌史》開章即表明：「中華民族深厚的文化傳統使海峽兩岸的詩歌藝術有著同樣的基因」，而「作為中華民族詩歌藝術的一部分，百年來的台灣詩壇確有其不俗的表現」（一、五）。古繼堂在他的上書〈緒論〉中也明白表示，他編寫該書的目的便是從「我們民族」的立場出發，來探討「新詩發展的共同規律和流向」；正因為他秉持這樣的立場，所以開宗明義即謂：「台灣詩壇無疑是中國詩園中的一塊肥沃的高產田畝。」雖然台灣作為「祖國的一個組成部分，其詩的密度和整體創作成就是比較高的」（一—三）。相對於台灣史家和史論者所信奉的「本土論迷思」，大陸彼岸的史家所堅信的中國民族史觀，在此則化為「祖國論迷思」。

不論是台灣的「本土論迷思」或是大陸的「祖國論迷思」，都屬一種本質性（essential）的思考，亦即德希達所說的理體中心主義。試問「國族」的本質何在？在台灣本島中難道只存在漢族一族？即便不談本地原住民族，同國府遷台的亦有其他少數民族[8]。中國大陸的情形則更為複雜，便不用多說了。安德森說民族

陳芳明，《台灣新文學史》（兩冊一套，聯經出版）。此為二〇二一年出版之紀念新版書影。

是一種想像的共同體，良有以也。史家所謂的「我們的文學史」，說穿了其實都是「國族塑造工程」的一部分，是與政治這隻虎謀皮。誠如柏格等人所言，身為一位歷史研究者，其實並不該「在建構各種民族國家認同上，繼續與政府保持邪惡的結盟」，而應「暴露出這些認同其實是多面、易碎、有待爭議，且一直處於可再塑造的狀態」；而歷史研究者唯有將民族國家概念「去本質化」（de-essentialising）後，始可助吾人「防禦民族主義的入侵與擴散」（Berger，一三；楊宗翰，二〇〇四：一一二）。明乎此，台灣島內「劍拔弩張」的雙陳早就可以化干戈為玉帛了。

（四）作者論

就文學研究而言，作者論（author studies）是一種文學的外部研究，而所謂的「外部研究」，指的是對文學作品所產生的背景、環境，以及包括作家的生平、屬性（身分）、創作理念與意圖等等的研究，作品本身反而被忽略了。歷來文學史的研究，就如文論家韋勒克（René Wellek）與華倫（Austin Warren）二氏所說的，過分側重文學的背景，對作品本身的分析極不重視，卻把大量的精力消耗在對環境及背景的研究上（一三九）。作者論即為文學史中常可見到的一種外部研究方式，廣義的作者論包括傳記式批評（biographical criticism）、心理學或精神分析理論、現象學（phenomenology）、原型批評（archetypal criticism），甚至是較早的表現主義（expressionism）等。狹義的作者論則認為文學主要是作者個人的產品，因而文學研究「主要地必須從考察作者的生平和心理著手」（七三）。所以，韋、華二氏即言：「一部文學作品最明顯的起因，就

8 例如知名詩人席慕蓉即出身蒙古族；歷史小說家林佩芬則係滿族人，此在台灣文壇已是人盡皆知之事。中生代作家師瓊瑜更在《寂靜之聲》中透露，自己是來自雲南少數民族的「蠻女」（二〇〇五：四六—五六）。

是它的創造者，即作者。因此，從作者的個性和生平來解釋作品，是一種最古老和最有基礎的文學研究方法。」（七五）

文學史撰寫的這種作者論迷思，乃是史家在品評作品及為作家定位時，相信作者個人的背景（諸如生活經歷等）及其為作品本身或創作理念所做的詮釋或剖白最能被信賴，畢竟作者乃作品之所從出者，也就是詮釋最可靠的權威。兩岸的文學史及新詩史撰述者有志一同地基本上都相信作者的權威。例如葉石濤的《台灣文學史綱》，在每一章的〈作家與作品〉一節中，即專注於作家生平的簡介，更以生平（生活經歷）套在作品的解讀上[9]。〈作家與作品〉一節該是葉氏書中每一章最主要的內容，但是全被他寫成「作家簡介」，連作品的解讀更是聊備一格。至於古繼堂、劉登翰等人對於台灣詩人及其作品的詮釋，對於作者權威之倚仗也就不足為奇了。以前者而言，孟樊在前文中即曾指出古氏所持的「傳記式批評史觀，使其在臧否詩人時，往往不從其詩作的文本下手，而是視其生平中所經歷的事件（或運動），以及其於所涉事件中所處之位置如何而定」，並舉他分析蓉子、周夢蝶及敻虹等人的詩作為例，質疑其作者論史觀的迷思（二〇〇五：一二三—一二六）。

不僅如此，兩岸詩史論者及撰述者又進一步擴大作者論的說法，尤其在編配詩史的分期時，更喜以詩社觀與世代說作為論述的基礎，而不論是詩社或世代，其實都是詩人的集結，秉持詩社觀與世代說的新詩史觀，便是藉由多位詩人形成的集團（詩社）與年齡層（世代），從個人作者放大去觀看整個詩史的流變：

（一）詩社觀：詩社作為一個文學集團，往往也由集團形成一種流派，因而或多或少扮演了其中一個重要的角色，詩史中很難沒有它們的位置。或緣於此故，譬如張雙英的《二十世紀台灣新詩史》第四章（一九五〇至一九六〇年代）和第五章（一九六〇至一九七〇年代）便從詩人與詩歌史變成詩社史；而古遠清和章亞昕的台灣新詩史主要也是從詩社史加以編排撰述，難怪劉登翰和洪子誠在上書中會說：「在某種意義上，台灣的詩歌運動史，往往也被闡述為詩歌社團的發展史。」（四六〇）

（二）世代說：所謂的「世代」（generation）是指一群作家或詩人的出生年代相對集中於某一時期，或者說某一時期相對集中地出生了一大批作家或詩人，歷來的統計資料表明，文學史上每隔一段時間就會出現相對集中的作家群體、創作高峰、創作方法和文學樣式的週期性變化，大陸文論家朱雙一即援此法國文學社會學家埃斯卡皮（Robert Escarpit）的「世代」說法，研究台灣一九五〇年後出生的「新世代作家」，並認為以此「世代」觀點取代「流派」概念，才能真切地切入近二十年來台灣文學的「本質特徵」，亦即透過此一「文學的視角對這一時期的台灣社會文化的特徵及其發展變化有更清晰的了解」（二一八）。在台灣典型的「世代說法」則可以羅青的「六代說」為例[10]。羅青以詩人出生及成長的年代作為劃分的標準，將戰後以來的台灣詩壇分為六個世代，並

9 例如他在第四章對於張愛玲的「介紹」，說她「家世顯赫，典型的中國資產階級知識分子。中共攻陷上海之後，有段時期她還逗留在中共統治下的上海，親眼看到『土改』在江南農村推行的狀況。在一九五四年寫成的《秧歌》裡，她以『土改』後的江南農村，『勞模』譚金根一家為主要描寫對象，配以個性、背景各異的農民群」，即以張愛玲的生平來簡介她的小說《秧歌》（一九八七：九三）。

10 羅青在〈詩與後工業社會：「後現代狀況」出現了〉一文中指出：「台灣過去四十年來的詩人，以出生及成長的年代來區別，可分為六代。第一代詩人如紀弦、覃子豪，出生於一九二一年以前，二、三〇年代是他們成長的階段，是一個百家爭鳴的時代。第二代詩人如余光中、羅門，出生於一九三一年以前，成長的階段是三、四〇年代，那是對日抗戰的時期，在思想上，左派右派開始鮮明對壘。第三代詩人如鄭愁予、楊牧，出生於一九四一年以前，而在四、五〇年代成長，他們成長的階段是戰前戰後參半的時代。第四代詩人如張錯、席慕蓉、蕭蕭等，多出生在一九五〇年以前，五、六〇年代是他們成長的階段，是一個由農業社會快速轉變至工業社會的時代。第五代詩人如白靈、夏宇、黃智溶，多出生於一九六〇年以前，他們成長的階段是六、七〇年代，是一個由工業社

以此來架構台灣新詩的發展時期，對應於台灣由農業社會過渡到工業社會再過渡到後工業社會（一九八八：二四三—二四四）。

然而，由作者論放大的詩社觀與世代說本身卻存在著若干問題，首先就詩社觀來說，其一為台灣詩人跨社的風氣十分普遍，如林亨泰與白萩二人，早先皆為現代派的一員，後來又相繼成為笠詩社的發起人；其二為詩壇上仍有不少重要詩人並未加入任何詩社，比如夏宇、羅智成、吳晟、蔣勳、陳家帶[11]等人；其三為詩社的成員（包括老牌詩社）經常變動，例如「創世紀」即為顯例（如分屬其他詩社的同仁包括葉笛、葉珊、白萩、黃用、鄭愁予、梅新、羊令野，皆曾分別在不同年度加入該詩社）[12]；其四為除了少數幾個詩社，大部分的詩社旋起旋滅，而詩社短命本就不具歷史意義（陳俊榮，二〇〇五：一三〇）。

其次再就世代說來看，第一，「世代」本身可以被詩人跨越，譬如同一「世代」中的詩人群可以壓縮幾代的文體，而同一個詩人在一生中也可能在一部作品中，匯集數個時期（一個「時期」可以容納幾個「世代」的單位）的發展；第二，以出生序作為分「代」基準的方式，並不當然配合著一個詩人啟蒙、崛起的時間表，故此林燿德即言：「純以出生序作為劃分標準，很可能違逆了文學史的現實，因為有的詩人在年齡上屬於較前的『代』，但是他的創作生涯卻可能歸屬於比他出生序晚很多的『代』，反之亦然。」譬如白萩，就其創作而言應「可以躋身於大他十歲左右的世代中」（一九九五：一九）；相反的例子則有於一九九〇年代始現身詩壇的隱地、江文瑜與陳育虹。於此林燿德遂謂：「除了瘂弦、黃用、黃荷生這些創作行動完全集中在特定時期的詩人，並且在他們沒有新作推出的情況下，才能成為『代』的典型，但是這種典型要成為詩史中的主要詩人的可能性又因時序的推挪和期望視野的改變而逐漸降低。」（一九）

作者論的基礎，在法國後結構思想家傅柯（Michel Foucault）看來，實係源自兩個重要觀念：創造性

（creativity）與所有權（ownership）。就前者來說，要說本身純粹是起源的事物，那是少之又少的，甚至被生產、創造出來的一個新起的思想本身都不是始源的，更何況此一新思想若是經由發展而來的。對後者而言，一些新思想之被生產出來，是有很多其他因素涉入其中的，而不只是生產新思想的那些人自己而已，所有權到底歸屬誰，因而也就難以判斷（引自Mills，七三—七四）。如斯一來，作者論這兩個根源性觀念就被解構掉了，傅柯因而宣布「作者死亡」（the death of the author），而文學史撰述的作者論迷思連同亦被一併剷除。

三、文本主義的新詩史理據

（一）書寫的定位：在研究型與教科書型寫作之間

清理了上述建構台灣新詩史的四大迷思之後，那麼在面對這一部《台灣新詩史》的撰述時，我們又「如何可能」予以敘述？首先在考慮採取何種敘述策略之前，撰述者應當確定在三種不同類型的新詩史著述——即研究型新詩史、教科書型新詩史與普及型新詩史之中，他要的是哪一種？因為三者各有各的寫作方式、評

會邁向後工業社會的時期。一九六〇年以後出生的詩人是第六代，其中開始嶄露的有孟樊、林燿德、林宏田，他們生長的階段是七〇到八〇年代，是一個已經開始資訊化的後工業時代。」（該文收入《詩人之燈》中）（一九八八：二四三）。

11　夏宇於二十一世紀初起，曾與零雨、鴻鴻等人籌辦出版《現在詩》詩刊，但對外並未宣稱他們是一個詩社。羅智成早年雖曾與天洛、苦苓等台大現代詩社同仁代編過《藍星》，卻非「藍星」的同仁，復刊的《藍星詩學》同仁錄中也未登錄他的名字。陳家帶則是校園詩社政大長廊詩社發起人。

12　可參閱一九九四年由張默與張漢良合編的《創世紀四十年總目：一九五四—一九九四》，該書載有「創世紀歷年同仁名錄」（二七七—二七八）。

價標準以及設想的讀者（儘管它們之間並非絕對對立）。套用史論家陳平原的話說，研究型新詩史係以本行的專家、學者乃至於詩人為設想的讀者，要求思路新穎且論證嚴密，富有獨創性，起碼能自圓其說，成一家之言；教科書型新詩史則以文學專業的大學生、研究生為設想的讀者，要求全面系統地介紹本科的基本知識與學界大體認可的價值判斷，立論求其平正通達；至於普及型新詩史則以社會上（或非文學專業）的文學（新詩）愛好者為設想的讀者，要求準確無誤且通俗易懂，不求深入但求淺出（二一七）。

本書原先的設想係從撰寫一部新詩的教科書開始，如同陳平原所說，首先考慮的是課堂講授而不是學術探討，如此一來在論述及敘述上則要博取諮諏，廣納雅言，綜合各家理論以求論點平穩。然而，若一味介紹、轉述他人意見，只求面面俱到，亦非我們所願；本來各方論點有異有同，異同之間就要有所取捨，而如何取捨便難避主觀，終究要有自己的見解涉入，專斷便也在所難免。研究型的新詩史則重在與「同行」對話，撰述者在堅持己見之餘，亦藉此己見展開與讀者的交流。何況教科書型新詩史是一種「事件的歷史」，注重文學運動、大詩人生平、主要詩作產生年代（情況）及其內容介紹（陳平原，三三二）——這些經由上述的幾點考慮與我們所持的史觀有所差距；為了能明確陳述自己的主張與論點，在寫作立場上，我們只好向研究型新詩史跨出「半步」，另外的「半步」仍希望照顧到課堂上教授「通史」的要求。

基於這樣的考慮，本書的敘述策略擬撇開具爭議性的外部研究（如國族論與作者論）而回到詩文本上來，如上所述，國族論史觀固難斷孰是孰非，作者論亦無是非可言，蓋其訴諸作者權威，同時更規避了撰史者應負的詮釋及評價之責；而「回到文本」的呼喚，無非是要讓撰史者免去意識形態的牽涉（如「本土論」vs.「祖國論」），同時更要課撰史者應負的詮釋作品之責。雖然詩作不可避免地會與外在的政治、經濟、社會狀況相聯繫，但詩史的書寫可以不必限於「以文學證史」，也就是不必要充當社會政治史的原材料，「讓政治的歸政治，文學的歸文學」，如斯一來，看似保守的文本主義遂成了我們唯一的選擇。這裡所指的文本主義不是考證與校戡版本的那種文本批評（textual criticism），而是針對詩文本品評並予詩人定位的一種文學史觀，朗松在上文中說得好：

> 我們應該對文本做直接的解釋。絕不要像我們經常無意識地所做的那樣，用等值物來替代文本。我們是用我們的語言來翻譯我們討論的資料；而我們的翻譯或者不能充分表達原文的意思，或者加以曲解，甚至把原文完全逐出我們腦外。「某甲寫的是 a；而 a 跟 b 是一回事；因此某甲之所以想到 b，那是因為……」而我們就不會過問 a，其實 a 才是唯一真正的文本；我們只在 b 上下功夫，而 b 是我們在判斷同一性時貪圖方便，過分信任而製成的偽文本。（拜爾，二三）

話雖如此，可現今見到的備受爭議的文學史或新詩史（尤其是所謂的「文學運動史」、「文學思潮史」），論述或敘述的常常不是本尊的 a 文本而是以等值物 b 替代的偽文本（pseudo-text）。偽文本雖未必盡為稻草人，但在詩史的敘述上未免易於失焦。

（二）書寫的立場：先鋒派的後衛

在一九五〇、六〇年代西方新興各種文藝理論，諸如結構主義、敘事學、現象學、詮譯學、接受美學（包括讀者反應理論）、解構理論、女性主義（feminism），乃至於一九七〇、八〇年代崛起的新歷史主義（包括文化唯物主義）、後殖民主義與生態批評（ecocriticism）等——尤其是新歷史主義對文學史書寫所產生的衝擊之後，選擇以文本主義為研究取徑（approach），彷彿有走回頭路之嫌，甚至遭致態度保守之譏。容我們在此特別強調，文學史撰述與研究究竟和文學批評不同。受到西方當代新理論、新方法的鼓舞，文學批評予以借鏡幾成不可擋之勢，惟誠如陳平原所說：「理論框架的設計與運用，對文學史家來說當然很重要；只是面對這麼多幾乎同時出現而且都很有魅力的批評模式，實在不容易選擇。」才氣橫溢的文學批評家可以充當「學術遊擊隊」，也就是「打一槍換一個地方，今天結構主義，明天精神分析，後天後現代主義」；然而陳平原質疑：「這只能限於文學批評，史家船大掉頭難，無法老跟著時尚轉。最好的辦法自然是博採眾家，然後自成一說。可這容易嗎？」（一八）陳平原對此一問題的想法是這樣子的：

文學批評可以是「單面向」的，文學史則必須有整體觀照。講求通觀通識的文學史家，面對這麼多各有千秋而又不可能十全十美的批評模式，取不得又捨不得，處境十分尷尬。當然可以只從接受美學或者精神分析角度寫一部文學史著作，但誰都明白這只是一個特殊角度，不是完整意義上的「文學史」。把看中的全都收進來，第一章「結構主義」、第二章「後結構主義」……如此一來，雖說「十全大補」，可惜各家各派功法（學術路數）不同，擱在一起內部先起哄。比如以作者為中心的文本分析與以讀者為中心的接受美學，雙方勢不兩立，豈容你和稀泥？（二〇）

在陳平原看來，文學史家宜採取的研究思路乃是「統觀全局，協調發展」，簡言之，即將不同的批評模式加以整合；而把不同的批評模式共同置於文學史結構中則需要一系列複雜的轉化乃至變形，不過這「似乎只是個操作程序或方法問題」[13]。我們卻不認為理論的整合「只是個操作程序或方法問題」如此簡單而已，看來陳平原的主張仍居於「理論的高空位置」，落實於新詩史寫作，可行的書寫策略與研究進路也只能採取「一個特殊角度」，或充其量只能做到以一個主要的批評模式為「主線」，再兼雜其他批評模式或理論為「副線」；在寫作過程中，不同的「副線」隨時可以割捨或調整，惟「主線」必須首尾一貫，否則牛頭不對馬嘴，進退之間立場失據，混淆撰史者的視角，終致「馬失前蹄」。這就是《台灣新詩史》撰寫的立場。

為什麼會選擇以文本主義為主的研究取徑呢？理由已如上述。然而，再怎麼說，在時序已跨過二十世紀的今天，決定採擷這樣一種理論，如前所說，態度難免顯得保守。關於此點，陳平原說得好：「作為研究思路，文學史家不同於批評家之處，就在於其是為了更好地闡釋對象而選擇某一理論，而不是為了展示或論證某一理論而選擇史實。」又說：「文學史家的眼光與膽識，體現在為某一特定對象找到最合適的詮釋框架，而不是表演（展示）最新最佳理論模式（倘若有這種東西的話）。」（二四）譬如拿新歷史主義（new historicism）來說，此一新穎的文學史觀就不太適於一般的通史寫作，其撰述方式毋寧較適合對某一斷代史的研究（此所以英美新歷史主義陣營多將其研究放在比如文藝復興時期的斷代史上），以致迄今尚未見有以新歷史主義完成的文學通史（陳俊榮，二〇〇四：五一）。

新理論或批評模式的出現很難馬上被運用到文學史的撰述上，必須等到它由陌生轉向熟悉以致被接納並日漸規範化之後，始能由史家予以操作，成為其手下運用自如的批評模式或詮釋理據，所以文學史家不能當理論的前鋒（先鋒），他只能做「先鋒派的後衛」（陳平原，八）。《台灣新詩史》占據的就是這一「先鋒派的後衛」的位置，陳平原底下這一段話正好為我們採取的這個位置做了清楚的闡述：

> 任何一種時尚理論（假定其真有真知灼見），從基本定型到能夠在文學史研究中實際運用，須經過

---

13 陳平原認為文學史家整合不同批評模式的需要及可能，乃源於如下的設想：一、沒有一種理論模式能解決所有問題（要不認準一家就行了）；二、不同理論模式之間不只是相異，也有相通、互補的一面（要不不可能整合）；三、不同理論框架在研究的不同層次發揮作用，可以並存（二二）。

一系列並不輕鬆的轉化與變形。沒有一定時空的緩衝與調適，文學史家很難接受新的理論設想；而新的理論設想也確實很難在文學史研究中發揮作用。先是理論家的介紹與辯難，接著是批評家的嘗試運用，最後才是史家登場——這是學界接納新理論的正常程序。相對來說，文學批評家、理論家容易趨於激進，而文學史家偏於保守；因其講求通規，牽一髮而動全身，不能不注重「綜合治理」。

（七）

（三）文本分析的原則

注重文本分析（textual analysis）的文本主義，從上一個世紀初期俄國形式主義（formalism）與英美新批評（new criticism）現身以來，已有百年的時間，加上傳統的修辭學（rhetoric）與文體學或風格學（stylistics）以及語文學（philology）等批評模式，顯而易見，其已非一新的研究取徑，惟由於此等批評模式或理路已為學界所嫻熟，運用於新詩史的寫作上反而能夠「後發先至」，免於意識形態的干擾。關此，我們採取的是一個較為保守——亦即後衛的立場。但是所謂的「文本分析」也有較為激進的說法，例如德希達在《論文字學》（*Of Grammatology*）一書中所持的「文本之外無物」（there is nothing outside of the text）的論調（一九七六：一五八）。有鑑於此，在先（前）鋒的位置上，我們兼採解構（deconstruction）的批評手法，如此考慮是為了「對付」於一九八〇年代末以來出現的後現代文本（the postmodern text），乃至一九九〇年代末冒出的超文本（hypertext），畢竟解構的批評模式亦是廣義的一種文本分析。

在此，文本的概念指涉兩個層面，其一是指文本的意符／能指（signifier），也就是指由字、詞、句子、段落和章節等所構造出來的形式意涵，即麥克甘（J. J. McGann）所說的物質（material）層面；其二是指文本的意旨／所指（signified），也就是指由其物質形式所陳述、呈現或內含的訊息，即其透顯的非物質（immaterial）的思想（idea）或意義（significance），誠如麥克甘所說，當吾人提及「詩作為文本」（poems as "texts"）這個概念時，其實是包含了兩個衝突性的命題：

> （一）一首詩係等於其語言的構成（its linguistic constitution）；（二）一首詩在其參考書目史（a poem's bibliographical history）中〔所顯現〕的文本差異（textual differences），未必那樣與文學批評的議題相關。然則詩作為文本（poem-as-text）乃是一種批判性的思想，它同時將詩化約為言辭的組構，也將之膨脹到一種非物質的、非特定的純思想（an immaterial, non-particular pure idea）（即詩作為思想的文本）的層次。（一二一）

文本既有如上二種層次的意涵，那麼我們在詮釋詩作時，就不會僅斤斤計較於語言及形式層次的分析；為了深一層去挖掘文本的內在思想或意義，在情況許可時，我們甚至會運用到包括馬克思主義（Marxism）、女性主義等當代西方較新的批評模式（副線），但是即便偶爾涉及這些具外部研究傾向的理論，本書堅持的依然是文本分析的原則（主線），亦即不以作者的經歷、想法以及社會脈絡等外部研究取徑作為直接詮譯詩作及為詩人定位的依據，純就文本內蘊所透顯的問題來加以剖析（外部訊息頂多作為佐證的資料）。

接下來的問題則是：什麼樣的詩人作品——亦即何種文本可以入史？茫茫詩海中，優異作品不知凡幾，取捨之間著實不易。幾經思考之下，我們定出下列三個入史詩人及詩作的標準，以資作為選擇的依據：

（一）創新性：詩向來即忌模仿與因襲，因此獨創性（originality）與否往往成為品評一首詩好壞或高下的標準。這裡所謂的「創新性」亦即獨創性，係指詩人採用新穎而不是傳統或規範的題材、形式和風格進行創作。陳千武在《現代詩淺說》中即提到：「只會模仿優異的詩人創作的傾向，那是缺乏獨創的才能或無思想的追隨者」，這種人無法寫出獨特風格的作品，永遠只能屬於亞流的地位（一九七九：二四八）；已故詩人覃子豪在《論現代詩》中論及新詩如何表現時，也強調語言及意象創新的重要：「新詩所追求的，正是日新月異的新風格。」（一九七六：一一六）足見詩貴創新已是公認的重要標準。例如洛夫、管管、碧果、蘇紹連、江文瑜、顏艾琳等人的詩作入史，或因題材新穎，或因呈現方式具開創性，故而入選。

（二）典型性：在馬克思主義的術語中，所謂的「典型性」（typicality）係指文學作品能夠呈現社會的整體性（totality），而一個時代最重要的社會的、道德的與靈魂的矛盾可以凝聚在「典型」裡交織成一個活生生的統一體。但這裡所謂的「典型性」則與馬克思主義無涉，而是指詩人之作品在發表的當時具有相當程度的代表性，代表著一個創作類型、風格，乃至較細微的表現手法（包括語言與意象）等；不惟如是，其在類型、風格、表現手法……各方面的代表性，經由時間的沉澱（雖然歷時可能未久），而有逐漸形成經典（classic）的可能，譬如水蔭萍的《燃燒的臉頰》、林亨泰的〈風景〉、洛夫的〈石室之死亡〉、商禽的《夢或者黎明》、瘂弦的《深淵》、周夢蝶的《還魂草》、羅青的《錄影詩學》、吳晟《吾鄉印象》、夏宇的《備忘錄》、陳克華的《欠砍頭詩》等等，取的即其詩作的代表性。

（三）影響性：「影響」（influence）的研究向來是比較文學（comparative literature）重要的課題之一，而一部作品重不重要，乃至其於文學史中是否享有相當的地位，皆視其是否能對後來的作家及其創作發揮影響力而定。在此則是指（先前）詩人的詩作對後來的詩作或後代的詩人，無論是就作品的題材、形式或風格，有否發生過影響，甚至造成衝擊（impact）。若詩人的作品對後來者的影響「既深且廣」，那麼在垂直面而言（深），時日一久也許可以奠定其「宗師」的地位，在他以下或可形成一種特定的風格，以致形成某種「詩派」；在水平面而言（廣），同時代詩人景從者眾，則或可形成一段時期乃至一個時代的風潮。是故，詩人及其詩作有無影響力，亦成了入史與否的另一項指標。洛夫、鄭愁予、羅智成、楊澤、夏宇等人的詩作即具有相當的影響性。

以上創新性、典型性與影響性三項入史的選擇條件，並非彼此孤立，三者往往是連帶相關的，亦即詩人的作品之所以具有代表性（甚至成為經典），係因其具獨創性之故；而詩作既具有代表性的地位，自然而然也就易於發揮其對後來者的影響力了；反過來說，詩作若能對後代產生影響，也就容易成就其代表性，以至於被樹立成經典；而詩作之所以對後代產生它的魅力，又往往是其創新性有以致之。雖云有上述這三項標準以為入史之依據，惟判斷詩作是否合乎其要求，難免又涉及撰史者的主觀見解，而我們並不會規避此種質疑。

（四）詩史分期的準據

如上所述，詩人及其作品入史之準則既已選定，然則新詩史之敘述又如何分期呢？通史之演變當非「一條腸子通到底」，依循時間變化之軌跡，總是可以發現其中會有階段性的脈絡出現，也因此凡通史之寫作不免依其演變順序劃分成若干時期，惟如何分期往往令人躊躇再三。同樣一部台灣文學史，如何分期則因見仁見智之不同標準而有各種不同的劃分方式[14]，其中最常見的係十年為一期的分期法。林燿德即指出，台灣詩壇約定俗成的以十年為分界的機械式分期為：一九五〇／六〇年代為現代主義時期→一九七〇年代為寫實主義時期→一九八〇年代為後現代主義時期，如此的分期方式「僅僅著落在文體的考察上」[15]（一九九五：二二）。著重文體的考察其實無可厚非，但放大到整個詩壇所有詩人的創作狀況來看，這樣的劃分與歸納卻有過度化約之弊（即每個時期的詩人作品不可能只化約為一種文體），譬如一九八〇年代就不能被化約為後現代主義時期。有鑑於此，本書提出的分期如下所述：

（一）萌芽期／第一期（一九二四年—）：追風發表日文詩作、隔年張我軍出版中文詩集《亂都之戀》。

（二）承襲期／第二期（一九三三年—）：《風車》創刊，而鹽分地帶詩人逐漸崛起。

（三）鍛接期／第三期（一九五三年—）：《現代詩》創刊。

（四）展開期／第四期（一九五九年—）：《創世紀》改版，積極發展超現實主義。

（五）回歸期／第五期（一九七二年—）：「關唐事件」發生，與此同時，新一代的年輕詩社及詩刊一一出現。

（六）開拓期／第六期（一九八四年—）：夏宇後現代詩集《備忘錄》出版，眾多「新世代詩人」首部詩集亦陸續問世。

（七）跨越期／第七期（一九九六年—）：出現超文本創作，文本由紙本跨越到數位網路，網路詩成了詩壇新寵。

以上的分期方式有以下幾項特點：第一，不循傳統台灣文學史慣採政治事件或社會變遷作為分期點的惡習，改以重要詩集、詩論集、刊物的出版與文學事件（如文學運動或思潮）的發生為斷代及論述之「點」。這是欲重新確認以詩為中心、堅持文學依然保有一定自律性的必要策略。第二，分期時不特意標示主、支流之別，且只限定大約、可前可後的起始年分，亦不明確指出每一期迄於何時——上述標示的年分，只是一個約略時間的參酌（楊宗翰，二〇〇四：一一六）。第三，在此捨棄了一般文學史常用的「植物模式」。「植物模式」的文學史認為文學亦如有機體一樣，從誕生開始，繼而開花、衰老，並且最終走向死亡。我們上述的分期並無這樣的意涵，誠如前述所言，本書反對進化觀的文學史（故此，本書名為「新詩史」而非「新詩發展史」），後一期的詩作未必就優於前一期；至於「回歸期」也非意味著所謂的「衰老期」，而「跨越期」更非指涉「死亡的跨越」（若如此就變成「循環模式」了）。

分期既定，文本分析的原則就是要讓歷史回歸到每位詩人及其作品身上，而不是再用詩社或世代來編派歷史，於是在各期之下就直接檢視詩人的作品，亦等同為詩人定位；歷史的主角既然是文本——也就是詩人的創作，而詩人的創作過程及表現總是有起有落，這就涉及也影響了詩人於歷史流變中所居的地位，創作力旺盛且迭有表現的詩人便可橫跨不同時期現身於歷史之中。為了引導讀者進入每一期的歷史脈絡中，容我們於各期開始之前以「引言」的方式先交代其時代背景——這背景乃是「文學」的背景，不是「政治」或「社

14 許俊雅在〈台灣新文學史的分期與檢討〉一文中即指出，光是戰後台灣文學史的分期，依她的研究，至少就包括有李敏勇、游勝冠、胡衍南、陳芳明、陳映真、葉石濤等人六種不同的分法（二四一—二五二）。

15 林燿德自己重構的戰後台灣現代派以降的詩史分期為：（一）形式探索時期：以一九五六年現代派建立開始；（二）世界觀的重建時期：以一九五九年洛夫〈石室之死亡〉發表開始；（三）文化觀的辯證時期：以一九六九年余光中出版《敲打樂》、《在冷戰的年代》開始；（四）自我指涉時期：以一九八四年夏宇出版《備忘錄》、一九八六年杜十三出版《地球筆記》為肇端（一九九五：二四—二六）。林燿德在此分期所依據的標準不一，乃是最大的問題所在。

會」的背景，而政治或社會事件充其量只能作為「文學的背景」（譬如，作為背景因素的開拓期內的政治解嚴與報禁解除，以及開放兩岸探親），這背景的交代則是在讓詩人及其詩作回到當時的歷史本身，仍是歷史撰述的「必要」；雖然如此，必須強調的是：詩文本才是歷史的主角！詩史必得如是編排，方能反映詩人實際的創作狀況及其展現的成果。事實上，文學史的分期（及其名稱）乃是一種權宜之計，但對詩史的撰述者來說，此權宜之計又屬「必要的虛構」（necessary fiction）。

四、結語

歷史的面貌既屬過去，說要完全回復，未免痴人說夢；如果那段歷史更屬「遙遠的過去」，那麼「回復舊觀」的難度只有更高，文學史當也不例外。本書基本上是「當代人寫當代史」，幸運的是這段歷史還不算「過去」，光就文獻資料的蒐集而言，較諸這代人寫上代史顯得輕鬆容易多了；但不幸的是，正因為是同代人的緣故，撰史者與歷史對象無法取得一適度的客觀距離，個人好惡與主觀色彩就很難避免捲入其中——雖然我們極力將此「牽扯」降低到最小，比如在寫作過程中，我們即捨去深度訪談的研究方法，便是出於這樣的顧慮。

但是誠如朗松在前文中所說的，在文學史的研究中，清除主觀成分的工作也不能做得太徹底：「如果說文學作品之所以有異於歷史資料，是由於它能在我們心中激起美學的或感情的反應的話，那麼，它在性質中涵含這種特點，在方法上如不加以考慮，那就既奇怪又矛盾了。……我們時常以為自己從事的是客觀的科學，其實我們穿的如不是自己主觀主義的鞋，也是他人主觀主義的鞋。」（拜爾，九）因而我們必須承認：新詩史的寫作，主觀在所難免；我們不會大言不慚地自欺欺人說：「這是一部翔實、客觀，立論又公允的詩史著作。」當然，主觀雖不免，但亦要有所節制，朗松在上文也提醒，不該讓主觀的印象在文學史研究或撰述中占有特權的地位（拜爾，十）。

義大利美學家克羅齊（Benedetto Croce）有一句名言：「一切歷史都是當代史。」那是因為所有的歷史都是從當代人的角度寫的，既然如此，當代人寫當代史也就無須加以苛責。我們不是要找名家為自己的撰史行為辯護，而是要表明：不論歷史完成於何時，它或多或少都有虛構的成分在內，而各式各樣的文學作品，不也是另一種「虛構」嗎？對時時身處「虛構之海」的史家來說，所謂的「真實」無他，唯實踐與完成這部《台灣新詩史》的寫作而已。

第二章

萌芽期

日據時期台灣新文學的開展，與新文化運動關係十分密切。兩者關係之緊密程度，由文學創作者往往身兼文化啟蒙者、政治參與者、社會運動家等多重身分即可想見（代表人物如追風〔謝春木〕、賴和、楊守愚、王白淵）。留日知識分子一九二〇年在東京創辦的《台灣青年》及一脈相承的《台灣》、《台灣民報》、《台灣新民報》，日後不但成為新文化運動的主要推手，也刊登過許多新文學創作和相關論述。《台灣青年》創刊號上就刊有陳炘〈文學與職務〉一文，指出：「文學者，乃文化之先驅也」、「文學者，不可以不以啟發文化，振興民族為其職務」。《台灣青年》三卷三號與四卷一號又分別刊出甘文芳〈實社會と文學〉（〈現實社會與文學〉）及陳端明〈日用文鼓吹論〉[1]，抨擊吟花弄月的舊文學、提倡簡便的日用文（白話文）。陳端明此文可謂揭開了台灣白話文運動之序幕，惟恐因《台灣青年》印數不多又只在日本發行，發表後並未引起台灣島內讀者太大的迴響。四卷一號的《台灣青年》另刊有日本人小野村林藏〈現代文藝之趨勢〉，介紹十九世紀後期三大文藝派別：自然主義文藝、象徵主義文藝、人道主義文藝。

一九二二年四月台灣文化協會《會報》改為《台灣文化叢書》第一號，內有林子瑾〈文化之意義〉一文，論及「鄙見於台灣文藝界，當有一番革新，以改從來古文體為白話文體，或用羅馬白話字代之，使一般之人容易讀之，又對詩之一藝大為推進，則台灣文化受此之助，其向上之勢，當一瀉千里也」，難能可貴地在提倡白話文體外，也注意到以羅馬白話字「代之」的可能。同年《台灣青年》改組，成為台灣文化協會的機關刊物並改名為《台灣》。林南陽（林攀龍）於此刊物三年五號發表過一篇萬餘字長文〈近代文學の主潮〉（〈近代文學的主潮〉），介紹浪漫主義、自然主義乃至彼時正在展開的社會主義思潮與普羅文學。此文雖多取材自日本大正年間文學評論名家廚川白村於一九二一年印行的《近代文學十講》，但也表現了台灣留日知識分子對西洋文學發展的認識。林氏於《台灣》四年三號上還有一篇散文〈虹を見れば我が心躍る〉（〈看到虹我心跳躍〉），標題借自英國詩人華茲華斯（William Wordsworth），內容則論及歌德（Johann

Wolfgang von Goethe）與盧騷（Jean-Jacques Rousseau）等人之作品與主張。有中國大陸旅行經驗，頗受中國新文學運動刺激的黃呈聰與黃朝琴，一九二三年一月在《台灣》上分別發表〈論普及白話文的使命〉及〈漢文改革論〉，把中國白話文運動正式介紹到台灣，也引來廣泛的迴響。眾人提倡白話文的努力，終於使《台灣》發布〈增刊《台灣民報》豫告〉，一九二三年四月《台灣民報》創刊時即改為「用平易的漢文，或是通俗白話」之貌面世。

無論是陳端明、黃呈聰或黃朝琴，文章都僅限於探討語言文字之改革，而尚未深入論及文學問題。《台灣民報》創刊後，曾刊出許乃昌〈中國新文學運動的過去現在和將來〉、蘇維霖〈二十年來的中國文學及文學革命的略述〉與張梗〈討論舊小說的改革問題〉，三文可視為台灣新文學運動之先聲。但真正將台灣的白話文運動導向新文學運動者，是當時仍留學北京的張我軍。一九二四年四月《台灣民報》刊出他的〈致台灣青年的一封信〉，文中強烈抨擊舊文人並譴責「諸君怎的不讀些有用的書來實際運用於社會，而每日只知道做些似是而非的詩，來作詩韻合解的奴隸，或講什麼八股文章替先人保存臭味」。他後來又陸續發表〈糟糕的台灣文學界〉、〈為台灣的文學界一哭〉等多篇文章，對舊文學與舊文人毫不留情地批判，也乘機介紹中國新文學運動的理論與成就。捍衛舊文學者則多在《台灣日日新報》、《台灣新聞》、《台南新報》上為文反駁。回顧此段歷史便會發現，這場新舊文學論戰[2]並沒有使舊文學式微（整個日據時期，傳統詩社或詩人的

1 陳端明此文原刊於一九二一年十二月的《台灣青年》三卷六號，但因該期被查禁，故又重刊於隔年元月出版的四卷一號。

2 所謂「新舊文學論戰」不但是新舊典律（canon）之爭，背後也隱含深刻的文化糾葛。日據時期台灣文壇三場較大規模的論戰分別為：張我軍 vs. 舊文人（一九二四到二五年）、葉榮鐘 vs. 江肖梅（一九二九年）、林荊南 vs. 鄭坤五（一九四一到四二年）。值得注意的是，昔日研究者多從新文學角度嚴厲批判進而否定舊文人的角色與地位，以致很難給予後者合理的評價。殊不知在論戰雙方表面的激烈對立之下，「二〇至三〇年代間的新舊文人，多數存有以文學抗拒日人同化、保存漢族精神的念頭，亦即在國家認同的趨向上，

數量始終未見減少），但確實使新文學得到更多關注，奠定了後續發展的基礎[3]。這場論戰間接促成了台灣第一本白話文學雜誌《人人》的誕生（一九二五年三月），可惜這份由楊雲萍和江夢筆創辦的刊物，只維持了兩期便告結束。

其實無論是舊文人所使用的文言或張我軍所提倡的白話，都與廣大台灣民眾現實生活所使用的語言有很大差異，兩方的諸多爭議也就不免僅止於「貴族」間的論爭。也因此黃石輝在一九三〇年八月《伍人報》上發表〈怎樣不提倡鄉土文學〉，期盼寫作者能以「勞苦的廣大群眾為對象去做文藝」，而且在內容上應描寫台灣的事物，在形式上須採用台灣話文來書寫。一年後郭秋生與黃氏又分別發表〈建設「台灣話文」一提案〉及〈再談鄉土文學〉，隨即引起了大規模的論戰。其中既有對「鄉土文學」詮釋角度的差異，亦涉及「中國白話文」與「台灣話文」支持者間的激辯。甚至連如何表記與推動，「台灣話文」贊同派內部也有不同的意見與主張。論戰文章則多刊登於《台灣新民報》、《台灣新聞》、《昭和新報》、《南音》、《新高新報》上。一九三〇至三二年、一九三三至三四年間發生的這兩次論爭固然深具文學史意義，無奈台灣既作為日本的殖民地，整個三〇年代最強勢的文學語言其實還是日文[4]。

值得一提的是，台灣新詩的萌芽階段原來一點也不「純粹」。作家不但寫新詩，也寫舊詩（後者往往數量還遠多於前者）；詩人或以中文或以日文寫作，部分詩人（如楊華）更嘗試創作台文新詩；出版及寫作地點或在日本、或在台灣、或在中國大陸……。應該可以這麼說：台灣新詩是台灣特殊文化環境、語言狀況與歷史條件下的產物，它從一開始就呈現出多元、豐富與混雜的面貌。

一、追風、施文杞與張我軍

台灣新詩始於何時？誰是「台灣新詩第一人」？問題十分簡單，答案卻不盡相同。現有資料顯示，第一首以日文寫成的新詩是追風〈詩の真似する〉（〈詩的模仿〉），他也是台灣第一篇小說〈彼女は何處へ？〉（〈她往何處去〉）的作者。第一首以中文寫成的新詩是施文杞〈送林耕餘君隨江校長渡南洋〉，他亦為新文學早期小說〈台娘悲史〉的作者——巧合的是，〈彼〉與〈台〉都選擇以女性的不幸命運來影射台灣現狀。追風〈詩の真似する〉寫於一九二三年五月二十二日，後刊於一九二四年四月十日的《台灣》。施文杞的白話詩寫於一九二三年十月十三日的上海南方大學，並發表在同年十二月一日的《台灣民報》。以寫作時間論，追風較早；以發表時間論，施文杞又先於追風。還不只如此：若純以「發表」觀之，《台灣民報》其實早在一九二三年八月十五日就轉載過胡適詩作〈相思〉及〈小詩〉，還有他譯自美國女詩人蒂絲黛兒（Sara

---

新舊文人的終極關懷，其實有著相近的思考；直到四〇年代的論爭，由於國家政策需要，集中在《南方》雜誌中的論戰言論，已可見雙方多少出現呼應國策的情形，產生認同傾斜，其中又以林荊南一派的新文學家更為明顯，此與二〇年代新文學運動萌芽時期所寓含的抗日精神相較，已然產生變化」（黃美娥，一三三）。

3 儘管雙方陣營發生過多次激烈論戰，媒體上同時刊出新、舊詩的情況卻屢見不鮮。譬如一九三〇年七月二十六日《台灣新民報》為慶祝創刊十週年，便預告自次期起將由十二頁增張至十六頁，並同時增設「漢詩界」（林幼春、林獻堂主編）與專刊新詩的「曙光」（賴和、盧谷主編）兩欄。又根據許俊雅所作「日治時期台灣詩社統計表」可知，一八九五年至一九四五年間各地文人共組織了近三百個詩社，且明顯有逐年遞增的趨勢（一九九七：三二）。

4 關於一九三〇年代台灣文壇的鄉土文學與台灣話文論戰，以往因可見史料有限，故將論戰的結束界定在一九三二年九月《南音》停刊以後。現隨日本學者中島利郎挖掘出一九三三年《台灣新民報》日刊部分資料，並指導學生宋宜靜完成修士論文〈日治時期台灣鄉土文學論爭之研究〉，可以確定三〇年代同類論爭至少發生過兩次。相關史料可參考中島利郎編，《1930年代台灣鄉土文學論戰資料彙編》（二〇〇三）。

詩の眞似する

追風

□蕃王を讚美する
私はお前を讚美する
お前は汝の手で汝の力で
汝の王國を建設する
お前は上品振らない。

□石炭を稱へる
深山に深く
地中に長く
地熱に數万年も蒸された
お前の体は眞黒だ
黑ければ冷たし
赤くなれば熱い
燃えては白金をも溶かす
お前ば何も殘す氣はない。

□戀は成長する
美しくも可愛くもない
お前に
今日も會ひ、明日も逢ふ
明後日も逢ふだらう
今日一つお前に感じ
明日も一事お前に惚れる
汝の愛人を獲得する
お前は人の功を盗まない。
私はお前を讚美する
お前は僞らずに飾らずに
汝の欲するものを欲する
汝の愛するものを愛する
長からぬ赤髪も
大きからぬ眼も
今は逢ぬ日の嘆の種
淑やかな步振も
上品な微笑も
いつしか航海の燈火となつた
戀は成長である。

□花咲く前
スラリと立ちすくむ
菖蒲の細い莖
若き蕾は
思をタップリ含ませてる
待たれた五月雨も
今に霽れだらう
さうしたら我も汝も
思切つて微笑まう。

（一九二三、五、二二）

追風，〈詩の真似する〉（發表於一九二四年四月十日《台灣》第五年第一號）

詩壇

送林耕餘君隨江校長渡南洋

施　文　杞

一
我們的相識、
只有兩個多月。
在這短期中、
我也何嘗有一日沒見着面？
人家分別的情景、
我們覺得十分苦痛！
但倆這回要和我分別、
我反抱着十分高興！

二
考察民族、
調查僑情、
是倆這一回南渡的動機。
倆說倆『預定三個月、就要回來』
我說二倆能夠將我胞的抱負、
貢獻于親愛僑胞之前！
並可達了此行的目的、
那麼、

三延些時日也有何妨？
耕餘君！倆是一個勇於作事的男子！
我是怎麼樣的欽佩呀！
江校長說！『此行憑我的三寸不爛之舌去做』
我也要倆憑倆的三寸不爛之舌跟着江校長做去。

四
耕餘君！我們此時要分別了！
倆要橫過太平洋的大波上去了！
途中『珍重珍重』、
我也要道幾句。
再兩個月後、
我可麼到斐律濱看倆？
那是不敢定呀。

註　因按於兩個月後行程可抵菲律濱故林君特約我其時到菲相接

一九二三、十一、十三、於上海南大

施文杞，〈送林耕餘君隨江校長渡南洋〉（發表於一九二三年十二月一日《台灣民報》）

Teasdale）的〈關不住了〉（“Over the Roofs”）。就算不計轉載與翻譯，首度被媒體標明為「新詩」而公開刊出者，應為各丁的〈莫愁〉。此詩寫於一九二二年八月十二日，發表於一九二三年十月十五日的《台灣民報》，無論是寫作或發表都比追風或施文杞來得早。各丁本名劉國定，湖南人，為上海南方大學文科學員。已面世的台灣新詩史相關論述幾乎都不提各丁和胡適之作，不知是否與兩人皆非台灣籍作家有關？但這至少可以提醒讀者：史料能否被呈現與如何被呈現，其實繫於史家們的判斷及選擇[5]——此部《台灣新詩史》何獨不然？而詩作溯源之未定論，亦由此可見。

追風〈詩的模仿〉確如其題，只是作者模仿的習作。它所模仿的對象有二：一為日本的新詩，一為中國的新詩。一八八二年井上哲次郎、外山正一、矢田部良吉《新體詩抄》的問世，一改傳統以漢詩、和歌、俳句為主的詩形式，被公認為日本新詩的起點。中國則有胡適、陳獨秀等於一九一七年在《新青年》上力倡白話文學與詩體解放，胡適且將理論付諸實踐，於一九二〇年出版中國第一部新詩集《嘗試集》。作為殖民地的台灣，在彼時歷史條件限制下，文學走向受殖民母國影響、起步比殖民母國遲緩、初期發展比殖民母國遜色，其實是再正常不過的。追風此詩內有〈讚美蕃王〉、〈煤炭頌〉、〈戀愛將茁壯〉、〈花開之前〉四篇，題材殊少新意、詩想乏善可陳，其歷史價值在於對新詩體形式的嘗試與練習：

我讚美你

你以你的手，你的力量

建立你的王國

贏得你的愛人

5　進一步言，包括「證據」（evidence）也只是文學史家論述下的產物，而「過去」（past）則由論述所構成，是論述的結果而非原因。

你不剽竊人家功勞
我讚美你
你不虛偽，不掩飾
望你所望的
愛你所愛的
你不擺架子（月中泉譯）

這篇〈讚美蕃王〉曾被陳千武解讀為：「是站在被殖民者的低姿態，客觀地捕捉時代意義的題材，把心裡嚮往的『建立自己王國』的理想，托於蕃王表現，對專制統治予以側面的諷刺、揶揄與潛意識的抵抗。」（鄭炯明編，一九八九：一一三）這類素樸稚嫩的試作竟能牽強附會至「反殖」、「抵抗」等當代熱門議題，恐值得商榷。

陳千武並指出：追風這四篇〈詩的模仿〉「形成了台灣新詩的四種原型」、「可以說台灣新詩是以這四種原型延續下來發展的」。此一說法亦很有問題。所謂「原型」（archetype）多用於心理學（如榮格〔C. G. Jung〕）和文學（如弗萊〔Northrop Frye〕）研究，今日已成為一普遍概念，原無費辭深論之必要；相較之下，陳千武這裡特意提出的「四種原型」說卻顯得勉強，說服力實在不高（引用者倒是頗眾）。令人好奇的是，他為何要強將這四首試作視為台灣詩延續、發展的「原型」？沒有這類「原型」，台灣詩就不能「延續」發展、台灣詩史就不能寫「下」去嗎？說穿了，這不過是一種對「起源」（origin）的迷思或迷戀。彷彿必得有一「起源」存在，史家或論者才得以從這個穩固不變的中心點出發，好創造出台灣詩史的延續感、連續性與「傳統」。這種對「起源」的迷戀與迷思，只會不斷製造出傅柯所欲批判的「整體歷史」（total history，即將所有歷史現象集中於一個中心、一個原則、一個精神、一個世界觀），卻對標示各文本與作家實際上的散布狀態（state of dispersion）毫無作用。為了告別這種「起源」迷思及其弊害，我們建議應該代之以「開始」（beginning）。兩者的基本區別在：「起源」意謂著「原因」，「開始」卻意謂著「分別」（"Origins imply cause; beginnings imply differences."）（O'Brien，三七）。

持平而論，視追風為文學家並不恰當，他的作品數量與文學成就都非常薄弱。本名謝春木的他，最主要的貢獻還是在抗日政治運動上。他參與了一九二七年台灣民眾黨的創立，也在台灣政治運動由盛轉衰（民眾黨被日方強制解散、蔣渭水病逝、共產黨員大逮捕）的一九三一年黯然離台。文學對他而言比較像是政治運動或文化啟蒙的一環，重要性低故自然僅偶爾為之。施文杞的情況也是如此。

至於台灣新詩史上第一本詩集，當屬張我軍於一九二五年十二月自費出版的《亂都之戀》。「亂都」，指的是時值戰亂的北京。《亂都之戀》詩集一共收錄了五十五首作品，其中三十三首寫於北京、十五首寫於回台途中、七首寫於台灣。一九二四年三月二十五日寫於北京的〈沉寂〉，為張我軍的新詩處女作：

在這十丈風塵的京華，
當這大好的春光裡，
一個T島的青年，
在戀他的故鄉；
在想他的愛人。
他的故鄉在千里之外，
他常在更深夜靜之後，

對著月亮兒興嘆！
他的愛人又不知道在哪裡，
他常在寂寞無聊之時，
詛咒那司愛的神！

此作後來與〈對月狂歌〉俱發表於一九二四年五月十一日的《台灣民報》。張我軍會開始寫詩，是因為這「一個T島（台灣島）的青年」剛從上海來到北京就讀北京師範大學夜間部補習班，並在此時愛上了同學（也是未來夫人）羅文淑。愛情的力量使他嘗試提筆賦詩，雖然此作成功擺脫文言、走向白話[6]，可惜表達過於透明直露，可供回味的空間未免太狹。二〇年代的台灣新詩普遍都有此一問題，實非張我軍一人之罪。換個角度看，情感真摯（而非造境修辭）可視為《亂都之戀》的最大特色，誠如作者在〈序〉中的自白：「這小小的本子裡的斷章，／就是我所留下的血和淚的痕跡。／我欲把我的神聖的淚痕和血跡，／獻給滿天下有熱烈的人間性的／青年男女們！」

跟胡適作《嘗試集》一樣，張我軍的《亂都之戀》可視為自身所倡文學理論的創作實踐。他的新詩創作跟理論文章幾乎在同一時期面世：自一九二四年四月發表〈致台灣青年的一封信〉抨擊舊文人起到次年底《亂都之戀》出版為止，張我軍又陸續在《台灣民報》發表〈糟糕的台灣文學界〉、〈為台灣文學界一哭〉、〈請合力拆下這座敗草欉中的破舊殿堂〉、〈絕無僅有的擊缽吟的意義〉、〈揭破悶葫蘆〉、〈隨感錄〉、〈復鄭軍我書〉、〈研究新文學應讀什麼書〉、〈文學革命運動以來〉、〈詩體的解放〉、〈新文學運動的意義〉、〈《中國國語文作法》導言〉與〈文藝上的諸主義〉。這些文章不只批評舊文學、提倡新文學，指責台灣文壇麻木到不聞「這幾十年來，日本文學界猛戰的炮聲，和這七、八年來中國文學界戰士的呼吼」（〈糟糕的台灣文學界〉），作者還聲稱願意「引率文學革命軍到台灣來」，作中國新文學運動的台灣代理者。他在〈請合力拆下這座敗草欉中的破舊殿堂〉的主張幾乎與胡適〈文學改良芻議〉之「八不主義」如出一轍；〈新文學運動的意義〉則與胡適〈建設新文學〉訴求相仿。只是張我軍將胡適提出的「國語的文學，文學的國語」改頭換面成：白話文學的建設、台灣語言的改造。前一主張問題不大，後者卻很值得商榷。張我軍文中指出：「我們日常所用的話，十分差不多占九分沒有相當的文字。那是因為我們的話是土話，是沒有文字的下級話，是大多數占了不合理的話啦。所以沒有文學的價值，已是無可疑的了。」——真的「無可疑」嗎？也許是受北京的留學與生活經驗所限，影響了張我軍對「土話」（這當然是個貶詞）的價值判斷，也使他無法同情地理解彼時殖民地台灣的現實。張氏欲「依傍中國的國語來改造台灣的土語」的主張雖為一九二〇年代台灣作家所接受，但「言」與「文」之間的矛盾並未完全被解決[7]。一九三〇年代的台灣話文論爭，即可視為對張我軍此一主張的挑戰。可惜張氏自一九二九年北師大國文系畢業後，將全副心力皆投注於日文翻譯與日語教學上，離開了文學創作者的崗位。對台灣話文派如郭秋生、黃石輝的主張，他自然也無從回應。

張我軍在《亂都之戀》出版後，還發表過〈買彩票〉、〈白太太的哀史〉與〈誘惑〉三篇小說。他在詩、小說、文論寫作之外，另有個值得一記的貢獻：一九二四到二六年間他曾回台擔任《台灣民報》編輯，此後該報「學藝欄」便經常刊出中國大陸詩人如郭沫若、梁宗岱、鄭振鐸等的新詩創作[8]。姑且不論這些被

6 同樣登於《台灣民報》，比〈沉寂〉早一期（一九二四年四月二十一日）刊出的楊雲萍詩作〈橘子花開〉則未能盡去文言習氣與古典詩詞格調：「徘徊——／清香和月撲面來，／心懷！／／真耶夢！／橘子花又開，／明月團圓十二回，／人何在？／樓台？／花如舊，／月似昔，／杜牧尋春無分！／孤燈黯黯彼樓台。」

7 部分作家在「接受」的同時，依然顧及了現實條件與環境而做出「改造」。譬如賴和的創作就在中國白話文之外，夾雜了一些日式漢語及日常用語，三〇年代更進一步嘗試以台灣話文來書寫作品。

8 張我軍很推崇郭沫若的詩，他認為郭氏〈筆立山頭展望〉「才算得是純然的新詩」、「有人問我中國的所謂新詩怎樣？我便立刻叫他去

引介的作品水準是否整齊，至少此舉開闊了台灣讀者眼界，也可供台灣詩人學習、比較與超越。

二、賴和與虛谷

羊子喬在〈光復前台灣新詩論〉中指出，自追風、張我軍等人首開新詩創作風氣後，文學作品日漸增多。但由於台灣為被統治的殖民地，統治者以箝制思想、巧取豪奪為能事，故在政治意義上，新詩作品呈現了兩大趨勢：一為反應被壓迫者的反抗心聲，代表詩人是賴和、虛谷；一為由熱情走向冷酷，由雄心壯志步入悲觀失望，代表詩人為楊華、陳奇雲（楊雲萍等，一四—一九）。這四位詩人在日據時期台灣新詩史上皆有其重要性，本節先談賴和與虛谷。

賴和

賴和正式發表的首篇新文學創作刊登在一九二五年八月二十六日的《台灣民報》上，但並不是詩，而是隨筆〈無題〉。同年十二月張我軍出版《亂都之戀》，賴和才發表第一首新詩〈覺悟下的犧牲〉。其實在此之前賴和早已開始寫作傳統詩，並於一九二三年六月獲《台灣》徵詩競賽第二及第十三名（署名懶雲）。有研究者在賴和的傳統詩稿本發現：一九二一年年底為慶祝南社十五週年，他練習用白話文寫祝賀詞。一九二三年稿本中夾雜了三首新詩，分別為〈歡迎蔡陳王三先生的筵間〉、〈送虛谷君之大陸〉、〈草兒〉。一九二四年稿本更出現多達二十二首的新詩作品，幾乎占了整個稿本一半篇幅，且題材亦相當廣泛（林瑞明，一九九三：四〇一—五一一）。這麼說來，賴和從開始練習寫新詩到嘗試公開發表，也經過兩年以上時間了。直面現實、反抗壓迫、批判不義、人道關懷是賴和詩創作的最大特色，見〈覺悟下的犧牲〉第一節：

覺悟下的犧牲，
覺悟地提供了犧牲，
唉，這是多麼難能！
他們誠實的接受，
使這不用酬報的犧牲，
轉得有多大的光榮！

此詩另有一副標題「寄二林的同志」，指的正是一九二五年在彰化爆發的二林蔗農事件。林本源製糖會社平常多方壓榨、剝削農民，逼使蔗農成立四百餘人的二林蔗農組合以與之交涉。但會社態度蠻橫，欲在日警之助下強行刈取，兩方發生衝突後導致多人被逮捕、拷打甚至判刑。二林事件開啟台灣農民運動史的重要一頁，也是左翼政治運動的一大指標。同為彰化人的賴和，便想到以新詩書寫來聲援這些「同志」（蔗農組合領導人李應章還跟他有同學之誼）。從此詩可看出賴和擅用對比手法賦詩，第二、三節為「弱者」與「強者」間的對比，第七節為肥肥膩膩的「行屍」與飢餓的「虎狼鷹犬」間的對比。這類強／弱、生／死、幸／不幸等對比，在賴和的新詩乃至其他文類的創作中屢屢出現。還可注意作者所用的白話文中有加上少許台灣話日常用語，如第一節的「轉得」即為「反而」之意。

在賴和為數不多的新詩創作中，當以〈流離曲〉、〈南國哀歌〉、〈低氣壓的山頂（八卦山）〉三首長詩最

讀一讀郭沫若君的詩。這樣說並不是郭君的詩特別好到怎地，是因為他的詩才是現代的詩，和世界各國的新詩合致啦」（〈詩體的解放〉）。

為可觀。這些作品和〈覺悟下的犧牲〉一樣，多為作者面對台灣發生重大歷史、政治事件後有感而發的產物。但這種直面現實的精神與勇氣顯然犯了殖民政府大忌，遂動輒遭受新聞檢查者「食割」，大段刪去所有敏感詩句。以〈流離曲〉為例，這首日據時期台灣新詩史上最長的作品計有兩百九十二行，共分「生的逃脫」、「死的奮鬥」、「生乎？死乎？」三部分。但一九三〇年九月於《台灣新民報》連載刊出時，第三部分後半共八十八行全數遭到刪除。此詩批判對象為日本的退職官員，他們在總督府支持下竟能以賤價收購農民辛勤開墾的土地。三百七十位退職官員收購三千八百多甲土地後，許多農民便開始了流離失所的悲慘命運。「生的逃脫」先描寫天災的恐怖[9]：

猛雨更挾著怒風，
滾滾地波浪掀空，
驚懼、匆惶、走、藏、
呼兒、喚女、喊父、呼娘、
牛嘶、狗嗥、
混作一片驚唬慘哭，
奏成悲痛酸悽的葬曲，
覺得此世界的毀滅，
就在這一瞬中。

在「一片茫茫大水」中，敘述者「差幸一身尚存，／免給死神捕虜去」。但財物畢竟已無一留存；在

「死的奮鬥」部分「只有捻轉了心肝，／將這兒子來換錢去」，賣兒為的是讓他有生機，「不忍他跟著不幸的父母，／過著艱難困苦的一世」。農民隨後決定「拚盡所有生的能力」，要在一片砂石荒埔上闢地開墾。值得注意的是賴和在此用了大量短句與疊詞（如「墾墾！闢闢！」、「鋤鋤！掘掘！」、「開開！鑿鑿！」），既能表現農民工作時的急迫，也有強化與調整節奏的功效。最後的「生乎？死乎？」述說經過拚死奮鬥終於克服天災，生活也剛有了依憑，但人禍卻來了！只因為「現代國家」創定的「尊嚴國法」不容「有些或跨」，法律竟成為保障退職官員利益、迫使農民再度流離的原因：

眼見秋收已到，
讓別人來享受現成，
這就是法的無私平等！
這就是時代的文明！

這麼廣闊的世間，
著一個我這麼狹仄，
到一處違犯著法律，
到一處抵觸著規則，

9　此處「驚懼」、「匆惶」、「走」、「藏」，在賴和手稿中原為「驚恐！慌張！」。見林瑞明編，《賴和手稿集（新文學卷）》（二〇〇〇：三六九）。蔡明諺主編之《新編賴和全集（參）．新詩卷》中，「走」、「藏」、「娘」、「嘷」後面皆為逗號而非頓號，「匆惶」則作「忽惶」（二〇二一：一二七）。

耕好了田卻歸屬於官吏，
種好了稻竟得不到收穫，
這麼廣闊的世間，
著一個我這麼狹仄。

天的一邊，地的一角，
隱隱約約，有旗飄揚，
被壓迫的大眾，
被搾取的工農，
趨趨！集集！
聚攏到旗下去，
想活動於理想之鄉。

這不只是同情弱者、批判現實，作者簡直已經在號召進行抵抗活動了。當然，誠如王錦江（王詩琅）〈賴懶雲論〉所述，賴和雖然「相信階級問題的必然性，也同情窮苦階級，但是他決不會躍身其中，去領導運動。俠義的正義感，才是他的思想的真面目」（李南衡編，四〇〇）。〈流離曲〉顯現了賴和眾多面向中最富左翼精神的那一面，詩中對殖民統治下「法」的質疑批判，也是他多篇小說創作（如〈一桿「稱仔」〉、〈補大人〉、〈蛇先生〉、〈浪漫外紀〉等）的要旨所在[10]。

〈南國哀歌〉與〈流離曲〉一樣，是詩人直面現實的批判之作，只是背景換成了一九三〇年十月原住民抵抗日本暴政的霧社事件[11]：

所有的戰士已去，
只殘存些婦女小兒，
這天大的奇變！
誰敢說是起於一時。

此詩先寫死亡、後述抗爭，類似倒敘手法在本階段新詩創作中堪稱異數。作者於此拋棄原漢成見、勇於自我反思：「和他們同一境遇，／一樣呻吟於不幸的人們；　那些怕死偷生的一群，／在這次血祭壇上，／　意外地竟得生存，」這裡已是砲口朝內，斥漢人只求苟且偷生，反不如「他們」（原住民）般敢於慷慨就義。更特別的是，賴和放棄強求詩中敘事觀點的統一，在後半部分全部改採「我們」來陳述在毒氣、機槍、爆裂彈下抗爭的慘烈。從「他們」過渡到「我們」，詩人已將原住民從他者（the other）位置轉為自我（self），表現出賴和對原住民的深切認同。

10　賴和在未發表的遺稿〈僧寮閒話〉中曾借和尚之口批評：「現大千界裡，有何法律？但有維持特別階級之工具而已，亦不過一種力的表現罷。」該文寫於一九二三年九月，被視為賴和最早的一篇小說試作，此時他已接近三十歲。李南衡編《賴和先生全集》收錄此篇時，遺漏了原稿本後兩頁。此處引文已根據林瑞明編《賴和全集（一）：小說卷》補齊。

11　李南衡編《賴和先生全集》收錄的〈南國哀歌〉，在標點與字句上與林瑞明編《賴和全集（二）：新詩散文卷》有些出入，此處引文以林瑞明版為準。

兄弟們來！
來！捨此一身和他一拚，
我們處在這樣環境，
只是偷生有什麼路用，
眼前的幸福雖享不到，
也須為著子孫鬥爭。

全詩在「兄弟們來！」的呼籲聲中作結，隱約可見詩人對原漢同盟、結合弱小民族以抵抗殖民暴政的期待。這當然不為日方所許，總計七十六行的詩作在一九三一年四月二十五日、五月二日的《台灣新民報》刊出時，自第四十三行以降全數「開天窗」。換言之，詩中所有對「兄弟們」的呼籲及號召，皆僅存於手稿本。

賴和另一首長詩〈低氣壓的山頂（八卦山）〉卻跟前述幾篇抵抗意志強烈的作品相當不同。賴和於一九三一年十月作此詩時，台灣民眾黨被解散、領導者蔣渭水逝世，不難想像他心中的挫折與苦悶。陳芳明認為賴和的文學創作可分為前、後兩期，後期即始於本詩、終於一九三五年台灣話文小說〈一個同志的批信〉之發表，「這是左翼政治運動失敗而左翼文學運動進入了成熟期的階段」（一九九八：五〇—五一）。他是這麼解讀這首〈低氣壓的山頂（八卦山）〉：

表面上，這首詩似乎在記錄山上遠眺的景況，背後其實暗指一場狂飆式的政治事件。賴和以「世界末日」來形容左翼運動的中止，隱然照映了他內心世界的黯淡。在所有的作品中，賴和第一次以

「死的顏色」自況，以「呼吸要停」暗示自己無力的情緒。這種意志上的轉變，恐怕不是源自台灣語文實驗產生的困頓，而毋寧是時代悲劇之無法解決所導出的消沉吧。（一九九八：六〇）

這樣的解釋，基本上是可以同意的。惟引文中「恐怕不是源自台灣語文實驗產生的困頓」，顯然與林瑞明對賴和為何停止新文學創作的解釋不同。林氏指出，一九三一年起關於「台灣話文」的爭議，賴和雖以創作與通訊方式實踐參與，但還是不免深感困擾。正因台灣話文在書面表現上有其難處，導致早於殖民政府全面禁止報刊雜誌使用中文一年半前，賴和就終止了新文學創作，回到不受此束縛的傳統詩世界中（一九九三：八〇—八一）。持平而論，這兩種解釋一外（環境）、一內（語言），各有道理，亦皆具參考價值。可以肯定的是，賴和此後漸遠新詩而近舊詩，在新文學運動步入高潮時反倒選擇了淡出。像〈低氣壓的山頂（八卦山）〉這類幽黯沉鬱之作如果持續發展下去，賴和說不定會寫出一系列可媲美魯迅《野草》的作品。但他畢竟離開了新文學隊伍，一九三九年還與彰化地區文友成立一個傳統詩團體應社。

虛谷

虛谷（陳滿盈）也是應社一員。他從一九二七到一九四二共十五年間寫作了二十三首新詩（從處女作〈秋曉〉到最後一篇〈牧羊者〉）；但傳統詩創作卻有五百首以上，且維持到戰後的一九五九年。和賴和一樣，虛谷一度從傳統詩走向了新詩，最後又從新詩回到了傳統詩。兩人都寫小說（成就還大過新詩），也同樣對思想啟蒙與文化運動出力甚多。羊子喬指出，虛谷〈敵人〉是「反應被壓迫者的反抗心聲」的典型作品（楊雲萍等，一四—一五）：

止！止！止！
止住我們的哭聲，
敵人來了！
不要使他們聽見，
他們會愈加冷酷驕橫。
我們便是種族滅亡，
也不願在敵人的跟前表示苦情，
表示苦情，是我們比死以上的可憎，
擺脫苦難，全靠我們自己的本領，
用不著敵人假惺惺。
止止止！
止住我們的哭聲。

這首作品發表於一九三一年一月一日《台灣新民報》時本無題目，待收入《虛谷詩集》（一九六〇年由中華詩苑出版）時才加上了「敵人」這個標題[12]。其實虛谷關於「反應被壓迫者的反抗心聲」之作並不多（如〈敵人〉、〈落葉〉），而且他這類作品往往題旨太顯、吶喊過多、意象陳腐，在藝術經營上粗而不精（無須諱言，賴和部分詩作也有此弊）。這種作品除了能「證明」作者有堅強的抵抗精神，在詩意或詩藝上皆乏善可陳。仔細爬梳便可發現，虛谷多數詩作跟「被壓迫者的反抗心聲」並無關係，倒是集中在發抒小我之情：親情、愛情、個人理想、入世與否的掙扎徘徊……。虛谷尤擅於藉田園山水及自然景物表現出對生命的體悟[13]，如〈流水和青山——遊關子嶺〉、〈澗水和大石〉、〈草山四首〉，而且它們在詩想與意境上無疑都比〈敵人〉這類作品來得高。

盧谷還有一首百行長詩〈月的聲〉，從中秋賞月寫起，不寫人怎麼賞月，改寫月如何觀人。又把月擬人化，讓其「聽盡了人生的隱密／看盡了人間的奇異」。明月既贊許音樂，也諷刺詩人；既庇護純潔孩童，亦祝福有情男女；既期待一個超越階級與民族的理想世界，也不忘對無力賞遊美景的荒村貧苦人家深表關懷。〈月的聲〉是盧谷最長、可能也是最重要的一首新詩創作。

三、楊華與陳奇雲

楊華

日據時期的中文新詩作者裡，以楊華詩才最高，作品的藝術成就也比較大。他家貧體弱，一度倚靠私塾教師收入維生，又曾被日本警方疑為「不穩分子」而遭逮捕，監禁於台南刑務所。到三十歲壯年，竟因「過度的詩作和生活苦鬥」病倒在貧民窟，隨即於一九三六年五月三十日懸梁自盡。這樣潦倒落魄的人生，似乎反倒成為他創作的動力，五十三首《黑潮集》就誕生於獄中，可視為台灣新詩史裡「監獄文學」的濫觴。他的悽慘遭遇與奮鬥過程固然可憫可佩，但那與詩史關係不大，自無討論的必要；楊華之所以被我們所重視，

12　盧谷的新詩作品多發表於《台灣民報》、《台灣新民報》、《南音》，後收入中華詩苑版《盧谷詩集》時幾乎都作過修改與潤飾。有資料顯示：《盧谷詩集》上梓後，作者指著〈敵人〉一詩對次男說這是為霧社事件寫的詩（陳逸雄編，一九九七：一〇四）。

13　鐫刻在他墓碑上的那首傳統詩創作「春來人歡樂，春去人寂寞，來去無人知，但見花開落」也是一例。

完全是因為他在經營小詩與嘗試以台灣話文作詩這兩點上很有成績[14]。

台灣的小詩創作並非肇始於楊華，但小詩地位之確立與廣受矚目，卻必須歸功於楊華的大量創作。《台灣民報》早在一九二三年八月十五日就轉載過胡適的〈小詩〉，這首談相思之苦的作品一共四行、每行五字，句式整齊，顯然未脫舊詩形式。翌年一月一日，同一媒體又刊出施文杞的〈小詩〉，為台灣詩人第一篇公開發表的小詩創作。一九二六年新竹青年會藉《台灣民報》徵求島內詩人的新詩創作，楊華以〈小詩〉與〈燈光〉分獲第二、七名，這也是目前所知楊華最早的詩足跡。這組〈小詩〉一共五首，發表於一九二七年一月二十三日的《台灣民報》（〈燈光〉未刊出）：

（一）
人們看不見葉底的花，
已被一雙蝴蝶先知道了。

（二）
深夜裡——殘荷上的雨點，
是遊子的眼淚呵！

（三）
落花飛到美人鬢上，
停一刻又隨著春風去了。

落花、美人、春風同是無意中相遇。

（四）

秋天像美人，是無礙他的瘦。

秋山像好友，是不嫌它的多。

（五）

人們散了後的秋千，

閒掛著一輪明月。

除了第四首詩味較薄，比較接近格言或警句外，楊華這批初試啼聲之作皆極富詩趣與禪機，花、風、蝶三意象往後更在《黑潮集》、《晨光集》與《心弦》中頻繁出現。

楊華的小詩創作，看得出深受日本俳句與中國小詩創作風氣的影響。此風氣的形成，源自於二〇年代初期周作人多次撰文介紹小林一茶、松尾芭蕉及其俳句作品、鄭振鐸翻譯泰戈爾《飛鳥集》、冰心小詩集《繁星》和《春水》以及宗白華《流雲小詩》的面世。一茶有俳句：「不要打呀！／你看那蒼蠅正擦著手擦著腳

14 部分史家與評論者喜以「批判」、「反抗」與否來檢驗詩人，弄到最後往往是在判斷「人」而不是評價「詩」。殊不知有被壓迫之經歷，不代表寫出來的詩作就一定能動人；作家敢反抗當局、富批判精神，也不足以保證作品在語言運用或藝術技巧上的成功。至於用內容主題的正確來為劣作辯護者，就更等而下之、不足為訓了。

呢？」[15]楊華也作過：「本來是個無力的小蒼蠅，／他專會摩拳擦掌。」（《黑潮集》之四）冰心《春水》第二首為：「病的弟弟，剛剛睡濃了呵！」楊華則寫了：「大風！／你不要瑟瑟的嚇人，／小弟弟要睡了。」（《黑潮集》之十五）舉這些例子，並非想指控楊華只會模仿、不見獨創，而是要說明在意象與詩思上，的確存在著學習或轉化的痕跡。何況若以冰心《繁星》與楊華《黑潮集》相比較，我們認為後者不但不輸，身處殖民地的楊華，更擅長採用隱喻及諷刺來對殖民主與現實社會作出迂迴的批判：

（十八）
平原的嫩草，
慢慢地露出綠色。
餓過了秋冬的羊兒，
像匪兵一般地搜索。
唉！
春草的生命，
又被摧殘了！

（四十七）
飛鷹飢餓了
徘徊天空，想吞沒一顆顆的星辰。

（四十九）
鏡有破時，
花有落時，
月有缺時，
銀幣卻保持著永遠的勝利。

《黑潮集》中雖然不乏像「過去的黑暗，／未來的希望，／希望——／前進！」（之十九）或「可驚可愛的鐘聲啊！／洪亮的鐘聲啊！／許多的同胞正迷夢著，／猛地一下／喚醒他們吧！」（之四十）這類宣言或口號式的偽詩，但佳作數量絕對比《晨光集》多上許多。尤其《晨光集》中的情詩敗在過於濫情、取喻失當，可讀性委實有限。只可惜《黑潮集》在一九三七年（距楊華寫作此詩十年之久，已成遺稿）刊於《台灣新文藝》時，編者表示其中有幾篇「於表現上很覺銳利，怕把紙面戳破」故特別抽起，第二十六、二十七、二十九、三十四、三十六、三十八、四十一這七篇遂從「遺稿」變成「永遠遺失的稿件」了。

《心弦》是楊華嘗試採用台灣話文作詩的成果，一九三二年連載於大力提倡該類創作的《南音》。詩題援引自梁宗岱所述：「……把我的心弦彈出／一陣不可名言的快意的酸痛」。這五十二首小詩的特色不在其內容，而在其語言。詩人於《心弦》中大量使用閩南語語彙入詩，如攏總（都）、青驚（驚慌）、日頭（陽光）、彎落去（彎下）、按怎（怎麼）、也是（或是）、佳哉（幸好）、掃清去（掃乾淨）、親像（好像）、睏沒得去（睡不著）、譽老（讚美）、清清去去（乾乾淨淨）等。詩人使用自己的母語創作，成績不惡且讀來倍感

15　周作人在〈論小詩〉中將此作譯為：「慎勿擊落蠅，手腳勤膜拜。」

親切，這樣的嘗試與用心當然值得肯定。惟《心弦》作者也同時使用了郭秋生所創造之新字入詩，雖然多為擬音，不過這些新造字因為罕見且使用者稀少，閱讀與理解時恐難免會產生一定的障礙。楊華同時期[16]另一首詩作〈女工悲曲〉就完全沒有這個問題：

星稀稀，風絲絲，
淒清的月光照著伊，
搔搔面，拭開目睭，
疑是天光時。
天光時，正是上工時
莫遲疑，趕緊穿寒衣。
走！走！走！
趕到紡織工場去，
鐵門鎖緊緊，不得入去，
才知受了月光欺。
想返去，月又斜西又驚來遲；
不返去，早飯未食腹裡空虛；
這時候，靜悄悄路上無人來去，
　冷清清荒草迷離，
　風颼颼冷透四肢，

樹疏疏月影掛在樹枝。
等了等鐵門又不開，
陣陣霜風較冷冰水，
冷啊！冷啊！
凍得伊腳縮手縮，難得支持，
等得伊身倦力疲，
直等到月落，雞啼。

本詩既無坦露的控訴，也非激情的抗議，但在氛圍營造與戲劇效果上卻非常成功，高出同時期其他詩人之作甚多。從「疑是天光時」的驚慌，到「纔知受了月光欺」的無奈，以及面臨是否該回家去的矛盾猶豫，詩中一字不提女工上班時的情況，每一字句卻都暗示著她悲苦的來源：不是為了保住工作以求餬口，怎會有如此大的壓力？居然會日月顛倒、晨昏不分，難道與資方的剝削沒有關係？詩中目睭、天光、趕緊、來去等閩南語語彙運用自如，絲毫不見勉強之處。每句句末多用齊齒音，讀者念來更倍感哀愁難解，亦展現出新詩在聲音及協韻控制上的自由與紀律。〈女工悲曲〉無疑是萌芽期最傑出的一首台灣話文詩作。

16　據詩人自己標示的寫作時間來看，五十二首《心弦》寫於一九三二年一月十日至二十五日之間，〈女工悲曲〉則完成於同年同月十五日。

陳奇雲

陳奇雲和楊華一樣，也是不幸早逝的詩人（只是前者用日文、後者用中文寫詩）。他原為澎湖公學校教員，卻在與校內老師交往時遭到女方家長強烈反對，加上其狷介個性不見容於同事與督學，被逼得只好黯然離開學校。從澎湖移居高雄的陳奇雲，最後還是不敵病魔糾纏，三十多歲就死於肺結核。羊子喬在〈光復前台灣新詩論〉中稱陳奇雲是「由熱情走向冷酷，由雄心壯志步入悲觀失望」的代表，這個說法拿來談其「人」的生平遭遇並無不可，但若是以之論「詩」就大可商榷。陳奇雲的詩實在一點也不「冷酷」或「悲觀失望」，反倒充盈著澎湃奔放的熱情與毫不掩飾的批判。由日人多田利郎（筆名多田南溟漱人）主持的「南溟藝園社」[17]，一九三〇年十一月底曾為他出版過一冊詩集《熱流》，作者在自序中就表示：

> 我每每見到諸前輩詩樣般的詩，都會自慚形穢。因為自己的詩大多是未經洗鍊的，並有濃厚的主觀性。原本如此先天畸形的作品是不該出現在世間上。正如宮崎震作氏的標題是「詩？散文？隨便？」。但即便如此，我仍無論是在走廊上、在路上、在床上都不分晝夜地書寫著。詩篇的長短我從不計較。所有的形式韻律也都是自己流的。這些心臟的跳躍、血液的溫度、氣憤的潮流才是我的詩最忠實的表現型態。（陳瑜霞譯）

的確，「不在意詩篇的長短」、「形式韻律完全是自我的」正是陳奇雲詩作的兩大特徵。他最早是從俳句創作步入文學之門的，會寫出〈吃砂〉這類三行短詩自是順理成章。相較之下，長詩〈喚起學校勞動者的階級意識〉的出現便令人驚奇。像這樣全篇採用日常會話體寫成的百行日文長詩，萌芽期也不過就這麼一首而已。此詩專在諷刺「神聖」教育界的虛偽，尤其是「長官」在演說中竟以時鐘擺動會動，但表示時間的文字盤不可動來替自己的懶散辯護，這段讀來最令人感到啼笑皆非。在一共收錄了五十首詩的《熱流》中，這類以批判教育界黑暗為題材的作品會占有一席之地，想必跟作者自己的不愉快經驗很有關係（自序中便提及：「我毫無猶豫地藉著這本詩集，把過去一切複雜的不快埋葬在過去」）。

據研究者指出，陳奇雲的詩美學特徵有三：第一，巨人意象與巨人精神；第二，慘白「死」及赤紅「敗血」象徵的病態美；第三，和歌的抒情日式情調美（陳瑜霞，二四九—二六七）。特別是〈恢復惡血〉等作呈現出的「病態美」，彷彿可見這位台灣詩人向波特萊爾（C. P. Baudelaire）的《惡之華》（*Les Fleurs du mal*）致敬；各詩中「季語」的使用，則顯然源於作者對和歌、俳句的熟悉。論萌芽期台灣詩人對「病態美」的歌頌、對「季語」的大量使用，陳奇雲《熱流》皆屬第一。

陳奇雲的新詩題材多變、形式不拘，卻敗在熱情有餘而制約不足，結構鬆散又不擅剪裁，部分作品還陷入了喃喃自語或激情吶喊的書寫困境。這位詩人恐怕沒有弄懂：豐沛的熱情可以是詩創作的基礎，但畢竟不是（也不可能是）詩創作的全部。

四、楊守愚

萌芽期以中文寫新詩的作者們，大多都有相當不錯的漢學根柢。他們熟諳中文及日文卻執意選擇用前者

17　一九二九年十月以詩為主體的《南溟樂園》創刊，由多田利郎負責編輯，至一九三〇年（第五期）更名為《南溟藝園》。「鹽分地帶」詩人郭水潭、徐清吉、王登山自一九二九年起亦陸續於此刊物上發表多篇日文新詩作品。多田利郎（多田南溟漱人）與伊良子清白、西川滿、黑木謳子同為日據時期在台日本詩人中之要角，多田氏賦詩多重寫實，尤擅描寫生活之細節。

創作，且往往一手作舊詩、一手賦新詩，還能抽身參與或支持各式文化啟蒙與社會運動。面對嚴重對立的新／舊文學，他們不曾徬徨；投入貌似衝突的社運／創作，他們更無猶豫——新文學作品中悲憫弱小、控訴不義的情懷，願意直面現實的舊文學同樣能發抒、表現；講求行動的社運可以批判殖民統治苛政，書齋之內的創作又怎會不行？他們建立了萌芽期中文新詩的基礎，卻在新文學運動逐漸步入高潮之刻，重拾舊詩健筆，棄守新詩園地。對於這樣突然的抉擇和舉動，最合理的解釋應與一九三七年蘆溝橋事件後，殖民政府全面禁止島內報刊使用中文有關。文字的交流被阻、傳遞被拒，不禁讓人憂慮：文化傳統該如何繼承，漢學命脈要怎樣延續？

在此背景下，一向文風鼎盛的彰化地區誕生了新的漢詩團體應社。成員共九位，其中尤以賴和、虛谷、楊守愚三人堪稱新文學名家。有趣的是，三人之舊詩創作量都遠多於新詩，在小說上取得的成績也同樣較新詩為高。儘管如此，以公開發表的詩作量而計，三人依然是萌芽期中文新詩最主要的聲音。楊守愚更是一絕：除了新詩、舊詩、小說、雜文，他還從事過民間文學和劇本創作。在整個日據時期中文小說創作者中，他無疑是作品最多的一位。勤於筆耕的他連筆名也是最多的，有守愚、村老、翔、靜香軒主人、洋、Y生……。

楊守愚的舊文學知識、興趣及能力的養成，與早期曾接受名師郭克明、沈峻指導漢文，父親又是前清秀才關係密切。在新文學方面，鼓勵楊守愚最多的，是長他十一歲的賴和。後者收藏的中國大陸書報雜誌，更成為他學習、師法白話文寫作的對象。從一九二七年起，楊守愚開始嘗試新文學創作，並從旁協助賴和《台灣新民報》「學藝欄」的編輯工作。或許是受到賴和的影響，人道關懷一直都是楊守愚新詩作品的最大特色。他的詩作亦因此多在反映島內的女性命運、勞動者處境，以及天災肆虐慘狀。在日據時期作家中，沒有人像他一樣以這麼多詩文來描寫受壓迫女性的悲慘命運。他的小說〈生命的價值〉與〈冬夜〉顯示，當時的女性不是只值一個銀角，就是還比不上一頭牛來得重要。舊詩〈告生女者〉則訴求應給予女性同等的地位與尊重：「世事原來有變遷，休將弄瓦怨蒼天。不看歐美文明國，反薄男權重女權。」男、女權失衡的問題，同樣可見於新詩〈女性悲曲〉末四句：「我的心　是怎樣的憤恨悲哀／我的悲哀　是無法排解／男權擁護的社會／雖然是　悲鳴有誰來瞅睬」。而〈貧婦吟〉與〈洗衣婦〉亦反映出在已是弱勢的底層階級裡，更為弱勢、更受壓迫的女性之生活與困境。

島內勞動者的處境本已十分艱辛（楊守愚〈長工歌〉、〈車夫〉），在無可抵禦的現代化浪潮侵襲下更是不堪聞問。下面這首〈人力車夫的叫喊〉就在寫自動車出現街頭後，帶給人力車夫莫大的壓力：

自動車聲的一響
弄得一天全無生意
「怎麼好呢」？
也只有看輕了自己的生命
和機械去拚個你死我活
也只有廉賣自己的勞動力
零星地掙來了一錢五厘

科學的發達
容不得些而抵禦
手工業的淪滅

也是必然的趨勢
但這資本主義的沒落期
表演出來的經濟恐慌啊
怎能不叫人愁慘哀喊
怎能不叫人怒目而視

科學進步、機械發明原是全體人類的福祉，卻不知手工業勢必將因此被迫淘汰。這批勞動者不但無福可享，更只能「廉賣自己的勞動力」等待這「必然的趨勢」（淪滅）到來的一日。路上自動車「都、都、都」的響聲，毫不留情地替人力車與車夫們敲下了倒數的喪鐘。在機械取代手工、現代替換傳統的浪潮下，詩人於此處的反思與悲憫雖未能提出解決之道，不過也相當難能可貴了。天災肆虐亦是造成生存不易、處境艱辛的另一原因。楊守愚的詩作既寫暴風（〈暴風警報〉）、地震（〈一箇恐怖的早晨〉），也寫乾旱（〈同樣是一個太陽〉）、洪水（〈蕩盪中的一個農村〉），其志當非止於記錄或描寫，而是欲藉文字寄託最深的哀悼與悲憫。

楊守愚常以穿插「對話」的方式開展詩篇，如〈車夫〉、〈一個夏天的晚上〉、〈農忙〉、〈冬夜〉等作。他也嘗試過用台灣話文寫詩，如〈貧婦吟〉及〈女性悲曲〉。但以詩史角度而論，楊守愚的重要性與特殊性在於開創了萌芽期中文散文詩（分段詩）的寫作。一九三二年發表的〈困苦與快樂〉、〈頑強的皮球〉兩詩可為代表。現在看來，兩篇作品固然文字流暢且刻意經營節奏與韻律，但因詩意實在稀薄之故，不免讓人懷疑它們血液中散文的成分是否遠遠大過於詩。然而《台灣新民報》在刊出兩作時，可是將之置於專門發表新詩的「曙光」上，可見稱為散文詩或分段詩並無不可——我們也可由此得知萌芽期詩人、讀者與編輯對「散文詩」的期待視野（horizon of expectations）。以內容而論，〈困苦與快樂〉寫與困苦的爭鬥雖會給人創傷，但因此而獲得的快樂卻更能使人舒暢。詩末以這樣的快樂不該只是個人主義的享受，而該普及到一般大眾作結，顯然還是維持他詩中關懷底層貧苦人民的一貫基調。〈頑強的皮球〉則有更強烈的批判色彩，宜置於台灣的殖民情境中解讀。那個「頑強的皮球」無疑是殖民地人民的象徵，而「你」自然是指殖民政府：

> 你別儘在嘲笑我慣會做無謂的抵抗，更別怒罵我慣作無謂的暴動。反抗、暴動，那一件不是由於你底鎮壓？引起我強烈的衝撞。
>
> 我原是閑逸地躺著，一動也不動彈，橫暴的你啊呀！究竟有什麼相干？壹下壓力，倒想把我輕易摧殘，拍拍、蹴蹴，還把我抛到遠遠的空間。
>
> 我的身體，雖是恁般軟弱，但是我底心，決不至於沒有抗拒的彈力，你的蹂躪，怎能叫我沒反抗地一任你無理的壓迫？
>
> 你別妄想用你的壓力，使我死心塌地，是呀！我決不和你們人類同例，你那苛酷的虐弄，所引起，我的反抗、暴動，也同樣猛厲。
>
> 越是用力的拍，越是強烈地反抗，越是起勁地蹴，越是活躍地暴動，拍拍、蹴蹴，反抗、暴動，非等到拍斷你的手臂，蹴折你的腳腿，嘿！永不會止住我的衝鋒。

楊守愚的新詩創作量多、題材廣泛且深具人道情懷，但整體成績終是平平而已。原因當然不在思想內容，而是技巧的貧乏與嚴重的散文化傾向。後兩者其實是萌芽期多數詩人的通病，也間接導致了彼時偽詩的氾濫。

五、王白淵

一旦脫離台灣新詩史的脈絡，我們就很難理解《荊棘之道》（《蕀の道》）及其作者王白淵的獨特性與重要性究竟何在。一九三一年由日本盛岡市久保庄書店出版的《荊棘之道》，不易置入論者所謂萌芽期新詩作品的兩大趨勢——「反應被壓迫者的反抗心聲」、「由熱情走向冷酷，由雄心壯志步入悲觀失望」（羊子喬語）——之中；相反地，它是這兩大趨勢之外「不同獨立的存在」（借王白淵詩題）。這樣獨特的存在姿態，往往招來許多「歸類」上的誤解，譬如：以政治思想而論，王氏「人」應可列入左翼作家系譜；但精讀《荊棘之道》內的「詩」便知，六十多首詩作中恐僅書末〈給印度人〉、〈佇立揚子江〉兩者透露出些許左翼關懷與政治色彩（或可加上後來他在《福爾摩沙》上發表的〈詠上海〉）。縱使這部日文作品集《荊棘之道》（按：本書非純詩集）內有短篇小說〈偶像之家〉、論述〈甘地與印度的獨立運動〉、翻譯劇本〈到明天〉表現出抵抗與反殖民精神，然而這些「非詩」之作還是很難讓我們同意王白淵是左翼詩人、其詩乃左翼文學。無怪乎陳芳明《左翼台灣》雖已將王氏歸入其中，卻也只好用「企圖從現有譯成漢文的王白淵新詩，來窺探他的左翼思想，確實是相當困難的」一句勉強權充解釋（一九九八：一五七）。至於像謝里法逕稱王白淵為「民主主義的文化鬥士」、「革命詩人」（一三三—一八七），就不是「勉強」一語可以道盡，而是欲以政治來定位詩了！

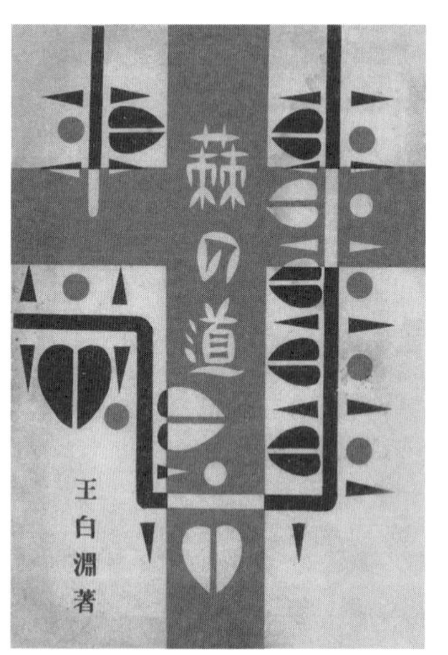

王白淵，《蕀の道》（久保庄書店出版）

說這些，並不是在否定王氏曾受左翼思想深刻影響的事實。只是既要探討詩作或詩史，就應該扣緊「詩」而非僅繞著政治立場或思想傾向來立論。何況王白淵參與東京「台灣人文化社團」（一九三二年）、「台灣藝術研究會」（一九三三年）乃至介入政治活動，在時間上都明顯晚於《荊棘之道》的面世。如此先後不分、精粗不辨，實非研究者所當為。我們認為，《荊》書應如王氏莫逆之交謝春木（即追風）序言所提，是描繪作者「廿歲階段以前的現實」、是「廿九歲以前的倒影，同時也是你將往何處去的暗示」、作者應「把這本詩集當作清算藥吞了下去」。換言之，《荊棘之道》的出版像是一個關卡或轉捩點：在它之前，是深受泰戈爾藝術、印度宗教哲學觀與西洋浪漫思潮交互影響下的詩人王白淵，少數詩作中雖隱約可解讀出反殖民與社會主義色彩，但實在難稱「鮮明」；在它之後，王氏除《福爾摩沙》上的〈行路難〉、〈詠上海〉、〈可愛的Ｋ子〉外幾無詩作，然而原先素樸的左翼思想至此時卻漸告成熟。隨後他便擱置了寫詩的筆，轉而成為文化與政治活動的積極分子，亦因此遭受多次逮捕與監禁。詩人在〈我的回憶錄〉中承認：「誰知想做台灣的密列（引按：即法國畫家Jean-François Millet）的我，不但做不成，竟不能滿足於美術，而從美術到文學，從文學到政治、社會科學去了。」

王白淵的詩創作並非養成於殖民地台灣，而是宗主國日本。替《荊棘之道》寫序的謝春木跟他既是同鄉也是同窗，兩人自台北的國語學校畢業後，最後不約而同地決定到帝國中心——東京——留學。謝讀東京高師，後來卻擔負起《台灣民報》編輯工作並積極介入政治運動；王念東京美專，畢業後待在岩手縣擔任盛岡女子師範學校教師（一九二六—一九三二年，共五年九個月），創作也多發表在《盛岡女子師範校友會誌》之上。據毛燦英、板古榮城的調查與研究顯示，謝春木著作《台灣人如是觀》第二章「上海卷」中第二篇〈揚子江〉及第五篇〈印度人為世界之守門人〉，可能對王白淵寫作〈佇立揚子江〉、〈給印度人〉二詩有過若干啟發（二五四）。

與萌芽期大多數詩作的幼稚樸拙或流於口號吶喊相較，留學「帝都」、受過完整教育訓練的王白淵，詩作之成熟度幾乎無人能及[18]。他許多作品都很像一個個思想或生命的劇場，敘述者不是面對重大的行動抉擇，就是為了下一步而持續在凝視和沉思，如〈生命之谷〉、〈生命之道〉、〈佇立空虛的絕頂〉、〈無盡的旅程〉、〈無表現的歸路〉、〈落葉〉等作。其詩往往透露出一股「吾將上下而求索」的精神，主要場景則多為「幽谷」或「絕頂」，如這首〈生命之谷〉：

生命之谷黑暗，深不可測
兩岸荊棘張刺嚴陣以待
摒息窺伺底部，微微可見的底部
驚異瓊漿般的靈泉在竊竊私語
沒有冒險體會不出生命的奧義
朋友們！
大膽踏入生命之谷吧！
我已掉落生命之谷迷了路
仰望上端的荊棘在注視仍在滴血的我身
噢！奇異的生命之谷
你的荊棘固然可懼
但流貫黑暗的你的靈泉令人無限著迷（陳才崑譯）

這個令人著迷的「靈泉」，可以是《荊棘之道》中最常出現的「無」、也可以是作者深感興趣的「梵」，當然也有可能就是「藝術」本身，如〈未完成的畫像〉：

我欲暢懷高歌
語言是不聽令於我的語言
拗不過創作的衝動
我欲提筆抒發
畫具是使我失望的畫具
文字是概念的繭
畫具祇是一種形式
祇能表達不完整的意念
高高地　我奔上美的高峰
又復回到沉默的幽谷

18　陳芳明稱《荊棘之道》「頗受日本左翼文壇的佳評」（一九九八：一五六—一五七），不難推想他的依據應來自《台灣總督府警察沿革誌》的一句記載：《荊》書一出版，「揚名左派文壇」（王詩琅，一九九五：九四）。但在本書發行地偏遠、印量不多、流通有限的種種條件限制下，我們認為這個判斷恐怕很值得懷疑。毛燦英、板古榮城的調查就顯示：「當時《岩手年鑑》（岩手日報社，一九三二）的文化欄上，有『〇荊棘之路王白淵州久保社』（引述原文）一行，這是筆者截至目前為止關於《荊棘之路》的調查中，唯一一份鉛字印刷的佐證。王白淵的名字，並不見於當時岩手縣的詩誌或文藝誌中。」（二三五）當然，記載裡那個「左派文壇」究竟是多大（或多小）也相當可疑。

於是繪入心靈深處
一尊永未完成的畫像
我摒息側視著它（陳才崑譯）

這類「以詩論藝」、「以詩論詩」之作，王白淵還有〈藝術〉與〈詩人〉兩詩（前者如「朋友們隨興而來／各自戴著自己有色的眼鏡／從我漆黑的畫面上／找到近似自己眼鏡的顏色／於是陶醉在我的白日夢裡／如果我有何藝術／僅僅如此而已」；後者如「薔薇花開默默／無語凋零／詩人生而默默無聞／啃噬自己的美而死」）。讀者當可從其中形象地掌握王氏之藝術觀與詩觀。

王白淵最為人熟知的代表作應是那首〈地鼠〉。評論者對此詩也確實情有獨鍾，或以為其「描繪著殖民地人民處在理想與現實之間痛苦掙扎的景象」，或逕稱王氏為「文化地鼠」，作者「準確預言到自己坎坷的一生」，或指出它「應驗了後來台灣和台灣主體意識的命運」（陳才崑，四〇七、四一一、四一五）。這些解釋當然都有其可取之處，但其實此詩並非王白淵最好的作品，「代表性」自然亦頗有問題。詩中像「細小的眼睛為了看向無上的光明／漫漫的暗路為了到達希望的花園」、「地上的兩足動物討厭你迫害你／地鼠啊！笑煞他吧不要理睬！」這類句子固然很能表現追求與抵抗的決心，但也就僅止於此而已。王白淵最好的作品通常並非以訴說（telling）見長，而是能夠精確地選擇意象展現（showing）詩人對「無」或「空」的探問、「生」與「死」的思索，像這首〈時光永遠沉默〉：

小鳥歸舊巢
生巡死的歸路

啊！彼處時光不流逝
沒有悲哀沒有憂慮
洗去凡塵一切的死
多麼叫人懷念
確實如此
神用黑白兩線
永遠編織生與死
聲音啊！
莫再發出來！
空車已經極盡喧譁（陳才崑譯）

第三章

承襲期

一九三〇年代初起，台灣詩人為文壇所揮就的色彩益為飽滿，先是陳奇雲與水蔭萍（楊熾昌）於一九三〇年出版各自的詩集《熱流》與《熱帶魚》，以及隨後的一九三一年由王白淵出版《荊棘之道》、一九三二年水蔭萍再出版他第二本詩集《樹蘭》，讓新詩在萌芽期的發展劃下一個完滿的句點；接下來一直到一九三七年中日戰爭爆發而日本政府於該年四月一日開始全面禁止使用中文為止，由於此期間大量文藝刊物紛紛創刊，儘管其壽命均相當短暫，卻是日據時代新文學最為發皇的時期。蓋文學刊物為作品的發表提供了刊載的管道，無形之中亦鼓舞了作家的創作，這當然也刺激了詩人創作的欲望。

文學刊物的興衰往往反映了一個時代文學的表現，一九三〇年代以來台灣新詩的發展，正是此說一個很好的註腳。從一九三〇年起即有多種新文學雜誌面世[1]，其中較有影響力的是一九三二年元旦創刊的純文藝雜誌《南音》，葉石濤稱它「是台灣文學史上最有分量的一本文藝雜誌」，此話雖有誇大之嫌，但它「以中國白話文和台灣話文為創作語言」（一九九七：四八），在當時確實令人側目。其所刊作品，除關於台灣話文的論爭文章外[2]，大多為隨筆與新詩作品，楊華的重要詩作《心弦》便曾於該刊一卷五號至十一號上連載（梁明雄，一九九六：一八五）。然而就新詩的發展來說，一九三三年無疑是三〇年代中更為關鍵的一年。

首先是以蘇維熊、巫永福、王白淵、張文環、吳坤煌等人為首的東京留學生，率先成立了台灣藝術研究會，並於該年七月十五日於東京創刊《福爾摩莎》。相較於《南音》，《福》刊係一份以日文為主的文學刊物，創刊同仁雖多為思想左傾的留日文人，但誠如梁明雄在《日據時期台灣新文學運動研究》一書中所說：「卻是份政治宣傳色彩極為淡薄的合法刊物，著重於鄉土風格文學的創造，以穩健的態度帶動台灣文學的發展。」（一八九）《福》刊先後只發行三期（至一九三四年六月十五日），但是對於當時的留日青年和台灣文壇，產生了相當大的鼓舞作用（一九〇）。三期的《福》刊，除了小說、戲曲等作品外，共刊載了施學習、楊基振、王白淵、陳傳纘、陳兆柏、翁鬧、巫永福、王登山、托微、魯迅、鄭世元等人的詩作（一八九）。

接著是同一年由兩年前自日返台的水蔭萍[3]，結合了志同道合的林永修（林修二）、李張瑞（利野蒼）、張良典（丘英二），以及日籍詩人戶田房子、岸麗子、尚梶鐵平（島元鐵平）共七位，組成「風車」詩社，並發行《風車》（*Le Moulin*）[4]，由水蔭萍主持該刊的編務工作（林佩芬，二七五）。風車詩人多有留學日本的經驗，也因此深受日本當時文學環境的薰陶，他們藉由日本文壇、詩壇間接接觸並認識了是時世界文學的主流，因而受到前衛詩潮尤其是象徵主義（symbolism）與超現實主義（surrealism）的影響（陳明台，四二、四四）；也正因為受到當時現代主義詩潮的影響，取得和西方文藝思潮接軌甚至同步發展的機會，並成為歷史上首次導入西方現代主義的流派。台灣文學史上出現的「現代詩」一詞，也在此時始見於《風車》（楊宗

1 按梁明雄的研究，於一九三〇年同年創刊的新文學雜誌計有《伍人報》、《台灣戰線》、《洪水報》、《明日》、《現代生活》與《赤道》（一七三－一七八）。嚴格而言，這六份雜誌其實都是帶有左翼色彩的綜合性文化刊物，惟其亦刊登若干文藝作品（如小說、散文、詩歌、戲曲等），所以被視為廣義的新文學雜誌，皆為旋起旋滅，壽命均未滿一年。

2 《南音》開闢了「台灣話文討論專欄」、「台灣話文的新字問題」等專欄，引發賴明弘、黃春成、黃石輝、郭秋生、莊垂勝等人的筆戰，承續前此在台中的《台灣新聞》上有關台灣話文的論爭（梁明雄，一八五）。

3 一九三一年水蔭萍因探父病自日輟學返台。之前返台時間卻有二說，據羊子喬與陳千武合編的《廣闊的海》（詩選）之說，時在一九三三年（一九八二b：二二一）；另據林佩芬〈永不停息的風車——訪楊熾昌先生〉一文所指，則時當一九三四年（一九九五：二七四）。楊父於一九三四年八月病逝，此時他早已回台工作。

4 「風車」成立的時間，詩壇向來有三種不同的說法，分別是：一九三三年（葉笛，二〇〇二a：一四一；楊宗翰，二〇〇二：二七一）、一九三四年（羊子喬、陳千武，一九八二：二二一；陳芳明，一九八八：八六）、一九三五年（林佩芬，二七四；梁明雄，三八一；林瑞明，一九八七：二四七；張默，二〇〇四：三三一；陳明台，四一；葉笛，二〇〇三b：一九八）。惟根據楊宗翰比對研究水蔭萍最力的呂興昌（編有《水蔭萍作品集》）所列年表，發現《風車》前後共印行過四期，創刊於一九三三年十月，停刊於一九三四年九月，每期印量只七十五冊，現存只剩一九三四年三月出刊的第三期一冊孤本。既然連現存於世的第三期都是一九三四年的出版品，《風車》又怎麼可能於同一年以至於「延後」到隔一年才創刊（二〇〇四：一二六）？有鑑於此，本書在此採創刊年為一九三三年之說。

翰，二〇〇二：二七一）。

事實上，除了前二期只刊登詩作和詩論外（林佩芬，一九九五：二七五），《風車》和《福爾摩莎》一樣，都屬綜合性的文學刊物，亦即其除刊載新詩之外，亦間有小說及評論作品的發表，所以嚴格而言，《風車》並非是一本純詩刊（它的封面在法文刊名*LE MOULIN*之下，還有"ESSAY/POESIE/A LA CARTE/ROMAN ETC..."諸語）（楊宗翰，二〇〇四：一二六）。其實直至日據時代結束，台灣詩壇仍尚未見有純詩刊（或詩誌）的出現。然而，《風車》之較《福爾摩莎》重要，並不在刊物本身的性質上，對於台灣詩壇而言，《風車》之特具意義，主要是因為它是歷史上新詩詩人首度結社出版的同仁刊物。更為重要的是，由於它向西方現代主義借鑑，首度進行所謂「橫的移植」，誠如陳明台所說，取得了和同時代既存的寫實主流——鹽分地帶詩人群（如郭水潭、吳新榮、王登山……），一種對照性的地位，因而特別具有歷史的意義（四〇）。《風車》前後雖只出版四期（一九三四年九月休刊），但這一年不到的時間，已為詩壇點燃西化的第一把火。

繼《福爾摩莎》及《風車》之後，翌年創刊的還有台灣文藝協會的機關雜誌《先發部隊》。台灣文藝協會是由郭秋生、黃得時、朱點人、王詩琅等人成立的島內第一個文學社團，它所發行的《先發部隊》係一份純文藝的白話文雜誌，首期即刊有不少詩作，惟只出版一期即告停刊[5]，並於隔年一月六日改以《第一線》的刊名繼續出版，其所刊詩作水準則大為提高（梁明雄，一九七七），只是其壽命同樣也僅止於一期。

《先發部隊》

與《先發部隊》同年創刊的還有另一份在該年成立的全島性文學社團「台灣文藝聯盟」的機關刊物《台灣文藝》。《台》刊可說是「由台灣人所創辦歷時最久，作家最多，影響也最大的中日文月刊雜誌」，在該刊發表詩作的詩人甚多，包括楊華、夢湘、陳遜仁、楊啟東、守真、賴和、浪鷗、浪石、陳垂映、陳君玉、楊少民、翁鬧、吳新榮、郭水潭、林精鏐、莊培初、張慶堂、吳天賞、朱點人、陳梅溪、江燦琳、張星建、吳坤成、吳坤煌、丘英二、楊俊傑、蔡嵩林、陳茉莉、巫永福、徐青光、楊守愚、董祐峰、蔡德音等人，詩作大抵以表現詩人內心的苦悶或描寫美麗可愛的風光居多（二〇七）。除了《福》、《先》、《第》及《台》這些屬「機關誌」的文學刊物外，在戰前出刊而與《風車》同屬同仁雜誌的《台灣新文學》，則由《台》刊退出（編輯委員）的楊逵於一九三五年十二月二十八日集資創刊。《台灣新文學》也是一本中日文創作並刊的雜誌，只是創刊的理念有別於《台》刊[6]，究其實，二份刊物的作者陣容也都大同小異（二一三）。

一九三七年中日戰事起，如上所述日本政府實施禁用漢文的鐵腕政策，新文學刊物之發展受到嚴重的阻

《台灣文藝》創刊號（舊香居提供）

5 葉石濤指出，《先發部隊》由於沒有刊登日文作品的關係，在一九三五年一月遭到殖民政府的干涉，才不得不改名為《第一線》，勉強刊登若干日文作品（一九九七：五九）。

6 葉石濤認為：「《台灣新文學》重視中國白話文創作一事，相較於《台灣文藝》認為日文創作因時代關係應成為創作主流的看法不同。這是楊逵擁護民族傳統，承繼台灣新文學運動反帝、反封建的基本精神的表現。」（一九九七：六八）

滯，於此期間出現的除了《南方》（一九四一年七月一日由原來的《風月報》易名而來）係為中文雜誌外[7]，餘如《華麗島》（一九三九）、《文藝台灣》（一九四〇）、《台灣文學》（一九四一）及《台灣文藝》（另一本支持皇民化文學的同名刊物）（一九四四）均為日文刊物，且其中除《台灣文學》為自組啟文社的張文環創辦外，餘皆為在台之日人（西川滿、長崎浩）所主持或創辦。這些文學刊物雖也都刊載新詩作品，詩人之自主意識卻難見抬頭，例如西川滿主持的《文藝台灣》便於一九四一年九月的二卷六號上推出「戰爭詩特輯」[8]，隨後更在五卷二號、六卷五號、七卷一號陸續推出「大東亞戰爭詩專輯」、「國民詩特輯」及「大東亞戰爭詩集」，成為皇民文學的宣傳喉舌。其中連王白淵也無法免俗地在《台灣文學》四卷一號上發表了一篇悼日軍在阿克島戰敗的詩歌〈阿克島守軍的深恨〉（〈恨みは深しアッツの島守〉）（二七〇）。戰爭期間在這些日文刊物所留下的詩作，雖不致讓歷史留下空白，卻也無足輕重。

　　戰爭期間日本政府在台灣大肆推行所謂的「皇民化運動」（包括改姓名；禁用漢字漢語；取消漢文教

《華麗島》創刊號

《文藝台灣》創刊號（舊香居提供）

育；更改服飾；禁止言論、出版與集會、結社自由……），值得一提的是，於此艱困時期有兩個文學團體的成立：一是一九三九年九月九日由西川滿、北原政吉、中山侑等日人籌組的台灣詩人協會的成立，邀得台灣詩人郭水潭、邱淳洸、吳新榮、水蔭萍、楊雲萍、林精鏐……等人的加入，同時並出版機關刊物《華麗島》。只出版一期的《華》刊，係戰爭時期難得出現的一本文藝刊物，刊載有郭水潭頗有反戰意味的〈世紀之歌〉（〈世紀の歌〉）與水蔭萍帶有迷離及神秘氛圍的〈月的死相〉（〈月の死面〉）等詩（二六三）。另一是一九四二年於戰爭末期由就讀於台中一中的三位高中生張彥勳（紅夢）、朱實與許清世（曉星）發起的同仁社團銀鈴會。銀鈴會的活動則持續至戰爭結束後的一九四九年四月（林亨泰，一九九三：二〇〇）。

按後來加入銀鈴會的詩人林亨泰的說法，銀鈴會可以一九四五年八月十五日日本無條件投降為界，將其活動分為前後兩期，前期印行同仁刊物《緣草》（《ぶちぐさ》）共十多期[9]，雖與上述出現的文學雜誌一樣，也是一份涵蓋小說、新詩、隨筆、評論的綜合性刊物，但其中詩作所占比例極重。後期至一九四九年四月為止，在《緣草》休刊之後易名為《潮流》復刊，共出版有五期，短短的一年期間內，竟刊載了日文詩

7　《南方》是日本政府禁用中文後，除詩報外碩果僅存的一份中文文藝雜誌。依梁明雄之說，其所以能夠存留下來，除了它「不涉政治，但論風月」（承《風月報》而來），提倡「日支親善，日支提攜」的編輯政策有以致之外，另一方面「可能是日本政府有意利用該刊作為對中文讀者傳達政令的宣傳工具之故」（二六一—二六二）。

8　同期還同時刊載周金波的〈志願兵〉與川合三良的〈出生〉等二篇以志願兵制度為題材的標準皇民文學作品（梁明雄，二六七）。周金波由於這篇〈志願兵〉小說，儼然成為台人皇民文學的「代言人」，後來則引發不少人對他的抨擊。

9　《緣草》中文刊名在此係採張彥勳之說。張彥勳在〈銀鈴會的發展過程與結束〉一文指出，《緣草》其實是一份以日文為主的油印刊物（參見《雙子星》第三期，一九九六年六月，引自http://faculty.ndhu.edu.tw/~e-poem/poemroad/jang-yanshiun/2005/11/02/銀鈴會的發展過程與結束/，瀏覽日期：二〇二一年五月三十一日）。依林亨泰的說法，《緣草》只印行十幾期，確切是幾期，目前已難查考，現存僅一九四五年六月二十日出刊的夏季號一冊（一九九三：二〇〇）。

一百一十四首、中文詩三十首，相對於中日文小說各二篇，以及日文散文十三篇、中文散文十篇而言，足見詩作所占分量之重，這和同仁詹冰、林亨泰、張彥勳、蕭翔文等均為詩人不無關係。

一九四五年十二月二十五日台灣光復，台灣行政長官公署正式成立。隔兩年二月二二八事件發生，不少作家如楊逵、吳新榮等人都因而繫獄，台灣新文學的發展遭受嚴重的挫折。加上原先創刊於前一年三月十五日的《中華日報》文藝（日文）版（由龍瑛宗主編）的停刊，無異於雪上加霜，因為自此之後全省的報紙副刊清一色全為中文版面，使得絕大多數以日文寫作的作家不得不面臨停筆的命運（國府於一九四六年十二月二十四日起強制禁止使用日文）。所幸由歌雷（史習枚）主編的《新生報．橋副刊》於一九四七年八月一日創刊，雖前後只維持二十個月之久，但因為歌雷開放園地積極提供台灣作家發表評論與創作[10]，更在該刊上掀起第二次台灣鄉土文學論爭，儘管「圍繞著這中國結與台灣結的糾葛，並未得到任何結論」（葉石濤，一九九七：九六），終究未讓這段文學史留下空白。

在歷史進入一九五〇年代以前，雖曾出現過曇花一現的同仁性質的詩人團體（風車詩社），卻從未誕生一本純粹的新詩詩刊，或許正因為如此，在這之前不曾聽聞起過什麼詩運，顯然詩運要靠詩社及詩刊來加以鼓吹。俟歷史翻開五〇年代這一頁，熱鬧的詩壇正等著登場了。先是一九五一年十一月五日由鍾鼎文約集葛賢寧、紀弦假《自立晚報》合創《新詩》週刊，後因種種緣故，創刊之三人先後退出（麥穗，四三—四五），從第二十八期起改由覃子豪接任主編[11]，直至一九五三年九月的九十四期停刊為止（這期間，李莎曾短暫代編）。在當時文壇為戰鬥文藝風潮所主導下，《新詩》週刊的出現使得新詩「有了一個最少免除於『戰鬥』框框的微小空間」（向陽，二〇〇二）。向陽便引麥穗的話說，在該刊發表作品的詩人陣容堅強，水準齊一，不僅「將大陸來台的詩人集合起來，把薪火傳遞下去。而最重要的是培植新一代的新作者，備作接棒的傳人」，「奠定了今日現代詩蓬勃的基礎」（麥穗，三〇；向陽，二〇〇二）。

紀弦先前退出《新詩》週刊後，隨即於一九五二年八月與潘壘合辦了一期《詩誌》，旋於次年二月創刊《現代詩》，掀起鍛接期的序幕。不管是《新詩》週刊或《詩誌》，在台灣新詩史上都是首次出現的純詩刊，別具意義；它們的初起，不僅標誌著台灣新詩發展的大邁步，更預告了即將到來的風起雲湧的詩運。

一、水蔭萍

本名楊熾昌的水蔭萍，可謂家學淵源，六歲稚齡就由其父楊宜緣在家親授《詩經》，並從私塾學漢學，打下深厚的國學基礎。在他留日期間，即出版了第一本詩集《熱帶魚》（由畫家福井敬一作畫）（一九三一），受到日本詩壇的注目；再一年，又出版第二本詩集《樹蘭》（以及小說集《貿易風》），可說是一位早慧詩人。可惜的是，這二本在一九三二年以前發表的作品，迄今已難尋佚。一九九五年四月由台南市文化中心重新整編出版的《水蔭萍作品集》中所收錄的詩作，最早僅及於一九三三年（〈沙羅之花〉、〈青白色鐘樓〉、〈幻影〉、〈日曜日式的散步者〉、〈福爾摩沙島影〉共五首），這些早年散佚的詩作，對於水蔭萍的研究來說，始終都是一項缺憾。

水蔭萍出現於當年的台灣詩壇，到了今天看來仍是個異數。他出身於寫實主義的大本營台南地區，在

10　歌雷為了讓日文作家也能投稿發表，不僅採用日文稿件，更請人為此日文稿件翻譯，林曙光、龔書森、陳顯廷等人都因此承擔過翻譯工作（葉石濤，一九九七：九五—九六）。

11　《新詩》出刊一個月，首先葛賢寧就因為該刊刊出鍾鼎文以筆名番草所寫反對文藝有「政策」的〈關於詩的理論〉的雜文而退出（麥穗，四三；向陽，二〇〇二）；由於當時是白色肅清的時代，可以想見渠等所面臨的政治壓力之巨大，果然不數月，鍾鼎文與紀弦二人也相繼離開。

因父親生病輟學返台後不久即繼日人紺谷淑藻郎接編《台南新報》學藝欄，旋而倡導超現實主義，力抗當時的鹽分地帶詩人群，的確需要很大的勇氣。他借主編《台》報學藝欄的機會，大力提倡新詩寫作，並與林永修、張良典、李張瑞、林精鏐、戶田房子、岸麗子等人時相往來，以至於後來更因而組成風車詩社。「風車」之命名，頗有「對台灣詩壇鼓吹新風」之意（林佩芬，二七五）[12]，也就是鼓吹超現實之新風抗寫實之舊風[13]，而其目的不外乎：一是藉此給當時的台灣文壇注入「新精神」的新的創作方法，在美學上有更新的表現，以提升文學的境界；二是為了避免與日人硬碰硬地正面對抗，而唯有「為文學而文學，才能逃過日警的魔掌」（聯合報編輯部，一九五一一九六；楊熾昌，二二三）。

水蔭萍（文訊提供）

在水蔭萍看來，當時盛行於文壇的寫實文學，一來可說了無新意，因循苟且，墨守成規；二來因其「以文字來正面表達抗日情緒」，儘管發揚了民族意識，卻容易墜入日人的圈套，授以口實，其結果只有引發更多殘酷的犧牲而已（楊熾昌，二二四）。由於在此之前的留學期間，受到日本《詩與詩論》集團超現實主義前衛詩潮的影響（尤其是該派別的三大代表性詩人春山行夫、西脇順三郎與安西冬衛對水蔭萍的啟迪）（陳明台，四七—四八）[14]，使得水蔭萍自然而然地想到以超現實主義來取代位居主流的寫實主義，誠如他的「自述」道：

在鑑於寫實主義備受日帝的摧殘，筆者只有轉移陣地，引進超現實主義。Surrealism為一九二〇年出現於法國的藝術流派，主旨恰與寫實主義背道而馳，將佛洛伊德發現的人類潛意識提昇到藝術上，以人類豐富的想像力，在潛意識的世界裡，以夢幻的感應與自由聯想，掙脫現實的桎梏，當時是一種新興藝術，尤其在繪畫界更有突出的發展。（二二五）

或許正因為上述這段「夫子自道」式的剖白，歷來有關水蔭萍詩作的研究，都將他與超現實主義劃上等號。那麼，水蔭萍究竟如何「超現實」？這有待對其詩文本的逐一檢視。如前所述，發表於一九三二年之前的詩作已不復可尋，目前看得到的是從他第三本詩集《燃燒的臉頰》（一九七九）重編出版的《水蔭萍作品集》（一九九五）中的詩作[15]——收集自一九三三年到一九三九年散失的作品。這些戰後重新「出土」的詩作，今天讀來仍令人「驚豔」，誠如葉笛在〈水蔭萍的esprite nouveau和軍靴〉一文中所說：「僅以現在能看

---

12 按楊熾昌自己的說法，「風車」命名的由來有二：一是因為他嚮往荷蘭的風光（荷蘭素以風車聞名）；二是由於他常在台南的七股、北門一帶走動，看到鹽田上一架架的風車，內心十分嚮往，給了他這個念頭，自然而然取名為風車詩社（林佩芬，二七五）。

13 「風車」掀起的這股新詩風，當時曾引發數次的詩論戰，可參閱羊子喬《蓬萊文章台灣詩》一書（一九八三：四四）。

14 在《燃燒的臉頰．後記》中水蔭萍曾自承，當時日本詩壇中與他較有關係的除了還潤與高橋新吉的達達主義（Dadaism）外，主要為「在《詩與詩論》的春山行夫、安西冬衛、西脇順三郎等超現實主義系譜上開花的，在詩上打出新範疇的形象和造型的主知的現代主義詩風」（楊熾昌，二一八）。陳明台指出，春山行夫是《詩與詩論》的主編，是主知主義的提倡與實踐者，對西歐現代主義有過深入的研究；西脇順三郎則是當時日本導入西方超現實主義的理論大師；至於安西冬衛，乃是當時最具現代主義摩登色彩的詩人，詩作極具前衛的實驗性。這三人顯然對在日留學的水蔭萍有所影響（四七—四八）。

15 《燃燒的臉頰》共收三十二首詩作，呂興昌重編出版的《水蔭萍作品集》，則增錄了他自舊報章雜誌蒐集所得的三十七首散失的詩作，合共六十九首（楊熾昌，七二）。

得到的作品，徵諸當前的文藝界，其文學之新、之美、之醇，可以說讓人刮目相看，確實是『硜硜自守，寵辱無驚』。」（二〇〇一：二九）

法國文論家杜布萊西斯（Yvonne Duplessis）在他的《超現實主義》（*Le Surrealisme*）一書中曾坦言，讀者在閱讀超現實主義作品時，精神上應具備一種特殊的傾向，即「應該放棄那種一看就能清楚理解的含義」（八三），面對水蔭萍前衛詩作，也當作如是觀。杜氏指出，與古典文學作家不同的是，超現實主義作家所要傳達的是他們內心世界的震動，因而他們的表達方式「可能會帶有某些秘密的印痕」，如果只用通常的語言，那是很難表達內心真正的世界，「正是習慣把那些用爛了的字詞的驚人之處給我們藏了起來」（八二—八三），為了避免這種陳腔濫調所無法反映的真實世界，超現實主義者採取了「以毒攻毒的方法」（八一），也就是一種潛意識的自動寫作（automatic writing）。也懂法語的水蔭萍如上所述，自承他對此一手法的了解是：「純粹的無意識活動，依無意識的活動而通過語言、通過文章，或其他的方法，表現內心的真實動向，同時，不受理性的督促，完全遠離審美的、邏輯的煩惱所作的敘述。」（楊熾昌，一九九五：二七〇）。

水蔭萍這一番話作不作得準？歸根究柢，還是要回到他的詩作本身來看，我們不必拿他的話來權充權威性的註腳。不合邏輯（也就是不合理性）、缺乏連貫性的詩行的銜接，構成水蔭萍詩作的最大特色，而之所以形成這種不合常情的跳接，實係出於自動寫作的緣故，就以〈公雞和魚〉一詩為例，該詩首二行：「花束的風在浪濤間青青／香氣的風喲！」其中，「香氣的風」承襲自首行「花束的風」猶可理解（香氣來自花束），雖然中間包夾了一個不很搭調的「浪濤」；緊接著第三行跳接「夜鳴咽於貝殼的愛」，再跳接第四行「公雞在唱季節的歌」，完全是獨立的二個場景。隨後第四行到第五、六行「墜落的 seraphim 之歌／淡白的星群為天的秘密顫抖」顯然中間的連結又被切斷了。五、六行的意象雖可連接，但跳到第七、八行又是另一個有關「水」的不同場景：「湖礁的水路條紋在流／在魚域上蕩漾的蝴蝶」，直到末句才終於點明「公雞和魚」是出場在「飄香季節的黎明」（以回應首二句）。類似這種詩行的短路（court circuit）的例子所在多有，如〈demi rever〉、〈花粉和嘴唇〉、〈悲調的月夜〉……。

這些跳躍的自動語言常以不相干的、遠距離的意象加以大量的堆積與湊合，如〈園丁手冊——詩與散文〉組詩中的第二首〈海港的筆記〉，頭一段即是由底下這四行不相干的意象語「混亂的排列」：「森林的巴克斯酒神載著年輕人的靈魂」＋「油布床上奏著港色的輪巴」＋「少女做著朱色的呼吸賣愛」＋「年輕人求著桃紅的彩色於一杯酒」，詩人意欲藉此遠距離意象的撞擊，製造出一種意想不到的效果（如〈demi rever〉一詩的起句：「黎明從強烈的暴風雪吸取七天的月光」），目的在化不可能為可能，如「白色凍了的影子」（〈日曜日式的散步者〉）、「綠色的乳房」（〈果實〉）……以及類如這樣驚悚的句子：「女人的心臟是諧調於十三海里的黑潮之貝殼的鼾聲」（〈月光和貝殼〉），而我們從法國超現實主義的代表性詩人諸如德斯諾斯（Robert Densnos）的〈冰冷的喉〉（「郵差，憂傷的郵差，腋下夾了一具棺材，／快快把我的信火速送交鮮花」）、佩雷（Benjamin Peret）的〈佩雷的記憶〉（「一隻熊在吃乳房／沙發入腹後熊又吐出了雙乳／從奶頭中走出一頭奶牛／奶牛尿出幾隻貓／貓兒組成梯」）也可找到類似的句子，而最有名的例子莫過於由許多人以傳紙條的接龍遊戲所獲得的第一個詩句：「要喝—新—酒的—美味—屍體」（引自鄭克魯，三一八）。

「要喝新酒的美味屍體」的確造成令人驚奇的效果，而這效果往往傳達出超現實主義的幽默意趣，特別是產生一種所謂的「黑色幽默」（black humour）。「幽默意趣是超現實主義作品的重要藝術特色。它是從事物的不規則排列和意想不到的組合中產生的，因為它不符合普通的生活現象和司空見慣的語言規則，於是產生一種滑稽突梯、隱含諷刺的意味」，可以說「它體現了詩人對生活現實的無可奈何和玩世不恭的態度」（鄭克魯，三一九）。相形之下，水蔭萍的詩作則嗅不出有幽默意趣的味道，反倒是常常透顯出帶有神秘、迷離，以至於魅惑的夢幻氛圍，呈現出達利（Salvador Dali）式超現實主義的夢境。〈悲調的月夜〉、〈月的死相〉、

〈幻影〉、〈demi rever〉……都有這樣懾人的氣氛，其中〈茅草花〉一詩的末段：

燒得通紅的天空
天的手套
染上空心麻線球的紫墨水
沉落在居家的森林裡

儼然是由達利一手塑造的不可思議的夢境，不僅色彩搶眼（通紅、紫墨水），而且天空伸出的手套可以落在「居家的」森林裡。然而，進一步言，或許也受到象徵主義的影響，水蔭萍詩作裡所呈現的迷離的世界，不純粹是超現實的夢境，尤其是那種對於視覺、嗅覺，聽覺、觸覺多種感官意象的強調，已接近象徵主義的色彩，例如底下這首詩節之間仍有大跨度跳接的〈風的音樂〉：

春天的氣息顫抖，菫花之歌飄香
菫花的馨香中有少女們菫色的睡眠

敗興的孤獨的樂器
有香渺的愛和欷歔
被遺忘的薔薇色花萎落在guitare弦上

少女之唇的紅色話語
果樹飄香的古老之夜
聽見故鄉秘密的樂音
我的臉頰上風的接吻在溶化

這首詩除了使用誤用（catachresis）（如「紅色話語」）的修辭技倆外，更以聯感（synaesthesia）手法讓各種感官意象同時呈現，包括視覺（堇色、薔薇色、紅色）、嗅覺（春天的氣息、堇花的馨香、果樹飄香）、聽覺（堇花之歌、愛的欷歔、紅色話語、故鄉秘密的樂音）、觸覺（薔薇色花萎落在guitare弦上、臉頰上風的接吻在溶化）等「同台演出」，確實令人嘆為觀止。類此表現手法，一般喜拿水蔭萍另兩首〈尼姑〉、〈茉莉花〉為例說明，而〈尼〉、〈茉〉二詩除了以多種感官意象帶出神秘、迷離的氣氛外，更重要的是，他在此引用了葉笛所說的法國的Conte的手法。Conte是一種短篇小說或故事，體製精短，卻富於諷刺與詼諧（葉笛，二〇〇一：三四），水蔭萍襲其形式，卻捨諷刺與詼諧，倒給它著上一層迷離的顏色，就連較為明朗可解的〈無花果〉一詩，多少也仍具有這種色調。

「在遙遙遠遠的表情的風景裡散佈／音樂的裙裾」、「蝴蝶飄揚／在懼怖於自殺者的白眼而飄散的病葉的／音樂之中／我將患上風景的傷風」、「在魚域上蕩漾的蝴蝶／是飄香季節的黎明」、「在水族館裡太陽的光線／就是綠色的麥穗／詩人在唱／貓的憂鬱」……類此難解的詩句，和水蔭萍習於使用誤用、錯格句（anacoluthon）以造成朦朧（obscurity）的效果有關。儘管法國超現實主義的靈魂人物布勒東（André Breton）的〈星期天〉也有諸如底下如此令人費解的詩行：「飛機編織電極線／而泉水唱著同一支歌／與鐘聲相會開胃酒染成橘黃色／但是火車機械師的眼睛是白的／林中太太失去了微笑」[16]，但是我們的唱著貓的憂鬱的「風車詩人」水蔭萍，將遠距離的不相干的具體物象或抽象事象拉在一塊所產生的撞擊力道，則一點也不比布勒東諸人遜色。

二、利野蒼與林修二

水蔭萍從日本間接引進法國的超現實主義，已如前述，正因為這樣，超現實主義自始便被人將之與以水蔭萍為首的風車詩社劃上等號，然則以超現實主義一語便可道盡風車諸君子的詩作風格嗎？如果我們進一步閱讀風車另兩名代表性詩人利野蒼（李張瑞）與林修二（林永修）的作品，便可發現這裡面確實「大有文章」。關此疑問，陳明台在〈楊熾昌・風車詩社・日本詩潮——戰前台灣新詩現代主義的考察〉一文中即曾表示：「以筆者私見，楊氏的根據，核心為超現實主義，其他同仁則以象徵主義為依歸」，而其中林修二、利野蒼及丘英二（張良典）等人即為顯例（五六—六〇）。

利野蒼

利野蒼和水蔭萍、林修二兩人，都曾遠渡日本留學，卒業於東京農業大學，早在中學時代就開始創作新詩，並對西脇順三郎的詩作頗有興趣和研究。一九三五年六月，他曾於《台灣新聞》上撰文，針對日本人黑木謳子的寫實主義文學觀點提出異議，得到當時水蔭萍的奧援，形成風車詩人對外一次重要的文學論戰。論戰中，利野蒼與水蔭萍二人都極力強調詩中意象的經營，反對停留於表面現象的描寫（劉登翰等，一九九一：五一二—五四三）。利野蒼的詩作有其個人的獨特風格，惜其生前並未出版詩集，今天所能見之遺作又屬有限，他更在一九五二年死於白色恐怖時代的冤獄，成了台灣詩壇的一個遺憾。

相較於水蔭萍超現實式的費解，利野蒼的風格毋寧較為明朗許多，雖然他也同水蔭萍擅於操弄意象語言，但所使用的意象群之間彼此多少都有相當的關係，不像水蔭萍的難兜在一塊，即便像〈鏡子〉中這樣頗為超現實的句子「性慾被固定在李花」，但若將其前後句的語境（context）關係考慮進去（前句「昨晚的女人在那裡面」，後句「撥弄內衣也弄不出髮毛和愛情」），則便可解為昨夜與之溫存的那個女人，她的性慾並未被撩撥起來（因為「撥弄〔她的〕內衣也弄不出髮毛和愛情」來），早就被固定在鏡外的「李花」上了，李花在此當是另一種情慾的象徵。本詩題目是「鏡子」，似已暗示詩人眷戀的愛情如「鏡花」（水月）般虛幻。

偏偏利野蒼的詩作總不那麼令人感到虛幻與迷離。陳明台便認為相較於其他風車詩人，利氏的語言較具陽剛之美，他舉〈肉體喪失〉一詩中的第二段詩句為例說明（五八）；然則「關上北窗／我從宇宙的音響昇華／頭腦悲哀的遊戲／白煙　紫的白／白和紫的煙追逐著」這樣的句子到底有什麼陽剛美呢？特別是同首詩的頭一段：「孤獨／擬似珊瑚的貝殼煙斗／被遺忘在少女無血氣的／嘴唇上」——完全嗅不出陽剛的氣息。應該說，利野蒼的詩作涉及了較多的現實題材，中國大陸評論家劉登翰等人甚至認為利氏「堪稱『風車』詩人中現實色彩最為濃厚的一位」（一九九一：五四三），諸如〈黃昏〉、〈虎頭碑〉、〈傳統〉、〈這個家〉等詩，甚至是〈天空的婚禮〉，或多或少都與現實／生活經驗有關。其中〈黃昏〉一詩則幾乎不啻就是漁家生活一景的描繪，除了首二行「漸漸從海那邊襲來的／薄暮　開始建設夜」有著令人驚喜的生動意象外（尤其是「建設」兩字），整首詩使用的都是寫實主義的白描手法，完全嗅不出「風車」的味道。

縱然如此，利野蒼還是擅長於製造生動的形象，例如〈天空的婚禮〉一詩，將「拂曉」時分太陽與月

16　此詩引自王家新編，《歐美現代詩歌流派詩選》（上）（二〇〇三：一五四），詩由杜青鋼翻譯。

亮的交替（「不久，東方的新郎晃晃地顯身了／忽而新娘美麗的姿容被隱藏起來」）形容為一場正在進行著的「天空的婚禮」，只有螺旋槳飛機響起爆竹式的聲音，「鳶帶著今天的喜訊旋飛著」（似乎正要去迎娶），蓋「在地上激昂的人們」始終沒發現天空中的這場婚禮。有謂此詩「隱含著對殖民統治者的尖刻反諷」（一九九一：五四四），則似有過度詮釋之嫌。利野蒼這種形象化的比喻，極富生動之處已經接近象徵主義了，底下這首〈女王的夢〉堪稱代表：

從金色煙灰缸　用紫色備忘紙包裝的煙雲
流出去玩弄窗外的雨絲　高貴的女王便將裸
著的脛部　彬彬有禮地收入
人絹衣服的下襬
——是誰？對我那麼蠻不講理的……
從開放了的窗　雨的飛沫濺上來……
夢重疊著（陳千武譯）

這首同樣描繪夢境的詩，除了有著生動的形象外（如第一、二行），更有著豐富的視覺與觸覺（以至於聽覺）的感官意象，尤其起首二句便有色彩飽滿的感覺，宛如象徵主義幽幽的一首歌，而不是一場惱人的超現實主義之夢。不惟如此，相較於利野蒼其他詩作略顯不流暢的語言（如〈傳統〉的「諷刺血液傳統」、「由於祖先血液的逆流，臉色蒼白」，〈虎頭碑〉的「肩上扛著鐵鍬經過那邊的姑娘們的謎呢？」），〈女王的夢〉是一首語言流暢自然的詩作[17]，殆無疑義。比較特殊的是〈輓歌〉一詩，該詩分成四個詩節（段），每節二行，依次是四個各自獨立的畫面，惟此四個畫面並無不可解之處，它們同樣都在呈現同一個主題，即詩題「輓歌」，例如最末一節：「已沒有人接受的信封一張放入郵箱裡／即是從沒有的重量的聲音」，沒有人接收的信就像「從沒有的重量的聲音」，而這難道不是一首輓歌嗎？這首詩雖利用意象並置的手法，卻是在詩人有意的操作下為之，並無劉登翰等人所說的「體現了超現實主義的意象並置的特點」（一九九一：五四三）。從利野蒼的作品看來，顯然「風車」並不能完全和超現實主義劃上等號。

林修二

如果我們再論及本名林永修的林修二，那麼似乎就更能確信超現實主義這塊標籤只能貼在水蔭萍個人身上，也就是「風車」並不能等於「超現實」[18]。林修二早年曾赴日留學，後畢業於慶應大學英文科。由於是時自英國牛津大學返日執教於母校慶應大學英文科的西脇順三郎，係日本詩壇引進法國超現實主義的主要健將，葉笛在〈閃耀的流星——論林修二的詩〉一文中便推測，林氏一定親身聆聽過西脇的講課，自然而然便接受了超現實主義的洗禮（二〇〇二：一四〇）。林修二在一九四四年即因病過世，所幸其遺作《蒼い星》由日籍遺孀原妙子整理並委託其生前好友水蔭萍幫忙編輯，於一九八〇年終於出版。中文譯作則由詩人陳千武翻譯、呂興昌編訂，以《林修二集》為題於二〇〇〇年十二月出版。

17 利野蒼收入羊子喬與陳千武合編的《廣闊的海》中的九首詩作，概由陳千武翻譯（原詩以日文創作），其詩語的流暢與否，不知和譯文有無關係？因為我們在寫作本書前並未蒐羅到利氏的原作。

18 包括在這裡我們沒有討論的「風車」另一名大將丘英二（張良典），帶有濃烈感傷情緒（比如鄉愁和孤獨）的他，儘管對於意象語言的運用有其獨到之處（如〈鄉愁之冬〉的「看著瘦括括的月亮，鄉愁讓人酩酊大醉」；〈孤獨〉的「像斷弦的樂器。孤獨有如某種深切的表情」；〈沒有星星的夜晚〉的「黃昏燒焦了街燈」，形象皆極為動人），但其意象與意象之間的連結並無大幅度的跨越，顯非超現實主義的自動語言。由於他留下的日文詩作難覓，加上中文譯作有限，所以在本章中只好略去不談。

然而，是否誠如葉笛在上文所說，我們若「要了解林修二的詩，就必須了解西脇順三郎寫詩的理念，才會理解得更加透徹」（二〇〇二：一四〇）？在進一步檢視《林修二集》中的詩作後，我們毋寧相信，影響林修二詩作風格的並非他的西脇教授，而是如陳明台在前文中所說的四季詩派諸君子（五八）[19]，包括三好達治、丸山薰及堀辰夫等「四季」詩人[20]；而四季與提倡超現實主義的《詩與詩論》不同的是，他們倡導的是象徵主義的新敘情詩，林修二的風格毋寧說更接近四季。

林修二在題為〈詩〉的一詩中曾這般描述他的「詩」想：「面向天空飛上去／從我手指昇起的蒼煙／在雲飄流的那邊／有天使住著嗎／像白色訓練舟艇般／追求夢的我的詩／甚麼時候，會出帆呢？」這首以「詩」「言志」的詩，說出了詩人追求詩的一種夢想，詩是從詩人手指中升起面向天空飛去的蒼煙；但是詩人似乎對自己沒有把握，將自己的詩比成「白色訓練舟艇」（好像還在練習寫詩一般），並且懷疑這艘「白色訓練舟艇」什麼時候才能出帆。這首乍看之下不起眼的短詩〈詩〉，其實已透顯出林修二帶有象徵味道的新敘情詩的基調（mood）：寄物陳思，帶出感官性的感覺（白色的視覺），抒發恬淡的感傷氣氛。

林修二是象徵主義的高手，他寫得最好並為人所稱道的詩，都屬象徵主義作品，往往他離開象徵領域去敘事或寫景，例如〈赤城遊記〉、〈一個地表〉、〈響〉、〈幸福之夜——給心愛的妙子〉……不是白描文字過多，便是語言說明性太強，流於散文化，多半成為敗筆之作。象徵主義擅於製造感官意象，如前所述，通過視覺、聽覺、嗅覺、觸覺等各種感覺的感應，以含蓄代替激情，並藉此而產生豐富的形象，例如象徵味道極濃的〈影〉一詩：

洋燈火焰的熱點上昇了
整天停在寺院屋瓦的鴿子

變成了大蝴蝶
飛來停在彈鋼琴的少女底臂腕
被鴿子鐘看到　時鐘便響起了

是詩中鴿子變成大蝴蝶並飛來停在少女的臂腕上，這是由於晚來點上洋燈火焰，而燈影斜移引發視覺的變異，使鴿子看成大蝴蝶（影）並正好落在少女臂腕上，有輕觸的感覺，同時伴鋼琴聲響起的正好是報時的咕咕鐘悅耳的聲音，簡直將視覺、觸覺及聽覺同時溶於一個畫面中。

在各種感官意象中，林修二最擅於操弄的無非就是視覺與聽覺這兩種感官了。就前者而言，他的用色非常豐富，可謂多彩多姿，如〈孤獨〉一詩，即利用各種不同的形象來描繪詩題「孤獨」，並同時給予這些不同的形象著上相異的顏色：翠綠色的夜、蛋白色的眸子、紅玫瑰的嘴唇、藍色的夜路、黑紋的翅膀、青藍的籬笆，如果再加上銀色的月光，詩人的「孤獨」至少就被塗上七種不同的色調。就後者來說，也是在〈孤獨〉一詩中，林修二即提到「快要斷弦的小提琴」以及「奏不出回憶的小夜曲」，都與聽覺有關，喜以樂器（手風琴、鋼琴、風琴）來彈奏樂音（例如〈寒夜〉、〈海風〉、〈寂愁〉、〈原野〉、〈秋雨〉等），乃成了他的「獨門秘訣」。然而，林修二最讓人擊節讚賞的是，他能「治視覺與聽覺於一爐」，不論是從視覺轉化為聽覺（如〈驟雨〉的「白色的一隊奏著原始性的土人音樂從窗侵進來」，其中「白色的一隊」形容雨的色彩，轉而

19 林修二留日期間（一九三三年入慶應大學預科），正值四季派成立的第二年（一九三五年），可以想見嗜詩的他對之當「耳熟能詳」，以至於吸取其理論及創作精神。

20 羊子喬在〈光復前台灣新詩論〉中表示，林修二「於日本求學時，深喜三好達治、北川冬彥的作品，取其骨髓，加以轉化」（羊子喬、陳千武，一九八二 a：二六）。

奏出土人的音樂〉，或者是從聽覺轉化為視覺（如〈原野〉第二段中的「樸素的螽斯的響板／像夜星星的銀沙子」，螽斯的鳴叫聲被轉化成銀沙般的星子），都顯得極為流暢自然；但最令人動容的莫過於〈月光〉這首二行短詩了：「仲夏深海之底有韻律的搖蕩／月亮疲憊著走起來。我願把這樂譜集保存得不變色。」幾乎是將音與色兩種感覺同時溶化在一起，不分彼此。

在林修二五光十色的調色盤中，其中白色恐怕是他最喜愛的顏色了，他所描繪的色彩斑爛的各種詩作中，白色出現頻率之高，甚至連對白色也情有獨鍾的水蔭萍仍要甘拜下風。如〈驟雨〉、〈海邊〉、〈眸子〉、〈耳語〉、〈宣戰〉、〈秋風〉、〈原野〉、〈詩〉、〈星〉、〈海風〉……不勝枚舉，當中尤以寫給好友水蔭萍的〈雪〉一詩白得最為徹底，光是「白」字在是詩中便出現十次之多，連詩中他們共有的回憶也都是白色的。此詩林修二以強烈的白色著色，顯然是意有所指的：白色同是水、林二氏詩作的主控性意象（controlling image）。

在日據時代中，林修二擅於營造生動、飽滿的意象，可說無出其右者，這或許拜賜於他直接從日本以至於間接自法國象徵主義獲得啟迪之故，他擅長調動感人的音色，運用聯想以產生形象，帶點夢幻的哀愁情緒，處處散發著淡淡的詩之芳香，卻少了法國象徵派頹廢的意識，允為風車詩社的代表性詩人。惜乎其生命短暫，彷若流星劃過銀沙子的夜空，稍縱即逝，留下美麗的驚嘆號。

三、吳新榮與郭水潭

吳新榮

同樣也是遠渡日本留學，但是一九二八年負笈於東京醫學專門學校的吳新榮，接受的卻是不同於風車諸子的社會主義的思想，後來他即自承，在東京留學期間曾加入由左傾社會科學部掌權的東京台灣青年會，並曾參與台共東京特別支部的外圍組織台灣學術研究會（一九八一ａ：九七）。正因為他的這個身分（一九二九年二月被選為台灣青年會會計部幹事），於同年發生的四一六事件中不免受到波及，被捕入獄二十九天，自此便成了日本政府黑名單上的人物（葉笛，二〇〇二ｂ：一一一），但也因此更加堅定他日漸成形的左翼信念與思想。一九三二年春，吳新榮學成返台，在台南佳里懸壺濟世的同時，更熱衷於文藝活動，翌年即與郭水潭、徐清吉等人組織佳里青風會（成員共十二名），雖因日本警察施壓，兩個多月即告解散（吳新榮，一九九七ｂ：一二三—一二五），但之後旋又集合十五位志同道合的文友，成立一個小集團，自稱「鹽分地帶」同仁（葉笛，二〇〇二ｂ：一一二），文學史上出現的「鹽分地帶」一詞從此因而確立。一九三五年曾於前一年加入台灣文藝聯盟的吳新榮更在當地組成台灣文藝聯盟佳里支部，推展鹽分地帶的文學活動，不遺餘力，遂被認為鹽分地帶最具號召力的文化領袖。

吳新榮

一般認為，作為一個文學集團，「鹽分地帶」作家群主要以新詩的創作為主，這在日據時期不能不說是一個較為特別的現象，也因為這樣而與風車詩社取得了一個互為對照的位置：相對於風車詩人的出世與超現實，鹽分詩人則顯現出入世與普羅的寫實主義色彩，他們多少都帶有左翼的思想性格，居舵手角色的吳新榮更是其中的佼佼者。所謂的「佼佼者」在此並非指其詩藝的成就而言，而是指他的詩作最富左翼的批判精神。這些富有濃厚左翼色彩的詩作，多出自吳新榮從日返台後第二階段的創作時期，亦即其自謂的壯年時代的「理想主義期」（一九八一b：一七二）[21]。在現存的八十九篇詩作中，較讓人稱道的作品，也多數集中在此一較具左翼色彩的壯年時期。

同為台灣文藝聯盟佳里支部成員的林芳年認為：「如要找鹽分地帶年輕有思想含蓄的詩，應推吳新榮的詩篇。」（七〇）其實這句話只說對了一半。吳新榮的詩誠如上述具有濃厚的社會主義思想，例如常為人所援引的〈煙囪〉及〈疾馳的別墅〉二詩，前者寫出蔗農被製糖會社剝削的心聲，那座白色屋頂（遠望如宮殿般浮現）與黑色煙囪「壓搾出來的是甘蔗汁／流出來的是腥味的人血」，是以「白色屋頂就是枉死城／黑色煙囪就是怨恨的標的」；至於後者則由詩人親身體驗了階級的對立：二等車廂宛如「疾馳的別墅」（座位都套上白椅套，一人分配一個座位，而且乘客穿著和服與晚禮服），卻仍令詩人感到寒冷（自己穿著的是「寒酸的西裝」和「盡是污泥的鞋子」，也與穿和服及晚禮服的日人和資產階級格格不入），反倒是接鄰的三等車廂內那些「拿紅車票的人們」體臭的芳香，才令詩人感到溫暖。凸顯階級的對立與衝突，以及好為弱勢的貧苦百姓打抱不平，乃成了吳新榮左翼思想的顯明標記。餘如〈五月的回憶〉（歌頌五一勞動節）、〈農民之歌〉（唱出農民的心聲）等詩，也都印有左翼標記。

事實上，在吳新榮所謂的第一階段「浪漫主義時期」，就已經出現類如上述那種具有左傾性格的詩作，例如〈新生的力量〉一詩，即提及在櫻花飄零時節電車司機發動的總罷工，詩人認為這「是誓言明天之勝利的／年輕人在試探力量」，並且宣告：「戰鬥已開始啦」。類似這種「戰鬥已開始啦」呼喊式的口吻，從一開始直到第三階段老年時代的「現實主義時期」，成了吳新榮慣用的語氣與句法，如早期的〈更生〉、〈呈南方的青年〉、〈划手喲，舵手喲〉，中期的〈歌唱鹽分地帶的春天〉、〈混亂期的煞尾〉、〈自畫像〉，晚期的〈弔青風〉、〈羊群〉、〈野蠻人與奴隸〉……在這些詩中，他喜用「啊」、「喲」等呼喊似語尾助詞，並配合驚嘆號的運用，以強化感情的力量，尤其不少詩句更具有戰鬥的鼓舞力量，如〈再起〉：「但新的衝勁／啊，新的衝勁／又一次讓我甦醒／朝著感激的大海／朝著現實的國度／以嶄新的力量／我要走向正直之路／推進戰鬥的旗子」這類句子。但是這類直抒胸臆的詩句，絕大多數都只淪為激情的淺露表白，幾無詩的含蓄可言，所以上述林芳年的話只說對了一半。

或許吳新榮寫詩的出發點即不在講求詩的美感，而在注重思想的表達，在〈思想〉一詩中他即質疑：「泰戈爾以好美妙的聲音／歌唱印度的有閑哲學」，但這「終究給與印度人什麼呢」？所以他說：「從思想逃避的詩人們喲／如果做夢就是你們的一切／那就大做其夢吧／但最後你們將有醒來的時刻／那時你們將會驚駭戰慄／怎麼，你們寫的美麗的詩底死屍／竟只有那些無聊的人們在玩弄！」雖然如此，他使用的畢竟是說明性的散文語言，如果不予分行排列，則幾乎與散文沒有兩樣。

除了左翼色彩之外，吳新榮令人樂道的大概就是他那些反映地方色彩的詩作了，諸如〈南鯤鯓廟祭〉、〈道路〉、〈冬天的早晚〉……都散發著鹹鹹的海鹽味道，其中〈故里與春之祭——將這首詩獻給鹽分地帶的同志〉一詩宛如是吳新榮個人也是鹽分地帶這一詩人集團的招牌曲。〈故〉其實是一首組詩，分成〈河〉、〈村莊〉與〈春之祭〉三首，敘事與寫景用的是白描手法（後二首），也以驚嘆號以及「啊」、「啦」等語尾助詞來渲洩詩人毫無保留的對故鄉眷戀之情：「啊，這條河是我的動脈／一切的戀愛、思慕、懷古／將會運

21　吳新榮在〈新詩與我〉中曾述及其寫作的歷程可分為三個時期，即第一期為青年時代的「浪漫主義期」，第二期為壯年時代的「理想主義期」（自日返台後至台灣光復為止），第三期為老年時代的「現實主義期」（一九八一b：一七二）；而所出版的《震瀛詩集》則依先後寫作年代分成三卷四期，即第一卷「東都游學時代」、第二卷「鹽分地帶時代」、第三卷「台灣文學時代」；而「台灣文學時代」又分為「中期時代」與「後期時代」兩期（一九九七a）。

往現實的汪洋吧」。〈河〉與〈村莊〉描繪故鄉的環境之餘，也帶有「時不我予」的感嘆：「啊，河流的新主人／就是這座鋼骨水泥橋／客人就是那公共汽車嗎？」至於狀寫故鄉廟會活動的〈春之祭〉，則在正寫的「笑聲」（「久違的爆笑呵」、「喚醒的哄笑呵」）背後，側寫了代表統治者的保正平日使喚民眾的嘴臉，暗示階級的不公。

郭水潭

這類描繪鹽分地帶地方色彩的詩作，在同一集團的郭水潭筆下，有著更為細緻的表現。原籍台南佳里的郭水潭，向來被視為鹽分地帶詩人群中最具代表者，更是當年成立的台灣文藝聯盟佳里支部的骨幹。同一年他又加入台灣新文學社，並為新詩的編輯。郭水潭早期的詩作多發表在《南溟樂園》[22]，目前僅存詩作三十八首（其中〈村裡瑣事〉為組詩，包括〈新興醫業〉、〈季節的腳〉、〈腐蝕的學園〉、〈愚人節〉四首，所以其詩作總數應為四十一首），皆收錄在《南瀛文學家郭水潭集》（羊子喬編），其中光復後之詩作僅得五首，且細察之下，這五首作品不過是散文的分行，並不能稱為真正的詩作，可見郭水潭把作為一名詩人的資格，只保留在日據時代。

按照葉笛的看法，郭水潭所持的文學理念是：文學應該是生活於該土地的作家發自他的內在精神而具有歷史辯證觀念的創作行為，能與自己的土地、人民共享

郭水潭（文訊提供）

其存在，並擁有能激起的共同理想，這樣的文學才是大家需要的真正的文學。無疑地可以說，「郭水潭擁抱的文學就是：人人都感覺到需要的，人人都能交流的文學」（二〇〇三：一一四）或許正因為秉持這樣的文學觀，郭水潭的詩作就頗有鹽分地帶家鄉的「土」味，不，應該說「鹽」味，諸如，〈農村文化〉、〈酒家風景〉、〈牧歌一日〉、〈村裡瑣事・二、季節的腳〉、〈斑鳩與廟祝〉、〈海濱情緒〉、〈故鄉之歌〉……這些詩都是他故鄉風土民情的反映，而當中最有「鹽」味的莫過於底下這首〈廣闊的海——給出嫁的妹妹〉[23]：

妹妹　妳要嫁去的地方是
白色鹽田　接著藍海
在那廣闊的中央突出
羅列的赤裸小港街

那邊　露出來的
家家的　屋頂上
鴿子和麻雀都看不見

那邊　有鹽分的

22《南溟樂園》於一九三〇年二月五日第五號之後改名為《南溟藝園》。

23 郭水潭之妹名綸，出嫁的夫婿為北門人王登山。王登山有「鹽村詩人」之稱，在一九三〇年代曾與郭水潭加入南溟藝園、台灣文藝聯盟、台灣新文學社，二人交情深厚，王登山與郭水潭妹妹結褵，與郭水潭的促成有很大關係。

乾巴巴的　土地上
沒有森林　也沒有竹叢

然而那邊的海濱都有
美麗的貝殼像花散亂著
那邊　有歷史的港口
豎立著紅色戎克的帆柱林
那邊　所有的巷道
都刻有粗暴的腳印

驚奇那些粗笨的風景
耐著　廣闊有變化的生活
還有露出的屋頂　紅戎克帆柱
日日同樣吼叫的季節風
妹妹　妳小小的胸脯
想必會受傷吧（陳千武譯）

從上述援引的前四段詩行，郭水潭所描摹的鹽村風景已歷歷在目，誠如詩中所說，這些景象予人有「粗笨」的感覺（連美麗的貝殼都像花散亂在荒涼的海濱）；詩人不禁替妹妹擔心她「會受傷」。然而，詩人相信她未來這位「懂事而善良的海邊的丈夫」會悉心地照顧她，在「天晴無風的日子」會溫柔地牽著妹妹的手，撿起海邊美麗的貝殼，而在詩末以如此的詩句作結：「佇立在那潔淨的海灘／妳就會知道比陸地／多麼廣闊的海——」，暗示著「廣闊的海」有無窮的希望，妹妹的未來是幸福的。

依郭水潭所述，「鹽分地帶文學」一詞的由來，係因他世居的佳里在嘉南大圳未開鑿前，在行政劃分上被稱為「鹽分地帶」，土地富含鹽分，後來的文藝批評家遂以此稱呼（二五一），因而不脛而走。可以說鹽分地帶大體上是以台南佳里為中心，包括其鄰近濱海的鄉鎮如七股、將軍、北門等；而這一文學集團的成員計有郭水潭、吳新榮、王登山、王碧蕉、林芳年、莊培初等人。郭水潭說他們的作品「傾向普羅文學」（二五〇—二五一），成員多少都具有左翼思想性格。郭水潭自己的〈村裡瑣事‧一、新興醫業〉、〈徬徨於飢餓線上的人群〉、〈巧妙的縮圖〉等詩，便具有左翼思想，如〈巧〉詩即藉由公共廁所內塗鴉的漫畫與文字（「寫滿了大眾無產階級的聲音」）來諷刺、批判資產階級，尤其是末三行：「公共廁所是／資產階級者未曾看過的／精密巧妙的社會縮圖」，更具奇佳的揶揄效果。

在敘事與寫景上，郭水潭一般都用白描手法，例如〈故鄉的書簡——致獄中的S君〉中這樣的句子：「朋友啊／故鄉的天空正值仲春時分／糖廠煙囱的煙消失了／竹叢的新葉／冒出古怪翠綠／村裡那些乳臭未乾的娃兒／一如過去被硬拉著手／去學校註冊完畢的時候」一眼便知是散文的筆調，語意因而顯得非常鬆散；但是若干抒情小品，諸如〈送別秋天〉（「躍動的輪胎上／少年星期天的感情一直在跳動」）、〈靜寂〉（「這樣靜寂的夜／像要接觸白色的骸骨之神秘一般／記憶，接二連三地被搖，被叫醒」），都有極為純熟的生動的意象語言，令人回味再三。雖然如此，郭水潭詩作多數仍使用白描手法，動人的詩思（如〈乞丐〉、〈農村文化〉、〈斑鳩與廟祝〉……）便因而打了折扣。

四、楊雲萍

本名楊友濂的楊雲萍，在九十五年的生命中（一九〇六－二〇〇〇），幾乎是等半地活過日本殖民政府與國府統治兩個不同時期的歲月，他以一個歷史學者的身分橫跨兩個不同階段的統治時期；但是和日據時期大多數的作家一樣，作為一名詩人的角色，楊雲萍只把它留在日據時代，二次大戰之後，他早把詩人之筆擱下，不再繼續寫作，殊為可惜（趙天儀，二〇〇三：一〇三）。

師承菊池寬、川端康成等人的楊雲萍，雖然有小說作品〈月小〉、〈光臨〉、〈黃昏的蔗園〉、〈秋菊的半生〉等，其創作範圍卻非常廣泛，涵蓋古文、古詩、新詩、散文、小說、評論與學術論文（史學研究），即以詩歌作品而言，便包括漢詩、中文新詩、日文新詩三大類；並且他的中文——包括漢文、白話文以及日文三者，在日據時代即已純熟，運用自如，絲毫沒有「跨越語言」的問題（趙天儀，一〇三），可惜迄今他留下的僅見的二十多首新詩都是日文作品，一九四三年出版的日文詩集《山河》（或稱《山河集》），後來則由葉笛中譯出版[24]。

楊雲萍（文訊提供）

根據林瑞明的研究，輯錄有二十四首詩作的《山河》，依其創作題材可分成底下六類：

（一）具有濃厚鄉土性的詩：這些詩有〈巷上盛夏〉、〈巷裡黃昏〉、〈新町〉、〈匆忙〉等。

（二）具有歷史感情的詩：包括〈開山神壯〉、〈月夜〉等。

（三）抒發家庭夫妻之情的詩：例如〈小病〉、〈妻〉、〈寒廚〉、〈賣不掉的詩〉、〈陶淵明〉等。

（四）信手拈來的小詩：〈泉〉、〈月夜之二〉、〈芒果樹〉、〈村居小詩〉等皆屬之。

（五）個人言志的詩：例如〈初夏〉、〈秋〉、〈道〉（或譯為〈路〉）、〈風〉、〈猩猩〉、〈鱷魚〉等

（六）展現抒情化理論的詩：包括〈新年誌感〉（又譯為〈序詩〉）、〈炊事之詩〉等。

林瑞明上述的分類，標準不一，如第四類就非以題材分，且〈泉〉、〈芒果樹〉、〈村居小詩〉等也都具有抒情的言志色彩；至於第六類何謂「抒情化的理論」，更是語焉不詳，令人莫名所以，他並未進一步說明（〈新年誌感〉一詩其實也屬詩人言志的作品）。然而無論如何，從林瑞明粗略的分類中，至少透

24　楊雲萍生前詩作，由其弟子林瑞明重新整編，得日文詩《山河集》與《山河新集》二種，委由葉笛翻譯，納入《楊雲萍全集》（葉笛，二〇〇二c：三七、三九），全集的編輯工作費時十年（共八冊），直至二〇一一年年底始出版。之前僅見的二十多首楊雲萍日文新詩，其中二十首包括〈序詩〉、〈巷裡黃昏〉、〈巷上盛夏〉、〈鄭成功祠廟〉、〈新町〉、〈陶淵明〉、〈小病〉、〈妻〉、〈寒廚〉、〈賣不掉的詩〉、〈芒果樹〉、〈路〉、〈泉〉、〈初夏〉、〈月夜〉、〈月夜之二〉、〈猩猩〉、〈鱷魚〉、〈村居小詩〉、〈匆忙〉，均為范泉的譯作（從台北清水書店出版的《山河集》選譯），一次發表在《文藝春秋》（上海永祥印書館）第六卷第四期（一九四八年四月十五日）（四三—四九）。另外，由羊子喬與陳千武合編的《亂都之戀》所收十首詩作中（一九八二a：三三—五四），除上述范泉翻譯的八首外，尚增加二首〈橘子花開〉與〈這是甚麼聲？〉，此二詩因未註明由誰翻譯，且從其文言句法的使用來看，可據以推測應為楊氏原作。除這二十二首作品外，在葉笛〈詩、真實和歷史——詩人楊雲萍的《山河集》和《山河新集》〉一文中，曾徵引了〈冷不防〉、〈我的孩子〉、〈青色魚〉等詩的部分詩行，以及林瑞明在〈山河初探——楊雲萍論之一〉所徵引的一首未題短詩，合共四首詩作，總計在《楊雲萍全集》未付梓出版前，可得楊氏之新詩作品有二十六首。

露了一項訊息，即楊氏詩作題材包含甚廣，相較於鹽分地帶詩人群，缺乏他們那種鮮明的左翼色彩，予人較無沉重的感覺；相對於風車詩人的氤氳朦朧，則又予人鮮明可解的印象，亦使他的詩作在日據時代中另成一個典型。

比較特別的是，楊雲萍有不少以動物園的動物為題材的詩，包括〈猩猩〉、〈鱷魚〉、〈鶴〉、〈駱駝〉、〈虎〉、〈豬〉、〈鳥〉等，詩中借物寓意，頗有意在言外之思，例如〈猩猩〉寫猩猩「終日，抓緊了鐵柵，擺動著腰枝」，希望藉此能抖落一些他的「故山之思」，儘管如此，相對於外在險惡的世界，「這兩坪多的鐵欄絕不狹小」，畢竟「能有這樣一片淨土，毋寧是奇蹟了」；又如〈鱷魚〉開頭便自問自答：「你說我是太過於靜止了嗎？／是因為地球迴轉得太快呢。」從鱷魚的回答中暗示吾人：並非牠跟不上時間，因為後面的詩行又說，雖然周遭的水溫太冷，但是附著在牠尾巴上的劍「絕然絕然不會生銹」，點明這隻鱷魚的「寶刀」依然未老[25]。誠如林瑞明所言，楊氏上述二詩，「無疑有著夫子自道的意味」（一九八四：二○二）。前詩雖不無消極味道（詩末：「然而，我將要變老了。／啊，我真的將要變老了。」），卻無疑有著諷刺的精神（反諷日人統治的世界並沒有這樣一片淨土）；而後詩末句則一反頹唐態度，散發著昂揚的戰鬥精神，這也是一種意在言外的抗議表現。

楊雲萍，《山河》（清水出版）

相較於「鹽分地帶」掌門人吳新榮那種呼喊式的直率表達，楊雲萍上述這種以物擬人並借物寓意的表現手法，毋寧較為含蓄、迂迴，但更具有詩的美感。從這一點也可看出，楊雲萍的詩藝較諸同時代的詩人更為純熟，他的詩思也更顯手采，例如葉笛在《創世紀》第一三〇期（三七）披露的一首〈冷不防〉便令人驚豔：

冷不防啤酒瓶破裂
冷不防茶花掉落
冷不防被任命為府評議委員（怎麼可能？）
冷不防美人向我訴說愛意
冷不防狗犬叫
冷不防大地轟響
然後，啊
冷不防石頭喊叫出來（葉笛譯）

這首詩在形式上利用首詞重複（anaphora）的修辭技倆，以增強全詩的韻律與語氣，層層遞進，並用並列結構（parataxis）的並置語法，將所有詩人「冷不防」出現的諸種事物兜在一起予以並比。「冷不防」是指出其不意出現的事物，當中仍有可能與不可能之別：碑酒瓶破裂、茶花掉落、美人向我訴說愛意、狗犬叫，以至於大地轟響（如墜機、砲彈爆炸）皆屬可能，而「被任命為府評議委員」一事則為不可能中的可能（「怎麼可能？」指的就是這種意思）；但是最不可能的事情，在末二行以轉折且懸宕的語氣停頓之後，則是石頭冷不防地喊叫出聲。連頑石也會喊叫，在「冷不防」的情況下，詩人情感所遭到的撞擊當真不同凡

25〈猩猩〉與〈鱷魚〉二詩，在此採林瑞明譯文（一九八四：二〇二—二〇三）。以下援引楊氏諸詩，若未特別註明，皆採范泉譯文。

「響」，而「石頭之喊」不妨亦可看做是詩人自己內心的吶喊，詩人以物擬人，反映的卻是詩人自己的心聲。〈冷不防〉被葉笛視為「一首很現代的現代詩」（二〇〇二c：三七），但如此的「現代」又不同於興盛於一九六〇年代以意象繁複取勝的現代詩，誠如葉笛所說，這首詩「用字淺顯，非常口語，形象卻很清晰，一點也不矯揉造作」（三七），這一評語其實也指出楊雲萍整體詩作的特色。他的題材多半擷拾自日常生活，語言則質樸無華，例如〈妻〉一詩中利用對照（contrast）的手法訴說：「你用彈鋼琴的手，洗了尿布，拔了蘿蔔；／我把沸騰的血流，埋在古書堆裡，／在乾涸的考證裡消磨了半生。」又說：「妻啊，你看著我，／微笑——但我看到了你的寂寞。」其中除「看到寂寞」一句，全詩並未出現任何意象語言，但卻令人感受到那種「患難夫妻」白頭偕老的溫婉情意，真合林瑞明所說的「真味只是淡」的道理（一九八四：二〇二）。進一步看，楊氏少數詩作中即便出現有形象生動的意象語言，諸如〈巷上盛夏〉的末句：「啊，卡拉空，卡拉空，我的木屐在腳下呼喊。」以及短詩〈月夜之二〉：「想用月光洗洗手，我伸出了手。」（林瑞明譯文）和〈青色魚〉：「夢裡釣到青色魚。／吃驚染青了手，我醒來。／／啊，我底憂愁已然陳舊又疲憊」（葉笛譯文），用的也是極為平常的日常用語。

在他慣用的日常用語中，有文言式的白話，如〈這是甚麼聲？〉：「汝何以這樓下賣呢？／唉！汝仰視樓上呢？」亦有台語，如〈這是甚麼聲？〉：「唉！汝日夜伏侍。」其中〈巷上盛夏〉以鄉土語言入詩最為傳神，是詩中楊氏用江湖賣藝人的口吻發聲：「俺決不決不撒謊／咱們祖傳的龍虎大效神退散／能治淋、胃腸病／對於肺癆更具大特效／服了三服，還不見效時／嗨，真的奉上我的頭／錢全部退還」，雖然林瑞明對此詩的翻譯，用詞稍嫌文雅，但仍可嗅出現場大聲吆喝的賣藝人一身的江湖味。然而，同日據時代大多數的詩人一樣，楊雲萍的詩作中也常出現說明性的文字，如〈新町〉、〈匆忙〉二詩這樣的詩行：「據說，在這裡藏有五百個姑娘」與「我不懂：時勢造英雄，還是英雄造時勢？／這難道是神聖的作為嗎？」，而這已成口語化的散文句子了。此外，楊雲萍也同其他詩人一樣喜用白描手法，如〈巷裡黃昏〉、〈鄭成功祠廟〉等詩，然而較諸同輩詩人勝出一籌的是，他常常將形象化的「詩眼」（全詩最關鍵性的字眼）隱忍到詩末才「和盤托出」，譬如底下列舉諸詩最末二至三行：

（一）〈巷上盛夏〉：「殘留下來的只是新的悲哀。／啊，卡拉空，卡拉空，我的木屐在腳下呼喊。」

（二）〈鄭成功祠廟〉：「然而那相傳鄭成功自種的梅樹，／卻枝葉繁茂，正如同滿天的星斗。」

（三）〈陶淵明〉：「白色和黃色的菊花開遍了。／我自嘲我好像那位陶淵明：呵，歸去來兮……」

（四）〈寒廚〉：「天在轉，星星閃著眼，／妻呵，把我們的家／搬到銀河的邊上去吧。」

（五）〈芒果樹〉：「我的悲愁是無涯無度，／淚水潮湧，比雨滴還多。」

（六）〈月夜〉：「但走下了天井，／就在這月光裡，／啊，像魚樣地游行吧。」

由於上述詩行在各該詩末處的畫龍點睛，使得一首看來幾淪為散文句子的詩作終能起死回生，讓乍看平淡無奇的詩作，留下令人再三回味的餘韻，而這也是楊雲萍真正令人樂道的所在。

五、林亨泰與詹冰

林亨泰

若說林亨泰是「戰後台灣本土詩人第一人」，應不致有人反對。林亨泰的存在，本身就是多重象徵，譬如他是桓夫所說台灣現代詩發展的兩個「根球」之一；譬如在首場現代詩論戰中，他是本土詩人中與紀弦「並肩作戰」的一位；譬如他是「跨越語言一代」連接戰前銀鈴會與戰後笠詩社最主要的代表性人物；又譬如他是接續水蔭萍的現代主義跨越戰後時代的主要詩人；再例如一九六四年《笠》詩刊創立後不僅由他掌舵，更為後來《笠》的發展奠定了本土精神的走向[26]。所以康原即說林亨泰「該是『台灣現代詩發展中』中最有力的見證人」(三六四)。

林亨泰在一九四七年加入銀鈴會時，就有日文詩〈圍牆〉、〈被虐待成桃紅的女人〉等詩於該會出版的刊物《潮流》發表[27]。在國府遷台那年即出版個人第一本詩集《靈魂的啼聲》(日文)[28]，書中所收二十六首詩作分別寫於一九四二至一九四九年之間，足見其創作生涯發軔極早，但第二本詩集(也是其第一本中文詩集)《長的咽喉》則要等到十七年後的一九六六年始克出版，顯然這期間歷經一段「跨越語言」的學習中文的歲月；在此之後則陸續出版有《林亨泰詩集》(一九八四)、《爪痕集》(一九八六)、《跨不過的歷史》

林亨泰(文訊提供)

林亨泰，《林亨泰詩集》(時報文化出版)

（一九九〇）等三本詩集，以及一本《現代詩的基本精神》詩論集（一九六八），其中《林》與《跨》兩本詩集所收部分詩作，與之前已出版之書更有重複之處，是以就詩齡而論，林氏的產量不多，算是一位少產的詩人。

一九五六年紀弦籌組現代派時，林亨泰不僅是第一批率先加入的詩人[29]，更是現代派成立九人籌備委員之一[30]。紀弦是現代派的擎燈人，卻在「現代派六大信條」（詳下章）公布之後，引發以覃子豪為首的其他人強烈的抨擊，掀起戰後台灣詩壇的第一次論戰；而現代派中除首腦人物紀弦挺身迎戰外，只有林亨泰為文以為奧援（發表於《現代詩》第二十一期的〈談主知與抒情〉與二十二期的〈鹹味的詩〉二文）。除了參與論戰的二篇短論外，於之前的《現代詩》第十七、十八與二十期，林亨泰即已發表〈關於現代派〉、〈符號

26 依呂興昌所述，不僅《笠》詩刊的命名是林亨泰的傑作，連創刊後頭一年六期的編務工作亦由他負責，他以「本社」的名義撰寫社論，同時還開闢了〈笠下影〉、〈詩史資料〉、〈作品合評〉等專欄，甚至前八期的〈笠下影〉也由他執筆，撰稿與編務的重擔全數落在他身上；但也因為編撰兩頭忙，致使其詩創作暫告停頓。「因此（一九）六〇年代後期的林亨泰，其在詩史的地位便建立在這些詩論的探索與《笠》詩刊基本精神走向的塑造上，亦即把現代精神與本土精神結合起來。」（一九九四b：三七四）

27 據銀鈴會創辦人之一張彥勳的追述，林亨泰這兩首詩分別發表在一九四八年七月十日出刊的《潮流》夏季號及一九四九年四月一日出刊的《潮流》春季號，後由張彥勳譯為中文發表在《笠》詩刊一一一期（一四五—一四九）。

28 《靈魂的啼聲》中文全譯本收入於一九九〇年出版的詩集《跨不過的歷史》中作為附篇，分由葉泥、楊喚、張彥勳及林婷翻譯，共有二十六首詩作。

29 一九五六年二月一日出刊的《現代詩》第十三期，公布第一次加盟「現代派」的名單共有詩人八十三名。同年四月三十日《現代詩》第十四期出版，載有〈現代派消息公報第二號〉，宣告第二次又有十九人加盟，使「現代派」成員增至一百零二人（蕭蕭，一九九六：一〇九）。到了第十五期，加盟者則累計達一百一十五人。

30 「現代派」的發起人是紀弦，協助成立的九人籌備委員為：葉泥、鄭愁予、羅行、楊允達、林泠、小英、季紅、林亨泰，以及紀弦本人。

論〉與〈中國詩的傳統〉三文[31]，不僅為自己奠立現代派理論旗手的地位，也成為詩壇早期重要的詩論家之一。

林亨泰（除了較晚期）的詩作，基本上可看作是他早期詩論的實踐，雖然他較具系統性的論著《現代詩的基本精神——論真摯性》於笠詩社成立後的一九六八年始出版（列入「笠叢書」之一），但是為人樂道並發揮較大影響力的始終是他在《現代詩》發表的上述〈中〉、〈談〉與〈鹹〉三篇短論，綜合他這三篇文章的說法，主要的觀點不外乎如下三項（一二一—一二七）：

（一）中國詩的傳統在本質上是象徵主義，而在文字上是立體主義，因而象徵主義與立體主義所形成的現代主義，仍屬於中國詩的傳統，但是由西方發展出來卻是青出於藍，所以才有要對之做「橫的移植」。

（二）任何一首詩或多或少都有抒情的成分，現代派主張打倒抒情主義，並非完全不要抒情，只是不承認抒情在詩中的優位性而已[32]。

（三）現代詩要給予讀者有「不快」的感受，這種「不快」帶有批判性的色彩——也就是「鹹味的詩」。「鹹味的詩」不是「口味甜美的糖果切片」，只求慰藉讀者。

出於上述這樣的體認，在林亨泰的詩作中便找不到像鄭愁予、葉珊早期那種「甜美的詩句」，尤其是他那些「作怪」的「符號詩」諸如〈輪子〉、〈房屋〉、〈進香團〉、〈車禍〉等（他這些所謂的「符號詩」其實就是圖象詩），以及屢被人傳頌的前衛作品〈風景〉（二首），如果按他自己的標準說，這些詩多少是帶點「鹹味」的。但「有無鹹味」或是「鹹味多寡」如此說法，未免太印象主義，應該說是他的詩太過知性，而這樣的風格從他第一本日文詩集《靈魂的啼聲》即可見端倪。《靈》書中極少有抒情浪漫的詩作，就連〈浪漫主義者〉一詩一點也不「浪漫」：「坐在高處，／不停地搖盪著懸在空中的兩隻腳，／且裝做是一個天真的孩子，／認為把人間的真相知道得太多就有毒害。／如果能買到一隻蟬，／就該聽它『知了，知了』地唱在你的耳邊」，林亨泰以浪漫主義者自曝其短的方式（如搖擺懸空的雙腳暗示沒有腳踏實地；而裝天真其實是「假可愛」；至於聆聽知了叫聲則只凸顯其懵懂無知）完成其批判的用意（呂興昌，一九九四 a：四〇七—四〇八），而寓有知性之省思則昭然若揭，其他像〈夢〉、〈影子〉、〈山中的百合〉……這些具抒情性的詩題，內裡其實都是一種析理性的表達。最明顯的是後來〈非情之歌〉系列組詩中關於「黑」與「白」二個概念的辯證，而詩題曰「非情」二字，不啻就是最大的提示。

此或與林亨泰早期受到法國詩人阿波利奈（Guillaume Apollinaire）立體詩（cubist poetry）的影響不無關係。在立體派的詩作中，常將文學當作符號來運用，並以特殊的印刷及排列形式來凸顯視覺特徵——這可謂為後來具形詩或圖象詩（concrete poetry）的鼻祖，上所引林亨泰〈車禍〉等所謂的「符號詩」，即是受到立體派啟發的例子，他的這些詩作是研究台灣圖象詩系譜者必須追溯的一個源流。也正是由於立體派的這種「符號遊戲」，詩的抒情性特質在此幾乎被林亨泰給掏空了[33]。而從這點也可反襯林亨泰對於形式的看重，例

31　一般認為，參與論戰的〈談主知與抒情〉與〈鹹味的詩〉二文，係林亨泰為紀弦辯護而發，其觀點脫離不了紀弦個人的主張。至於〈關於現代派〉與〈中國詩的傳統〉二文，基本上也是站在紀弦的立場，為「現代派六大信條」再加闡釋。較有創意的應屬〈符號論〉一篇，但本篇的觀點又與〈關〉、〈中〉前後兩文一脈相承，由此看來，林亨泰實有個人一貫的主張，不盡然全是附和紀弦一人的觀點。

32　在〈談主知與抒情〉一文中，林亨泰甚至認為：「我們所真正歡迎的詩就是其『抒情』的份量要在百分之四十以下，而這就是所謂『主知主義的詩』。」（一九九四：二三）

33　這類符號詩在頗有「自選集」意味的《見者之言》（一九九三）中，除〈農舍〉一詩外，一概沒被林亨泰收入；即連較早出版的《林

如他喜用對語（antithesis）、變奏式複沓句（repetend），以及反覆迴增（incremental repetition）、並列結構等形式上的修辭技倆，著名的〈風景No.1〉與〈風景No.2〉二詩，便是運用特殊的迴行（串連句法）、複沓句以及並列結構的形式，以形成「無限的空間疊景」。就拿被人討論較多的〈風景No.2〉來說：

防風林　的
外邊　還有
防風林　的
外邊　還有
防風林　的
外邊　還有

然而海　以及波的羅列
然而海　以及波的羅列

這首詩完全是依靠形式手法支撐起來的，第一段六行其實是「防風林　的／外邊　還有」二個詩行反覆（repetition）三次的複沓句（refrain），但它又以串連的迴行句法展現連綿不絕的語意與視覺效果，形成空間的無限延伸。第二段則是簡單的二行「不完整句子」的反覆與並列，以此形式的排列凸顯波波海浪襲來的動態視覺。第一、二段中間的切斷，並讓第二段的接續以「然而」（對照或讓步性的連接詞）導出，在懸宕之後逆轉而出的是一片比防風林更為綿遠的無垠海景，令人有意外的驚喜。另一首〈風景No.1〉的形式結構亦與〈風景No.2〉如出一轍，但後段二行「陽光陽光曬長了耳朵／陽光陽光曬長了脖子」這兩個擬人意象的出現，卻被張漢良認為「只有破壞疊景的作用」，是比較不成功的作品（張漢良、蕭蕭，六六）。然而，不論是就外在的自然景觀或內在的精神風景，儘管其形式上採用相似的迴行與複沓句，這二首詩仍不能等量齊觀[34]，一來〈風景No.1〉是左右疊景（而〈風景No.2〉是由內向外疊景）；二來〈風景No.1〉的農作物是向上成長，第二段兩行的直排且不停頓的句式，就有這種向上拉長的視覺效果（「陽光」的疊詞與「曬長」兩字的強調更有凸顯的意味）。

上述那樣的解釋尚不能完全深入林亨泰〈風景〉二詩的骨髓。江萌（熊秉明）在長達近二萬字的論文〈一首現代詩的分析〉中從語法與詞彙等方面細讀了〈風景No.2〉，惟筆墨實屬浪費（一九三—二一七）。眾所皆知，「跨越語言」的林亨泰開始以中文創作新詩時，語言的使用極為制約、簡短，很少出現長串的形容詞與副詞修飾語，以至於只維持「名詞＋動詞」的基本句型（如〈農舍〉、〈春〉、〈渴〉……甚至包括〈非情之歌〉及〈爪痕集〉系列詩作），也即他採取的是一種語言的極簡主義（minimalism），譬如他的另二首名作〈亞熱帶No.1〉：「有胖的軌跡和胖的太陽，／有女人們在唱著胖的歌，／有肥豬睡在胖胖的空氣中，／有香蕉有鳳梨更有胖胖的水田。」以及〈秋〉：「雞，／縮著一腳在思索著。／／而又紅透了雞冠。／／所以，秋已深了」，只用到「胖胖的」、「紅透」和「縮著」這麼少的修飾語，卻能讓閱讀的想像空間無限擴大；上述〈風景〉二首亦因詩人使用極簡主義的語言，反而能騰出足夠的語意空間，使其有無限擴展的效果。從這個角度看，凡是有長句（詩行）出現的作品，大多非屬林亨泰的成功之作，一九八五年之後《跨不過的歷

亨泰詩集》（一九八四）也一樣不見這類詩作，足見其於林亨泰心目中的分量有多輕。

34 呂興昌在〈走向自主性的世代——林亨泰詩路歷程簡述〉一文中對〈風景No.1〉的被忽視，頗為叫屈。他認為〈風景〉二詩各有它們的特色，而且應該同時對照並觀，才能彰顯出其不同意義（一九九四：三七一—三七二）。

史》出現的長詩、長句，由於說明性文字的增加，如〈美國紀行〉、〈主權的更替〉等詩，幾無詩味，似乎說明林亨泰晚年詩之「寶刀已老」。然而，無論如何，援用現代主義的手法以呈現寫實主義的內容，應可作為林亨泰整體詩作的定評。

詹冰

和林亨泰同為銀鈴會同仁的詹冰，亦屬「跨越語言」一代的詩人，在中學時代（台中一中）即嘗試寫作和歌與俳句，俳句的創作還曾獲獎[35]，更影響他後來的詩作風格。然而，對他的創作發揮最大影響力的，毋寧是他中學卒業後留學日本東京進入明治藥學專門學校一事，如同他後來述往時所說：「一隻手拿著試管，一隻手翻開詩集」，嘗試投稿新詩，最重要的「第一首詩」〈五月〉（後詳）就這樣誕生（一六）。留日期間的詹冰曾醉心於《詩與詩論》詩人群的作品與詩論，也對該派引進的「富於『機智』而明朗的法國詩」產生共鳴（一七）。負笈返台後，雖曾短暫地在《中華日報》的「日文文藝欄」發表過〈扶桑花〉等幾首詩作，並加入張彥勳等人的銀鈴會，終因不諳中文而擱筆，銀鈴會創辦的《潮流》停刊後直至一九六四年《笠》創刊這段時期，遂成了詹冰自嘲的「詩歷的空白時代」（一八）。在成為笠詩社的創始同仁後，詹冰再度拾起詩筆，持續創作不輟。

詹冰的寫作範疇頗廣，舉凡新詩（含童詩）、散文、小說（含少年小說），以至於青少年（兒童）音樂劇，都在他涉獵範圍之內，甚至他也動手將自己的日文新詩改譯為中文詩；關於他的詩作部分，後由莫渝整理成二冊以《詹冰詩全集》（二〇〇一）名義出版[36]。這兩冊詩集中的第二部收錄的是詹冰的童詩作品，而他的〈插秧〉一詩在第一本詩集《綠血球》（一九六五）出版後二十年被收進國民小學《國語習作》第三冊，供小學生研讀（詹冰，四一），一九七九年更以〈遊戲〉一詩獲得「洪健全兒童文學創作獎」兒童詩組的頭獎，奠定了他的童詩創作在資深詩人中享有與楊喚並駕齊驅的地位。

以被收入小學《國語習作》的〈插秧〉一詩為例——此詩堪稱詹冰創作手法的「基型」——詩分二段，頭一段：「水田是鏡子／照映著藍天／照映著白雲／照映著青山／照映著綠樹」，係一種靜態的寫照；後一段：「農夫在插秧／插在綠樹上／插在青山上／插在白雲上／插在藍天上」，則是一種動態的描繪。在靜態的寫照中，詩人的攝影鏡頭由遠到近，水田被暗喻為鏡子，映照的是與地面垂直的立體世界中的藍天、白雲、青山、綠樹，其中藍、白、青、綠「都是生機蓬勃而予人和平安寧感的色彩」，基本上詹冰用的是寫實的筆法。在動態的描繪中，鏡頭則反過來由近處拉到遠邊，原來插秧是要插在水田上，「但因水田映照出藍天、白雲、青山、綠樹的形象，所以好像是插在這形象上」，此時則顯示出一種想像的飛躍，讓秧苗直接插在綠樹、青山、白雲、藍天上，使得整首詩的意象因而生動起來，李魁賢便認為這裡透露出意象主義（imagism）的色彩（二〇〇一 a：一三二—一三三）。意象主義主張用普通語言來表達，以呈現一種硬朗、清晰且集中的意象，盡可能精確並簡潔地傳達詩人的視覺對象或場景（語句因而簡鍊），而且不帶一般性的評論。

正因為如此，詹冰的詩除了意象清新、鮮美（如〈五月〉、〈春〉、〈扶桑花〉、〈初夏的田園〉、〈黃昏時〉、〈富士山〉、〈路地〉、〈朝〉、〈景〉、〈音樂〉……）之外，富含知性更成為他眾所公認的一種風格。譬如膾炙人口的〈五月〉一詩：

35 詹冰在〈新詩與我〉一文中自述，他在台中一中五年級（五年制）時，曾寫作俳句參加台中圖書館舉辦的「有獎徵求俳句」活動，幸運獲獎（一一五）。

36 《詹冰詩全集》其實共有三冊，分別是：新詩、兒童詩集、研究資料彙編，由莫渝主編，於二〇〇一年十二月由苗栗縣文化局同時出版。但其中第三冊收錄的是有關詹冰研究的資料及文獻，故《全集》中有關詩作的部分不包括第三冊。

五月，
透明的血管中，
綠血球在游泳著——
五月就是這樣的生物。

五月是以裸體走路。
在丘陵，以金毛呼吸。
在曠野，以銀光歌唱。
於是，五月不眠地走路。

這首詩「以新穎的方式將五月擬為人體的比喻，描述出五月是一個美麗而又充滿了生命力的季節」（張漢良、蕭蕭，四六），意象確屬「硬朗、清晰且集中」；惟頗具視覺效果的此詩，背後又極富知性，絲毫不見詩人情緒的宣洩（不像楊喚或早期的鄭愁予、葉珊等人）——此一知性的詩作特點，在我們看到諸如數學公式（如〈理想的夫婦〉：「理想的夫婦／不是1＋1＝2／而是1×1＝1」）和化學名詞（如〈夏天〉、〈液體的早晨〉、〈金屬性的雨〉、〈酸性的廟〉、〈實驗室〉、〈淚珠的〉、〈透視法〉……出現的硫酸阿託品、初生態、Poesie、CO_2、氯化氫、Ether、高錳酸鉀溶液、Ozone、蒸餾水、溴液……）不時出現在他的作品中即可一目瞭然。詹冰也因此搏得「藥學詩人」的稱號（劉登翰、朱雙一，一六〇）[37]。

然而，詹冰早期為人樂道而較具代表性的作品無非就是那些一再被人討論的圖象詩，包括詮釋男女雙方戀愛分合過程的〈Affair〉、頗有自況味道的〈自畫像〉，以及具圖形象徵的〈蝶與花〉、〈水牛圖〉、〈三角形〉、〈山路上的螞蟻〉、〈二十支的試管〉等[38]這些具實驗意味的開路先鋒的圖象詩，使得他雖未加入紀弦當時籌組的現代派，在馬悅然、奚密及向陽主編的《二十世紀台灣詩選》中，仍被視為「台灣早期的『現代派』詩人」（一二六），甚至影響後來羅青、蕭蕭、林燿德、陳黎、林群盛、顏艾琳、江文瑜……等人圖象詩的創作[39]。圖象詩的原創性，為詹冰在詩史與詩壇上保有了一席之地。

再以〈插秧〉一詩來說，其實它亦是一首圖象詩，如前所述，其前後兩段各五行、每行五個字的並排，整齊的外觀仿似「剛插過秧後，秧苗整齊排列的樣子」（丁旭輝，二九）。深一層看，不論是從形式或內容而言，此詩均以兩兩相對的對比方式（如動↔靜、遠↔近）來呈現如圖畫般的畫面，在形式的表現上，如同〈笠〉、〈雨〉、〈天使們〉、〈愛〉、〈淚珠的〉、〈二十支的試管〉、〈戰史〉、〈燈〉……諸詩，也運用了並列結構，以製造出類似複沓的節奏效果。不惟如此，就像詹冰大多數非圖象詩都頗具童趣一樣（如〈天使們〉、〈廖老師素描〉、〈有一天的日記〉），本身即是典型的童詩的〈插秧〉（以及其他圖象詩如〈雨〉等），更極富童穉的趣味，而這也成了詹冰詩作的特色之一。整體而言，詹冰的重要作品多集中在他的首本詩集《綠血球》以及第三本詩集《實驗室》中，晚年的作品及其自倡的「十字詩」之作，則不足觀哉。

37 桓夫在〈評《綠血球》〉一文中曾指出，身為一名「藥學詩人」，詹冰應用了科學的正確性，謹慎地以最精密的濾器，把《綠血球》濾過以後，還能讓讀者窺知其原來的面目，這是令人至感欣慰的。桓夫認為這主要是「由於詹冰持著擦掉了感情的俗氣的脂粉」，並稱此為「新的主知性的感覺詩」（二〇三—二〇五）。

38 在丁旭輝的《台灣現代詩圖象技巧研究》一書第二章第一節中有專文對這些圖象詩做深入探討（二四—三七），並認為「台灣現代詩人中，最早創作圖象詩的應屬詹冰」（二四）。

39 例如〈疑問號〉一詩，詩中除運用並列結構外，詩末以一個特大的疑問號獨立成行成段，並以其形狀來比擬詩中人「我」的「思想的雲」中那一條「龍」，手法上堪稱前衛；而林群盛《聖紀豎琴座奧義傳說》詩集中的〈宇宙被高度的噴嚏撐醒〉一詩的最後一行獨立成一個斗大粗黑的「？」（疑問句）（一九八八，無頁碼），顯然不無受到詹冰該詩的啟發。

六、錦連、陳千武與吳瀛濤

錦連

從銀鈴會歷經現代派到笠詩社的成立，錦連有著和林亨泰共同走過的足跡。同其他大部分「跨越語言一代」的詩人一樣，錦連詩生涯的精彩之作也都集中在一九五〇年代的早期。新世紀出版的詩集《海的起源》（二〇〇三），除了〈海的起源〉前九首作品發表於或創作於一九五〇及六〇年代的初期外，集中收錄的其餘九十六首詩作都是完成於九〇年代以迄於千禧年之後的作品。《海》中的大半詩作均有強烈的批判現實的色彩（如〈包裝〉、〈時代進步了〉、〈為時已晚？〉、〈石碑〉、〈順風旗〉、〈勳章〉、〈拜票　拜票〉、〈鍍金〉、〈滅亡美學〉……），且其批判筆調往往出以嘲諷（以至於反諷）的口吻。晚期的這些現實傾向（甚至有政治意味）濃厚的詩作，句子有愈拉愈長的趨勢——這又與其擅用說明性的敘述句型有關，致使其多半的詩作成為「分行的散文」而不值一顧。

在《海》之前，錦連出版的詩集有《鄉愁》（一九五六）、《挖掘》（一九八六）、《錦連作品集》（一九九三）及《守夜的壁虎》（二〇〇二）等，這些詩集收錄的皆屬其較早期的作品（部分詩作且相互重複收錄）。錦連由於長期服務於鐵路局彰化火車站[40]，致有若干詩作如〈寫生畫〉、〈沒有麻雀的風景〉、〈軌道〉、〈轢死〉等以鐵道作為詩的場景，因而也被人稱為「鐵道詩人」。這幾首僅存的「鐵道詩」，題材及視角各不相同：〈寫生畫〉詩如題名，是一幅糖廠小火車的淡彩畫；〈沒有麻雀的風景〉描寫鐵軌沿線的高壓電線桿上不再有麻雀逗留的場景，影射威權政治的高壓統治；〈軌道〉則以地球為視角，把鐵軌比喻為兩條鐵鞭打在「創傷的地球的背上」，行進中的火車則變成蜈蚣匍匐其上（讓「臉上都是皺紋的大地癢極了」），擔心創傷累累的地球不勝負荷，寓有環保意識；至於〈轢死〉一詩，雖屢被選入各種詩選——也幾乎成了錦連現代主義的代表性作品，卻是令人費解。

〈轢死〉一詩如下：「1.窒息了的誘導手揮舞著紅旗／2.啞吧的信號手在望樓叫喊／3.激——痛／4.小釘子刺進了牙齦／5.從理念的海鷲醒而聚合的眼眼眼睛／6.染了血的形態的序列／7.齧牙的輪子停住了／8.一塊恐怖／9.在輪子與輪子之間／10.太陽轟然地墜落了／11.所有的運動轉換方向／12.大地震顫的音響和有密度的聲浪／13.圜圈縮小／14.麻木的群眾仰望著／15.有些東西徐徐地上昇　然而／16.灰塵似的細雨從天上落下（人們想到淚珠以前）」，詩題顧名思義即指「被火車輪壓死」，第三節（行）的「激——痛」狀擬的即是火車急剎時的聲響（陳千武，一九七九：七八），第五、六、八節描寫的則是「轢死」的人的恐怖情狀，而第十一節「太陽轟然地墜落」象徵的乃是人的死亡（「轟然」則為撞車聲的比擬），較難理解的是第十五節的「有些東西徐徐地上昇」，或許此係指人歸天後靈魂的往上飄升也說不定。〈轢死〉一詩如同另一首狀寫性愛過程的〈女的記錄片〉標有副題「Cin'e Poem'e」（即「影像詩」），提醒吾人要用攝影鏡頭的角度去「觀」詩，這較羅青始於一九八〇年代後期提倡的「錄影詩」，至少早了三十年。〈轢〉、〈女〉二詩和〈記錄〉、〈那個城鎮〉

錦連，《守夜的壁虎》（春暉出版）

40　本名陳金連的錦連，於日據時期畢業於台灣鐵道協會講習所中等科暨電信科，一九四三年即入彰化火車站電報房（彰化驛電信室）服務至一九八二年退休，從基層的報務員升等至電報管理員（電信主任），歷經三十八年的「鐵道歲月」（錦連，二）。

等詩，每一詩行前面依序都冠有一阿拉伯數字，在前二詩，每一數字代表一連續的鏡頭／場面（one number, one take），但在後兩詩，則每一號碼有它個別獨立的意義，也因此形成詩整體的片斷性（fragment）（林盛彬，一四一），而這種具前衛精神的拼湊性（collage）創作，讓錦連足以成為現代派的一員。

論者率多認為錦連早期詩作頗具浪漫抒情性格（林盛彬，一三五；陳明台，二四六），以《守夜的壁虎》為例，林盛彬就認為「這些詩約當錦連二十三到二十八歲之間的作品，充滿了青年時期的苦澀、離別與思慕的感傷、孤獨、愛的渴望、漂泊感等等」（一三五），例如〈獨居〉、〈孤獨〉、〈這樣的一天〉、〈井水〉、〈旅愁〉、〈壁虎〉、〈野麻雀〉、〈貝殼〉、〈旋律〉、〈陳舊的曲調〉……這些詩無不帶有感傷的情緒，不論是憶舊與思鄉，抑或抒發悲寂與哀愁之感，恰與林亨泰與詹冰等人的知性冷凝成為對比。惟這些抒情之作並非一概皆屬軟趴趴的調子，諸如〈無為〉、〈回歸〉、〈第一鋤〉等詩也都顯示詩人有直面現實的勇氣，或因此故，陳明台始認為錦連的詩作具有「硬質的抒情」，而與「牧歌式的古老感傷的韻律」無緣（如〈序詩〉即是）（二五四）。進一步言，此一「硬質的抒情」往往根源於「存在的鄉愁」，這指的是錦連對「存在的懷疑，不安和鄉愁」（趙天儀，一九九三：一二六—一三四），〈挖掘〉、〈軌道〉與〈死與紅茶〉等詩便透露了存在主義的實存意識，〈死與紅茶〉中說詩人想像的「死是甜蜜的／疼癢的／誘人的」，並「帶有鄉愁的」，其結果是「我這死是帶有紅茶之香」，以新鮮的意象來直面死亡的威脅，出人意表。

然而，錦連令人驚豔的仍然是早期那些具現代主義味道的詩作，例如〈夏〉、〈時與茶器〉、〈地獄圖〉、〈咒語〉等詩，即運用有魔幻寫實（magic realism）的手法，試看〈地獄圖〉中所描摩的這一幅達利式的圖畫：「沉沉地／四周皆是黑暗的重疊／／一棵發亮的樹下／他屈身撿起了月亮／仰天　而不停地把手臂伸展／／一隻狗／露出銳利的門牙／瘋狂的吠著」，看來頗有陰森詭異的氣氛，惜乎此類懾人的新奇手法只是曇花一現，於今只能讓人緬懷罷了。

陳千武

在「跨越語言的一代」中，創作量最豐盛的則非陳千武（桓夫）莫屬了。陳千武同林亨泰、詹冰、錦連、吳瀛濤等共十二人於一九六四年共創笠詩社（下詳第五章），成了戰後台灣本土詩人中最具代表性的一位，除了新詩的創作外，包括新詩的評論、翻譯、童詩創作，甚至是小說創作，都有可觀的成績。趙天儀說他出版的作品集已近一百種（二〇〇五：一一六），其中關於詩作部分（含譯作與評論），由台中市文化局於二〇〇三年出版的《陳千武全集》（陳明台主編）即有十二冊之多，收有從《彷徨的苗笛》至最近的《搭乘木筏船》近二十冊詩集[41]。莫渝曾於二〇〇一年為陳千武編選了一本《陳千武精選詩集》（一百零八首），雖無法一窺詩人創作全豹，但不失為掌握詩人創作思維與精神脈絡的門徑。

與「跨越語言」同代的其他詩人相比，陳千武的創作至少有二個與眾不同的特色：其一為除了作品的產量未見有呈遞減的現象之外，他的創作力（例如對於語言的掌握能力）亦不因年老色衰而下降；其二為在語

陳千武（文訊提供）

41 按照趙天儀在〈走在詩文學前鋒的詩鼓手——《陳千武全集》十二冊簡介〉一文的說法，如果《陳千武全集》由他編纂，至少可以出版六十集（二〇〇五：一一六）。

言的運用上，詩行長短有致[42]，不像同期的林亨泰、詹冰等人語言有「極簡主義」的傾向，他甚至在一九四〇年代創作嚆矢之時，即嘗試散文詩的寫作（如〈春色〉），著名的〈野鹿〉、〈水牛〉等（散文詩）也寫於一九六〇年代的前期。在詩的形式上，陳千武是自由的，有短詩如〈平安——我的愚民政策〉；長詩如〈媽祖祭典〉、〈喜相逢〉；組詩如〈工場詩〉；不分節詩如〈寫詩有什麼用〉等，不拘泥於某一固定形式，〈春喜〉一詩中間甚至嵌進一副媽祖廟的「籤詩」。

早期的陳千武或許由於對中文的使用不太嫻熟（甚至有錯別字，如「蘊」釀、「焉」然、「歸」依……），語言的使用不盡順暢，某些用語顯得特別怪異，如「世網」（〈在母親的腹中〉）、「殺忍的」（〈隱身術〉）……，像譯成中文的〈秋色〉還殘留有像「刻上段階的工場」這樣的日式中文，以致杜國清在《密林詩抄》（陳千武的第一本中文詩集）書末的〈寫在集後〉一文中特別指出，他的「有些詩句稍為粗糙，不夠圓潤，以及對『詩的用語』（poetic diction）未有充分的鍛鍊」（五三）。平心而論，對於不採極簡主義（可以藏拙）而又要「跨越語言」的陳千武，吾人實可不必如此苛責，以他早期富於戲劇性的抒情詩來說（如〈晚春之夜〉、〈少女〉、〈密林〉、〈鼓手之歌〉、〈風景〉、〈晚秋〉等），意象皆極生動優美（如〈晚春之夜〉的首節：「風的觸鬚……／臆測今夕心境的晴雨／夜不知從地平線何端潛來／　舔著白長凳以及妳我的腳趾」），某些語言的不夠圓潤對其整體詩作而言，就如張漢良在分析〈給蚊子取個榮譽的名稱吧〉一詩時所下

陳千武，《現代詩淺說》（學人文化出版，舊香居提供）

的評斷：「小瑕不掩大瑜。」（張漢良、蕭蕭，二七一）

張漢良分析的〈給〉詩，與〈媽祖生〉、〈池的寓言〉、〈殺風景〉……都是陳千武刻意經營的新即物主義詩（簡稱「即物詩」），新即物主義（new objectivity）是笠詩社成立後取得與創世紀的超現實主義互成犄角之勢的一個重要主張，陳千武早年的詩作雖有些現代主義的色彩（如寫於一九五〇年的〈草坪上〉一詩的首節），但並非很濃烈明顯；而陳倡導的即物詩乃是一種「抱持著懷疑和譏誚性，排除一切幻影而寫的『實用詩』」[43]。即物詩以日常事物為創作對象，在語言的使用上並不講究美文，而是運用一種簡潔樸素、準確明晰的散文，並以機智和反諷作為批判現實的手法，也即「在日常性的題材中發現新的認知和視野，對現實中不合理的現象加以揭露和嘲諷」（杜國清，七二—七三）。如果說超現實主義是在抽離（外在）現實，那麼新即物主義便是在介入現實。而陳千武重要的作品，幾乎都含有介入現實的色彩。

笠詩社在一九九二年出版的詩選《混聲合唱》中，簡介陳的詩作：「富有強烈的歷史意識和現實批判精神。」（趙天儀等，二〇〇一：八〇）此語可作為他「介入現實」風格的註腳。例如被選入多部詩選的〈咀嚼〉一詩，諷刺的即是中國數千年來「吃的文化」，詩中什麼都吃的「他」，最後：

坐吃了五千年歷史和遺產的精華。
坐吃了世界所有的動物，猶覺饕然的他。

42 陳千武有些詩的句子顯然拉得過長，譬如張漢良在解析〈給蚊子取個榮譽的名稱吧〉這首詩時便認為其中第四行太長，與整首詩的節奏不能配合，「讀起來相當聱牙逆耳，是一個缺乏功能的不和諧音（cacophony）」（張漢良、蕭蕭，二七一）。

43 這是陳千武於一九六八年在《笠》詩刊上介紹新即物主義詩派的說法，而這也是《笠》引介新即物主義的嚆矢；隨後的一九七〇年他又譯介了日本詩人村野四郎《體操詩集》的十九首即物詩（陳素蘭，九四）。

在近代史上
竟吃起自己的散慢來了。

這呈現的活生生是魯迅筆下所批判的一幅「吃人文化」的畫面。傳統文化包含有太多腐敗的質素，譬如台灣本地的媽祖信仰即為典型的代表，「媽祖」在陳千武詩中並非於其潛意識中反覆出現的一個原型象徵（archetypal symbol），而是他有意塑造的一個主控性意象（controlling image），「媽祖」不僅成了迷信文化的代名詞，甚至是一種握有無上權威的象徵，而且抱殘守缺，不願讓位（〈恕我冒昧〉一詩對此即有露骨的批判），詩集《媽祖的纏足》集中火力批判「媽祖」便令人印象深刻[44]，詩中的媽祖常常是黑影的化身，比如〈泡沫〉一開頭的正話反說（overstatement）：「信仰媽祖是幸福的／偶而有幸福接近我們／那瞬間　黑影子／就躍出來遮擋了」。

除了介入現實的批判之外，陳千武的詩作也常常觸及戰爭與死亡的主題，力作〈信鴿〉、〈野鹿〉等詩堪稱代表，其中經常出現在詩中的「密林」意象也成了他另外一個「註冊商標」。〈信鴿〉中的密林是死亡的象徵（「終於把我底死隱藏在密林的一隅」），在〈春色〉中則又成為戰爭氣息的代表；可在〈早春〉中，密林卻又成為生命力的象徵，甚至成為其精神寄託的所在（如〈密林〉一詩）（陳素蘭，一四二―一四五）。整體而言，不論是對於戰爭與死亡的反思，或者是出於介入現實的關懷，基本上陳千武是一位思考型的知性詩人。

吳瀛濤

吳瀛濤與錦連、陳千武諸氏也是笠創社時的發起人之一，在「跨越語言一代」的詩人中，由於在戰爭時期的一九四一年曾結業於台灣商工學校北京語高等講習班，使得吳瀛濤極早便能運用流暢的中文，不像其他同輩詩人因為面臨「語言的跨越」以致有段難以避免的創作「空窗期」。也由於他的中文流利，一九四五年台灣長官行政公署成立後，曾服務於該署秘書室，擔任一年的國語通譯。值得一提的是，在這之前的一九四三年，吳瀛濤曾因旅居香港的關係，與當時中國現代詩人戴望舒有所來往，其間也有中文及日文詩作品的發表（彭瑞金，二〇〇五：二四七）。

吳瀛濤早於一九七一年即以五十五歲中壯之齡過世，但他一生熱愛寫詩，前後大約留下六百多首詩作，傲視於同儕，生前出版的詩集共有《生活詩集》（一九五三）、《瀛濤詩集》（一九五八）、《瞑想詩集》（一九六五）與《吳瀛濤詩集》（六卷）（一九七〇）四部，最後一部可說是他之前詩作的「總集」[45]。彭瑞金說他「沉潛內斂、外表拙樸，長於冥思是他予人的最深刻印象」（二〇〇五：二四八），而由此推論他的詩作「頗富哲理」（二〇〇五：二五〇）。確實，吳瀛濤有不少詩作予人有耽於沉思的印象，諸如〈風土與歷史〉、〈荒地〉、〈詩的原理三章〉、〈愛二章〉、〈零時〉、〈凝視二章〉等，但這些具有哲思色彩的詩作，多使用說明性文字，已接近非詩的邊緣，他有很多「論詩詩」（如〈詩頌〉、〈在一個時期〉、〈詩的短章九章〉……），即屬如此；其中只有〈純粹〉一詩算是兼具意象之美的「哲思詩」的佳作：「純粹如寶石／純粹如青空／如音樂的靜穆／如海潮的碧藍／如嬰兒的眼睛／／求於純粹／求之於生活／求之於詩篇／一隻青鳥已起飛／我也隨之揚帆而去」。

44 根據陳素蘭的研究，出現在陳千武詩中的「媽祖」，依照年代順序可分為三期（惟這三期的起迄時間並未說明清楚）。而「媽祖」作為他批判的對象，則是從〈三角夫人〉（一九六八）與〈蠻橫與花瓶〉（一九六六）這二首詩肇始（一二三、一二五）。

45 《吳瀛濤詩集》中按詩人寫作的時間順序收錄的六卷詩集分別為：〈青春詩集〉（一九三九—一九四四）、〈生活詩集〉（一九四五—一九五三）、〈都市詩集〉（一九五四—一九五六）、〈風景詩集〉（一九五七—一九六二）、〈瞑想詩集〉（一九六三—一九六四）、〈陽光詩集〉（一九六五—一九六九），其間沒有一年中斷過創作。

從〈純粹〉一詩中，約略可見吳瀛濤慣用的語言形式，譬如「純粹如ＸＸ」及「求之於ＸＸ」並置式句型——這類句型在《吳瀛濤詩集》中俯拾皆是；與之相似的句型／結構，包括複沓句（如〈薔薇〉、〈夜女〉、〈終站〉、〈夢三章〉、〈詩人之死〉、〈出發〉……）與反覆迴增（如〈在灰暗的角落〉、〈希求〉、〈大海〉、〈湖〉、〈午夜之歌〉、〈我唱我的歌〉……）的運用，以及反覆出現的對語（如〈童年〉等）、直呼法（apostrophe）（如〈貝殼〉、〈給瑪琍的戀歌十三章〉等）、尾詞複用（anadiplosis）（如〈四月的抒情五章〉、〈月光曲三章〉等）、首詞重複（如〈靜思〉、〈詩的短章六章〉等）……修辭技倆，不得不令人注意到這已形成詩人的語言特色，其中屬迴文體（palindrome）的〈星二章〉第一首：「我躺在星宿／夜夢發自天空／這是一個完美的世界／永恆而無始無終／／永恆而無始無終／這是一個完美的世界／夜夢發自天空／我躺在星宿」，可謂上述語言形式的集大成。

吳瀛濤上述這類並置式語法（或並列結構）令人聯想到稍後出現於詩壇的羅門。但是與羅門相關的不只此點，後者後來以都市詩聞名於詩壇，而吳瀛濤則在一九五四到一九五六年之間即寫作《都市詩集》，典型的都市詩作品包括：〈都市四章〉、〈田園．都市〉、〈都市素描〉、〈都市三章〉等等，率先經營都市的題材，儘管較少帶有批判的色彩，惟無疑他是台灣詩壇第一位「都市詩詩人」。弔詭的是，吳瀛濤的詩作中（尤其是早期的作品）經常出現「陋巷」（包括小巷、路巷、街巷等）這個意象，偏偏此一「陋巷」是絕跡於他的都市中的——這就與「繽紛的都市」形成了反差；而且這個「陋」巷之所以陋，是因為在詩中出現的多半帶有貧困、幽暗、荒涼、蕭條，乃至遺忘的意涵，他的〈陋巷斷唱〉：「冬日低罩／陋巷裡，貧困的詩章／在那北風刮吹的地涯／正有一隻彷徨的獸」，正好與「雨巷詩人」戴望舒那種散發丁香味的曲調恰成對比（吳的「陋巷」或許受到戴的啟發也說不定）。

然而，或可稱為「陋巷詩人」的吳瀛濤，除了少數反映底層民眾生活的詩作帶點寫實的味道（如

〈乞丐〉、〈夜女〉）外，大半的詩作都洋溢著浪漫的情懷（如〈在草原上〉、〈青春〉、〈田園〉、〈七月的精神〉……），看來簡直就是一位率真的浪漫詩人[46]，而這一特色則是「跨越語言一代」的詩人少有的。但是吳瀛濤少有的流暢中文，與同輩詩人相較之下，反過來卻也形成他的致命傷——往往變成行雲流水般的散文句子，使其詩思反呈透明。關於這點，他一路走來，始終如一。

46　有人稱吳瀛濤為「原子詩人」，是因為他曾提出「原子詩論」的主張；但綜觀其詩作，以「原子」為題材的不過二、三首（〈神話三章〉、〈詩的原理三章〉等），實不足以冠稱為「原子詩人」（何況〈神話三章〉一詩又是說明文字太強的敗筆作品）。

第四章

鍛接期

國民政府於一九四九年十二月撤退到台灣後，一方面下令禁絕所有「附匪」及留在「淪陷區」的文人、學者之著作，等同割斷了台灣文藝界吸收中國現代文學養分的可能[1]；另一方面則把文學視為政治活動的重要環節，大力培育與推廣反共文學作品。一九五〇年，以張道藩為首的黨政高層人士成立中華文藝獎金委員會，並發行機關刊物《文藝創作》，為投稿作家提供極為優渥的獎金、稿酬與出版管道。該會所徵求及獎勵的文藝稿件標準為：「以能應用多方面文藝技巧發揚國家民族意識及蓄有反共抗俄之意義為原則」，而高額的稿費與獎金「給當時寫詩的人以莫大的鼓舞」（葛賢寧、上官予，八二）。同樣是一九五〇年，五月四日「文藝節」當天由陳紀瀅、張道藩等人發起成立了中國文藝協會。該會直接接受國民黨第四組指導，會員數從成立之初的一百五十餘人，到五〇年代末期更發展至一千兩百九十人之多，堪稱彼時文壇中成員最多、活動力最旺盛、效果也最強的文藝組織。該會並設有詩歌創作委員會，從事新詩創作方法的研討及提倡反共詩創作。與中國文藝協會性質相近的團體中國青年寫作協會、台灣省婦女寫作協會亦於一九五三、五五年相繼成立。

張道藩於一九五四年根據蔣中正總統頒布之〈民生主義育樂兩篇補述〉而撰寫了〈三民主義文藝論〉，可視為國民黨治台文藝政策的正式形成。同年中國文藝協會發起規模龐大的「文化清潔運動」，聲討「赤色的毒」、「黃色的害」、「黑色的罪」，許多作家與媒體紛紛響應。五五年蔣中正提出「戰鬥文藝」口號並進而推展成一運動，各報刊亦舉辦「戰鬥文藝筆談」討論該如何發揮文藝的戰鬥精神、要怎麼讓文藝負起戰鬥的任務，並競相發表戰鬥文藝的創作[2]。王集叢《戰鬥文藝論》、葛賢寧《論戰鬥的文學》、虞君質編《現代戰鬥文藝選集》等書的適時出版，目的不單在替此一政治口號建立正當性與理論基礎，也露骨地表現出急於向當權者靠攏的姿態。

外有高壓的政治環境與社會氛圍，內有「在朝」舊詩[3]及大量新格律詩[4]之虎視眈眈，不難想像新詩在文藝界的困窘處境。由民間愛詩人（多數為基層軍公教人員、學生或社會與經濟結構裡的中下層人士）自發性籌辦的詩社與詩刊，遂成為維繫彼時新詩運的重要支柱。

當時鼎足而立的三大詩社為：紀弦於一九五三年二月創辦的《現代詩》與一九五六年號召成立之現代派[5]，覃子豪、鍾鼎文、余光中、夏菁、鄧禹平於五四年發起的藍星，以及張默、洛夫、瘂弦三位軍中詩人

---

1 由中國現代文學史上多數重要作家皆未隨國民政府渡海來台的事實可知：此一政策之影響深遠，實不亞於一九四六年廢除報刊雜誌日文欄，以及五六年學校禁用台語改推行「說國語運動」。在如此短暫時間內連續失去了中國、日本與本土文學（或語言、文字）的養分，誠可謂台灣文藝界之大浩劫。

2 早在一九四九年《新生報》副刊就曾展開過關於「戰鬥文藝」的討論，該刊主編馮放民（鳳兮）並隨後確定了「戰鬥性第一，趣味性第二」的徵稿原則。同年〈保衛大台灣〉歌詞作者孫陵擔任《民族報》副刊主編，發刊辭便主張「文藝工作者底當前任務——展開戰鬥，反擊敵人」。

3 舊詩「在朝」之說，見《現代詩》第十五期（一九五六年十月出版）社論之二〈不跟他們爭一日之長短〉：「有人鑒於舊詩之藉端午節的詩人大會顯得聲勢浩大，熱鬧非凡，而就替新詩捏一把汗，擔心它的遭踐踏而夭折，這其實是一種過分的憂慮。須知舊詩之所以如此做法，實有其政治的意義」、「可是舊詩在朝，新詩在野。我們寫新詩的，無權無勢，加之經濟困難，自掏腰包辦詩刊，已經是一百二十分的吃不消了，哪裡還有那麼多的財力、人力和物力來大舉開會以極一時之盛呢？」

4 這些明顯留有一九二〇、三〇年代「新月派」殘痕的新格律詩，誠如論者所批評：「往往格調不高，每每淪為浪漫主義末流的感傷與濫情。它之所以被允許存在正由於它和通俗文學，甚至風花雪月的流行歌曲，是同質的，它們並不構成任何意識形態的威脅。換言之，這其實和政治抒情詩公式化的歌功頌德，感國憂民是同質的。」（奚密，二〇〇〇：二〇四）

5 紀弦在一九四八年十一月渡海來台前，已在大陸創辦過《火山》、《菜花》、《詩誌》、《詩領土》和《異端》，但都非常短命，竟無一份能維持超過一年。一九五二年八月，由「暴風雨社」主持人潘壘出資、印行，紀弦主編之《詩誌》（非大陸時期《詩誌》）創刊，也因潘壘有意往香港發展影劇事業，僅出版一期即告停刊。《詩誌》為一九四九年後，台灣第一份以雜誌型態出現的詩刊。至於影響最大的《現代詩》則創刊於一九五三年、停刊於一九六四年，一共出了四十五期（紀弦自稱停刊理由為感覺「出詩集比編詩刊更重要」，見氏著，二〇〇一a：一七六）。

同年於高雄左營催生的創世紀。

不過，當坊間各媒體充斥著「反共」與「戰鬥」口號之際，詩刊最初並未能豁免於其外。由紀弦、鍾鼎文、葛賢寧三人發起，一九五一年十一月五日起借《自立晚報》版面創立的《新詩》週刊，發刊辭提及「詩是藝術，也是武器」、「一面戰鬥，一面創造，我們來了」；一九五四年十月，由軍中詩人於左營孵育的《創世紀》，代發刊辭〈創世紀的路向〉力主「新詩的民族路線」、「鋼鐵般的詩陣營」、「肅清赤色、黃色流毒」，第四期更推出了「戰鬥詩特輯」。所幸，彼時詩刊所標榜的宣言或發刊辭與實際創作情況往往頗有差距：《新詩》週刊第一到十期共發表了一百一十七篇詩作，其中屬政治詩（包括戰鬥詩、反共詩）之類不過才十多篇，其餘多為抒情短詩；《創世紀》除第四期「特輯」外，偶爾才出現零星的政治詩作。較具政治意味的詩集有葛賢寧《常住鋒的青春》、墨人《自由的火焰》與《哀祖國》、紀弦《在飛揚的年代》、李莎《帶怒的歌》等二十多部，在數量上雖是空前的，但也僅占台灣五〇年代出版詩集之一成半（許世旭，

《創世紀》創刊號（許定銘提供）

《創世紀》第四期（許定銘提供）

一七—一八）。惟部分詩人如紀弦、瘂弦等曾多次獲得中華文藝獎金委員會或國防部頒發的獎項，亦為不爭之事實[6]。

鍛接期詩史發展的關鍵轉折，是紀弦於一九五六年二月出版的《現代詩》第十三期上正式宣布「現代派」已告成立（成員共八十三人，後增加到一百一十五人）[7]。該派主張「領導新詩的再革命，推行新詩的現代化」，並於同期封面上刊出六項「現代派的信條」：

（一）我們是有所揚棄並發揚光大地包容了自波特萊爾以降一切新興詩派之精神與要素的現代派之一群。

（二）我們認為新詩乃是橫的移植，而非縱的繼承。這是一個總的看法，一個基本的出發點，無論是理論的建立或創作的實踐。

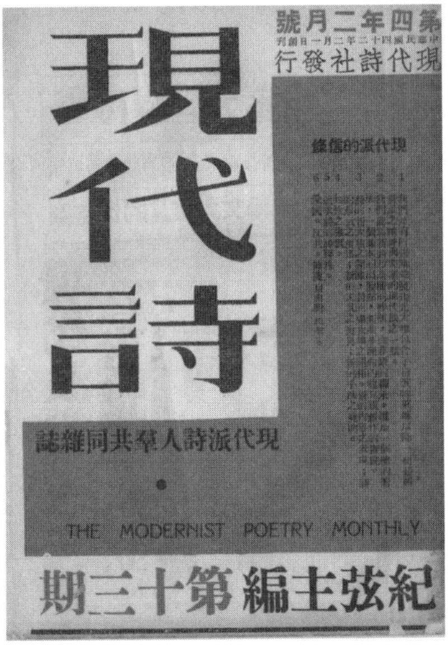

《現代詩》第十三期（劉正偉提供）

6 時代大環境與顛沛流離的個人經歷，自然使這些詩人擁抱「反共抗俄」政策時不會有絲毫猶豫，會寫詩表示支持並不足為奇。但豐厚的「獎金」應該也是另一個重要誘因——別忘了紀弦常在《現代詩》編後語裡感嘆經濟困難或周轉不靈、《創世紀》「鐵三角」也曾為了維持刊物而輪流上當鋪。獲獎所帶來的官方文化資本（cultural capital）對這些民間私人刊物亦不無助益。

7 廣為學者、教師參考與採用之九歌版《新詩三百首》的〈導言〉有云：「紀弦於一九五六年二月在台灣號召一百零二人結盟為『現代派』……」（張默、蕭蕭編，一九九五：六二）此處數字有誤，現代派加盟者由第十三期的八十三人、十四期的一百零二人，到了第十五期已達一百一十五人。可參見本書第三章注29。

（三）詩的新大陸之探險，詩的處女地之開拓。新的內容之表現；新的形式之創造；新的工具之發見；新的手法之發明。

（四）知性之強調。

（五）追求詩的純粹性。

（六）愛國。反共。擁護自由與民主。

紀弦公布這六大信條後，覃子豪於一九五七年八月《藍星詩選》第一輯上發表批判長文〈新詩向何處去？〉，紀弦答覆以〈從現代主義到新現代主義〉、〈對於所謂六原則之批判〉，歷時兩年多的「現代派論戰」於焉開始。參與論戰者除紀、覃兩人，還有藍星同仁余光中、黃用及現代派的林亨泰。「現代派論戰」最大的收穫與意義不在誰輸誰贏，而是雙方關於現代主義的討論使「整個詩壇都現代化了」（紀弦，二〇〇一b：一一四）。有趣的是，覃子豪的創作自此漸從素樸的抒情趨向象徵主義，紀弦也開始修正詩中過度重「主知」而輕「抒情」之病。

一九五九年又有兩場重要論戰發生：先是蘇雪林於《自由青年》發表〈新詩壇象徵派創始者李金髮〉，引起覃子豪以〈論象徵派與中國新詩〉一文回擊，也點燃了「象徵派論戰」戰火；後有《中央日報》副刊連續四天刊出言曦〈新詩閒話〉，余光中為駁其謬論而撰寫〈文

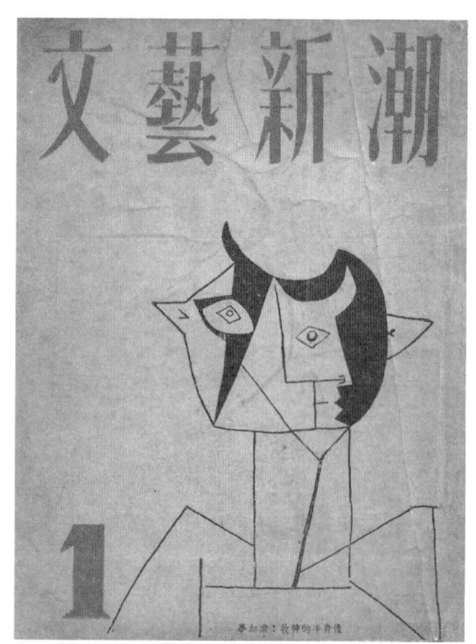

《文藝新潮》創刊號（許定銘提供）

化沙漠中多刺的仙人掌〉，參與者眾多、歷時一年的「新詩論戰」也隨即展開[8]。和之前的「現代派論戰」不同，面對言曦、蘇雪林等人對新詩的抨擊、誤解及質疑，這兩場論戰已不再是新詩作者們的「內爭」，而成為一場共禦外侮的新詩保衛戰了。

值得注意的是，五〇年代台灣這場波瀾壯闊的現代主義運動也不乏隔海唱和的「外援」——《現代詩》與香港《文藝新潮》（馬朗主編）密切合作並互刊對方同仁作品即為一例（楊宗翰，二〇〇四：一五七—一五八）。在詩刊之外，當時尚有《文學雜誌》（夏濟安主編）及《自由中國》文藝欄（聶華苓主編）等少數園地對現代主義創作表示友善。不過，以鍛接期整體詩創作之質、量而計，所謂的現代主義作品不僅為數相當有限，在表現上也不見得能超越三、四〇年代深受日本前衛詩運動影響下的本地詩人創作。一直要到五〇年代末，富有現代主義風貌的詩作才可謂真正大量湧現與逐漸成熟。

一、紀弦

本名路逾的詩人紀弦，在對日抗戰勝利前一直是以另一筆名「路易士」行走於中國詩壇。他年輕時既作詩也作畫，從武昌美專轉學至蘇州美專繪畫系（西洋畫組）後，開始接觸到後期印象派、野獸派、未來派、立體派、超現實等新興畫派。一九三三年他不但舉辦了第一次畫展，也於年底出版首部個人作品集《易士詩集》。不過那畢竟是二十歲之前的少作，連作者自己都承認此書「內容多半是些情詩，而都帶有相當濃厚的羅曼而感傷的色彩。也有一些很幼稚的歌頌光明詛咒黑暗之作。至於詩形，十之八九為格律詩」（二〇〇

8 關於參與論戰者名單與文章篇目，可參考蕭蕭（一九九六）及劉紋綜（二〇〇二）的整理。

一a：五八）。這部處女詩集的風格與成績，顯然和他後來強烈批判的「新月派」無甚差異。次年，他受到戴望舒《望舒草》及李金髮《為幸福而歌》、《食客與凶年》影響，詩風與詩觀為之一變，順利擺脫了整齊押韻的格律詩而邁向自由詩選手之林。隨著他的詩作被《現代》詩選欄編者青睞而刊出，詩人「路易士」也開始活躍於上海文壇，並逐漸成為大陸現代派之一員。已稍有文名的他此後不但創辦《火山》詩刊、出版詩集《行過之生命》[9]，更動起了赴日留學的念頭。這趟東京行雖因詩人患起思鄉病而草草結束，卻讓他透過堀口大學譯詩集《月下之一群》接觸到法國現代詩，其中尤以阿波利奈對詩人影響最深。他也經由其他日譯本及報章雜誌介紹，廣泛接觸了二十世紀的各種藝術流派，並開始嘗試寫起超現實詩。此時期完成的〈致或人〉、〈火災的城〉及〈吠月之犬〉，可視為詩人的超現實主義代表作。值得注意的是：儘管詩人這類作品數量十分有限，但超現實所強調的「人之解放」與「精神自由」，卻一直是紀弦詩創作中除「孤獨感」外最重要的兩個主題。

一九四八年十一月，詩人因時局之變離滬赴台。一直以從上海帶給台灣「中國新詩復興運動的火種」為傲，被稱為「台灣現代詩的『鼻祖』、『點火人』」（紀弦，二〇〇一b：一九）的他，五三年以一人之力創刊《現代詩》、五六年組織現代派及提倡現代主義，在台灣文學史上自有其不可抹滅的貢獻[10]。而他對「詩是詩歌是歌我們不說『詩歌』」之呼籲和「現代詩」名稱之確立，一直到現在還是廣為台灣文學界所遵行與認同，甚至成為台灣詩的特色（中國大陸就長期慣稱為「詩歌」）。但我們會發現，作為詩運領袖的紀弦與作

紀弦，《紀弦論現代詩》（藍燈出版，劉正偉提供）。書封圖即有名的紀弦自畫像。

為詩人的紀弦並不一致。質言之，他所帶來的「火種」或主張的六項「信條」，與自己台灣時期的創作間有著相當矛盾：

（一）詩運領袖紀弦亟欲批判者，乃韻文之「舊工具」、格律詩之「舊形式」、新月遺風及浪漫主義；然而詩人作品中的「隱藏作者」（the implied author），卻在在流露出難以掩飾的浪漫主義氣質。

（二）作為現代主義文學運動的鼓吹者，紀弦曾指出：「自由詩可說是從傳統詩過渡到現代詩的一道橋梁。」（一九七〇：一九七）不過以數量而計，詩人自己的「自由詩」創作絕對遠遠多過於他所謂的「現代詩」[11]。紀弦又說：「一切傳統詩都是抒情的，邏輯的；然而現代詩是情緒的放逐，邏輯的否定。」（一九七〇：四七）但他寫的詩多數也未見有何「情緒的放逐，邏輯的否定」，且「抒情」成分還不時大過了「主知」。持平而論，他所謂的「現代詩」創作如〈春之舞〉與〈存在主義〉固然展現了何謂「詩想的飛躍」、「秩序的構成」，但其中更不乏像〈主題之春〉這類粗糙

9 詩人在大陸時期出版過不少部詩集，惟多已佚失或不易尋獲。他抵台後特別將一九二九到四八年間所有詩作精選為《摘星的少年》與《飲者詩抄》兩冊，由自營的現代詩社印行面世。

10 不過，紀弦對戰前乃至光復初期台灣文學的發展毫無所悉，也是不爭的事實（雖然他可以讀日文）。像風車同仁對現代主義的探索顯然早於紀弦，但礙於刊物多在戰火中焚燬、同仁亦已星散或封筆，有很長一段時間風車幾乎成為台灣現代主義文學發展上被遺忘的「史前史」。

11 紀弦曾解釋兩者之差別在於：（一）自由詩講求節奏，有其高度的音樂性，而且是可朗誦的；現代詩則有意破壞節奏，否定音樂性，使之無法朗誦。（二）自由詩使用「樂音」，現代詩則使用「噪音」。（三）現代詩打破語文常規、發明新句法、作種種特殊的排列、呈現出奇異的外貌；自由詩則否。（四）自由詩十之八九為抒情詩，是「甜味的詩」；現代詩則不然，它屬於「鹹味的詩」。（五）自由詩的本質是「詩情」；現代詩的本質是「詩想」（一九七〇：一四五—一四九）。

贗品。相較之下，「自由詩」無疑才是詩人紀弦的當行本色[12]。

（三）現代派的第一信條為：我們是有所揚棄並發揚光大地包含了自波特萊爾以降一切新興詩派之精神與要素的現代派之一群。在〈現代派信條釋義〉中又補充：「這些新興詩派，包括十九世紀的象徵派、二十世紀的後期象徵派、立體派、達達派、超現實派、新感覺派、美國的意象派、以及今日歐美各國的純粹詩運動。總稱為『現代主義』。」（紀弦，一九五六：四）惟不可諱言：紀弦來台後曾多次澄清自己並非超現實主義者，也對達達派的虛無傾向極為排斥。他雖對阿波利奈相當景仰，卻也不見對立體主義創作真正多所經營。後期象徵派巨匠梵樂希（Paul Valéry）的表現方法，被紀弦直斥為「古舊」。關於純粹詩部分，紀弦亦未嘗繳出何等試驗成績。作為一位詩運領袖，他的企圖與視野確實相當宏大；不過作為詩人的紀弦，嗜好及胃容量卻十分有限。

（四）信條中第五條「追求詩的純粹性」與第六條「愛國。反共。擁護自由與民主」同時並列卻又荒謬地互相抵觸、消解，令人不禁深思詩人的時代困境與存在悲劇[13]。但也別忘記在紀弦的全部創作中，像《在飛揚的時代》這類一點也不「現代」的「反共抒情詩」數目並不算少——雖然他不見得會重視這些作品。

儘管存在前述種種矛盾，這位恐怕未必真正「徹底現代」的詩人，僅憑其寫詩七十年間完成的一千多首作品，成績便已十分可觀。身形修長的紀弦有詩〈檳榔樹：我的同類〉[14]，又多次宣稱「我愛檳榔樹，我像檳榔樹，我寫檳榔樹」，故其來台後、赴美前的詩作就結集為《檳榔樹甲集》、《檳榔樹乙集》、《檳榔樹丙集》、《檳榔樹丁集》與《檳榔樹戊集》五冊，收錄了詩人一九四九至七三年間的重要創作。赴美西定居後，又有《晚景》、《半島之歌》、《第十詩集》、《宇宙詩鈔》多部詩創作面世，詩中「諧趣」與「個性」依舊，惟在整體成績上遠遠不及台灣時期作品。紀弦最好的詩作往往奇妙地結合了「述志」與「自嘲」（或嘲人），一九四三年寫於上海的〈7與6〉即為一例。這兩個數字不但在形象上類似手杖及煙斗，後兩者又恰為紀弦生活中之最愛，亦不妨視作詩人之象徵（手杖接地，直觸人間；煙斗朝天，上達繆思）。「手杖7」及「煙斗6」相加後等於「13之我」，而「13」是「一個最最不幸的數字！／唔，一個悲劇。／悲劇悲劇我來了。／於是你們鼓掌，你們喝采。」既知「不幸」卻又無懼向前直行，顯示「我」（詩人）不僅敢於嘲弄命運，也隱含有高出「你們」（世人）一大截的自信及獨

紀弦，《檳榔樹甲集》（現代詩社出版）

12 紀弦曾多次對所謂「現代詩」創作的走向與趨勢表示憂心。一九六二年七月，他在《葡萄園》創刊號上發表〈回到自由詩的安全地帶來吧！〉，批判某些作品「是撒旦之勝利，是惡魔之舞蹈，是肉欲之狂歡」、「只是新形式主義，根本不是詩」。一九六五年四月二十四日，紀弦在《徵信新聞報》（《中國時報》前身）與中國文藝協會舉辦的座談會上發表談話，宣布要取消「現代詩」名稱；同年五月，又在《公論報》副刊發表〈中國新詩之正名〉。他甚至在〈「現代詩」是邪惡之象徵〉中直斥：「當初我所要求的現代詩，決不是像今天這樣魚目混珠的『偽』詩與『非』詩。所以我一怒提出了『中國新詩的正名』這一嚴正的主張。主張把作祟於詩壇，已經成為邪惡之象徵的現代詩三字，乾脆取消拉倒。」（一九六六：三）

13 據林亨泰回憶，第六條「原本主張『無神論』，公布時抽換成『愛國。反共。擁護自由與民主』，我印象非常深。但他（引按：指紀弦）為什麼在草案中提出『無神論』，我卻完全不瞭解，他也從來沒有對我談過『無神論』」（呂興昌編，一九九八：一七六）。

14 譬如視高高的檳榔樹為詩人「不旅行的同類」、「也是一個，一個寂寞的，寂寞的生物」。

傲[15]。可以這麼說：毫不避諱的夫子自道（現身說法）與嘲人／自嘲，加上擅於靈活運用日常俚俗口語，三者正構成了紀弦詩創作的獨特魅力。

紀弦的述志之作，多喜援動植物為喻。除了前已提及之「檳榔樹」外，還有大陸時期的「魚」、台灣時期的「蜥蜴」等。但最著名的應該還是那匹「狼」，見其代表作〈狼之獨步〉：

我乃曠野裡獨來獨往的一匹狼。
不是先知，沒有半個字的嘆息。
而恆以數聲淒厲已極之長嗥
搖撼彼空無一物之天地，
使天地戰慄如同發了瘧疾；
並颳起涼風颯颯，颯颯颯颯的：
這就是一種過癮。

本詩敘述者以狼（還是脫離群居習性的一匹孤狼）自喻，孤而不怨、獨而不傷，反成規、撼天地，以長嗥代替嘆息，宛如浪漫主義英雄般降臨世間，睥睨一切。全詩收束於「這就是一種過癮」，正是紀弦作品中常見的戲謔口吻。這裡所引用的修訂版顯然較舊作[16]為佳，尤以改為連用六個「颯」字，大有助於音響及情緒之凸顯、延長。此詩寫於一九六四年，距之前紀弦宣稱解散「現代派」和停辦《現代詩》僅不過一、兩年光景。故〈狼之獨步〉也可能是他眼見局勢從簇擁者眾的「頂點與高潮」（借紀弦回憶錄第二部書名）逐步下滑，有感而發寫成的一首自況詩。一九六六年他又作了一首〈過程〉，詩中第三人稱敘述者有著「狼一般細的腿」，「投瘦瘦、長長的陰影，在龜裂的大地」。〈狼之獨步〉與〈過程〉題旨相似，宜視為姊妹詩篇。其間場景雖由「曠野」易為「荒原」，但仍然不改詩中人無畏的「獨步之姿」（也是「一種過癮」吧）：

多少年來，
這古怪的傢伙，是唯一的過客；
他揚著手杖，緩緩地走向血紅的落日，
而消失於有暮靄冉冉升起的弧形地平線，
那不再回顧的獨步之姿
是多麼的矜持。

在紀弦筆下，不幸的「13之我」與兇暴的「狼」紛紛翻轉出不同意涵；而這類翻轉同樣可見於詩人帶著高度幽默感「以醜為美」的一批蒼蠅詩作，如〈蒼蠅與茉莉〉、〈人類與蒼蠅〉、〈蠅屍〉等。〈人類與蒼蠅〉說人類並不比蒼蠅高貴、不能否認蒼蠅也是上帝的傑作之一，「而世界乃一奇臭的垃圾堆，／我亦具有蒼蠅之一切癖性的」。本詩在人蠅並列與自我嘲諷外，也隱含對現實世界（奇臭垃圾堆）的批判之意。

部分三流批評家粗精不辨地一概視現代派詩人群為洪水、現代主義為寇讎，更動輒冠以不關懷現實、不

15 除了這首〈7與6〉，紀弦也翻譯過阿波利奈的〈69〉（《現代詩》第十二期）。兩者皆為以數字引發詩想之作，但我們尚無法判斷〈69〉和〈7與6〉間是否有所謂「影響」關係。

16 巨人版《中國現代文學大系：詩（第一輯）》收錄的就是舊版本，結尾處為：「並刮起涼風颯颯的令我毛骨悚然／／這就是一種厲害／一種過癮」（一九七二：一〇）。

反映現實的大帽子——他們難道不知道，「現實」也分好幾種嗎？不是只有嗜寫水稻、蕃薯、牛車的作家才反映現實吧？這不僅是汙辱了詩之所以為詩的「反映」及「關懷」，也嚴重窄化了所謂「詩之『現實』」！更諷刺的是：紀弦在詩美學上的突出貢獻之一，正是肯直面現實，一九六二年便率先提出「工業社會的詩」這個議題。他聲稱，要當個工業社會詩人最要緊的條件是「必須經得起機械與噪音的考驗」。他認為詩人：

> 應該有一種高度的智慧去發見〔現〕機械的美，一種醜惡的美；你應該有一種卓越的能力去組織噪音，並即以噪音寫詩。要曉得，那些不悅目的形象和不悅耳的音響，正是你所取之不盡用之不竭的現代詩的泉源，是不可以忽視其存在，低估其價值的。它們也是一種真實的存在，和玫瑰一樣，和夜鶯一樣。你應該徹底工業化你的意識形態，漂白你的作品，使之完全脫去農業社會色彩。（一九七〇：一九一）

的確，它們是一種「真實的存在」。詩人紀弦所尋找的，就是這種機器的詩意：「然則，誰說機器沒有詩意？／我喊機器萬歲。／我用噪音寫詩。／而且，我與馬達同類。」（一九五八年作品〈我來自橋那邊〉）

二、覃子豪

自大陸東渡來台的詩人中，幾與民國同庚的覃子豪、紀弦、鍾鼎文被稱為「詩壇三老」。鍾鼎文長期身居黨政要津，生活優渥，詩作多歌頌而少感慨，論質論量其成績遠不及覃、紀二人。紀弦創刊《現代詩》、組織現代派、提倡現代主義，其「橫的移植」說雖恐流於矯枉過正，但確實使文壇氣象為之一新。相較於紀弦的激進求變，五〇年代另一位領袖人物覃子豪卻往往被視為保守持重。尤其〈新詩向何處去？〉等文對紀弦著名的六大信條多所抨擊，讓覃氏在歷時兩年多的「現代派論戰」中似乎成為「反現代」或「抗拒現代」的要角，連帶影響了後世對他的評價。史家陳芳明在《台灣文學史》第十三章〈橫的移植與現代主義之濫觴〉中就認為：紀弦「在五〇年代，創作與理論同時並進，果然豐富了現代主義運動的內涵」；覃子豪則「強調古典傳統與民族立場的重要性」，「對現代主義的認識，也許有很大的錯誤」（二〇一一：一四四－一四五）。

覃子豪（文訊提供）

上述「認識」其實不無可商榷之處。覃子豪文中提及現代主義的精神在「擁護工業文明」，這顯然是一種誤解；但援此而全盤否定他對現代主義的認識，恐怕亦不甚公平。覃子豪自身精研象徵主義詩學，《詩的解剖》、《論現代詩》、《法蘭西詩選》等多部著、譯作持論中肯，影響深遠，足以讓他與紀弦、方思、葉泥、馬朗等人同列鍛接期裡最重要的現代主義譯介者／代言人。若屏除與紀弦間意氣之爭的部分，覃子豪在這場論戰中亦有其重要貢獻：

（一）力抗現代主義裡捨本逐末的支派及六大信條中潛藏的流弊。

（二）批評現代派對各新興詩派消化不良的嚴重病態。

（三）警告彼時新詩作者對現代主義的接受不免過於狂熱，對現實生活的體驗卻不免過於薄弱。

覃氏雖貌似為過激的現代主義運動踩下煞車，但總的來說，他還是批評多於反對、提醒大於抗拒。事實上，紀、覃兩人對現代主義的認知差距本來就相當有限，目標也絕非截然不同；倒是經此一戰，覃子豪的創作漸從素樸的抒情趨向神秘與象徵，紀弦則開始修正詩中過度重「主知」而輕「抒情」之病。

覃子豪早期在中國大陸出版過《剪影集》、《自由的旗》、《永安劫後》，抵台後又印行了《海洋詩抄》、《向日葵》、《畫廊》三部詩集。一九六三年詩人因膽道癌病逝，友人集資為其出版三巨冊《覃子豪全集》，第一輯「詩」盡可能地收錄了所有已發表與未發表之創作，總數在三百首左右[17]。依各部詩集所展現出的不同風貌，我們可將詩人的詩路歷程分為三個階段：大陸時期、抵台前期、抵台後期。其中尤以第三階段（以《畫廊》為代表）的詩藝最見飽滿成熟，其中更不乏可傳世之作。大陸時期的《剪影集》為覃氏和另外四位詩友每人各選兩首詩作後刊印的產物，故嚴格說來，他的第一部詩集應為《自由的旗》[18]。後者和《永安劫後》皆於對日抗戰期間出版，擅用寫實手法、結合時代脈搏，戰鬥氣味相當濃厚。比較特別的是，《永安劫後》為覃子豪看過畫家薩一佛為一一四永安大轟炸[19]所作的素描後，另行經營、構思出的詩篇，一九四四年並以（應為中國第一次）詩畫合展的方式呈現。詩人並未實際身處永安大轟炸的現場，創作時亦不曾跟畫家交換過意見，但這些都無礙於他想結合新詩與繪畫兩者的企圖。覃子豪認為這麼做正是「詩接近大眾的新途徑」，而且效果

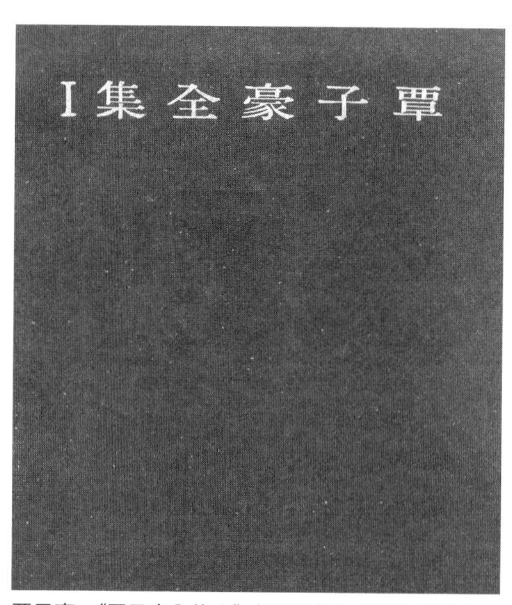

覃子豪，《覃子豪全集Ⅰ》（覃子豪全集出版委員會出版，共三冊）

應在街頭詩與朗誦詩之上。《永安劫後》皆為二十行以內、批判性強烈的短詩，為了讓一般讀者皆能瞭解並感到興趣，多數詩篇不免流於嚴重的散文化。不過，誠如覃氏在《自由的旗》序中所言：「這是戰鬥的時代，在這時代，如果沒有戰鬥，也就沒有詩。因為，侵略者將會把播著文化種子的國土以無情的毀滅。」時地變遷，詩人抵台後就逐漸減少乃至停產像《自》與《永》這類戰鬥時代下的戰鬥詩篇，不過這類詩作在數量上還是有近一百首之多，約占覃氏全部詩作的三分之一[20]。

抵台前期的詩集《海洋詩抄》及《向日葵》分別於一九五三、五五年出版。蜀人覃子豪從年少就對海洋深懷憧憬與渴慕，但礙於成長期間生活動盪，又自忖對海的認識有限，遂罕以海洋為題材編織詩篇。東渡台灣後，安定的環境加上對海的理解因時間增長而加深，讓詩人願意「在靜中去回憶動的生活」，故執筆完成《海洋詩抄》，一開戰後台灣海洋詩創作的綿長系譜。此書雖為詩人「台灣經驗」下的產物，但其中佳作卻不以一時一地或個人經驗的再現為要務，如一九五〇年寫於花蓮港的〈追求〉：

大海中的落日

17　出版「全集」是覃子豪的遺願之一，可惜這套書還是有部分缺漏（特別是譯詩）。待補遺處見莫渝，《走在文學邊緣》（一九八一：三二五—三三一）。

18　《剪影集》僅印了兩百冊，今已難尋。覃子豪入選的兩首詩作為一九三三年七月寫於青島的〈我的夢〉及〈竹林之歌〉。詩人一九三三至一九三六年間的早期試筆之作多帶有傷感浪漫的年少情愁，經整理後被編為「生命的弦」（覃子豪，一九六五：一—四六）。

19　一九四三年十一月四日，日軍飛機轟炸福建永安，造成數百人死傷，全市精華付之一炬。

20　據莫渝統計，「覃子豪的戰爭詩歌約九十七首，占全部詩作的三分之一弱。就詩文學創作三十年的生命，前期大陸階段有八十八首，後期台灣階段十七年僅得九首」（二〇〇一：九九）。

悲壯得像英雄的感嘆
一顆星追過去
向遙遠的天邊

黑暗的海風
括〔刮〕起了黃沙
在蒼茫的夜裡
一個健偉的靈魂
跨上了時間的快馬

此詩中有四組對比的意象：落日／大海、星／天邊、黃沙／海風、靈魂／時間，乍看皆貌似不自量力的以小搏大，但最後一組「健偉的靈魂」竟勇敢且主動跨上「時間的快馬」，自難掩其奮進的壯志雄心。這首〈追求〉所展現出的剛健之風，其實一直是覃子豪詩創作的核心特質。他後來雖深受法國象徵主義影響，卻始終未曾沾染後者末流之感傷頹廢，端賴此一剛健特質所發揮的作用。

小詩〈貝殼〉[21]也是《海洋詩抄》中雋永的佳作：「詩人高克多說／他的耳朵是貝殼／充滿了海的音響／我說／貝殼是我的耳朵／我有無數耳朵／在聽海的秘密」。詩中「他的耳朵是貝殼」一句，耳朵是喻依，貝殼是喻體；到了「貝殼是我的耳朵」，貝殼變為喻依，耳朵反倒成了喻體。喻依與喻體兩者一經詩人偷天換日，詩趣乃生。覃子豪在另一本詩集《向日葵》中，特意在詩的形式上尋找秩序感，每段皆以固定的行數呈現，如〈花崗山掇拾〉的每段兩行、〈向日葵之一〉及〈之二〉的每段三行、〈距離〉的每段四行等。由

《向日葵》可知詩人亟欲在創作題材上有所突破，〈小鹿〉就是他難得一見的感官書寫：「我記得，昨夜／我捕獲著你那兩隻驕傲的小鹿／我吻著它敏感的觸角／它的全神經都在顫抖」、「你祇用霧一樣的眼睛盯著我／屏息著呼吸，一直沉默／像是在驕傲你一對小鹿的純美／又像是在我眼裏尋找什麼問題」。覃子豪東渡後忙於寫詩、譯詩、編詩、評詩、論詩、教詩，最能彰顯其一生志業之所繫，非這首〈詩的播種者〉莫屬：

意志囚自己在一間小屋裏
屋裡有一個蒼茫的天地

耳邊飄響著一支世紀的歌
胸裡燃著一把熊熊的烈火

把理想投影於白色的紙上
在方塊的格子裏播著火的種子

火的種子是滿天的星斗
全部殞落在黑暗的大地

21 《畫廊》中也有一篇同名之作〈貝殼〉，但非小詩。

當火的種子燃亮人類的心頭
他將微笑而去，與世長辭

此作雖有較強的說明性，仍不失為清朗可誦的好詩。這類述志詩在詩人抵台後期的《畫廊》中技法更為發展，層次愈加繁複，可以〈吹簫者〉為代表。此作全篇就是一個象徵：吹簫者是詩人，他所吹奏出的音樂是詩。他手中的尺八（即簫）是一個蛇窟，內有「七頭小小的蛇潛出／自玲瓏的孔中」。吹簫者「像一顆釘，把自己釘牢於十字架上／以七蛇吞噬要吞噬他靈魂的慾望／且欲飲盡酒肆欲埋葬他的喧嘩」。「釘牢於十字架上」是把吹簫者（即詩人）的存在意義，提升到跟耶穌的自我犧牲相等同。他不但需要以七蛇（指音樂，即詩）去克服自己內部的欲望，也得對抗外在酒肆（即世間）的喧譁。詩末指出吹簫者乃「一個不曾過河的卒子／是喧嘩不能否定的存在」，因為他每個夜晚都會堅持木立酒肆中，向眾多的飲者（即世人）不停地「吹一闋鎮魂曲」。

一九六二年出版的《畫廊》是覃子豪最後一部詩集，徹底而集中地展示了他對象徵主義美學的信仰與實踐成果。象徵派名家魏爾崙（Paul Verlaine）倡「音樂是一切的前提」，而覃子豪對音樂性的重視可以〈秋之管弦樂〉為代表。全詩節奏與旋律控制自如，已宛如一闋迷人的和諧之音，佐以錯落的長短詞句及精巧的設色構圖，在表現上不遜魏爾崙名作〈秋歌〉，規模與氣象則有過之。詩人在《海洋詩抄》與《向日葵》中雖有數篇書寫音樂之作，但無疑皆不如〈秋之管弦樂〉般成功。《畫廊》最重要的特色，在於作者對抽象的經營探索以及對神秘奧義的嚮往追求。前者可以〈瓶之存在〉和〈域外〉為代表。〈瓶之存在〉說「自在自如的／挺圓圓的腹／宇宙包容你／你腹中卻孕育著一個宇宙／宇宙因你而存在」，讓人聯想到美國詩人史蒂文斯（Wallace Stevens）一九二三年的作品〈瓶的軼事〉（"Anecdote of the Jar"）[22]：

我放一隻瓶子，在田納西，
渾然而圓，在一座山上。
瓶遂促使好零亂的荒野
圍拱那座山崗。

於是荒野全向瓶湧起，
偃在四周，不再荒涼。
而瓶，滾圓地立在地面，
巍巍乎有一種氣象。

它君臨於四方的疆土。
瓶是灰色且空無。
它所付出的，非鳥，非林，
不同於一切，在田納西。

兩詩題旨雖不盡相同，但皆可置於中外「論詩詩」的脈絡下加以詮釋（或不只是論詩，也可能是論藝術或論任何一類創作）。同樣以抽象語言表現抽象感覺的〈域外〉，亦不妨置於此一脈絡：詩中「域外的人」可

22 原詩請參考 *The Norton Anthology of American Literature* Vol. 2, p. 1151；這裡引用的是余光中的翻譯（一九八四：一六四）。

解讀成在指涉詩人，他來自「域內」，卻總愛欣賞「域外的風景」——那是在人們肉眼的視覺之外，唯有依憑心眼或靈視方得一窺的「風景」。

關於詩人對神秘奧義的嚮往追求，代表作則為〈金色面具〉和〈黑水仙〉。兩者的共通點在：金色面具和黑水仙都是詩人心靈世界的象徵，也都同樣具備沉靜、玄秘、如幻似夢的特質。唯有金色面具能讓詩人「忘卻自己／去認識世界真實的面貌」；也唯有黑水仙可令詩人全然投入與認同：「我欲皈依那絕對的純粹／而我已溶入無限的明澈」。覃子豪在《畫廊》自序中指出：「詩，是游離於情感和字句以外的東西」，而他「只是在探求不被人們熟悉的一面」。看來他不只達成此一目標，《畫廊》所展現的知性風貌、哲思探索與將景物轉化為象徵的卓越能力，在在都顯示：這才是詩人自我風格的真正完成，亦足任戰後台灣象徵主義詩創作的里程碑。

三、方思

跟紀弦、覃子豪相比，方思稱不上是什麼詩壇領袖或詩運推手。他雖然主編過文藝叢書，在《現代詩》創刊初期也以不具名的方式寫過社論，但畢竟時間短暫且影響有限。不過他自有一套「領導」台灣詩的方式：翻譯，就是翻譯。事實上，方思是一九五〇年代台灣最重要的英美現代詩譯者之一，曾經「引渡」過的詩人不計其數，如桑德堡（Carl Sandburg）、龐德（Ezra Pound）、喬伊斯（James Joyce）、赫爾姆（T. E. Hulme）、史蒂文斯、威廉斯（W. C. Williams）等。而作為鍛接期最重要的一份詩刊，《現代詩》幾乎每期提供大量篇幅給外國名家[23]，這些譯作也為台灣不諳外語的寫詩人或讀詩人開了一扇新窗——方思及馬朗譯的英美現代詩、葉泥譯的日本現代詩、紀弦及覃子豪譯的法蘭西現代詩……，透過閱讀而潛移默化形成的影響，絕對比「橫的移植」這類口號要來得深廣。在那個新詩土壤亟需「外援」的年代，重要的譯介不但可以開詩智、啟詩思，更可能進一步引領詩潮的變異升降。翻譯詩、翻譯詩學乃至翻譯者，在台灣新詩的發展歷程中皆扮演著吃重角色，實有必要另寫一部《台灣譯詩史》細加研究，以補《台灣新詩史》之不足。

方思雖為重要的英美現代詩譯者，不過他最具系統性與影響力的翻譯成績卻表現在德語詩人里爾克（R. M. Rilke）上。一九五八年他譯畢並出版了《時間之書》（*Das Stundenbuch*）[24]，其中名句如「怎樣時間俯身向我啊／將我觸及／以清澈的，金屬性的拍擊」傳誦一時。《時間之書》也是他唯一一本結集印行的譯詩集。雖然掀起了台灣詩壇一股「里爾克熱」，但方思之譯作與創作卻在六〇年代赴美後大幅降溫，幾至冰點。他的詩創作集計有《時間》、《夜》、《豎琴與長笛》三部，分別於一九五三、五五、五八年出版。一九八〇年洪範書店又將三書合而為一，以《方思詩集》之名面世。惟該書僅為重印，不見增添，散佚未錄之作當不在少數。

恐因這位「里爾克譯者」的成績實在耀眼，以致讓許多人推斷「詩創作者」方思受里爾克之影響

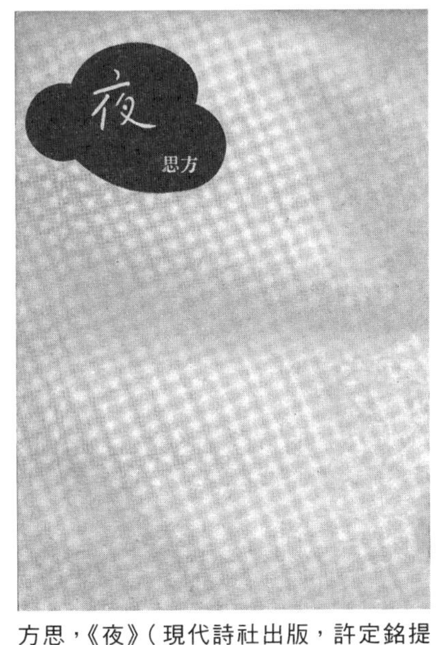

方思，《夜》（現代詩社出版，許定銘提供）

23 公告現代派正式成立的《現代詩》第十三期，編者紀弦還特意將外國譯作的順序排在本國創作之前，不知是否在暗示或強化他所謂「新詩乃是橫的移植」一說？

24 方思將 *Das Stundenbuch* 譯為《時間之書》，其實並非絕對妥當的譯名，在台灣詩壇卻幾成定稱。可以考慮的替代譯名，至少有《時辰之書》、《祈禱書》或《永恆讀物》等。

甚深。詩人對這類評論顯然很不服氣。他在《夜》的〈後記〉中強調自己「不屬於任何派」，更批評這些評論者根本「看不大懂這位德語大詩人」。影響（或模仿）是個不易釐清的大問題，僅以詩人的閱讀取向及翻譯偏好來論斷自然有失公允。無可否認，方思無疑巡禮與嚮往過里爾克的神秘詩境，但畢竟入而能出，「尚為一個真正的聲音（genuine voice），不是模擬，亦非回聲」（方思，一九七）。兩者相仿之處至少有三：

（一）觀物或寫物的方式。即並非純粹詠物或藉物抒懷，而是進入物之內裡、感應物之存在[25]。

（二）詩中常出現具有象徵意義的植物「樹」。

（三）感覺細微，境界幽深。

而兩者不同之處也至少有三：

（一）方思筆下少見里爾克詩作中濃郁的神秘主義成分，卻有著更多的純淨與明澈。

（二）里爾克詩篇裡常出現對神（上帝）的探問、思索，方思則無。不過，里爾克所稱之神，並非先驗或位於現實之外的神，而是內在於事物中的純粹生命（他曾公然宣稱，他的宗教就是「愛」）。

（三）除了一首分為八組、共計二百零八行的〈豎琴與長笛〉，方思絕大多數詩作皆為精巧的短篇；這亦與以長篇巨構〈杜英諾悲歌〉、〈給奧爾菲斯的十四行詩〉等作傳世的里爾克截然不同。

是同是異，可列舉者當然非僅如此。不過，就像馮至詩篇中雖可看見接受里爾克「影響」的痕跡，但那些絕對還是馮至的詩，而不是「中國里爾克」的作品；方思亦應該是難以取代的方思，不是也不需要成為什麼「台灣里爾克」。況且我們也別忘了，「影響」的來源往往殊難斷定、不限於一，個別詩篇的「模仿」或「學習」卻比較容易找到確實根據。方思「模仿」或「學習」的對象不見得是里爾克，而很可能另有他人！評論家呂正惠就發現，方思〈美德〉第一節顯然「奪胎換骨」自英國玄學詩人赫伯特（George Herbert）同名詩篇"Virtue"（五〇—五二）；張漢良亦指出，方思詩作〈夜歌〉無論在主題或意象的處理上，皆極類似十八世紀末德國浪漫詩人諾法里斯（Novalis）的長詩〈夜歌〉第一首後半段，甚至連細節都相同（張漢良、蕭蕭，七八）。有趣的是，另一位詩人方莘也寫過一首同題詩〈夜歌〉[26]，副標題為「方思主題變奏曲」，發表在《現代文學》第九期（一九六一年七月）。其中的「主題」便是指方思〈夜歌〉的第一段：「夜性急地落下來了／你不要唱哀悼的歌」。方莘將這首詩自命為「變奏」，實隱含有向前輩方思致敬之意，且其中自有獨創，絕非一味因襲。

無論所謂「方派」（余光中語）[27]是否真正存在，方思都是鍛接期詩史裡不能忽略的重要聲音。他在首

25　里爾克曾提出應返回「世界的內在空間」（Weltinnenraum），即藉由對「對象」（或「物」）的觀照，回到宇宙萬物的內心。一旦如此，人與物便可交融而神會。方思有很多作品都可呼應此說，譬如這首〈生長〉：「啊，讓痛苦生根，成長，就像一個樹／讓牠開花，粉白似你的雙頰，讓牠結果／滑潤似你的肌膚，啊，讓痛苦生長／在我的心中，我的體中，就似一株樹，緊貼在我的心上，體上／你可以觸撫，以你的溫暖的手，就似你伸入我的袖口／你亦可以聞牠的氣息，以你膩潤的雙唇……／／唉，祇有在那時我才能不感覺痛苦，我才能／適應了痛苦，這深深的剜心割膚的痛苦／當這樹緊貼在我的心我的體生長了；因為／我就是痛苦」。

26　方莘的〈夜歌〉收入個人詩集《膜拜》時改題為〈夜的變奏〉。《膜拜》中收有兩首〈夜的變奏〉，為詩人針對同一主題的不同發揮，一為交響詩、一為獨奏曲。可參見本書第五章「方莘與方旗」一節。

27　有感於方思對晚出詩人頗有「影響」，余光中曾自撰「方派」一詞來標示自方思以降的詩人系譜：方莘被視為頗受方思影響，又轉而感應了方旗；而再晚一輩的方娥真又竟似受了方旗的一些影響（一九七七：二—三）。中國大陸學者古繼堂更沿用此說，並將之具體化為寫作台灣詩史的一種策略（一六九—一七〇）。「方派」之說其實問題重重，相關批判請見楊宗翰，《台灣現代詩史：批判的閱讀》（二〇〇二：一〇〇—一〇三）。

部詩集《時間》中，已展現出文字準確、感覺細緻、思想深邃的鮮明特色。其中佳作如〈港〉、〈重量〉、〈美德〉等，尚能藉兩段間急遽的詩思轉折，誘引讀者反思「生命的訊息」、感受「世界的重量」及叩問為何「一切必要死亡」——對生命／死亡的追尋體悟，正是方思詩創作的核心主題。在第二部詩集《夜》裡，詩人持續經營、發展此一主題，並嘗試與具有象徵意義的「樹」結合，成為一株株矗立的生命之樹。譬如在〈林〉一詩中，樹成為第一人稱敘述者的「精神之源，萬有之源」，聲稱「我為你的完美吸引，我欲化入你的存在」：

在靜靜的夜心，我祇聽到你的聲音，啊，我欲推窗出去，去到你的胸懷，你的內心

你是子宮，黑色的神秘，生命之源
你是光，一片閃爍如海，宇宙之中心

你閃爍的黑色的存在，在天地間在我心中存在

永遠，永遠

這片「閃爍閃爍的黑黝黝的林子」裡一株株生命之樹，充滿了令人好奇的「黑色的神秘」——而「黑」本是方思詩作中重要的象徵語，有很多意象正由「黑」而發，詩人還曾經自比為「千年熾火凝成的一顆黑水晶」[28]。這一「黑色的神秘」同樣在〈夜〉詩中「召喚我，逗引我，誘惑我」，使我想努力「探求這黑色的神秘」。這些作品無疑都顯露出詩人對生命奧義的好奇。一般說來，創作者若欲藉詩談玄論理，常常容易陷

入過度抽象或枯燥的致命窠臼。幸好方思過人處之一，就在於能以大家都可能有的日常經驗入詩，像是這首〈聲音〉：

夜漸漸地冷了，我猶對燈獨坐
冬夜讀書，忍對一天地間的黑暗
僅僅隔一層窗，薄薄的紙

我猶挑燈夜讀，忍受一身寒意
每一個字是概念，每一句子是命題
是力量，是行動，是一個生生不息的字宙
有熱，有光

在沉寂如死的夜心，我聽到一個聲音
呼喚我的名字：我欲
推窗出去

28 見收於《夜》書中的〈黑色〉：「在黑色的蔭影中看自己的影子／蔭影輕擺于黑色的水中／這樣看自己的影子是足夠的清楚／這是好的：我是千年熾火凝成的一顆黑水晶」。

詩中的神秘「聲音」，其實來自大生命（屋外的夜空）對小生命（室內的個人）之召喚。因為有它，讓冬夜裡挑燈夜讀（十足日常經驗！）的敘述者，由一開始的「忍受」天地黑暗及一身寒意，到最後竟能感悟而欲「推窗出去」。這類急遽的詩思轉折早見於首部詩集《時間》，本不足奇；奇的是，這個生命的聲音卻發自「沉寂如死的夜心」。詩中的「黑暗」（或「夜」）同時是生命和死亡的雙重象徵。詩中敘述者與象徵死亡的黑暗原本「僅僅隔一層窗，薄薄的紙」；但他堅持繼續夜讀，終能藉著書中字句提供的力量與光熱，支持自己勇敢「推窗出去」，探求、面對及感應無邊黑暗的另一種可能——生命。換言之，究竟是象徵生命抑或死亡，神秘的「黑暗」本身顯然並非最終的決定者。這首〈聲音〉也像在告訴讀者：一切「結果」只看人自己是否願意行動，或說看他有沒有決心面對困境、扭轉困境。

方思詩作的另一特徵是對音樂性的極度重視。誦讀台灣一九五〇、六〇年代的詩創作，便會發現多數皆嗜走枯澀冷硬一路；方思的詩反其道而行，以聲籟流暢、旋律靈動多變見長，頗能因應詩情的轉折而準確調整節奏的起落。鄭愁予、余光中、瘂弦、葉珊（楊牧）等人詩作同樣有此鮮明特徵，但若以時間先後而論，方思無疑應排第一。他最長的一首作品〈豎琴與長笛〉就大量運用複詞及排比句來營造音響效果，押韻貌似自由且隨性，仔細一讀卻無不妥貼而諧鳴。整首詩雖在寫對愛情的微妙感覺，但最大成就卻集中於以下三點：（一）聲與情的完美結合；（二）擬聲法的多樣實驗；（三）使意象完全依附詩中句式及節奏變化的大膽嘗試[29]。特別是方思對句式及節奏變化的掌握能力，幾乎已成為其詩篇最鮮明的標誌，在鍛接期眾多詩人間恐怕還真找不出可與之並比者。視此為方思詩作魅力的主要來源，諒不為過。

四、楊喚

本名楊森的楊喚有個不幸的童年：父親酗酒、生母早逝，繼母進門後竟又對他百般虐待。他曾在遺稿中說自己從小就是個「可憐的小東西」，一個挨打受罵、以痛苦作食糧、被眼淚給餵養大的小東西。童年期對他來說，宛如一個悠長而冰冷的世紀。小學畢業後，他考取初級農業職業學校畜牧科，在友情的撫慰與愛情的滋潤下開始寫作。畢業後楊喚離開故鄉遼寧，到青島的《青報》從事校對工作，後以不滿二十歲之齡升任副刊編輯，並由青島文藝社出版了一本詩集。報社後因戰火不得不解散，楊喚遂從青島而廈門再撤退到台灣，並像許多一九四九年前後來台詩人一樣為餬口而加入軍隊。一九五四年三月七日上午，詩人為趕赴勞軍電影《安徒生傳》[30]硬闖平交道而遭火車碾斃，得年不滿二十五歲。楊喚逝世後六個月，由現代詩社以《風景》為名出版了他的詩集。一九八五年洪範書店委託詩人生前摯友歸人編選《楊喚全集》，收《風景》裡外所有詩、散文、童話、日記、書簡為一帙，允為定本。

《楊喚全集》共收錄了抒情詩五十六首及兒童詩二十首（歸人將後者列為「兒歌」，不妥）[31]。楊喚無疑是台灣兒童詩創作的先驅，也在台灣兒童文學史上占有重要地位。他從一九四九到五一年間以另一筆名「金

29　另一位詩人方莘一九六二年發表的情詩力作〈練習曲〉，跟方思這首較早出的〈豎琴與長笛〉一樣重視詩中的音樂性，但在實驗程度上不及後者。

30　從楊喚書簡中可知安徒生對他影響很深，他並曾以〈感謝〉一詩致贈安徒生：「感謝你給我以你的童話的教室。／感謝你給我以你的心的蜜糖。／／感謝你給我以愛情和營養。／今天，我要在我詩的小城裏完成一座偉大的建築，／那就是立起你這丹麥老人的銅像。」不過，在楊喚生前著作中卻遍尋不著另一位「影響來源」綠原的名字。

31　也有部分作家（如趙天儀、陳千武、林鍾隆）學習日本兒童文學界，將成人寫給兒童看的詩稱為「少年詩」。

馬」於《中央日報．兒童週刊》上發表許多兒童詩篇[32]，其中〈夏夜〉、〈小螞蟻〉、〈家〉、〈小蝸牛〉、〈春天在哪兒啊？〉、〈眼睛〉自六〇年代後期起更被選入國中、小課本，讓楊喚成為台灣最廣為人知的詩人之一。可惜這些課本編輯常常妄改入選詩作，甚至換上不符作者原意的字句，早逝的楊喚就是一個不幸的受害者。

或許是出於對淒苦童年的憑弔與補償，詩人很早就意識到該為孩童寫詩，並批評當時部分兒童刊物為「騙錢的玩意」、「沒有人肯花功夫去給孩子們寫東西」，不該忘了「孩子們也是有他們的鑑賞力的」（歸人編，一九八五b：三五七、三六一、三六二）。他的兒童詩創作有以下幾項特色：

（一）重視童話精神，富有童話情趣；

（二）慣用擬人手法；

（三）擅長以語助詞控制節奏；

（四）充滿教化與叮嚀；

（五）多採哥哥、姊姊口吻進行敘述。

其中以（四）與（五）兩點較為特殊。他雖然也用「童言童語」來表述，但並未刻意模仿閱讀對象（兒

歸人編，《楊喚全集Ｉ》（洪範出版／提供）

童）口吻，而是以高出一輩的身分，親切地向對象訴說、提醒或呼告。楊喚經歷過無人關愛的苦悶童年，他當然不希望孩子們跟自己一樣。會如此殷勤叮嚀、多方提醒，想必應與此有關。楊喚的兒童詩創作雖僅有二十首，卻幾乎已成為台灣同類創作的重要模本，不但廣泛流傳且一再被品評討論。當然也存在不同的聲音：一九八六年四月《笠》第一三二期刊出林鍾隆〈台灣兒童詩的形成與現況〉，文中就批評楊喚的兒童詩還在「習作」階段，甚至把兒童詩的僵化歸罪在楊喚身上[33]。有趣的是，雖然對其評價並不高，林鍾隆卻還是承認楊喚詩作在台灣已被認定為「兒童詩的正常形態」。可見這些詩作已經進入台灣兒童詩正典（canon）之列了。其實，「楊喚研究」（或「楊喚學」）在台灣兒童文學界的累積成果相當豐碩，既有整體性的論述，亦見逐篇的細密解讀，說楊喚是台灣兒童詩第一個「正典詩人」並不為過[34]。

從一九五二年開始，詩人改以楊喚為筆名在《新詩》週刊、《詩誌》、《現代詩》等園地上發表抒情詩。其題材則不出以下四者：

（一）自勵自勉和昂揚的戰鬥精神；

（二）追憶故鄉及童年生活；

---

32 《中央日報．兒童週刊》創辦於一九四九年三月十九日，至第二十五期「金馬」方以〈童話裡的王國〉首度躍上此一園地。當時可見的兒童雜誌尚有《台灣兒童月刊》、《時代兒童》、《小學生雜誌》、《兒童生活》、《小學生畫刊》、《學友》及《東方少年》（林文寶，二一七—二一八）。

33 林鍾隆此文引起許多討論，沙白、林武憲、林文寶都曾發表過與其相當不同的意見。

34 整體性的論述可以林文寶《楊喚與兒童文學》為代表，逐篇的細密解讀可見吳當《楊喚童詩賞析》。楊喚逝世後，台灣一直到一九六〇年代中期才有第一本兒童詩集《童話城》出版，在屏東仙吉國小任教的黃基博也大約在此時開始指導兒童寫詩（按：《童話城》為蓉子接受台灣省教育廳兒童讀物編輯小組所邀，特地為小朋友所撰寫的詩集）。

（三）對生命或遭遇的感嘆；

（四）難以排解的寂寞與憂鬱。

許多人都將楊喚定位為台灣兒童詩創作的先驅，卻忽略了行伍出身的他其實也寫戰鬥詩。兩百多行的〈零下四十度〉以悲壯激昂見長，《楊喚全集》編者歸人讚譽此詩為他所讀過的最佳戰鬥詩篇[35]。戰鬥詩創作在台灣新詩研究中，不是被有意無意貶低成詩人為賺取豐厚獎金的投機之作，就是被痛斥為「反共抗俄」口號或標語的疲倦複寫。難道這些數量眾多的戰鬥詩，每一首都是服膺政府政策下的「遵命文學」？大批詩人之所以願意耗費心力、執著苦吟，其動機就只是在爭奪一筆獎金？如果戰鬥詩真的讀來令人生厭，又為何曾經有這麼多人願意讀、願意寫？其實戰鬥詩一詞及其延伸之作，不該被新詩研究者和文學史家們如此窄化。詩中昂揚的戰鬥精神，也不必然全數來自於政府政策的刻意「鼓勵」。部分戰鬥詩篇不但志不在應命或宣傳，反而是詩人在彼時嚴峻的時空環境下自勵自勉之作——就像楊喚一樣，創作者透過書寫期許自己應該「為莊嚴的時代歌唱」、「為受傷者輸血，看護／為死難者招魂，畫像」（〈今天的歌〉）。擴大來看，連《全集》中難入戰鬥詩之列的〈雨中吟〉、〈詩人〉甚至〈我是忙碌的〉等作，皆不妨視為此一精神與氣質的延續。

（二）、（三）兩點應合而觀之。楊喚詩作中涉及故鄉及童年者有〈小時候〉、〈鄉愁〉、〈高粱啊〉、〈我喝得爛醉〉等。敘述者說自己「從落後的鄉村走出來，／又跌落在都市的霓虹的燈彩裏」（〈小時候〉）；相較於從前那些收穫高粱和玉蜀黍的日子，如今「流行歌曲和霓虹燈使我的思想貧血。／站在神經錯亂的街頭，／我不知道該走向哪裏」（〈鄉愁〉）。可見敘述者對成長後所面對的環境難以適應，卻又一直找不出理想的解決辦法。這是生命的絕大痛苦，也頗符合楊喚自身遭遇，無怪乎其詩篇常常帶有濃厚的自傳味，譬如這首

〈廿四歲〉：

白色小馬般的年齡。
綠髮的樹般的年齡。
微笑的果實般的年齡。
海燕的翅膀般的年齡。

可是啊，
小馬被飼以有毒的荊棘，
樹被施以無情的斧斤，
果實被害於昆蟲的口器，
海燕被射落在泥沼裡。

Y．H！你在哪裡？
Y．H！你在哪裡？

35　歸人甚至指〈零下四十度〉是「一首最富戰志的巨作。若論其藝術成就，當不讓杜工部的『兵車行』專美於前；也不讓岳武穆的『滿江紅』獨步於後」（一九八五a：九）。遺憾的是，迄今依然無人尋獲這首《全集》中的佚詩，我們亦無法進一步檢證歸人的評斷是否屬實。

「Y・H」是楊喚英文名字的縮寫，此詩正在抒發作者對自己被損害及受創傷的感嘆。首段以「白色小馬」喻其英姿煥發、以「綠髮的樹」喻其生氣勃勃、以「微笑的果實」喻其邁向成熟、以「海燕的翅膀」喻其志向遠大。只是萬丈雄心卻不敵外在社會環境的重重壓迫，徒留未酬之志對空喟嘆：「Y・H！你在哪裡？／Y・H！你在哪裡？」〈廿四歲〉雖然句式十分樸拙，結構設計也再簡單不過，卻勝在全篇比喻巧妙、形象生動，足證楊喚確有詩才。

寂寞與憂鬱，可能是《楊喚全集》中出現頻率最高的兩個詞[36]。之所以會如此，跟他蒼白的童年生活很有關係：

憂鬱和寂寞，從童年糾纏我直到現在，是以我的日子裏，很少有著絢麗璀璨的顏色，不是深灰，就是蒼白。我要的是薔薇和玫瑰，但毒刺的荊棘又偏偏向我投擲過來。這太多苦難的生命的旅程啊！（歸人編，一九八五b：三三四）

楊喚在這封致友人的信中，甚至透露出自殺的念頭：「由於極端的苦悶不得解脫，我近來每每想到死」、「每當午夜夢回，從枕上醒來，我便聽到自己受難的靈魂在流血……這靈魂上的折磨真夠殘酷。我真要忍受不下去了」（歸人編，一九八五b：三三三）。所幸寂寞與憂鬱雖對詩人百般折磨，卻未曾真正奪去他的生命，倒是引出了這首詩作〈垂滅的星〉：

輕輕地，我想輕輕地
用一把銀色的裁紙刀

割斷那像藍色的河流的靜脈，
讓那憂鬱和哀愁
憤怒地氾濫起來。

對著一顆垂滅的星，
我忘記了爬在臉上的淚。

此詩為楊喚在極端煩躁憂鬱中所作，原附於他寫給友人的信件內文，不但生前不曾發表，連題目〈垂滅的星〉應該都是歸人所定。詩分兩段，第一段中敘述者的「憂鬱和哀愁」累積已久、瀕臨爆發，似乎只剩用裁紙刀（暗示其作家身分）割斷藍色的河流（或指藍墨水）的靜脈一途。但這些畢竟不過是敘述者的想像而非真正自戕；或者可能是一位作家欲透過文學書寫來盡情發洩情緒，使之「憤怒地氾濫起來」。詩中「輕輕地」和「憤怒地氾濫」兩者間更形成了強烈對比，藉此凸顯憂鬱和哀愁確實已臻飽和，即將失控。本詩第一段在述說個人的痛苦，到了第二段卻急轉直下：敘述者在看見一顆垂滅的星（象徵大眾的苦難）後，體悟到應該忘記小我的憂愁，改為去擁抱社會、直面現實。如果把敘述者視為一名作家，第二段便在暗示他應該要昇華個人情感，來為地球上所有的受苦難者代言[37]。本段除了「星」與「淚」外，尚有一個隱而不顯的重要

36 可參考林文寶《楊喚與兒童文學》對《楊喚全集》中所有「寂寞」與「憂鬱」的詳盡整理（一九九六：一一三—一二三、一三四—一三九）。

37 張漢良對這首詩提供了完全不同的解釋，很值得參考：「這首詩在意象發展、邏輯結構和語意上，有內設的晦澀，其晦澀卻又不是意在言外。也許我們祇能說敘述者是一個浪漫主義的反英雄，其特徵除了包括棄世的死亡意志（Death wish）外，更包括語言表達的

意象「眼」(有它才能看見星、流出淚),三意象間相互搭配映照,創造出一個難以追步的獨特詩意空間。

英年早逝的楊喚,曾一度被視為台灣文學界的天才詩人。但隨著一九六〇年斯泰斗在《幼獅文藝》上發表一篇〈天才詩人的解剖〉後,開始有人懷疑楊喚的創作深受大陸七月派詩人綠原(代表作為《童話》)影響,部分詩篇中句型或意念簡直和綠原「像到接近摹倣和抄襲的剃刀邊緣」(瘂弦,一九八七:九五)。我們認為:綠原的詩確實替楊喚提供了豐沛奶水,斯泰斗對照式的「解剖」亦有其價值,應予肯定;不過,如果可以再給楊喚一些時間,怎知他沒有主動斷奶的一日?何況他在寫作這些詩時,僅是個二十歲左右的少年——正是瘂弦所說「感染力最敏銳、摹倣性最強、而排斥外來影響能力最弱」的年齡(一九八七:九六)。無論如何,真正能替一個詩人的存在價值辯護的,唯有他自己的詩。請看兩行一節、兩節一首、十首一輯的〈詩的噴泉〉,無論譬喻、用典、造境都相當特殊,其發展又豈是綠原這位前輩詩人可以「想像」[38]!

壁上的米勒的晚鐘被我的沉默敲響了,
騎驢到耶路撒冷去的聖者還沒有回來。

不要理會那盞燈的狡猾的眼色,
請告訴我:是誰燃起第一根火柴?
(〈黃昏——詩的噴泉之一〉)

昨天,曇。關起靈魂的窄門,

夜宴席勒的強盜，尼采的超人。
今天，晴。擦亮照相機的眼睛，
拍攝梵．古訶的向日葵，羅丹的春。
（〈日記——詩的噴泉之七〉）

五、吳望堯

在一九五〇年代後期，不少詩人都發生了「從浪漫到現代」的重大轉向，吳望堯正是其中一位——而且可能是變化最迅、最劇的一位。吳氏首部詩集《靈魂之歌》出版於一九五五年，以短詩為骨幹，上承新月遺風，唯美而浪漫。第二、三部詩集《玫瑰城》與《地平線》同於五八年面世，惟兩書之間頗有差異：《玫瑰城》中部分作品嘗試以科學的客觀精神來表現事物，有向高蹈派（Parnassian）學習的痕跡，不過多數詩篇無論在內容或形式上皆缺乏新意，成績有限；反觀《地平線》則是完全「現代」的產物，熔狂想與實驗、科

障礙。」（張漢良、蕭蕭，一三八）

38 〈詩的噴泉〉原發表於《新詩》週刊第八十九、九十期（一九五三年八月十、十七日），為楊喚生前力作。〈黃昏——詩的噴泉之一〉曾被斯泰斗暗指有模仿綠原〈憂鬱〉之嫌（二七）。〈憂鬱〉中確有「晚鐘被十字架底影子敲響了」、「耶穌騎著驢子回到耶路撒冷去」兩句；但這與「壁上的米勒的晚鐘被我的沉默敲響了，／騎驢到耶路撒冷去的聖者還沒有回來」間的關係不應稱為模仿或因襲，反而比較接近晚出者對前輩詩句的成功轉化。

學與幻覺於一爐，詩思奔放不羈，可視為詩人徹底「轉向」的代表作。譬如〈地平線〉便形象地表現了一位現代詩人對時代整體的視野及反應：

孤獨的裸體者呵
擁抱我以廿世紀的大圓
圓是岑寂的；我屹立於圓心
蒼白的土壤向我索取血液
那麼，割一個缺口吧
傾獅子的血於東方的黎明

呵！昨日粉碎了——
粉碎的昨日，鋼鐵的微粒
鑄發光的世界於東方的圓弧
圓周上的城市矗立起來了
於是，我看見十二個巨人
在東方的地平線上
嘩笑著，跨進廿一世紀的邊緣

誠如論者所言，此詩中的「粉碎」象徵力的衝突、「矗立」象徵力的擴張，而「這暗示著時代的建設與破壞，也暗示著作者本身需要的變革，這變革就是現代人在極端苦悶中的一種新希望的尋求」（覃子豪，一九五九：四一）。其實整部《地平線》就是詩人在極端苦悶的現實裡，希冀透過詩的書寫，來尋求能夠超越（而非單純地直接反映）現實的「新希望」。

《地平線》使用了許多科學詞彙與數字入詩（這點可能與作者的化工專業背景有關），在台灣新詩出版品中相當罕見[39]。這項專業也讓他有機會於一九六〇年隻身遠赴陌生的越南，以建立自己夢想中的化學工業王國。離開台灣的詩人主動選擇封筆，而且一封就長達十二年。一九七三年，這位事業有成的企業家吳望堯，重新以「巴雷」筆名參與越華文壇歷時半年之久的新舊詩論戰[40]。撰文為新詩護法的他，不但成功取得越華作家們的認同，而且開始恢復了現代詩創作。值得注意的是，這時詩人的作品已明顯有從「現代」回歸到傳統、回歸到東方的傾向。

一九七五年越南變色落入共黨之手，身在西貢的詩人為了妻小只能等待外界救援，直到七七年才被允許離開。抵台後，吳氏以其親身見聞為基礎寫了許多「反共作品」，並陸續出版多部有關反共之報導、散文及短篇小說集。在這段期間他也發表了一些科幻文學作品，並首開台灣「科幻詩」創作序幕。惟迫於生計，一九八〇年吳氏舉家移民中美洲宏都拉斯並二度封筆，幾乎等同退隱詩壇。二〇〇〇年吳氏委託希孟（洪兆鉞）在台為其整理、編輯舊作，並以《巴雷詩集》之名出版，可視為他畢生詩創作的總結。

吳望堯早期曾是藍星詩社一員猛將，一九五八年十二月他還與夏菁合力創辦《藍星詩頁》，適時填補了

39 吳望堯對化學深感興趣，曾研發出去汗劑的新配方，後並擔任天龍化工廠廠長。

40 「巴雷」此一筆名首見於《現代詩》第十九期（一九五七年八月）上的〈巴雷詩抄〉。詩人當時會在《現代詩》發表這批「詩抄」，顯然帶有以作品聲援、響應紀弦號召之意。吳望堯此後便很少使用此一筆名，據他自己統計，以「巴雷」之名發表的作品，還不到以本名發表的百分之五（希孟編，Ⅱ—Ⅲ）。

《公論報・藍星週刊》停止出版後的尷尬空白。但吳氏的詩風卻與以溫婉抒情見長的藍星諸子大不相同。他的詩如〈水晶球〉、〈眼的錯覺〉、〈颱風〉、〈秋之魔笛〉、〈屍骸之舞〉、〈星空的呼喚〉、〈鬼屋〉等皆被視為「惡魔主義」的產品，「內容神秘而奇異，有愛倫坡的恐怖與淒絕，波特萊爾的醜惡與神秘」。詩中用色既鮮明又強烈，且擅以紅、黑二色來表現苦悶的感覺（覃子豪，一九五九：四一）。總體來說，吳望堯真正致力於詩創作的時間固然不長，但確實風格獨具、難以襲仿，其中尤以下列三者最具特色：

（一）交響詩與組曲；
（二）都市詩；
（三）科學詩及科幻詩。

一九五九年間吳氏曾嘗試寫作詩之「交響體」，創造出台灣詩壇第一首〈交響詩〉[41]。此作實驗性頗強，設計以貝多芬〈第五鋼琴協奏曲〉為背景、男聲女聲混合朗誦，並分為「把聲音留給世界」、「與時間化合的火燄」、「伽馬線年齡之煩惱」、「莫再訴說光年的距離」、「悲劇的指數」五部分，令人聯想到白遼士（Hector Berlioz）那首五個樂章各有標題的〈幻想交響曲〉（"Symphonie Fantastique"）。至於吳氏所謂「組曲」

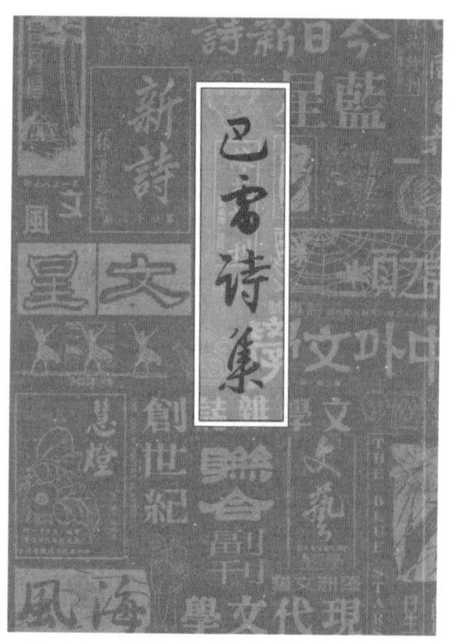

吳望堯，《巴雷詩集》（天衛文化出版）

就跟音樂較無關係，倒是可以與慣稱之「組詩」相等同。這類組詩展現了他豐沛的創作欲及組織能力，計有〈希臘古瓶組曲〉、〈都市組曲〉、〈力的組曲〉、〈二十世紀組曲〉、〈北歐組曲〉、〈未來組曲〉、〈太極組曲〉、〈東方組曲〉等。這些作品中充滿了詩人對「傳統」與「現代」兩領域的反思——前者如〈太極組曲〉、〈東方組曲〉；後者如〈二十世紀組曲〉、〈未來組曲〉。

吳望堯還是台灣「都市詩」的創作先驅。他不像台灣其他都市詩創作者（如吳瀛濤、羅門、林燿德）般作過號召或提倡理論，以致常被許多都市詩或都市文學討論者輕易忽略。但其作品的存在卻足以證明一切，譬如收入詩集《地平線》的十首〈都市組曲〉，就分別以大廈、沙龍、銀行、醫院、公園、巴士、街燈、電線、十字路、工廠為題材，並藉大量物件與器械名稱的羅列、堆疊，來呈現出詩人對現代都市生活的存在感受。覃子豪認為從〈都市組曲〉可以看出「詩人對於近代都市文明的一種憎惡的態度」（一九五九：四二）；其實他忽略了一點：吳望堯始終不是一個「反都市」的都市詩人，〈都市組曲〉中如〈電線〉等作甚至顯露出對都市核心元素的正面肯定。擴而言之，在台灣都市詩創作者吳望堯筆下，尚未見到都市詩人與現代都市文明間的緊張對峙，後者也還沒被視為一個惡貫滿盈的鋼鐵文明[42]。

在吳望堯的都市詩書寫與想像裡，現代都市竟有著一具「不死的身軀」，都市裡的各式景觀則幻化為這

41 一九九六年侯吉諒也創作了一首〈交響詩〉，更一舉拿下當年度的「年度詩獎」（余光中、蕭蕭主編，一一八—一一九）。這首〈交響詩〉利用上下兩排文字排列出特殊的倒影，佐以不斷出現的各種樂器名稱（銅管、小提琴、管風琴、巴松管……），來「製造」出交響的效果。奇怪的是：此作雖名為「『交響』詩」，其間詩的「聲音」卻僅可看而不忍聽，在強調意象營構的同時竟神奇地遺失了音樂性及節奏感。

42 都市文學研究者與都市詩創作者陳大為，曾把二十世紀後半期的台灣都市詩劃分成四個紀元並逐一命名：第一紀元「天空之城」、第二紀元「罪惡的鋼鐵文明」、第三紀元「末日的科幻城邦」、第四紀元「隱匿或無邊之城」。他準確地指出，「直到五〇年代初期，以吳望堯為代表的第一紀元，才正式開創了都市文明的多元書寫，也替第三紀元的科幻詩埋下引線」（二〇〇四：三—五九）。

軀體的一部分，試看底下〈城市〉一詩：

紅綠燈壓縮著，血管向四處伸展
流動的血球，往來著向全身的
佈滿在每個角落的微血管，擴散
以營養供給龐大的肌肉組織。

何處是你的心臟？（它有眾多的心臟嗎？）
矗立的大廈、影院、劇場、馬戲班，
血球瘋狂地擠入，湧出，似包圍病菌，
被它所吞噬，又厭惡地吐出！

這是個不死的軀體，又不可解悟的
當陰影滲透了肌膚，眾多的血球，
便不再流動，像暫時的死亡；
昏迷在每個獨立的，單細胞的內腔！

「矗立的大廈」在〈都市組曲〉中更被譬喻為「龐大的怪物，巨人／驕傲地站立在城市的中央／鋼的骨骼，水泥的肌膚／花岡石般堅硬的，冷冷的牙床／可吞沒黃金的落日」。像這類把都市景觀與人類軀體結合聯想的大膽嘗試，在詩史鍛接期幾乎成為吳望堯的獨門技藝，並被後起的新一代都市詩人們繼續發揚光大[43]。

吳望堯的科學詩及科幻詩創作也是一絕。詩人喜援引科學知識來豐富現代詩寫作的可能，瘂弦在《六十年代詩選》的作者小評中便曾讚嘆：「我們所期待的原子詩人莫非就是吳望堯嗎？」[44]吳氏的科學詩及科幻詩創作量雖不算多，但在彼時卻已可稱霸詩壇。早在《地平線》中就收錄有〈宇宙的墳場〉、〈火星訪問記〉等作，後來又陸續寫出〈時光隧道〉、〈光子旅行〉、〈太空城市〉、〈未來之歌〉、〈空葬〉、〈複製人加工廠〉……。部分詩作則同時取材自東、西方知識，如〈受光於宇宙〉的題目語出《淮南子》，詩本文卻又牽涉到愛因斯坦的相對論。其實，在吳望堯最好的詩作裡，再新穎、再艱深的科學知識都未形成理解詩的障礙，反而豐富了現代詩的語彙、拓展了現代詩的想像。雖然這些詩貌似前衛又充滿了上天下地的各式狂想，但其底層依然是再傳統不過的個人抒情之音——抒發現代人在現代生活下的現代情感。憂鬱便是一種十分典型的現代情感，底下〈憂鬱解剖學〉一詩便有透露：

因為我的血型是A
所以我憂鬱的原子如鈾二三五的分裂

---

43 陳大為稱此為「將都市形象『人體化／軀體化』的想像工程」或「『軀體化』的書寫策略」。另外，他也敏銳地觀察到吳望堯在〈咖啡館〉中塑造的「『孤獨而削瘦』的都市人典型形象」，可能對羅門一九六六年發表的名詩〈流浪人〉有所啟發（二〇〇四：八—九、一一—一二）。

44 應該一提：另一位詩人吳瀛濤早在一九五三年就以「瀛濤」之名，在《現代詩》上發表過〈原子詩論——論Atom Age的詩〉。這篇論述指出：「原子是這時代的詩的新的象徵，是這時代最純粹最崇高最有力的詩精神之總稱，詩人需要認清它，詩人要開始寫出原子時代的新詩——原子詩。」吳瀛濤並從「它與最高科學精神符合」、「原子與原子詩的同質」、「它的純粹性自由性」三點切入，申論原子與新詩之間的關連。這篇〈原子詩論〉頗具創意，可惜未見後續發展；至於其是否曾受日本詩學影響，猶待深入研究及比較。

你不是說黑色的底片上有八億九千萬個廿一等星？
唉唉！我的憂鬱何其多呵！

因為愛情已彎曲於第五度空間
微笑的愛因斯坦又搔著他的白首去了
孤獨地，留下我於有限的宇宙而膨脹嗎？
而聽說太陽的黑子群又達到了高潮！

因為沸騰的岩漿已凝結成火成岩
又不堪時間的壓力而褶皺如阿爾卑士的地層
心的表土堆起的是黑色的土壤
而風化，夾雜著散碎的破片而碌落，碌落

所以我的狂笑原在長蛇座的星雲
我的心是古老的岩頁，記載著憂鬱的指數
但誰是明日憂鬱的解剖學家
來翻開我心頁如此沉重的巨著？

可惜詩人先是過早停筆，後僅短暫復出，詩裡「古老的岩頁」上「憂鬱的指數」遂一直等不到哪位有心的解剖學家去探勘、去考掘。從這個角度來看，〈憂鬱解剖學〉不但可以詮釋成敘述者自悼自傷之作，彷彿還帶有一絲預言的味道。

六、黃荷生

黃荷生，鍛接期台灣詩史上的斗大驚嘆號。這位詩少年[45]才十七歲便出版了第一本（也是唯一一本）個人詩集《觸覺生活》。對於一九五六年印行的這本書，黃荷生追憶說：「這些詩是我一口氣在大約半年之中寫成的，出版的時候我是高二上，因此，寫作的時間應該是在高一下那段時間內。出版之前，幾乎都不曾在報刊上發表過。」（一七一）詩少年早慧的光輝，由此可見。特別要提出的是：在寫作《觸覺生活》之前，黃荷生早已發表過不少作品。這些詩「大家都很喜歡讀，一點問題也沒有」（梅新語），卻一首也沒有被作者收入《觸覺生活》之中。這般孤高而決絕的姿態，「寧取這批大家全未看過，『看不懂』和『不知所云』的詩

45 「詩少年」一語，指涉的不僅是生理上之「少年」，也是精神上之「少年」——那般勇於突破規則、勇於頂撞一切、勇於把詩推向無人能夠預知的境地。甚至可以說，詩少年所跨出的最遠距離，正劃定了未來詩宇宙擴張後的疆界。然而詩少年所扮演的，無疑又是個悲劇性角色：在最初，循規蹈矩地寫詩的他受到不少人的稱讚與注意，遂燃起了詩少年的壯志雄心。他開始衝得更快、跑得更遠，超越了那些原本為他拍手叫好者的可目測範圍。這時詩少年才發現，自己所跨出的每一大步，都只會讓彼時「詩壇中人」感到陌生、困惑與不解。更可怕的是，只因為覺得詩少年「走得太遠」、「難以理解」，沒有幾個讀者願意冒險為他喝采，只好以懷疑與冷漠的眼神相待。漸漸地，他喪失了跨出一小步的勇氣；接下來，他連腿都不願再抬起來了。離開詩，也就成了傷痕累累的詩少年，最終之選擇。不難理解：一旦離開詩，所謂的「詩少年」也就死了。在台灣，類似這樣的詩少年不在少數，可是他們很少能夠進入讀者甚至史家與評論者的視域之中。對一向講究「敬老尊賢、長幼有序」的台灣詩壇來說，詩少年的存在與否，哪裡比得上源遠流長的詩社或龜壽鶴齡的詩人來得重要？

結集出版。割斷了所有的裝飾、全部的努力只為等待那空寂的、自我的回音。或許，若後退一點點，將一些當時曾被人喜愛的詩收進來，他便還可被當時人記得些、被當時人提一提吧？他憑甚麼可以純粹得這樣絕對呢？」（翁文嫻，一九九八：二一九－二二〇）

這位詩少年當年不但是《新詩》週刊的忠實讀者，也把自己的試筆之作投給了《藍星》。後來，他發現了由自己的美術老師紀弦主編之《現代詩》，便開始向這份更吸引他的刊物投稿[46]。紀弦於《現代詩》第十三期（一九五六年二月）宣告成立「現代派的集團」，高一學生黃荷生就成了第一批加入的成員。此期《現代詩》一次刊出黃荷生四首作品（題為「螢光輯」），試觀其中的〈頌歌〉：

讚美的歌頌悠悠地響起
性靈復活，愛與真完全相溶
哦，最後的一道光芒；最後的
一聲再見。生命萌芽，美與善盈溢
彩光。哦，最後的一滴眼淚
最後的一篇樂章

黃荷生，《觸覺生活》（現代詩社出版，文訊提供）

讚美的歌頌悠悠地響起
悲愁溶散，希望的翅膀輕揚
哦，最後的一片落葉；最後的
一顆夢幻。風雪驕傲，春天的跫音
漸近。哦，最後的一支金箭
　最後的港的鐘響

夾在同期詩刊上林亨泰〈房屋〉、鄭愁予〈天窗〉等作之間，〈頌歌〉（乃至整個「螢光輯」）雖然貌似「一點問題也沒有」，卻也實在嗅不出獨屬於詩人黃荷生的味道[47]。在兩個月後出版的第十四期《現代詩》裡，竟一次刊出黃荷生五首作品，不難想見主編紀弦對他的重視。黃荷生卻選擇在此時主動和這些「大家都很喜歡讀」的詩告別，埋首寫作《觸覺生活》。

整冊《觸覺生活》共分三輯，只收錄二十四首作品，其中有不少還是以組詩的形式呈現（如四首〈門的觸覺〉、四首〈復活〉）。在出版之前，這些作品絕大多數皆未曾公開發表；出版時，這部「薄弱得使人同情的詩集」（黃荷生語，見該書後記）也只印了五百冊分贈親友。詩集面世後，「晦澀費解」、「看不懂」、「不知所云」等等輕率的批評四起。對一個終日浸淫於詩領域的高二學生來說，這類批評的殺傷力實在不可

46　一九五四年到一九五五年間，《現代詩》共刊出六首黃荷生詩作，分別是：〈沉澱〉（第八期）、〈青山大石柱和我〉（第九期）、〈夜．童話．我〉（第十一期）、〈晚安，憂鬱〉、〈午寐的秋〉、〈晚潮〉（第十二期）。

47　黃荷生不無抱怨地說：「當年的詩壇詩人們很受冷落，詩壇並不熱鬧，『詩人』——尤其是名詩人、大詩人——也不多。可是，紀弦是紀弦，方思是方思。今天的詩刊很多，但如果有人把作者的名字全塗掉了，我會以為是一本詩集呢！」（一九七二：二〇）

謂之不大。但他並沒有立刻放棄，詩集出版後次年（一九五七年）的創作依舊繼續交由《現代詩》發表，甚至兩度跨海投稿給香港的《文藝新潮》。可惜知音難覓，兩地皆然。一九五八年他在紀弦授意之下接棒主編了第二十二與二十三期《現代詩》（此時黃氏還非常年輕），但這似乎並沒有稍減其尋知音未果的恨憾。第二十二期《現代詩》已刊出黃荷生預備要出版詩集《可憐的語言》與散文集《子夜書》的消息，不過兩書始終未曾面世[48]。第二十三期上雖登有預備收入《可憐的語言》中的兩首詩，但它們「已是兩年前的作品；原已在香港《文藝新潮》發表，但該刊一直不能內銷，且已經過修改，故再予刊出」（黃荷生，一九五九：三九）。新作遲遲未出，無疑是個警訊；果然在一九五八年過後，他一聲不響地把詩筆給封了起來[49]。上大學才沒多久，黃荷生的創作生涯已形同宣告結束——距離他出版《觸覺生活》不過才約莫兩年左右[50]。與另一位詩少年、法國天才詩人藍波（Arthur Rimbaud）相比，黃荷生的詩創作生涯恐怕更為短暫。且除了老師紀弦與《現代詩》另一要角林亨泰外，他的詩作所達到的藝術高度，一直都未獲應有之重視，反倒引來噓聲和批評[51]。多數時候他是寂寞而孤立的，甚至曾兩度在詩中援用「紅字」[52]以自況被社會判決放逐的境遇：「你將投影於黑暗之上／你將不安地臥著／如幾個紅字一般地臥著」（〈你將如何？〉）、「用牙齒咬住悲哀的手／有紅字／在可憐的路上」（〈在模糊的路上〉）。黃荷生其人其詩的特異存在，讓他不斷被迫承受來自「他們」（社會群體？）的目光：「他們焦慮地望著我／唔，焦慮地／他們眼的高熱的針／齊投向我」（〈睡眠〉）。這位詩少年不但得面對「貧血」的時代氛圍，還有「他們」酸溜溜的嘲諷：「想像他們將給出的／潮濕的語氣／以及檸檬一般的問安／微微發黃的問安」（〈貧血〉）。局勢如此，會封筆實不足為怪。

黃荷生是一九五〇年代少數出版過詩集的本省籍詩人，後來並曾參與笠詩社的創辦；但在此之所以敢說他是「鍛接期台灣詩史上的斗大驚嘆號」卻和這些毫無關係。他的詩原創性驚人，是那個時代裡極少數真正堪稱「獨創」者——從詩的表現方法看來，黃荷生恐怕既非西洋「橫的移植」的虔誠信眾，亦非傳統「縱的繼承」的純正子嗣。黃荷生就是黃荷生，在《觸覺生活》中讀者很難找到什麼明顯師承，但同樣也不見有任何肯追隨他的門徒。與同時期詩人相較，他在這幾點上尤顯突出：

48 依黃荷生原來計畫，《可憐的語言》將收錄他在《文藝新潮》與《現代詩》上發表的新詩作；《子夜書》則為「木屋書簡」系列的結集。「木屋書簡」是黃荷生用另一筆名「何草」（自第二十六篇起恢復使用「黃荷生」）所寫的散文，初刊於《大道》半月刊。

49 《現代詩》第二十四、二十五、二十六期合刊上登有兩首黃荷生的詩（〈好多面孔〉、〈我們可以哭〉），題為「四十七年餘稿」，可視為詩人封筆前最後一次的演出。他在此作「附記」中寫道：「停筆兩年，我對這些作品本已失去興趣；我自己心想，將來還寫詩的話，當不是這個面目」（一九六〇：二〇）。

50 此後黃荷生幾已不再寫作，棄詩筆而馳商才去了。這麼多年來，我們只看到他發表過兩首新詩作：一為一九六七年刊於《南北笛》第一期的〈三十而立〉，一為一九八〇年《笠》第一百期的〈榕〉。姑不論此兩詩是否為慶賀雜誌出刊（創刊號與一百期）的「交卷」之作，當筆者讀到「你給我陽光／我當然枝繁葉茂／你給我肥料／我只好越長越高／可是如果你什麼都不給／我也死不了」（〈榕〉第二段）這類句子時，更加確信：當年的「詩少年黃荷生」已經徹底死去了。詩人會寫出像〈榕〉這種作品，與下面這些話當然不無關係：「停筆的這十多年來，我對人生和藝術的看法有了很大的改變，也許這正是每一個不可一世的少年或青年所必經的過程。我不怕人家笑話我，正因為我當年勇於激進，所以我現在才能勇敢的保守起來。」（一九七一：六二）可惜「勇敢的保守」這類美麗的口號，往往正是詩質稀薄與詩想貧乏最好用的遮羞布。

51 同時期的詩人白萩即曾撰〈抽象．殘缺．美的品性〉一文抨擊黃荷生「缺少『組織』、『連貫』的能力，不僅在形象的捕捉和組合上，缺少『向心力』的恰當組織，更在技巧上，不顧及情緒的發展秩序，或者說沒有依情緒的發展作平行的表現，致使整首詩的組織，顯得凌亂和不調和」。此外，他還刻意提醒黃氏：「在學習的開始」應該要「壓制個性」，才不會「流於歧途」（一九七二：一四四、一四七）。

52 「紅字」典出美國作家霍桑（Nathaniel Hawthorne）的長篇小說 *The Scarlet Letter*。在小說中一名有夫之婦和牧師熱戀且產下一女，後被判處終身在上衣胸前繡著象徵通姦（Adultery）的紅「A」字，並慘遭整個社會孤立與放逐。

（一）作品十分強調抽象思維，但在抽象觀照下又能出之以豐沛的感性。瘂弦會讚譽黃荷生為「詩壇的康丁斯基」、商禽會借用繪畫上的「抒情抽象」一語來為其定位，顯然不是沒有道理（不過這些都是《觸覺生活》出版二十七年後的評價）。值得一提的是，黃荷生很早便開始接觸現代畫，他詩中之所以經常出現寡婦、尼姑、孕婦、裸婦等意象，很大程度上是受到這些現代畫的影響。

（二）還是中學生的黃荷生，竟能從平日演算操作的數學幾何符號——而非常見的山水人物——裡抽取詩意。〈門的觸覺〉、〈弧的意象〉、〈季節的末了〉等作便出現了函數、弧度、彎度、斜度、三十度角、軸，讓貌似冰冷的符號頓時飽蘊象徵，更藉此信手開敞出「物—我」間的新關連與秩序。

（三）他的詩充滿神秘氣息，譬如四首〈門的觸覺〉裡那不知為何「被開啟」的「門」；卻又不時洋溢理想主義色彩，如〈未來和我（一）〉：「且帶著一個弟弟，在街頭／在昨日逃逸的一陣沙塵之後／他告訴我，淳樸如何鍊得。我／指給他，比例和比例的，宇宙的新擴拓」。詩中「弟弟」象徵那永不消失的淳樸和童真，與他同行，讓敘述者「我」雖涉世卻可以不被殘酷的社會現實逐日吞蝕；「我」則會持續帶領著年輕的「弟弟」，去認識新世界的廣闊與博大。路途上兩人相互輔弼，在體驗滾滾紅塵的同時，原始的淳樸依然能持續供應不絕——彼時現代詩創作慣以「冷」、「惡」、「狂」、「怪」為主流，像這樣溫暖動人的畫面與生命境界還真是少見！

（四）他的詩大幅拉開意象與意象間的距離（因此很容易被視為「難懂」），有待讀者打破自己的成見、放棄疏懶的心態，才能找出其間隱伏的線索，在散而不亂的諸多意象間探索詩人開啟的嶄新世界。事實上在黃荷生筆下，一個詞就是一個世界，如「現代」、「復活」、「未來」、「傾斜」等。誠如論者所言：「這世界可包涵廣大，不同領域、相距遙遠的形容詞，併在一起，形成戲劇上演，而故事人物情節，通通省去。讀者只要透過簡單的雙字詞線索，在想像中將一切復活。雙字詞在洛夫手內要變形扭曲才容易另長生命，但在黃荷生手上它們可保有原來樣子，幾乎是口語化的簡單，它們就能有完全不同的生命能量，這是一項語言實驗的輝煌成就，而且黃氏當年才十七歲，出現比〈石室之死亡〉早三年。」（翁文嫻，二〇〇一：一二八）

詩少年黃荷生對所寫事物的情感投注和深入奔赴，幾乎是層層剝入對象的內核，其關懷遠超過台灣部分僅及皮相的「寫實詩人」。與層層剝入對象內核相對應者，應是詩作裡的重覆詞句和連綿聲調，請看〈門的觸覺（一）〉：

門被開啟——被無所為的偶然
吹來了終要吹去的風；被那些遠赴
交點的線條，被那些肯定地
下降過斜度的梯，而沒有表示出
休止與終點的，沒有引力沒有方向的
那些問句，那些包含著否定的片語
那些久久而不得成熟的猶豫
久久的孕育，久久存在的奇蹟

或許門將被開啟，再一度
被緊緊地關閉，被密密地鎖住

它的聲音；眼相對的位置，被鎖住
它蒼白的心跳，和褪除了黃色的手
它的據點，它的軸，它未知的弧度
弧度——與弧度的容量；不再有
外切的弦，不再有直線，不再有
象徵著無窮的角，不再相交

自首句「門被開啟」算起，引詩第一段共有四個「被」字、三個「沒有」、三個「那些」與三個「久久」；第二段則出現了四個「被」字、五個「它」以及四個「不再」。形容詞如此冗長、詞句又多見重複，全詩卻未因此顯得滯重，反而形成一種獨特的節奏，進而逼使讀者不得不一口氣讀完以求紓解。從這裡便可看出黃荷生的詩句確實長於「以重複帶引聲調之連綿，進而引起氣之連綿」，後者亦可謂是「整體情緒流動的生命感」（翁文嫻，一九九八：二二四、二五〇）。黃荷生年紀輕輕就能處理如此龐沛撼人的長氣，這類例子在台灣新詩史上實不多見。而且新詩從石破天驚的「詩體解放」後，現代詩人對聲音的自覺與要求似乎遠不及昔日古典詩家——此舉無異於自斷經脈，怎麼不令人搖頭？薄薄一冊《觸覺生活》卻能遙繼古典詩「聲情合一」的傳統，置諸彼時一片「現代」浪潮中堪稱異數。可惜讀者及批評家大多惑於其表面上的「難懂」，竟完全無視詩少年黃荷生在這方面的用心與成績。一直要等到本書首度由現代詩社增訂重印，才有學者撰文肯定其藝術價值及獨到之處，並開始引起零星的討論——時間是一九九三年，距《觸覺生活》面世已近四十載。

七、余光中（一）與夏菁

國民政府於一九四六年十二月二十四日強制禁止日文，使得不諳中文的台灣作家立即面臨殘酷的語文轉換問題。詩人桓夫（陳千武）就是一例：才剛卸下兩年多的「特別志願兵」身分從南洋回到台灣，粗暴的語言政策就逼使他必須放棄熟悉的溝通工具，從頭開始學習中文。為了加速學習好回到創作的隊伍，他還曾手抄過歌德《少年維特之煩惱》中譯本。但無論再怎麼努力自修，這位「跨越語言一代」創作者依然耗費了十二年光陰，直到一九五〇年代後期才開始在報刊雜誌上發表中文詩作——詩壇「新人」陳千武此時都已三十七歲，可見這是何等艱苦的搏鬥！也因此在鍛接期新詩史的舞台上，這類作者很難成為鎂光燈焦點[53]。真正的舞台主角不脫下列三種身分：

（一）在中國大陸文壇已有初步成績，中年時隨國民政府渡海來台的外省籍詩人，如紀弦、覃子豪。

（二）隨國民政府渡海來台的外省籍青年詩人。他們在大陸時可能已有零星試筆之作，但抵台後才逐漸發展出個人獨特的詩風，如余光中、鄭愁予。

（三）本省籍青年詩人。因為年輕且多為學生，語言轉換對他們並不構成太大問題，如黃荷生、白萩。

其中尤可注意的是（二）、（三）兩者：不管是本省籍還是外省籍，他們一樣在台灣成長茁壯、建立文

53　不過也有極早便登上中文舞台的例外，譬如經常在《新詩》週刊（共九十四期，一九五一年十一月五日—一九五三年九月十四日）發表詩作的李政乃與黃騰輝。李政乃曾被覃子豪稱為「第一位本省籍女詩人」；黃騰輝更三管齊下，寫詩、譯詩外尚且論詩，發表量在《新詩》週刊作者群中幾可名列前茅。

學信仰、開始文學事業。他們青年時期的生活、思考與創作，都產生於台灣這塊土地；他們日後在文學上的成績，沒有理由不納入台灣新詩史中[54]。這批青年詩人數量頗眾，不過多半還在摸索與學習階段，宜置於其他章節討論[55]。至於能夠在鍛接期就一鳴驚人、隱隱有成大家之勢者，至少應該包括余光中、夏菁、鄭愁予以及白萩。

余光中（一）

余光中本有舊詩根柢，後又深受英詩啟發，反倒較晚才接受新文學的洗禮。首篇詩作〈沙浮投海〉寫於南京，但一直要到一九四九年為避戰火而轉往廈門大學就讀後，時年二十一歲的余光中，才在廈門《星光日報》與《江聲報》上發表第一批新詩。這些作品或在描寫底層勞動者的生活（〈揚子江船夫曲〉），或以反諷手法對社會提出批評（〈臭蟲歌〉），或要求詩人們打開象牙塔頂的窗，「把玫瑰色的眼睛取下，／看一看塔下的塵埃」（〈給詩人〉）。余氏此階段創作有濃厚寫實主義色彩，也看得出臧克家等三〇年代詩人的影響痕跡。

詩人抵台後寫作不輟，一九五二、五四年詩集《舟子的悲歌》與《藍色的羽毛》相繼面世。五六年原擬出版第三冊詩集《魔杯》，但因故拖到六九年才由三民書局印行，書名也一併改為《天國的夜市》。三部詩集所錄多為豆腐乾式的格律詩作，明顯上承新月派餘緒；內容則偏重書寫愛情、理想以及對中外詩人的緬懷致敬，

青年余光中（文訊提供）

情感激越處的讚嘆口吻，彷彿惠特曼（Walt Whitman）的東方回聲。但這些洋溢浪漫主義色彩的作品畢竟尚嫌青澀，多採明喻（simile）且句法平板、詩想薄弱，以致只能停留在經營短篇情詩的格局，如〈昨夜你對我一笑〉、〈咪咪的眼睛〉、〈靈魂的觸鬚〉等。〈項圈〉以兩隻狗的對話來諷刺國人「崇美」情結，算是題材較為特殊之作；但此一格律詩階段的代表作應為〈飲一八四二年葡萄酒〉，聲音圓潤、色澤華美、設計謹嚴，成績直追往昔新月派諸位前輩。

一九五八年詩人首度赴美進修，於愛荷華大量吸收現代藝術養分，境界一新、詩風大變。其實余氏留美前夕已漸棄格律桎梏，改寫起長短錯落、桀驁不馴的自由體，並逐步接受現代主義的洗禮與啟示。這批一九五七年四月至五八年九月間的作品，後輯為《鐘乳石》在香港出版；赴美期間的詩作則另編一冊《萬聖節》，與前書同於一九六〇年印行面世。《鐘乳石》因正值詩人風格轉變期，難免顯得有些駁雜，部分作

余光中，《舟子的悲歌》（野風出版）

54 這並不表示他們不該被納入其他文學史書寫中。譬如一九七四到一九八五年間余光中赴港任教，他此一時期的創作既屬香港文學的一環，也是廣義的台灣文學。何況彼時他持續在兩地報刊發表新作，《香港文學史》與《台灣文學史》當然可以也應該要討論余光中筆下這批成果。

55 可舉洛夫與羅門為例。兩人的第一部詩集《靈河》和《曙光》分別於一九五七、五八年面世，且同時獲得中國文藝協會為鼓勵後進而設的年度詩獎。兩本詩集雖偶有佳作，但實難證明兩位作者此時已形成獨特的個人風格。恐怕連詩人自己都對這些「少作」不甚滿意：洛夫就曾對收錄三十一首詩作的《靈河》其中九篇作過改動、修剪，後再輯入《無岸之河》、《洛夫自選集》與《眾荷喧嘩》。

品還未盡脫格律習套。詩集中如〈羿射九日〉取材自中國古典神話、〈火星大使的演說〉為作者創造的科幻場景，但無論是書寫過去還是未來，兩者卻同樣流於散文化的傾訴及過度的說明性。〈杞人的悲歌〉較能避免此病，詩行間並亟欲表現二十世紀現代詩人的現代感受：「而我獨自留下，大都市的百眼獸／睜五十隻綠眼，閉五十隻紅眼，／然後又睜五十隻紅眼閉五十隻綠眼監視著我；／而摩天大樓們出神著，幻想著，／而林蔭大道的思路向遠方伸展，伸展著——／人類的喧囂飄逝在星雲的大沉默裡。」惟以五〇年代中後期台灣的環境，根本不符合形成所謂「大都市」的諸多條件，尚未出過國的作者更沒有這種現代經驗，可見這類現代都市的惡魔純為詩人想像下的產物。現在看來，這類「現代想像」反映出彼時台灣詩人的共同焦慮與矛盾：一方面期待本地能出現歐美般的新穎大都市，好真正擁抱象徵「進步」的現代化；一方面擔心人們會自此逐漸喪失自己的存在意義，最後終將在以「理性」為核心的現代性下，淪為機械生活的一部分。鍛接期現代詩人在精神上的苦悶，多半與這類「現代想像」反映出的焦慮與矛盾有關[56]。〈西螺大橋〉則是《鐘乳石》中最具氣勢的代表性詩作，以「矗然，鋼的靈魂醒著。／嚴肅的靜鏗鏘著。」開篇、以倒裝句「矗立著，龐大的沉默。／醒著，鋼的靈魂。」收束，現實世界的大橋化身為一座「意志之塔」，喚醒敘述者「必須渡河」的自覺：

於是，我的靈魂也醒了，我知道
既渡的我將異於
未渡的我，我知道
彼岸的我不能復原為
此岸的我。

但命運自神秘的一點伸過來
一千條歡迎的臂，我必須渡河。

面臨通向另一個世界的
走廊，我微微地顫抖。

從既渡到未渡、從此岸到彼岸，〈西螺大橋〉難道是詩人事先譜寫好的一闋赴美預言？而他畢竟勇敢「渡河」了，果真通向全然不同的「另一個世界」。一年的新大陸經驗讓余光中廣泛接觸西方現代藝術，尤其深受現代畫（如立體派）的啟示，詩作乃漸趨抽象與簡化。《萬聖節》所錄詩作，正表現出這種具體與抽象手法的交織調和，譬如「零下的異國。我的日記裡／有許多加不成晴朗的負數」（〈當風來時〉）、「毛玻璃的三月，／冬之平面外逡巡著／太陽的銅像」（〈毛玻璃外〉）、「躍出星球的死獄，向無窮藍／作一個跳水之姿」（〈我總是無聊的〉）。詩人雖從各種現代藝術中吸收許多營養，但身處此地的現代都市經驗還是讓他感到窒息與壓迫：「文明的獸群，摩天大樓們壓我／以立體的淡漠，以陰險的幾何圖形／壓我，以數字後面的許多零」（〈芝加哥〉）。在這首詩裡，都市被譬喻成雄踞密網中央的大蜘蛛，來自亞熱帶的詩人則是一隻「難以消化的金甲蟲」。之所以「難以消化」，顯然跟作者堅守的文化認同（cultural identity）密切相關。述志詩〈我之固體化〉更進一步以「一塊拒絕融化的冰」自喻，清晰呈現出詩人在中／西文化之間的抉擇與困境：

56 另一個精神苦悶的來源，當屬戒嚴體制這類政治上的壓抑。至於物質上的苦悶，自然是「窮」。寫詩，遂成為以無邊想像來超越現實、克服貧窮的最佳手段。

在此地，在國際的雞尾酒會裡，
我仍是一塊拒絕融化的冰——
常保持零下的冷
和固體的堅度。

我本來也是很液體的，
也很愛流動，很容易沸騰，
很愛玩虹的滑梯。

但中國的太陽距我太遠，
我結晶了，透明且硬，
且無法自動還原。

詩中「國際的雞尾酒」是指余氏在愛荷華大學寫作班的各國同學，當然也可能是美國這一民族大熔爐的隱喻。還有，雞尾酒會作為社交場合，自應洋溢歡樂愉悅的氣氛，其熱情本可融冰；但詩人從亞熱帶的台灣來（「本來也是很液體的」），因新大陸殊異的氣候而結冰，卻始終拒絕和他者一同溶化，寧願保持「固體化」的寒冷與堅硬。但他對中國認同的堅持，卻受限於彼時傳統文化的日趨衰頹，竟使自己落得一個進退不得的難堪處境。這類中／西文化、傳統／現代間的持續抗衡與拉鋸，會在余光中的創作裡一再反覆出現，正可說明他對尋找、重建自我主體定位的關切。這個「主體」在《萬聖節》中顯然十分徬徨無助，甚至有些虛無；直到一九六〇年代中後期兩部詩集《敲打樂》及《在冷戰的年代》問世，糾纏詩人多時的定位與認同問題才算有了肯定的解答。

夏菁

與詩風屢變的余光中相較，同為「藍星」五位發起人之一的夏菁就「統一」得多。他的詩不走奇詭晦澀一路，不尚激情，不重雕飾，更不耍什麼炫目花招；冷靜而制約、平淡中見理趣才是其本色。就算在台灣詩壇最狂熱追逐「現代」的時刻，他也甘於「落伍」，無視於詩潮的起伏變化，依舊服膺一種典雅、明朗且「不裝飾的」[57]美學，可說是少數具有新古典主義傾向的創作者。夏菁來台後曾任職農復會，一九六八年起以農業專家身分受聘於聯合國，先後在牙買加、薩爾瓦多、泰國等地工作，四海播遷中詩作產量逐漸只剩涓涓細流，外界甚至一度誤傳他已經封筆。其實長年身居異域的詩人雖與台灣文壇少有往來，但始終視詩創作為「終身的追求」而非「一時的調情」，自然未曾也不甘就此退隱；一九八四年卜居美利堅洛磯山下可臨視堡（Fort Collins, Colorado）後，自聯合國退休的夏菁詩興和筆力更勝以往，長詩力作〈折扇〉就是最好的證明。

夏菁（文訊提供）

57　這裡借用了夏菁詩題〈我是不裝飾的〉。這首作品完成於一九六一年，後收入詩集《山》，可在其中讀出作者對文學藝術的態度。

夏菁的創作以詩為主，兼及散文，並曾執編折疊式迷你型詩刊《藍星詩頁》與《文學雜誌》、《自由青年》新詩欄目。個人詩集《靜靜的林間》與《噴水池》分別於一九五四、五七年問世，一九六一年《石柱集》在香港印行，惟「當時因為出版品內運法則太複雜，夏菁這詩集並未在台灣流行。對年輕的讀者來說，夏菁這名字已較為陌生」（楊牧，一九八五a：一五）。一九六四年的《少年遊》記錄詩人留學美國期間的諸多感懷，之後因作品量逐步下降，越十三年才孕育出《山》；第六部詩集《澗水淙淙》則又距《山》二十一載。詩人在《靜靜的林間》中曾自剖稟性似「水」而非「火」，好「冷眼看世界」，傾向「澄清蘊涵，澗水一潭；靜觀返照，得乎自然」。檢視夏菁半世紀來的創作生涯與藝術軌跡，這段自剖確非虛言。他早期跟余光中一樣，詩作明顯沿襲「新月」餘風，又因兩人共同欣賞狄金生（Emily Dickinson）而仿傚寫作歌謠體長短句（ballad stanza），《靜靜的林間》與《噴水池》可為代表。這兩本詩集同樣呈現出夏菁對新詩形式的關注與要求，譬如收錄五十首作品的《噴水池》篇篇用韻，僅五首稍不拘於嚴謹形式，其中更有二十五首特意學習或改造自他心儀的歌謠體長短句，如〈正午〉一詩：

夏菁，《噴水池》（明華出版，文訊提供）

太陽正收起它柔和的陰影，
宇宙也凝住呼吸；

瞓懶頻撫上貓兒的眼睛
在這金色的夜裡。

這時萬物都昏昏然入夢，
世界回復到最初。
只有一隻不甘寂寞的蜜蜂，
最後也投宿花底。

像這類靜觀自然、簡潔明朗、用字經濟的抒情短詩，此後便一直都是詩人創作的「主力產品」。到了《石柱集》與旅美時期的《少年遊》，嚴謹的形式要求終獲解放，而詩中的精神觀照與人生理趣更見深沉：

總有一些什麼
在它鬢邊的柳樹下，
那種使我心跳過的，
屬於春天的。

現在已不欲去對岸徘徊，
深恐驚擾了水鳧。

也沒有握槳的雅興了，
無端端地追逐風波。
或是唱一首聖他露西亞，
像一個狂熱的水手。
　我從不配他們的刀，
　更厭惡贗品。

卻愛安詳的光輝；
卻愛孤獨，
　在一間木屋中
　會見梭羅。
卻愛它的明淨，
從生命清醒的圓鏡中
映出死亡莊嚴的倒影。

上詩〈湖〉以眼前景象起興，卻非單純的寫景之作，而是秩序井然的哲理詩篇。先以「總有一些什麼」開篇，誘引讀者對所謂「一些什麼」感到好奇，繼而用「在它鬢邊的柳樹下，／那種使我心跳過的，／屬於春天的。」暗示此乃往日的年少情懷，並藉機帶出下面兩段的今、昔對比。第二段寫「昔」，第三段述「今」，在三種情境或喜好的對比中，呈現出無敵青春／飽歷世事前後兩階段不同的人生感悟。最末兩句則是總結，也可視為敘述者的靜觀所得：因為有安詳光輝、孤獨與明淨這些特質，「湖」乃從日常景物提升為特殊象徵，成為一面「生命清醒的圓鏡」。從第二段的熱情到第三段的冷靜，原來都不過是這面圓鏡中萬千影像之一，無須爭執也不用比較——因為終結一切的「死亡」也在鏡中默默等待。

〈湖〉原收於《石柱集》，「 在一間木屋中／ 會見梭羅」雖為詩中虛構場景，卻也可見夏菁對這位哲人的推崇喜好。夏菁從梭羅那裡學習到的，恐怕不止於單純的湖畔隱逸，還有一種對社會公理的殷切關心。這就是《少年遊》中的詩人夏菁，呼應美利堅年輕一輩詩人「面向真實」要求的詩人夏菁。和摯友余光中一樣，他的中國意識在抵美後愈加強烈，筆下的題材與譬喻皆在在可見文化中國揮之不去的魅影。但詩人最擅長的，始終還是語短情長、虛實相間、節奏控制近乎完美的小詩。《少年遊》中真正能傳後者，應該也是這類不見前衛技巧，只以淡筆書寫寂寞與鄉愁之作：「沼澤中棲著七隻白鷺，／一排寂寞的七日。／沒有動靜，也沒有消息，／似我鎩羽的信鴿。」（〈寂寞四行〉）「有一種語言／勝過鄉音，／使你聞之淚下。／從這個世界／回到另一個。／／家是一個——／當聽到簷滴，就會使你／酸鼻的地方。」（〈簷滴〉）在詩壇全面汲汲於追求「現代」而不自覺（或自覺！）日趨晦澀之刻，夏菁依舊從容行走在最契合自己心性的道路上。這樣的姿態與堅持，豈不是在暗示：台灣新詩彼時的發展演變，尚且還有另一類選擇或可能。

八、鄭愁予（一）與白萩（一）

鄭愁予（一）

與早期多受西洋文學影響的夏菁相較，鄭愁予的文學根基無疑深植於中國傳統——傳統的意象、傳統的精神、傳統的情感，乃至「傳統」到近乎刻板僵化的性別意識；但詩人卻採用了現代的語言，變化出現代的句法，寫就現代的抒情美典。鄭愁予的詩讀者之廣、魅力之驚人，由收錄他赴美前全部作品的《鄭愁予詩集I：一九五一—一九六八》始終穩居坊間長銷書名單可窺一二[58]。雖然說銷售量往往只能反映一時一地讀者們的接受度，與作者詩藝高低未必有關；不過，相信愛詩人都會同意：一九五〇年代的青年鄭愁予，真是台灣新詩史上最迷人的男高音。

詩人十六歲便在中國大陸出版過一部詩集《草鞋與筏子》（一九四九），但台灣才真正為軍人家庭出生、飽經戰亂的他提供了安定的創作與學習環境。鄭愁予幼時隨父征戰，足跡遍布大江南北，對中國的山川人文漸生心得。抵台完成大學學業後，又曾於基隆碼頭工作多年，海洋、港口與台灣風物遂成筆下常見意象。可以這麼說：鄭愁予作品的魅力來源之一，正在詩中蘊含的「中國—台灣」雙重視野與生命閱歷之結合轉化。他那和緩迷人的男音，早期多獻聲於《新詩》週刊、《現代詩》及《野風》。其中尤以《現代詩》最為關鍵。主編兼社長紀弦識才、惜才，對初露鋒芒的鄭愁予自然多所鼓勵，一九五五年還為他出版了個人詩集《夢土上》。紀弦在新書預告上是這麼寫的：「鄭愁予先生是自由中國青年詩人中出類拔萃的一個。……他的詩的意象、境界、詞彙、句法，一切都是『現代化的』，鮮活、銳敏、尖端、夢幻而又明麗，充滿了不可抗的魅力。」《現代詩》也登過鄭愁予多篇廣受讀者傳誦、喜愛的好詩。詩人在這份刊物上發表過的作品如下：

（一）第五期（一九五四年二月）：發表「晨景到雪線」，共有〈晨景〉、〈鄉音〉、〈晚虹之逝〉、〈園丁的女兒〉、〈除夕〉、〈如霧起時〉、〈雪線〉。

（二）第六期（一九五四年五月）：發表〈港邊吟〉、〈隕石〉、〈小溪〉、〈小小的島〉。

（三）第七期（一九五四年秋季）：發表「十一個新作品」，共有〈島谷〉、〈雪和黎明〉、〈刺客〉、〈一週〉、〈七月〉、〈重量〉、〈船長的獨步〉、〈貝勒維爾〉、〈水手刀〉、〈刑前獻〉、〈倍數〉。

（四）第八期（一九五四年冬季）：發表〈歸去〉與〈補白〉。

（五）第九期（一九五五年春季）：發表〈捲簾格〉。

（六）第十期（一九五五年夏季）：發表〈藍窗〉和〈夜歌〉（〈藍窗〉收入詩集時改題為〈雨巷〉）。

（七）第十一期（一九五五年秋季）：發表〈寄埋葬了的獵人〉。

（八）第十三期（一九五六年二月）：發表〈天窗〉。

（九）第十八期（一九五七年五月）：發表〈厝骨塔〉、〈小站之站〉、〈大農耕時代〉。

（十）第二十期（一九五七年十二月）：發表「新作四篇」，共有〈騎電單車的漢子〉、〈雨季的雲〉、〈釣者之憂〉、〈走過去〉。

（十一）第三十五期（一九六一年八月）：發表〈窗外的女奴〉。

檢視上述資料可知，鄭愁予及其《夢土上》展現出的成熟度，遠高於《現代詩》中其他同輩青年詩人。譬如女詩人蓉子、〈加力布露斯〉作者羅門雖然都獲得該刊主編大力推薦（撰文稱讚或特以紅色油墨刊詩）；

58 洪範版《鄭愁予詩集I：一九五一—一九六八》和《余光中詩選：一九四九—一九八一》都堪稱台灣難得的「長銷詩集」。席慕蓉《七里香》、《無怨的青春》面世後不但成為台灣的年度暢銷書，還曾跨海在中國掀起「席慕蓉旋風」，迄今正版加上盜版的總印量應已達到上百萬冊！志文出版社也曾於一九七四年印行《鄭愁予詩選集》，銷量相當可觀，惟詩人指控該書「未經作者同意，竟改頭換面，擅加插畫，弄得傖俗不堪，使人心痛。今據友人估計約已非法印到百版出外，當然不付分文給詩人，書商牟利無義至此，也必定會留在文學史上」（鄭愁予，二〇〇四：三六八）。

鄭愁予，《夢土上》（現代詩社出版）

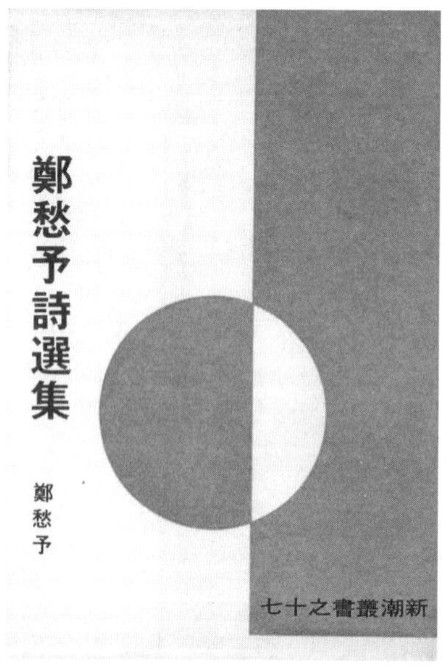

鄭愁予，《鄭愁予詩選集》（志文出版）

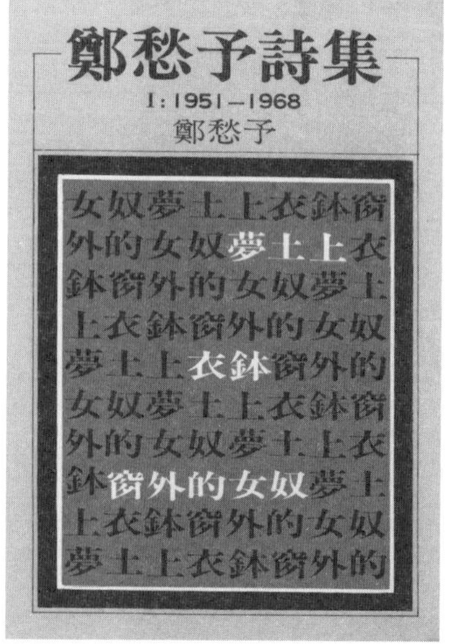

鄭愁予，《鄭愁予詩集Ⅰ：1951-1968》（洪範出版／提供）

但從他們在鍛接期發表的作品來看，多流於平淺的抒情或放縱的浪漫，顯見尚不足以成家，亦難與早熟的鄭愁予並比。不過，更值得觀察的是：公認詩作頗為「現代化的」鄭愁予，在一九五六年現代派成立、以《現代詩》為中心的「新詩再革命」口號震天價響之刻，發表量為何居然不增反減？在紀弦、覃子豪等人歷時兩年多的「現代派論戰」期間，鄭愁予為何詩風丕變？我們認為，詩壇關於現代主義的激烈論爭，對一向不多談理論的鄭愁予應該產生了相當影響。發表量雖然減少（是出於困惑？還是謹慎？），但這些口號與討論亦刺激他開始刻意「求變」，變得更重設事、敘述與情節，詩語言也變得更趨陽剛堅硬。其中〈窗外的女奴〉一詩完成於一九五八年，此後詩人之風格及語言便開始劇烈轉變：

在一九五七年以前，亦即愁予二十五歲以前，他的語言是和緩的，陰性的，甚至可以說是傳統地「詩的」。這以後，幾乎以〈窗外的女奴〉一詩開始，愁予突然蓄意放棄他陰性的語言，努力塑造陽性的新語言。他的方法是在傳統性的白話裡注入文言句式的因素，鑄創新辭，分裂古義，無形中使他的語言增加許多硬度。（楊牧，一九七七：三六）

一九五八年後，他勇敢捨棄讀者們熟悉喜愛的「陳腔」，刻意增廣題材、經營技巧、重塑語言，於是有了一九六六、六八年的《衣缽》與《窗外的女奴》。兩書雖依然迭有佳作，詩人卻漸漸不再吟唱柔美的抒情小調，最後竟發展出刻意虛無的〈盛裝的時候〉、錯亂晦澀的〈草生原〉及用語斧鑿的〈一〇四病室〉。這三首寫於六〇年代初的詩，與同時期「主流」作品之特徵（與流弊）何其類似！轉變至此，面貌風神日趨模糊，料非鄭愁予所願吧？果然，詩人此後離台赴美，停筆十年。復出後的《燕人行》（一九八〇）、《雪的可能》（一九八五）等書更見凝練沉潛，對哲思與知性的重視亦迥異於早期詩篇。

停筆前後鄭愁予的變與不變，使他再度成為一個「著人議論的靈魂」（〈浪子麻沁〉）。惟從接受角度來看，一般讀者顯然還是最懷念鄭愁予早期柔緩可親的抒情風貌。其鍛接期詩創作的魅力可歸納如下：

（一）調控節奏與句法聖手，詩中虛字的使用已臻神奇：從單句到通篇，讀者都可感知鄭愁予詩作的節奏之美、句法之妙，其中佳處真讓人有「不可更易一字」之嘆！譬如〈錯誤〉中「你底心如小小的寂寞的城／恰若青石的街道向晚／跫音不響，三月的春帷不揭／你底心是小小的窗扉緊掩」四句，「青石的街道向晚」原應為「向晚的青石街道」，「小小的窗扉緊掩」則該是「小小的緊掩窗扉」，現經詩人巧手一轉，節奏遂變、韻味更深，也強化了詩的暗示性。鄭愁予還在每首詩中大量使用「的」、「了」等虛字，〈錯誤〉全詩十行就出現了十個「的」，非但未見累贅，反倒製造了極佳「頓」的效果——除了鄭愁予，當代詩人中有誰能將虛字用得如此之繁、如此之好？

（二）聲／情相合，色彩繽紛：鄭愁予的詩遙繼中國古典抒情傳統，聲與情的緊密結合度，使其幾乎無法全盤譯為外文。「達達的馬蹄」、「叮叮有聲的陶瓶」這類擬聲法的運用，亦足證其對聲音的充分把握。此外，詩人對顏色的體會與感應也值得留意，如〈小小的島〉除了保有前述句法組織與節奏變化之長，詩中「青青的國度」（指台灣？）更是色彩繽紛：「淺沙上，老是棲息著五色的魚群／小鳥跳響在枝上，如琴鍵的起落」、「那兒的山崖都愛凝望，披垂著長藤如髮／那兒的草地都善等待，鋪綴著野花如果盤／那兒浴你的陽光是藍的，海風是綠的／則你的健康是鬱鬱的，愛情是徐徐的」[59]。

（三）浪子意識與遊俠情懷：鄭愁予詩中的「隱藏作者」往往將浪子意識表現於外，骨子裡卻可見其遊俠情懷。鄭愁予的情詩量多質精，廣受讀者喜愛，詩中主角不是深情男子便是薄倖浪子——前者如〈小小的島〉，後者則可以很受歡迎的〈情婦〉與〈錯誤〉為代表。其實浪子何罪之有，薄倖亦不過是個人選擇，但問題出在：這些作品透露出的性別意識十分保守反動，簡直是在為傳統的封建父權體制背書[60]！所幸，浪子也有許多種。鄭愁予以航海生活或邊塞風情為題材的詩，就提供了另一種浪子形象，且又不時可見中國傳統的遊俠情懷：「我自人生來，要走回人生去／你自遙遠來，要走回遙遠去／隨地編理我們拾來的歌兒／我們底歌呀，也遺落在每片土地……」（〈小河〉）、「不再流浪了，我不願做空間的歌者，／ 寧願是時間的石人。／然而，我又是宇宙的遊子，／ 地球你不需留我。／這土地我一方來，／ 將八方離去」（〈偈〉）。

鄭愁予五〇年代這批抒情詩讀者之眾、迴響之廣，真的就像一則不可再得的「傳奇」。〈小詩錦〉開篇寫道：「恕我巧奪天工了，／我欲以詩織錦……」其實，更該把這首詩的最末句回贈原作者：「啊！我底錦乃有了不褪的光澤。」

白萩（一）

從生理年齡來看，一九三七年次的白萩幾乎要比夏菁（一九二五—二〇二一）、余光中（一九二八—二〇一七）甚至鄭愁予（一九三三—）晚上一輩；不過，他們四位都同樣自鍛接期詩史舞台開始活躍，理應該

59 如首句「你住的小小的島我正思念」就不容更改為「我正思念你住的小小的島」。鄭愁予對色彩顯然頗有感應，如寫於加拿大的〈青空〉（收於《燕人行》）竟能從「一窗之隔」、「並未告示什麼」的青空往外不斷輻射，經九次轉動方引出題旨「鄉愁」二字：「青，其實是距離的色彩／是草，在對岸的色彩／是山脈，在關外的色彩／一點點方言的距離，聽者，就因此而有些／鄉愁了」。

60 這裡不是說〈情婦〉與〈錯誤〉詩境不美或盡是敗筆；或許正是因為太「美」了，「美」到讓讀者忘記該反思其中不平等的性別位階與權力關係。

被視為一起成長的「同代詩人」。四人中唯一的本省籍作家白萩一九四八年才開始學ㄅㄆㄇㄈ，五三年就能以流利中文寫作，並開始嘗試在《民聲日報》上發表。此後他的詩便不斷在《公論報・藍星週刊》、《現代詩》與《創世紀》等園地出現；他則曾加盟現代派，也獲邀加入（大改版後的）創世紀編委陣營，一九六四年更成為笠九位發起者之一。像這樣混雜的「履歷」與「血統」，在幾大詩社（及詩刊）壁壘分明、各據一方的台灣確實十分罕見[61]。

從十七到二十一歲間，白萩共完成了四百多首詩，並於一九五八年由藍星詩社出版首部詩集《蛾之死》。從本書收錄作品來看，前半部充滿浪漫主義激情，後面則可見前衛的現代主義實驗，這樣奇特的組合本身就頗類於「時代過渡」的象徵。不過以比例而論，浪漫激情之作顯然還是高出許多，如這首曾獲中國文藝協會第一屆新詩獎的〈羅盤〉：

握一個宇宙，握一顆星，在這寂寞的海上
我們的船破浪前進，前進！像脫弓的流矢
穿過海鷗悲啼的死神的梟嚎
穿過晨霧籠罩的茫茫的遠方
前進啊，兄弟們，握一個宇宙，握一顆星
我們是海上新處女地的開拓者

此作成功結合了海洋的壯闊神秘及青年的昂揚鬥志，節奏與氣勢都很驚人，無怪乎發表後廣獲詩壇矚目。值得一提的是：白萩雖沒有參加過覃子豪主持的中華文藝函授學校詩歌班，但《蛾之死》中不少浪漫主義佳作如〈羅盤〉、〈囚鷹〉、〈瀑布〉等都是函授學校的習作題目。

然而前衛的現代主義實驗——尤其形式實驗——才是《蛾之死》最特別之處。白萩對形式實驗的思考，是以「圖象」為手段來完成的。他的圖象詩試圖要跟傳統的音樂性分開，在詩中加入視覺的感應[62]。詩人認為圖象的魅力在於「從沒有一個比喻，沒有一個隱喻，它的繪畫形動能比之圖示更能獲得具體形象的滿足。一首純粹的圖象詩，它不僅給你『讀』，並且給你『看』」、「這種以非言辭開始的言辭，對於一個讀者宛如魔術般的引他入迷，對於一個詩人的詩藝上，也進一步的把握了『簡練』的本質」。且圖象詩的形象更能讓詩回復到「文學以前」的經驗，亦即回復到「聲音與符號結合而成的，原始、逼真、衝動，有著魔力的經驗」（一九六〇 a：二七—二八）。白萩曾表示，他是看到《現代詩》第十八期（一九五七年五月）林亨泰發表的〈符號論〉與一系列「符號詩」後，才開始想要寫「圖象詩」的。但習畫的白萩是從造形下手、以圖象入詩的創作，與林亨泰的「符號詩」並不相同：

> 林亨泰從日本詩壇得到「立體派」的觀念，寫出〈符號詩論〉及系列的「符號詩」，由於紀弦沒有看過，覺得很新穎，就在《現代詩》發表了林氏那篇文章以及系列「符號詩」。我當時仍是一個文學青年，看到林亨泰將文字符號化來寫詩，便從學畫的經驗中，提煉出從造形下手的辦法，而完成了

61 在此使用「履歷」與「血統」諸詞，當然不無調侃詩壇陋習之意。台灣各大／小詩社（及詩刊）的重要性，在從前的詩史討論裡無疑被過度誇大了。詩社及詩刊當然有功於詩運、有益於情感或理念交流；但社團或刊物的整體成就，畢竟不該掩蓋每位詩人的寫作成績。何況就算是情同手足的「同仁」、親如父子的「傳人」，詩藝還是有高下之別，怎能通通攪拌在一起呢？

62 白萩曾以另一筆名「邵析文」撰文反擊言曦〈新詩閒話〉諸多謬論。在該文「作者附誌」中，他特別強調新詩應該去除傳統的音樂性：「個人認為，詩離歌而獨立，是劃時代的詩革命。詩不需音樂性亦可以成詩。明日新詩之趨向，應以意象的繪畫性為依歸，因其為散文所長，正如韻文之長於音樂性。」（一九六〇 a：五）

《蛾之死》中的四首「圖象詩」。（林燿德，一九八九：三九）

所謂「四首『圖象詩』」，應是指〈仙人掌〉、〈流浪者〉、〈曙光之昇起〉與〈蛾之死〉。嚴格說來，〈仙人掌〉及〈曙光之昇起〉並非真正的圖象詩作，只能算是「類圖象詩的圖象技巧運用」（丁旭輝，七四）[63]。換言之，真正的圖象詩乃〈蛾之死〉和〈流浪者〉兩篇。量雖不多，但無礙於其意義與影響之重大。〈蛾之死〉的圖象部分集中於第二十一到三十二行：

光光光光光光光光光光光。啊
光光光光光光光光
光　　　　　　光
光　飛飛飛飛　光
光　飛飛飛飛　光
光　飛飛飛飛　光
光　飛飛飛飛　光
光　　　　　　光
光光光光光光光光
光
光
光

十六個左轉右旋的「飛」字，表現了「蛾」突獲光明後的激動，以及沐浴在光明中的喜悅。再加上「飛」字本身也是個象形字，確實適合以「圖示」來刺激讀者回到「文學以前」的經驗，回到那個原始、衝動、帶著狂熱與魔力的經驗。〈蛾之死〉的實驗性還不止於「以圖示詩」一端。白萩不滿傳統慣用的線性讀法，建議讀者在讀〈蛾之死〉要「完全破壞線的進行」，把上半段和下半段連接交錯著讀，以求「由於音節的『變換』以及『意義』上的對比而獲得『戲劇性』的效果」（一九六〇：三三）。這樣的嘗試與企圖固然大膽，卻無法彌補此詩全篇細節上的繁複瑣碎與錯雜歧出之病，整體成績顯得不甚理想。

白萩，《蛾之死》（藍星詩社出版）

另一篇〈流浪者〉則不然。〈流浪者〉不但是《蛾之死》中最佳詩篇，也是台灣圖象詩發展史上的階段性典範。此詩以絲杉作為流浪者的隱喻，藉文字之印刷安排（typography）來達到具象作用：

望著遠方的雲的一株絲杉
　望著雲的一株絲杉

63「類圖象詩」為丁旭輝創造的新名詞，用以指稱在一般非圖象詩中，援用圖象詩手法，利用文字排列，製造視覺暗示效果的詩。為免混淆，他還特別對「圖象詩」與「類圖象詩」作了如下界定：前者指有明顯「圖形寫貌」與（或工筆或寫意的）整體構圖設計的詩；後者為只單純援用圖形寫貌之圖象詩手法，利用文字排列，以視覺暗示技巧製造圖象效果的詩（二〇〇〇：三六七）。

一株絲杉
絲杉

一株絲
在地平線上杉在地平線上

他的影子，細小。他的影子，細小
他已忘卻了他的名字。忘卻了他的名字。祇
站著。　祇站著。孤獨
地站著。站著。站著

站著
孤單的一株絲杉。
向東方。

詩中以一「望」字而被擬人化了的「絲杉」，其實是根埋大地、不能移動的植物，僅能「孤獨地站著」。故在「絲杉」與題目「流浪者」間，遂因此形成「立於定點」vs.「居無定所」的強烈反諷。整首詩的圖象表現集中在第二段（一、三段並不完整），「絲杉」想要移動的渴望與「地平線」所代表的環境起了衝突，在這種thesis與antithesis的拉鋸中，樹注定要成為失敗者：

> 這種被擊敗的感覺，很可以由詩行的空間運動方向與節奏表現出來，前一段描繪企望的樹，是垂直運動的，詩行的排列如此，讀者視覺神經的運動也是如此；而下一段大體上保持水平運動方向，十足表現出微不足道的個人與遼闊的大地之間，唐吉訶德式的鬥爭。（張漢良，一九七七：七四）

若貼合著時代背景來解讀，「絲杉」亦可視為一九五〇、六〇年代之交知識分子與文人的象徵：在表面的安定生活下，潛藏著無可排解的巨大苦悶及焦慮。政治環境與社會氛圍讓他們只能選擇自我放逐（self-exile），並以此作為對統治霸權的消極抵抗。如果說歐美現代主義旨在描寫工業文明及資本主義衝擊下，人的物化與空虛；前述這種書寫方式卻將筆鋒直刺或暗指向敏感的政治體制，故理應視為「台式現代主義」的產物，也是一種沉默的「詩的抵抗」。除了這種抵抗與批判精神，〈流浪者〉還呈現出白萩對圖象技巧的純熟掌握，也代表台灣新詩在形式的探索上已臻高峰。

第五章

展開期

一九五九年台灣詩壇除發生兩場重要的論戰（即上一章所說的「象徵派論戰」與「新詩論戰」）之外，標誌著新詩風潮進一步演變的一個里程碑是，同一年四月《創世紀》詩刊第十一期革新擴版號的出版。與《藍星》同時創刊於一九五四年的《創世紀》，雖自詡為當時南部出版的「第一本純詩刊」，並順應反共與戰鬥的文藝思潮，於創刊之初提倡「新詩的民族陣線」（創刊號），且在第五期由其創社元老之一的洛夫進一步提出所謂「新民族詩型」的主張，惟仍未形塑出該刊（社）獨有的特色，要等到第十一期擴版轉向，重新出發，其影響力始與日俱增，一躍而與《現代詩》、《藍星》鼎足而立。自該期開始，《創世紀》不再提倡「新民族詩型」，轉而強調新詩的「世界性」、「超現實性」、「獨創性」與「純粹性」（張默，一九七九：四二六）。

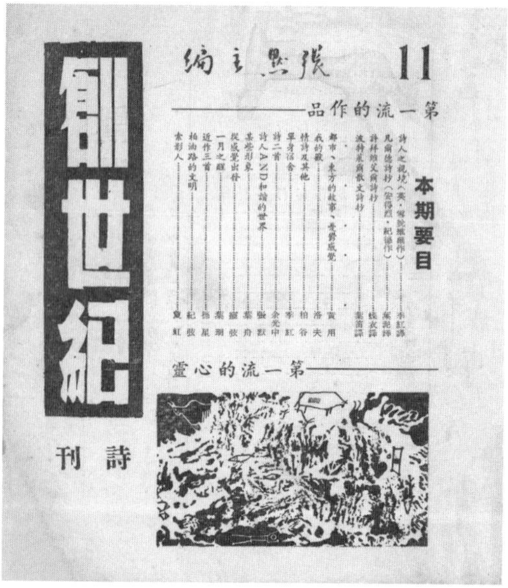

紀弦於鍛接期揭櫫之現代主義，曾因高舉現代派之大纛，雖加盟者眾，風起雲湧一時，惟因多數人「對現代主義的本質與精神無深刻之體認，在氣質和風格上彼此尤不相洽」（洛夫，一九七八：三三五）[1]，旋即於一九六二年解散，而由紀弦創刊之《現代詩》亦因他一人獨木難撐大廈，終至一九六四年宣告停刊。至於興起之初與《現代詩》曾互別苗頭的《藍星》，從一九五四年到一九六〇年，可謂係其輝煌發展的黃金歲月，在這期間，藍星同仁一度曾同時接編過數個新詩刊物[2]，發表不少重要詩作；惟自一九六〇年起，主要同仁如黃用、吳望堯、夏菁、余光中等人相繼出國留學或講學，乃至於一九六四年與紀弦互有瑜亮情結的藍

《創世紀》第十一期革新擴版號（文訊提供）

星「掌門人」覃子豪的逝世，誠如余光中事後回憶所道：「藍星詩社在走了望堯、黃用，啞了阮囊，死了子豪之後，陣容大見遜色，發展也就改向。」（一九七九：四〇一）相形之下，也造就了創世紀的「創世紀」時機。

相較於現代派、藍星的「貌似團結，實則神各有所屬」（洛夫，一九七八：三六）[3]，創世紀值此時期邁步向前，套句余光中所說：「『創世紀』的幸運就在聚而不散。」（一九七九：四〇一）自一九六〇年以後，可以說「不論精神上或實際創作上，真正繼『現代派』以推廣中國現代詩運動的是『創世紀詩社』」（洛夫，一九七八：三七），直至一九七〇年《創世紀》暫時休刊為止，該刊刊出了不少重要的作品，包括曾經喧騰一時（但也遭致最多砲火攻擊）的超現實主義詩作，把當時詩壇的代表性詩人幾乎「一網打盡」，悉數「納入彀中」；可以瞧見，在這一展開期階段，創世紀詩人洛夫、張默、葉維廉、商禽、碧果、管管……傾其力於超現實的展現，致使超現實主義成了創世紀此時的寵兒。

如果把眼光從詩壇轉而放到當時整個文學界來看，接續停刊的《文學雜誌》而於一九六〇年由白先勇、陳若曦、歐陽子、王文興等人創刊的《現代文學》，也在這個階段有計劃地引進西方現代主義的理論與作品（如卡夫卡〔Franz Kafka〕、托馬斯・曼〔Thomas Mann〕、喬伊斯、勞倫斯〔D. H. Lawrence〕、吳爾芙

1　洛夫認為，人多勢眾的現代派，其中精神不同、風格互異的詩人所在多有，「例如鄭愁予與林泠，本質上是純粹的抒情詩人，較該派任何一位更具傳統詩的風格，方思的作品明澈而重智，深具古典精神，紀弦本人又頗富浪漫色彩」，既然如此，「又如何求其貫徹『現代化』的目標」（一九七八：三五）？

2　當時「藍星」同仁主編的相關刊物，除了借《公論報》出版的《藍星》週刊之外，還有《藍星詩選》季刊、《藍星詩頁》，以及《文學雜誌》的詩專欄、《宜蘭青年》上的「藍星」分刊等（余光中，一九七九b：三九五—三九九）。

3　「貌似團結，實則神各有所屬」係洛夫分析「藍星」之所以走向沒落的原因之一，他舉例說，例如同一時期藍星即有兩種詩刊發行：「一為覃子豪主編的《藍星季刊》，一為余光中、夏菁、羅門等輪流主編的《藍星詩頁》（月刊），因而形成兩個領導中心。」（一九七八：三六）衡諸現代派，其貌合神離的情形，恐怕較藍星有過之而無不及。

〔Virginia Woolf〕、沙特〔Jean-Paul Sartre〕、福克納〔William Faulkner〕、亨利．詹姆斯〔Henry James〕等），該刊側重現代小說創作，與《創世紀》詩刊分頭共同引介並實踐（也是實驗）西方的現代主義，於一九六〇年代的台灣文壇成了文藝創作的重鎮。文學刊物除《現代文學》外，堪稱代表者尚有《筆匯》（革新版）（一九五九年五月至一九六二年三月）、《文學季刊》（一九六六年十月至一九七〇年二月）等「較不那麼現代主義」的文學雜誌（尤其《文》刊已向「鄉土文學」傾斜了），以及創刊於一九六四年的《台灣文藝》。

《台灣文藝》於此一時期出刊，取得了與《現代文學》呈犄角之勢的位置，而它所倡行與實踐的寫實主義以及作品呈現的「本土意識」，恰好與《現代文學》鼓吹的現代主義與異化的「西方意識」形成對照。不獨有偶，同年六月（即《台》刊創刊後二個月）由本土詩人吳瀛濤、陳千武（桓夫）、黃荷生、趙天儀、白萩、杜國清、薛柏谷、王憲陽、詹冰、林亨泰、錦連、古貝等十二人成立的笠詩社，也出版首期的《笠》詩刊[4]。「笠」之名乃取義「台灣斗笠的純樸、篤實、原始美與普遍性，不怕日曬雨打的堅忍性，也就是表示島上人民勤奮耐勞、自由與不屈不撓的意志的象徵」（引自彭瑞金，一九九一：一二二）。顯而易見，笠所主張的本土寫實主義也與西化的創世紀取得了互為對照的地位[5]。

事實上，草創時期的笠並非一開頭就和現代派或超現實主義處於對立狀態，其詩觀和部分詩作甚至直到一九七七年鄉土文學論戰前後，基本上還是相當強調現代主義的（向陽，二〇〇一：三三），笠中生代詩人李

《笠》詩刊創刊號

敏勇即言：「《笠》集團的詩風景，是以現代主義的方法論和精神論，站在現實主義的基盤上，為呈顯戰後台灣人精神史而努力的證言。」（二〇〇一：一二）即以草創時期的詩人而言，包括林亨泰、白萩、黃荷生、錦連、楓堤（李魁賢）、薛柏谷等人，便曾加入紀弦的現代派。然而，恰恰就因為笠在這一時期還沾染太多「現代主義」的習氣，以致無法站在一個等高的位置，另立一重大山頭。

然而，在笠詩社成立的前兩年，一九六二年七月由王在軍、李佩徵、陳敏華、文曉村等人籌設了葡萄園詩社，同時創刊《葡萄園》詩刊。葡萄園詩社其實是由中國詩人聯誼會的新詩研究班（班主任為鍾鼎文，副主任為覃子豪、上官予）的學員所組成（研究班課程結業後，由學員自組成立）。面對當時新詩西化的現象，葡萄園詩社希望另創新局，〈創刊詞〉即主張要「勇敢的拋棄虛無、晦澀與怪誕，而回歸真實，回歸明朗」，在一九六〇年代揭櫫明朗的詩風，以頡頏現代主義的艱澀。《葡萄園》和《笠》一樣皆屬長壽型詩刊。

《葡萄園》創刊號（文訊提供）

4　笠詩社最初的發起人十二位，因薛柏谷始終未參與籌設工作，古貝與王憲陽二人又因詩觀的分歧，於成立後不久即宣布退出，因此《笠》詩刊扉頁上的發起人只有九位（劉登翰等，一九九三：三五五）。

5　陳千武後來在〈談《笠》的創刊〉一文中曾經提到：「當時的詩壇有《現代詩》、《藍星》、《創世紀》等主要詩刊，在推動詩的創作。由於都是外省籍詩人詩觀為主體的詩刊，失去了本土的根切實的思考，大舉趨向極端虛無的詩路而迷途了，《笠》詩刊才有挽救此頹廢現象的主旨，恢復台灣本身原有的新文學精神的願望。」（一九八九：三八三）

展開期的台灣詩壇，除了上述幾大詩社之外，亦陸續有新的詩社和詩刊出現，包括跨校性的兩個詩社：一九六一年的縱橫詩社（李樹崑、畢文澤、劉國全等人）與一九六三年的星座詩社（王潤華、林綠、翱翱、陳慧樺等人），以及一九六七年的南北笛（羊令野、羅行等人）、一九七〇年由洛夫招納若干年輕詩人（如蕭蕭、羅青、沙穗、季野、許丕昌）出面「重組」的詩宗社[6]。除了主張「明朗、健康、中國詩路線」的「葡萄園」迄今仍持續出刊屹立不搖之外，餘皆屬曇花一現，無足觀哉。

一、蓉子

少時嗜讀新詩的蓉子，於初中畢業時即有「冰心第二」的美譽（同學給她的稱號），雖然後來她開始寫作、正式發表作品之後，並沒有所謂「冰心的影子」。從她於一九五〇年開始發表詩作，再三年出版處女詩集《青鳥集》，以迄至跨越二十世紀之後，詩的寫作生涯長達一甲子以上，以此詩齡而言，直可謂是台灣詩壇的長青樹了。再以她二十歲即開筆寫詩，並於一九五三年出版台灣第一本女詩人詩集的寫作紀錄來看，被詩壇視為「自由中國（台灣）第一位女詩人」[7]，亦可謂其來有自。

一生出版十多冊詩集的蓉子，前後大致維持一穩定的風格，雖然她的處女詩集稍顯抒情浪漫，但在大半的詩作中所顯現的溫婉又自持的形象則始終

蓉子（文訊提供）

如一。《青鳥集》中所收雖多為抒情詩（lyric），卻沒有一首情詩——不只如此，終其全部創作，幾難找到一首表現私我情愛的詩作[8]；她不像同時期的林泠那樣優柔婉約，也不似敻虹那般委婉柔和——她們柔美浪漫的情詩，難以見容於蓉子的詩集裡。在《青鳥集》中有不少所謂的「自況詩」，如〈我有一顆明珠〉、〈楫〉、〈海的女神〉、〈我寧願擁抱大理石的柱石〉、〈不願〉……詩裡表現出一種女性剛毅、堅忍與執著的精神，是同輩乃至後來的女詩人中少見的一種女性形象，例如在〈樹〉中開門見山就說：「我是一棵獨立的樹／不是藤蘿」，而藤蘿須攀附他樹才能生存，可見「我」這棵樹是獨立自主的，

蓉子，《青鳥集》（中興文學出版，文訊提供）

6 「詩宗社」係由洛夫出面發起，主要結合創世紀與羊令野等人的南北笛（餘有現代詩、詩隊伍等），一九七〇年十月於台北作家咖啡屋宣告成立，社員計有三十餘人，包括新舊兩代詩人，由於是結合了數個詩社／詩刊的詩人而成，故洛夫名之為「重組」。該社與仙人掌出版社合作，發行具叢書形式的詩季刊，曾出版有《雪之臉》、《花之聲》、《風之流》、《月之芒》四冊書刊，並設「詩宗獎」，但這支「雜牌軍」壽命也不長（洛夫，一九七八：三九；張默，一九八四：五六四）。

7 在蕭蕭主編的《永遠的青鳥——蓉子詩作評論集》中，多位詩家及論者如林燿德、潘亞暾、陳玲珍、鐘麗慧、莊秀美等人，都提及蓉子是第一位自由中國的女詩人或第一位出版個集的女詩人（蕭蕭，一九九五）。

8 一九五五年她寫有一首〈夢裡的四月〉，末段提及在四月花開的日子，自己做了一次抉擇——「等復活節過後／我將在這兒獻上我的盟誓／和愛者去趕一個新的程途！」這是指她（在該年四月）和羅門即將結褵。但這首抒情詩卻非情詩，除了提到自己即將成為新嫁娘，尚提及記憶中的家鄉事，帶點鄉愁的情緒，抒發對象更非她的愛人（或即將為夫婿的羅門）。

並且「我」更「知道有一日我的花冠也將凋落／而我並不感到心驚。／因為花朵的美麗只是樹身的一部，／生命的成長，蓬勃與凋萎，／一如星月依循著自然的軌道前行」。就如同〈為什麼向我索取形像〉一詩所提出的質問：為什麼向「我」索取形像？「我」的答覆是：「歡笑是我的容貌／寂寞是我的影子／白雲是我的蹤跡」，毋須再留下其他什麼形象，更恥於拿它來「裝飾你的衣裳」，於此，詩中所透露的一獨立自主的女性形貌便呼之欲出了。

蓉子上述這種頗有自喻（自我明志）意味的自況詩，在後來的創作中仍屢有展現，例如收在《橫笛與豎琴的晌午》（一九七四）裡的〈一朵青蓮〉，詩人所描述的這朵「在星月之下獨自思吟」的青蓮，顯現出一種出淤泥而不染的格調，而如此幽雅的格調則頗具古典之美，因為它（她）是這樣「一朵靜觀天宇而不事喧嚷的蓮」，當「紫色向晚　向夕陽的長窗／儘管荷蓋上承滿了水珠」，這朵青蓮卻從不哭泣，「仍舊有蓊鬱的青翠　仍舊有妍婉的紅燄／從澹澹的寒波　擎起」。這是詩人自我的寫照。再如被傳頌多時收在《蓉子詩抄》（一九六五）中的〈我的粧鏡是一隻弓背的貓〉，這是一首由女詩人寫作的「反閨怨詩」，詩中的女性不必像傳統男詩人所寫的閨怨詩那樣獨守空閨，攬鏡自照，哀嘆韶華已逝而「悔教夫婿覓封侯」。雖然詩中的「我」將反映自我形象的粧鏡形容為一隻既弓背又寂寞且是無言的貓，而這隻命運多變的貓反映的卻是「我的形象變異如流水」，令「我」去反思時間的流變：是光輝的或是憂愁的？並在最後（末段）進一步去思索：

捨棄它有韻律的步履　在此困居
我的粧鏡是一隻蹲居的貓
我的貓是一迷離的夢　無光　無影
也從未正確的反映我的形象

這裡所顯現的女性自覺意識，在「我」追尋女性自我（形象）的反思之中，從相對的角度看，其實也反映出女性面臨的困境：無光＋無影＝困居。在下一部《維納麗沙組曲》（一九六九）中，蓉子還形塑一位有著「堅強的、個人主義的、靠自己的、獨立的、有主見的」維納麗沙（鍾玲，一九九五：九〇）——而她仍在祈求「孤絕中的勇氣　絕望中的意志」，「走出峽谷　躲過現實洶湧的浪濤」（〈維納麗沙之超越〉）。縱然如此，鍾玲卻指出，像〈維納麗沙之超越〉這樣的詩作，儘管不能算是西方激進的女性主義作品（因為她只求一己之自由與解脫），「但是維納麗沙組曲著於一九六七—六九，美國的女性主義當時尚未盛行，蓉子能塑造出一個有男性特色的獨立女性形象，在台灣來說的確是走在時代的先端」（一九九五：九二）。

雖然蓉子的詩如鍾玲所說塑造了「中國現代婦女的新形象」（一九九五：九〇），然而事實上，在她筆下所呈現的女性神態大多端淑與凝重（九五），如〈紫色裙影〉、〈傘〉等詩裡的女性「我」；乃至前所舉那朵「青蓮」也可見此一高雅與自持的女性身姿。除了擅於描繪特有的女性形象以及現代女性的內心世界外，蓉子也寫抨擊都市文明的「反都市詩」，她的都市詩寫作（一九六〇年代初）甚至更早於其夫婿羅門，收於她第三本詩集《蓉子詩抄》裡的「憂鬱的都市組曲」一輯，便可謂是一組「反都市詩」專輯，光從這幾首詩的題目〈我們的城不再飛花〉、〈室窗閉塞〉、〈廟堂破碎〉、〈裂帛樣的市街〉即可一目瞭然她對於都市的態度。收在她更早的第二本詩集《七月的南方》（一九六一）中的〈都市生活〉一詩甚至就有如此的指控：「我的陽光是七月的／有很多嚙人的牙齒／聽巨大震驚的音爆／一堆破碎的幻在烈日下焚化／而摩托車擦腿而過／使人心驚」。但是後來到了一九八〇年代，她對於都市的態度稍有變化，如收入第九本詩集《這一站不到神話》（一九八六）[9]中的〈香江海色〉與〈回到台北〉等詩，卻也產生了擁抱都市的情懷。

9　若不計入重選的詩選集，從《青鳥集》（一九五三）至《眾樹歌唱》（二〇〇六），蓉子共出版十二冊詩集（不包括童詩集）。但第九

蓉子之所以對都市文明不懷好感，或因她喜愛大自然、親近大自然之故，如〈七月的南方〉所云之南方：「到處是引蔓的繁縷　喧躁的地丁／紫色桃色的矢車菊／燃燒的薔薇／傾陽的向日葵　金紅鵝黃的美人蕉／而夏正在榴火的豔陽中行進／在鳳凰木熊熊的火焰中燃燒」，因而南方在呼喚她「以一種澄澈的音響／以華美無比的金陽／以青青的豐澤和／它多彩情的名字」（《七月的南方》）。而她如此地歌頌大自然，呈現澎湃的生命力，又和她寫作大量的旅遊詩與山水詩不無關係（尤其在一九八〇年代以後）[10]，譬如《橫笛與豎琴的晌午》首輯「舞鼓」十二首詩，就是她參訪南韓返台後的產物，抒寫的盡是南朝鮮的風光；又如《這一站不到神話》（一九八六）的第八輯「倦旅」十首詩，則記載了她旅遊亞歐等國的行腳；再如《黑海上的晨曦》（一九九七）與詩集同名的第五卷中的五首詩，抒寫的也是她旅外的經驗與感受；除了以上這些旅遊詩專輯，她還有不少在國內外留下腳印的旅遊詩作。此外，蓉子還寫詠物詩（如〈石榴〉、〈孔雀扇〉……）、人物詩（如〈愛情已成古老神話〉、〈杜甫草堂〉……）等，並不乏取材自社會事件、反思環保之作。如果從創作的題材來看，相較於台灣其他女詩人，蓉子的詩作涉及的面向不可不謂寬廣，而這也成了她個人獨特的標誌。

不管是在早期或中晚期之後，蓉子一直保有一與眾不同的敏銳的「季節感」，如上所舉的〈七月的南方〉一詩，召喚她的南方是在盛暑的七月，這蔭濃葉密的七月特別令她動容。她有太多的詩作都在春夏秋冬走過，例子可說不勝枚舉，如〈我從季節走過〉、〈春〉、〈揮別長長的夏天〉、〈薄紫色的秋天〉、〈冬日遐想〉等詩，光看詩名即一清二楚其「季節感」。其中令人印象深刻的是，她對夏、秋兩季心更戚戚，有不少詩所描寫的經驗與感受皆因夏或秋季節的嬗遞而引發，夏秋之感往往成了她詩情的發動機。像《這一站不到神話》裡的輯四「揮別長長的夏天」以及《黑海上的晨曦》裡的卷二「寒暑易節」，寫的季節便都是夏天與秋天（尤其是前者），這又是蓉子自成特色的另一個標誌。

整體來看，蓉子不像同輩的男詩人那樣「趨炎附勢」，在一九六〇年代現代主義盛行的時代跟著一窩蜂向西方現代主義看齊，因而她少有晦澀的文字，意象清澈，更少有突梯之作；雖未重視格律，卻也自成自然的旋律，具有流暢的內在音律。被稱為「永遠的青鳥」的她，寬廣的格局，可謂樹立了一種女詩人的典範（蕭蕭，一九九五：一）。

二、洛夫（一）

曾被詩壇稱為「詩魔」的洛夫，從最早第一本詩集《靈河》（一九五七）的出版以迄於辭世，總共交出了近四十本詩集的成績。他之所以被稱為「詩魔」[11]，或與他第五本詩集《魔歌》的出版不無關係（一九七四：一三）[12]，但若就其詩作風格而言，應與他意象奇詭、形式多變的特色有所關聯，尤其是他早期超現實時代的「魔幻」寫作，誠如唐捐所說，魔的意識與方法乃是洛夫早期書寫面貌的重要關鍵（劉正忠，二三六）。

本《雪是我的童年》（一九七八）實為其第四本《維納麗沙組曲》（一九六九）更名再版，因此這第九本也可說是她的第八本詩集。

10 蓉子極早即因參與國際文化交流活動出國講學與旅遊，足跡遍及不少歐亞國家，故而留下為數不少的旅遊詩。

11 以「魔」為名的洛夫評論選及評傳至少就有三冊：《詩魔的蛻變》、《一代詩魔洛夫》、《洛夫．詩，魔，禪》。

12 在《魔歌》自序中，洛夫對書名「魔」自為解釋：一為魔鬼之「魔」，一為魔法之「魔」；前者描述的是瘋狂變異的主體狀態，而後者指涉的是謬忽幻異的藝術技巧。這兩者兼括了他早期詩作在內容與形式上的特徵。在接受《南方都市報》記者訪談時他也表示，為何被稱為詩魔，乃是「這裏的『魔』是魔術的『魔』，不是魔鬼、妖魔的『魔』。主要是因為早年我受到超現實主義的影響，寫詩有強烈的反理性風格，反傳統、反世俗規範都體現在了詩歌裏面。因為我的詩在形式方面變化比較多，仿佛語言的『魔術師』，所以有了『詩魔』這個稱號」。參見《和訊．讀書》，http://databook.hexun.com.tw/chapter-1917-2-7.shtml，瀏覽日期：二〇一五年十月三日。

從一九五〇年代中期到一九七〇年這一段早期的創作時間，洛夫一共出版了《靈河》、《石室之死亡》（一九六五）、《外外集》（一九六七）與《無岸之河》（一九七〇）四本詩集，雖說這四本詩集是他早期的創作，卻不能籠統地將之視為同一時期的整體風格。概言之，第一本《靈河》抒情而浪漫；第二本《石室之死亡》朝現代轉向，超現實而晦澀；第三和第四本《外外集》與《無岸之河》則過渡到現實而逐漸明朗。這一早期的創作過程，洛夫即做了兩次轉向。

帶有濃郁的浪漫色彩的處女詩集《靈河》，「大抵延續了一九三〇、一九四〇年代漢語新詩的抒情風，顯得較為感傷而薄弱」（劉正忠，一九三）[13]，若干詩作如〈我來到愛河〉、〈我曾哭過〉，光看詩題，就極為抒情（且注意它們都用了第一人稱我），洛夫在這時寫的是他的愛情（如〈風雨之夕〉、〈石榴樹〉）、青春（如〈飲〉）與夢想（如〈煙囪〉）。試看〈煙囪〉一詩的末段：「我想遠遊，哦！那長長的河，青青的山／如能化為一支逐雲的野鶴／甚至一粒微塵／但我只是城牆下一片投影／——讓人寂寞」（一九七〇：一八〇），詩人「我」寫的是他那未能「圓夢」的寂寞情緒，感傷且多情。

然而，如果深一層看，《靈河》抒情的背後卻也隱含著一個貫穿全書的意象和主題——禁錮（emprisonnement）或封閉（enclosure）（葉維廉，一九八八：三一七—三一九；奚密，一九九八：一八〇），再以上詩〈煙囪〉為例，這支想遠遊卻飛不起來的煙囪，正因為受到禁錮，所以才無法逐夢（「誰使我禁錮，使我溯不到夢的源頭？」）

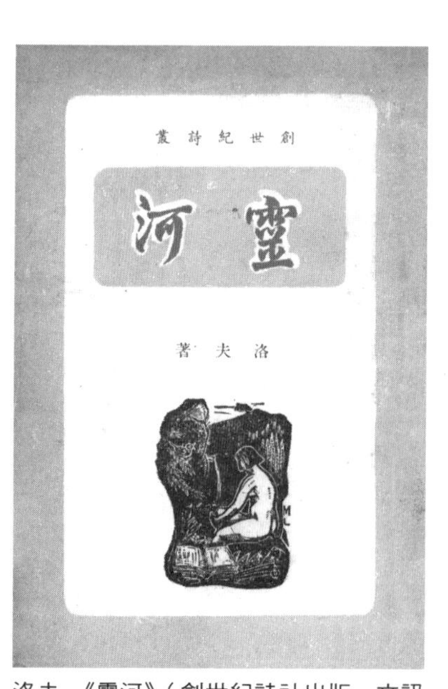

洛夫，《靈河》（創世紀詩社出版，文訊提供）

（一九五七：四一）；即連〈飲〉如此浪漫的詩作，詩裡茂密的果園竟也「遍佈白玫瑰的御林軍」，然後要把詩中人我「囚禁」（一九七〇：一六二）。葉維廉便認為，此時的禁錮與克服禁錮（飛不起來的飛的欲望），乃是洛夫後來創作的一個母題（motif）（一九八八：三一八）。

處女作的浪漫情懷到了下一本詩集《石室之死亡》則整個被收束，抒情氛圍蕩然無存，此一轉向不可謂不大。若說一九六〇年代的台灣詩壇盛行的是西方的現代主義，那麼洛夫這本《石室之死亡》足堪代表，它可說是法國超現實主義在台灣的「實驗」。說是「實驗」，是因為當時連作者本人可能對何謂超現實主義都不甚了了，而且除了商禽、瘂弦等人確曾在一九五〇年代極早動過超現實的手，以及水蔭萍在一九三〇年代曇花一現的超現實外，嚴格而言，超現實主義詩作的成果極為有限；對洛夫來說可能也是一個插曲，因為在他超過一甲子的創作生涯裡只交出這一冊薄薄的超現實主義的組詩。

洛夫，《石室之死亡》（創世紀詩社出版）

〈石室之死亡〉是一首由六十四首短詩組成的長詩，其中每首短詩均為二段十行，且每段皆為五行，純就形式而言，它並不符合超現實主義的自動寫作，因為那已受到理智的制約。按布勒東在《超現實主義宣言》所言，其目標最終是要摧毀一切超心理的機制，並取而代之（二〇一〇：三二），既然如此，定節（固定段數）定行（固定行數）的制式創作，就與超現實主義的主張背道而馳。〈石〉詩其實有三個版本：最早

13 據奚密的分析，《靈河》和何其芳一九三〇年代的作品風格有相似之處（一九九八：一八二—一八八）。

是創作之初的分散發表[14]，其中有以十行為一節的固定形式，但也有不定形式。之後結集成冊出版，則全數改為無題的十行二節一首。到了《無岸之河》出版時，作者從中選出二十五首，分割重組為三十一首短詩，並各給標題，輯為〈太陽手札〉。雖然以不定形式來說，最早分散發表的〈石〉詩較接近超現實主義原貌，但是不定題成冊的《石》詩集則應更契合超現實主義的精神；至於定題又改寫的〈太陽手札〉離超現實主義距離便更遠一點[15]。

〈石〉詩的題目，首先拈出的主題便是——死亡，如果順著題號依序閱讀，即可發現其主題確是「死亡」無疑，這當然包括它所給出的意象（除了直接道出「死」的字眼）：黑色支流、腐爛的臉、枯乾的手掌、灰燼、斷柯、墓地、棺材……特別是前面二十幾首，其中「我」的出現甚至可看成是亡靈的悠遊[16]。《超現實主義宣言》主張要走進死亡之中，布勒東疾呼：「要讓人用搬家的車把我送到墓地去。」（四〇）超現實主義者要直面死亡的威脅，〈石〉詩的表現似也如出一轍。然而，有死必有生，而生死又與疾病、性愛，乃至戰爭、宗教、文明等息息相關，因而其主題便再擴及與此生死相連的其他層面。總的來看，生死可說是〈石〉詩的母題，而與此相關的意象則呈現為黑（黑暗）白（光明）的對立，包括「白色、白晝、太陽、火、向日葵、子宮、荷花、孔雀」對立於「黑色、夜、暗影、骨灰、灰燼、棺材、蝙蝠」，簡言之，〈石〉詩寫的是生死同構的母題（洪子誠、劉登翰，五一一）。

然則〈石〉詩如何超現實？首先，詩裡確實到處可見達利式（Dalian）駭人的超現實意象，諸如「死亡囚於內室，再沒有人與你在肉體上計較愛／死亡是破裂的花瓶，不敲亦將粉碎／亦將在日落後看到血流在肌膚裡站起來」（第十四首）、「妳們吐昨夜的貪婪於錦被上／且從雙目中取出春衫與匕首」（第二十九首）、「妳猶是一年輕的紅裙，稍微動一動／裙底便有千顆太陽彈出」（第三十四首）……而這些驚人的意象，像布勒東那樣，多採用「遠取譬」而非「近取譬」手法，形成意象之間一種牛頭不對馬嘴的關係，加上不合語法的句子甚多（如第三首「我乃在奴僕的苛責下完成了許多早晨」），自然難以索解。這些難以索解的詩句，乃因其帶有自動化寫作的色彩，而超現實主義的自動化寫作誠如《超現實主義宣言》所說，則是一種「純粹的精神潛意識活動」（三二），不受理性的制約，洛夫這些自動語言顯然帶有潛意識活動的痕跡，或多或少也呈現出布勒東自誇的超現實主義語言煉金術的特徵（一七八）。

任潛意識自然流瀉的超現實主義詩人當然不是瘋子，雖然他往往說出令人費解的悖論句子（如第九首「躺在這裡的不是醉漢，亦非醒著」），如果他真的發瘋的話，那麼就不會那麼偏愛擬人法（personification）手法了。〈石〉詩中有不少擬人法的句子，如第十五首「夏日的焦慮仍在冬日的額際緩緩爬行／緩緩通過兩壁間的目光，目光如葛藤／懸掛滿室」，如此擬人手法可造成「與物同一」的心理作用，下啟《魔歌》以後的詩風。然而誠如陳大為所說，我們仍能在這些「與物同一」的詩中感受到洛夫強勢的主體意識，「在在駕馭著客體的存在價值與角色扮演」（二〇〇四：二一一）。

然而，此種強勢的主體意識到了《外外集》裡開始被稀釋。從《外外集》開始，洛夫顯然向超現實主義揮手告別[17]，幾乎不見之前那種惱人的自動化寫作了，雖然仍可見到如〈曉之外〉這樣遺有「石室時期」的

14　分別刊載於《創世紀》、《藍星詩選》、《現代文學》、《筆匯》、《文星》等刊物。

15　修改過的〈太陽手札〉除了語句更精簡外，部分也在刪除晦澀之弊，如原詩第二十首前三行：「靜待那白色的蜜月，當三月嫁給去年的雪／在耶路撒冷蒼白的臉上／有陌生的步履把春日的霹靂踩響」便改為：「靜待那白色的蜜月，當三月嫁給雪／在耶路撒冷的路上／在陌生的步履把春日的霹靂踩響」，其中第二行拿掉「蒼白的」是因為第一行已出現白色意象，尤其是「雪」（其實雪已在去年下過，第二行的「蒼白」語意並未重複）；但把耶路撒冷擬人化的臉改為路，雖然較符合常理，反倒缺乏力量，而且受到這理性的制約，也離超現實更遠了。

16　張漢良認為其中第三十首談的是藝術創作過程（一九七七：一八〇—一八一），究其實它展現的仍為生死之思。

17　洛夫顯然不喜被冠為超現實主義者，在《無岸之河》自序中指出：「某些人未加深思，僅憑印象，硬派我一個『超現實主義者』的

詩句：「血醒在血中／如光醒在燐中」，但那些「詰屈聱牙」的詩句大多杳然無蹤。此外，洛夫還進一步脫離〈石〉詩對於生死問題的形而上討論，腳步放鬆地走入日常生活中了（張漢良，一九七七：一九〇）。例如同是〈曉之外〉一詩，詩人從超現實的夢境裡起床了：「猛力推開昨夜／我推開滿身的癢／雙臂高舉，任體溫透過十指直衝屋頂／而化為一聲男性的爆響」；即便像〈戰爭之外〉也談戰爭，但此時詩中人的我們，仍然飲酒、喫茶，以及眼瞄街尾的猶太女人。

主體意識漸趨消退的《外外集》同時也出現所謂的「描述詩」（descriptive poetry）。按霍爾斯坦（M. E. Holstein）之說，描述詩旨在描繪客體性現實（objective reality），而好的描述詩會慎選一些細節與意象來清楚與生動地描繪場景，例如龐德的〈在地下鐵車站〉與威廉斯的〈紅色手推車〉（五〇—五一）。在這些描述詩中，詩人「只以冷然的目光觀察事物」（張漢良，一九七七：一九〇），而這種「靜觀」到了《無岸之河》有變本加厲的傾向[18]，如底下這首〈沙包刑場〉：

一顆顆頭顱從沙包上走了下來
俯耳地面
隱聞地球另一面有人在唱
自悼之輓歌

浮貼在木樁上的那張告示隨風而去
一付好看的臉
自鏡中消失

這首靜觀的、帶有魔幻寫實味道的描述詩，只見敘事者冷然的口吻，看不到詩人個人的情感反應，詩人的主體意識更降到最低點，與上述龐、威二詩有異曲同工之妙。此外，此詩所開創的新穎風格，包括意象之單純、句構之散文化，與用字之口語化，可說是洛夫早期創作過程的一個轉捩點（張漢良，一九七七：一九二）；由此，嚆矢《魔歌》之後另一個新的階段。

三、瘂弦

「創世紀三口組」之一的瘂弦，一九六五年便已「封筆」（不再寫詩），卻以一部詩集《瘂弦詩集》且詩作總數不及九十首的少數產量，而能「獨步」詩壇，享譽中外，名列台灣十大詩人之一[19]，在當代台灣詩壇可說是唯一的異數。初版於一九八一年的《瘂弦詩集》（洪範版）實係一九七一年出版的《深淵》（晨鐘版）

頭銜」；並認為當時台灣詩壇還沒有一位道地的超現實主義者。更且表明自身的詩藝仍在發展中，「誰也不能將我限制在任何一個特定的主義或流派中」（一九七〇：四—五）。

18 《無岸之河》其實是洛夫最早的一本自選集，書中收錄了在此之前三部詩集的部分詩作，但額外增加了一輯〈無岸之河〉；而此輯則收錄自之前以「西貢詩抄」為總題發表的作品，算是《無岸之河》裡的新作。

19 「十大詩人」之名首見於一九七七年源成版的《中國當代十大詩人選集》（由張默、張漢良、辛鬱、菩提、管管共同編選），其所謂「十大詩人」係由詩選集的主編「編選」而非「票選」出來。嗣後，一九八二年《陽光小集》主動舉辦了一次「青年詩人心目中的十大詩人」票選，票選出來的名單與詩選集的「十大」「大同而小異」（僅有二名不同）。二〇〇五年復由國立台北教育大學台灣文學研究所主辦第二次「十大詩人」的票選，發函給台灣詩人（出版有詩集者）集體通訊投票，選出的「新十大」與首次票選的「舊十大」亦只有二位的差異，更迭幅度不大。這三回所選出的「十大詩人」，瘂弦均名列其中，榜上有名，惟其僅留一本詩集傳世，是為奇葩。

的增訂版[20]，而《深淵》則又脫胎於之前一九五九年在香港出版的《苦苓林的一夜》（國際版）與《瘂弦詩抄》[21]，版本儘管有異，且新版對舊版都續有增訂，惟皆屬同一冊詩集。

台灣詩壇向來把（戰後）超現實主義與一九六〇年代的創世紀劃上等號，其中瘂弦與洛夫、商禽等人均被視為該詩社代表性的超現實主義詩人。的確，瘂弦的代表作之一〈深淵〉——被譽為東方式的「荒原」（沈奇，一九九四：三九三），迭出的「千層派意象」，令人眼花撩亂，除了表述現代人的生活困境（「在夜晚床在各處深深陷落」）與生存焦慮（「穿過從肋骨的牢獄中釋放的靈魂，／哈里路亞！我們活著」）那種存在主義式（existentialist）的不快之外，為人津津樂道的主要還是他所援用的放任潛意識流竄的自動語言（automatic language）。《瘂弦詩集》中的卷七「從感覺出發」所收十二首詩作，除了〈庭院〉、〈復活節〉與〈一般之歌〉三首外，餘皆使用大量的超現實式的自動語言，例如〈所以一到了晚上〉一詩，即係由詩題向外輻射各式繁複的意象串合而成，其間自動語言流竄的蹤跡昭然若

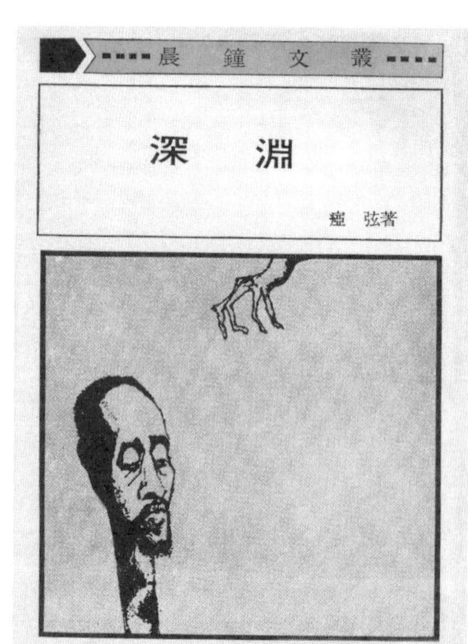

瘂弦，《深淵》（晨鐘出版）

瘂弦（文訊提供）

揭；卷中分量最重的〈從感覺出發〉與〈深淵〉二詩，則可媲美於洛夫的〈石室之死亡〉。

事實上，該卷名為「從感覺出發」，即已暗示我們所收入的作品乃為「感覺」（非理性）之作，而其中所做或多或少都使用到超現實主義的自動語言，只不過翻遍該詩集，其所謂的超現實主義詩作大概也就那麼多，若從產量看，瘂弦實不夠格被稱為「超現實主義詩人」。這樣的誤解或許與他被傳誦的膾炙人口的〈如歌的行板〉一詩有極大的關係。〈如〉詩中前兩段總共列出十九種「必要」之物件（共有二十六件物事）——這一大群堆砌在一起的物事，雖然「強烈地表現出定命觀念」（周寧，一二八），因為這些物事均被目為「必要」，且末段又總結說：「總得繼續流下去」（語氣其實頗為無奈），然而使這些彼此不太相干的物事雜湊在一起的是，詩人跳躍式的流動的潛意識（「被目為一條河」），亦即〈如歌的行板〉是一首典型的超現實主義作品。

進一步言，〈如〉詩中令人印象深刻的卻不在它那一堆（到底有無必要的）湊合的意象，反倒在那每一行行尾一再重複的「必要」二字，它的反覆出現，以不疾不徐的行板導引節奏的前進。瘂弦詩作極富音樂性，由此可見一斑，而這也成多數人的定論[22]。瘂弦以他的詩作力抗紀弦的「詩與歌分離」之說，證明現代詩或新詩仍可以和歌（音樂性）為伍或共舞。在此，令我們關注的是：瘂弦究竟以何手法來「譜」他的「曲」？一言以蔽之：重複是也。重複作為一種修辭手段，係以重複（或反覆）某一詞彙、詞組或詞句的方

---

20 晨鐘版的《深淵》又自一九六八年眾人版的《深淵》增訂而來，主要增加了一篇〈詩人手札〉長文。

21 《瘂弦詩抄》其實是和《苦苓林的一夜》同一本詩集。《苦》書當初係由香港國際圖書公司出版，後來運到台灣只得三百冊。由於申領手續繁瑣，致該書擱在海關有半年之久，俟瘂弦自海關取得後，封面已受潮腐壞。瘂弦只得自己重新設計封面，同時易名為「瘂弦詩抄」，分送親朋，而未曾於坊間流傳（瘂弦，一九八一：二—三）。

22 參見蕭蕭主編《詩儒的創造——瘂弦詩作評論集》（一九九四）中游社煖、何志恆、羅葉、馬德俊、葉維廉、沈奇等人的評論意見。

法，或者運用不同措辭（意象）表達同一思想、經驗的方法，來產生一種強調的效果；這種修辭手段在閱讀之際，能讓讀者產生一種期待（某種反覆）的心理，以產生期待被滿足後的快感。

瘂弦以繁複多重的重複手法來營造他的音樂性，以致他的詩極適合拿來朗誦。細究其採取的重複手段主要包括：

（一）反覆性修辭（palilogy）：這是指詩句中若干字詞或詞組的簡單重複。例如〈蛇衣〉中的頭段第三（行尾）與第四行（行首）的「洗了又洗／洗了又洗」，以及末段末三行（行尾）與末二行（行首）的「想了又想／想了又想」（同段中還有「在春天」、「我太太」的重複）。餘如〈鹽〉一詩中的「鹽呀」的反覆叫聲亦同。

（二）首詞重複：在不同的詩行開頭出現相同的措辭（單字、單詞或短語），此即為首詞重複的修辭，這是瘂弦酷愛的手法之一，如〈憂鬱〉末二段的「一些」、〈乞丐〉第二段的「依舊是」與第三段的「與乎」、〈在中國街上〉頭段與末段的「且」……；其中最典型的詩例莫過於〈阿拉伯〉一詩，整首詩除了第二段頭尾二行與第三段第四行外，餘二十九行由首詞「自」、「或」、「哪兒」、「啊啊」、「而（又）」、「一些」重複串成。

（三）複沓句法：指措辭不變的重複性詩行，且在每一詩段（節）的末行出現；若其出現的位置不固定在每段末行，且其中若干字詞（或字彙）也被更動，則稱為變奏式複沓句（repetend）。瘂弦使用的複沓式句法可謂占其重複手段的最大宗（如〈水手．羅曼斯〉、〈耶路撒冷〉、〈羅馬〉、〈赫魯雪夫〉、〈一般之歌〉……），例子不勝枚舉。不惟如是，瘂弦往往又把相似的複沓句以並列結構方式擺在一塊，造成一種排比的效果，例如〈瘋婦〉末段以「一個眼睛」首詞重複的前四行。

（四）反覆迴增：這是民謠或歌謠體的一種重述形式。與複沓句不同的是，反覆迴增係類似的若干詩行乃至於整個詩段（其中若干詞彙、短語或詩行有所變化）的重複，比如〈斑鳩〉的頭兩段：「女孩子們滾著銅環／斑鳩在遠方唱著／／斑鳩在遠方唱著／我的夢坐在樺樹上」以及末二段：「斑鳩在遠方唱著／夢從樺樹上跌下來／／太陽也在滾著銅環／斑鳩在遠方唱著」。最典型的反覆迴增的例子莫如詩如其名的〈歌〉一詩了，於此歌謠體詩中，瘂弦只置換金馬（昔日）、灰馬（明日）、白馬（戀）與黑馬（死）四個詞彙（象徵人生四個不同階段），餘皆整段重複，最適合譜成曲子來唱。

除了上述四種主要的重複語法外，瘂弦亦常反覆地使用直呼法來加強語氣（以掌控讀者讀詩時的節奏），如〈苦苓林的一夜〉中的小母親、〈倫敦〉中的弗琴尼亞、〈印度〉中的馬額馬、〈秋歌〉中的暖暖……；乃至於偶用的倒置複說（epanodos）手段（即頂真）（例如〈希臘〉一詩），其目的無非就是為了豐富詩的音樂性；當中〈赫魯雪夫〉一詩堪稱上述重複手法的集大成，加上全詩係出以反諷的口吻，頗具戲劇性的朗誦效果。

可以這麼說，「重複」是他的基礎音色[23]，使其詩作朗誦起來特具音樂效果；至於說到瘂弦詩作渾身充滿戲劇味道，大概是他為人所共知的註冊商標了，而這也是他「獨步」於台灣當代詩壇的絕活。瘂弦的大部分詩作，隱隱然有情節埋藏並貫串於其中（如〈戰時〉、〈鹽〉、〈紅玉米〉、〈土地祠〉、〈船中之鼠〉、〈苦

23　羅葉在〈中國現代詩壇的一座熄火山〉長文中分析瘂弦詩的「基礎音色」，包括：祈禱聲、民謠風、快板與行板的節奏、重唱，以及感傷音調等六種（二九四）。

苓林的一夜〉、〈坤伶〉、〈水夫〉、〈復活節〉等），因為他擅於運用敘事（narrative）手法，不像一般抒情詩喜以第一人稱為敘事視角（point of view）——詩因此常成為詩人一己情感的抒發或想法、經驗的告白；反而往往以外聚焦（external focalization）的角度來加以敘述。即便他少見的以內聚焦（internal focalization）的第一人稱敘述的詩作例如〈瘋婦〉等，也令人強烈地感到詩中人乃至於詩人本身是和「抒情我」（the lyrical self）分開的，蓋因其太有敘事性了；甚至像他更為罕見的情詩〈給橋〉一詩，用的還是他慣常的敘事性語言。

依葉維廉所見，瘂弦這種敘事手法用的是他所謂的「假敘述」，亦即在詩中它使用了一種模擬的故事線，而此種模擬的故事線指的是「有故事的架構的提示，而無細節的細說」，換言之，他運用「省略的方法和壓縮的方法，把事件最強烈的悲情推向讀者感受網的前端」，〈鹽〉、〈教授〉、〈修女〉、〈坤伶〉等詩，都是假敘述的典型例子（一九九四：三三五—三三七）。然而，瘂弦這種壓縮的假敘述筆法，並不予人有晦澀之感（除了上述那些超現實主義詩作），主要是他經常大量使用一些裝飾句，雖然如唐捐（劉正忠）所言，其「氣氛效果重於意義效果」，但這些裝飾句卻具有聯結性媒介的作用（如「而且」、「且也」、「因此」、「所以」、「其實」、「這是」、「以及」……）（二〇〇六：一〇九—一一〇），並且成為他敘事語言中暗藏的鈕扣，以維繫其篇章於不離不散的功能。

大體言之，音樂性與戲劇性是開啟瘂弦「詩之寶盒」的兩把鑰匙；前者是他的「骨」，後者是他的「肉」。音樂形式不難模仿，惟其「敘事詩法」不易學習，而這也是瘂弦難以成「派」的主要原因，蓋後者是年輕詩人學不來的獨門秘笈[24]，所以瘂弦沒有後裔。

四、葉維廉

向以比較文學學者聞名並長期任教於美國加州大學（聖地牙哥分校）的葉維廉，一共出版二十多本詩集（含童詩集、譯詩集），但其中多有重複收錄之詩作，包括《葉維廉自選集》（一九七五）、《三十年詩》（一九八七）、《葉維廉詩選》（一九九三）等自選集和精選集；若將這些詩作扣除，其出版詩集當在十本以內（不含童詩集）。出生於澳門並在香港成長後來到台灣完成大學與研究所學業的葉維廉，極早即受到現代主義的洗禮[25]，於一九五〇年代起在《創世紀》等刊物發表詩作，並成為創世紀詩社的同仁。

葉維廉曾於一九七七年入選張默、張漢良、辛鬱等人主編的《中國當代十大詩人選集》，成為後來被詩壇推崇的台灣十大詩人之一。然而，由於他早期的詩作太過艱澀難解，與商禽、碧果及早期的洛夫等同被列為「困難詩人」（the difficult poet）——閱讀的困難、理解的困難，以致難獲知音；中國大陸詩論家古遠清甚至視他為台灣現代派中最難解的詩人（一九九一：一三五）。詩創作已逾一甲子的葉維廉，從其詩作風格的演變觀之，約略可以分為前後兩個時期（儘管詩人自云其演變不只兩次）（一九八七：五）：前期從一九五〇年代至一九七〇年代初，而後期則自一九七〇年代中期以迄於今；若以詩集出版而言，其前後期創作可以《野花的故事》（一九七五）一書為分水嶺。然而在《野》書之後出版的《花開的聲音》（一九七七），由於係早期《賦格》（一九六三）、《愁渡》（一九七〇）舊作的收錄（共三十多首），仍得視為前期作品，可擱置不論。

24　後輩詩人如林燿德等人想嘗試的「小說詩」，並無瘂弦的「敘事味道」，瘂弦之後既無「瘂弦的影子」，更無「瘂弦第二」。

25　葉維廉在〈走過沉重的年代〉（《雨的味道》一書的代序）一文裡，有詳細說明自己與西方現代主義的關係（二〇〇六：五—六八）。

葉氏早期的詩集包括《賦格》、《愁渡》、《醒之邊緣》（一九七一）等，多數完成於一九五〇與一九六〇年代，此時期的詩作滿布艱深與晦澀的意象，如同陳鵬翔所言：「詩人常常過度扭曲中文的句構甚至語調，以致他們都快要破碎成為無解，對此一作法吾人所能理解的是，意識流似乎就是葉維廉所依恃的唯一邏輯。」（一二）「這樣一來，閱讀葉維廉詩文本可變成一種艱苦的猜測功夫。」（一四）尤其在前兩本詩集，他所使用的語言被形容為一種「措辭暴力」，將日常語言高度陌生化（defamiliarization），「往往故意切斷語用層面的邏輯鍊條，打破通行語法的條條框框，設置語義陷阱，玩弄不規範句法，詞語組合有時自由到了肆無忌憚的程度，大膽把最古奧的文言摻入最通用的口語，到處是語言的爆破，語言的強暴」（北塔，七九）。例如〈降臨〉這樣的句子：「囚窗的太陽／獨佔霜髮的蓬野而歸于／樹的淋漓美麗之欲滴」、「你提燈送我出喜悅的梯級去撿拾／祭殺過的月亮與焚毀的星群去海葬／陸地之婦？」，這些駭人的意象頗得布勒東之遺風；而像〈公開的石榴〉的「每天都彷彿有／白色的蘆花從星群中溢出」、「白色的醉漢一個個從杯沿溢走」以及〈白色的死〉的「一若鞭碎的黃麥掛在朝陽上」這類超現實鏡頭，也讓人的腦海極易勾起達利式的畫面。然而如此嶄新的意象雖然精彩，語意卻閃爍不定，難以捕捉；特別是他擅用的一些怪詞、怪字，諸如：聽道、鬱雷、禪草、機聲、傾棄、洶旭、「春季率率」、「蟻入荒蕪」……予人有語不驚人死不休之感[26]。

葉維廉，《醒之邊緣》（環宇出版）

即以葉氏的代表作之一〈愁渡〉為例，這首組詩分為五「曲」（他喜愛用組詩形式創作），是他早期以濃稠、繁複的意象取勝的現代主義詩作中敘事性較強的作品，詩題曰「愁渡」，自與「渡河」有關，而且詩中出現「王」（君王）的聲音，應可做屈原《楚辭．九章》裡「思美人」的聯想。但其實不然，此王雖然有侍從，也可賜人以恩惠，但由於五組詩裡出現的敘事者與聚焦者混淆不清（我／我們、你、他、全知全能者），無法斷定此一「君王」與其他人的確切關係，而人稱代名詞所指亦曖昧不明，如第二曲的你指的是「王」還是他人？第三曲的「父」是指王抑或是第一曲裡的敘事者我？經過再三咀嚼，或許我們可以拼湊出這樣的故事：一對夫婦攜幼子（名喚棠兒）辭別君王，而君王送他們至渡頭，由此一家三口展開「愁渡」，渡河之中插入倒敘交代彼此之間的關係（第三曲還用了書信體形式），第一曲至第五曲的視角則分別為：夫、妻、子、我（夫）、他（全知全能的敘事者），以不同的角度敘述同一件「愁渡」。

令人納悶的是，上述這五組詩為何被稱之為五「曲」？想必此與音樂的表現有關。眾所周知，葉維廉的詩有太多音樂的因素，不少詩作的標題、副題、乃至小標題都直接來自音樂術語，譬如〈賦格〉、〈曼哈頓Diminuendo〉、〈白色的死——（TEMPO的練習）〉、〈永樂町變奏曲〉……以及〈暖暖的旅程〉中的兩個小標題：「第一章：Andante」、「第二章：Moderato」，而〈醒之邊緣〉的副題「for a great friend Roger Reynolds, composer of the *Thresholds*」寫給的是一位作曲家雷諾茲，亦可謂與音樂有關。詩與歌本來即連用，原始的詩是可以歌唱的，但一九五〇年代伊始台灣詩壇流行的所謂現代詩，在紀弦主張詩與歌分離的提倡下，兩者似分道揚鑣，葉維廉的詩重視音樂性的表現，可謂獨樹一格。然則葉氏是如何表現他的音樂性？

26　中國大陸詩人北塔認為，如同李金髮等粵籍作家一樣，由於國語不流利，「葉維廉往往訴諸文言語句，好用古字，有些詞語組合甚至句子單獨讀起來是拗口的、不通的」（七九）。

以他最重要的作品〈賦格〉為例，其音樂性的呈現並不如一般想像之多。賦格（fugue）是音樂的一種曲式（非交響樂）[27]，這種曲式的音樂通常有兩個以上的聲部，在音樂的行進中，相互模仿的聲部會在不同的音高和時間湧入，並按照對位法組織在一起。音樂一開始首先第一個聲部會出現一個片段（旋律）的主題，然後第二個聲部再以高五度或低四度進入重複主題，並形成答題，此時第一聲部會轉而演奏對位性的伴奏聲部，即對題；若有第三個聲部，會以較第一聲部高或低八度再進入，回到主題，而第二聲部對它繼續演奏對題，此時第一聲部則相對較為自由。葉氏的〈賦格〉有三組詩，依其形式結構分類，其一可視為：主題↓對題；其二為：答題↓對題；其三為：主題↓自由。但細究其內容，其二和其三並非針對其一的對答，雖然當中若干意象有彼此的呼應關係（如公車與騎馬），毋寧可視之為：它們係對前者的賡續；再從句式（包括斷逗）乃至韻腳、語調來看，顯然也瞧不出當中主副旋律之間如何地對位。賦格音樂由於不同的聲部會同時出現，在彼此對位的時候會產生「交響」的效果；詩雖然和音樂一樣是時間藝術，但同時也是空間藝術，當其二答題出現時，其一主題已然結束無法再奏，若要有應和，簡便的作法即是將其一的內容再酌予適時地鑲嵌到其二裡，由此形成「交響」。不過最重要的還是句式（包含斷句、聲調、押韻、節奏等）的呼應，因為賦格畢竟是一種音樂的曲式。

由此回看上述的〈愁渡〉五曲，情形亦同，其所謂「曲」，基本上與任何音樂的曲式無關，並未有任何特殊的音樂性可言。其他譬如〈暖暖的旅程〉中的第一章與第二章，雖名為慢板與行板，其語言的表現也看不出與慢板或行板有何干聯；或許小標題只是在建議讀者閱讀時所採取的一種速度罷了。我們或可接受中國大陸詩人北塔這樣的說法：「葉維廉詩中的音樂因素，絕不僅僅是韻腳、節奏等因素，更不是外在的裝飾或點綴，而是一種更加廣泛的本質性的存在，且有審美本體論的意義。」換言之，葉詩中的音樂「與其說是『技』層面上的，還不如說是『道』層面上的，是融合了『技』的成分的『道』。」在此，其所謂「道」是指他的「樂法自然」，如唯妙唯肖地模仿自然界事物，其中主要是擬聲的運用（八〇）。

此外，從上述〈賦格〉一詩，吾人尚可發現葉氏詩作的另一項特色，即其對於古典意象與文字的運用或借用。此詩可謂用現代主義的手法表現古典中國的情懷，諸如邊城、胡馬、龍漦、西軒、几筵、馬車、茅房、銀槍、郊禘之禮、江楓堤柳等，盡屬古典意象，其二裡甚至轉借《古詩源・龜山操》，以有人披髮行歌曰：「予欲望魯兮／龜山蔽之／手無斧柯／乃龜山何」[28]，以此影射詩中人欲瞻望故國山河而不可得：魯表故國山河而龜山表障礙，詩中人欲砍倒龜山卻無能為力。其他較為明顯的例子如〈塞上〉（武俠詩）開頭所鑲嵌的一首七言絕句：「神駒寶劍擊黃沙／蛇影金戈血汗加／十載前塵悲斷續／幾行清淚向南斜」；以及〈致我的子孫們〉使用的這些詞彙：山川跼促、桴馬不前、簫鼓齊鳴、發櫂而歌、相期邈雲漢。最特別的是〈斷念〉一詩，全詩均以文言文寫成，這大概是台灣詩壇唯一的一首「文言現代詩」。但葉維廉使用的古典元素遠非這些顯明的例子而已，他往往更化用古人的意象，諸如〈松香晴雪〉、〈風景〉等詩都傳遞了傳統古詩的韻味。論者即言：「葉維廉將古詩中的經典意象打散而為個體的單位，成為自己詩作的材料，重新組合，隨心所欲地表達個人的即時經驗與感受，自由舒展而搖曳生姿，形成了不同的面目，然而神髓仍然是古典風味的。」（葉燁、孟澤，七一—七二）

到了後期的葉維廉，詩風顯然有了很大的轉變，詩作主題不僅逐漸走出他早期離散（diaspora）文學那種龐大的焦慮感，緊縮的語言更跟著放鬆。在《野花的故事》中即可看出這種轉變，譬如〈暖暖礦區的夕暮〉與〈布袋鎮的早晨〉，不論是抒寫的對象或者題材，都能「腳踏實地」並正視台灣現實。或也因為回歸

---

27 葉維廉說賦格整體是一種交響樂式，其實是出於對兩者的混淆（一九七五：二五四）。

28 《古詩源》對〈龜山操〉一詩的註解：「季桓子受齊女樂，孔子欲諫不得，退而望魯龜山作歌，喻季之蔽魯也。」

現實生活，融入自然，以致此時期出現不少「行旅詩」或「自然詩」，二〇〇六年出版的《雨的味道》幾乎就是一本行旅詩集。後期語言放鬆的詩作，也與其敘事、寫景的成分增加有關，如〈巴黎的初冬——空寂愁結三折〉第三折中的後半闋，自「從遠古沓沓而來」到末行「再過一條橋去」，此一大段可說都是散文的敘事文字。令人印象深刻的是，後期的這些詩作特別偏好短句（行），如〈跟著春天走〉、〈奧德賽〉等詩，語速趨疾，語氣亦隨之改變。此外，葉氏的不少詩作往往一段到底，一氣呵成，像上述的〈巴〉詩即是顯例。雖然他仍像早期一樣善用複沓句法以及疊字、疊詞，卻更多地使用排比手法，以製造回環的旋律——這可說是葉維廉擅長的音樂「技法」；而也因為如此，反使他晚期的詩作較諸早期更具音樂的流動性。總之，整體看來，葉維廉晚期的創作有「返璞歸真」的傾向。

五、商禽

相較於洛夫的「魔」詩，同是創世紀代表性詩人的商禽，由於其幽深、詭異的詩風，加上早期的他對黑夜情境的偏愛，冠給他一個「鬼」字諒亦不為過。白靈說他是「幻覺型詩人」，而幻覺型往往是鬼的化身：「他詩的場景和色澤常是遠離白天的，他喜愛隱身黑夜說話，因此讀他的詩必須有伸手不見五指的準備。」（二〇一六：六〇）蕭蕭則視其詩具美學上之穿透性，可以穿透空間之局限與時間之束縛（雖然「穿透性美學」未必盡能闡釋其詩之奧義）（二〇〇三：三〇六）——這不正如鬼之魅影（如〈醒〉一詩），能夠來去自如地穿越界線？有鑑於此，白靈乃進一步言：「他更常在界線模糊地帶出出入入，舉凡黃昏、黎明、窗、門、梯、手套、影子、沼澤等可真假莫辨虛實猶疑的物象，都成了他常變妝、化身、自我取代之境、之物、或地帶。」（二〇〇三：六〇）

名列當代台灣十大詩人之一的商禽，也是詩產量歉收的詩人，生前所出版的六本詩集或詩選集中，嚴格而言，只有《夢或者黎明》（一九六九）與《用腳思想》（一九八八）兩種是原汁原味的版本，其餘的選集都有重複選入的詩作；二〇〇九年最後出版的《商禽詩全集》可謂為他一生詩作的總呈現，共收錄一百六十七首詩作，大約是三本詩集的分量。在台灣詩壇談到超現實主義與散文詩，就不得不提商禽，「超現實主義詩人」與「散文詩人」宛如成了他個人的註冊商標；偏偏他自己頗為介意「超現實主義詩人」的封號，雖然他並不掩飾對法國超現實主義掌門人布勒東的傾心（瘂弦，一九九九a：二二）；而他對散文詩（prose verse）亦有其獨特的看法：不管人家怎麼稱呼此一文體或文類，他只是用散文來寫詩而已（二〇〇九：四三八）。

商禽（文訊提供）

以散文詩聞名的商禽，他的詩作到底呈現了何種文體特徵？與較為鬆散的語意連接的分行詩不同的是，散文詩的語意連結比較不會做大幅度的跨越；而其語言密度之所以較為鬆弛，則往往與其強烈的敘事性有關，即便詩中的故事性稀薄，仍足以形成一個短小的情節（the short plot）——白靈將之稱為「戲劇化建構」（二〇一六：六五），使得一首散文詩宛如一齣短劇，如〈躍場〉、〈水葫蘆〉、〈傷〉、〈塑〉……都頗具敘事性，其中獨段詩〈蒲公英〉儼然就是一個簡短的獨幕劇。然而與瘂弦濃縮式的敘事手法不同的是，商禽的敘事常營造出某種不可思議的懾人的情境，譬如〈流質〉裡這樣的驚奇劇場：在略帶秋意的暮夏時分，一間候車室內有一位女子被催眠成流質的東西，在場的男人都替她惋惜，可憐她無法再將自己和她的夢撿拾起來。

唯獨敘事者「我」卻暗自歡喜，因為「我」私下想，若能在這些液體蒸發前找到上等的棉紙來把「她」拓印起來，自己死後便有遺產了。餘如〈溺酒的天使〉、〈冷藏的火把〉、〈醒〉……都有類似這種匪夷所思的情境，製造出帶有魔幻寫實的濃醇色彩。

然而，與一般散文詩以合乎文法的分析性句子來表達非散文式的跳躍性與暗示性的詩想（羅青，一九七八：五二—五三）不同的是，在商禽入選「三十本文學經典」的《夢或者黎明》一書裡[29]，多半的散文詩都有意識流的痕跡，如〈事件〉、〈玩具旅行車〉、〈不被編結時的髮辮〉、〈哭泣或者遺忘〉、〈海拔以上的情感〉、〈台北．一九六〇年〉……而意識流的流動不受理性、邏輯的制約，此種跳躍式的意識流動，與超現實主義詩人布勒東聞名的散文詩〈可溶解的魚〉、〈親密〉、〈動詞Etie〉、〈斧中林〉所使用的自動語言，幾乎如出一轍。商禽運用自動語言寫作的〈事件〉一詩，一開頭引用布勒東（他稱為A.泊黑東）的話（「……於是我交叉雙臂，偵伺著」），若非向布氏致敬，則至少也顯示受到他的啟發或影響[30]。布氏以自動語言創作散文詩，一洗波特萊爾散文詩集《巴黎的憂鬱》那種近乎散文篇章的鬆散風。商禽在台灣則將超現實主義引入散文詩創作中，除了塑造一己別具風格的特色之外，更在由魯迅、沈尹默、劉半農、朱自清等人所形成的散文詩傳統中，開創一個新的可能方向。

若說商禽的詩之所以迷人，有一半的原因係來自他的超現實主義，恐不會有太大的異議。然而，對商禽

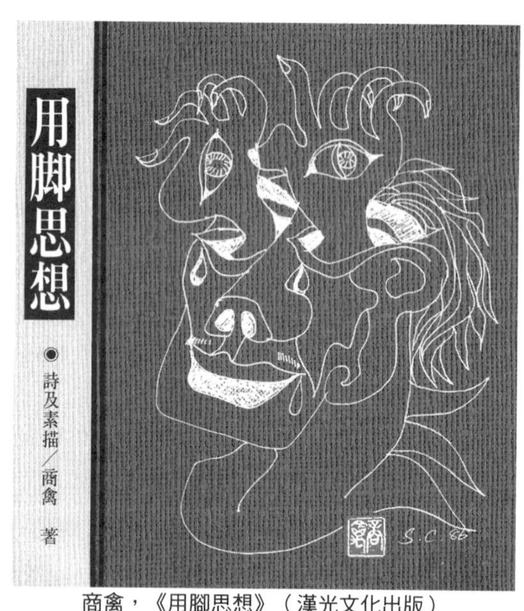

商禽，《用腳思想》（漢光文化出版）

來說，成也超現實主義，敗也超現實主義。商禽的超現實詩作之所以較葉維廉、碧果等人討喜，除了上述所說，他把超現實的靈魂套入散文詩的軀殼裡，令人一新耳目；也因為他常常加入懾人的情節與奇異的情境，讓人不得不瞠目結舌，如底下〈水葫蘆〉的首段：

> 月黑夜。疾馳在鄉村公路上的一輛客運汽車中的燈光被乘客們發熱的話語擠迫得顫顫畏縮；那是關於一齣平劇裡旦角喉中如何拉出一條鋼絲帶銹以及某歌場中低音歌男難產了一頭小牛，還有，怎麼兩條腿看起來是三條，怎麼一襲乳罩被剪去一個；又有人講起紙做的花環並講起死人的微笑「……於是，一個月的汗就乾了。」一個人這樣結束了他的話，但是另一個人說他看見過七個太陽……

以上疾馳在月黑風高的巴士內一群乘客雞同鴨講的畫面，意識流展露出一幅達利式的圖畫。緊接著第二段，詩人營造了這樣的駭人情境：汽車在過平交道時（亦即在穿越界線）車內燈突然熄滅，此時黑暗將乘客的聲音壓成一塊薑糖……最後還有更驚人的鏡頭——有位大聲嘶喊的乘客竟發出有光的聲音，而且其他人的眼睛也都被點燃。如此一來，使得難以索解的自動詩語，因而也變得和藹可親且耐人尋味。

但是大多數的超現實主義詩作卻都不可親，洛夫、葉維廉、碧果如此，商禽也不例外。以《夢或者黎明及其他》（一九八八）的卷五所收詩作而言，〈天河的斜度〉、〈龍舌蘭〉、〈樹中之樹〉、〈逢單日的夜歌〉、

29　一九九九年由《聯合報》副刊主辦的「台灣文學經典評選」，選出了三十本代表性的台灣文學經典，並於當年三月舉辦了一場盛大的台灣文學經典研討會。三十本經典中，新詩入選七本，約占百分之二十三，其中包括商禽的《夢或者黎明》。

30　瘂弦表示，在文學思潮方面，商禽特別喜歡布勒東等人提倡的超現實主義，「並花了很多時間去研究，長期的浸淫之下，他的詩受到該派很大的影響」（一九九九a：二四二）。

〈夢或者黎明〉盡皆難解之作，自動寫作所呈現的跳躍式非邏輯性的語言，難以捕捉，乃至於不知所云，只是讓人見到驚人的意象層出不窮而已，譬如〈逢單日的夜歌〉已近偽詩——將散文分行排列，語言透明如白開水的詩是偽詩；晦澀無解（非難解）的詩也一樣是偽詩。雖然寫作超現實詩有如走鋼索那樣困難和危險，但商禽卻有不少極為成功的超現實主義作品，如這首為人熟知的〈逃亡的天空〉：

死者的臉是無人一見的沼澤
荒原中的沼澤是部分天空的逃亡
遁走的天空是滿溢的玫瑰
溢出的玫瑰是不曾降落的雪
未降的雪是脈管中的眼淚
升起來的淚是被撥弄的琴弦
撥弄中的琴弦是燃燒著的心
焚化了的心是沼澤的荒原

這首詩以鬆散的頂真句法和暗喻修辭構成，即類似「A是B→B是C→C是D→D是E→E是F→F是G→G是H→H是B」的句型，在此，一個意象衍生另一個意象，看似環環相扣，其實是來自意識的流竄，而這些意象彼此之間，或者說喻依（比喻物）與喻體（被比喻物）之間，其物性則截然不同。這種打破理性鍊條的作法，乃是超現實主義所專擅者；惟誠如洛夫所說：「最初一個意象與最後一個意象看似沒有關聯，但在感性上貫通一體，使整首詩形成一種飛翔式的循環，生生不息。」（一九七八：九六）[31]以頂真與暗喻句法貫串的這首詩，最後可歸結為一個句型，就是A＝B＝C＝D＝E＝F＝G＝H，其中A即死者的臉是核心意象，而死者可以有多種臉相：從荒原裡的沼澤到焚化了的心，無一不可。然而詩題是「逃亡的天空」，顯見死者的臉亦應來自逃亡的天空，但即使逃到最終仍回到沼澤或荒原。

論者咸認為，商禽的詩（主要指他早期的詩）主要在顯現「囚」與「逃」的主題。有囚才會想逃，囚是拘禁、束縛（如〈長頸鹿〉）；而逃是要破囚，為的是要釋放、自由（如〈鴿子〉）。囚與逃往往又是一體兩面，沒有囚哪來逃？而沒有逃就不用囚了。荒謬的是，在詩劇〈門或者天空〉（可視為獨幕劇）裡的那位「沒有堅守的被囚禁者」，自身做了一扇門（其實只有門框）來框限自己，而就在這扇門中，他推門出去，又走了進來；再進來、出去……似乎沒完沒了。他想「逃」，但沒真正逃掉，只能反反覆覆進出——商禽在此復刻了貝克特（Samuel Beckett）的荒謬劇——而這是否暗示他所認識的人生以及人的存在，本質上就是如此荒謬？

所幸這種存在的逃亡感並沒有籠罩他一生。在《用腳思想》之後，商禽已去晦澀之風，不僅正視現實生活（如抒寫家居生活情形的〈夜歸三章〉、〈風中之風〉、〈溫水烏龍〉，以及之前少見的寫景詩如〈布朗市公園〉、〈匹茨堡〉），描摹的畫面不再超現實，之前常用的突兀意象與險奇語言（陳芳明語）亦不復見，詩風逐漸走向明朗，打個比方，這轉變宛如「從色調厚重的抽象畫回到規矩的炭筆素描」。在這些炭筆素描中，諸如〈馬〉、〈夜歸三章〉、〈咳嗽〉、〈豆腐湯丸〉等詩都可聽到詩人的咳嗽聲，從超現實的逃亡到現實的咳嗽，此種轉變不可謂不巨大，雖然商禽仍然繼續寫他的散文詩。

然而明朗詩風的轉向到底是幸或不幸，恐仍有爭議。比如收在晚期《商禽詩全集》（二〇〇九）中的

31　若此詩最後一行為「H是A」，就構成回文體了，也才是洛夫所說「飛翔式的循環」。

〈傷心的女子〉一詩，和〈逃亡的天空〉使用同樣的頂真與暗喻手法：「包裹著苦澀的毒藥的是甜甜的糖／包裹著甜甜的糖的是花花的紙／包裹著花花的紙的是淚濕了的手帕／握著淚濕了的手帕的是一隻纖纖的手／長有這纖纖的手的是一個傷心的女子」，如此表面地描寫一位傷心的女子，已流於散文化，詩味盡失。即使是商禽擅長的散文詩，雖然仍以敘事見長，也由於語言趨向明朗易解，詩味一樣大打折扣，譬如此時期較為成功的散文詩〈雞〉，在末段加上的三行：「在人類製造的日光下／既沒有夢／也沒有黎明」，不啻將題旨揭曉，使得前兩段苦心經營的情境，頓時化為烏有，殊為可惜。相形之下，商禽早期那些不得其「門」而入的詩作，反讓人更加懷念。

六、碧果

與洛夫、瘂弦、葉維廉、商禽同屬於創世紀詩社的碧果，在台灣詩壇始終是較被忽視的一位詩人，不僅「十大詩人」的桂冠戴不上他的頭頂（前述四位詩人都曾入選），超現實主義的光芒猶被擋在他前面的洛夫、葉維廉、商禽給攔截；而以「異數」著稱，又僅言管管，少提碧果，註定成為詩壇的一匹「孤獨老狼」（孟樊，二〇〇三：一四〇）。這或許與他的詩難讀與難解不無關係；也由於其詩艱深晦澀，致使知音難覓。與商禽、葉維廉同被視為「困難詩人」的碧果，卻沒有他們幸運。究其緣由，前者的詭奇尚不如碧果的怪異，以致其景從者寥若晨星；而後者——如同早期服膺超現實主義的其他創世紀詩人——詩作雖也艱澀無比，到後期則已將超現實主義棄之如敝屣，可讀可感的詩作不再諱莫如深。唯獨碧果，一路走來，可謂始終如一，而且「獨此一家，別無分號」（碧果，二〇一三：二一二）。

碧果的第一部詩集為其於二十七歲時出版的《秋．看這個人》（一九五九），但他早期重要的詩作後來都收錄在一九八八年出版的《碧果人生》裡。從《碧果人生》到晚近出版的《驀然發現》（二〇一三）與《吶喊前後——後現代詩選集》（二〇一七），除了在一九九〇年代前半期曾短暫離開超現實主義寫出《一個心跳的午後》（一九九四）與《愛的語碼》（一九九六）兩本情詩集外，他對超現實主義幾乎鍾情不渝[32]，而恰恰也因為如此，使得他與上述其他同輩詩人有了不同的區隔，可謂為台灣最最純正的超現實主義詩人——這也成為他個人最為明顯的標記。

超現實主義詩人以潛意識自動寫作，他們標榜實錄思想，而人們原始的思維往往是非理性所制約的，思想走到哪兒筆就記錄到哪兒，因而詩的語言應該是自發產生的，讓詩人的心象自由發揮，不受箝制[33]。詩人寫詩也就不須考慮邏輯思維——甚至連情理邏輯都要屏棄，而讓層出不窮的意象彼此撞擊，意象與意象之間不再以邏輯搭橋連接，不管其是否合適乃至荒唐，因為這才是我們的精神本能，真正的「高度真實」，比真實更真實的超現實。碧果早期的詩作，多援用自動寫作手法，諸如〈被囚之礦的死羣的齡之囚〉、〈齒號〉、〈兵士的．玫瑰〉……這些「重度超現實」的詩，較諸超現實主義掌門人布勒東那隻〈可溶解的魚〉與那朵〈向日葵〉都更為超現實——這些詩光是題目就令人費解，甭提其詩本文了。詩中出現的特製的量詞如一條泥虹、一夜日午、一樹婚禮、一格娼妓、一肢肉雲、一殼你們、一旗風雨、一聲綠色……成為他早期令人印象深刻的特徵。

32 在《一隻變與不變的金絲雀》詩集的〈後記：螞蟻也會上樹〉裡，碧果曾自述：「自九〇年始，情詩創作十年，也未將『超現實主義』的創作技法揚棄。奈何，詩風已定，蛻變何易。」（二〇〇三：一三八）

33 布勒東在《超現實主義宣言》中提及自動寫作的情形：「你們要快速地寫，拋開帶有偏見的主題，要寫得相當快，不要有任何約束，也不要想著再把寫過的文字反覆讀幾遍……因為真實的情況是，每一秒鐘都會有一個與我們清醒的思想不相干的句子流露出來。」（三七）

怪字怪詞的使用當不只這些奇特的量詞，諸如：萌孽、膚翅、髮灰、瀰泣、焰蛻……這種語不驚人死不休的怪異詞彙，相較於早期的葉維廉，實不遑多讓。其中讓人難以理解的是碧果大量「乃」字的使用，這可謂是他詩創作的口頭禪。雖說乃字大多是「是」或「等於」的用法，但也有其他不同的含意，如〈四季之我〉的第二與第三首，乃除了做「是」解釋，「乃／我／乃／風雨　乃／一陣美麗的顫抖」中的第一與第三個乃字都可解為「於是」；而「有葉脫落　乃／乃促我歸劍入鞘　乃」的第一個乃字甚至有語尾（語首？）助詞的味道。想來這可能是碧果創作的方便法門之一，乃字乃是他起興與敷衍詩想的按鈕或調控器。所幸，此乃字在後期創作中就較少出現了。

然而，早期碧果的怪異，即連悼祭覃子豪的詩〈醒時的孩提的醒時〉，也非得出現這種讓人驚奇的自創的「街脊」、「樹肢」、「桌骼」等怪詞不可：

溶入一枝聖麗的　火之城
飲盡那杯眸子　於是
一株藍鬱剔透的
星狀體
醒著
魚　依然於街脊中
依然於樹肢裡　依然
於桌骼內

游著。
醒時的孩提的醒時
那系歌聲

這首〈醒時的孩提的醒時〉也透露了碧果長期慣用的一種句法：A of B of A（醒時的孩提的醒時），包括後期的作品〈哈哈，哈哈哈〉出現的「我是風的我，也是風的我的風」（《說戲》）等都屬此種句型；另外相似的句型還有：A of A of A（如「之後的之後的之後」）（《驀然發現》，見同題詩），以及其他較複雜的變形句型：A of -B of A of -A of B（〈神哦．神〉之「我之非花之我之非我之花」）、ABAC of B of C（〈四季之我〉之「我風我雨之風之雨」）……這種一再重疊的複數所有格句型，除了徒然增加身分屬性辨識的困擾之外，可說一無是處。再者，上面這首〈醒〉詩也出現碧果一本初衷的套式用法：在段落之間將句子橫加切斷（常在末二段），以產生語意或場景的懸宕效果，如本詩末兩段頭尾的銜接將「於桌骼內／／游著」硬切成二段，以製造其懸疑性——類此詩例如〈魚的誕生〉（《說戲》）、〈一個心跳的午後〉（《一個心跳的午後》）、〈小花豹〉（《愛的語碼》）、〈魚夢之夢之夢魚〉（《詩是屬於夏娃的》）、〈人的問題〉（《肉身意識》）、〈黑暗個體〉（《驀然發現》）等，不勝枚舉。在標點符號的運用上，上詩末段頭一行句尾打了一個句號，形成語意暫時

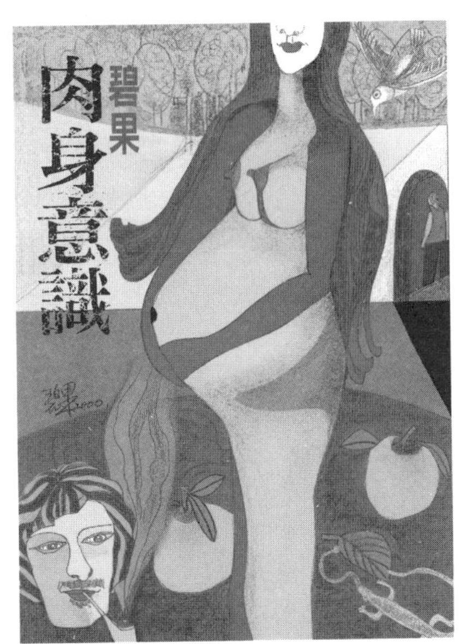

碧果，《肉身意識》（爾雅出版／提供）

的停頓，但語意停頓的地方卻不只此處，為何其他地方不用句號呢？如同〈飛翔的廣場〉一詩，前後兩段都有「因魚。魚性本善」這一行，但「本善」後不打句號的第一段，到了第二段卻打了句號；按行文語氣，這相似的兩行並無不同，都屬該停頓之處，碧果卻率性地該打而不打，類似作法不在少數，讓人難以捉摸。

談到「魚」，這首可謂為悼亡詩的〈醒〉詩，出現的魚幾乎是碧果喜愛的「原型」意象，其他還有：蝶、鏡、門、風、春等。在《新約》中，魚是轉借耶穌基督的象徵，指的是上帝之子；在印度神話裡，魚除了代表救世主外，也象徵超脫於人世的種種欲望而獲得的自由；在西洋文學中，魚更是性（陽具）與生殖繁衍的象徵。碧果這隻從早期游到晚期的「魚」，成了他個人極具特色的招牌之一。在他的詩裡，魚多半象徵的是自由與自在，如上詩悠遊於街脊、樹肢、桌骼的魚，以及〈我的眼睛〉（《驀然發現》）裡那兩尾活靈的飛魚、〈魚夢之夢之夢魚〉中那條不聞不見自喻的魚。此外，這尾魚有時也具性（性愛）的意涵，如〈春說河說魚說桃花說〉（《一個心跳的午後》）裡那條裸白的魚，以及〈二大爺式的蝶夢〉（《肉身意識》）中那尾溫熱的無腮無鱗的魚；有時則是他個人的私設象徵（private symbolism），如游在早期〈春．神之顏中之顏〉與晚期〈自剖（續三）〉中的魚，宛如布勒東那隻「可溶解的魚」一樣讓人不易捕捉。

然則，碧果詩中為何出現這麼多魚？論者咸認早期他的詩想多半與「逃」（逃逸）與「囚」（囚禁）有關（沈奇，一九九六：二一二；孟樊，二〇〇三：一四九—一五一），白靈認為「逃」與「囚」是一體的兩面，詩人「感受生命被『囚』的是『形』是肉身是看似有限的部分，想『逃逸』的是『神』是能量的紓解是無限可能的部位」（二〇〇七：四）——這似乎也是與碧果同時代的詩人或多或少共有的存在之境遇。若此說屬實，那麼詩人如此對魚情有獨鍾，其答案已昭然若揭了；而這也應證上述「碧果之魚乃多象徵自由」之說。魚的自游，乃在對抗生命的「囚」，而「逃」向自由的國度。這條魚不僅是碧果的自喻，更是他本人的化身。

但是碧果卻不只是化身為魚而已，在詩裡我們的詩人顯然比齊天大聖的七十二變更為厲害，換言之，他可以在詩中化為萬事萬物，如化為一隻抽屜（〈靜物〉）、一口紅紅如玉的膿血（〈四季之我〉）、一位娼妓（〈被囚之礦的死暈的齡之囚〉）、一塊黑色（〈人〉）、一隻白鳥（〈月夜問答〉）、一枚多汁的甘橘（〈柑橘事件〉）、一隻無帆舵的船（〈楫人〉）……可以為風、為雨、為山、為河、為雲、為煙、為鏡、為蝶、為繭，顯見詩人有著濃厚的物我合一的思想，就如〈後後二大爺〉一詩裡所說：「海與天空是靜立面前的二大爺／是　菊月。是／菊月與樹與屋宇／／舞台上下的黑眼珠是二大爺／二大爺是全家人的門與窗」，意即：二大爺＝海＝天空＝菊月＝樹＝屋宇＝黑眼珠＝全家人的門窗＝二大爺自己。雖說二大爺不必定是詩人自身——可以是你我他或另物，但其中所蘊含的「齊物」思想，已不言而喻。

其實「二大爺」也有讓人可親的一面——那就是前所說的碧果所交出的兩本情詩集《一個心跳的午後》與《愛的語碼》。出乎意料之外的是，超現實主義的自動寫作手法在詩人暱稱的小月芽兒、小蜜罐、小花豹、小瓷人兒顏前，自動消音不見蹤影；或許是愛的語碼不宜以自動語言表示，蓋因詩人憂慮他的小情人恐無法消受吧！不過，這些情詩卻也為世人見證：碧果並非捨超現實便形同繳械無以寫作。

或許也因為一九九〇年代上述這兩本情詩集的轉向，讓碧果早期火勢猛烈的超現實主義在此之後稀釋不少，類如〈在哭笑不得的慘境的高貴裡〉（《驀然發現》）這種「重鹹的」以自動語言寫作的不知所云的超現實詩作，已大大地減少，反倒是類似「一粒麥子竟詩性的推開／向天空嘶吼的大門／屋外廣場形同自由落體／空空的　空著」（〈一尾會說話的魚〉）這種可感的超現實畫面逐漸多了起來，也讓讀者不用再像早時那樣綳緊神經讀他的詩了。

七、羅門

以於一九五四年在《現代詩》發表第一首詩〈加力布露斯〉崛起於詩壇的羅門，不論是在詩的風格或創作的手法上，均明顯相異於前此創世紀詩社的五位元老級詩人。羅門最早受到《現代詩》掌門人紀弦的賞識，詩作多發表於《現代詩》，並在一九五六年加入紀弦號召的現代派。一九五四年藍星詩社成立，那年也是羅門初識翌年成為他夫人的蓉子的一年，蓉子是藍星創社當時唯一的女詩人，羅門則是在與蓉子結縭後的第三年（一九五八）才從現代派轉而加入藍星（余光中，一九七九b：三九六）。一九六四年羅門與蓉子曾主編《藍星年刊》，而藍星的第一階段在那一年也正式宣告解散。藍星在一九七〇年代復社後，羅門曾於一九七六至一九八八年擔任詩社社長，可見他在藍星（尤其是後期）所居的重要地位。

羅門（文訊提供）

羅門的首部詩集《曙光》出版於一九五八年，詩集雖由藍星詩社掛名出版，但所收詩作主要是《現代詩》時期的作品，這一步入詩壇的創作初階是他的「浪漫抒情時期」，詩情澎湃，直抒胸臆，活脫脫是個熱情洋溢的詩少年，我們可以看到他如此形容他和蓉子的〈蜜月旅行〉：「美的情意，麗的旅程，／三輪車四輪車如鳥飛在蜜月的花林中……」，說他自己的「眼睛是靜靜的潭水，／沿途攝下愛人笑中的容顏」，並說「愛人的小嘴是粉紅色的小郵票」，而他的心是「密封著的快活的情書」。值得注意的是詩集中出現的〈城裡的人〉這樣描寫都市人的詩：「他們的腦部是近代最繁華的車站，／有許多行車路線通入地獄與天堂，／那閃動的眼睛是車燈，／隨時照見惡魔與天使的臉。」（首段）這可謂是後來他都市詩寫作的雛型。

《曙光》之後的一九六〇年代，羅門接連出版《第九日底流》（一九六三）、《死亡之塔》（一九六九）兩本詩集，一洗第一部詩集的浪漫抒情，「轉為成熟深刻的思想家形貌，用語言的魅力建構出一個羅門式心靈世界」（鄭明娳，一九八六ａ：副刊），其中尤其是為他贏得一九六七年菲律賓馬可仕總統金牌獎的力作〈麥堅利堡〉，以巨視的觀眼去看被戰爭摧毀的心靈，那種對戰爭的反思、對死亡的叩問，刻劃出「一幅悲天泣地的大浮雕」，如同林燿德所說，羅門「對於歷史時空的偉大感、寂寥感都一一的注入那空前悲壯的對象中」（一九九一：三二）；而另一首比諸瘂弦〈深淵〉觸及面更為廣泛的〈都市之死〉（張健語），羅門在詩中宣告都市「你光耀的冠冕　總是自繽紛的夜色中昇起／而跌碎在清道夫的黎明」，無疑給都市開出一張死亡診斷書。簡言之，這兩首詩為他日後的戰爭詩與都市詩的寫作樹立了羅門式的典型。

戰爭詩若作為一個詩的類型，羅門的詩作可作為代表，他早期的詩作尤有表現，如〈麥堅利堡〉、〈彈片・ＴＲＯＮ的斷腿〉、〈自焚者的告白〉、〈遙望故鄉〉、〈板門店38度線〉、〈火車牌手錶的幻影〉等，這些戰爭詩也可說都是反戰詩，「透過戰爭所造成的苦難，對於人的存在和尊嚴予以肯定，對於戰爭的價值觀與弔詭性質也作了多面的剖析」（林燿德，一九九一：二九）。羅門寫戰爭的同時也寫死亡，蓋因戰爭不可避免地會導致死亡，所以對於死亡進而對於存在（生命）的觀照，也成了他一再書寫的主題，如〈第九日底流〉、〈死亡之塔〉、〈速寫詩人之死〉、〈隱形的椅子〉等。然而被視為「都市詩國的發言人」的羅門，都市詩儼然成了他詩作中最重要的文類，特別在他中晚期以後，顯然可見其刻意的經營；一九八〇年代後期後現代主義思潮洶湧進入台灣詩壇，他是當時少數願意和「後現代都市」對話的前輩詩人，企圖將後現代思想引入都市詩的創作中，雖然此一嘗試基本上並不算成功。

在約莫一九六〇年代的展開期詩史中，羅門上述那兩本詩集雖然也受到當時超現實主義詩潮的影響，所幸其影響並未太入味[34]，其中可謂為他代表作的〈第九日底流〉、〈死亡之塔〉二詩，雖約略也運用到超現實主義的自動語言，但前詩對於（從音樂）美的沉思以及後詩對於死亡（與上帝）的詰問，都讓人感到共鳴，沒有像上述諸位創世紀詩人（早期的洛夫、葉維廉、商禽與碧果）那樣令人難解。不過，這兩首詩層出不窮的意象，卻有很深的超現實主義色彩，也難怪他（早期）的詩會予人「意象繁複、語言亮麗」的印象——儘管他後來的詩作已不以意象繽紛取勝。

說到意象，即便是到了羅門創作的晚期，仍可以發現於其詩中經常出現的意象群：天空、雲、鳥、窗、眼睛、水平（地平）線……尤其是天空，幾乎成了他的最愛——在台灣現代詩人中，尚難以找到像他這般酷愛「天空」的意象者，而其他意象諸如雲、鳥、山、河、海、水平線等等，其實都是統攝在「天空」這一主控性意象（the controlling image）之下繼而延伸、繁衍者，譬如他寫「第一自然」的山：「雲與海遠去／你獨自留下／留滿頭的天空」（〈山〉）；寫河：「直到那朵溫柔的雲／被天空揉了又揉／揉出了水聲／你才在那陣衝擊中／認識到自己的身體」（〈河〉）；寫海：「誰說不是天空／天空不是坐在你的鞦韆架上／輕得像那朵雲／漂浮時　做夢也下不來」（〈海〉）；而寫「第二自然」的都市，在〈都市·方形的存在〉一開頭便直說：「天空溺死在方形的市井裡」；乃至在另外兩首抒寫人的孤單和寂寞的膾炙人口的詩作〈流浪人〉與〈傘〉中，天空都是該詩裡居關鍵性地位的意象。

然而什麼是這裡所說的「第一自然」與「第二自然」呢？這是羅門自塑的創作理論，「第一自然」與「第二自然」乃皆源於他所謂的「第三自然」。簡言之，第一自然指的是非人為的天然存在環境，如「日月星辰、江河大海、森林曠野、風雨雲霧、花樹鳥獸以及春夏秋冬等交錯成的田園與山水型的大自然景象」；第二自然則指人類的文明空間，如愛迪生、瓦特發明電力與蒸汽機所形成的現實生活環境與社會形態（羅門，一九九九：三六四—三六五），其中都市無疑成為人為文明空間的代表；而第三自然即是詩人與藝術家植基於並掙脫自第一與第二自然，超越它們，將之「轉化入純然與深遠的存在之境」（一九九九：三六五），它會「形成人類智慧創作向前連續發展的『螺旋型』世界」（三六八）。羅門的詩作——尤其是都市詩，往往立基於第一自然而展開對第二自然的批判，代表性的都市詩如〈都市的落幕式〉、〈都市・方形的存在〉、〈「世紀末」病在都市裡〉、〈都市之死〉、〈都市　此刻坐在教堂做禮拜〉、〈都市你是一部不停地作愛的機器〉……被擬人化的都市所作所為，在詩人眼中沒一樣是好貨。在〈活在框裡的照片〉、〈雙併空間〉等詩，在「第一自然」vs.「第二自然」之餘，顯然他的心是嚮往第一自然的：人只有去遊山玩水，像大自然般不穿衣服，才能自由自在、海闊天空；否則只能擠壓在都市那條茫茫的生存線上，被塞進依計算機量好尺寸的相框裡。從底下〈海邊遊〉（頭兩段）一詩或可體會詩人此一「第三自然」的內心造境：

車跑上高速公路
　將都市脫掉
我們走出車門
海跑過來
　將我們脫掉

34　羅門自謂，他的詩風由浪漫到象徵再到超現實以至於其間彼此互動的整體運作，形成自己獨特的風格，所有的主義、流派，以及古代、現代、後現代等等時空狀況與事物景象，都只是材料，需要詩人創作的心靈去融化提升（一九九九：六）。因此，他反對用單向性的主義來框限創作，蓋「那便等於將創作『自由廣闊的海』，反而縮減為狹窄的『某一條河』或等於用鳥籠來抓鳥」；當然，他也就不同意被歸之於超現實主義了（指《第九日底流》）（一九八八：一六三—一六四）。

涉水時
雙腳是入海的江河
嘩然一聲藍
雙目已飛起水天的雙翅
　將海也脫掉

開車上高速公路去海邊遊玩，遠離了第二自然的都市（將都市脫掉），親近了第一自然的海時，海竟能反客為主將人融入（將我們脫掉）；然而至此被海融入的人畢竟還是被動的，只有當他自身完全融入海時亦即自動涵納第一自然時，人才能把海也一起脫掉，而所謂的第三自然最終才能實現。這首詩中出現的不少意象如山、海、雲、水平線等等，都是羅門酷愛使用的意象——其實他喜愛的意象重複性太高，難免予人有捉襟見肘之感。這裡的「海」也如同他的「天空」，一不小心就習慣性地被他擬人化了，將第一與第二自然的物象或景象予以擬人化處理，乃是羅門註冊商標式的創作手法，並且在使用這種擬人化手法的同時，加上一種他自謂的「反常態倒置式語言」（如〈車禍〉詩中的「他不走了／路反過來走他」）（一九九九：一一二），即將詩情境裡的主客體易位，以造成一種出位之思的新鮮感。而上詩給出的情境「海將我們脫掉」使用的也是這種反常態倒置式語言。

除此之外，〈海邊遊〉也出現羅門慣用的排比與錯格排法。羅門擅寫長詩——也因此其詩常予人有氣勢磅礡之印象，而其中出現的排比句法（包括對仗）往往能釀造語勢的層遞增強感，在僅見的短詩裡頭便較少見這種排比的鋪張，譬如〈鞋〉一詩的第三、四行與末三行。除了在最早的《曙光》時期——句式幾乎都是規規矩矩的齊頭排，從《第九日底流》開始，羅門寫的詩行喜愛錯格排（也就是高低排），以此來彰顯不同的語勢與語義，這在他同輩詩人中也自成一己獨特的風格。然而過猶不及，他擅長使用的擬人法與排比手法，幾乎無所不在，久而久之無法予人有陌生化（defamiliarization）之感，難免削弱了詩藝的展現。

大體上，羅門的詩作，無論是對於戰爭與死亡的探問，或是書寫都市文明與性（sexuality），乃至對於自我與生命的觀照，除了最早期出現的浪漫情懷外，均以知性見長，詩思並具恢宏氣象，無怪乎被視為最具思想家氣質的詩人，是台灣知性詩派的代表性人物（鄭明娳，一九八六ａ：副刊）。誠然，一九八九年他赴大陸返鄉探親後出版的《有一條永遠的路》（第十一本詩集），出現不少鄉愁詩，為他知性的詩質添加了濃厚的情感，但這只能算是他創作生涯中的一段插曲，仍無損於他知性詩人的面貌。

八、余光中（二）

余光中是位藝術的「多妻主義」者[35]，所謂「多妻主義」意味著在新詩的創作上，他追求各種不同的風格，不定於一尊；乃至博取諮諏，古今中外兼容並蓄，亦即古典與現代、東方與西洋皆能共冶於一爐。由於他的多妻主義，在他的創作歷程裡遂出現若干個轉型期，從一九五〇年代以前初出茅廬帶有寫實主義色彩的創作少年，到抵台後偏向浪漫主義情調的青年詩人，已經歷一個小小的轉型。此一早期階段包括在鍛接期出版的《舟子的悲歌》（一九五二）、《藍色的羽毛》（一九五四），以及於展開期出版的《萬聖節》

35　在《余光中詩選（一九四九—一九八一）》的序文中，余氏表示，他欣然接受外界說他是藝術的多妻主義者，而且強調在該部自選的選集裡，「希望在風格上能呈現一位多妻主義者的野心」（一九八一ｂ：七）。在更早的《五陵少年》的自序裡亦曾自謂，藝術家對自己風格的要求似可分成兩種類型：一是一生只經營一個主題與一種形式；二是無止盡的追求，好像木星，樂於擁有十二個衛星。他自己即傾向後者（一九八一ａ：四），而此說無疑為後來的多妻主義者事先下了註腳。

（一九六〇）、《鐘乳石》（一九六〇）、《天國的夜市》（一九六九）共五部詩集[36]。一九五四年藍星詩社成立，集團本身似未對余光中個人當時的創作產生太大的影響；直到他一九五八年首度赴美，由於文化環境丕變，心靈受到撞擊之餘，詩風開始轉變，此一時期的詩作《萬聖節》即可瞧出端倪（參見上一章）。

張默與蕭蕭合編的《新詩三百首》謂余氏「每冊詩集隱然都有不同的態勢，都有不得不出版的殊異處」（一九九五：三九四），此話雖然未免稍嫌誇張，卻也指出余光中多妻主義的特色：不同態勢的詩集，顯示了他自己相異的風格與創作路線（亦即不同的階段有不同的「配偶」）。在《鐘乳石》之後出版的《蓮的聯想》（一九六四）、《五陵少年》（一九六七）、《敲打樂》（一九六九）、《在冷戰的年代》（一九六九）、《天狼星》（一九七六），這五部完成在一九六〇年代的詩集[37]，標誌了他另一個新的創作階段；但在現代主義張揚的這一歷史時期，這些詩集卻也顯示他在創作上處於一個最為駁雜的過渡期。

除了《在冷戰的年代》（一九六六—一九六九）寫於一九六〇年代後期，其餘四本詩集均完成於前期，其中《五》（一九六〇—一九六四）、《天》（一九六〇—一九六三）與《蓮》（一九六一—一九六三）三冊詩集的寫作時間幾乎完全重疊；而《敲打樂》（一九六四—一九六五）亦與《五陵少年》有重疊之時（一九六四）[38]。偏偏這些詩集呈現的風格未盡相同，譬如《天狼星》有向當時現代主義「歸隊」的企圖，而《蓮的聯想》則是朝新古典主義「返航」的明證；再如即便是較早一點出版的《五陵少年》，亦可發現晦

余光中，《天國的夜市》（三民出版）

澀的現代與溫情的古典共存一書的情況，此時期的駁雜在此即可見一斑。

如上所述，出版較早的《五陵少年》已出現若干現代主義的身影，其中最「現代化」的詩莫過於〈吐魯番〉了，試看開篇的前六行：「最後有不可抗拒的疲倦來襲／純黑色的虛無貓踞在我們臉上／讓紅水銀在血系中退潮／經歷著大決堤後的寧靜／就這麼擱淺在平面的死亡／我們殉情，且並肩陳屍」以及最末結束的六行：「當脊椎動物在行星反面用著太陽／或是在建築物內用人造的月色／當他們集體在鍅面上推磨／在不同的輪子上服著尼古丁／在不同的拉鍊裡向外張望／用眼睛駕駛郊遊的雲」，你懷疑這該不會是出自創世紀諸子中某人語焉不詳的句子？吐魯番是很中國的意象，余光中卻拿艱澀的現代主義的語言來寫它，一反他向來明朗的語言風格，絕非詩人隨手拈來的偶一為之。這就如同一樣具有中國意象的〈燧人氏〉一詩，詩人卻擎著火炬吶一聲喊，公開宣稱：「我們也是達達的／我們是新蠻族，我們要／開闢一個新石器時代，一個／剛孵化的橢圓形宇宙」，揮舞著現代主義的大纛。

《五陵少年》裡閃現的現代主義身影其實尚未清晰可辨，但後出的《天狼星》一身現代味便昭然若揭。〈天狼星〉全詩六百二十六行，由〈鼎湖的神話〉到〈天狼星變奏曲〉共十組詩組成，詩人擬以此長詩「為所有的現代主義者做一個總傳」（陳芳明，一九七九：一五），譬如其中的〈海軍上尉〉寫瘂弦、〈孤獨國〉寫周夢蝶、〈大武山〉寫管管和辛鬱（三四），而〈表弟們〉則寫所有現代主義的叛徒（另外，〈四方城〉、〈浮士德〉等寫的是他自己）。惟誠如陳芳明所說，余氏寫的雖是現代詩人，「但刻劃的盡是他自己對現代主義的信仰」（一九七九：三〇）。在〈四方城〉裡，他以沉痛而悲哀的心情向傳統反叛，並宣告這些「座右無

36 《萬》、《鐘》、《天》三書裡的詩作均寫於一九五〇年代。後書更寫於一九五四年至一九五六年之間。

37 其中《天狼星》雖於一九七六年出版（洪範），但原作則早於一九六一年發表，發表之後還因此與洛夫發生一場「天狼星論戰」。

38 在《余光中詩選（一九四九－一九八一）》一書裡，作者有自訂各部詩集寫作的時間。

銘，道德無經」的——

表弟們在東方的廢墟裡，舉起烽火
在革命，在進行鋼筆與毛筆的決鬪
神經與神經間有屠城的巷戰
在潛意識裡採珠，打撈沉船
立在街口，忍受三百六十度的嘲笑
把十字街立成一座十字架

現代主義者的表弟們要在廢墟的傳統裡進行革命，也就是現代的鋼筆與傳統的毛筆之間的決鬪，他們要在超現實主義的潛意識中去打撈傳統的沉船，儘管會受到來自各方的嘲笑，但他們懷抱有十字架犧牲的精神，在徬徨的十字路口豎立路標，找出前進的方向。然而深一層看，這首詩如同〈圓通寺〉、〈多峰駝上〉、〈浮士德〉一樣，卻也描繪出「他在傳統與現代之間徘徊的心態」（陳芳明，一九七九：三〇），譬如他想止步於西風來處（暗指現代主義），「守著蠹魚將食盡的文化」，仍要「焚厚厚的二十四史，取一點暖」（〈四方城〉）；在騎著多峰駝回中國的路[39]，要「用后羿剩給我們的最後一枚斜陽／卜涿鹿的勝負」（〈多峰駝上〉）。於是陳芳明認為：「一方面他對傳統不能全然放棄，一方面對現代又不能全心擁抱。那種踟躕不前的態度，正好構成〈天狼星〉主題之曖昧。」（一九七九：一九）

〈天狼星〉長詩發表後，隨即遭到洛夫發表於《現代文學》（第九期）〈《天狼星》論〉一文嚴厲的批評，指出〈天〉詩流於「欲辯自有言」，敘事且「過於可解」；由於過於可解，勢必造成「可感」因素的貧弱（一九七九：六—七）。雖然余光中當時立即回敬他一文〈再見，虛無！〉，但在一九七六年出版《天狼星》時，已自承洛夫的評斷是正確的（一九七六：一五五），同時也做了相當幅度的修正。當初洛夫對〈天〉詩的批評，說穿了也就是在指出該詩的不夠現代主義，亦即不夠晦澀、不夠虛無，語言明朗而意象清晰。令人納悶的是，如前所述，該詩「標榜」為現代（主義）詩人立傳，偏偏語言的肌理卻總是離現代主義有那麼一段距離。這樣的反差雖非余氏刻意造成，卻也顯示他心目中始終拋不開他的傳統意識或「中國意識」。於此，《蓮的聯想》的出現，就他向現代主義告別而言（其實他從來都沒怎麼太現代主義過），可說是水到渠成；而從他自此再歷經另一個創作的轉型來說，似乎也是再自然不過的事。

回歸傳統的《蓮的聯想》出現在現代主義（尤其是超現實主義）高張的時代，足證當時的余光中確實需要鼓起偌大的勇氣，這本詩集可說是對於一九六〇年代如日中天的現代主義的反動；而宣告和現代主義分道揚鑣的他，首先返回古典的中國，向傳統尋寶，也就是走向所謂的新古典主義。《蓮》書曾被不喜浪漫抒情的批評家目為內容空洞貧乏之作，謂其「除了古典的美，對於古典的嚮往之外，再也沒有什麼」，而且「作者只消寫一首或者幾首詩，用不著重複漫延為三十首」（游社煖，一三五）。《蓮》書呈現的中國古典美於此時不讓現代主義專美於詩壇，也與鄭愁予的浪漫詩作並肩連通於中國的抒情傳統，自有其時代意義。除了通篇出現的柔美的古典意象外，《蓮》書最讓人稱頌者乃余氏特予著重表現的音樂美。他的詩多使用自然的韻腳——此已不獨《蓮》為然，以此製造迴環的旋律；他更愛用反覆手法來表現詩的節奏感，而所謂的「反覆」指的是以依靠重複某一詞或詞組的方式，或者利用不同的措辭來表達同一思想的方法，它可以產生強調的效果，若用於音樂的表現，則反覆可以產生強烈的節奏感，複沓句和變奏式複沓句的運用即為顯例，如

39 這裡的多峰駝象徵的是中國。蓋單峰駝產在印度、中東與非洲等國家；而中國則主要是產雙峰駝（多峰駝）的國家。

〈等你，在雨中〉全詩強烈的迴環節奏幾乎就是以此反覆方式控制的，只看此詩的前三段即能一目瞭然：

等你，在雨中，在造虹的雨中
　蟬聲沉落，蛙聲昇起
一池的紅蓮如紅焰，在雨中

你來不來都一樣，竟感覺
　每朵蓮都像你
尤其隔著黃昏，隔著這樣的細雨

永恆，剎那，剎那，永恆
　等你，在時間之外
在時間之內，等你，在剎那，在永恆

除了「等你」、「在雨中」、「永恆」、「剎那」這些複沓句外，余光中更喜用變奏式複沓句，以稍加變換語意與聲調，如「隔著黃昏」與「隔著這樣的細雨」——這其實也是一種排比的修辭手法；偶爾他也會間雜對仗句，如「蟬聲沉落，蛙聲昇起」，讓聲調起著一種對比效果（除了語意的強調與對照外）。然而，形成余氏顯明的音樂特性的手法，還有他對於迴行（run-on line）以及斷逗的運用，在上詩三段九行詩句中統統使用了這種迴行和斷逗手法，以控制語氣和節奏。而此一手法儼然成了余氏製造音樂性的主要秘訣之一。

除了《蓮的聯想》回返古典的中國之外，之後出版的《敲打樂》與《在冷戰的年代》，可說是余光中向現代的中國回歸的一個轉型，而此一轉型乃是他「現代中國意識的一個浮現」，並且後書比諸前書還要來得濃烈、徹底（顏元叔，一六二－一七〇）。事實上，在他首度赴美所寫的《萬聖節》裡，透露自己患上「第三期的懷鄉病」（〈新大陸之晨〉）時，這種現代中國意識即已萌芽，〈我之固體化〉一詩可為明證。相對於《在》書，《敲》書抒發較多的個人情緒，如〈火山帶〉、〈灰鴿子〉、〈單人床〉等，頗有思鄉的愁緒；然而，〈當我死時〉、〈在旋風裡〉、〈敲打樂〉等詩的出現，將個人情感的抒發與濃郁的時代感相連結，召喚中國人的認同感顯得特別強烈，如〈當我死時〉所說：「當我死時，葬我，在長江與黃河／之間，枕我的頭顱，白髮蓋著黑土／在中國，最美最母親的國度／我便坦然睡去，睡整張大陸」。而壓軸的〈敲打樂〉一詩以嘲諷性的口吻，如「中國中國你是條辮子／商標一樣你吊在背後」、「中國中國你是一場慚愧的病」，流露出詩人恨鐵不成鋼的「愛國意識」。此種濃烈的中國意識到了《在冷戰的年代》猶有過之而無不及。

無論在字質（texture）的展現或手法的運用上，《在冷戰的年代》顯然較《敲打樂》來得更為豐厚與圓熟，其中像〈雙人床〉、〈如果遠方有戰爭〉二詩的語言尤具張力（tension），將愛情與戰爭予以對比進而結合，是該部詩集中最佳的詩篇之一；除了這兩首詩之外，其餘如〈每次想起〉、〈有一個孕婦〉、〈在冷戰的年代〉、〈忘川〉等詩，亦均可見余氏對於時代的批判，而其中〈凡有翅的〉與〈月蝕夜〉對於「紅色中國」的抗議與批評，更顯《在》書的時代感：「殺盡九繆思為了祭旗／中國呀中國你要我說些什麼？」（〈凡有翅的〉）

在這一時期，創作路線顯得駁雜的余光中，不論是趨向現代主義或者轉向古典的與現代的中國，背地裡真正支撐他創作的其實是他本身濃烈的中國意識，或者說是民族意識。值此冷戰的年代，他忙著向現代主義致敬的同時，仍一邊歌頌著中國的「蓮」，一邊敲打著中國的「樂」；而且最後這中國音樂卻是愈敲愈響呢！

九、管管與大荒

管管

作為創世紀詩社元老同仁的管管，在台灣新詩史中可說是一個異數（洛夫，一九七二：一），而之所以被視為異數，乃源於他的「奇」——其實是指他的「奇詩」；這又緣由論述其詩者往往以人論詩[40]，亦即奇人而有奇詩也，如黃梁在《管管世紀詩選》為他所寫的序文，題曰「大膽潑辣奇怪」（四），蓋其性情如此而有以致之。以人論詩其實是「不得其門而入」退而求其次的方便之門；說「他是一隻野鹿，一片煙雲與一陣驟雨的組合」（辛鬱，一九七二：一七八），乃如洛夫所言，係因「開啟管管之門的鑰匙」難尋（一九七二：一），只好出此下策就人論詩了。

為什麼解讀管管詩作如此之困難？此或源於其詩之怪異。然而說到怪異，碧果才是不做第二人想；相較於碧果的「異」，管管的詩毋寧說是「奇」還來得恰當些——雖然兩者的詩讀起來都令人感到「怪」（一為怪「異」，一為「奇」怪）。然則管管之詩到底如何怪法？總得一探究竟，否則此說只能當作印象主義的感興之言。

管管（文訊提供）

管管最早的詩作確實有如辛鬱所形容的帶點感傷主義（sentimentalism）的色彩（一九七二：一八三），如〈藍色水手〉、〈扇〉、〈大王椰子〉等，這些為數不多的抒情之作，意象語用得極為純熟，毫無初生之犢的稚嫩感。起步未久，他很快即經營起散文詩，而且出手不凡，立即樹立一己之風格。在這段新詩的展開期，管管和商禽可謂為散文詩的雙璧，各有千秋，且都有自己跟從的追隨者[41]。而管管的散文詩之所以與眾不同，乃在其鮮明的敘事性（narrativity），簡言之，他的詩多以敘述者（narrator）在述說故事（story），而宛若天成的戲劇腔與擬對話，讓他的詩作有「演說」的風格[42]，自成難以習仿的「管管體」（楊宗翰，二〇一九：D3）。創世紀詩人中，瘂弦和商禽的詩亦皆具敘事性，但前者的敘事較為單薄（受限於分行詩），而後者的敘事則稍顯破碎（自動語言的特性），總之，他倆的敘事性都沒管管來得濃郁和完整——也就在此，另闢蹊徑的管管，讓他取得了殊異的地位，自成典型。

管管擅長的散文詩幾乎都是敘事詩（narrative poetry），甚至連一般的分行詩也多的是敘事詩，而敘事詩的主要元素乃在它的故事，所以訴說故事（storytelling）便成了它最重要的特質，誠如霍爾斯坦所說：「敘事詩詩人的藝術就是說故事人的藝術（the storyteller's art）」（四七—四八）。那麼管管如何讓說故事的人亦即敘述者說話呢？雖然他慣用第三人稱的「他」與第一人稱的「我」（俺、吾、吾們）來說故事，但由於其敘述口吻（如粗獷、率直）頗為一致，加上經常出現的口語式的慣用語（如「他媽的」），以及斷逗的習

40 例如辛鬱在〈管管和他的詩〉中便認為：「他的人格帶著一點狂野、粗率，在詩中，我們對此也有所發現。」（一九七二：一八五）

41 洛夫為管管的《荒蕪之臉》寫的序文裡提及，當時台灣南部各學校曾流行著「管管風」（一九七二：一）。

42 管管演出過不少電影，包括《六朝怪談》、《超級市民》、《小爸爸的天空》、《策馬入林》、《掌聲響起》、《梁祝》、《暗戀桃花源》、《暑假作業》等。

慣（極短句與冗長句），使得同一位隱藏作者[43]的形象呼之欲出；更由於他的敘事幾乎都是在故事內層的（intradiegetic）——像〈刺青族〉這種有故事外層的（extradiegetic）的敘事難得一見，以致多半論者會以人論詩，從作者論來解讀其詩。

其實，管管在不少詩中經常變換敘述者，特別在首部詩集《荒蕪之臉》（一九七二）中，如〈月色〉、〈薔薇與冬〉、〈秋歌〉、〈向日葵與煙〉……敘述者變身後，敘述的視角往往也跟著改變，像〈向日葵與煙〉前五段以第二人稱「你」為視角（真正說來是第一人稱對第二人稱的訴說），之後的末兩段敘述者突地一變為第三人稱，而且是全知全能的視角（否則他無法得知突然跪下去的那小子心裡的想法：「我若是他媽的弄到錢」）；〈秋歌〉一詩敘述視角的轉變亦是如此，先從全知全能的敘述者開始「說書」（詩中每一句幾乎都用「且說」開頭與接續），然後轉為第一人稱敘述，最後結束前又回到先前的第三人稱敘述。敘述者與視角的任意更動，勢必造成閱讀的困難，而這也形成他「怪」的原因之一。

管管的「怪」，還要怪在它（詩）的情節（如〈讀史〉[44]、〈把鐘錶的頭砍下來〉、〈虎頭〉……）。情節係對事件（events）的安排，按俄國形式主義者的說法，它就是蘇熱特（sjuzet），也就是對作為素材的法布拉（fabula）（即故事）的組合或布置。即使不考慮他早期那些具有超現實主義風的自動寫作，譬如〈去夏〉、〈老鼠表弟〉、〈饕餮王子〉、〈小丑〉、〈太陽族〉……令人莫名所以的詩作，也由於其情節的安排往往出人意表乃至匪夷所思——洛夫說是「非邏輯的組合」，其實就是「不按理出牌」——造成「不可理喻」的效果，可這不可理喻卻又和幽默、驚愕、反諷等等並轡而來，甚至有些詩隱隱然還帶有禪機，如〈三朵紅色的罌粟花〉開頭即一棒喝下：「聞說有了戰爭，那麼下一站，下一站是蛺蝶。」緊接著下一段起首更曰：「於是我為汝再鑿一泉。汝之右泉是敵人之泉。汝之左泉是友朋之泉。雙泉淙淙。淙淙雙泉。」類此例子不勝枚舉。

管管的蘇熱特偶或亦帶魔幻寫實風，如《管管詩選》（一九八六）裡的〈鬼臉〉一詩，故事敘述闖進夏天的車廂裡，有位急著要下車的女子，「那張捧在手裡的臉已經有一些自指縫裡溜掉！流在月台上那株梨樹上」，並且還有「另一個跳車的少年，卻只捧了一張臉，把鼻子眼睛和眉毛，忘在車廂那鍋稀飯裡一株荷花的臉上」，這種魔幻的情境也為詩本身製造荒謬與驚愕的效果[45]。此外，從這首詩中亦可發現，管管擅長的擬人法的運用，大自然的季候與景物，春夏秋冬，日月星辰，一花一草一木，乃至人為器物，在他的筆下都可搖身一變成為人，如〈飛飛傳〉的秋天、〈夜宿林田山〉的黃昏、〈春天坐著小河從山裡來〉的夜與春、〈在Y．M鎮上一個春天的早上〉的太陽……最妙的是〈那麼個人在那麼個公園裡那麼個椅子上〉一詩劈頭就說：「打從昨兒晚上，屋上的貓與月亮，開始打起架來，而且整整打了一個晚上。」擬人法造成的匪夷所思的情境，雖然讀來既奇且怪，卻也令人不覺莞爾。

除了《荒蕪之臉》與《管管詩選》之外，管管尚有《管管世紀詩選》（二〇〇〇）、《腦袋開花——奇想花園66朵》（二〇〇六）與《茶禪詩畫》（二〇〇六）、《燙一首詩送嘴，趁熱》（二〇一九）等四部詩集[46]，扣除其中重複收錄的作品，以他近一甲子的創作生涯而言[47]，和瘂弦、商禽一樣都屬少產詩人；雖然如此，以他第一部詩集《荒蕪之臉》所樹立的散文詩與敘事詩的創作典型，足以讓他在台灣詩壇占有一席之地了。

43　隱藏的作者既非真實的作者本人也非說故事的敘述者，誠如普林斯（Gerald Prince）所說，雖然她／他得對文本中的情境與事件的選擇、布局、組合等等負責，然而她／他是從整個文本中推演出來的，而不是作為講述者被刻寫在文本裡的（一五四）。

44　管管不少情境匪夷所思以及稀奇古怪的怪詩，題材都借自古史，彷彿這些詩是他讀史的心得偶拾。

45　類如此種魔幻寫實的情境，有時亦出自人物變形的結果，如〈每年春天早晨走在楓林裡的那個人兒〉裡那位在楓林裡散步的人，最後竟也飛到楓樹上變成一棵大楓樹。

46　此外，另有一本二〇〇二年在香港由銀河出版社出版的《管管短詩選》。

47　查詢《荒蕪之臉》管管在詩末自訂的寫作日期，最早的詩作時間在一九五九年。

大荒

小管管一歲的大荒，與同為創世紀同仁的張默都是安徽無為人，已於二〇〇三年辭世的他，出版有《存愁》（一九七三）、《雷峰塔》（一九七九）、《台北之楓》（一九九〇）、《第一張犁》（一九九六）、《剪取富春半江水》（一九九九）五部詩集；與眾不同的是，他也從事小說創作[48]。

他的第一部詩集《存愁》收錄的詩作泰半寫於一九六〇年代（迄至一九七〇年代初）現代主義發皇的年代，其中由十一首詩組成的力作〈存愁〉，其氣勢與繁複的層出不窮的意象，足堪向當時洛夫的〈石室之死亡〉叫陣，分量甚至壓過瘂弦的〈深淵〉與羅門的〈第九日底流〉，可謂是一九六〇年代極具象徵地位的超現實主義代表作。相對於洛夫的〈石〉詩，〈存愁〉的語意雖一樣也跳躍難追，但是諸如「凡是笑聲都被雕塑起來／猶如倡優的臉譜，借給所有的臉孔／設若不配且無從租借／就用勁打自己的肥幫」（第二首）這等語句，仍較為可感可解，尤其第九、十、十一首（初發表時的原題為〈弔魚〉、〈搖籃曲〉、〈蜻蜓之死〉）因有原題可循，不會像總題「存愁」那樣讓人像大海撈針，訝異詩人到底在「存甚麼愁」？

縱然使用的同樣是超現實主義的自動語言，大荒早期的詩作絕不像葉維廉、碧果等人那樣晦澀難懂，其因蓋在大荒總會以看似薄弱而時續時斷的敘事線（narrative lines）來鋪展詩脈的前進，儘管他令人驚訝的意象語在在挑戰著讀者的智力——如〈兒子的呼喚〉、〈幻影．佳節的明日〉、〈殷鼎的懷疑〉等詩，即具此特色——這或許與他同時也寫小說不無關係。譬如同樣寫「手」，大荒的〈發瘋的手〉與商禽的〈鴿子〉便顯現兩種頗為不同的風格，商禽的散文詩雖也具強烈的敘事性，但〈發瘋的手〉的敘事性較諸〈鴿子〉更為明顯可見，而他鋪設的令人驚駭、荒謬的場景也因此更具反諷效果。其他像〈我是流動戶口〉寫戰爭與流離、〈哀桑蔴〉寫戰爭及其慘境、〈泰山石不敢當〉寫環境汙染……這些詩極其「現實」，也頗為可感，和當時的同輩詩人以現代主義逃避現實相當不同。

值得一提的是，大荒這時期出現的諸如〈魃〉、〈夸父〉、〈精衛〉、〈殷鼎的懷疑〉、〈最後的傲岸〉等詩，已向中國歷史題材「取經」，前三首詩取材自《山海經》的神話傳說，而末一首副題曰「弔屈原」，並引入《楚辭》篇章（一九七三：一五一）[49]，顯見大荒極早就有回歸中國歷史傳統的趨向（雖然這四首詩寫於一九七一與一九七二兩年，但〈殷〉詩卻寫於一九六六年），而從這裡再看他稍後出版的歷史詩劇《雷峰塔》一書，也就不會讓人太驚訝了。到了《台北之楓》與《第一張犁》乃至《剪取富春半江水》，仍不乏歷史題材入詩的佳作，從上古神話、先秦史蹟，到唐宋文學、明清掌故，以至於日據時期台灣史傳，隨手拈來，盡情揮灑。其中若干詠史之詩，頗有史筆之慨，如〈西楚霸王〉一詩寫力拔山兮氣蓋世的項羽，全詩氣勢凜然，一氣呵成，尾聲頌曰：「一種神往／一種惆悵／一種悲壯的／絕響」有不勝唏噓之嘆。大荒的「詠史之詩」，不乏長詩之作——尤其是《台北之楓》；與楊牧的詠史之作不同的是，他不像前者喜以模糊的敘事線帶出人物（著重在字斟句酌的意象表現），如上所述，除了有清晰的敘事線之外，他的語言絕不曖昧閃爍、拖泥帶水，但字字如彈丸脫手，一語中的，準確無誤。

此一語言直白的特色，與藍星的向明反較為接近；但直白不是無味，其詩味乃潛藏於字裡行間引人深思的語意裡，如〈莊子悼妻〉中的詰問：「作為逍遙遊論者／我在秋水中洗了又滌／滌了又洗，一生／與你遊乎形骸之外，又怎會／與你遊乎形骸之內？」詩中的「你」指的是莊子妻，大荒設想莊子撫屍（妻）對

48 大荒出版的小說有：《有影子的人》、《火鳥》、《無言的輓歌》、《夕陽船》。

49 〈最後的傲岸〉共四節十三段，但第二節突然出現的「一路爭吵的我們」的敘事，所載「我們」的種種行徑令人大惑不解，這一大段似有離題（digression）之嫌。此為敗筆之作。

話（其實是他喃喃自語），他的自問最終也只能自答：「那時你必能看出／你是莊周夢中的蝴蝶／我是蝴蝶夢中的莊周」。從這裡也可看出大荒喜用的對仗與排比手法，如此手法旨在加強語意，有時也有增強語勢的作用，如〈台灣第一張犁〉光是末段就出現如此頻繁的排比與對仗詩行：「歲月　沒有甲子／語言　沒有著像／土沒有阡陌／水沒有隄閘／雕題黑齒，斷髮紋身」、「植字　而成為詩歌／播種　而成為糧食」，類此例子所在多有。大體上，大荒那些直白而又特孕詩味的語言，極具機智（wit），儘管他有不少情緒濃稠的詩作（如鄉愁詩），但如上詩〈莊子悼妻〉一樣，都帶有機智巧思，有些甚至頗有幽默、風趣味道，如〈寒夜〉、〈流星〉、〈霧〉、〈梧桐花開〉、〈異人〉、〈戒怒〉、〈解讀日全蝕連續照片二題〉……。

不得不說的是寫於一九七〇年代初的《雷峰塔》，該書被視為是當時少見的巨構（張漢良，一九七七：七八），一般將《雷峰塔》目為詩劇（poetic drama）作品，也是新詩史中難得一見的敘事長詩。該詩演繹白蛇傳故事，共分十五章，前後並附序詩與尾聲，取材自《白蛇傳合編》[50]，但若干內容已經詩人改動（如另增「變形」、「救瘟」、「遭火」等情節以及更改「色誘」一場景）。說是詩劇，《雷峰塔》其實比較像說唱文學與明傳奇（張漢良，一九七七：七八），乃因敘事者以全知全能的第三人稱敘述全詩，一會兒以敘述（diegesis）語調交代劇情，一會兒又要喬扮人物說話演出（mimesis），因而也使得全劇的語言被分成兩半：敘述故事與人物的動作用的是散文的語言，而呈現人物對話用的則是詩語言，而且文白夾雜。張漢良認為，此詩劇由於作者介入太多，使人物的演出大打折扣，致使與

大荒，《雷峰塔》（天華出版）

可演出的戲劇有些差距（一九七七：七八）。事實上，人物對話仍是該詩劇主要的表現所在，充當「旁白」的敘述性文字只起著輔助作用，其戲劇性並沒有因此大量減損，仍有著相當的「劇」的分量；然而因為敘述性文字皆為散文語言，加上人物對白的語言詩質過於單薄，以致「詩」的稠密度大為降低，反而離詩遠了點。蓋詩劇之為一獨立文類，必得確認它同時是劇也是詩，可該是詩多一些，還是戲多一些，仍有待辯明；但無論如何，大荒的《雷峰塔》總是台灣詩壇一個大膽的嘗試，自有其詩史的價值。

十、楊牧（一）

一九五九年，現代詩、藍星、創世紀三大詩社早已成立，而此時也是創世紀轉向現代主義大步邁進的嚆矢。這一年，十九歲的楊牧才剛進大學，但在此之前的中學時代，他已經在刊物發表詩作了[51]，曾與陳錦標合辦《海鷗詩刊》（借《東台日報》版面刊登）（張惠菁，五〇）——這也是楊牧唯一實際參與的詩刊。雖然與藍星、創世紀詩社若干詩人頗有私交[52]，且一九五九年四月改版的《創世紀》也將他列名為編輯委員，但基本上，楊牧「並不真正屬於任何一個詩社」；長久以來，他似乎對新詩論戰與詩潮運動不感興趣，「對當時詩壇各種高蹈的討論保持沉默」（張惠菁，七二）。他以筆名葉珊進入詩壇，而一開始即以浪漫的抒情步伐作為起手式，別樹一格，與當時的鄭愁予可謂為兩位最為嘹亮的「抒情男高音」。

從一九六〇年開始至一九七一年，也正是台灣新詩史展開期的這一個階段，楊牧以葉珊為筆名出版

50　據大荒自述，《白蛇傳合編》一書為俞大綱所贈閱，為當時海內孤本；但詩人卻未明言該書係何種版本（一九七九：二）。

51　依張惠菁《楊牧》一書所記，就讀花蓮中學初三的楊牧，已開始在詩刊發表詩作，成為花中有名的詩人（五〇）。

52　譬如洛夫一度曾找楊牧和黃用、瘂弦、敻虹合組一個「五人詩社」，後因故作罷（張惠菁，七二），足見諸人之間的交情不淺。

了《水之湄》（一九六〇）、《花季》（一九六三）、《燈船》（一九六六）、《非渡集》（一九六九）、《傳說》（一九七一），其中《非渡集》是前三書的精選集，所以「葉珊時期」共有四本詩集出版。相較於聲名同時鵲起的其他詩人而言，可謂為早慧詩人的他，如此的創作量相當可觀。一九七二年葉珊改筆名為楊牧，正式告別他的浪漫少艾時期，在一九七五年出版的《瓶中稿》之後，有了另外一番不同的風格（後詳）。

葉珊時期的楊牧予人印象最深者厥為浪漫抒情詩，其中泰半又都是情詩（love poems），前三冊詩集尤其明顯。就個人而言，不少詩人初窺詩歌堂奧，率由情詩起步，葉珊也不例外；就大時代而論，一九六〇年代的台灣詩壇瀰漫著濃厚的現代主義氛圍，少艾的葉珊欲以其擅長的情詩起步乃至「突圍」，確屬一大挑戰，但此舉卻也讓他樹立自己與眾不同的風貌。相對於當時紀弦所倡導的知性的現代主義，以感性的浪漫風起家的葉珊，反而風靡無數後起之秀，即便時逾二十一世紀，其詩對時下的年輕世代而言，魅力依然不減當年。那麼，他的魅力何在？

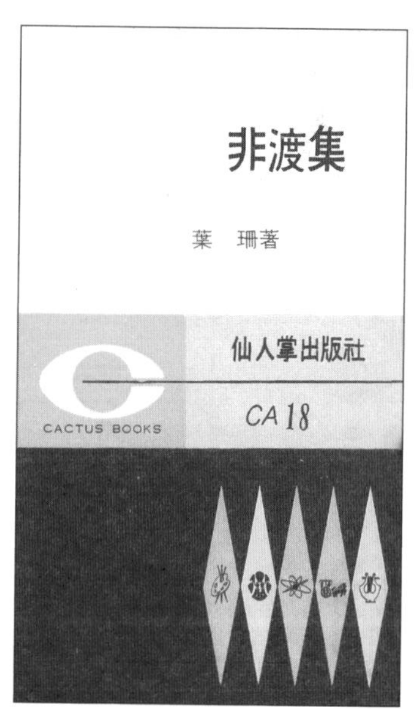

楊牧，《非渡集》（仙人掌出版）

楊牧（一九七〇—八〇年代，文訊提供）

葉珊的抒情詩非常適合朗讀，因為它有極佳的音樂性。不講究押韻的詩人，往往利用句中斷逗（停頓）的方式，以製造舒緩有致的節奏；葉珊更以重複性句法——即複沓句與變奏式複沓句——再加上排比句，來形成迴環感。如〈寄你以薔薇〉的首二行：「寄你以薔薇，以櫻花／以一次小小的獨立」，以及〈路於秋天〉的第一段：「對著那疏疏落落的遺失／倘若這路只是孩子們的，孩子們的愁／孩子們的愁是甚麼呢？」此外，葉珊時期的抒情詩還有個一以貫之的特色——尤其在前三冊詩集裡，那就是他跟楊喚一樣，很喜歡用語首和語尾感嘆性助詞：哎、啦、唉、呀、哦、吧、哪、嗳、嗨、咳、啊、哩、了、呢，助詞的花樣繁多（尤勝於楊喚），予人印象極為深刻。感嘆式助詞雖對音樂性的表達有推波助瀾之功，但是過猶不及，難免也有弄巧成拙之弊，慣性口吻一旦養成，令人易起生厭之感。

葉珊的詩之所以迷人，主要恐怕在他那為人津津樂道的動人的意象，例如〈二次虹〉劈頭第一句：「夜用憂鬱把樹影疊得太厚了」、〈禁酒令〉末段頭兩行：「誰能一仰而盡你兩唇間的／禁酒令？」、〈搜索者〉末二行：「蘋果樹上猶懸著你叮叮噹噹的愛／你叮叮噹噹的囊昔」、〈給智慧〉第二段末三、四行：「啊智慧，你是否也將如一片哭泣的雲／沉落下來，做我的牀，做我的被？」、〈酒後的舵輪〉第三、四行：「彷彿，領口一枚蝴蝶別針／閃動著慾望」、〈早春〉第二段尾四行：「同時響徹晚夏的知了／剪下一片女牆外的晨霧／為遊蕩的鬼魅裁製／一襲子夜的衣裳」……這些醉人的詩句極易令人動容。然而有時極盡意象展現之能事的葉珊，也會出現類如〈次日〉這種難以索解的詩句：「風懷卷外，香奩的病愁／忽升起一未名的棺櫬／婚頌在水上，英倫／自如舒揚的鎮魂曲／生寒的寺墀玉石，抑是星光脫落的秋裳／抑是月，啜泣的庭院」。

顯而易見，上述那類難以卒睹的詩作，多少是受到時代氛圍的影響有以致之，易言之，是詩人不可避免地經受現代主義的洗禮，現代主義爆裂的語言與生猛的意象往往滲透進詩人的詩行裡而不自知。其實，葉珊的語言不盡然符合浪漫主義的圭臬，其情感的宣洩雖然帶有浪漫主義的色彩，但是用語之中仍可見若干現代主義的軌跡，上詩即為顯例。尤其在超現實主義甚囂塵上的一九六〇年代，詩行之間的任意跳躍，炫人的意象層出不窮卻又互不聯屬，任憑意識流隨意流竄，類此詩作大行其道，即使是懷抱浪漫情懷的少艾葉珊，亦難以規避。

平心而論，葉珊的抒情詩可感而難解；他的情詩雖然容易入口，也帶點甜味，卻未必都易於咀嚼。譬如早期的〈西牆〉一詩，首段的場景敘述詩中人的你正在重疊的黑影裡「散步」，等你再邁前三步，讓你立即接續起二十年前的回憶；此時銀魚的意象出現，牠「像你眼睛似的擺動」，「像你沉思時的靈魂的抖動」，然後切斷跳到下一段，接著「他們成列自屋簷下游過」。「自屋簷下游過」承上段銀魚的意象以及你在「西牆」邊散步，或有可解，但下二行「枇杷的樹椏是秋天的手／自窗戶間伸入，梳你的髮，梳你的憂鬱」語句的聯屬突被割斷，且場景倏忽之間變成你在屋內，當中留下敘事的空白，得要讀者自行縫綴，頗為費力。類此詩例不勝枚舉，可以說，葉珊調製的意象常讓人驚豔，但他對於語境的經營，由於詩思習於接受情感意識的主導，似乎力有未逮。所以像此時期的力作之一的〈傳說〉，就很難讓讀者掌握詩人到底在詩中「傳說」了什麼。當然，從另一個角度看，我們也可說這是現代主義的葉珊特意搞的鬼，因為語意的斷裂往往可以產生歧義（ambiguity），而歧義反可讓詩的字質飽滿一些。

再者，形成他語義的難以捕捉尚有另外一因。雖說抒情詩本來就常以第一人稱「我」為敘事者或敘述視角，但這段時期的楊牧，除了愛以「我」為敘述者外，兼且常以第二人稱「你」入詩。台灣詩壇很難找到像葉珊這麼喜愛詩中的「你」的詩人了，譬如〈寺廟廣場〉一詩，首段末行出現的「你是疲憊的銅像」，這個你其實可不用現身，你若是指謂前兩行的守門人，可以立即接著說「站成一尊疲憊的銅像」，或逕直說成「他是疲憊的銅像」；若不把銅像解讀成守門人，則說成「廣場上站著一尊疲憊的銅像」亦未嘗不可。而「你」的出現又往往和「我」在詩中並轡而行（變成我們），問題在他的人稱視角稍嫌混亂，你、我以及偶爾出現的他，視角經常任意變換，使語意變得更加曖昧。例如〈烤火〉一詩，前三段出現的那個男子的他，關窗，喝酒，然後熄滅燭火，似乎是先開口的我所說故事裡的一個人物；第四段則說「現在輪到你了」，要你說些「禦寒的掌故」（前述故事與禦寒有關），但末行卻突地出現「他的小臂微顫／他很憂鬱」，這個「他」有可能是你新起的故事中的另一個他，但也有可能就是你自己。另外像〈菜花黃的野地〉末四行現身的「他」亦頗為突兀，將前述「我們」中的我「你」變成我「他」關係，難以捉摸。其中〈水之湄〉可說是這段期間葉珊最為精純的浪漫詩作，可感而且可解，盡除上述之弊。

葉珊時期最後以〈山洪〉（一九六九）與〈十二星象練習曲〉（一九七〇）這兩首長詩（組詩）告終[53]。乍看之下，這兩組詩氣勢雄渾[54]，有可與瘂弦〈深淵〉一較長短之氣概，看似是知性的楊牧告別浪漫的葉珊之作。難解的〈山洪〉是一首兼具抒情與敘事的詩作，更可說是典型的現代主義之作，但其敘事只具備粗淺的輪廓，詩人仍慣以抒情來帶動詩思的進行，不少詩句如「草根在馬嘴生長／茉莉安於耕牛的反芻」、「而胸乳的建築，風殘雨歇／遽然落敗」這類超現實意象，都令人費解。向陽曾以神話與符號學角度分析，指出山洪似是死亡的象徵（一九九九：三〇五—三〇六），但也僅止於此，無法增加讀者對此詩進一步的理解。相對於〈山洪〉集中了太多現代主義的壞習癖，〈十二星象練習曲〉一詩便較為可感與可解[55]，這首情詩多被視為一首性愛詩，詩題雖曰「練習曲」，毋寧被視為性愛與戰爭的「雙重奏」還來得恰當些。此詩以一天二十四小時的地支（子、丑、寅、卯……）對應十二星象（牡羊、金牛、雙子、巨蟹……），其中申酉合二

53　依作者在《傳說．前記》所言，〈山洪〉費了他一年時間始完成，前後且七易其稿；而〈十二星象練習曲〉則只花一個上午即遽爾成章（一九七〇：二）。

54　〈山洪〉原故事出自《葉珊散文集》（一九六六）中的〈最後的狩獵〉。

55　〈十二星象練習曲〉原貌最早出現在《年輪》（一九七六）裡的〈柏克萊〉。

為一，合共十一首詩，描述「一對男女在床上纏綿二十四小時，暗示了一年最充沛的生命力耗盡於斯。絕望的時代，絕望的歷史，希冀在情愛裡獲得新生」。這首被陳芳明視為「不快樂的情詩」（二〇〇三：一三〇），以性愛來指涉戰爭，猶勝於余光中的〈雙人床〉與〈如果遠方有戰爭〉。

前期楊牧的詩作從《傳說》開始，知性提升，現代主義的色溫更為增強，浪漫情懷雖仍揮之不去，其詩之內裡則更為幽微；至此，葉珊要告別詩壇了，而楊牧即將上場。

十一、周夢蝶

從一九五二年起開始寫詩迄至二〇一四年仙逝，周夢蝶的詩齡長達一甲子以上，共得詩集《孤獨國》（一九五九）、《還魂草》（一九七八）、《約會》（二〇〇二）、《十三朵白菊花》（二〇〇二）、《風耳樓逸稿》（二〇〇九）與《有一種鳥或人》（二〇〇九）六冊[56]，可謂惜墨如金。但一九九七年，周夢蝶竟以《孤獨國》與《還魂草》二冊詩集獲得該年度國家文藝獎；再兩年，其首部詩集《孤獨國》又被選為台灣三十部「文學經典」之一，以如此之少的作品即能獲此殊榮，在台灣文壇不可不謂為奇葩。

周夢蝶曾於一九五〇年代即早便加入藍星詩社，但在藍星中，自始至終，他卻是獨樹一格的一位詩人，宛如詩社裡一朵芬芳自香的蓮花。說他是

周夢蝶（文訊提供）

蓮花，係因蓮花坐佛，佛座即蓮花座，佛國即蓮花國，而他的詩也洋溢「蓮花味」，誠如《還魂草》中的〈尋〉所言：「當每一粒飛沙／齊禪化為白蓮。你將微笑著／看千百個你湧起來，冉冉地／自千花千葉，自滔滔的火海」，此處之「你」，表面上係詩人歌頌禪化為白蓮的迦葉尊者；但這一位「你」不妨亦可視為詩人之自況，或他追尋理想之寄託。明乎此，則發現周氏詩中時不時就有「你」之現身，也就不意外了。

周夢蝶，《孤獨國》（藍星詩社出版，劉正偉提供）

周詩處處散發的「佛味」，自淺者言之，當與其援引之典故以及襲用之意象息息相關。先說前者：如同上詩〈尋〉所引典故出自《大梵天王問佛決疑經》與《五燈會元》，周夢蝶不少頗具佛味的詩作都與佛經有關，如〈聞鐘〉、〈圓鏡〉、〈托缽者〉、〈燃燈人〉、〈第九種風〉、〈靈山印象〉……而周氏因此也以好用典故聞名；究其實，他所引典故不只佛經，舉其犖犖大者，如〈二月〉用《紅樓夢》、〈六月〉用《鐘樓怪人》、〈逍遙遊〉用《莊子》、〈山〉用《可蘭經》與希臘神話、〈關著的夜〉用《聊齋誌異》、〈駢指〉用《幽明錄》、〈六月之外〉與〈約翰走路〉用《新約聖經》、〈七月〉用《高士傳》、《莊子》與《湖濱散記》……涵括中西方各種文學與非文學典籍，其方式則或全篇性或單句式引用，而這也說明周氏的博聞好學。再言後者：除了蓮花，周詩中也經常出現鐘聲、舍利、菩提、優曇

56 二〇〇〇年，周夢蝶曾由爾雅出版社出版一冊《周夢蝶．世紀詩選》，但此詩集係舊作重編。

華、曼陀羅、趺坐、偈、劫、虛空……這些與佛教有關的意象，雖然他可能更愛「蝴蝶」意象（其筆名之由來亦因此故）。「蝴蝶」雖出自《莊子．齊物論》，其思想與佛家卻有相通之處，但其「了不可得」之義，到了周夢蝶詩裡，卻寓有「自由、超昇、繽紛多姿的生命」另番涵意（翁文嫻，二〇〇一：一三九）。

深一層看，周夢蝶的「佛味詩」其實也就是「禪味詩」，而這似乎也是多數論者的定論，特別在他的《還魂草》與《十三朵白菊花》更具此殊勝之味。此類「禪味詩」隨手摭取皆可得，如〈蛻〉一詩尾段所示：「明年髑髏的眼裡，可有／虞美人草再度笑出？鷺鷥不答：望空擲起一道雪色！」當中頗有禪家參話頭的味道；其餘如〈守墓者〉、〈聞鐘〉、〈菩提樹下〉、〈駢指〉、〈還魂草〉、〈四行一輯六題〉、〈重有感〉、〈竹枕〉、〈約會〉、〈細雪〉、〈雪女〉、〈沙發椅子〉……這些詩裡的禪，往往需要讀者的「悟」，詩人宛如禪家般，所出機鋒，各自奧妙，惟並不予解答，因常「顧左右而言他」，正如〈垂釣者〉開頭所提問：「是誰？是誰使荷葉／使荇藻與綠蘋／頻頻搖動？」而接續話頭的竟是：「攬十方無邊風雨於一釣絲／擲竿不顧。」或因此故，周詩常用問號設問——他大概也是台灣詩人中最喜用問號者，但他卻只問不答，如是之問，只在引發禪機（其實也無答可循），如〈守墓者〉第二段所問：「十二月。滿山草色青青。是什麼／綠了你的底，也綠了我底眼睛？」又或答非所問，即如同詩末段所問：「你問我從何處來？太陽已沉西／星子們正向你底髮間汲水。」與〈垂釣者〉的參話頭如出一轍。

如前所述，周夢蝶詩之意象以及用字用詞頗近佛家語，乃至別具禪機，惟亦未全為其所框限，除了老莊，基督教之「上帝」恐怕是他詩裡出現最多的呼告者，尤其是在《孤獨國》裡，而《聖經》中的物事，如十字架、伊甸園、亞當、蛇、先知等等——當然包括耶穌基督，更是屢屢出現；至於西方經典作家或文學作品中的人物如波特萊爾、惠特曼、拜倫（Lord Byron）、愛羅先珂（Vasili Eroshenko）、羅亭（Rudin）、哈姆雷特（Hamlet）……亦屢見不鮮現身於其筆下，足見周詩之題材及其援引者廣；甚至《有一種鳥或人》輯一的六首擬作，其源文本更是出自《南斯拉夫詩選》（金曉蕾、張香華譯），不乏有與當代西方文學的互文（intertexuality）之作。

周詩雖與佛結緣，字裡行間亦常蘊含禪機，乃至寓有莊周之齊物思想（物我不分；化物為己）；事實上，他並不似佛家之忘情與老莊之超越，趺坐在「孤獨國」裡的詩人帝皇，說到底仍是一位性情中人，從最早《孤獨國》的〈禱〉中向上帝呼告：「讓我把自己——／把我的骨，我的肉，我的心……／分分寸寸地斷割／分贈給人間所有我愛和愛我的。」直至《有一種鳥或人》哀「九一一」與「九二一」的〈無題十二行〉謂：「不信『天若有情天亦老』／七字寥寥已嘔盡歌者最後一口紫血」，處處透露著詩人的有情；而既是有情則豈能無我？這從其《約會》與《十三朵白菊花》之後出版的詩集裡出現為數不少的贈答詩（以及附序跋的「有感詩」）亦可窺知一二。所以「孤獨國」裡的詩人並不真的孤獨，否則後來如何出現象徵著他與周遭或生命本身之盟契的「約會」（李奭學，二三版）？

然則，這位手持「還魂草」趺坐於「孤獨國」中，為「十三朵白菊花」香光射眼的帝皇如何展示他的「約會」呢？試看他在〈菩提樹下〉給出的詩句（第一段）：

誰是心裡藏著鏡子的人呢？
誰肯赤著腳踏過他底一生呢？
所有的眼都給眼蒙住了
誰能於雪中取火，且鑄火為雪？
在菩提樹下。一個只有半個面孔的人
抬眼向天，以嘆息為答

那欲自高處沉沉俯向他的蔚藍。

前曾述及，周夢蝶特喜疑問句，雖然他的問號多是提供詩人（包括讀者）反躬自省的契機，卻並不著急解答，如同此處前兩個類排比句的提問，而這兩個問號則立即由一個反身語句「眼給眼蒙住」（動詞的主語與賓語為同一物事）所接續，此接續如同參話頭般與邏輯思維無關；更甚者，竟再起一具悖論性（paradox）的問句，即「雪中取火，且鑄火為雪」的設問（而其回答也只有嘆息一聲）。進一步看，此一悖論句係由一對應句（chiasmus）所構成，所謂對應句乃語句的後半部與前半部對應，但其順序正好相反，除了上詩，諸如〈密林中的一盞燈〉的「隔著一層橫膈膜似的黑水晶／黑水晶似的一層橫膈膜」以及〈蛻〉的「用傘撐起一個雨季／孰若用雨季：更長更濕更苦的／撐起一把傘」等，都屬這種對應句的運用。其實對應句也屬排比句之一種，而它的「孿生同袍」對語亦同是周詩中常見之句法，如〈第九種風〉有謂：「在迢迢的燭影深處有一雙淚眼／在沉沉的熱灰河畔有一縷斷髮」即為一對語句。不僅如此，在修辭與語法的使用上，周詩更酷愛類疊詞與複沓句——如〈第九種風〉中單行成段的「那人在海的漩渦裡坐著」，此類詩行可謂俯拾皆是。不論是類疊與複沓，或者是對應與對語句，甚至是排比，此皆屬廣泛的一種重複手法，其中不管是類似詞句的重複，抑或以不同詞句表達相似思想，目的咸在產生一種語意的強調效果，增加說服力，同時在音樂上也可形成某種節奏感，以增強其可讀性。

在此，特別為人所注意者，乃上所說反身語和悖論句。廣義的反身語除了像〈四月〉這種主賓語同一的例子：「多少盟誓給盟誓蝕光了」（餘例不贅），還包括：「凍結之凍結」（〈人面石〉）、「溫柔裡的溫柔」（〈第九種風〉）、「熱中之熱色中之色」（〈細雪〉）……此類反身所有格詞句，亦即所有格的主賓語同一。至於悖論式語句，則顯然已成周夢蝶詩法的「註冊商標」，從他早期詩作直至晚期（如末部詩集的〈山外山斷簡六帖〉：「我的笑將為我的哭所笑／我的哭又為我的笑所哭」），悖論語法的使用幾乎從未稍歇。而以上這兩種語法的運用，恰恰是其詩之禪意重要的來源，雖其禪機之起不止於此。

有情之周夢蝶到了晚期，慈悲心固亦常在，然更加為「有血有淚」；其「孤獨國」之寂靜雖亦不復滅，所言所思卻更為凡間，或謂「德不孤必有鄰」。而夢蝶也，乃「修溫柔法的蝴蝶」，誠如其〈香頌〉云云。

十二、白萩（二）

在詩史中進入展開期的白萩，接連出版了《風的薔薇》（一九六五）、《天空象徵》（一九六九）、《香頌》（一九七二），到了一九八〇年代還出版《詩廣場》（一九八四），可謂為他詩創作生命的豐收期[57]。早期的白萩被譽為「天才詩人」（李魁賢，二〇一三：一三二），從他最早的詩作之一的〈羅盤〉（一九五五年發表在《藍星》週刊）開始出手即不凡，一揚手幾無青澀期，雖然如上一章所述，其首部詩集《蛾之死》充滿不少浪漫激情之作，但是很快他便朝向現代主義的航線，而且其語言又無同時期現代主義詩人那種詰屈聱牙難以卒睹的弊病。

白萩的第二本詩集《風的薔薇》是他對現代主義的實踐，延續的也是他在《蛾之死》中對於前衛的現代主義的實驗。與他這時期所接觸的創世紀詩人鍾情於超現實主義的大膽創新大異其趣的是，白萩在語言上並不賣弄那些晦澀難解的意象，他擷取的現代主義精神，毋寧是較接近於探索人生境遇之意義的存在主

57 除了以上這四本詩集，還有詩自選集《白萩詩選》（一九七一）、《風吹才感到樹的存在》（一九八九）、《自愛》（一九九〇），以及詩與評論合集《觀測意象》（一九九一）。

義（existentialism）。例如〈標本獅〉一詩描寫「博物館所見」已被做成標本的獅子，牠「無法復聞枯草的香味」，連其獅吼聲亦「已然成為歷史」，而只能像被黏在膠紙上的蒼蠅「盯視著斜陽步過欄干的投影」，如此的存在，意義何在？詩人給出的答案是：「You are the hallow men! ／ You are the stuffed men!」

再看與詩集同名的組詩〈風的薔薇〉，這首典型的現代主義詩作，展現白萩存在主義式的思考：風中的薔薇「被命定地／成為一株薔薇」，只能「無可奈何地站著」——這是沙特「存在先於本質」式的命題，就像「人」的存在乃是「父母歡樂後的／副產品」，不能選擇自己的存在，「存在只是存在」，薔薇只是薔薇。其中第四首一連串複沓句的使用，旨在強調這種命定感，並指出「我」其實也是薔薇，到了第六首甚至更進一步說「我只是／空洞的薔薇」。存在主義認為世界是荒謬的，它有待人的充實與肯定，而這得靠人的主動選擇——因為人是自由的，雖然如白萩詩中所言：「自由／創造了／我們的孤獨」，儘管人選擇的「方向只是或然率／時間只給我們一條路／瞻望，前去／我們不知結論」，而且人的存在彷彿是陰暗的房間內「一件沒有軀體的襯衫」，可詩人似也未完全悲觀到底，畢竟「我們無可奈何的選擇」，仍「表現一點點意志」。即便是一點點意志，但如底下這首〈Arm Chair〉所示，縱然面對如星球撞擊這般重大的橫逆與挑戰，仍能堅定不移，完成生命存在的意義：

雙手慣性的張開
在空大而幽深的屋子裡，因斜光
而顯得注目，面對著前端
黑暗之中似有某物
躍來

這蹲立的姿態，堅定，像
捕手待球於暮靄蒼蒼的球場
彷彿一個意志，赤裸地
等待轟馳而來的星球衝擊

生命因孤寂而沉默，在大地之上
悄無聲息地一軀體——
把堅強用本身的形象
化為一句閃光的語言，
靜靜地立在那裡。

這首詩表現出詩人堅強的意志，雖然生命因孤寂而沉默，但這張扶手椅仍以堅定的蹲立姿態，以渺小迎接巨大的挑戰。然則靜立不動的扶手椅，畢竟只是被動地迎戰，到了下一本詩集《天空象徵》裡的〈雁〉，逗引著雁的飛行的是在前途無邊際的天空的地平線，而那天空還是雁的祖先世世代代飛過的天空，面對這樣命定般的考驗，牠們「仍然要飛行」（此句前後出現兩次），要「不斷地追逐」，即使冷冷地雲翳冷冷地注視著牠們。這裡的雁群不僅展現如「Arm Chair」那般堅強的意志，更且勇敢主動地去接受命運的挑戰，世代的飛行即便是宿命，卻是自己自由的選擇，具現了存在主義的生之意志。雖然《天空象徵》（尤其是「以白晝死去」的九首詩）在精神上失去之前那種熱愛世界的心懷，卻轉而採取和現實對抗的態度（陳芳明，二〇一三：二三一），除了迎戰宿命、意志堅強的「雁」之外，還可見〈轉入夜的城市〉中那頭飢餓的「狂獅」，威武地投入格鬥，與噩運搏鬥而毫不屈服。此種和現實抵抗的精神，在白萩日後的詩作裡仍不斷出現（陳芳明，二〇一三：二三一）。直至此一時期，白萩詩的語言大體上仍承襲之前的特色——深邃但不艱澀，除了最早時期的浪漫感性外（如「給洛利」的系列詩作），他這些哲思性的語言率以知性見長。

然而也是在《天空象徵》這部詩集裡，從輯二「阿火的世界」開始，不僅在精神上轉趨一種消極的反抗（給出的是阿火這位小人物自艾自憐的形象），在語言的表現上，更「一反過去那種經過提煉的語言」（陳芳明，二〇一三：二三一），而以口語亦即「白話化的語言」入詩，如〈寸土寸金〉這樣口白的用語：「不要來囉嗦／到這世界／又不是我的本意／他媽的／快樂的父親和母親／父親和母親快樂」，詩質幾乎蕩然無存。白萩這一變換航道，從個人生命內在的存在之思轉向小人物外在的生活困境的再現，不可不謂勇敢大膽，而觀看〈養鳥問題〉、〈世界的一滴〉、〈形象〉、〈天空〉裡的「阿火世界」，論者也肯定詩人「以更為土俗的意味探看生活的現實」（李敏勇，二〇〇九：一二八）；縱然如此，相對於他早期的《蛾之死》那種「繪畫性語言」的實驗，類此口語似語言的實驗並不算成功。「阿火的世界」諸詩大約創作在他參與笠詩社之後[58]，顯示他刻意從「笠」的興起開始轉向，不論是詩作的題材或語言的表現。

之後的《香頌》，是一冊在白萩來說很特別的詩集，雖然還偶爾可見在此之前他喜用的「鳥」、「天空」這類常見的意象（如〈藤蔓〉、〈極大至小〉、〈天天是〉），但在語言風格與詩作題材上已然有了突破性的轉變。說它是一部家族詩詩集，似乎還不那麼道地——因為詩作多半只聚焦在家庭的夫妻情感與生活上（幾乎未涉及家族其他成員），但是這確實可說是「台灣詩史上，第一冊以家庭背景寫成的詩集」（陳芳明，一九九一：一八一），將詩人瑣碎的家庭生活尤其是夫妻兩人的關係（包括性愛），幾無保留地和盤托出。此詩集之所以被視為是他家庭生活的寫照，係因詩集第一首詩〈新美街〉開宗明義即標明他家居生活的地點（台南市新美街），且坦承「在這小小的新美街／生活是辛酸的」，而另一首〈天天是〉更明言：「天天是新美街」，「頓覺世界如此之小」。這本敘寫夫妻相濡以沫的詩集之所以寫實，係因詩人除了大膽地表露夫妻間的性愛生活外，還「洩漏」他的精神出軌，如〈這是我管不了的事〉，直言與妻共守一張床的「我」，在「接吻，做愛，而後疲憊」，心裡仍在想著遠方那位已活在陌生人懷中的她，而說「這是我管不了的事」。顯然白萩並未刻意「粉飾」有所缺憾的夫妻情愛。當然，以上如此的解讀，不妨看作是作者論的一種謬讀。

然而，語言淺白的《香頌》到了後出的《詩廣場》再度稍稍做了調整（輯四除外），當然此時的白萩也沒再回到早期現代主義「華麗語言」的時代。我們可以看到，在《詩廣場》裡，他仍持續反思生命與存在的問題（如〈SNOWBIRD〉、〈塵埃〉、〈雕刻的手〉、〈露台〉等），就像〈半邊〉一詩提及，世界醒來半邊，而「在鏡中／端詳自己皮表」的詩人乃思索著：「何時死睡的半邊／將全然甦醒？」正因為「存在感」的再度召喚，早期那象徵自由的「天空」與「鳥」的意象似乎又藉此「還魂」了（包括〈芽〉、〈半邊〉、〈鷺鷥〉、〈一線〉、〈有人〉等），如〈秋空〉一詩首段即言「午後的秋空／心一樣自在而無／一絲雲翳」；又如〈鷺鷥〉中的鷺鷥悠哉地獨自飛著牠的天空。

不過，《詩廣場》以及更後出的《觀測意象》引人注意的是，出現了幾首較為罕見的政治詩，前書有〈廣場〉、〈暗夜事件〉、〈火雞〉、〈鸚鵡〉等，而後書有〈致黎剎〉、〈無名勇者歌讚〉、〈人民草〉、〈紅螞蟻〉、〈水窪——給台灣〉等。嚴格而言，前書這幾首政治詩並無具體指涉的政治事件或人物（〈暗夜事件〉有稍稍觸及「西門路口」），〈廣場〉有新即物主義的味道，與〈暗夜事件〉、〈火雞〉、〈鸚鵡〉皆可視為史庫利（James Scully）所說的異議詩（dissident poetry），這是一種抗衡主流意識形態的詩，關注人與社會權益的連結，它不是在抒發政治感傷，而是能賦予人一種深沉的思考和抗辯的基礎，對歷史、政治、社會、文化有較長遠的勘察與認知（三—四）。至於後書諸詩現實意味更濃，前四首詩都有現實指涉者：菲律賓的民族英

58　依《白萩詩選》作者自訂的分輯，「天空象徵」（即《天空象徵》詩集）此輯，創作時期為一九六四年至一九六八年。

雄黎剎以及大陸六四天安門事件；最末一首亦由於副題標示「給台灣」，而有了明確的指涉對象，雖然詩裡未明言具體政治事件。其中值得一提的是〈靜物〉一詩，詩開頭即謂：「武士刀／欺壓著『台灣通史』／而書／棄絕在桌角／不被翻閱」，對於日本的殖民統治提出了批判，是哈勞（Barbara Harlow）所謂的抵抗詩（resistance poetry）（三一四），乃在抵抗殖民國家的文化壓迫，而這也是台灣較早難得一見的後殖民主義（postcolonialism）詩作。

白萩創作生涯如前所述雖然起步較早，極早便有代表作出現，創作高峰期主要集中在一九六〇與七〇年代，但到了《詩廣場》之後，創作量便大為減少，晚年因受帕金森氏症的困擾致使創作陷於停頓，不免令人惋惜。

十三、李魁賢

在展開期現身台灣詩壇的戰後第一代詩人中，與白萩、林泠、葉珊等年紀相仿的李魁賢，十六歲即以第一首詩〈櫻花〉發表於《野風雜誌》（一九五三）[59]，和上述諸人一樣均可被稱為早慧詩人。李魁賢最早以楓堤為筆名發表詩作，在一九六〇年代即出版了三本詩集《靈骨塔及其他》（一九六三）、《枇杷樹》（一九六四）、《南港詩抄》（一九六六），更早在一九五六年便加入紀弦所領導的現代派。在第四本詩集《赤裸的薔薇》（一九七六）出版之前，以上這三本詩集的創作可謂為「楓堤式的抒情時期」，也就是李魁賢創作的早期。

楓堤時期的李魁賢，初試啼聲之作難免煥發著青春的少艾情懷，這些詩作雖係出自詩人抒情的感性世界，但他踏入詩壇的起手式顯然脫離不了當時發皇的現代主義氛圍，諸如〈季候風〉、〈幻之踊〉、〈默想〉

等詩都有現代主義色彩，與詩集《靈骨塔及其他》同名的〈靈骨塔〉更是典型的現代主義之作。在這冊首部詩集中，詩作不管是否現代主義，一概流露濃郁的感性情懷，甚至還帶點憂傷的抒情，類如「寂寞」、「憂鬱」、「眼淚」（哭泣）等情緒性字眼時不時就出現，這類嚴重感傷性的字眼一直延續至他的第二本詩集《枇杷樹》（兩部詩集寫作時間相差無幾）。而在《枇杷樹》裡更出現一位他早期耽戀的女性人物——惠。惠是他愛戀與抒情的對象，這些合共十七首的所謂「惠詩」，竟占該詩集的百分之四十三．六，幾為半數，比例不可謂不重。「惠詩」被認為是詩人創作的主題原型之一，同時並指涉兩個層面：一是詩人「對愛情、青春、美麗、激情、思念、憂愁等的抒寫」；二是詩人「對人性提升的讚美與思考」（楊四平，四七）。事實上，將李魁賢這些「惠詩」視為創作原型，未免誇大其辭。的確，「愛」是李氏後來詩作裡一個居重要地位的主題，惟此「愛」非彼「愛」（惠的愛），愛惠的詩不過是少年詩人痴情的情詩，抒發的是維納斯（Venus）對阿都尼絲（Adonis）般一廂情願的愛戀。反倒是枇杷樹作為此時詩人創作的主題更具原型意味，它一來可視為作者自身之寄寓（如〈向南方的列車〉、〈一株樹的生長〉、〈未終曲〉），二來也是詩人的依靠所在（如〈秋之午〉、〈舞會素描之三〉、〈泉啊〉），與桓夫詩裡的「密林」有異曲同工之妙。

到了第三本詩集《南港詩抄》，雖然出現了不少所謂的「工業詩」（或說是工廠詩），敘寫詩人的工廠生活，素材看起來是寫實的，但是詩的基調仍舊是感性抒情的，如開篇第一首詩〈工廠生活〉首段即直言：「千萬匹馬達的吼聲／如陽光般　穿過密密麻麻的／管線　落下來／黏在黝黑的鋼鐵親屬的肌膚上／因感動而搖擺　而反響／回音如琴弦般／絲絲飄盪」，把馬達的吼聲寫成讓他感動的樂音，以致末段竟說：「聽著那不住的吼聲／我就心安極了　舒泰極了／在凝定中／就加入吼聲　化成一音符／加入汽霧　結成一水

59 雖然李魁賢在鍛接期即已發表詩作，但他的詩集都在展開期後才出版，在此將之歸入展開期內討論。

珠」。正因為基調如此，所以李魁賢的這些工業詩被認為「存有早期城市詩歡呼現代工業文明的遺韻」（楊四平，六五），其面對都市與工業文明的態度毋寧是接近未來主義（futurism）的。雖然後來的李魁賢對現代主義不懷好感，但在一九六〇年代中期的楓堤，仍未脫現代主義的習氣，例如他在「銀座」（〈銀座〉）的「咖啡店」（〈咖啡店〉）所見就是這種現代主義的光景。

真正掙脫年少浪漫情懷的創作則要從他一九七六年出版的《赤裸的薔薇》開始，然而這時的歷史已來到了回歸期。與上一本詩集相隔十年的《赤裸的薔薇》，風貌上有了很大的轉變，此或與李氏加入笠詩社（《笠》第三期）後受到的影響不無關係。上述提及的在他加入「笠」之後始出版的《南港詩抄》，雖說不脫浪漫情懷，但已少見初時那種為賦新詞強說愁的感傷似宣洩，而且出現在台灣詩史上難得一見的工廠詩，其實也已經碰觸到冷酷的現實。《赤裸的薔薇》宣告楓堤時代結束，登場的是從內在現實逐漸轉向外在現實的李魁賢。感性褪去、理性抬頭的創作中期，對李魁賢來說，首先是使用的語言更為質樸——這也是笠集團的詩人共有的特徵。事實上，早期即便是若干表現現代主義的詩作，李魁賢的語言仍不像同時期的創世紀詩人那樣詰屈聱牙，晦澀難解。其次是他的反思性（或思想性）增強，譬如〈時間〉、〈陷阱〉等詩，乃至他首度出現的「旅遊詩輯」（〈旅歐詩抄〉）裡的旅遊詩（如〈教堂墓園〉），都不乏這種哲思性。其中不少詩作甚至還具濃烈的批判性，如膾炙人口的〈鸚鵡〉這首諷刺詩，表面上是在諷刺唯命是從的人，骨子裡則是在批判為政者的愚民政策——所以這也是一首典型的政治詩。

之所以會讓李魁賢的表現有所轉變，咸以為與此之際他開始接觸德國詩人里爾克並翻譯他的作品有關。從一九六七年起他即陸續翻譯出版里爾克的相關著作（以及其他德國詩選），而里氏的另兩本扛鼎之作《杜英諾悲歌》與《給奧費斯的十四行詩》，李魁賢更在一九六九年同時完成其中譯本的出版。可以說，他於此時寫就的〈黃昏樹〉、〈鸚鵡〉、〈陷阱〉等詩，多少都有里氏〈賣春婦〉、〈鸚鵡園〉、〈豹〉等詩的影子；而里氏擅長的詠物詩（如著名的〈豹〉、〈紅鸛〉、〈黑貓〉等），對他後來大量的詠物詩亦不無影響。不過，里爾克對他的影響也不必被誇大。早期的里爾克傾心於印象主義（impressionism），而印象主義有非思想化的傾向，強調「在感覺轉化為感情的一剎那抓住那瞬間即逝的印象」，常以「伴生感覺」（由一種感官引發另一感官的感覺）手法（袁可嘉，一八三），表現其印象的主觀性，也因而往往流露悲觀的情緒乃至帶有頹廢的色彩（如里爾克的〈秋〉、〈孤獨者〉等詩）。如上所述，李魁賢早期詩作雖也有主觀印象式的悲觀情緒，但仍不能率爾比附里氏的印象主義[60]；再者，里氏後來轉向（後期）象徵主義，詩作「以對人生和宇宙的深刻玄想以及新奇的形象著稱」（袁可嘉，二六九），尤以《杜英諾悲歌》與《給奧費斯的十四行詩》為此時期的代表。但是綜觀李魁賢前後期的詩作，都罕見有里爾克式神秘主義的傾向，特別是晚期的詩作，由於語言極為透明，語意清晰可見，與里爾克簡直是背道而馳[61]。

《赤裸的薔薇》之所以讓詩人自己看重，也是他邁向現實世界的轉捩點，除了受惠於里爾克的啟發外，更大原因是他早先萌發的新即物主義此時開始有所展現，如〈正午街上的玫瑰〉、〈蒼蠅〉、〈盆景〉等詩，這些新即物主義的抒事詩，以「知性的抒情表現」把握外界事物，直搗物象的核心。一般認為笠詩社提倡新即物主義，但有關新即物主義的主張，除了杜國清、陳千武等少數詩人的論述有所觸及外，笠詩人中鮮少有完整的論著加以釐清；而轉介自日本村野四郎與笹澤美明的新即物主義[62]，除了杜國清、陳千武、白萩、

60　李魁賢是從一九六五年起才著手翻譯里爾克的詩作、書簡與傳記，而《靈骨塔及其他》與《枇杷樹》二本詩集皆早於一九六五年出版。

61　李魁賢在〈從里爾克到第三個世界的詩〉一文中曾拿自己來和里氏比較，他說：「在態度上，里爾克是超脫的，我是比較介入的。」（轉引自鄒建軍，一一四）這一番夫子自道的說法，也頗有道理。

62　新即物主義一詞亦出自日人茅野蕭蕭教授的翻譯。

鄭炯明等人有所觸及外，就屬李魁賢有意為之，而這又得接上里爾克這一德國的源流了。新即物主義是日本詩壇從德國引入的理論與創作主張，而在德國它又係自表現主義（expressionism）發展而來（陳俊榮，二〇一四：五二），也可說是在表現主義裡混合了寫實主義的色彩，「強調用主觀感受的真實去代替客觀存在的真實」（楊四平，一四〇），而里爾克《形象之書》與《新詩集》時期的作品便有此表現主義的傾向，也因此被視為表現主義的先驅；李魁賢研究與翻譯里氏之詩，自然而然從他那邊接上衍變而來的新即物主義。

除了上述諸詩，後來收在《水晶的形成》（一九八六）裡的〈檳榔樹〉一詩即是新即物詩的代表，首段：「跟長頸鹿一樣想／探索雲層裡的自由星球／拚命長高」，雖將檳榔樹比擬為拚命長高的長頸鹿，基本上仍算是客觀性地描寫，但也寫出檳榔樹的心聲。次段說：「堅持一直的信念／無手無袖／單足獨立我的本土／風來也不會舞蹈搖擺」，單足無袖且不隨風搖擺乃是客觀存在的事實，但也顯示它內在那堅持「一直」的信念。以上這兩段大體上係詩人就檳榔樹客觀的即物性而發，但接下來的第三段：「愛就像我的身長／無人可以比擬／我固定不動的立場／要使他知道／我隨時在等待」，以及第四段：「我是厭倦游牧生活的長頸鹿／立在天地之間／成為綠色的世紀化石／以累積的時間紋身／雕刻我一生／不朽的追求歷程和記錄」，這已經是詩人進入檳榔樹的內在去感受它的思想，也就是將客觀主觀化了；反過來說，此則無妨視為詩人的藉物抒情（或言志），於是物我在此就有了交融，在「寫實」的同時也有了「表現」——此種表現手法也可能得益於里爾克的詠物詩，而李魁賢讓人稱道的詩作多半具有這樣的特色。

《水晶的形成》和另一冊《李魁賢詩選》（一九八五）是李魁賢在一九八〇年代交出的兩本詩集，此時的他語言放得更鬆，這當然也算是他向笠詩社的「回歸」，而質樸的語言一向是笠的特點。比較特別的是，在《李》書中出現童詩的創作（第四輯〈變奏〉），可見他想拓寬創作領域。但讓人更為印象深刻的是這本詩集中出現的大量的政治詩，其中對於政治犯這樣的人物（受刑人）尤為著力，如〈古木〉、〈文告〉、〈留鳥〉

等詩，寫出他們渴望民主自由的心聲。從這時起，李魁賢對政治詩似有濃烈的興趣，之後包括在一九九〇年代出版的《永久的版圖》（一九九〇）、《祈禱》（一九九三）、《黃昏的意象》（一九九三），政治詩都是詩集裡的要角，他也不諱言自己的政治立場（〈獨立憲章〉一詩即為顯例），始終堅持台灣主體性，譬如〈名字〉一詩提及自己的名字有西洋名、東洋名、漢名，乃至於筆名，但總不如台灣名ㄎㄨㄟ ㄏㄧㄢˊ來得親切，而這也是他希望聽到的名字。但是像〈對蹠的意象〉、〈紅柿〉等詩，尤其《黃昏的意象》中「社會寫實」一輯，其語言都流於散文化，詩味盡失，遠不如〈石雕——泉州老君岩〉（借古諷今）與〈鵝掌藤〉（指桑罵槐）等旁敲側擊式的批判。或因此故，在二〇〇〇年政權輪替之後，他的政治詩便大量銳減，收在《千禧年詩集》裡的〈五月〉一輯（該年五月民進黨上台執政），因為「季節在改寫歷史」，於是五月有陽光、有和風、有歌謠……是「慶典的季節」，是詩人「新世紀的愛」。此一態度之丕變，自是不難理解。

政治詩（社會詩）當然不是後期李魁賢詩作的全部，甚至亦非其創作核心；雖然此時的他語言流於淺白，卻仍極力拓寬各種題材，如寫台語詩、旅遊詩、水果詩、海鮮詩，乃至於「貓詩」（以貓為抒寫對象）等等，《千禧年詩集》裡的第一輯〈給台灣的後代〉甚至嘗試「從詩題開始」寫作（以首行詩句為詩題）[63]，以創造新的詩體。事實上，從《赤裸的薔薇》之後轉向現實世界的李魁賢，抒情的本心始終如一，在晚期的作品裡仍可處處感受到他的

李魁賢，《千禧年詩集》（秀威資訊出版／提供）

63 孟樊有一本詩集《從詩題開始》（二〇一四）作法亦同，即以題目作為詩作的首行起興寫作。惟該冊詩集並非乞靈於李魁賢。

「有情」，而「愛」才他詩作的關鍵詞——不論是小我之愛抑或大我之愛。他讓人稱頌的多半是寫得極佳的新即物詩，而這正是他在客觀的事物上傾注他的有情有以致之。

十四、林泠

一九五六年由紀弦發起的現代派，先是有九人籌備委員會的籌組，當年一月十五日在台北舉行第一屆年會，正式宣告現代派的成立，那時林泠即以十八歲青春少女之姿列名籌備委員。林泠的第一首詩〈流浪人〉發表於一九五二年《野風》雜誌第三十八期，當時她還是十四歲的初中學生；若說她不是早慧詩人，那麼台灣詩壇恐怕也不敢有人自稱是早慧詩人了[64]。她一出手即帶有浪漫情懷的〈流浪人〉，與男詩人羅門的〈流浪人〉、白萩的〈流浪者〉那種頗有孑然身影的現代主義作品可說背道而馳。說也奇怪，林泠的人參加現代派（而且算是核心分子之一），但是她的詩卻一點都不現代派——其實現代派詩人如張秀亞、蓉子、鄭愁予等人都有這種弔詭現象。

極早起步的林泠，早期的創作多集中在一九五五至一九五七年，到了一九六〇年代則只有五首詩作，然後在美國求學、結婚、工作的她，就似在台灣詩壇消失無蹤。她的第一本詩集甚至遲至一九八一年才出版。爾後於一九八〇與一九九〇年代，她總共交出不到十首作品（其中有兩首作於一九八一年的詩作〈南京東路微醒〉、〈非現代的抒情〉收進首部詩集裡），再以後就是她於千禧年後出版的第二本詩集了。總的來說，林泠迄今共交出八十一首詩作，收在前後兩本詩集《林泠詩集》（一九八一）與《在植物與幽靈之間》（二〇〇三）裡，但這兩冊詩集約略等於瘂弦一本詩集的分量，於此，便不得不將之歸為少產詩人的行列了。

林泠這兩本詩集將她的創作也劃分為早晚兩期，即早期的《林泠詩集》以及晚期的《在植物與幽靈之間》，但是前冊中第五輯「非現代的抒情」所收七首詩作，除了最末首的處女作〈流浪人〉外，其餘六首（四首寫於一九六〇年代，二首作於一九八一年）皆可視為中間的過渡時期，亦即她在此將要向青春期的少女情懷告別，而走向她那「在植物與幽靈之間」現實的生活世界。

表面上看，早期林泠的詩作予人有矜持純美的少女印象，如〈三月夜〉末段所說：「還有一些——／我是不能說的／三月的夜知道／三月夜的行人知道」，以及〈未知的上帝〉第二段未予透露的：「她祈禱甚麼，有誰聽見／她的虔誠——／啊，爐香的灰燼碎落／她手中握著一枝紅花」，然而如此婉約含蓄的情懷背後卻也隱藏著強烈的情緒，如前面溫婉的她手中即「握著一枝紅花」，而在〈一張明信片．一九五五年〉裡則說，在她「高築的城垛之上／憂鬱　便架起雲梯／翻身降落」；更在為人稱頌的情詩〈微悟——為一個賭徒而寫〉中寫道：

在你的胸臆，蒙地卡羅的夜啊
　我愛的那人正烤著火

林泠，《林泠詩集》（洪範出版／提供）

64 事實上，當時初入詩壇的詩人不少人都很年輕，如與林泠同庚的黃荷生即在十七歲出版詩集，而晚林泠兩歲的楊牧也在二十歲出版處女詩集。如同後來梅新的回憶所說，那時參加現代派的他們都非常年輕，進出紀弦家門的幾乎全是一群穿中學生制服的學生，和一群「尚未長毛的小兵」，但在這一群人之中，林泠的年齡最小，所以大家不呼其名，而叫她「小朋友」（三五—三七）。

他拾來的松枝不夠燃燒，蒙地卡羅的夜
　他要去了我的髮
　　我的脊骨……

這首情詩把愛情寫到此種無以復加的地步——對方連脊骨都要去了，顯見其情感之濃烈，可是敘述者不僅沒有因此而不捨，其語氣中甚至含有心甘情願的默認味道。

〈微悟〉一詩之所以為人津津樂道，係因其另有迷人之處。首先，這首隱帶強烈情感的情詩，短短的四十八字卻洋溢著清純、新穎、生動的意象，此則拜賜於詩人將蒙地卡羅予以擬人化——「你的胸臆」就這樣出現；但這個「你」可是個雙關語，除了是指已擬人化的蒙地卡羅外，更兼指我愛的那人，而他正烤著愛情的火，他要的愛是「我」的全部——這全部則用髮與脊骨的意象來呈現（其他如〈紫色與紫色的〉、〈題畫〉、〈一張明信片〉……意象均極生動優美）。

其次，這首小詩有著林泠一貫特有的音樂性，她詩作的韻律節奏，被認為「可能是台灣現代女詩人中控制得最好的一位」（鍾玲，一九八九：一六二）。林泠酷愛句中逗（頓），以此來調控語氣，也因此極少見到她出現冗長的詩行，而句中逗得以讓詩裡的語氣舒緩，不必有一瀉千里的誦讀壓力，如〈紫色與紫色的〉的第三行：「如同我，在五月，五月的一個清晨」以及末二行：「而你，你曾聽過它的聲音麼？」而上述〈微悟〉的首行「在你的胸臆，蒙地卡羅的夜啊」出現的句中逗即如出一轍。此外，林泠亦擅用重複手法（如排比）以製造節奏感，上面的「我的髮」與「我的脊骨」即是排比手法的重複，這樣的詩例所在多有。在早期，和楊喚一樣，林泠還喜歡使用感嘆詞如啊、哎、哦、噢、呀、哪，這種略帶輕喟的語氣，則形成詩中人（年少）那特有的口吻，也作為表達詩人情緒的輔助表現。

雖然林泠的抒情詩如上所述寫得極為柔美，卻也呈現特有的女性自覺意識，譬如《林泠詩集》開篇的第一首〈不繫之舟〉就十足展現了女性的不受羈絆的自由意識：「沒有甚麼使我停留／——除了目的／縱然岸旁有玫瑰，有綠蔭，有寧靜的港灣／我是不繫之舟」，玫瑰、綠蔭、寧靜的港灣等美好事物，都無法牽絆她，蓋「意志是我，不繫之舟是我」。再如〈叩關的人〉中揚著馬鞭前來叩關的浪子，顯然無法越城池一步，因為城裡的她「把每一方門牆都緊鎖了」——如此意志堅決的女子正好對比於鄭愁予〈錯誤〉與〈情婦〉裡那位殷殷企盼浪子回來「臨幸」的婦女。還有像〈阡陌〉這首描寫男女雙方戀愛過程的情詩，開頭即明言：「你是縱的，我是橫的／你我平分了天體的四個方位」，充分展現了男女平等的意識，這在台灣兩性平權尚未萌芽的一九五〇年代即有如此的女性自覺意識，殊屬難得。

縱然具有當時罕見的女性主體意識，林泠早期擅長的情詩仍然是那麼溫婉動人，即便是如上所舉〈不繫之舟〉等詩，她的口吻也是不慍不火的。情詩〈雪地上〉的視角尤為獨特，以已逝入墳的第一人稱女子「我」，來抒發她對於戀人「他」的愛戀，雪地上睡著的那戀的白骨，令人覺得情到深處無怨尤。然而如此的深情到了「非現代的抒情」已見轉變痕跡，寫於一九八一年的那首〈非現代的抒情〉記述了她對主知的現代主義（當初加盟的現代派）的反思，詩題「非現代的抒情」不啻表明她抒情的創作態度是有別於現代派的，以致她之抒情始為「非現代」。但這首題曰「抒情」之詩，卻一點也不抒情，看來似有向她早期抒情歲月告別的意味。

然後就接續到她《在植物與幽靈之間》的創作晚期。晚期的林泠，已來到中年的婦女歲月，詩裡則不復見最初含苞待放的少女那可「愛」的模樣了，詩風也不再柔美，而早期那種輕柔的抒情語調則杳然無蹤，其中若干詩作如〈網路共和國〉、〈史前的事件〉更都是知性語調，特別是後詩，雖然同樣是寫愛情，林泠卻把它當論述來經營，宛如厚重的「現代的非抒情」。其詩風如此之轉變，或與鄭愁予有相似之處，中晚年之後的他們更日常、更入世，已不再「天馬行空」了。換言之，「在植物與幽靈之間」的林泠，詩作內容更為生活化，更貼近現實，例如〈20／20之逝〉寫她於眼科手術之前的心境，〈春日修葺二、三事〉寫她春天在自宅修葺屋子偶見報紙舊聞的感興，〈在（無定點的）途中〉等詩也寫她的旅行所感；而更多的詩則是懷人（及酬贈）之作。雖然她仍像早期那樣喜用「，」、「：」、「；」、「——」等標點符號以及句中逗以調節語氣，但音樂性已不如曩昔突出——這或與她增加詩行將詩拉長有關。而最讓人印象深刻的是，她常執拗地將詩行硬切分段，此舉雖可製造懸宕，但她頻繁使用，只要是分段詩，在多數的段落都會如此硬切，幾乎形成一種慣性的重複，難免造成「閱讀上的災難」。

晚期的林泠一反早期那種柔美可感的抒情風格，在她將內在的感知以外在的形象表述而出時，儘管未使用紛繁的意象，並讓意象語來敘述，卻也因為她刻意創造迷濛的感興，致使不少詩作如〈遲緩的禮讚〉、〈詩釣與海戍〉等詩都難以索解（即便很多詩末都加上附註或後記）。如今林泠的「美好」令人回味的是，先前那位在「雪地上」來到「四方城」「叩關的人」啊[65]！

十五、敻虹

小林泠兩歲的敻虹，是早年藍星詩社難得一見的女同仁，十五歲就讀台東女中的高一即發表她第一首詩作〈離人〉，刊登在《台東新報》的副刊上。初初寫作新詩的敻虹，詩作多在《藍星》相關的刊物上發表：一九五八年秋她從台東北上負笈於台師大藝術系，結識了藍星、現代詩、創世紀諸詩社的眾多詩人，一躍而成為瘂弦所讚賞的「繆思最鍾愛的女兒」。繆思最鍾愛的女兒於中年之後遁入佛國，潛心修佛，不僅詩作少產，詩風也大有轉變。她出版的詩集包括《金蛹》（一九六八）、《敻虹詩集》（一九七六）、《紅珊瑚》（一九八三）、《愛結》（一九九一）、《觀音菩薩摩訶薩》（一九九七）、《向寧靜的心河出航》（一九九九）等六冊，其中《敻虹詩集》第一輯所收詩作即是首本詩集《金蛹》的作品（只差兩首）[66]，以逾一甲子的詩齡而言，敻虹也不算多產。而以一九六〇年代成名的詩人來看，他們的詩作不是多產（如余光中、洛夫、碧果、楊牧、李魁賢）便是少產（如瘂弦、商禽、方莘、林泠），成了兩個極端——敻虹則可謂為後一類詩人。

自創作風格演變以觀，敻虹的詩作大體上可以分為前後兩個時期：前期主要的詩作俱見於《金蛹》與《敻虹詩集》兩本詩集裡，而後期的詩作係收於《愛結》、《觀音菩薩摩訶薩》與《向寧靜的心河出航》中，其間《紅珊瑚》一書則可謂為前後期的過渡之作。前期敻虹的創作，大約持續到一九七〇年代末與一九八〇年代初，其中表達情愛的抒情詩是此一階段最拔尖的女高音；而後一階段，中年詩人虔敬禮佛，童詩與佛詩（宗教詩）則幾乎成為她此時的主要創作[67]。當然，如此的分期絕非涇渭分明，如《敻虹詩集》裡的〈虔心人〉與〈閉關〉即已現「佛氣」，而《愛結》裡〈白髮的原因〉仍可感受情愛的眷戀。

敻虹（文訊提供）

65 「雪地上」、「四方城」、「叩關的人」分別是《林泠詩集》中第三、二、一輯的輯名。
66 敻虹於二〇一四年曾同時出版《敻虹詩精選集．抒情詩》、《敻虹詩精選集．宗教詩》（均為佛光版）兩本舊詩重選詩集。
67 敻虹寫童詩，或與她之後為人母與喪子之痛有關。

早期的敻虹，以清新可感的情愛抒情詩取勝，溫婉多情的詩風，大體上表達的是靉靆的少女情愫，如〈如果用火想〉、〈白鳥是初〉、〈夏天凝凍在此〉、〈水紋〉、〈詩末〉……都是令人低吟不已的情詩；雖然其情詩難免感傷，兼且《敻虹詩集》「白鳥是初」一輯裡的抒情對象意有所指地針對那位「藍」，然而其呈顯的情感面向則較諸低她一年的藝術系學妹席慕蓉複雜許多，譬如〈我已經走向你了〉一詩便顯現了女性主動追求愛情的行動力，她不僅主動走向「你」，且是「眾弦俱寂中唯一的高音」，更是雕塑愛情的手；但〈當你畫我〉裡卻又聽令於「藍」說：「仰臉，望我——」，形容自己是「一株嗜光的小植物」，而後太驚怯地跟著仰臉望他；而〈彩色的圓夢〉抒發的情懷則可和席慕蓉〈一棵開花的樹〉拿來相較：席詩一往無悔的愛情表露的是那「凋零的心」，而敻虹的「彩夢」雖也和席詩類似「讓我也建一所華屋／就在你住著的大路」，乃至懷想「昨夜行經你的居處／竟希望你恰好推門而出」，但這裡用了個「竟」字，並不像席詩是「求來的等待」，兼且她又想到「下次再見，已經中年」，那時芳華已逝，雖還有七彩斑爛的夢，卻已飛入一片迷茫，不僅沒有了「等待的熱情」，情愛也難以再圓。至於說到「夢」，此時的少女敻虹，確實太愛「作夢」，〈莫〉、〈滑冰人〉、〈你有所夢〉、〈懷人〉、〈水紋〉……都是夢！

敻虹，《敻虹詩集》（大地出版）

在敻虹返璞歸「真」（佛）之前，若要為其詩作拈出一個主題，所謂「為情所苦」差堪比擬，就像她後來在《愛結》裡將所收錄的詩作分為三輯（苦詩、童詩、讚詩）的第一輯的說法。她為情所纏繞了大半生，早年詩作多情，自有年少易感情懷，已如上述；即便到了晚期，像在〈只有晚風與空無〉裡，愛之眷戀依舊揮之不去：「你俯身拾過秋山的紅葉麼？光澤的葉面不易題詩，／年深日久，剝離容易，／粉碎在我手中也容易。／那一分分支解的，正是／前生當年，我對你的愛情。」話雖如此，後期的抒情詩作——或隨敻虹自己所稱的這些「苦詩」，已不再任情懷任意揮灑，或融佛家智慧於她的人生之體悟，不少詩作均有哲思意味，即以前後期的〈詩末〉與〈問愛〉二詩作為對照即可看出其間差異。前詩說：「愛是血寫的詩／喜悅的血和自虐的血都一樣誠意／刀痕和吻痕一樣／悲懣或快樂／寬容或恨／因為在愛中，你都得原諒」，對於愛，她是不假思索地堅決認定「愛要原諒」；而且愛還讓她的淚因想你而泛濫成河。但後詩則說：「愛或者是恨？／心中的想念，向／遺忘之為難，試問。／原諒，還是計較？愛向／愛問。」此時的愛已不復一廂情願地等同於原諒了，愛得返身自問，頗有「愛之辨證」的味道。

有趣的是，從上述的〈問愛〉一詩，吾人可以發覺敻虹詩作於形式表現上的一個特徵——喜用短詩行。這在早先的《敻虹詩集》還沒那麼明顯，雖然連〈東部〉、〈台東大橋〉這等氣勢較為強而有力的詩作，已見短句形態，但是從《紅珊瑚》之後，她的詩行常常愈寫愈短，如〈蛾〉、〈本事〉、〈記得〉等詩。短詩行除了短句本身所造成外（如〈記得〉之二的頭一行「關切是問」），更因為詩人特意迴行有以致之（如同詩之二的二至四行「而有時／關切／是／不問」，將「而有時關切是不問」一句連三次迴行），於此，余光中即指出：「迴行太多，乃使句法繁瑣，文氣不貫。」容易造成「吞吞吐吐囁嚅不快之弊」，譬如〈又歌東部〉第三段後九行詩便有五處迴行，顯得節奏不順，相當拗口。

這還不打緊，要命的是她擅用迴行卻造成句子硬切的情況，常將所有格或形容詞的「的」字硬切迴到下一行當起首字（前者如〈鄉愁〉第三段末三行與二行「那寶石藍、翡翠綠、銀白／的地球，發光而冉冉」；後者如〈中年的詩〉末二行「是這樣好，偶然因別人而流淚／的中年」），這不只導致節奏的不暢，也形成語意的頓挫。一九九〇年代青年詩人寫作的後現代詩，往往也出現「的」字當頭的這種硬切法（如林燿德），或可能受自敻虹的啟示。所幸她晚期的詩作尤其是那些讚詩（佛詩），已經改掉這頻繁迴行的惡習。

除了上述迴行的慣用手法外，敻虹還喜用重複句式，諸如排比句與複沓句，以達強調語意的效果，更多的是製造節奏性音響，如〈翻開這頁次〉、〈寫在黃昏〉、〈夜晚〉、〈依稀雨中〉、〈秋箋〉……都有絕佳的音樂性，其中以〈水紋〉一詩最具代表。不說此詩所使用的排比與倒裝句，光是第一、四、五段開頭的複沓句，從「我忽然想起你」到「忽然想起你」以至於「忽然想起」，重複的句式中，但見字愈來愈少，除了音樂上有迴環的節奏性（且成漸弱狀態）外，更符合詩題「水紋」所示：往外擴散的水紋愈見微弱，就像詩人的想念一樣。

在《紅珊瑚》中首見的童詩與讚詩二輯，已宣告詩人將告別她的一九七〇年代早期「白色的歌」的「金蛹歲月」。「懷人」（包括懷鄉、悼人）一向都是敻虹詩作常見的主題，此則到了過渡期的《紅珊瑚》甚至更為明顯——而這也緣由於她的多情。此時嫁做人婦的詩人居住的四方城，受到四面牆的「圍堵」（不似林泠四方城的防護）：物質（經濟）、血脈、丈夫、夫家，但她卻能甘之如飴：「還好能寫一點詩／住在這樣一座四方城」（〈四方城〉）。或許此因詩人年屆中年，對於情愛與生活之種種有了幡然的體悟，如〈中年的詩〉末段所言：「山、海、沙、月／為支骨和膚顏／是這樣好，偶然因別人而流淚／的中年」。或也因此領會，從此敻虹的語言放得更鬆。然後是她禮佛的進一步領悟，以至於她轉向佛詩的寫作。

敻虹的佛詩，如其所稱主要是禮讚之詩，這些讚詩以最早收在《紅珊瑚》中的詩作為優，她妙用佛語，巧探禪境，且兼具意象之美，誠如余光中所言，可謂在周夢蝶之外另闢一勝境（一九八三：一二）。惜乎後來收在《觀音菩薩摩訶薩》裡的佛詩，禮懺聲響太重，甚至帶有些許教喻意味，宗教的殊勝反壓過詩的力道。然而，她轉入佛國寫佛詩，在台灣詩壇確實不作第二人想。

十六、方莘與方旗

方莘

方莘於一九五〇年代末現身台灣詩壇，第一首詩發表時尚未及弱冠之齡[68]，旋於一九六三年出版一本詩集《膜拜》，之後復出版詩劇《坐在大風上的人》。他是藍星詩社的一員，卻因其個性木訥寡言，少與同仁往來，可說是一名「孤鳥似的詩人」。自一九六五年赴加拿大留學後，方莘詩作即遽減，乃至停筆；直至一九八〇年代初，始見他重提詩筆，但產量仍少，張默主編的《七十一年詩選》曾選入他一首〈請進〉[69]，之後，人彷彿便從詩壇消失了。然而，或許正因為他的少產，寓居美國之後又毫無聲息，而迷人的「獨一無二」的詩集《膜拜》，反讓人更加「膜拜」[70]，引發「追思」。

〈藤蘿架〉是他《膜拜》詩集裡最早發表的一首詩，抒寫寧靜的午後詩人在「寂寞的長廊」陷入的沉思與遐想，長廊裡有幅懸掛在藤蘿架上的「寫意的畫」。表面上，詩人似在寫景，進而即景抒情，實則是藉此在向自己探索，「向未可知的虛空」探索那「朦朧而清醒，忘我而欲眠的意境」。讀這首詩時，自然而然會出現覃子豪那首〈畫廊〉的身影，兩詩意境雖然不同，但可以肯定覃氏對方莘是有一定程度的影響。〈藤蘿架〉的語調和〈畫廊〉一樣是理性與感性兼具的，但在它之後出現的收在輯一的短詩以及輯二的組詩〈練習曲〉，多是抒情之作，色調既抑鬱又明朗，語調則是悠揚而感傷。這些抒情詩的語言精煉無比，值得再三咀

68 方莘就讀師大附中時即開始投稿，據張默言，他是從現代畫之門步入現代詩的（張默、蕭蕭，二〇〇二：一〇四一）。而他的詩集《膜拜》的封面，是由他的附中同學畫家韓湘寧所繪製。

69 〈請進〉一詩後來再度被收入張默與蕭蕭兩人合編的《新詩三百首》（二〇〇二：一〇三七—一〇四一）一書裡。

70 《膜拜》詩集僅六十八頁，收詩二十一首，卻曾在茉莉二手書店以兩千七百五十元高價拍賣，足見其書之叫座。

嚼，一反當時競逐晦澀而不知所云的詩人惡習。

綜觀《膜拜》輯一與輯二這十四首抒情詩，凸顯了方莘詩作兩個最大的特色：其一是它們具有高度的音樂性。其實，從上述〈藤蘿架〉一詩即可看出方莘詩作的這一特徵，〈藤蘿架〉利用具迴環性的排比與複沓句，加上句中「頓」的作用以及不拘一格的自然尾韻（如：點、線、廊、芒、域、玉、後、舟、靜、境、去、虛、案、段、影、景），形成極強的音樂性。〈練習曲〉組詩一樣具有此音樂的特點，雖然此詩不再有明顯的尾韻，但它加上疊詞、疊句、雙聲疊韻，以及呼告法（呼喚「林達」）的反覆出現，致使此詩讀來流暢自然，頗具迴還性節奏，其音樂性的流暢度絲毫未遜於鄭愁予。其餘如〈復活〉、〈天窗〉、〈遲到者〉……一樣都頗有流暢的音樂性。其二是它們生動的多彩多姿的意象，特別是極富感官美的意象，頗具意象主義（imagism）的聲色。譬如〈黃昏以前〉如此形容黃昏：「欲暮的天空是杯溶化的草莓冰淇淩／霓虹塔以初熟的絳色一片片地偷舔」，視覺意象優美鮮活；再如〈開著門的電話亭〉說：「她的笑聲是一把閃亮閃亮的銀角子／撒得滿地叮噹叮噹作響」，不僅具視覺美，更具聽覺美，清亮的笑聲簡直要躍然紙上。這十四篇聲色俱美的畫卷，大體上描繪出一身孤獨、寥漠與淡泊的少年形象。

以上輯一與輯二這些抒情的短章，到了輯三所收七首長詩，顯然有了極為不同的風貌。這些長詩不論在意象的經營、語言的運用，尤其是形式的表現，都各具亮點，自成特色。首先，這些長詩呈現出繁複且驚人的意象，如「生命底碎屑／汽化於硫磺火的沐浴」（〈熱雨〉）、「卜洛可非夫乘無尾彗星掠過／我嗅到八爪星雲磁性的音樂」（〈夜的變奏1〉），直追超現實主義的凜烈，卻又無其晦澀之感；且此時其意象亦不復輯一與輯二那般「甜美」。其次，這些長詩的語言也跟著變調，即語言的質感變硬了，如〈咆哮的輓歌〉中「言辭如雪的激辯」；語言的質地變硬，係因其字質轉趨稠密有以致之，而字質之所以稠密，又因意象更為超拔繁複以及帶入的理性思考（未必符合邏輯）有關。以此觀之，〈咆哮的輓歌〉較諸洛夫的〈石室之死亡〉簡直不遑多讓，但它卻更為可感。

最後則是詩形式的表現。純就形式的表現來看，在展開期裡的詩人中，方莘可以說是獨占鰲頭的第一人。其實收在輯一裡的〈速度的變調〉與〈空虛的擁抱〉、〈雲〉與〈雨〉，即率先嘗試一詩兩寫（由同一素材平行發展寫成兩首詩，且兩詩無論是行數、分段，乃至斷句等都相似）。而輯三中的〈膜拜〉詩行則一反常態地以齊尾排列，自平地起高樓，以示膜拜的仰望。〈夜的變奏1〉與〈夜的變奏2〉更是一詩兩寫，前首是交響曲（曲式繁複，眾聲交響），而後首則是獨奏曲（一音定調），內容雖一，惟因音樂不同，詮釋也會有差異。且此二首詩之所以命名為「變奏」，起因又來自方思的〈夜歌〉——係自〈夜歌〉延伸的變奏曲。最讓人驚訝的是最長的〈去年夏天〉一詩，這首詩顯得頗為凌亂，原因是它自顧自地引述詩人前述詩作的詩句（如〈熱雨〉、〈膜拜〉），還有同詩中後面的句子抄襲前面的句子，甚至剪貼《筆匯》一卷九期的目錄，端的是詩句大雜燴！方莘已得後現代跨界剪貼的神髓。

對於西洋現代主義不陌生的方莘，不免也師承現代派諸大家如赫爾姆、康明思（E. E. Cummings）等人（余光中，二〇〇八：二一三）；而他對於詩形式的實驗，或有美國詩人麥克里希（Archibald MacLeish）影響的痕跡。麥氏那首膾炙人口的〈你啊，安德魯．馬維爾〉（"You, Andrew Marvell"）係襲用了馬維爾（Andrew Marvell）的〈致語怯情人〉（"To His Coy Mistress"）的典故，形成兩詩的互文性（intertextuality）；此外，麥氏詩作「色彩的鮮明，音樂性的安排，和長句法的把握」（余光中，一九七八：二六六），如此獨特的風格，如上所述，也見之於方莘詩作的展現上。如在〈遲到者〉一詩開頭的隱語「（穿透這顫抖半暝的大氣／我向你呼喚。）」似襲自麥氏〈不朽的秋〉的末行「我向你呼喚／越過這痛苦的大氣」。麥氏的詩作對於方莘自有啟示作用，但他多形式的實踐則已自成一格，非他人可以並論。

方旗

一九三七年早方莘兩年出生的方旗，第一本詩集《哀歌二三》出版於一九六六年[71]，反而晚於方莘《膜拜》的出版三年，之後於一九七二年再出版《端午》，從此便消失於台灣詩壇。方旗和方思、方莘同樣屬於獨來獨往型的詩人，他們都赴歐美留學，最後且定居在美國。他們三人的詩作被認為「都屬主知式的抒情，具有神秘的氣息」，而且「憑空而來又憑空而去，不示影蹤」（張默、蕭蕭，二〇〇二：一〇二二），詩人及其詩作俱「玄奧之風」。其中方旗尤為特殊，他的詩作幾乎不在詩刊或文學雜誌上發表，直接以單行本行世[72]。

余光中曾將方思、方莘和方旗三人列為他所謂的「方派」[73]，並提出「方派」這一群詩人的特色為：「對於現代各種藝術之間共通精神的敏感，一種高度秩序化的富於自覺的經營，一種形而上的玄想氣質，加上虔敬的宗教情操。」（二〇〇八：二一三）「方派」之說，尚未見堅實立論，惟余氏上述說法倒是指出方旗詩作的若干特色。先不說他的「玄想」氣質與「神思」情操，方旗那些迷人的抒情詩（泰半收在《哀》集裡的〈有無〉與〈江南河〉兩輯，以及《端午》一書），頗具「飄逸的情韻」，而且多少都帶有古典的氣味，這自然與他使用的語言（如文言文）尤其是意象有關，例如〈詩品〉一詩的頭段：「烏几吹藜／愁坐一宇宙的冷落／紅泥小爐閑煮忘川之水／寒夜挑燈苦讀詩品序／花落如雨，人淡如菊」。他的抒情風格較接近鄭愁予、葉珊、林泠與敻虹，但是與渠等不同的是，他的詩更具知性的凝鍊，而且又能化用西洋文藝素材（如神話、戲劇、文學，乃至《聖經》等），《哀》書後三輯〈趕集〉、〈哀歌〉、〈畫冊〉都是「擲地有聲」的「鏗鏘之作」，在感性的柔軟之中且帶知性的硬度，而此一知性特色毋寧又較接近方思、黃用與方莘了。

在方旗這些兼具感性與知性的詩作中，令人印象深刻的是他那流暢自然、伸縮自如、有疾有徐的節奏——此一特點讓他更靠近鄭愁予和方莘，他以長短句、句中頓，特別是重複修辭法等來塑造詩的音樂性，而後書《端午》旋律的優美甚至更勝前書《哀歌二三》，如〈烏江〉一詩的末段：

林莽的餘韻，古渡的興衰
逝水的智慧，荒祠的歲月
三艘船在江心交錯而過
　　漁船是項羽
　擺渡的舢舨是虞姬
　而錦帆的木蘭舟
　是他們的愛情
或者舢舨是霸主
木蘭舟是虞美人

71 出版於一九六六年係來自張默《台灣現代詩編目（修訂篇）》一書所載（一九九六：二二）。

72 張默與蕭蕭合編的《新詩三百首》說，方旗的詩從不在詩刊和雜誌上刊布，似有舛誤。瘂弦等人主編的《創世紀詩選》，便選入方旗兩首刊載於《創世紀》第三十期（一九七二年九月）的〈瀑布〉與〈噴泉〉（俱收入《端午》）。此說或出自余光中的說法，余氏在〈玻璃迷宮——論方旗詩集《哀歌二三》〉曾謂：《哀》集中的六十首詩，亦似乎從未在刊物上單獨發表過。」（二〇〇八：一九九）余氏僅就其印象所及推測，其時亦在《哀》出版後不久，有可能方旗直接出版詩集面世，但是之後在第二本詩集《端午》出版前，便有少數詩作在刊物上率先發表了；況且余氏的用語「似乎」一詞，也未敢做斬釘截鐵的肯定。

73 余光中在〈震耳欲聾的寧靜——重讀方莘的《膜拜》〉一文中將方思、方莘、方旗稱之為「方派」，並提及秀陶與薛柏谷亦可視為「方派弟子」，雖然他自承此說有牽強之處（二〇〇八：二一二）。

而漁船是愛情
不，也許木蘭舟是重瞳……
當雁字劃過長天
刮出淒厲的摩擦聲
一切全沒關係
轉瞬間舟楫各自東西，分離

這首詩旋律之優美，尚拜同一句型的重複所賜，以致形成一種迴旋式的音樂，聽來悅耳。這些重複式的詩行同時也是排比句，加上前二行兩個略帶對仗的句子，更凸顯其迴環性的節奏。其他如〈後院〉、〈口占一首仿里爾克〉等詩亦有異曲同工之妙。在《端午》集中，除了重複性修辭（在《哀》集中也屢見不鮮）外，他熟稔地使用排比和頂真句型（上二詩即為顯例，《哀》書〈祕密的死亡〉也是）以形成節奏流暢的音樂，可謂「餘音繞梁」。然而，這一流暢的音樂性卻也因為他慣用的齊尾詩行形式，或多或少打了折扣。方旗詩作向以齊尾排列，這形成他獨一無二的特色，若不從視覺方面考慮圖像意義，詩行以齊尾或齊頭排其實都無傷大雅。但齊尾排列在朗讀上，由於高低起伏不平的行首造成視覺的干擾，比較難以抓到下一行起讀的節奏。後來選入《創世紀詩選》的〈瀑布〉一詩未以齊尾排列，反形成十足的圖像效果，令人眼睛為之一亮。

然而，方旗詩之可感並非僅止於其音樂性，他那柔美輕巧的意象或如「我們的憂鬱是象／移動在遲緩的森林」、「我們的愛情是頭笨手笨腳的黑熊／在祕密的斜坡上獨自起舞」（〈我們〉）、「你未夢之夢挾帶遠方的山水前來入夢／願在頰而為胭脂／願在額而為香汗」（〈湘靈〉），爆發力驚人的意象或如「黑影的群馬從牆上奔來／聚集在蘆葦叢中飲河／他們以木乃伊的語言／隔著一條洶湧的奔流遙遠喊話」（〈輪迴〉）、「慢慢地水凫轉化為彩虹沉沒／歌曲發育成江上的青峰」（〈哀歌二三〉），都讓人擊節讚賞。不過，這些驚人的超現實意象，也有些因其過於擠壓、逼仄，令人不甚了了，《哀》書第五輯〈畫冊〉裡的若干詩作即有此現象，而此一意象特色又似乎和創世紀諸子相呼應。

繁複且略帶超現實的意象，固是方詩讓人難窺其堂奧之處，但恐怕這和他詩中散發的玄想氣息更有關係，如〈珠寶之歌〉歌頌貌美青春、〈在梅列菲斯登台以前〉叩問耄耋之齡，而〈假面舞會〉、〈輪迴〉、〈祕密的死亡〉、〈哀歌十二〉、〈哀歌第四〉等詩也都探究死神的面貌或碰觸死亡的主題，其所展現的驚奇的意象無庸置疑，但令人難以索解的更是這些詩中洋溢的富有神秘氣息的玄想，而當他進一步探索以求神存在之奧義，如在〈煤坑〉裡找尋神蹟，呼喚神祇說：「長年勞役在你某條皺紋的深溝裡／困頓中，我發明時間。」——以神之口吻來反詰神自身，或如在〈後台〉中最後悄悄地自問：「真有神嗎？」——也許他叩問的是死神而非上帝，除了可嗅到詩人的某種宗教情操，如此的「神思」所展現的形而上的奧義，亦已「只可意會不能言傳」了；這不禁也讓人好奇：那會是方思的里爾克輾轉之際所帶來的鬼魅嗎[74]？

除了齊尾詩行，方旗在形式的試驗上不如方莘那樣大膽，但在他《哀》書出現的兩首散文詩〈星期的命名〉與〈構成〉，卻讓人為之驚豔。前詩仿《舊約．創世紀》，以詩人所景仰的法國作家的名字來為星期命名；而後詩則以特殊的倒敘手法勾勒出一位青春少艾的純真之愛（單相思），詩想別出心裁，極為新奇。可惜方旗未在散文詩上續為開拓；也可惜方旗只為他自己和台灣詩壇留下不到一百首（九十六首）的詩作。

74 關於此點，余光中倒認為，在氣質上，方旗比較接近保羅．克利（Paul Klee）（二〇〇八：二〇七）。保羅．克利是德國幻想的表現派最具代表性的畫家。

十七、陳秀喜

第二次世界大戰後才開始學習中文的陳秀喜，是典型的跨越語言一代的詩人，她在十五歲的青春少女時期即以日文寫作短歌和俳句，但在年近半百時始出版日文短歌集《斗室》（一九七〇）。她在一九六七年加入笠詩社時已經是四十六歲的「高齡」了[75]，而四十六歲也是她發表新詩的嚆矢，此時離她從注音符號開始學習中文則有九年時間[76]。從一九七一年起（即《笠》第四十二期），她出任笠詩社社長——這一年她的中文處女詩集《覆葉》也由笠詩社出版——一直到她七十歲（一九九一年）辭世為止，可以說她是笠「永遠的女社長」。《覆葉》之後，陳秀喜於一九七四年出版她第二本詩集《樹的哀樂》，到了一九八〇年代又出版了《灶》（一九八一）與《嶺頂靜觀》（一九八六）兩本詩集，以及一本詩文集《玉蘭花》（一九八九）。

就跨越語言一代的本省籍詩人來說，戰後以中文初初寫作，難免因為使用半生不熟的語言而影響其表情達意的效果，以致像林亨泰、詹冰等人的語言均有「極簡主義」的特徵已如前述，以規避語言尚未得心應手的窘境；或如陳千武早期的詩作，多少仍遺有日文用語的痕跡。相形之下，陳秀喜的詩作並未有林亨泰等人極簡主義的傾向，不過仍可見其中文運用的純熟度稍有不足，若干修辭或用字尚待斟酌，如〈強風中的稻〉、〈時間給與我的愛〉[77]、〈菩提樹的聯想〉、〈溪魚的話〉、〈離別的緘默〉等，都可見用語不夠順暢或怪異的用法（如「累稔」、「溺志」、「渝盟」……）。或因

陳秀喜（文訊提供）

此故，陳秀喜在詩作收入詩集出版時，往往會對當初發表的原作詞句稍加修潤，而詞句經她調整之後，大體上，多優於原作的表達。

陳秀喜的鍊字鍛句雖然較為粗糙，從相對的角度看，卻也因其質樸毫不做作的語言，給予直接的描述，反顯出為女性主義者所樂道的一種動人的力量。女性直抒胸臆流露自主意識的詩作，被視為「不再戴面具」（no more masks）寫作[78]，陳秀喜的若干顯露自主意識的詩作，即被標籤為這種「不再戴面具」的典型例子，如〈也許是一首詩的重量〉一詩所言：「高傲的大樹有雷劈的憂慮／常被踐踏的小草不羨慕大樹／小草重整根和葉期望屹立的歡呼／梅花不嘆形小滿足自己的芬芳／不妒玫瑰多彩多刺的豔麗」，這裡出現的小草小花（梅花），傳達出一種「自尊與自足的氣概」（李元貞，二〇〇〇a：二九四）；而後五行：「也許一首詩能傾倒地球／也許一首詩能挽救全世界的人／也許一首詩的放射能／讓我們聽到自由、和平、共存共榮／天使的歌聲般的回響」，直述的語言雖未免顯露稍嫌過頭的說明性文字，但這種「有話直說」的「陳述」（statement）卻也不必再忸怩作態。

雖然開始執筆寫詩的陳秀喜早已脫離青春的少女時期，然而如同其他女詩人一樣，她也不例外的寫作不少「情詩」，如〈思春期〉、〈重逢〉、〈薔薇不知〉、〈荒廢的花園〉、〈玫瑰色的雲〉、〈望月抒情〉等，只是她所吟唱的這些戀曲，彷彿不在「致青春」，反倒像在唱「青春的輓歌」，如同〈玫瑰色的雲〉最後兩行的

75 依陳秀喜在《覆葉》詩集後記的自述，她是在一九六七年三月，透過吳瀛濤的介紹加入笠詩社的（一九七一：一四七）。

76 按莫渝主編的《陳秀喜集》（二〇〇八）書末所附〈陳秀喜寫作生平簡表〉的記載，陳秀喜於一九五八年開始以注音符號學習中文（一二九）。

77 「給與」應為「給予」之誤。

78 荷瀟（Florence Howe）與貝絲（Ellen Bass）兩人主編了一本二十世紀美國女性詩選，即名為《不再戴面具》（*No More Masks*）（一九七三）。

吟唱：「回憶一朵玫瑰紅的雲／到老邁愈是溫馨」。不過，陳秀喜引人注意的並不在這些抒情的戀曲，而是那些為人稱頌的具女性自主意識的作品，如〈棘鎖〉、〈初產〉、〈連影成三個我〉、〈青鳥〉等，不管是為人妻、為人媳、為人母，女性的她在長久的婚姻與家庭生活中很容易喪失自我，以為要追求的幸福遠不可及，究其實，青鳥原本是掌握在自己的手中的。例如〈棘鎖〉一詩回憶詩人初婚時新郎贈予的一束鮮花，其實就像是荊棘，而「鮮花是愛的鎖／荊棘是怨的鐵鏈」；嫁為人婦要「膜拜將來的鬼籍」，卻得「冷落爹娘的乳香」，並且要「拚命地努力盡忠於家／捏造著孝媳的花朵／捏造著妻子的花朵／捏造著母者的花朵」，因而要「掩飾刺傷的痛楚／不讓他人識破」。三十多年過去了，詩人最終有了一番徹悟：

當　心被刺得空洞無數
不能喊的樹曲枝椏
天啊　讓強風吹來
請把我的棘鎖打開
讓我再捏造著
一朵美好的寂寞
治療傷口
請把棘鎖打開吧！

最末這一行重複的吶喊「請把棘鎖打開」，喊出了女性長期以來被父權體制壓抑的心聲，而這也是女性主體意識的自覺。

除了以上那些有女性主義先聲的詩作外，陳秀喜令人津津樂道的毋寧是底下這些具有「母性」（motherhood）意味的詩作：〈嫩葉〉、〈愛的鞭〉、〈復活〉、〈趕路〉、〈歸來〉、〈父母心〉、〈覆葉〉……，它們勾勒出一個特色鮮明的母親形象，從中並顯現一股濃郁的母愛。其中〈嫩葉〉與〈覆葉〉可謂是分從兩個相對的角度書寫的一組詩作，前詩寫的是宛如初生兒的嫩葉，它受到覆葉的庇護，不怕風雨的來襲，也「不知道風雨吹打的哀傷」；而後詩寫的是承擔母職的覆葉，「任狂風摧殘／也無視於自己的萎弱」，「為了脆弱的嫩葉快快茁長」，它得「成為翠簾遮住炎陽／成為屋頂抵擋風雨」。然而不論詩人寫的是嫩葉還是覆葉，這兩首詩寫的都是同一件事——母愛，其語言雖然質樸無華，卻十足流露無怨無悔的母愛情懷，讓人動容。

如上所述，從〈覆葉〉等詩可以窺見陳秀喜濃郁的母性情懷，但她表達情愛的詩作遠不止上述那些抒情之作，諸如〈今年掃墓時〉、〈曬壽衣的母親〉、〈爹！請你讓我重述你的故事〉等詩寫的是對父母的思念之情，而〈鄉里之樹〉、〈泥土〉、〈灶〉、〈台灣〉、〈耳環〉、〈我的筆〉……寫的則是鄉土與家國之愛，不管抒情的對象是誰，她的筆鋒均滲透濃厚的情懷。令人驚訝的是，陳秀喜幾乎不寫夫妻之情，少見的書寫婚姻生活的〈美妙的戲言〉一詩，反而以丈夫的一句戲言（「我的墓塚建在妳的旁邊好嗎？」）揭開為人妻者哀怨的心境——那畢竟只是丈夫「美妙的戲言」，希望它「不是醉語」。為何詩人對這句戲言會有如此的反應？只因婚姻生活讓她感到：「天空遠離了我／大地遠離了我／也沒有微笑的風」，如此的夫妻之情不言可喻[79]。

陳秀喜的抒情詩自然不僅限於小情小愛的表達，她表現國族之思的〈一杯咖啡中拾到的鑽石〉、〈我的筆〉、〈耳環〉、〈編造者笠〉諸詩，顯然有著極強的中國認同情懷，儘管她接受的是日文教育，卻對日本殖民台灣無甚好感，在〈我的筆〉裡甚至說：「『殖民地』，『地域性』／每一次看到這些字眼／被殖民過的悲

79 這首詩發表在一九七〇年（《笠》第六十五期），再過八年後，陳秀喜與她夫婿離婚。

愴又復甦」。然而，這些帶有強烈認同色彩的詩作，卻不太能讓認同台灣本土的笠詩人「認同」[80]，也許這涉及詩人「寫作當時整體環境的認同歸屬」（莫渝，二〇〇八：一二六），惟如今於詩人則已難查證。從另一角度看，我們當也不能忘記，陳秀喜也寫〈台灣〉這種頗具台灣認同屬性的詩作。

陳秀喜寫於一九七〇年代末期與一九八〇年代的詩作，有太多交友的酬酢之作，語言淺白，未加錘鍊，且流於散文化，多非佳作。她的代表性作品都集中在創作的前半期。儘管她的語言淺白，偶亦有生硬之感，但以跨越語言一代的女詩人而言，她努力克服語言的障礙，並能重拾詩筆（最早以日文寫俳句），殊屬難得。

80　譬如由莫渝主編的《陳秀喜集》便不選這四首詩。

第六章

回歸期

一九七〇年代一連串外交局勢的變化，讓台灣作家既產生了身分認同危機，亦召喚起重視與肯定傳統文化的籲求。先是一九七〇年爆發釣魚台事件，引發知識分子的民族主義覺醒與「保釣運動」。一九七一年因中華人民共和國取代中華民國的代表權，導致台灣退出聯合國，自此正式喪失代表「中國」的國際身分。一九七二年美國總統尼克森（Richard Nixon）訪問中國並簽署「上海公報」，承認中華人民共和國是唯一合法的中國政府，台美關係自此不變。同年，日本宣布和中華人民共和國建交，並與台灣斷交。加上隨後的邦交國斷交潮，這些外交挫敗讓台灣的國際處境陷入空前困難。對外面臨退出聯合國、台日斷交、台美斷交等重大變化，對內則有政府推動十大建設及爆發美麗島事件，在國族危機、民主衝擊與經濟發展的交互影響下，激發文化界人士揚起一陣陣振興傳統與省思自身的改革聲浪。

七〇年代台灣民間於此背景下，湧現了一批新興現代詩社與詩刊（龍族、主流、大地、秋水、神州、草根、綠地、詩脈、詩潮、掌門、陽光小集），並催生眾多面貌迥異於昔的新人新作。這些組織與刊物多由大專院校青年聚合及創辦，遂讓彼時台灣現代詩面貌大幅蛻變，力圖擺脫六〇年代現代主義之淒清蒼白與晦澀詩風。若從誕生重要詩社與詩刊的角度來看台灣現代詩歷來之發展演變，日據時期的風車、一九五〇年代的現代詩、藍星、創世紀與六〇年代的笠，都是不應遺漏的重要團體及刊物。但是七〇年代創辦的新興詩社與詩刊，不但在數量上勝於過往每一時期，且創辦者多為二次大戰後出生的青年詩人，或可謂之為「戰後世代詩人」。就連老牌詩社笠，也因為李敏勇、江自得、鄭炯明、陳明台等戰後世代詩人的加入，增添了更多創新與批判的因子。這些七〇年代新興詩社普遍具有鮮明性格及命名訴求，強烈批判前行代詩人的西化傾向與晦澀風格。他們強調詩作語言的明朗可解，化日常生活為書寫題材，重拾民族意識及文化傳統。他們還嘗試在創作上反映大眾心聲，題材上擁抱土地現實，意識上呈現城／鄉原型及兩者變遷。惟受限於缺乏經費、社員游離、組織鬆散等因素，七〇年代新興詩社與詩刊往往如流星般倏起倏落，且一旦達成某一階段目標，就會在不同情況之下解體，顯然與五〇、六〇年代現代詩、藍星、創世紀、笠等詩社與詩刊命運大不相同。

為呈現在資本主義高度發展下現代人的孤寂和疏離，潛入個人心理、書寫內在風景、挖掘幽暗深淵……，遂成為歐美現代主義文學創作的基調。但受其影響的台灣現代主義文學，部分末流竟以晦澀聱牙、全不可解為風尚，逃避現實社會及刻意惡性西化兩點尤為讀者所詬病。逐漸成長、茁壯起來的戰後世代詩人，除了藉書寫重振傳統文化、回歸鄉土與關照現實，亦亟欲檢討與批判前輩詩人六〇年代的西化傾向、對歐美現代主義及其價值判準的全盤認同。七〇年代文學論戰中，不時可見他們參與的身影：從局限於現代詩領域的麥堅利堡論戰（一九七〇—七一）、招魂季論戰（一九七一—七二）、颱風季論戰（一九七二—七三），到引起整個文化界矚目的現代詩論戰（一九七二—七四）及鄉土文學論戰（一九七七—七八）皆然[1]。戰後世代詩人藉此反省文學與歷史、社會、土地間的關係，並嘗試跳出冷戰結構下的美國保護傘及其視域，在幾無言論自由的條件下，努力以筆端替島嶼顯影。他們當時猶能無視省籍藩籬，積極思考自我身分及過往詩潮流弊，揚棄「世界性」、「超現實性」、「純粹性」等現代主義主張，改朝「民族性」、「社會性」、「世俗性」等現實主義路線發展，進行書寫與行動的雙重實踐。

除了戰後世代詩人推動的詩壇內部反省風氣，新加坡大學英文系教授關傑明與在台大數學系客座的唐文標，兩人適時提供了來自詩壇外部的嚴厲批評，也引起彼時詩人們作出激烈回應。關傑明一九七二年於《中

1 一九七二年顏元叔於《中外文學》創刊號發表〈細讀洛夫的兩首詩〉，引來讀者投書反對。他繼而於該刊第二期發表〈颱風季〉重申嚴肅的批評立場及方法，更加刺激支持及反對者議論，被稱為「颱風季論戰」。而「麥堅利堡論戰」、「招魂季論戰」則分別以羅門詩作〈麥堅利堡〉、洛夫主編《一九七〇詩選》為檢討對象，來自笠詩社趙天儀、白萩、李敏勇等人之批評，實指向台灣新詩典律（canon）的遞嬗及爭奪。

國時報・人間副刊》陸續發表〈中國現代詩的困境〉與〈中國現代詩的幻境〉，因該報閱讀者眾，這股來自詩壇外部的反省之聲一時頗受矚目。唐文標則於一九七三年先後發表〈先檢討我們自己吧〉、〈什麼時候什麼地方什麼人——論傳統詩與現代詩〉、〈詩的沒落〉、〈僵斃的現代詩〉、〈日之夕矣〉等文點燃遍地烽火，顏元叔甚至於《中外文學》第二卷第五期上逕稱之為「唐文標事件」。關、唐二人的批判引起詩壇內部人士激烈回應，如余光中便發表〈詩人何罪〉一文，指責唐文標的文學觀念過於狹隘，充滿階級對立思想。由關、唐二人引發之這場「現代詩論戰」，其擁抱傳統、回歸現實等主張在一九七七年「鄉土文學論戰」中更見深化。

面對七〇年代台灣內外局勢鉅變、戰後世代詩人群及「關、唐」二人的批判反思，前行代詩人顯然並非無感不覺。後者不滿足於素樸的「以詩反映現實」，卻也不願陷入過度晦澀、超現實及自動書寫之誘惑，遂嘗試從中國古典文學之意象、節奏、聲韻、詞彙乃至抒情方式中汲取資源，再鑄新詩。另一個明顯的轉變，來自重新結合「詩」與「歌」之嘗試，「以詩入歌」遂成為彼時「民歌運動」的一大特色。一九七五年六月六日，台灣大學畢業的楊弦在台北中山堂的創作發表會上，演唱了八首由余光中的詩譜曲之作。不久後他又發表《中國現代民歌集》專輯，開了台灣民歌運動的第一槍。這張專輯的歌詞大都來自余光中詩集《白玉苦瓜》（一九七四），〈鄉愁〉、〈江湖上〉遂成為傳唱一時的名作。洛夫〈向海洋〉、鄭愁予〈偈〉等作，亦曾被改編成民歌演唱。有了對古典意識的重新認識，復加上歌與詩的結合，以及詩語言日趨明朗，遂讓余、

唐文標（文訊提供）

洛、鄭的現代詩廣受彼時讀者喜愛跟流傳。這個文類逐漸擺脫了虛無、晦澀，跟讀者距離不再遙遠，也不用背負昔日「巫婆的蠱詞」、「道士的咒語」和「盜匪的切口」罵名。

其實回顧台灣新詩史，早在一九六二年青年創作者就曾為了新詩是否應走「明朗化」道路，在《縱橫詩刊》上有過討論。由劉國全、江聰平、許其正等大專學生擔任編輯委員的《縱橫詩刊》，在創刊滿一週年時的第五期（一九六二年三月）登載劉國全〈現代詩的明朗化〉，「作為今後奮鬥的目標」。下一期又以「本社」名義，強調這是指能夠「以現代技巧，將詩語言鑄鍊出具有現代精神與內容的作品」。余光中〈論明朗〉一文亦刊於第六期，文中主張現代詩應趨向明朗，避免內容虛無、形式晦澀：

> 現代詩正面臨兩大危機——內容的虛無和形式的晦澀。經驗的混亂，加上表達的混亂，已經使我們的現代主義，挾「太平洋三二一」式重噸火車頭之威勢而滾進的現代主義，沖入了並無出口的黑隧道之中。作者們恥於言之有物，也恥於言之可解。發展到今日的地步，廣大的讀者之不解現代詩已屬不爭的事實，即使現代詩作者與作者之間，也演成了失卻聯繫的局面。……
>
> 並不是任何時代都應該提倡明朗的。例如在五四時代，詩壇太淺顯一點，寧可強調含蓄。今日的情形趨向另一極端，乃感明朗之可貴。現代詩的瘧疾已經害夠了，讓我們恢復清醒，走出自虐的斗室，去曬曬太陽，去跟鄰居聊聊天吧，去約春天一同去野餐吧！（一九六二：四—七）

余文直言「發展到今日的地步，廣大的讀者之不解現代詩已屬不爭的事實，即使現代詩作者與作者之間，也演成了失卻聯繫的局面」，進而肯定「今日的情形趨向另一極端，乃感明朗之可貴」，其針砭詩潮時弊之舉，實比關傑明、唐文標兩人早了十年。

同樣在一九六二年，七月創立的《葡萄園》在〈創刊詞〉上寫道：「我們是一群新詩的愛好者，對現代詩抱著積極的態度。今天，我們之所以要在詩刊銷路最不景氣的時候，來創辦這個刊物，也就是希望對現代詩的『明朗化』與『普及化』的問題，做一些倡議和推動的工作。」為了探討與釐清如何讓詩走向「明朗化」，《葡萄園》自第二期起連續發表〈談詩的明朗化〉、〈現代詩人努力的方向〉、〈論詩與讀者〉、〈論詩人的覺醒〉、〈論晦澀與明朗〉、〈論詩與明朗〉等多篇專文，另邀請前輩詩人撰文剖析自己的創作，如覃子豪〈〈金色面具〉之自剖〉、紀弦〈關於「零件」〉等。嚴拒晦澀、力主明朗的《縱橫詩刊》與《葡萄園》，前者只出版到第七期便告停刊，後者則雖自創辦後堅挺維持逾半世紀，可惜始終沒有誕生足以撼動台灣詩壇的代表詩人詩作。也因為缺乏足夠的抗拒之力，趨明朗、逆虛無、反晦澀的詩潮轉向，終究還是要等到詩史回歸期方現端倪。

回歸期詩史還收穫了一部台灣文學的後現代先驅作品：羅青詩集《吃西瓜的方法》。此書所錄多發表於瘂弦主編之《幼獅文藝》，最晚創作完成的〈房子〉、〈盒子〉、〈報仇的手段〉、〈床前的月亮〉、〈水手的

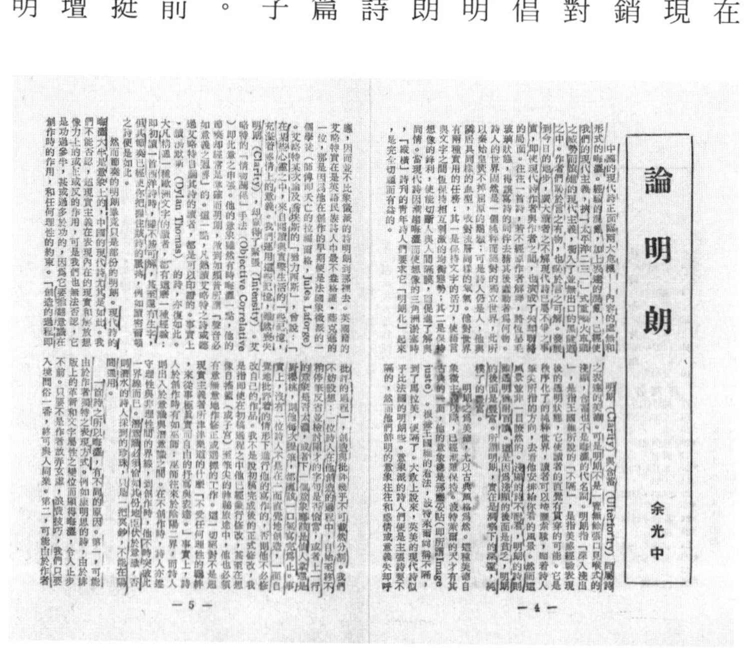
論明朗

余光中

余光中，〈論明朗〉（發表於《縱橫詩刊》第六期，文訊提供）

月亮〉與〈三二九號的月亮〉六首，皆寫於一九七一年五月，還比「關、唐事件」及《龍族》推出「評論專號」等震撼彈來得早[2]。文學作品走在文學事件之前，於此又是一則證明。詩集《吃西瓜的方法》中部分作品有諧擬手法、嬉戲精神與不確定性，允為台灣新詩史上的後現代先驅。惟這般革命性的書寫實踐及先鋒視野，一來不幸孤木難支，二來尚欠理論支援，終究仍須等待一九八四年夏宇印行台灣首部後現代詩集《備忘錄》，新詩史發展才真正到達後現代「轉向」的嶄新階段[3]。

《龍族》第九期「評論專號」（文訊提供）

一、羅青（一）

一九七二年十月十日，幼獅文化印行了羅青第一本詩集《吃西瓜的方法》。此時台灣已喪失了在國際上代表「中國」的權力，當年二月二十八日美國又與中華人民共和國簽署「上海公報」，恐怕連「雙十國慶」都變得無甚可慶了[4]。值得探究的是：以過往詩壇標準，《吃西瓜的方法》這部詩集既無「純粹性」又欠缺

2 一九七三年七月《龍族》第九期推出由高信疆主編的「龍族評論專號」，對彼時台灣詩風提出十分嚴厲的批判。

3 這裡「轉向」一詞，顯然挪用自伊哈布．哈山（Ihab Hassan）（一九八七）。

4 中美兩國間第一個聯合公報，是美國總統尼克森訪問中國期間，一九七二年二月二十八日在上海與中國國務院總理周恩來簽署的。

「張力」，為何印行後迅速再刷，銷售與反應皆深獲好評？原因至少有二：一為來自青年詩人與讀者的深切共鳴，二為獲得詩壇前行代的推薦提攜。

關於第一點，既有對過往流行之「超現實」、「純粹性」、「自動寫作」等玄虛概念的不滿，亦有詩集命名及「詩譜」之因素。羅青前三本詩集《吃西瓜的方法》、《神州豪俠傳》（一九七五）、《捉賊記》（一九七七），書名常讓讀者誤會是食譜或武俠小說——顯然皆為作者特意安排，以達到出人意表之效果。在那篇充滿後設趣味、原擬作為詩集序文的〈方法冊：「吃西瓜的方法」的方法〉中，羅青說這本書是他第一本「詩譜」，意指凡一本詩集「在整體上，有組織脈絡的計畫，有起伏照顧的韻律，就叫詩譜」，以示與「詩集」（多首詩的集合）有別。《吃西瓜的方法》這份詩譜重視結構、主題與節奏起伏，收在譜中的詩亦然，其理由如羅青所言：「因為寫詩不單是一種精密計算的過程，也是一種小心設計的偶然。因為節奏幫助語言的精整，結構幫助主題的顯現，而主題是詩人的意旨——一首詩成形的開始。」（一九七六：一三五—一三九）在超現實主義詩作興盛的年代，計算、設計、結構都是欲去之而後快的對象，羅青則以《吃西瓜的方法》四卷、八輯、七十多首詩作的書寫實踐，重新召喚它們回到詩中，尤以末三輯「吃西瓜的方法」、「柿子的綜合研究」和「月亮·月亮」最具代表性。

至於第二點，當以余光中在《幼獅文藝》發表的萬字長文讀後感，以「新現代詩的起點」為題推薦《吃西瓜的方法》，影響最為深遠。余光中說羅青「象徵著六十年代老現代詩的結束，和七十年代新現代詩的開啟」、在羅青身上看得到「現代詩運如何運轉，如何改向，如何在主題和語言上起了蛻變」（一九七三：一〇—三〇）。其實羅青跟余光中最為類似，兩人皆兼擅新詩、散文與翻譯，堪稱藝術上的「多妻主義者」，但羅青還多了繪畫一項長才[5]。在此先不討論前行代如何及為何提攜後輩，七〇年代初期台灣詩壇收穫這部《吃西瓜的方法》，可以看到其所代表的正是現代詩詩風之劇烈轉折。羅青的詩異於時俗，富於理趣且不避口語、俗語甚至成語。他一向長於結構布局，重整體設計勝於三三佳句，能巧妙平衡知性與感性兩端。

羅青一向嚴拒虛無及晦澀，他藉由詩創作示範了詼諧如何抑制濫情，以及詩想方法如何決定語言形式。更重要的是作品題材開闊，生活所見所感、大小時事皆可入詩，詩題又充滿了現代感——相較於只重視自我內心風景的前行代，羅青筆下似乎才堪稱最具有當代性的「現代詩」。就以一九六九年七月二十日人類首度登陸月球為例，羅青不訴諸浮泛濫情的讚揚或歌頌，卻代之以十二首「XX的月亮」（XX有：蜜蜂、水手、床前、盤子橘子、工友老宋……），合為一輯詩作「月亮．月亮」。羅青從現實的登月壯舉，結合了歷史神話，啟發出無涯詩想，筆下卻又不忘扣回日常生活，請看〈司機阿土的月亮〉：

月亮，又停在
大擋風玻璃的右上角了
活像一張圓圓的「交通」標語
白白的，貼在那裏
印著「保持距離以策安全」的一面
向外，車裏的人
誰也看不見

公報全稱是「中華人民共和國和美利堅合眾國聯合公報」，常被簡稱為「上海公報」。

5 羅青出版過詩畫集《不明飛行物來了》（一九八四），並有與攝影師董敏合作的詩／攝影集《隱形藝術家》（一九七八）。

羅青（文訊提供）

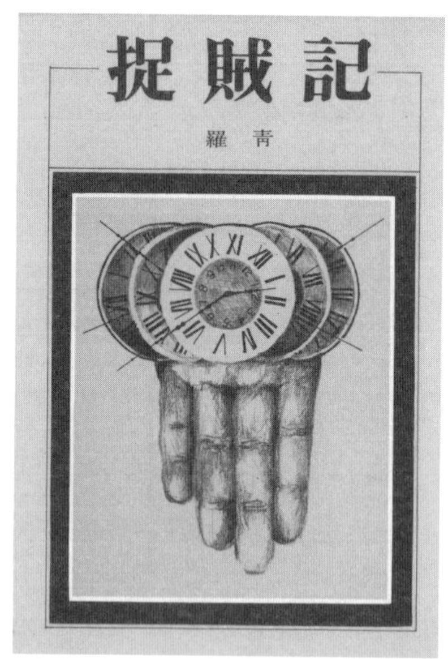

羅青，《捉賊記》（洪範出版／提供）

羅青，《吃西瓜的方法》（幼獅文化出版，應鳳凰提供）

有人下車就有人上，雖是循環線
不過車裏的人，誰也弄不清起點和終點

收音機和電視機都說
有些人到月亮裏去了
不知道，他們會在月亮背後印些什麼
阿土一面揣測，一面——
握著方向盤的手，更加謹慎了起來
配合著顛波滾轉的輪胎
配合著靜靜旋轉的地球

傳播媒體播放著登月成功消息，司機阿土卻得在陸地繼續日常工作，最多只能揣想太空人在彼端的可能行動。天上地下，兩相對比；循環路線，有上有下……其中所指，莫不是在隱喻無奈卻不得不接受的「人生」？此外，羅青一向擅長借喻，本篇便以「月亮」和「交通標語」、「方向盤」、「輪胎」、「地球」互補併聯，以其相似的渾圓外型，書寫現實卻又自然溢出，最終遂能不為現實表象所羈絆，衍而為人生哲學之思索。在羅青最好的詩作中，大抵皆有此一特質，譬如同時期所作之〈苦茶記〉、〈蘋果記〉等詩[6]。〈司機阿

6〈苦茶記〉作於一九七一年，〈蘋果記〉作於一九七二年，皆收入《捉賊記》（一九七七）。羅青因為堅持採「詩譜」而非「詩集」概念來規劃出版品，重視全書整體組織脈絡（而非僅是多首詩之集合），故多按特定主題整理編纂，導致同一時期作品常分布在不同詩集之中。

土的月亮〉也是羅青自創之「飛鳥體」佳例，中間兩行如鳥之本體，首尾二段各七行如鳥之翅翼，兼顧外在形式美感與內在結構所需[7]。惟新詩發展到後來自由慣了，類似「飛鳥體」這類限制畢竟不易遵循，遑論對外推廣？故羅青日後的詩作，也不再堅持進行此一實驗。

〈白蝶海鷗車和我〉則採散文詩（羅青好用「分段詩」一詞）形式，從日常事物開始，由句生句，層層推演，至最末句方豁然開朗：

> 只因為，在趕班車時，偶然，看到一隻，小白蝶孤獨的，面對一大片起伏不定的屋瓦，挑戰式的飛著，便停了下來——顧盼之間，頓然驚覺
>
> 　　竟忘了什麼叫海了
>
> 不過，車子總還是要趕的，海，也只不過是偶爾想想罷了，當然，有時望著車窗外起伏的建築出神時，冷不防，亦會想出一隻無處棲止的，海鷗面對全世界起伏不定的海洋

「趕班車」是上班族經常會遇到的狀況，首句「小白蝶」在一大片屋瓦間挑戰式的飛著，敘述者顯然由此獲得啟示，惕勵自己應勇於挑戰生活規範或桎梏。「海」在此宛如敘述者心中之烏托邦，或可謂期待未來

能抵達的理想之地。但一個「不過」在在提醒著：車（現實）總要繼續趕，海（理想）只能偶爾想。但敘述者心猶未死，通勤途中竟「想出」一隻無處棲止的海鷗來——自己的化身遂從小白蝶變為大海鷗，起伏不定者則由一大片屋瓦擴大到全世界的海洋。全詩首尾相扣，那「無處棲止」的豈止是海鷗，實指涉重複著日常生活軌道的全體上班族。這種由句生句，層層推演的模式向來是羅青的拿手好戲。有時他更進一步，全詩藉一個主要意象出發，從生句到生段，從段與段間再衍為一整篇詩作。例如從觀看桌上「一個柿子」出發之〈柿子的綜合研究〉，便在寫從早到晚、從餐桌到床上對柿子的觀察及研究情況，內容竟也比照研究報告規範，索性命名為〈研究動機〉：

一個柿子
突然
自我零亂起伏的早餐桌上
冒出
對我，擺出了一幅
日出寒山外的姿勢

7　飛鳥體是內在結構上一種「新的形式」，羅青認為：一首詩可分三段，首尾二段的行數為了配合詩情需要，可做十行以內的出入（最低不可少於七行），且首尾二段行數不必一定相同，但中段的兩行，則是固定的——或承或轉，或為首段之因，或為末段之源，運用變化全在個人興味（一九七六：一三二—一三三）。

有〈研究動機〉，當然也有〈研究結果〉，中間則是〈研究結果〉的十一組片段，譬如柿子的長相、生平、秘密與「柿子觀」，以及「柿子」與「我」之間一共四個回合的角力。主要意象雖同為「一個柿子」，意義卻不斷翻轉變化，其所指涉的涵蓋了對存在意義的認知、對自我的期許、對社會的批評、對自然的嚮往等。柿子在〈研究動機〉突然從早餐桌上冒出，到了〈研究結果〉卻變為霍然、悲壯地落在水平的床上，擺出的姿態亦從「日出寒山外」到最後換成「長河落日圓」。在觀察中時間不知不覺地消逝，由早看到晚，從生走至死，如此循環下讓一粒「『柿』子」彷彿成為「人『世』」之縮影，遂能引發讀者更多覃思。證諸羅青彼時詩作，語言靈活、機智詼諧，題材廣闊，幾無不能入詩者：或辯聯考（〈就是大專聯考沒有錯？〉），或寫農村（〈水稻之歌〉），或論武俠（〈李陵劍〉），或議思想（〈茶杯定理〉），加上〈柿子的綜合研究〉竟能藉「柿」言「世」，又刻意裹上一件學術研究的外衣，在在顯示了他過人的才情與創意。

《吃西瓜的方法》中最膾炙人口之詩作，應是一九七〇年十二月那首充滿解構思維的〈吃西瓜的六種方法〉。寫這首詩時，羅青剛大學畢業、正在服兵役，他以青年詩人的天分及敏感，一下筆就跳過了超現實與現實主義的纏鬥糾葛，具體示範了一種新的寫詩「方法」。此詩本身亦分六種方法（吃法），第六種方法直接跳過不說，其餘按照五四三二一的順序，逆著說下去。惟每種方法間並無必然的因果關係或邏輯次序，最末「第一種」方法直接用一句話「吃了再說」作結束，其餘四者則分論西瓜的血統、籍貫、哲學、版圖。每一種方法各分為兩節，一節五行，刻意塑造出工整穩妥的外在形式，內容及語言卻是充滿諧擬、嬉戲精神與不確定性：

沒人會誤會西瓜是隕石
西瓜星星，是完全不相干的

然我們卻不能否認地球是，星的一種
故而也就難以否認，西瓜具有
星星的血統

因為，西瓜和地球不止是有
父母子女的關係，而且還有
兄弟姊妹的感情——那感情
就好像月亮跟太陽太陽跟我們我們跟月亮的
一，樣

上引〈第五種　西瓜的血統〉刻意採取童稚口吻，視地球、月亮、太陽皆為星的一種，故推論彼此間應該有關係跟感情。這條「血緣」竟也能延伸：既然地球是星的一種，跟地球外型一樣渾圓的西瓜，怎會沒有星星的血統？怎麼不能納入這個星球大家族中？看似有理，實則無理；並非無聊，而是嬉戲。羅青的詩沒有華麗的詞藻，詼諧與奇喻（metaphysical conceit）才是其當行本色。他曾指出：「一九七〇年，我自己發表〈吃西瓜的六種方法〉，充滿了解構式的觀念，運用留白，開啟單元相互對照的多元技法，是新詩中後現代傾向的一個先聲。」（一九八九：三二〇）應該肯定詩集《吃西瓜的方法》中一部分作品有諧擬手法、嬉戲精神與不確定性，允為「後現代先驅」之作。

二、洛夫（二）

把洛夫釘在「超現實主義」的十字架上，是對這位詩人最疏懶的理解，以及最輕忽的處理。引人矚目的實驗作品《石室之死亡》（一九六五）問世後，洛夫詩風漸趨變化，《外外集》（一九六七）與《無岸之河》（一九七〇）便保持了意象的豐繁多樣，卻未見意識的漫流肆溢：「在濤聲中呼喚你的名字而你的名字／已在千帆之外／／潮來潮去／左邊的鞋印才下午／右邊的鞋印已黃昏了／六月原是一本很感傷的書／結局如此之淒美」（〈煙之外〉）、「一顆顆頭顱從沙包上走了下來／俯耳地面／隱聞地球另一面有人在唱／自悼之輓歌／／浮貼在木樁上的那張告示隨風而去／一張好看的臉／自鏡中消失」（〈沙包刑場——西貢詩抄〉）。在這些小詩裡，對存在的焦慮及潛意識的探索並非洛夫書寫重心，故較「在清晨，那人以裸體去背叛死／任一條黑色支流咆哮橫過他的脈管／我便怔住，我以目光掃過那座石壁／上面即鑿成兩道血槽」（〈石室之死亡〉1）語言來得舒緩，節奏與情感自然合拍。其實洛夫從處女作《靈河》（一九五七）開始便精於小詩書寫，且根底並非源於西方現代主義，而是中國古典文學。例如一九五六年寫就的〈窗下〉，他便承認是受到晚明張潮《幽夢影》之啟發[8]。洛夫最好的小詩作品深得唐人絕句之妙，意象與意境皆無涉晦澀，而出之為貌似殊途、實源於一的兩路：一路是形而上的禪思（如〈金龍禪寺〉），一路是形而下的生活（如〈獨飲十五行〉）。形而上與形而下的結合，則可以〈焚詩記〉為例：

把一大疊詩稿拿去燒掉
然後在灰燼中
畫一株白楊

推窗
山那邊傳來一陣伐木的聲音

此作明寫焚燒詩稿，卻在暗喻創作心境。詩中「白楊」意象實有深意：「古詩十九首」兩度提及白楊，一是第十三首「驅車上東門，遙望郭北墓。白楊何蕭蕭，松柏夾廣路」，指邙山墓地的白楊樹，因風吹而起了蕭蕭聲響，兩側墓路也長滿松柏。二是第十四首「古墓犁為田，松柏摧為薪。白楊多悲風，蕭蕭愁殺人」，述及古墓竟被改成耕地，連墓邊松柏也遭摧毀化為禾薪。風吹白楊的蕭蕭聲，猶如陣陣哀鳴，愁煞多少人！詩中欲在灰燼中畫白楊之舉，等同在對焚詩現場發出哀鳴，著實令人不忍。至於山那邊的「伐木」之聲，典出《詩經．小雅．伐木》：「伐木丁丁，鳥鳴嚶嚶。出自幽谷，遷于喬木。嚶其鳴矣，求其友聲。相彼鳥矣，猶求友聲。」把丁丁砍樹聲與嚶嚶鳥叫聲並置，當鳥都能追求牠同類的回應時，人又怎麼能夠不呼朋喚友呢？〈焚詩記〉前段（在灰燼中畫白楊）若是哀嘆悲鳴，後段（傳來丁丁伐木聲）則可詮釋為遠方猶有詩友在堅持，伐木聲亦可連結至形而上的召喚（calling）。詩途雖艱但使命仍在，豈有理由停止求索？

這樣一首五行小詩，可以談生死、論友誼、勉創作、結合形上與形下，都有賴於前述「實源於一」的「一」。這個「一」就是現代詩人懷抱的「古典意識」（classical awareness）。洛夫自一九七〇年代起陸

8 〈窗下〉原詩為：「當暮色裝飾著雨後的窗子／我便從這裡探測出遠山的深度／／在窗玻璃上呵一口氣／再用手指畫一條長長的小路／以及小路盡頭的／一個背影／／有人從雨中而去」。我認為此詩頗易讓人聯想到，後皆收入《魔歌》（一九七四）的〈隨雨聲入山而不見雨〉及〈金龍禪寺〉。詩人有云：「明末張潮在《幽夢影》中說：『窗內人於窗子上作字，吾於窗外觀之，極佳。』如果他還看到我在窗玻璃上呵了一口氣，然後畫一個人向雨中的遠方姍姍而去，不知他有何感想？」（一九九〇：四一）雖然作者成詩後的自我表述不可盡信，但也算是一條可供參考之線索。

洛夫（一九七〇—八〇年代，文訊提供）

洛夫，《時間之傷》（時報文化出版）

洛夫，《魔歌》（中外文學出版）

續出版詩集《魔歌》（一九七四）、《眾荷喧嘩》（一九七六）、《時間之傷》（一九八一）、《釀酒的石頭》（一九八三），其中所錄〈隨雨聲入山而不見雨〉、〈床前明月光〉、〈鬼節三題：女鬼二〉、〈李白傳奇〉、〈與李賀共飲〉、〈水祭〉、〈蒹葭蒼蒼〉、〈愛的辯證〉、〈我在長城上〉、〈猿之哀歌〉等作，或翻古詩為新詞，或詠古人以抒懷，或引古籍而開篇，其筆下思維與情感卻無疑相當「現代」，在在都是現代詩書寫如何內蘊或展現「古典意識」之佳例。一九七二年作品〈長恨歌〉尤為代表，詩中唐明皇、楊貴妃之間沒有淒美或婉約的愛情，只見「象牙床上伸展的肢體」、「一道河熟睡在另一道河中」與「仍在兩股之間燃燒」的綿延床戰。遠方戰場上烽火蛇升，皇宮錦被中血肉相見，朝政便在玄宗縱慾無度下漸趨荒廢：

> 他開始在床上讀報，吃早點，看梳頭，批閱奏折
> 　　　　　　　　　　　　　　　　　　　　蓋章
> 　　　　　　　　　　　　　　　　　　　　蓋章
> 　　　　　　　　　　　　　　　　　　　　蓋章
> 　　　　　　　　　　　　　　　　　　　　蓋章
> 從此
> 君王不早朝

讀報、吃早點、蓋章是今人用語，看梳頭、批閱奏折與君王早朝是古代詞彙，同一節中穿插古今，特意模糊時空分野。「蓋章」二字置底齊一排列，則是輕率處理國事與性愛交歡動作的雙關隱喻，亦巧妙利用了現代詩的形式自由優勢。除了與現代相互撞擊外，〈長恨歌〉詩題源於唐朝詩人白居易所作長篇敘事

詩，開篇前所引的卻是法國十九世紀作家巴爾扎克（Honoré de Balzac）的句子：「那薔薇，就像所有的薔薇，／祇開了一個早晨」，儼然開啟西洋文學與中國文學的對話。只是薔薇並未成為本詩的主要意象，而是由黑髮取代。從首節「唐玄宗／從／水聲裡／提煉出一縷黑髮的哀慟」，到後段「他瘋狂地搜尋那把黑髮／而她遞過去／一縷煙」，黑髮之得而復失，正象徵著兩人的愛情難獲善果。未能等到髮色轉白、與子偕老，楊貴妃之命運就像華清池中的一粒泡沫，或如只開了一個早晨的薔薇。唐人白居易以「七月七日長生殿，夜半無人私語時。／在天願作比翼鳥，在地願為連理枝。／天長地久有時盡，此恨綿綿無絕期」收束全詩；今人洛夫卻認為這段愛情最後剩下「風雨中傳來一兩個短句的迴響」，楊貴妃或將只是「一個沒有臉孔的女子」。詩人替這段唐代宮廷故事，下了一個現代人間註解：對於海誓山盟與至情真愛能否持久，其態度顯然頗為懷疑。

跟〈長恨歌〉同樣寫於一九七二年的〈清苦十三峰〉，則是題目援用宋代詞人姜白石名句「數峰清苦，商略黃昏雨」，結構與概念卻來自美國現代詩人史蒂文斯〈十三種看山鳥的方法〉（"Thirteen Ways of Looking at a Blackbird"），又見洛夫讓古今中西四者於詩中相逢。此作淋漓展現詩人的機智，譬如「第十一峰」便對自己常被人貼上的「超現實主義者」標籤語多諷刺：

山中的
超現實主義者
啄木鳥
在寫一首
自動語言的詩

空　空
　空
第一句也就是最後一句

小徑上走來
一個持傘的人
擺蕩的右手
似乎
握著什麼
似乎什麼也沒有
　握

相較於全篇六十四節、每節兩段十行的〈石室之死亡〉與其濃鬱凝重的氛圍，這首詩運用簡短句構營造閒適情調，並不忘幽超現實主義者跟自動語言一默[9]。前段用山中啄木鳥的動作（以啄木比喻寫詩）來呈現

9 與青年時期在金門戰地寫《石室之死亡》情境殊異，此時期人近中年的洛夫，詩中閃現的幽默值得一提。如〈憶葉珊〉中，開筆名從葉珊改為楊牧的詩人玩笑：「葉珊太瘦／而楊牧又嫌胖了些」；〈女鬼（二）〉則說上吊自殺者為「被一根繩子提升為／一篇極其哀麗的／聊齋」。用「提升」一詞，既指上升進入《聊齋》這部文學經典，亦形象化處理了因不滿薄倖書生而負氣上吊之舉；寫海峽兩岸隔絕的〈家書〉，用「洞庭湖的鯽魚正肥時／據說你們仍是素食主義者／難怪信裡的字／都一一瘦成了長仿宋」寫家鄉湖南親友之飢困，則屬笑中帶淚的無奈感嘆了。

其「空」，末段用小徑上一個左手持傘、右手似乎什麼也沒有握的人來說明「無」。一詩兩段，空加上無，詩人似乎什麼也沒說，但似乎也什麼都說了[10]。下一首「第十二峰」亦跟「說」有關，從滔滔不絕到安靜沉默：

兩山之間
一條瀑布在滔滔地演講自殺的意義
千丈深潭
報以
轟然的掌聲
至於泡沫
大多是一些沉默的懷疑論者

瀑布演講，深潭鼓掌，泡沫沉默，「第十二峰」自非寫景，而是寫人。全篇似無一字寫「人」，人卻無所不在——因為各形各色的人，都可以在這三者中找到自己。

從《魔歌》到《時間之傷》，洛夫自〈長恨歌〉後最具代表性的創作，並非詩人題為「電影詩劇」的〈水仙之走〉、〈大寂之劍〉，也不是流於直白的「詩劇」作品〈借問酒家何處有〉。《時間之傷》裡洛夫多次尚友古人，欲得其人之心，且遍及李白（〈李白傳奇〉）、屈原（〈水祭〉）、包公（〈包青天三段論法〉）……，而以一九七九年作品〈與李賀共飲〉最為成功。全詩前兩段如下：

石破
天驚
秋雨嚇得驟然凝在半空
這時，我乍見窗外
有客騎驢自長安來
背了一布袋的
駭人的意象

人未至，冰雹般的詩句
已挾冷雨而降
我隔著玻璃再一次聽到
義和敲日的叮噹聲
哦！好瘦好瘦的一位書生
瘦得

10 張漢良在〈論洛夫近期風格的演變〉中有完全不同的解讀：「熟讀洛夫作品的讀者，會發覺這件作品淵源於我們前面討論過的〈隨雨聲入山而不見雨〉，『第十一峰』幾乎完全是這首詩的變奏，但意象的生動與濃縮卻較前詩遜色許多。」（一九七九：二〇一）

猶如一支精緻的狼毫
你那寬大的藍布衫，隨風
湧起千頃波濤

首三句顯然來自李賀〈李憑箜篌引〉中「女媧煉石補天處，石破天驚逗秋雨」。洛夫易「逗」為「嚇」，意涵與背景遂見轉折，暗示騎驢而來的客人絕非等閒。次段援引了李賀〈秦王飲酒〉中「羲和敲日玻璃聲」一句，原指羲和敲打太陽令其快走，並發出宛如敲打玻璃的聲音；但唐代其實只有玻璃器皿，洛夫此處所云「隔著玻璃」，當為隔著唐代所無的玻璃窗戶。這就把第一人稱敘述者與李賀相遇的時空位置，乾坤挪移到了當代。詩云「再一次聽到」，乃因敘述者透過閱讀作品已識李賀，此次重逢「共飲」，作者－讀者關係演變為古典詩人－現代詩人關係，第三段遂有「你激情的眼中／溫有一壺新釀的花雕／自唐而宋而元而明而清／最後注入／我這小小的酒杯」，倒酒之舉顯然意指傳承，也可視為洛夫對自我的期許。最後敘述者說要趁黑（因兩人千古一聚，月竟不亮），為李賀「寫一首晦澀的詩／不懂就讓他們去不懂／不懂／為何我們讀後相視大笑」。被稱為「詩鬼」的李賀，想象奇特，詩思詭譎，惟苦於仕途困厄多艱，二十七歲便不幸病逝。洛夫創作此詩時已五十一歲，揣想將如何與李賀共飲，自是知道「你我顯非等閒人物／豈能因不入唐詩三百首而相對發愁」，故此作亦可視為述志詩來讀。

古典意識對台灣現代詩人洛夫，彼時究竟意味著什麼？它可以是借古典詩為題、採現代詩為體，譬如從杜甫〈秋興八首〉而生洛夫〈秋辭八首〉（見《釀酒的石頭》）。它也可以是古典意象及現代思維的鎔鑄與變奏，譬如〈床前明月光〉裡「在我們的血肉中旋成年輪」的鄉愁，或〈獨飲十五行〉中「焚著一把雪」的紅泥小火爐，乃至〈愛的辯證〉內緊抱橋墩抑或登岸而去的不同選擇[11]。它還可以是古典詩學對語言及詩想的啟發，譬如禪／蟬巧妙雙關、禪道與詩道匯通的〈金龍禪寺〉：「而只見／一隻驚起的灰蟬／把山中的燈火／一盞盞地／點燃」[12]。

三、余光中（三）

一九七四年余光中應香港中文大學之聘擔任該校中文系教授，至一九八五年始離港返台定居。扣除回台灣師範大學客座的那一年（一九八〇年八月至一九八一年七月），這十年的「香港時期」實為詩人「一生裡最安定最自在的時期……這十年的作品在自己的文學生命裡佔的比重也極大」（余光中，一九八五：一一）。詩人於文革後期抵達香港這「借來的時間，租來的土地」，深知此處無論在政治、語言、地理上，皆為「一個矛盾而對立的地方」。他時時北望而東顧，明瞭「新環境對於一位作家恆是挑戰，詩，其實是不斷應戰的內心記錄」（一九七九a：二〇一－二〇二），詩人對時局及環境之異感慨日深，加上沙田校園麗景的江山之助，詩風與題材遂又見新變。

余光中「香港時期」共出版《與永恆拔河》（一九七九）、《隔水觀音》（一九八三）與《紫荊賦》

11 洛夫〈床前明月光〉全詩：「不是霜啊／而鄉愁竟在我們的血肉中旋成年輪／在千百次的／月落處／／只要一壺金門高粱／一小碟豆子／李白便把自己橫在水上／讓心事／從此渡去」，前段乃變奏李白名作〈靜夜思〉。〈獨飲十五行〉二、三段為：「嘴裏嚼著魷魚乾／愈嚼愈想／唐詩中那隻焚著一把雪的／紅泥小火爐／／一仰成秋／再仰冬已深了／乾／退瓶也只不過十三塊五毛」，「紅泥小火爐」典出白居易〈問劉十九〉，差別在於白氏以之溫酒，洛夫以之焚雪。〈愛的辯證〉則是用《莊子．盜跖》所述：「尾生與女子期於梁下，女子不來，水至不去，抱梁柱而死。」洛夫的版本提供緊抱橋墩或登岸而去這兩種選擇，也嘗試翻轉了敘述者的性別。

12 洛夫詩中禪道與詩道之匯通，來自嚴羽「妙悟說」的啟迪。宋代《滄浪詩話》有云：「大抵禪道惟在妙悟，詩道亦在妙悟。且孟襄陽學力下韓退之遠甚，而其詩獨出退之之上者，一味妙悟而已。」

（一九八六）三部詩集。檢視他身居香港十年間的詩創作，會發現這是一趟由「寄居」到「安居」的逐步認同過程。相較於初期對此地明顯的譏諷批判與邊緣定位（如《與永恆拔河》收錄的〈唐馬〉及〈九廣鐵路〉、〈北望〉），詩人離開香港前所寫的詩篇如〈紫荊賦〉、〈東京上空的心情〉、〈老來無情〉、〈別香港〉（皆收於《紫荊賦》）卻滿溢著不忍惜別的眷眷之心，令人動容。至於一九七六年由洪範出版社印行的《天狼星》，收錄〈少年行〉、〈大度山〉、〈憂鬱狂想曲〉與〈天狼星〉四篇六〇年代舊稿，雖經作者不同程度修改，但囿於先天失調，整體成績仍不理想。〈天狼星〉讓人印象最深刻的，恐怕還是「表弟們」（余氏指稱所有現代主義者為「表弟們」）欲「照例煙灰缸火葬了徐志摩／康橋的背影沉落茶波／降五四的半旗，現代詩萬歲！」（一九七六：七二）的氣魄。

赴港之前的詩人，走過了《蓮的聯想》（一九六四）開啟的「新古典」路線，卻並未因此而保守持重、拘於傳統，反而用《敲打樂》（一九六九）及《在冷戰的年代》（一九六九）內的傑作證明，自己始終懷有實驗的熱情，卻能出之以圓熟之詩貌。隨後《白玉苦瓜》（一九七四）則將余光中作為現代詩人的位置推向顛峰，允為其創作生涯最具有代表性的一部詩集。《與永恆拔河》延續了《白玉苦瓜》所錄三大題材：一為懷鄉、二為詠物、三為述志，《隔水觀音》則在一貫的抒發鄉愁之外，增加許多對中國歷史與傳統文化的探索。此時期余光中所出版的詩集裡，都有強烈的「古典意識」，懷古、詠史藉以自鑑尤為大宗。《白玉苦瓜》、《與永恆拔河》、《隔水觀音》三部詩集分別收錄了〈水仙操〉、〈漂給屈原〉及〈競渡〉，三首詩都在書寫屈原，亦與《楚辭》暗相呼應。但余氏充分發揮現代詩語言及結構之彈性，捨事蹟而就精神，賦老傳統予新思維：「把影子投在水上的，都患了潔癖／一種高貴的絕症／把名字投在風中的／衣帶便飄在風中／清芬從風裡來，楚歌從清芬裡來」（〈水仙操〉）、「有水的地方就有人想家／有岸的地方楚歌就四起／你就在歌裡，風裡，水裡」（〈漂給屈原〉），以及將龍舟競賽與難民船偷渡兩事並置的〈競渡〉：「但堤岸上的觀眾

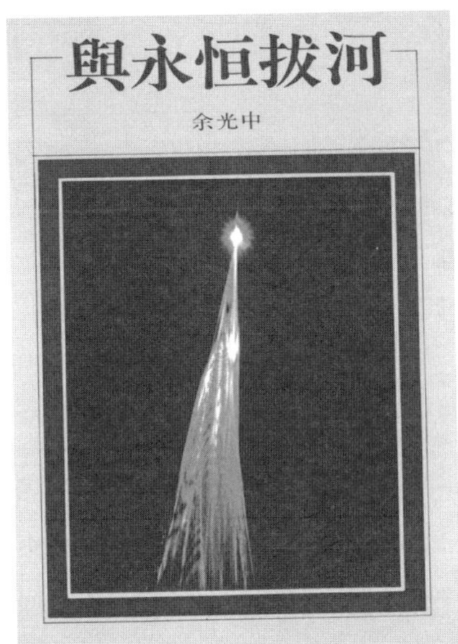

余光中，《與永恒拔河》（洪範出版／提供）

余光中（一九七〇—八〇年代，文訊提供）

余光中，《紫荊賦》（洪範出版／提供）

余光中，《隔水觀音》（洪範出版／提供）

正在喝采／對著堤內的港灣，灣內的龍船／對著傳說中的悲劇／背著上演中的悲劇」[13]。余光中不單欲以現代詩召喚古人面目，他在〈漂給屈原〉中先以「非湘水淨你，是你淨湘水」重新定位屈原投江，繼以「亦何須招魂招亡魂歸去／你流浪的詩族裔／涉沅濟湘，渡更遠的海峽」展現出道統繼承，捨我其誰的睥睨之態。

詩人的古典意識當然不會只展現在屈原上。一九八〇年余光中在短短兩週內，先後完成三連作〈戲李白〉、〈尋李白〉、〈念李白〉，不難想見其創作力之旺盛。〈尋李白〉連現代疾病名稱「肝硬化」都痛快入詩：

樹敵如林，世人皆欲殺
肝硬化怎殺得死你？
酒入豪腸，七分釀成了月光
餘下的三分嘯成劍氣
繡口一吐就半個盛唐

親歷鄉土文學論戰的余光中，在這場論戰中的發言位置及姿態都頗爭議，對「樹敵如林，世人皆欲殺」恐怕不會無感[14]。除了屈原及李白，〈飛將軍〉詠李廣、〈湘逝〉擬杜甫、〈夜讀東坡〉會蘇軾、〈刺秦王〉話荊軻，皆是藉古典意識以詩自鑑之顯例。

作為古典詩歌體裁的「樂府」，在一九七〇、八〇年代台灣現代詩人筆下衍為新貌，且以〈公無渡河〉及〈上邪〉兩篇最為常見。〈公無渡河〉內的大水與死亡，〈上邪〉中關於愛情能否永恆之辯證，俱為台灣現代詩提供了重要創作原型及母題[15]。換言之：樂府此一詩歌體裁，已化為現代詩人展現古典意識之重要題材，余光中的〈公無渡河〉允為其中代表：

公無渡河，一道鐵絲網在伸手
公竟渡河，一架望遠鏡在凝眸
墮河而死，一排子彈嘯過去
當奈公何，一叢蘆葦在搖頭

13 余光中一九八〇年寫下〈競渡〉，而一九七五年〈海祭〉中便述及從廣東偷渡至香港的難民，已有逾百人受鯊魚襲擊而葬身大鵬灣底的悲劇。古有韓愈〈祭鱷魚文〉，余光中〈海祭〉則堪稱祭鯊魚文。

14 一九七七年八月二十日《聯合報．聯合副刊》登出余光中〈狼來了〉一文，其中引用毛澤東〈在延安文藝座談會上的講話〉指「『工農兵文藝』正是配合階級鬥爭的一種文藝」，並斥責「目前國內提倡『工農兵文藝』的人」之不是，逕言「不見狼而叫『狼來了』，是自擾。見狼而不叫『狼來了』，是膽怯。問題不在帽子，在頭。如果帽子合頭，就不叫『戴帽子』，叫『抓頭』」。文章刊出後，部分文藝界人士深感畏懼與恐慌。在當時的政治環境下寫作這類文章，其用心和目的恐怕並非一句「余光中反對專橫和極權，反對文學藝術教條化，年前為了貫徹主張，竟發表了頗為意氣用事的言論」足以道盡（前引文見黃維樑編著，《火浴的鳳凰——余光中作品評論集》〔一九七九：一〇〕）。〈狼來了〉讓許多台灣作家對余光中相當失望，咸認為是余氏文學生涯一大汙點。余光中事後也僅於二〇〇四年九月十一日的廣州《羊城晚報．花地》以〈向歷史自首？〉一文回應，文中寫道：「當時情緒失控，不但措辭粗糙，而且語氣凌厲，不像一個自由主義作家應有的修養。政治上的比附影射也引申過當，令人反感，也難怪授人以柄，懷疑是呼應國民黨的什麼整肅運動。」此文終究選擇在中國發表，余光中則從未曾在事件發生地台灣作過正式回應，〈狼來了〉更沒有收入他任何一部文集。

15 源自〈公無渡河〉（即古樂府詩箜篌引）而較成功者計有余光中〈公無渡河〉、蘇紹連《河悲》；源自〈上邪〉者，則有夏宇、羅智成、林燿德、林婷等人新詮版本。楊牧自一九六九年起即以樂府詩為題材，化作筆下之現代詩，論數量應為台灣詩人第一。《有人》（一九八六）便收有一輯、共十四首詩逕以「新樂府」為名。

一道探照燈警告說，公無渡海
一艘巡邏艇咆哮說，公竟渡海
一群鯊魚撲過去，墮海而死
一片血水湧上來，歌亦無奈

古樂府中「公無渡河，公竟渡河。墮河而死，當奈公何」，是說一個白首狂夫不聽勸阻堅持渡河，後來果真墮河而死，妻子悲慟哀吟後亦追隨丈夫投河之事。余光中〈公無渡河〉則在寫中國難民偷渡香港，卻終以身殉的人間悲劇。詩分兩段，前段以難民為聚焦者（focalizer），描寫他們欲偷渡以謀求自由的心志，卻在望遠鏡的監視及子彈的射殺下淪為亡魂，連蘆葦也不禁搖頭惋惜。後段則以攔截者角度敘述，探照燈警告與巡邏艇咆哮都阻止不了難民渡海，結局是鯊魚撲向墮海的偷渡者，升起的哀歌在一片血水中更顯無奈。掌握「堅持渡河」這項共通點，余光中易古代狂夫為今日難民，而現代詩在兩段之間敘述主體的轉換，自為古樂府所無；從古詩渡河改為新詩渡海，益發貼近彼時廣東難民欲經鹽田、大鵬和南澳一帶游過大鵬灣（南海），偷渡進入香港之本事[16]。

自《白玉苦瓜》開啟了詩樂交融之途，余光中的歌謠體創作便獲得讀者高度認同，全書更有近十首跟歌有關之詩作。他從中國古典文學之意象、節奏、聲韻、詞彙、抒情方式中汲取資源，再加上留學美國時期接觸

余光中，《白玉苦瓜》（大地出版）

的西洋民謠跟搖滾樂[17]，遂大力提倡「詩」與「歌」之結合，讓「以詩入歌」成為彼時台灣民歌運動的重要特色。因楊弦、李泰祥等人以余氏詩作譜曲，〈鄉愁〉、〈江湖上〉、〈民歌〉、〈海棠紋身〉等作皆傳唱一時。《白玉苦瓜》中多採類似民謠的詩語言，重視句型、節奏與聲音效果，可歌復可吟，成功結合中西之長處，兼容詩樂之優點。惟其中亦有失手之作，如收入《隔海觀音》的〈兩相惜〉設計成每句八字三節、句末三字自成一節，其目的無非是強化節奏。但全詩敗在過度工整，竟比新月派之格律更為頑固僵化，且如「守住唇邊的淺淺笑／和你眉下的好風景／不許時間的間諜隊／佈下細細的魚尾紋／或是額上的隱隱溝」，更近乎打油詩水準。問題恐出在此詩正是「純為譜歌而作」，題目名稱「也有意攀附古典，招惹樂府的聯想」。詩人明知此中有險，仍願以身犯，不難想見詩樂之合／分、古今之延／斷，其間所蘊藏之誘惑及難題。另外，余光中彼時雖欲藉古典意識以「與永恆拔河」，但他對生活事物之譬喻描述有返古棄今之嫌：如稱打電話為「貼耳書」、手錶為「水晶牢」、機車為「超馬」。雖似想像高妙、極富創意，但去熟悉化（defamiliarization）到了極端，就走在精緻／造作一體兩面之剃刀邊緣了。

以懷鄉為主題的〈鄉愁〉或〈鄉愁四韻〉，固然長期享譽各地華文讀者圈；然而，余光中彼時最具代表性的詩篇，實屬懷抱強烈古典意識，並願讓自己的生命形態及生存情境，疊合進入中國歷史文化傳統者。其中傑作，率皆如此，像〈守夜人〉以此三句開篇：「五千年的這一頭還亮著一盞燈／四十歲後還挺著一枝筆／已經，這是最後的武器」，全詩收束於「最後的守夜人守最後一盞燈／只為撐一幢傾斜的巨影／作夢，我沒有空／更沒有酣睡的權利」，詩人宛如把自己置入古典長河之中，以筆為最終武器，肩負起「守最後一盞

16 大鵬灣（Mirs Bay）位於香港和中國大陸之間，灣內有許多鯊魚，時有偷渡者被鯊魚咬死之憾事。

17 余光中除了右手寫詩，左手寫散文，彼時還譯介許多關於搖滾樂的文章，尤以披頭四（The Beatles）及巴布．迪倫（Bob Dylan）最令他著迷。收入《白玉苦瓜》的〈江湖上〉，便是余光中向後者名曲“Blowin' in the Wind”致敬之作。

燈」與「撐一幢傾斜的巨影」重責（余光中，一九七四：一〇四—一〇六）[18]。不是宿命，沒有怨懟，因為〈白玉苦瓜〉已見詩人自行把名字刻在國寶上：「只留下隔玻璃這奇蹟難信／猶帶著后土依依的祝福／時光之外奇異的光中／熟著，一個自足的宇宙」。這玉雕苦瓜「似悠悠醒自千年大寐」，中華文化菁華彷彿皆薈萃於其中，並藉助藝術之力讓它能夠「被永恆引渡，成果而甘」——詩人「光中」與之交疊契合，欲從變動當代，躍入永恆古典。

四、鄭愁予（二）

總和鄭愁予赴美前創作大成之志文版《鄭愁予詩選集》（一九七四）或洪範版《鄭愁予詩集I》（一九七九），應是台灣出版界歷來最為暢銷且長銷的個人詩選集。離台赴美前後，鄭愁予有一段不算短的創作停筆期，直到一九八〇年方印行新作《燕人行》。此書在詩人早期作品柔緩可親的抒情風貌外，著實更見凝練沉潛，充盈著哲思及知性的輝光。早期詩中「隱藏作者」表現於外的浪子意識，以及骨子裡的遊俠情懷，到了《燕人行》化為羈旅異國者以詩追認自己的文化身分。〈燕人行〉有云：

未酬一歌　豈是
慷慨重諾的
燕人？從這岸張望，易水多寬？
竟是愛坡雷神十萬畝卿雲
五湖猶落木，草原諸州縱橫著凍河

愛荷華領一層瑞雪輕覆
柔軟起伏的
紫膚的胴體

窳土已入，黃石公嵯峨居處
十九年后，自有匹夫勤練錐法
雖是罡風萬里
而浪子已喬裝，寬袍懷圖
圖中有劍，兩袖豈能飛舞？
而落磯山
豈能落足？雪深七尺不過是
瞬目左右間
不可彈丸向西
窮趕落日
太平洋正煉天為水
驚詫間，自臍以下都是浪潮

---

18 他在〈獨白〉中已然覺悟，自己會是「最後熄燈，只一個不寐的人／一頭獨白對四周的全黑／不共夜色同黯的本色／也不管多久才曙色」（一九七四：三六—三七）。

竟然又是個雨港
說是……說是到了西雅圖

祖籍河北的鄭愁予此詩後記中說：「予為燕人，生於齊，乃牽強用事以〈燕人行〉為之紀。」詩中事件場景發生在美國，但連用了「荊軻刺秦王」和「卿雲歌」兩個中國典故[19]。詩人特意將位於今之河北的易水，跟美國東部縱橫千里的愛坡雷神（Appalachians）山脈並舉，皆益發凸顯去國懷鄉之思。以秦末漢初隱士、曾三試張良的黃石公指稱美國黃石公園，對應鄭愁予自譯為窳土（Badlands）的落磯山東麓，讓中西古今四端在同一首詩中相互碰撞——北美鄭愁予寫爬梯（party）與衣麗（elite），香港余光中喚含羞草（mimosa）為迷夢紗，成了一九七〇年代長居異國詩人的慣用技法[20]。次段說太平洋正「煉天為水」且浪子「自臍以下都是浪潮」，這種驚人想像力接合「竟然又是個雨港」一句，自會讓人聯繫到鄭愁予過往在基隆港的工作經歷。由實入虛，虛復落實，率皆圓熟天然，詩人功力於此可見一斑。

此詩繼而寫慷慨重諾的燕人，視星座詩社諸友聚會為「起事前」的歃血結盟：「莫是舉事的時刻已妥定／莫是／血已歃　杯已盡／／而星座有席空著　一樽酒卻／炙著　莫是等我？」事實上這場西雅圖聚會從未存在，一切只是詩人赴機場送客時的神遊幻想[21]；但鄭愁予就是能以聲情相合的文字，流動變化的節奏，譜為一闋抒發浪子懷友、燕人重諾與羈旅之思的現代新曲。

鄭愁予，《燕人行》（洪範出版／提供）

長逾七十行的〈讚林雲大喇嘛康州行腳〉，乃密宗黑教喇嘛林雲兩度赴美國康乃狄克州，詩人與之談玄論妙後的作品。此篇採中國古代贈答詩及贈答傳統[22]，詩的中心應圍繞在「解」一字，以應對生命與天機之「密」——畢竟人人都想請大喇嘛剖析禍福或預言成就。但全詩線索繫於一再出現的「這些當然是我冥想之詞了」，這句後面緊跟著「其實……你只是……」，讓詩中敘述者「我」的冥想，在描述對象「你」面前似皆一一被推翻。但這並無妨礙，因為我已是「自無盈虧可探候了」、「自無休咎可爻卜了」、「自無憂喜可咀嚼了」之人，個人得失禍福對敘述者並非要事。不圖自己求解，反而更可辨物慧解：

當然　你總是隱惡揚善的了
其實　你說的並不多　你的語言猶如
那肯定的手　從袖中緩緩伸出
突然開燈原來我站著一角的暗室
另三個角還有三個人站著
突然開門

19〈卿雲歌〉相傳為舜帝禪位給大禹時百官同唱之曲，民國初年北洋軍閥時期甚至曾被規定為國歌。

20 爬梯、衣麗見鄭愁予〈爬梯及雜物〉（一九八〇：一三一—一三四）。〈迷夢紗〉則收入余光中，《與永恆拔河》（一九七九a：一一五—一一六）。兩詩皆為一九七〇年代作品。

21 據〈燕人行紀事〉所述，此段乃「因赴布萊德雷國際機場送客，適一巨型機引火待發，終站竟赫然亮為西雅圖。稍頃轟聲大作，神隨機起，歷覽北美大陸，諸君子已依稀在望矣」（一九八〇：七）。

22 贈答詩源自先秦，開展於漢末，興盛於建安。所謂「以詩贈答」實為雙向而非單向，既透過分享以擴大我對他人的影響，亦讓他人能藉由詩的形式，進一步理解我的經驗、處境乃至提供慰藉。

門外有港

千帆鼓滿了方向

有路　而大路是直如髮的

燈、角、門、港、帆、路等意象都帶有指引之意，是對求卜者未來人生方向的啟示。「突然開燈原來我站著一角的暗室／另三個角還有三個人站著」兩句，尤可詮釋為對生存情境之暗示。詩人據題目是要以詩禮讚林雲大喇嘛，但贈答詩最可觀處，實為贈與者跟受贈者之間美學與情趣的交會。鄭愁予援古典文學傳統欲贈詩林雲，緣此而生的詩篇，卻在在可見詩人慧眼，儼然是天機之「密」最好的解人。像「把所謂眾生做成穿衣的架子／而憂喜不過是兩件衣服　穿著一件／自然閒著另一件」，就是贈與者以詩出之的獨到靈視及生命體會。

語多凝練，充盈哲思，是鄭愁予此時期詩作的特點。知性雖揚，但仍保有早期長於即物寄興與重視句法韻律的一貫質地，還添加了家國可思而不可入的萬千感慨。這是因為一九六八年他赴美國愛荷華大學後（接受聶華苓邀請進入國際寫作班，攻讀藝術碩士學位），在一九七〇年由留美學生發起「保釣運動」中被推選為該校主席，遂被列入「黑名單」無法返台。一直要到一九七九年父親去世，鄭愁予才終於獲准返回所謂的「自由中國」。對照志文版《鄭愁予詩選集》自一九七四年印行後備受本地廣大讀者喜愛，作者有家歸不得一事更顯得諷刺。詩人對政治其實相當敏感，除了愛國熱忱，更多的應屬人道關懷。一九七九年所作贈答詩〈贈一位同年遊美的舊友〉[23]，就是寫給同樣受邀赴愛荷華大學國際寫作班的陳映真。現實政治固可直白入詩，如聚會時眾人「談馬利蘭的蟹，碧潭的鱒魚；／談鱸魚好，談黃魚多；／而提起釣魚台的時候，／大家就都沉默了」（〈爬梯及雜物〉）；但鄭愁予更擅長把思念家國而生之感慨，埋藏在詩行裡連串的暗喻中：

青，其實是距離的色彩
是草，在對岸的色彩
是山脈，在關外的色彩
一點點方言的距離，聽著，就因此而有些
鄉愁了

此為〈青空〉末段，全詩寫作於北美，但不在美國，卻是另一個異國加拿大。詩人一向喜以「青」字入詩，早期名作〈錯誤〉便有「恰若青石的街道向晚」。而「青」與「情」兩字音近而形似，故青空在此不妨視為情空，可指羈留異國浪子欲將鄉愁之情投予天空，任心緒替天空著色。距離、對岸、關外等詞彙皆同樣指向「阻隔」，人在加拿大卻既受阻於中國，復隔絕於台灣，無怪乎詩人說青空「不正是有點兒像／魁北寇異樣的法語發音嗎？」值得注意的是，魁北寇今多譯為魁北克（法語 Québec，英語 Quebec），過往中國只有盜賊或外來入侵者才會被稱為「寇」。且「寇」與「異」兩者同屬邊緣身分，也是首要的被驅逐對象——特意用此二字入詩，莫不是詩人有所指涉與寄託？

詩中敘述語氣著實不容商榷，加上採用「是……是……就因此……」句型，反映出詩人在疏離淡然的一貫風格下，也有了對去國之思的濃重感懷[24]。《燕人行》中的山水詩及旅遊詩比例甚重，其中部分作品呈

23 鄭愁予赴美前的早期作品中，不乏寫給蒙受政治牢獄之災友人的贈答詩，譬如〈小小的島〉與〈天窗〉。惟詩本無達詁，讀者當然可以捨本事而純就文字做出不同解讀。

24 或如《燕人行》中，懷念武昌街友人的這行詩：「這樣的白，是述說那日武昌以後我去國之悲傷的」（〈一張空白的卡片〉）。

現物我合一且饒富哲理，如〈天涯踏雪記〉[25]；但更多的詩篇為觸目所及，凡物皆著上「我」之色彩，也比鄭愁予赴美前作品，多了附註、題記、後記等作者自訂之指引說明。這樣的劇烈轉變，恐怕難為鍾愛詩人早期作品的讀者所接受，蕭蕭便曾批評鄭愁予到了《燕人行》階段：「附註、附記事、附解、附自序、後記的地方特別多，這說明了一件事實，鄭愁予與我們之間有了一段距離，他不自附說解，我們無法初步了解他詩中的字面意義，這段距離其實也是鄭愁予與異地之間的『精神距離』。」（一九九一：一五三）此說法似是而非，因為中國古典文學本有詩前題記或詩末後記之寫作形式，自非鄭愁予一人所獨創。應該把此現象視為羈旅異國的現代詩人欲向傳統致敬，故刻意經營與琢磨題記、附註、後記，或云用書寫形式來安頓自己騷動的鄉愁。這當然不是什麼「精神距離」，而是在異鄉以詩召喚古典意識與文化認同。

五、楊牧（二）

對身在美國西雅圖華盛頓大學任教的詩人來說，一九七二是重要的一年——捨棄了舊筆名「葉珊」，首度啟用新筆名「楊牧」於《純文學》第六十二期發表〈年輪〉。此作後結集為揉合散文與詩作的創作集《年輪》（一九七六），獲得首屆詩宗獎的〈十二星象練習曲〉亦溶入其中。創作於一九七〇年的〈十二星象練習曲〉長達百行，以戰爭、死亡、性愛交織出一座龐大的象徵體系。彼時楊牧在加州柏克萊大學攻讀學位，該校是反戰運動的重要陣地，抗議美國政府介入越戰甚力，詩人卻因為是外籍學生，「無論我於情如何介入，於法我不得申訴」（一九七六：二一七）。後乃有借助參戰男子口吻訴說之〈十二星象練習曲〉，援十二天干的時辰連綴與十二星象的空間挪移為線索，以詩記錄下一個充滿困惑的年代，卻也留下多處難以解釋的罅隙（詳見上一章）。《年輪》一書可謂總結了詩人在柏克萊與西雅圖兩地間的顧盼、覃思與猶疑，在形式與文體上之實驗堪稱前衛。

一九七二年楊牧方三十二歲，剛結束了自一九六六年起在加州柏克萊的求學生活，展開全新的西雅圖華大教師生涯。柏克萊時期的葉珊著作頗豐，共出版了文集《葉珊散文集》（一九六六）、譯作《西班牙浪人吟》（一九六六）、詩選集《非渡集》（一九六九）、第三部個人詩集《燈船》（一九六六）與充滿費解隱喻的第四部個人詩集《傳說》（一九七一）。西雅圖時期的楊牧詩風丕變，從苦悶憂愁步向凝練含蓄，並更多地欲以文字介入現實、叩問社會、寄託期待。以詩而觀，這個階段他共繳出《瓶中稿》（一九七五）、《北斗行》（一九七八）、《禁忌的遊戲》（一九八〇）、《海岸七疊》（一九八〇）四部詩集與一部現代詩劇《吳鳳》（一九七九）。值得注意的是，楊牧彼時不但以創作頻頻發聲，他還擔任《現代文學》第四十六期「現代詩回顧專號」特約主編（一九七二）、麻薩諸塞大學 *Micromegas: Taiwan Issue* 主編（一九七三）、替《聯合報》副刊選刊現代詩投稿（一九七六）、共同創辦洪範書店出版社並任《文學評論》和「洪範文學叢書」編輯委員（一九七六）、編輯整理《中國近代散文選》、《豐子愷文選》等書（自一九八一年起），應是有以編選行動傳播文學觀念之志。

西雅圖時期的「楊牧」生命出現了兩大變化，對其詩創作影響甚鉅：一為個體新生（跟前妻離婚，與夏盈盈女士結婚並迎接長子出生），二為國族之痛（對當下政治局勢的懷憂悲憤，美麗島事件及林宅血案後升至最高峰）。柏克萊時期的葉珊作品《燈船》，常見第一、二部詩集《水之湄》、《花季》之甜蜜憂愁與欲語還休，可謂是年少情懷的延伸擴大，敘述脈絡依然可辨；到了《傳說》，詩人改用隱喻製造閱讀屏障，將苦悶

25〈天涯踏雪記〉末段尤其精彩：「所謂雪／即是鳥的前生／所謂天涯／即是踏雪而／無足印的地方」。在「所謂……即是……所謂……即是……」肯定句中，踏雪的人呢？方知其與物俱化，已無蹤跡了。

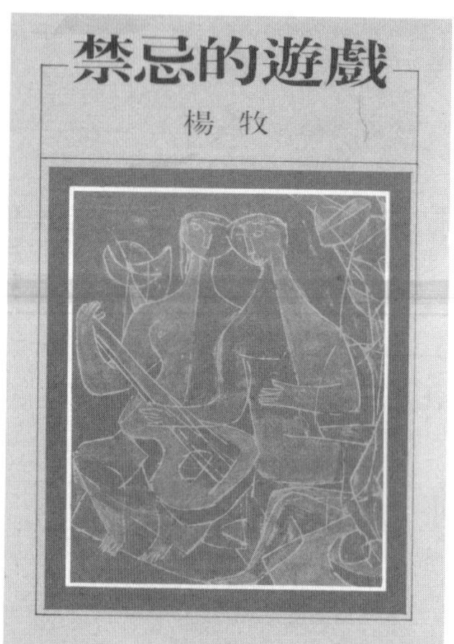

楊牧，《禁忌的遊戲》（洪範出版／提供）

楊牧（一九七〇－八〇年代，文訊提供）

楊牧，《吳鳳》（洪範出版／提供）

楊牧，《海岸七疊》（洪範出版／提供）

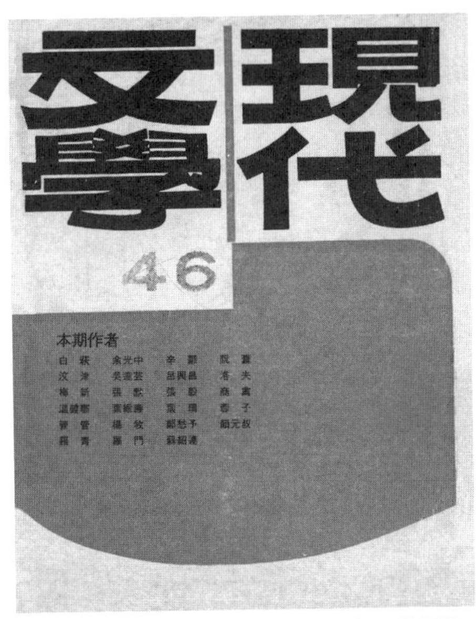

《現代文學》第四十六期「現代詩回顧專號」
（文訊提供）

現代文學　季刊　第46期

《現代文學》第四十六期目次頁

的情緒化為費解的詩篇。〈預言〉、〈蛇的迴旋曲〉、〈十二星象練習曲〉堪為代表，在死亡與性愛交織而成的意象群中，遍布著空虛絕望的負面情緒。西雅圖時期的「楊牧」不再如同以前那般自覺「人地不宜」，《瓶中稿》裡雖仍留有繁雜隱喻及苦悶憂愁，但畢竟提供了更多細節供人追索，讀者或可如〈情歌〉所云：「浪漫的懷想／已經變成一首辛澀的歌／這時候請你／走向我」。一九七三年作品〈讓風朗誦〉將前期之停滯及困頓，一舉翻轉為流動與溫暖：

那時我便為你寫一首
春天的詩，當一切都已經
重新開始——
那麼年輕，害羞
在水中看見自己終於成熟的
影子，我要讓你自由地流淚
設計新裝，製作你初夜的蠟燭

那時你便讓我寫一首
春天的詩，寫在胸口
心跳的節奏，血的韻律
乳的形象，痣的隱喻
我把你平放在溫暖的湖面

讓風朗誦

全詩共分三章，此為最末章。以「假如我能為你寫一首詩」開篇，自夏而秋、冬，於四季流轉中愛情經歷磨難與試煉。到第二章敘述者呼喊「你終於屬於我」，乃發現「夏依然是／你的名字」。開端的「假如」暗指兩人間親密關係仍待確認，及至走過考驗、愛意滋長，最末節終見舒坦自在：「那時我便為你寫一首／春天的詩」、「那時你便讓我寫一首／春天的詩」。恐口說無憑，在胸口寫詩成為愛情最好見證，「心跳的節奏，血的韻律／乳的形象，痣的隱喻」二句是想像詩歌與身體結合，抽象的愛遂高度形象化起來。

由前引詩亦可看出，詩人嫻熟於以聲響及節奏控制來推進詩篇，並藉此將中、長篇作品加入敘事及戲劇因子[26]。例如《傳說》中〈延陵季子掛劍〉，詩人首度嘗試以「戲劇獨白」（dramatic monologue）作詩；至《瓶中稿》所錄〈林沖夜奔〉寫悲劇英雄林沖落草為寇，內容取材自《水滸傳》，形式援引元雜劇，並依關目結構分為四折：一、二、四折分別由風、山神、雪以全知觀點來敘述，第三折則為林沖之「戲劇獨白」。〈林沖夜奔〉有一副題為「聲音的戲劇」，其實是「聲音」遠多於「戲劇」，藉聲響構築及詩句結構牽引情緒起伏，第一折「我們是滄州今夜最焦灼的／風雪」、「我們是今夜滄州最急躁的風雪」、「你是今夜滄州最關心的雪」與第二折「我枉為山神是／親見的」、「我枉為山神都看得仔細」、「我枉為山神，靈在五嶽／這一切都看得仔細」皆是顯例。以混聲交響、觀點替換來逐步推進，楊牧此作可謂一新中文抒情詩之技巧及面貌。經此作後，一九七九年方有長篇敘事詩暨「現代詩劇」《吳鳳》誕生。

---

26 藉聲響及節奏控制來推進詩篇，在楊牧此期情詩中屢屢可見。效果可與〈讓風朗誦〉比肩者，當屬《北斗行》中的〈蘆葦地帶〉：「那是一個寒冷的上午／在離開城市不遠的／蘆葦地帶，我站在風中／想像你正穿過人羣——／竟感覺我十分歡喜／這種等待，然而我對自己說／這次風中的等待將是風中／最後的等待」。

《北斗行》、《禁忌的遊戲》中多數作品瀰漫著低盪情緒，應與楊牧身陷婚姻問題有關。跟前妻離婚後，一九七八年楊牧在回台期間偶然認識夏盈盈，隔年十月便在台灣舉行婚禮，一九八〇年相偕赴美生活。新婚與迎接長子出生，讓楊牧的抒情詩面貌完全改變，全本幾乎皆屬情詩的《海岸七疊》最是明顯[27]。那些生命中無法排遣的苦悶，終因這位「你是我們家鄉最美麗／最有美麗的新娘」（〈花蓮〉）獲得緩解。堅定自信、溫潤可親成為楊牧抒情詩的新貌：「我在／研究室裡打字，試論／文學批評的方法和態度／明天早上松鼠和小鳥／也會出來在雪地上打字／論核桃，翅膀，和童謠」（〈第一場雪〉）、「網球場上有老人在溜狗／春雨似乎已經停了否則／你沒帶傘下課怎麼樣走／英文會話能應付就行了／我把書推開張望你的車／只要你平安回家就行了」（〈會話〉），這些詩句都在寫與愛妻間的互動，用語之平易，實在頗不「楊牧」。但這並非意味，楊牧只會寫這樣的情詩。同時期的〈盈盈草木疏〉就是詩人轉化了古典詩學之賦比興手法，出之以現代詩語言的一則則寓言。這篇組詩以竹、白樺、山毛櫸、山楂、林檎、梨、柏、山杜鵑、松、蕨、辛夷、薔薇、杜松、常春藤這十四種草木為子題，讓一座現實花園衍為愛情與生活之象徵，又能扣回楊牧最關切的傳統文學世界，與其長年研究的《詩經》文本。

婚姻帶來的「個體新生」之外，因憂慮政治局勢而生的「國族之痛」，更讓楊牧不再沉默疑懼，選擇勇於以詩介入現實。一九七九年十二月十日時值國際人權日，高雄發生自二二八事件後規模最大的警民衝突，事發後警備總部大舉逮捕黨外人士並舉行軍事審判。台灣省議會議員林義雄被警總軍法處以叛亂罪起訴，拘禁於景美軍法看守所候審期間，住家竟發生重大兇殺案件，六十歲母親游阿妹及七歲雙胞胎女兒林亮均、林亭均被刺身亡，九歲長女林奐均身受重傷。美麗島事件及隔年林宅血案點燃了詩人不可遏止的怒火，罕見地在極短時間內完成〈悲歌為林義雄作〉：

逝去的不祇是母親和女兒
大地祥和，歲月的承諾
眼淚深深湧溢三代不冷的血
在一個猜疑暗淡的中午
告別了愛，慈善，和期待

逝去，逝去的世人和野獸
光明和黑暗，紀律和小刀
協調和爆破間可憐的
差距。風雨在宜蘭外海嚎啕
掃過我們淺淺的夢和毅力

全詩分兩章，首章中楊牧將林宅血案由殊相化為共相，受害者遂不僅是母女，刀所刺傷的是愛與慈善等人類普世價值。故鄉花蓮對楊牧而言，是美善之泉源與情感棲息地；林家故鄉在宜蘭，外出子弟竟遇此劫，「掩面飲泣的鄉土」亦同感大悲。本詩首章以「上一代苦，下一代不能／比這一代更苦更苦」作結，乃盼此代之苦難不必再延續，願後代能安穩生活、不再受驚，以今日亡者之逝換取未來生者之途。〈悲歌為林義雄

27《禁忌的遊戲》與《海岸七疊》雖同於一九八〇年印行，但《禁忌的遊戲》只有〈華府雨中落櫻〉寫於一九七九年，其餘都是一九七八年以前作品。

作〉展現了一位弘毅知識分子雖身在異國，絕不願置身度外之心志。第二章末尾由敘述者替受害母女禱告，將「回歸宜蘭那片多水澤和稻米的平原故鄉」句構不斷變化，佐以節奏與聲響配置，宛如一闋寫給受害母女、更是寫給島上所有人的安魂曲：

請子夜的寒星拭乾眼淚
搭建一座堅固的橋樑，讓
憂慮的母親和害怕的女兒
離開城市和塵埃，接引
她們（母親和女兒）回歸
多水澤和稻米的平原故鄉
回歸多水澤和稻米的平原故鄉
回歸平原，保護她們永遠的
多水澤和稻米的平原故鄉
回歸多水澤和稻米的
回歸我們永遠的
平原故鄉。

受限於台灣肅殺的政治環境，人在美國的楊牧有所忌諱，此作選擇一九八〇年九月十五日在香港《八方文藝叢刊》第三輯上發表，後來也沒有收入一九八〇年代任一部個人詩集中。一直要到解嚴後的九〇年代初，〈悲歌為林義雄作〉方於國內《聯合文學》雜誌正式發表。一九九五年詩人自編《楊牧詩集II：1974—1985》，終將其歸入「有人」一卷，結束一段坎坷的返鄉路。詩當然可以避開、繞過或跳脫現實政治，但現實政治不一定會放過詩[28]。

六、楊澤

倘若捨棄極端超現實主義的晦澀詭奇，又不取末流現實主義的直白平庸，回歸期的台灣新詩可以走什麼樣的路？面臨既有價值崩解的危機，感知島內浮現「國家未定」與「都市特質」，一個詩人究竟該怎麼表意抒懷、拮抗世俗？楊澤以永遠「在路上」（on the road）的浪蕩不羈姿態，藉《薔薇學派的誕生》（一九七七）、《彷彿在君父的城邦》（一九七九）兩部詩集作出了回答[29]。一九七〇年代中、後期的台灣，外有退出聯合國與台美斷交後的外交困局，內有經濟快速起飛及邁入資本主義社會的轉換焦慮，讓二次世界大

28 惟〈悲歌為林義雄作〉畢竟是激憤下的直接產物，藝術價值並非第一位之追求。〈悲歌為林義雄作〉完成後四年，回台灣大學客座的楊牧收到一封年輕人充滿困惑的信。期末考時，學生在台下奮力作答，他在台上低頭振筆疾書，寫下〈有人問我公理和正義的問題〉一詩權充回覆（一九八六：三—一二）。同樣是介入與回應，此作較〈悲歌為林義雄作〉更為節制凝練且結構完備，藝術成就委實較前作為高。

29 《彷彿在君父的城邦》有兩個版本，初版一九七九年十二月由龍田出版社印行。作者自承「由於出書時的匆忙局促，我一直沒有定稿的感覺」，遂在高信疆夫婦協助下，一九八〇年八月於時報文化推出新版，刪訂原版本並「收束少作」（楊澤，一九八〇：七）。後來楊澤長期肩負媒體副刊編務，詩作更為量少質精，詩選集《人生不值得活著》（一九九七）所錄，主要還是前兩部詩集之精華。詩人耗二十年磨一劍，以時間為主題終結集一冊《新詩十九首——時間筆記本》（二〇一六），憑藉突出的音樂性與節奏感，回應及變奏「古詩十九首」。

戰結束後方出生的世代，更欲致力於重建傳統文化，對抗庸碌現實。小城嘉義長大，後北上就讀台灣大學的楊澤，在外文系及碩士班求學期間，寫出許多奇特地揉雜了猶疑徘徊及滔滔雄辯的詩篇。其筆下規範的理想世界，是一個或能與困窘現況對應的「詩裡中國」。分成十二章的〈漁父．1977〉即為一例，可看出楊澤如何將腳下土地與古典世界同置於一：

撈沙石的機器轟轟作響，沒有
可供尋問的漁父。一雙鞋
一雙疲憊的鞋從武昌街步下漢口街復在
長沙、衡陽一帶徘徊、猶疑
天空是古代的雲夢大澤
在夢與現實間選擇了——
兩千年後繼續流放的命運

武昌、漢口、長沙、衡陽，無一不是中國大陸地名，也屬台灣現實街道。兩千年後在台北街頭尋漁父不遇的詩人，以穿梭各章內「撈沙石的機器轟轟作響」一句，提醒這已然為工業化的當下，是真正「多河流的南方」，還可看見養蚵人家、公車站牌及高爾夫果嶺。詩中諸多問句，是楊澤慣用的藉有疑而表篤定：「相對於大海，千古的良苦詩心是否只意味著／一種無效的抗辯？」、「愛者如何能在愛中靜逝／流放者在流放中找到意義？」、「相對於大海——啊詩人／我們如何重新向漁父肯定河流的意義？」詩所規範的理想世界畢竟只能是「理想」，〈漁父．1977〉藉這個「並不怎麼遙遠的古代」，表述兩千年後知識分子「在場」的處境與心態：

一些女子在市井邊搗衣，在水湄
浣春天的紗，浣夏天的紗
浣春天夏天秋天冬天的紗。
而兩千年後，我仍然在此——
觀望，猶疑；
啊，一株無言的落葉木

從觀望、猶疑到自比為「無言的落木林」，抒情主體向內收縮，不斷反思行動的可能及其局限：「我的詩如何將無意義的苦難化為有意義的犧牲？／我的詩是否只能預言苦難的陰影／並且說——愛……」（〈在畢加島〉）。他畢竟還是愛的信仰者，儘管一直「獨立對抗整座陌生的城市／整座顢頇昏庸的系統」，還是欲用「夢中溺水的雙手／緊緊抓住的發光的詩行／啊，發光的愛……」（〈在畢加島2〉）。當不成二千年前行吟澤畔的屈原，至少要掌握住身邊當下之美善——「瑪麗安」遂在楊澤詩中誕生。她可能是詩人曾經傾慕的女子，可能是「年輕、陌生而美麗的母親」（〈給瑪麗安〉），可能是世間一切美好之象徵，也可能是抒情主體內在分裂後的「自我」。無論何者，詩人寫給瑪麗安的詩句中，總是寄託了無限憐愛：「瑪麗安，我忽然心痛願意／自己是把最親愛妳的梳子……」（〈1976記事1〉）、「瑪麗安，你知道嗎？我已不想站在對的一邊／我只想站在愛的一邊……」（〈1976記事4〉）。「瑪麗安」代表著抒情主體的傾訴對象，她是詩人

楊澤，《薔薇學派的誕生》（洪範出版／提供）

楊澤（文訊提供）

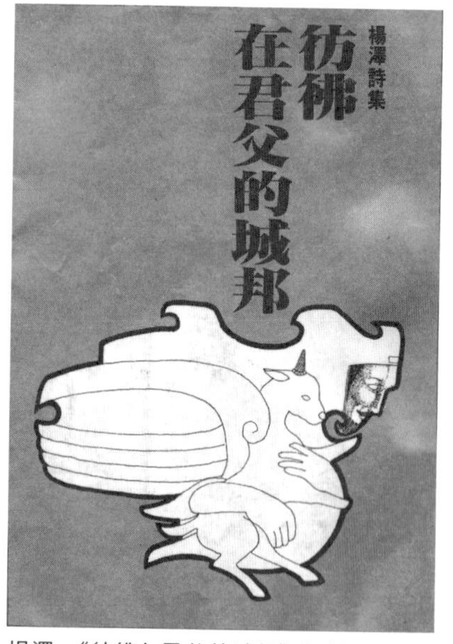

楊澤，《彷彿在君父的城邦》（時報文化新版）

楊澤，《彷彿在君父的城邦》（龍田初版）

需要的「理想讀者」[30]。楊澤在一九七五年詩作〈煙〉中，便揭示了讀者的重要性。詩人所求者寡，唯盼外界能「努力讀我」：

我是縮影八〇〇億倍的一個
小寫的瘦瘦的i
請讀我——請努力努力讀我
我是生命，我是愛，我是不滅的
靈魂，焚屍爐中熊熊升起的一片
一片獨語的煙

由〈煙〉可知，詩人既渺小，亦龐大；既自謙，復自豪。詩人希望被接納了解，渴求能相伴行動（「世界還很年輕，我們／我們為什麼枯坐在此？」，見〈1976記事1〉）。在潮聲偃息與黑夜靜默下，詩人自比為孤獨旅者，遂見〈1976記事2〉中聲聲呼喚永不消逝的「理想讀者」：

黎明很遠又很近，瑪麗安

30 對詩人而言，這樣的「理想讀者」必然是陰性，還得抵抗時間進逼（「瑪麗安，你能否了解回途上我的恐懼——／我的恐懼時光不再，你或已垂垂老去」〈1976記事1〉），怕催老了瑪麗安讓他依戀的「美麗的，無政府主義者的肉體」（〈在畢加島1〉）。這些線索或可提供女性主義學者，進一步思考該怎麼看待此一一九七〇年代後期的「案例」。

你一直是我懷中的一株夢裡帶淚的薔薇。
瑪麗安，我能否把你種植成一片祥和溫馨的
薔薇色黎明，在來世的夢裡……。

瑪麗安既等同「一株夢裡帶淚的薔薇」，詩人遂毅然宣告〈薔薇學派的誕生〉，誓向庸庸碌碌的「人們」證明空氣中薔薇幻影的存在：「『為了向人們肯定一朵薔薇幻影的存在，／我們必要援引古代、援引象徵／甚至辯論一朵薔薇的存在？』」薔薇固然可作詩與美的化身，但亦可是「擊傷我們的世界的薔薇」，它帶著「宿命的悲傷」，彷彿承載著抒情主體的焦灼與憂悒[31]。

楊澤的詩以突出的音樂性見長，但絕非台灣民歌運動所偏好，像〈鄉愁四韻〉那類可歌、可吟、方便傳唱的現代詩。楊澤更擅長利用句法、聲響、韻律、節奏的交替錯落，推進詩篇章，開展詩視域——這方面他比較接近前輩詩人楊牧，遠離詩樂歌三者兼容的余光中。同為傑出的抒情詩人，晚生的楊澤在創作時，沒有楊牧中、後期詩的玄學傾向，所謂「皆屬一派」之說實在僅是美麗的巧合[32]。楊澤反覆吟詠的詩與愛、薔薇及城邦、畢加島和瑪麗安，若非有獨到且強烈的音樂性在支撐，恐怕不過只是一場青春的華靡幻夢，終將在下一代的詩歌記憶中消散。幸有如下兼具音樂性及律動感的詩行，楊澤雄辯地證明了自己的無可取代：

在風中獨立的人都已化成風。
在風中，在落日的風中
我思索：一個詩人如何證實自己
依靠著風，他如何向大風唱歌？

（〈在風中〉）

我已歌唱過愛情——
如今我將長久保持沉默。
喜悅以及悲傷——除非
大陸淪陷成海，海
淪陷成荒原，荒原
開出玫瑰而她向我走來——
我將，啊，永遠不再復活
（〈我已歌唱過愛情〉）

一千隻潔白得沒有任何寓意的海鳥從昔日
我們眺望的燈塔飛航出去
飛航出去。一切事物
皆從我們肉體混亂的港口出發

31 楊澤〈薔薇騎士的插圖〉：「而薔薇，擊傷我們的世界的薔薇啊／多麼雷同於／我們心中的一種／宿命的悲傷」。

32 把方思、方旗、方莘、方娥真這「四方」並舉，或將楊牧、楊澤、楊子潤等抒情詩人同列，無論「方家」或「楊家」，相信只是姓名（或筆名）上美麗的巧合。個別詩人間的書寫特質本有差異，就算真有師承或授課（如教授楊牧之於學生楊澤），輕率地把他們同列「一派」都極度危險。

一千隻潔白的海鳥，瑪麗安
曾象徵了一千種崇高的目的
而一千種崇高的目的，在碼頭熙攘的人群裡被證實
啊，源自同一個曖昧的動機。

（〈1976記事3〉）

楊澤作詩不懼議論，不避標點，不畏長句，多以「我」或「我們」作為敘述觀點，或慷慨陳詞，或低吟私語，往往能在中、長篇詩作裡造出宏大氣勢。其短詩或小詩創作則崇尚直接明快，立決勝負，如〈拔劍〉：

日暮多悲風。
四顧何茫茫。
拔劍東門去。
拔劍西門去。
拔劍南門去。
拔劍北門去。

語言上毫無扭捏黏滯，內容則假託古詩形貌，寫的卻是現代知識分子之憂憤。欲拔劍者若是一介俠客，東門、西門、南門、北門皆位於台北市區，此詩豈不是直刺古代俠情在今日世界的必然失落？當代知識分子

將何去何從？憂憤猶豫，進退失據，〈拔劍〉頗能道出一九七〇年代中、後期台灣作家的心境。「浪子」楊澤雖以詩自詡「我一定是要到另外一個地方去」（見〈浪子回家篇〉），但他的手段顯然不是「革命」，終究還是繫之於「愛」。試看這首〈光年之外〉：

夜裡的每顆星子都是一面窗
我憑著敞開的窗子遙指過去
「而那裡，吾愛
那裡便是沒有愛的死去已久的地球。」

面對七〇年代的嚴峻現實，「愛」真能拯救危局嗎？恐怕連詩人自己都沒有把握，才會寫道：「『為了愛……』我囁嚅的／回答，感覺自己有如一位昏庸懦弱的越戰逃兵」（〈在畢加島〉）。文藝青年筆下、行吟歌者唇間的「愛」若屬無效，那什麼才是解答？楊澤在七〇年代末期的台北找不到，故選擇負笈美國紐約攻讀學位，一去就是十年。

七、羅智成（一）

羅智成是最不甘於只當詩人的詩人。從事插畫、攝影、設計，以及語錄、故事、旅遊書寫……這些之於他並非一時興趣，而是一個個持續長久的志業。他的寫作生涯在在證明了：從詩出發的自己，終是一個無法歸類、亦拒絕被歸類的創作者。羅智成就讀師大附中期間便開始發表作品，進入台灣大學哲學系後，又與同窗廖咸浩、楊澤、苦苓、詹宏志、方明等合力創辦台大現代詩社。早在一九七五年他便自印出版首部詩集《畫冊》，內容多寫於就讀師大附中時期，可見其傲視同代人的早慧善感。但這本書也是他最不願意再版、無法直面的少作，「就像是日後創作生涯一部不知剪裁的草圖」（羅智成，二〇一二：二）[33]。從古典元素到現代玄思，這部《畫冊》委實乘載太雜、負擔太重，也跟詩人日後「一書一主題」的企畫理念相背離。但《畫冊》畢竟是一切的起點，羅智成日後詩作中最親密的傾訴對象、第二人稱的「寶寶」，正於此時初現蹤跡，譬如〈點絳唇〉一詩：

夜更低了。
我們枯坐石階，
雪像一路翻滾而下無聲的銀鈴
寶寶，這是銀箔包裝的夜。
你的臉頰冰冷冷，睡意，是溫熱的。

「點絳唇」是詞牌名，取自江淹〈詠美人春遊〉詩中「白雪凝瓊貌，明珠點絳唇」一句。羅智成不走仿古一路，只是借此詞牌為題，虛構一個純潔天真的永恆女性或情人，可與楊澤筆下「瑪麗安」並觀。來自嘉義的楊澤與台北的羅智成，兩位抒情詩人素有「南楊北羅」之稱。兩人雖同樣出身台大（楊為外文系、羅為哲學系）、同樣留學美國、創作起步時間相仿，其實他們創作的核心觀念並不相同。楊澤倡議的「薔薇學派」與羅智成創設之「鬼雨書院」，雖然都是容納詩思與想像奔馳的虛構殿堂，但「隱藏作者」楊澤像是欲救蒼生的豪俠，帶有一定市井氣味；相較之下，「隱藏作者」羅智成則根本是排拒他人的精神貴族，貌似中世紀修道院裡一名獨行的僧侶或智者。都是二十歲左右的大學時期「少作」，楊澤的抒情詩作不忘寄意託古，並以反對者姿態批判庸俗現實；羅智成的抒情詩卻直接跳過了「現實」，以神秘深邃的詩行，擘劃與建構理想世界的輿圖。「南楊北羅」之說雖是並稱，筆者以為還是太簡化了兩位傑出抒情詩人間的差異。

台大哲學系畢業前後誕生的《光之書》（一九七九），代表著羅智成創作的新標竿[34]。兼具情人形象與傾訴對象的「寶寶」，於〈一支蠟燭在自己的光焰裡睡著了〉再次出現：

一支蠟燭在自己的光焰裡睡著了。

時間的搖籃輕輕地擺
死亡輕輕地呼吸
我們偷偷繞過它

33 與《畫冊》創作時間相近者，尚有遲至一九八九年方印行的語錄體散文《泥炭紀》。羅智成習慣一再修訂舊作，對象多為出版未久的書，甚至可以花十餘年時間為之，同名作品往往就有多個版本。如同他自承：「修訂工作在出版後立即進行，正如以往的作品。」（一九九九：二一一）

34 受過哲學系訓練的羅智成，作品常被視為具有濃厚的哲學思考。詩人卻表示：若說他的創作有受到哲學影響，可能不是來自於課堂。他不諱言自己當時「對台大哲學系的幻滅」，而且「對學院的生產方式沒有耐心」。他認為哲學終究「應該跟人格與心智有關」，可惜這顯然不是該系師生的探索重心。另一個幻滅源頭，可能是一九七四年成為台大新生的詩人，籠罩在彼時「台大哲學系事件」（一九七二—七五）的連續餘震下，豈能盼望政治化校園內殘留什麼哲學氛圍（楊宗翰，二〇一二：三八—四一）？

羅智成（一九八〇，〈人間副刊〉，羅智成提供）

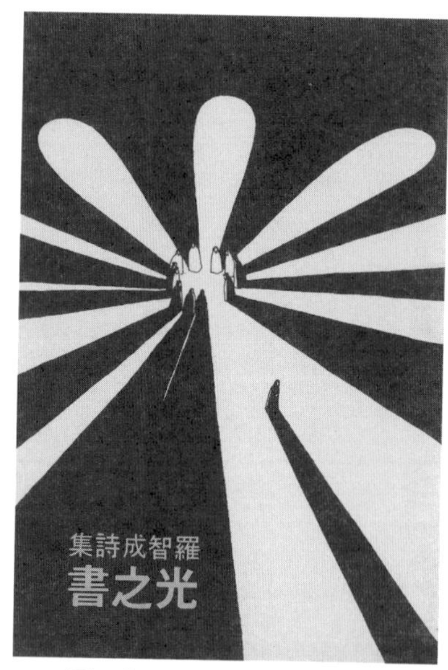

羅智成，《光之書》（龍田出版）

羅智成，《畫冊》（自費出版）

寶寶，緊緊懷著我們向永恆求救的密件。

讓我們到沙灘上放風箏！
從流星在夜幕所突破的缺口
探聽星星們的作息
讓我們到妳髮上去滑雪
一切，請不要驚動了我們的文明。

這種揉合了溫柔天真與呢喃絮語的詩行，散見於羅智成寫給女性的作品——寶寶、Dear R與第二人稱的「妳」皆是。羅智成筆下的愛情，時常遭受外來物威脅（如這首的「死亡」），敘述者勢必得跟詩中女性展開一場奇異歷險。詩中云「寶寶，緊緊懷著我們向永恆求救的密件」，其實詩人也說過「而永恆只是死亡最美的詞藻」，那豈不是在向死亡求助[35]？以羅智成崇尚的黑色美學來看，死亡及黑暗其實並不可懼，甚至應該表示歡迎，正如〈上邪曲〉中所云：「在最黑暗的時刻，萬物接二連三的碎裂／這時候為什麼我們不喜極而泣呢？」[36]羅智成此時期偏愛以燭火及睡眠入詩，除了說「一支蠟燭在自己的光焰裡睡熟了／寶寶，用妳優美嘴型吹滅它」，還有最末處：「寶寶／但妳美麗又困倦，睡前／那些情懷，妳歪歪斜斜地排置妝桌上」。吹

35 見收錄於《光之書》的〈異端邪說〉：「但我仍要壓低嗓子／像醉人底惡夜／湊近你豐滿的脣／說：／而永恆只是死亡最美的詞藻」。

36 〈上邪曲〉收錄於《畫冊》，是對古詩〈上邪〉的現代詮釋。前引詩來自「天地合」一節：「愛我之後，就註定不再有妳的故事了／可是有沒有我的呢？／我是那麼的少。／可是四周更荒涼／在最黑暗的時刻，萬物接二連三的碎裂／這時候為什麼我們不喜極而泣呢？」

滅了燭火，將迎向整片的黑暗，寶寶（可以是詩人心中的理想女性，或詩人自我內在人格的潛意識投射，即榮格的anima）即將入睡，在黑暗中與我相伴。同書所錄〈觀音〉亦然：

柔美的觀音已沉睡稀落的燭羣裏
她的睡姿是夢的黑屏風；
我偷偷到她髮下垂釣，
每顆遠方的星上都大雪紛飛。

這裡所謂「觀音」指八里觀音山，山名來自形象如一躺臥或趺坐的觀音。觀音山上有不少廟宇，稀落的燭群或可指廟內燭火，夢的黑屏風則是夜晚的觀音山樣貌，夢與睡亦可相連。此作寫從淡水這岸遠眺夜間觀音山，以實筆開篇；柔美的觀音已沉睡，敘述者偷偷到觀音山髮下垂釣，所獲者竟為「每顆遠方的星上都大雪紛飛」，這就是韻味無窮的虛筆了。〈觀音〉寫於一九七五年，七〇年代的淡水八里遠不如今日這般喧鬧嘈雜，故此作帶有羅智成少見的寫實色彩。但詩人就是有辦法不滯於實，在燭火與睡眠間，以一幅奇特的超現實畫面作結[37]。該作亦可視為情詩來解讀，借觀音「她」的聖潔形象及柔美姿態，敘述者「我」讚頌與思念的，實為全詩中並未出現、卻又無所不在的「妳」。

羅智成在《光之書》裡收錄了十五首以手寫注音方式呈現的小詩，這成為日後出版詩集《寶寶之書》的底本[38]。他應是台灣新詩界以手寫注音方式特意呈現的第一人，最早的作品還可追溯到《畫冊》中〈髮際〉一詩。《畫冊》的〈異教徒手札〉，也開啟《光之書》內諸多語錄作品之先河，最終發展出一部語錄體散文《泥炭紀》（一九八九）。相較於這些短小篇章，羅智成還有更大的書寫企圖：敘事詩的經營。〈一九七九〉、

〈那年我回到鎬京〉、〈問聃〉、〈離騷〉皆在此列，俱收入羅智成離台赴美念書後出版的《傾斜之書》（一九八二）。由高信疆主編的《中國時報．人間副刊》，為提倡與鼓勵中文敘事詩創作，自一九七八年起在時報文學獎內創設「敘事詩」一項，羅智成曾多次獲獎[39]。作為一種文類傳統，西洋文學中的敘事詩是敘述與詩歌的結合，文學史上更有多部超過千行的敘事詩創作。與西洋文學相較，中文敘事詩創作並不發達，且無論新詩、古詩皆是如此[40]。七〇、八〇年代嘗試敘事詩寫作者眾，羅智成的敘事詩勝在能將傳統素材結合現代精神，透過細膩的心理描寫或內心獨白，將自己對歷史的詮釋及文化的思索融合於一。正如〈那年我回到鎬京〉中所述：「為寂靜的歷史印象／造訪一些滅絕了的鄉音」，詩人透過重探中國歷史、神話、寓言等題材，經營結構與氛圍，將自己對遠古時代及典範人物的體悟，置入歷史敘事的情節發展中。他對文化及歷史的詮釋無疑是厚重的，卻總能出之

羅智成，《傾斜之書》（時報文化出版，羅智成提供）

37 以燭火與睡眠入詩者，《光之書》內尚有一九七八年作品〈蒹葭之3〉：「風／冷冷地向我們取明的燭火瞥了一眼／那乍暗而未復明的一瞬／妳華麗的愛情／驚惶地向我探詢／『聽，』／我說。／風吹奏著群山……」

38 《寶寶之書》主體完成於一九七九年，卻到一九八六年才整理補足，一九八八年方正式出版。

39 〈一九七九〉獲得第二屆時報文學獎敘事詩優等（一九七九年），〈問聃〉獲得第三屆時報文學獎敘事詩佳作（一九八〇年）。該獎「敘事詩」一類停辦後，羅智成仍以〈離騷〉獲得第六屆時報文學獎新詩推薦獎（一九八三年），以〈說書人柳敬亭〉獲得第九屆時報文學獎新詩推薦獎（一九八六年）。

40 蔡英俊在考察中國文化與古典文學的脈絡後，指出原因在於古典詩多以抒情為志，輕敘事結構，終導致抒情詩蔚為主流（三三）。

以委婉細膩之筆調，成功糅合了抒情語言與敘事想像兩者，進而替中文歷史敘事詩擴展出偌大格局。分別於一九八一及八二年創作的〈問聃〉與〈離騷〉，前者揣想孔子與老子的對話，後者為屈原心繫楚懷王之獨白，堪稱達到此類型作品之顛峰。兩詩結尾都充滿了無窮餘韻：

因此我毋庸多問了
走到微霧的室外
晨曦還沒照到最高的枝頭
「不要急！」
像一個緊緊靠在身邊的人，他說：
「中國的古代才開始……」

（〈問聃〉）

但我堅信不移
南方，是特經許諾的
值得我全部的愛
全部的苦楚

我將在流動的河水上

鏤下我的話語。

（〈離騷〉）

中、長篇歷史敘事詩在羅智成筆下展現了驚人的抒情魅力，他八〇年代前期的敘事詩收入《傾斜之書》（一九八二），八〇年代中、後期的敘事詩則收入《擲地無聲書》（一九八八）。這類寓古典素材於現代精神的敘事詩書寫，其實在楊牧〈延陵季子掛劍〉（一九六九）、〈林沖夜奔〉（一九七四）、〈鄭玄寤夢〉（一九七七）等作即可見端倪。深邃的心理描寫，迷人的敘述語調，跌宕起伏的情節推展，羅智成是繼楊牧之後，一九八〇年代歷史敘事詩最重要的創作者，並建構出台灣新詩史上最具創造力的一系列「先秦圖象」[41]。台灣新詩史跨越期又出現了擅長「以詩疑史」的陳大為，用帶有後設技巧的歷史書寫策略，透過詩行不斷詰問及瓦解歷史敘事的正當性，堪稱是羅智成之後最重要的歷史敘事詩創作者。

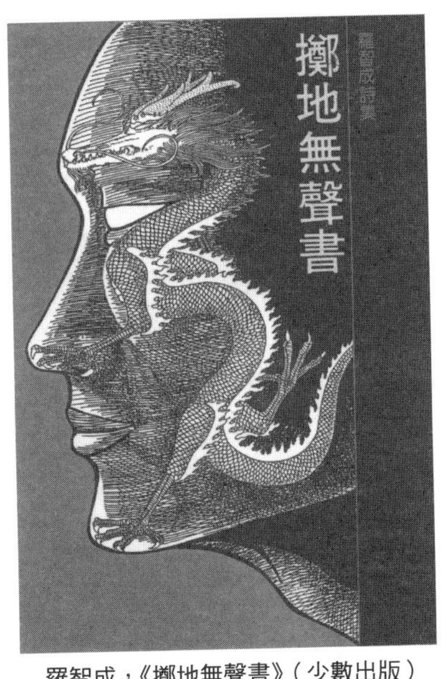

羅智成，《擲地無聲書》（少數出版）

41 「先秦圖象」一語借自陳大為〈虛擬與神入——論羅智成詩中的先秦圖象〉，是指羅智成從一九七五年〈西狩獲麟（上卷）〉起，到一九八三年寫下〈莊子〉共七首、達八百行的中長詩篇。此一圖象「在古典印象中與現代語言化合為一，在歷史的共同記憶裡融入個人的視野與創意。更重要的是羅智成在刻劃人物性格的同時，營造出作為敘事基礎的當代哲學氛圍」（二〇〇一：四）。

八、吳晟

自一九六〇年代初期開始發表作品，吳晟詩中便存在一自絕於群眾的孤零個體：「所有的燈光，都亮起了繁華／亮起群鍵的跳躍／你投入，是一枚沉寂／一枚恁般不和諧的孤零／／迷亂的飄搖裏／因你慣於尋索、慣於張望／因你裸露如斯，無所隱飾」（〈漠〉）、「而我是一株冷冷的絕緣體／植根於此／——於浩浩空曠／／嘩嘩繁華過後／總有春的碎屑，灑滿我四周／而我是一株冷冷的絕緣體／不趨向那引力」（〈樹〉）。從其中「不和諧的孤零」、「冷冷的絕緣體」等語，可看出是詩人欲藉以自況的述志詩篇。

從家鄉彰化南下赴屏東農業專科學校念書後，《南風》雜誌與《屏東農專》雙週刊成為吳晟主要的發表園地，且筆下多為詠懷及贈答詩作。其實吳晟整個六〇年代的詩創作，皆不脫彼時台灣現代詩人習慣的書寫美學，遠遠談不上建立起什麼辨識度。在內容部分，對「現代」之追逐不落人後（也不幸因此面目模糊）；比較值得關注處，反而是他在形式上的探索。如一九六八年發表的〈兩岸〉應是師法西洋詩「三聯句」（Terza Rima，亦可譯為三聯韻），以三個句子組構與押韻而成。前兩句之句構相近，但意義尚未完備，須留待第三句來補足，譬如〈兩岸〉以下二段：「太陽落了，落了又怎麼樣／月亮升起了，升起了又怎麼樣／你空曠的展視，依然深暗／／雨嘩嘩落下來了，落下來了又怎麼樣／虹撐開了，撐開了又怎麼樣／你深暗的瞳中，依然荒涼」。一九六四年余光中新古典詩集《蓮的聯想》問世後，一九六六年江萌（熊秉明）在《歐洲雜誌》上發表〈論三聯句——關於余光中的《蓮的聯想》〉，料想皆應對青年吳晟在詩形式的探索上有所啟發。三聯句乃但丁（Dante Alighieri）在《神曲》中首創，採三行為一聯，每一聯的首尾押韻，中間行則與下一聯的首尾行押韻，即ABA、BCB、……。其實無論是吳晟或余光中，在押韻及形式上的自我要求，都離西洋詩真正的三聯句有些距離，也因此還在中文詩裡保持了一定彈性。

雖然首部詩集《飄搖裏》（一九六六）個人面目模糊，但所幸吳晟並未選擇朝新古典或超現實之路行去，仍持續不懈尋找屬於自己的聲音。一直要到一九七二年八月《幼獅文藝》二百二十四期，主編瘂弦一次刊出「吾鄉印象」系列十二首詩作，吳晟遂成為彼時最早「覺醒」的鄉土詩書寫者，還比關傑明、唐文標與台灣詩人間的「現代詩論戰」早了一步。收入楓城版個人詩集《吾鄉印象》（一九七六）時，在十二首外又補了一篇以台語作為標題的詩作〈店仔頭〉[42]。作為鄉間村民們討論交流處、日常用品供應站，乃至都市文明輸往村莊的前哨，《店仔頭》（一九八五）後來成為吳晟一部散文集的書名。在這部散文集中，作者思忖現代文明究竟如何衝擊鄉村生活，並盡量利用鄉土語言呈現人物個性。二十七篇裡共有十七篇採用台語作篇名，允為全書一大特色。但「吾鄉印象」系列中的詩作〈店仔頭〉，敘述者「我們」之態度或許更值得關注：

這是我們的店仔頭
這是我們的傳播站
這是我們入夜之後
唯一的避難所

42 一九七二年八月《幼獅文藝》上所發表的「吾鄉印象」從〈序說〉到〈完結篇〉共有十二首，但後來收入楓城版《吾鄉印象》（一九七六）時調動了原來詩作的排序，並補回〈店仔頭〉一詩。及至遠景版《泥土》（一九七六），詩集中將〈完結篇〉改為〈清明〉，並新補〈雷殛〉、〈苦笑〉，全系列成了十五首。洪範版《吾鄉印象》（一九八五）再新增〈長工阿伯〉，遂成為總共十六首之樣貌。

吳晟，《泥土》（遠景出版／提供）

吳晟（文訊提供）

吳晟，《吾鄉印象》（楓城出版）

吳晟，《吾鄉印象》（洪範出版／提供）

千百年來，永遠這樣熱鬧
——永遠這樣荒涼

千百年來，千百年後
不可能輝煌的我們
只是一群影子，在店仔頭
模模糊糊的晃來晃去
不知道誰在擺佈

詩中「我們」自知只能任「擺佈」、「不可能輝煌」，顯然並不以此為傲。這其實是承襲「吾鄉印象」系列自〈序說〉以來，一貫之「陰鬱」：

古早的古早的古早以前
自吾鄉左側綿延而至的山影
就是一大幅
陰鬱的潑墨畫
緊緊貼在吾鄉人們的臉上

〈序說〉還不忘以詩批判：「世世代代的祖公，就在這片／長不出榮華富貴／長不出奇蹟的土地上／揮灑鹹鹹的汗水／繁衍認命的子孫」，顯然在傳達吾鄉故事的敘述者，對吾鄉人們之態度，少有關心愛護，多為「恨其不爭」。因為不爭，導致只能接受命運安排，沒有翻轉的可能：

店仔頭的木板櫈上
盤膝開講，泥土般笨拙的我們
長長的一生，再怎麼走
也是店仔頭前面這幾條
短短的牛車路
（〈店仔頭〉）

而路還是路
泥濘與否，荒涼與否
一步跨出，陷下多少坎坷
路還是路，還是
一一引向吾鄉的公墓
（〈路〉）

發發牢騷罵罵人吧

盤算盤算工錢和物價吧
伊娘——這款人生

該來不來，不該來
偏偏下個沒完的雨
要怎麼嗹啦就怎麼嗹啦吧
伊娘——總是要活下去
（〈雨季〉）

「吾鄉印象」此系列之魅力，正來自隱藏作者與吾鄉人們間，因位置差異而產生的微妙張力。吳晟父親曾在溪州鄉農會任職，一九六五年因車禍驟逝，母親則是鄉間典型農婦。畢業後吳晟未與其他屏東農專同學一樣，赴大城市擔任教職。一九七一年他返鄉定居擔任國中生物老師，課餘則陪母親下田耕種[43]。書寫「吾鄉印象」時的詩人吳晟，在田地農作與紙上筆耕間，未曾一刻或忘自己的知識分子身分。就是這點讓最早「覺醒」的鄉土詩人吳晟，對「吾鄉」種種往往排拒多於迎合，字裡行間更寓意批判及反思。所以「吾鄉印象」既少有田園風情的閒逸，更未見吾鄉想像的美化，毋寧說是詩人欲透過書寫行為，探索返

43 實際從事耕種勞作，讓足跡（腳印）成為吳晟詩觀中的重要隱喻。具體詩例如〈阿媽不是詩人〉：「孩子啊！而你們要細心閱讀／阿媽寫在泥土上的每一步足跡／——不是詩人的阿媽／才是真正的詩人」，以及〈阿爸偶爾寫的詩〉：「和我們生長的鄉村一樣／不習慣裝腔作勢／阿爸偶爾寫的詩／沒有英雄式的宣言／也沒有輝煌的歌頌／只是一些些／粗俗而笨重的腳印」。兩首詩皆發表於一九七八年，並收入吳晟詩集《泥土》（一九七九）。

鄉後一介知識分子該如何安頓身心？從這裡不難看出，「吾鄉印象」系列依然殘留六〇年代初期吳晟筆下「不和諧的孤零」、「冷冷的絕緣體」餘緒。七〇年代初期這批鄉土詩，可謂奇妙地混雜了部分來自現代主義的血緣。

曾有評論者以「語言駕馭問題」來責難吳晟，譬如張漢良在談詩集《吾鄉印象》序詩〈土〉時，直指詩人「語言成分不純粹。不只是方言跟官話，而是普通話與『士大夫』話夾雜不清，這是吳晟的一個致命傷」（張漢良、蕭蕭，一九七九：一二九）。援前一段說明便可知，這點不該被歸類為語言駕馭「問題」，而應是知識分子返鄉後，詩寫自身如何適應吾鄉的「過程」，並留下了詩語言間兩相傾軋的痕跡。置諸詩藝層面衡量，此作或許不甚高明；其可貴處在保留了「來來來，來台大；去去去，去美國」口號最盛年代，知識分子選擇返回故鄉定居時的迎拒掙扎，語言成分當然也就「純粹」不起來。

儘管不能認同現狀，但詩人清楚知道，有天他終將與吾鄉人們一樣，從萎頓步入死亡，徹底安息：「終於是一束稻草的／吾鄉的老人／誰還記得／也曾綠過葉、開過花、結過果／／一束稻草的過程和終局／是吾鄉人的年譜」（〈稻草〉）、「年年清明節日／吾鄉的人們／必定去吾鄉的墳場／祭拜自己」（〈清明〉）。與一九七〇年代初期寫就的「吾鄉印象」系列相較，七〇年代末期完成的「向孩子說」系列，敘述者態度明顯從陰鬱轉為肯定，可謂從「對外人訴吾鄉之失」易為「向孩子道吾鄉之美」。知識分子與鄉間農民語言間不再兩相傾軋，且詩人對口語使用及節奏控制更臻圓熟：「阿爸每日每日的上下班／有如自你們手中使勁拋出的陀螺／繞著你們轉啊轉／將阿爸激越的豪情／逐一轉為綿長而細密的柔情」（〈負荷〉）、「在沒有玩具的環境中／辛勤地成長的孩子／長大後，才不會將別人／也當作自己的玩具」（〈成長〉）、「阿爸和你們媽媽，只是一對／卑微的小人物／生活這樣辛酸而沉重／只有爭吵爭吵／醱酵一些些甜蜜」（〈不要駭怕〉）。「吾鄉」在此化入背景，更多地被「泥土」一詞取代（一九七九年吳晟便以《泥土》為書名出版詩集）。面對農村生活中常見的陽光、堆肥、清風與泥土，詩人更說：「雖然，有人不喜歡／鄉下長大的孩子／仍深深愛戀著你們」（〈愛戀〉）。吳晟在「向孩子說」系列中，儼然成為農村生活與傳統價值的捍衛者，與書寫「吾鄉印象」時的語帶批判大異其趣。

但作為知識分子的吳晟，批判性格並未就此消失。一九七八年九月起在《聯合報》副刊上陸續發表的〈美國籍〉、〈你也走了〉、〈我竟忘了問起你〉、〈過客〉，詩句率皆不避坦露直白，充滿對親友手足選擇棄國而去的質疑。這些作品後來皆被詩人歸入「愚直書簡」系列，在在可見政治變局對人心之衝擊。詩人筆下「我們的土地」，成為反西化、抗移民的象徵；可惜「愚直書簡」系列詩作過於意念先行，口語有淪為口號之嫌，整體成就委實不高。一九八〇年吳晟應邀赴美參加愛荷華大學國際作家工作坊，短暫訪問期間之所見所思，對詩人產生了巨大的衝擊。一九八二年五月在《中外文學》第十卷第十二期發表的〈我不和你談論〉，詩人借敘述者之口提出主張：「我不和你談論詩藝／不和你談論那些糾纏不清的隱喻／請離開書房／我帶你去廣袤的田野走走」。換個角度想，這不就是鄉土詩書寫的行動詩學嗎？當城市跟鄉土不再以「城鄉對立」模式互斥，現實主義詩篇自無須局限於批判一路：

你久居鬧熱滾滾的都城
詩藝呀！人生呀！社會呀
已爭辯了很多
這是急於播種的春日
而你難得來鄉間
我帶你去廣袤的田野走走

去領略領略春風
如何溫柔地吹拂著大地

自美返台後的吳晟詩作產量漸稀，彷彿潛心休耕，等待轉作。一九八四年後他便停止公開發表詩作，遲至一九八八年四月二十八日才在《自立晚報》上發表新作〈眼淚〉。其後又有一九九四年「再見吾鄉」系列與二〇〇五年「晚年冥想」系列詩作，持續對環保、公共、生死議題發聲，實踐自己對現實主義詩學的堅持。

九、林煥彰

在台灣跨足成人詩與兒童詩兩領域的創作者中，林煥彰是成就最高的一位。長期在兒童詩創作上的積累，讓他成為台灣兒童文學史一方重鎮：發表過三百首以上的兒童詩，印行十多本個人童詩集，並早在一九七八年便以《童年的夢》（一九七六）、《妹妹的紅雨鞋》（一九七六）兩部童詩集，獲得中山文藝獎，是該獎第一位兒童文學類獲獎者。據林文寶策劃之《彩繪兒童又十年》統計，林煥彰出版過的個人兒童詩集數量高居第一，其次才是謝武彰及林鍾隆（二〇〇〇：一八六—一九六）[44]。或許正因為林煥彰在台灣兒童文學發展史上的地位十分穩固，容易讓人忘記一個事實：

林煥彰（一九七〇—八〇年代，文訊提供）

他自一九六〇年代初期便開始寫詩，至一九七三年才首度跨足兒童詩創作。換言之，成人詩是他的書寫起點，第一首獲刊之作四行小詩〈雲〉便完成於一九六一年八月間。

林煥彰成長於宜蘭鄉間，小學畢業後即因故失學，度過短暫務農及牧童生涯後即北上投入職場。他曾在肉類工廠與肥料公司等處，擔任清潔工、檢驗工、管理員等基層工作。失學一事讓他更渴望在文學上有所精進成長，一九六一年報名鳳兮（馮放民）辦的中華文藝函授班學習寫詩，一九六四年參加中國文藝協會舉辦的「文藝創作研究班」詩歌研習，接受紀弦、瘂弦、鄭愁予等人指導。但他與這三位老師的創作風格畢竟迥異，也不見得全盤認同《現代詩》、《創世紀》、《藍星》三大詩刊的主張，遂將小詩〈雲〉投往創刊不久的《葡萄園》，一九六四年獲主編藍雲刊登於第四期。此後幾乎每期《葡萄園》上都有林煥彰的詩，但他始終沒有加入該社成為同仁。《葡萄園》主編藍雲及詩友沙牧對他鼓勵尤多，林煥彰早期筆名「牧雲」即由兩人筆名中各取一字。一九六七年印行首部個人詩集時，即以《牧雲初集》為書名。他早年之創作饒富前衛性，不時可見超現實手法，詩集《斑鳩與陷阱》（一九六九）即是證明。其中〈禱之外〉用受傷士兵的第一人稱獨白體，明明肢體裂解，語調卻顯得幽默輕鬆，讀來頗為詭異：

醫生們都束手了

我不知道該把我的頭擺在那裡

44 兒童詩的創作若屬內緣，林煥彰在屬於外緣的編選、推動上亦深具貢獻。他主編過多部童詩選集，曾擔任《布穀鳥兒童詩學季刊》總編輯，還發函籌組了「中華民國兒童文學學會」，以及創辦聯繫海峽兩岸兒童文學交流的《兒童文學家季刊》。

還有　望著遠方的那對眼睛
還有
躺在碉堡裡已經想得很久了
自從那次砲戰以後
我像一部機器被解開
而錯亂棄置　甚至有些遺失
我便想重組我的軀體

此詩前以「樹恆站著，／成為一種無告……」為引，暗示面對戰爭時，祈禱終究無效，且連「醫生們都束手了」。此作成於一九六六年，或可視為詩人在百般無奈下，只能幽默對應戰場之殘酷。第一節連用兩個「還有」，乃是運用語法上的斷與連，嘗試創造解釋的歧異及延伸（還有頭、還有眼睛、還有其他器官），巧妙處與林亨泰〈風景No.2〉一詩同中有異[45]。明明在寫戰爭的殘忍，第二節起敘述者卻開始想像「若槍也成樹」、「若樹也成蔭」，那軍中弟兄們就可以好好睡午覺，或「談談女人的事」：

而夜來
海總以其女人的胸脯猥褻我們
我們站崗
我們恨不得把時間撥到時間之外

讓我們的嘴唇的那些不守規矩的鞋
去踐踏她們
看她們還愛　或不
看她們又以那一種季節來颱風我們

「女人的事」暗喻逃遁的出口，此處「颱風」由名詞轉品為動詞，「她們」對「我們」既是威脅、也是誘惑——在無比殘酷、流血斷肢的戰場，是要作戰，還是作愛？站崗士兵「我們」必須遵守軍中規矩，唯有陰性化的「海」能夠打破種種限制。「把時間撥到時間之外」這一矛盾句，也暗喻「我們」想逃遁到規矩及限制之外。「我們」心中真正期待的，是在「她們」身上找到救贖的可能。但敘述者在最末節說：弟兄們找到了別人的手與耳朵，就是找不到「我的」。重組軀體此願，如同詩序所言乃成「一種無告」，或者不過是一場午睡時的夢罷了。逃遁終不可得，死亡就在眼前。這首反戰作品距離明朗、鄉土、現實甚遠，反而更靠近歐美現代主義。《斑鳩與陷阱》收錄詩作大抵皆是如此，欲以書寫叩問死亡之途，參悟時間之秘：「墓一伸手／便塞給我一把冷／（不管你願意不願意）」（〈捷徑〉）、「每天，我都到那裡去讀牆／——一截時間之書的殘頁／　很是奧義。」（〈讀牆〉）。

若停留於此，終難成大家，只能是台灣現代主義詩潮下的一名次要詩人（minor poet），還好林煥彰第三部詩集《歷程》（一九七二）大幅轉變，題材從形而上的沉思生死易為形而下的現實困厄，語言則更發揮林

45　林亨泰〈風景No.2〉寫於一九五九年：「防風林　的／外邊　還有／防風林　的／外邊　還有／防風林　的／外邊　還有／／然而海　以及波的羅列／然而海　以及波的羅列」（一九八四：一九〇）。另詳見第三章。

煥彰擅用「口語」勝過「書面語」之長，寫出許多如同〈十五．月蝕〉、〈那年那晚〉的口語化小詩[46]：

兩個人
一顆心
不是你帶走，就是
我

所以，兩個人經常
有一個
無心

（〈一九七〇年的無心論〉）

夏日，
海是快樂的；
有很多
笑聲
夏日，我也是
快樂的。

因為我，走向
海，穿著
最少的衣服
（〈夏日〉）

《歷程》中尚有不少小詩佳作（如〈吊車〉、〈生鏽的〉），都是採用這種兩段式結構與對比化呈現[47]。在詩形式的長短變換之外，更重要的應是詩美學信念的更替。《歷程》與稍晚出版（但作品全數於一九七〇年代完成）的《公路邊的樹》（一九八三）、《現實的告白》（一九八五），都是以哀樂現實佐尋常口語之詩，林煥彰至此開始了寫實主義美學轉向：

開始是紙行、印刷廠
祖師廟，過去是
窰子
沒掛招牌

46〈十五．月蝕〉、〈那年那晚〉俱為六〇年代末期作品。從其中關於「月」與「夜」的想像力、故事性及敘述法，不難想見林煥彰日後會走向兒童詩創作之路。

47 小詩始終是林煥彰最鍾情及擅長的創作類型。二十一世紀以降他奔赴各國組織「小詩磨坊」，推廣「六行以內小詩」之寫作，主張要「篇幅小，形式有精緻之美」、「字數少，語言有簡潔之美」、「個性化，意念有獨特之美」、「有創意，詩想有創意之美」（林煥彰，七）。

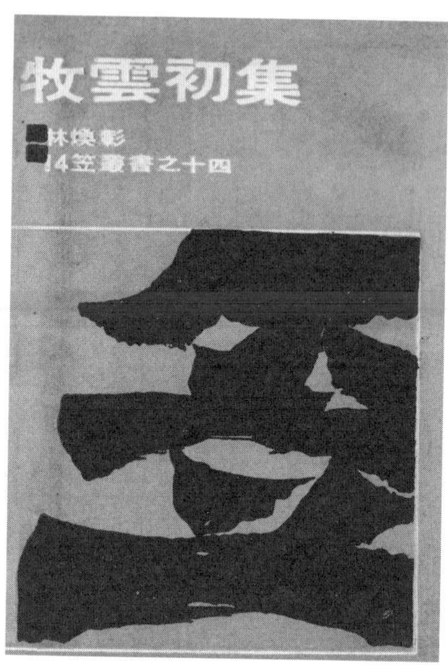

林煥彰，《牧雲初集》（笠詩社出版，文訊提供）

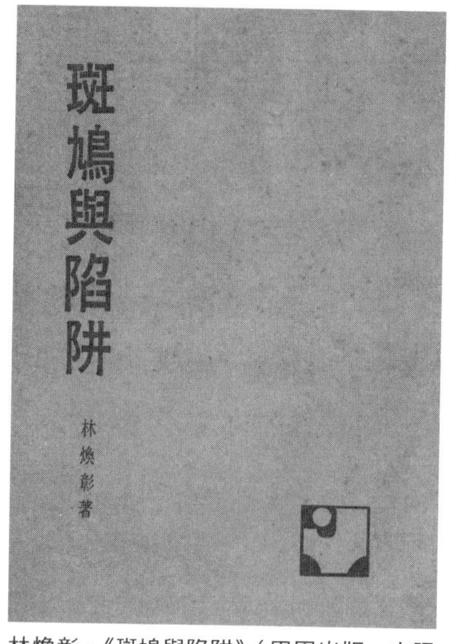

林煥彰，《斑鳩與陷阱》（田園出版，文訊提供）

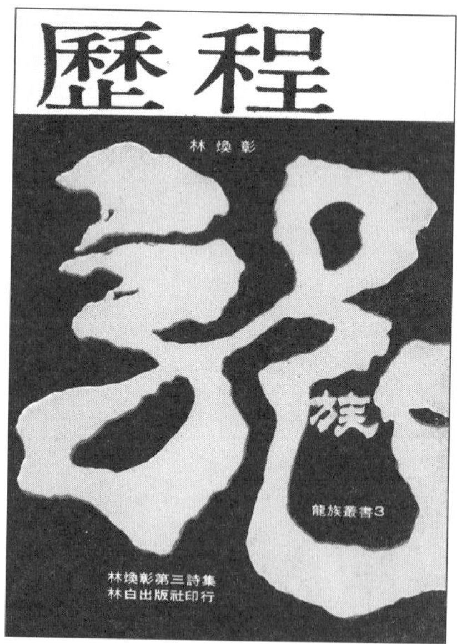

林煥彰，《歷程》（林白出版，文訊提供）

一直到淡水河邊

一條街
在這裡排泄廢物
陽光照不進去的
一條爛腸
　（〈貴陽街二段〉）

總是走同一條路
早晨出去
晚上回來
總是坐著同一種巴士

南港下雨
台北空氣汙染
總是同一個天
同一張臉
生活是不變的

生活是不變的
總是同一句話
不是太太要錢
就是孩子
生活是不變的

每天每天
我只有一張臉
（〈我只有一張臉〉）

我低著頭，我悶悶不樂的走著
想及自己所承受的已經夠多，
忍無可忍的
我踢了一只擋路的空罐
使日夜我要走的一條小路從今以後
不管初一十五夜夜都叫喊著：痛痛痛
（〈我心痛，我忍無可忍〉）

這些詩篇字字扎根於現實，句句哀樂自生活，透露出再平凡不過的真情實感。詩人筆下主要場景無疑是一九七〇年代的台北：無所不在的壓力，難以忍受的疲憊、永遠重複的路線……，顯然皆屬負面印象。羈旅台北，豈是吾家？雖然詩人在《公路邊的樹》多處提及「泥土」及「土地」，但所指涉者當非台北市區，而是蘭陽家鄉。一九八〇年寫就之〈回鄉曲十四行〉開篇即道：「踏著自己的土地，最堅實／我的步履／不再左右搖晃」。這顯然與台北生活時的鬱結困悶，在心境與態度上天差地別。全詩最末四行聲調鏗鏘，彷彿不願再壓抑重返鄉土之歡愉：

> 是很久沒有回鄉了
> 雀躍不必壓抑，回鄉才是快樂的
> 我確確實實感覺到
> 生我育我的土地，最最可靠

此類鄉土詩的書寫，至少還有〈二月二〉（感嘆土地廟前的布袋戲演出觀眾寥寥）、〈三月二三〉（懷念媽祖誕辰時的節慶氛圍）、〈五月五〉（訴說端午節為何要祭拜屈原）等作。赴台北工作打拚多年，卻頻頻對「鄉土」投以關愛回眸，究竟有何不得不之理由？隨著七〇、八〇年代台北的建設發展，整個城市以「進步」面貌，快速拉開了與台灣其他鄉鎮間的距離。許多「非台北人」為此「進步」奉獻了青春與心力，但他們迫於現實得羈旅台北，無法歸鄉。職是之故，林煥彰筆下所呈現的，就不再是一己之經驗；毋寧是以詩來替眾多同類代言——畢竟大家都相信：相較於目前寄居的絢爛都市，「生我育我的土地，最最可靠」。

短暫的務農時光及牧童生涯，沒有讓林煥彰產生太多鄉土詩想；一直要到離家北上工作，飽受都市生活所傷後，他才以詩銘刻下「鄉土」之堅實「可靠」。〈回鄉曲十四行〉、〈二月二〉、〈三月二三〉、〈五月五〉等鄉土詩，最後皆收入詩集《無心論》（一九八五）。這部詩集允為林煥彰的現實主義美學轉向，與援用坦露口語書寫之集大成作。

十、向陽（一）

一九七七年引爆的「鄉土文學論戰」與一九七九年發生的「美麗島事件」，咸被視為影響台灣文學發展至深的關鍵歷史轉折，並讓「鄉土」（乃至於後來的「本土」）議題從幕後真正走向幕前。文學論戰、政治事件之於新詩發展，固然可能會有程度不一的影響；但具突破性的創作，往往在文學論戰及政治事件發生前即已誕生。寫詩並非什麼觀星神算、占卜預言，不過每個時代總是有先知先覺型的作家，既比眾人更早嗅到局勢將異，又能以書寫應對變貌，藉文學洞燭未來[48]。向陽無疑就是這樣的一位詩人。

面對詩壇風行許久的現代主義與超現實手法，出生南投鄉下小鎮、及長北赴草山念書的向陽，卻採用了「取古典菁華」、「融鄉土口語」、「書台灣歷史」三法作詩，一舉躍為一九七〇年代中、後期，面貌最為清晰及風格最見突出的青年詩人。特別是一九七五到一九八五年期間，向陽的成績集中在「十行詩」的新格律體、「台語詩」的鄉土氛圍及「敘事詩」的構史宏圖，俱見於《銀杏的仰望》（一九七七）、《種籽》（一九八〇）、《十行集》（一九八四）、《歲月》（一九八五）、《土地的歌》（一九八五）五部詩集。首部詩集《銀杏的仰望》由當初還是大學生的詩人籌款自印，收錄多篇十行詩及台語詩，奠定了日後新詩創作路線[49]；第二本詩集《種籽》內的長詩〈霧社〉，則是其欲以敘事詩再現台灣史之嘗試。一共三百四十行的〈霧社〉分為六節，由「子・傳說」、「丑・英雄莫那魯道」、「寅・花岡獨白」、「卯・末日的盟歃」、「辰・運動會前後」、

「巳．悲歌，慢板」組成，形式嚴謹，結構分明，一九七九年寫完後便榮獲時報文學獎敘事詩優等獎。但這首寫莫那魯道抗暴之作，卻因一九七九年十二月十日高雄發生「美麗島事件」，讓本應公布的該年時報文學獎延至次年元月才揭曉，更遲至五月才於報端刊出全篇。文學如何受政治之粗暴干預，至此又添一例證。

自十三歲初次在中部鄉間接觸到屈原〈離騷〉，向陽開始懵懂卻狂熱地追求文學與詩。年少時一字一句抄寫、背誦〈離騷〉的經驗，讓他在三十歲時肯認：

> 我用十七年光陰，勞神苦心才初步完成的「十行詩」與「方言詩」兩大試驗，原來早已存活在十七年前我字字抄寫的「離騷」中——它們一來自傳統文學的光照，一出於現實鄉土的潤洗，看似相拒相斥，而其實並生並濟——屈原在辭賦上發展的典範型格，在內容上強調的鄉土根性，以及他在精神上熱愛土地、人民的熱情，似乎早在十七年前我的抄寫過程中，給了我不自覺的啟示。（一九八五：一八八）

向陽會選擇回歸古典傳統及關懷現實鄉土，實有賴年少沉潛於〈離騷〉、及長浸潤入生活後，逐步建構起的創作理念及書寫實踐。他對格律深感興趣，曾經寫過〈暗中的玫瑰〉、〈悲回風〉這類仿新月派「豆

48 「鄉土文學論戰」的口誅筆伐，「美麗島事件」的政治逮捕，或可說明作家、作品普遍受到影響而難以自外於時代，但並不代表文學創作僅能受限於他律機制，而無部分自律（autonomy）成分。以台灣新詩為例，仰賴他律機制或可解釋「詩『史』」，但討論自律成分方能關照「『詩』史」。

49 向陽首部詩集《銀杏的仰望》內容多寫於一九七五、七六兩年之間。此書一九七七年由作者自印發行，一九七九年改由故鄉出版社推出修訂再版。

向陽（一九七〇—八〇年代，文訊提供）

向陽，《銀杏的仰望》（故鄉出版）

向陽，《十行集》（九歌出版／提供）

腐乾體」的詩，更創造了許多重視形式規範及篇章限制之作。《十行集》每首兩節、每節五行，《四季》則是《十行集》的兩倍（每首兩節、每節十行）。《歲月》卷一「蟬歌」為二十行詩，卷三「歲月跟著」每首四節、每節四行、每行字數相同，卷四「在寬闊的土地上」每首六十行（分六節、每節十行），卷五「霧社」頭尾兩章各五十行、中間四章各六十行、總計三百四十行。《土地的歌》所錄詩作雖行數不等，但同一首作品的每節行數皆相同。形式規範及篇章限制就是秩序的追求，向陽應是欲以此「逆俗」追求，力抗台灣現代主義末流詩作的濫用形式自由。

十行詩除了形式上的特色，該系列在內容上亦隨時序發展，有著明顯的變化軌跡：早期所作大量援引中國傳統文化素材、語彙、意象入詩，廣涉田園、山水、閨怨、送別、戰爭、懷古、鄉愁等古典化情境，欲表達的卻是現代人情懷。如《十行集》卷一「小站」所錄，皆為這般精巧似小令之作：「自從去冬下廚總記得用雪花／當做調味的鹽巴，每道菜／都標出鞋的里程與風的級數」（〈未歸——閨怨之一〉）、「緩慢地，我展讀父親遺下的信／迅速地，霧來窗裏讀我的眼睛」（〈霧落〉）。更晚寫就的卷二「草根」，則從古典想像轉入草木自然，如一九七八年這首〈種籽〉便可看出其蛻變：

除非毅然離開靠託的美麗花冠
我只能俯聞到枝枒枯萎的聲音
一切溫香、蜂蝶和昔日，都要
隨風飄散。除非拒絕綠葉掩護
我才可以等待泥土爆破的心驚

但擇居山陵便緣慳於野原空曠
棲止海濱，則失落溪澗的洗滌
天與地之間，如是廣闊而狹仄
我飄我飛我蕩，僅為尋求固定
適合自己，去紮根繁殖的土地

不畏懼遷徙流浪、不緬懷蜂蝶溫香，是否「適合自己」才是重點。拒絕花冠靠託與綠葉掩護，種籽追求的是扎根繁殖之土，向陽詩作不也是如此？與作為起點、細緻幽微的古典世界相較，「土地」最終才是詩人肯認的理想扎根處。倘若把〈種籽〉詮釋為「論詩詩」，作於一九八二年的〈泥土與花——語言與詩的思考〉亦可如是觀：

泥土默然，木訥地負載著花
及其驕狂，一句話也不說
只是夜裏拼命蒐集雨露
供花日裏大加揮霍
只是日裏努力聚合養料
護衛不斷向體內進逼的
根鬚，讓花有所吸收
無所謂純粹，無所謂超越

只是粗糙、駁雜而堅穩

此篇以對比手法暗示「粗糙、駁雜而堅穩」的泥土才是詩最好的棲所，而非現代主義崇尚之「純粹」或「超越」。向陽撰寫《十行集》卷三「立場」所錄作品時，已經服完兵役並進入社會工作。現實的磨練砥礪，讓他的詩語言更接近日常口語，卻無礙其欲傳達之思想、理念：

你問我立場，沉默地
我望著天空的飛鳥而拒絕
答腔，在人群中我們一樣
呼吸空氣，喜樂或者哀傷
站著，且在同一塊土地上

不一樣的是眼光，我們
同時目睹馬路兩旁，眾多
腳步來來往往。如果忘掉
不同路向，我會答覆你
人類雙腳所踏，都是故鄉

這首〈立場〉作於一九八四年，兩段各以「同一塊土地上」、「人類雙腳所踏，都是故鄉」作結，即在放棄成見、互相包容，不分你我一起替腳下共有的土地（故鄉）努力。飛鳥所在的天空沒有界線，人們踏著的土地豈有立場？敘述者雖沉默拒絕答腔，其實已用目光所向做出了堅定回答。

在敘事詩的構史宏圖與十行詩的新格律體之外，向陽成功融合鄉土氛圍及民間口語的台語詩，當是其作品跟台灣這塊土地最緊密的連結。向陽堪稱一九七〇年代創作台語詩的先驅，一九七六年便寫了「家譜」系列並收入詩集《銀杏的仰望》。雖比另一位台語文學健將林宗源一九七〇年作品〈一個孩子咧哭〉來得晚，但他們同樣踵繼了三〇年代「台灣話文運動」埋下的台語詩種籽，與楊華〈女工悲曲〉這類台語詩創作前驅的棒子。向陽最初會寫台語詩，是想「用詩來代替父親說話，來探尋父親的生命」，盼能「面呈一冊結集的詩，用他的口音他熟悉的語言和情感為他朗誦『家譜』，他將笑得很清明，而且要想起自己童年的悲苦吧！」（向陽，一九七九：二〇〇）[50]《銀杏的仰望》「家譜」系列一分二脈，「血親篇」中〈阿公的煙炊〉、〈阿媽的目屎〉、〈阿爹的飯包〉、〈阿母的頭鬘〉，與「姻親篇」中〈愛變把戲的阿舅〉、〈落魄江湖的姑丈〉、〈做布袋戲的姊夫〉成了向陽最早的一批台語詩。該書出版不到一年便發生「鄉土文學論戰」，文學作品走在文學論戰之先，於此又見一證。

「血親篇」與「姻親篇」乃為親情而作，可惜完成時詩人的父親已經逝世，無緣聽到其中任何一首。向陽後來又用更繁複的敘述手法與情節設定，更嚴謹的韻腳安排及行數規範，繳出「鄉里記事」及「都市見聞」兩個台語詩系列，終於完成對土地、對文學懷著無比「自尊而勇健」信念的詩集《土地的歌》。但台語詩創作的目標，不應該僅止於語言層面之更替。更重要的是，如何藉此書寫台灣土地、反應庶民生活及關懷社會脈動。對於這一點，向陽顯然有十分清晰的認知：「『鄉里記事』後，我大半以一詩記一事，以一事敘述我對生存時空的所見所聞所思所感。雖用鄉音寫鄉事，意已不全在鄉音矣！」（一九八五：一九七）

在《土地的歌》最後一輯「都市見聞」中，向陽毫不掩飾有意藉詩重鑄俗諺、再詮歌謠，好讓台語詩書寫能從民間文學及鄉土日常中汲取更多力量，〈草蜢無意弄雞公〉、〈杯底金魚盡量飼〉等作皆是如此。詩人在「都市見聞」一輯內嘗試保留俗諺、歌謠的幽默諧趣，同時並未捨棄寫實主義文學中可貴的批判精神。特別是「貨殖篇」系列未見台灣俗諺或歌謠，而是特意將公司主管及基層勞工的語言並置。前者用官方話（國語），後者採民間語（台語），〈在會議桌頭前〉、〈在說明會場中〉、〈在公佈欄下腳〉皆以狡詐主管和憨直勞工間權力的極端不對等，來反諷語言若被操作為階級差距的象徵，究竟能夠多麼不合理？向陽以新詩戳破了「語言是中性」的神話，並促使讀者反思：原來語言就是權力的一種展現形式。在多族群也多語言的台灣，不該有哪種語言可被視為次等或隨意輕蔑——話如此，人亦然。

十一、張錯

飄泊，是詩人張錯最鮮明的外在形象；滄桑，則是他最真切的內在心境[51]。詩人祖籍廣東惠陽，生於澳門，幼時曾在私塾學習古文。中學就讀香港華仁書院，大學時考入台灣的政治大學西洋語文系，一九六七年離台赴美求學，先後取得英文碩士及比較文學博士學位。一九七四年起，張錯在美國洛杉磯南加州大學任教與定居，身雖定、心未平，常於作品中自比為「中國的孤兒」，羈留在異國飄零，渴求「更完整一點的國／和更美滿安定的家」（〈滄桑〉）。他寫詩起步甚早，自一九六六年起便以另一筆名「翱翱」陸續出版《過渡》（一九六六）、《死亡的觸角》（一九六七）、《鳥叫》（一九七〇）、《洛城草》（一九七九）四部詩集。這

50 使用楚國方言口語及中國南方歌謠的〈離騷〉，其語言風格及形式韻律，當亦暗示、引導了向陽選擇步入台語詩寫作者之列。

51 張錯曾把詩集命名為《漂泊者》，其中一首一九八四年的作品〈滄桑〉，頗能表露詩人心境：「且讓我們以一夜的苦茗／訴說半生的滄桑。／我們都是執著而無悔的一群，／以飄零作歸宿。」

時的詩人翱翱雖是星座詩社要員，但六〇年代少作不脫彼時現代主義詩風影響，遍布晦澀的印記：「而庭前的月桂顫停後又再抖顫／無視於一響火山或一發榴彈／明年的春夜又是一批巫師一批處女／倚臥骷髏上作法及奉祭／仍是那種手勢與步姿／風流至今夜」（〈死亡的觸角〉）。書寫死亡至這般生硬、費解，若再沿此走下去，恐非坦途。

所幸第四部詩集《洛城草》已見不同，詩人以詩直指人間不平事，如一九七六年作品〈加州議案第十四號〉就為加州農民（尤其是在田地工作的少數民族農人）發聲，爭取合理福利及待遇。不只在詩題材上力求開拓，詩語言上更大幅度朝向明朗化與口語化傾斜，甚至出現這樣的句子：「什麼非法居留者？才不管他媽的，／要他們時就合法，踢走他們時就非法，／贊成贊成贊成！」自《洛城草》起，詩人也開始嘗試不避標點符號，幾達全詩每句必有標點。逗號、句號、分號……使用起來既可控制節奏，又有視覺上的整體美感，最後竟也成了張錯詩篇的獨特標誌。

進入一九八〇年代，詩人將筆名改為「張錯」，並出版了代表性詩集《錯誤十四行》（一九八一）。除了沿用「句必標點」此一標誌，張錯更在現代口語與古典雅言間力求平衡，題材則或涉時事、或表感懷、或思鄉、或贈友，不拘一格而境界大開[52]。在他最好的抒情詩中，可以看到雖身處現代資本主義世界，猶有一位卜居校園的憂國者，始終不願向冷漠臣服：「這是宗教的時代，／我們以落花為飄零，／這是憂國的時代，／我們用劍的行動，／來做書的答案。」（〈答主人問〉）劍與書互為表裡，這裡面既是中國古典的啟示，亦有詩人張錯的寄託。像這樣援被視為「過時」的刀與劍入詩者，至少還有〈觀劍〉、〈刀頌〉等佳作。書寫江湖掌故或比試過程，顯非詩人所願為。張錯作詩，意在召喚，因為〈觀劍〉中那道龍泉清水已「在漫長的歷史凍成鏗鏘的冰塊」，〈刀頌〉裡雖刀柄脫落、護手不牢、刀身蒙塵瘖啞，但別忘了「刀鋒仍有飢餓的缺口」。〈觀劍〉旨在期待「龍吟」再起，〈刀頌〉則盼能一刀削盡列強瓜分中國的建議，兩詩皆可視為憂國者張錯欲藉古之刀劍，激勵今之志士。在異地為客，愛國實難；恨國之沉睡，更難。既憤其不起，唯有寫詩刺之，張錯諸多以古物為歌頌對象的詩，皆可作如是觀，譬如古劍、古刀、古鏡、古玉環、唐三彩、兵馬俑……。詠古以刺今，遂成張錯詩作的一種解讀可能。

張錯既然心無定所，去國十年所作的〈落葉〉一詩，便可見他自比為「落葉」，以擅長的獨白體表達渴慕回歸之思。此詩前三段分別以「該怎樣向風傾訴我飄零的身世？」、「又該怎樣和露水對泣我一生的辛酸？」、「那麼該怎樣去詮釋我底降落？／以及對生命的執著？」開始，多重自我叩問下，最末一段也自己給了答案：「那麼我底下跌還是幸福的，／——葉的降落，／當然歸根。」落葉的下跌是生命的終結，死別竟還能感到幸福，足證歸根的誘惑至大且深。張錯詩中的抒情聲音，最能以獨白展現一介飄泊者對家國無悔的追尋，以及對認同堅定的信念[53]。

憂國、詠古、尋根固然占張錯詩作大宗，但《錯誤十四行》之所以能夠成為他彼時最重要的代表作，乃是因為他嘗試建立起自成一脈、難以模仿的抒情詩法。書寫愛情的〈錯誤十四行〉，最能說明此「法」何在。此詩共分為七篇，雖號稱「十四行」（即Sonnet，昔多譯為「商籟」），但第二篇僅有十三行，是貨真價實的「違規」。以詩人的外國文學專業背景，不可能不知道十四行詩「規則」，故可推測蓄意違反的理由在

52 張錯《錯誤十四行》中有多首寫「茶」之作，便是顯例。譬如一九七四年作品〈茶的情詩〉以「如果我是開水／你是茶葉／那麼你底香郁／必須倚賴我底無味」開篇，卻不是真的寡味或清香，而是以淡筆書寫深濃情慾：「無論你怎樣浮沉／把持不定／你終將緩緩的／（喔，輕輕的）／落下，攢聚／在我最深處。」如此巧喻及形似，很容易讓讀者聯想到性愛交歡。惟張錯寫來不沾一字「性」或「愛」，收束更是工穩妥當：「那時候／你最苦底一滴淚／將是我最甘美的／一口茶。」此作堪稱一九七〇年代的情色文學與飲食文學間，最有交集處的新詩傑作。

53 這種認同感當然出於血緣及文化（而非生活經驗），畢竟張錯在澳、港、台、美才有真正的「生活經驗」。《檳榔花》最能看出詩人如何將台灣經驗成熟地轉化為詩。

張錯（文訊提供）

張錯，《錯誤十四行》（時報文化出版）

張錯，《洛城草》（藍燈出版）

於尋求解放。十四行詩畢竟是一種嚴格的詩體，論押韻、究音步、講結構安排。愛情可以同樣接受嚴格安排嗎？詩中寫道：「我們底相戀／就是一首十四行／而且十分莎士比亞／開始了頭四行的押韻——／離合離合。／／我也知道／中間四行底押韻也是固定的——／聚散聚散。」就是因為太過「固定」，才讓這段相戀走向離／合與聚／散，而且「十分莎士比亞」。詩中第四篇援引莎翁名劇《羅蜜歐與茱麗葉》，並說那是把「兩種錯誤放在一起」，遂「做成了正確的死亡」。他倆的戀情不正是因為不願接受安排，最終才走向悽然絕望，悲劇告終？可見〈錯誤十四行〉從詩題命名到詩行安排，都是有意挑戰「法」的存在（此法可以是愛情之法，或是詩律之法）。其實詩人從第一篇起便對十四行的重重限制，表露出無奈之情：

苦就苦在開始了第一行
就知道只剩下十三行
從第一到第十四
中間是不三不四
亂七八糟的倒敘。

像一幅設計好的山水
從主峰到飛瀑，
白雲什麼時候飄來，
秋天什麼時候落葉；
我們的戀歌

已寫到最後第四行
是否還要押一個險韻
或者按平仄的規矩行事，唉，
反正是錯誤十四行。

首篇即採「五、五、四」三段之詩式，對押韻更是自由放任，完全不合Sonnet基本規則——那又如何？詩中不是都說了：「反正是錯誤十四行。」其實張錯赴美攻讀博士時，論文主題選擇了馮至研究。馮至有留學德國經驗，其《十四行集》部分正受到里爾克《致奧菲斯的十四行詩》（*Sonnets to Orpheus*）影響。張錯欲從里爾克、馮至一脈，再連結到何其芳、卞之琳、辛笛等中國大陸詩人，嘗試重建遺落的新詩抒情傳統。在此背景下，〈錯誤十四行〉可以理解成張錯將學術專長及研究心得，實踐於當代中文詩的書寫；當然亦可詮釋為，詩人對他知之甚詳的英詩Sonnet／中文詩十四行「規則」的反叛，欲破舊法，以立新法。〈錯誤十四行〉最末篇除了採獨白體自問自答，還帶有一種刻意捉弄感，是對讀者的明知故問：

十四行是一個字還是三個字？
一行還是十四行？
十四行是一行字？
還是十四個字一行？

錯誤是什麼時候開始的？

在十四行的前面？
還是錯誤是名詞
十四行是動詞？

錯誤十四行是一句話
或是十四句話？
還是十四句胡言亂語
放在一個錯誤的主題？

其實打從最初的一撇一點開始
便從第一個字錯落去第十四行。

〈錯誤十四行〉試著告訴讀者：往往是雙方愛到後來，才發現原來不過是一場錯愛，因為現代愛情是不能夠忍受太多限制的。或許，現代詩亦是如此？總之，這種敘述方式實屬罕見——因為儘管寫的是失戀，未免太歡愉、太快樂了，太不「現代詩」了。張錯正是選擇抵抗彼時現代詩的「傳統」規則與樣貌，嘗試以書寫實踐，建立起新的抒情聲調及敘述模式。

十二、席慕蓉

席慕蓉前兩部詩集《七里香》（一九八一）與《無怨的青春》（一九八三），創造了台灣新詩史上無人能及的銷售成績，大幅扭轉詩集是出版市場「票房毒藥」的印象，也讓她從此跟「暢銷詩人」一詞劃上等號。這兩部詩集吸引了許多從未想要親近詩的讀者，驚人的銷售量及讀者數更是跨出台灣，延伸到了中國大陸各地：「一九八四年席慕蓉有六本書列入暢銷書排行榜（引按：指台灣一地），有三本還進入了前十名，有人稱當年為『席慕蓉年』」、「席慕蓉作品很快也引起了大陸讀者的興趣……即使在邊遠地區，學生們也如數年前對舒婷的熟悉那樣，以濃厚的興趣談論著席慕蓉。」（陳素琰，一二一一一三）豈料詩人及其作品的「暢銷現象」竟成了一個好用標籤，供文學史家與史籍輕率判別、隨意黏貼。譬如公仲與汪義生合撰之《台灣新文學史初編》便認為：「席慕蓉是近年連續幾屆暢銷書的佼佼者，獲得了『詩界瓊瑤』之美稱。」（一九八九：三三七）古繼堂《台灣新詩發展史》則指出：「席慕蓉成為台灣詩

席慕蓉，《無怨的青春》（大地出版）

席慕蓉，《七里香》（大地出版）

壇異數的另一個內涵是，她一出現便成了台灣詩壇的『暴發戶』，創造了『軟性詩』的『席慕蓉現象』。她的詩集成為暢銷書排行榜上的顯位；她的作品成為大、中學校女生手中的瑰寶；她的名字成為報刊、電台的熱門話題；她甚至被看成是台灣『詩中的瓊瑤』。」（五二八—五二九）其實小說家瓊瑤跟詩人席慕蓉處境迥異，前者為受文化消費市場機制要求、宰制的專業作家；後者卻是以教書為本業、繪畫為追求，寫詩一事則既非其專職、亦非其任務。僅因暢銷、通俗、言情這三者的類同，就將席慕蓉化約為所謂的「詩界瓊瑤」，顯然不是「美稱」而屬「譏評」了。

暢銷何罪？出版後受到讀者歡迎，本非作者自身能夠預料。正因為寫詩之於席慕蓉「從來沒有刻意地去做過些什麼努力，我只是安靜地等待著，在燈下，在芳香的夜晚，等待它來到我的心中」（席慕蓉，一九八一：一九二），故不存在討好讀者的問題——而且為何廣受「大眾」喜歡的作家，就被預設必然會／必然得討好讀者呢？原本在台灣現代主義美學典律下，「詩人」跟「大眾」兩端儼然持對峙之勢，關係緊繃；一九七〇年代後漸回主流的寫實主義美學典律，又讓新詩與書寫土地、反映現實、民族情懷等大敘述太過貼近。在兩種美學的傾軋交替中，回歸期出現了像席慕蓉這樣可讀宜誦、力避艱澀的抒情詩，可謂是帶給讀者另一種新鮮的選擇。

而且在品評席慕蓉的創作時，不宜僅從詩而論。十三歲寫詩、十四歲習畫、再加上數量眾多的散文創作，詩、畫、文三者合構，才是席氏藝術世界的全貌。她七〇、八〇年代的散文書寫，其中不乏有散文詩企圖之作，只是最後選擇編入個人散文集中。《七里香》與《無怨的青春》裡收錄的詩，涵蓋席慕蓉十幾歲到近四十歲的作品，實在沒有理由以青春浪漫或少女情懷等刻板印象，任意標籤與藉題發揮。

相反地，從《七里香》與《無怨的青春》中便可看出，詩人的抒情聲音固尚婉約，但其心堅志定，絲毫不容懷疑：「當星星的瞳子漸冷漸暗／而千山萬徑都滅絕了蹤跡／／我只是一棵孤獨的樹／在抗拒著秋的來臨」（〈樹的畫像〉）。以一棵樹欲力抗一整個季節，忍受無涯孤獨與多方試探，即可謂是席慕蓉對詩人的想像、對自己的定位。二十年後她寫〈深夜讀詩〉時依然如此：「而我深深愛慕著的詩人啊／你們應是一棵又一棵孤獨的樹／植根在無垠的曠野　忍受試探／堅持要記下那些生命裡最美麗的細節」。最末句當是席慕蓉對自己的期許，想以寫作銘記那些「生命裡最美麗的細節」，而書寫細節（detail）正是女性詩學的一項重要特徵。

當有人提問〈詩的價值〉何在時，詩人自喻為日夜敲擊捶打的一名金匠，「只為把痛苦延展成／薄如蟬翼的金飾」，盼能「把憂傷的來源轉化成／光澤細柔的詞句」。詩末句更轉而反問對方，這些努力「是不是也有一種／美麗的價值」？這類反問句乃以疑問的句式表達肯定之意，向來是席慕蓉拿手技法，譬如〈試驗之一〉：「如果在我們的心中放進／一首詩／是不是　也可以／沉澱出所有的　昨日」。席慕蓉作詩不只好用反問，更勝在節奏控制，故特別適合朗誦，足證流傳日廣並非無因。

席慕蓉的抒情詩擅長創造戲劇化情境，讓抒情主體「我」及傾訴對象「你」或相遇、或別離，乃至期盼良久卻終未能逢的愛情悲劇：

如何讓你遇見我
在我最美麗的時刻　為這
我已在佛前　求了五百年
求祂讓我們結一段塵緣

佛於是把我化作一棵樹

長在你必經的路旁
陽光下慎重地開滿了花
朵朵都是我前世的盼望

當你走近 請你細聽
那顫抖的葉是我等待的熱情
而當你終於無視地走過
在你身後落了一地的
朋友啊 那不是花瓣
是我凋零的心

這首〈一棵開花的樹〉再次以樹為喻，不過這次並非述志詩或論詩詩，而是揣想抒情主體「我」該如何布置，好在「最美麗的時刻」[54]與傾訴對象「你」相遇。佛前求五百年，方能化身為樹以結塵緣（先彰顯時間）；「我」如此慎重以對，花獨自為「你」綻放（再彰顯態度）；當期待已久的傾訴對象無視而過，只能人惆悵，花凋零（終彰顯結局）。若僅以少女懷春的角度來詮釋此詩，實是窄化了其間之可能性。因為〈一棵開花的樹〉亦可視為「我」這棵樹期待在最美麗的時刻，能與詩人「你」某地相會。主客易位之際，解讀自然不同——相同的是情、韻與節奏之合拍，此篇堪稱是席慕蓉抒情詩之代表作。

54 席慕蓉喜用「最美麗的時刻」一詞，詩文皆然。

在「暢銷詩人席慕蓉」之外，還有兩個便宜行事的標籤圍繞著她：「蒙古詩人席慕蓉」與「女性詩人席慕蓉」。她生於四川、長於台灣，祖籍則是蒙古察哈爾盟明安旗。蒙古全名為穆倫．席連勃的席慕蓉，慕蓉正是「穆倫」（意指大江河）的音譯。但若非作者在書中自揭身世，《七里香》與《無怨的青春》實無太多與蒙古有關之作。鄉愁想像與邊塞風光，僅可在〈出塞曲〉、〈長城謠〉、〈狂風沙〉、〈隱痛〉與〈樓蘭新娘〉等得見，但沒有蒙古籍亦不難寫出這樣的詩作。「蒙古詩人」這個標籤，顯然不適合用來探討席慕蓉的詩史回歸期作品。她對於蒙古的深度書寫應起自一九九〇年代，可以〈蒙文課〉等詩作為代表，二〇一六年發表的千行敘事長詩〈英雄博爾朮〉更臻巔峰[55]。

「女性詩人席慕蓉」此一說法，不僅是從生理性別替詩人定位，更是企圖把輕盈、純潔、陰柔等性別刻板印象與其強制連結。張曉風替席慕蓉首部詩集《七里香》所寫的序文〈江河〉可為一例：

> 不要以前輩詩人的「重量級標準」去預期她，余光中的磅礴激健、洛夫的邃密孤峭、楊牧的雅潔深秀、鄭愁予的瀟灑嫵媚，乃至於管管的俏皮生鮮都不是她所能及的。但是她是她自己，和她的名字一樣，一條適意而流的江河……。（一九八一：二九）

張曉風筆下的「江河」顯然只能是輕量、適意、不作男性詩人力所能及的詩，等同把女性特質的位階自動貶低，淪為性別刻板印象下的犧牲品。最奇怪的是，這些說法竟出自於一位生理女性作家筆下。會被按上這樣的「罪名」，當然與席慕蓉的詩主題多涉愛情有關。評論者往往只注意到這位詩人嗜寫愛情，卻忽略了她對女性特質的敏感與探索，以〈出岫的憂愁〉為例：「驟雨之後／就像雲的出岫　你一定要原諒／一定要原諒啊　一個女子的／無端的憂愁」。詩中雖云「你一定要原諒」，那其實並非哀求或怯弱，而是敘述者欲凸顯憂愁之「無端」。驟雨（及其帶來的潮濕）常被視為陰性的象徵，可解讀成情緒的突然爆發。男性詩人陶潛可以寫「雲無心以出岫」，任憑自然、毫無心機；席慕蓉為何不能主張女人有「無端的憂愁」特質，在情緒爆發時或憂慮哀傷處，極有可能毫無理由？雲既然可以在山峰間自在飄蕩，憂愁當然有權力無端而出。有了詩的捍衛，女子們「無端的憂愁」將不再師出／詩出無名。

十三、方娥真與溫瑞安

中共於文革期間大肆破壞傳統文化，台灣推行與之對應的「中華文化復興運動」，遂讓這個「海外僑生」心目中的「文化中國」顯得更具吸引力——那是一種超越津貼補助及加分機制，由「邊緣」可向「中心」移動的強力魅惑。彼時眾多受此吸引的海外學子中，有一批以溫瑞安、方娥真、黃昏星、周清嘯為主的馬華青年，自一九七四年起陸續赴台讀書，八月就在台北出版了《天狼星》詩刊。一九七六年他們跟大馬本地的天狼星詩社領袖溫任平決裂，於大學校園另組神州詩社，出版《神州》詩刊。這群年輕的「神州人」彷彿欲在台北重現武俠世界，終日於試劍山莊練文習武，不放棄在校園內外宣揚神州精神及販賣同仁著作（神州人行話叫「打仗」）的任何機會。時報、四季、長河、皇冠、源成等出版社替他們刊行了多部詩文集，本地文壇前輩更不吝稱讚這群「海外」青年熱愛「中國」的壯舉。神州詩社後期遂直接改稱「神州社」，以發揚民族精神、復興中華文化為己任，並於一九七九年組織青年中國雜誌社，出版《青年中國》

55〈蒙文課〉初稿寫於一九九六年，一九九九年修改後收入席慕蓉第四本詩集《邊緣光影》（一九九九）。晚近的蒙古書寫代表作當屬一千零六十行敘事長詩〈英雄博爾朮〉，收入《除你之外》（二〇一六）。

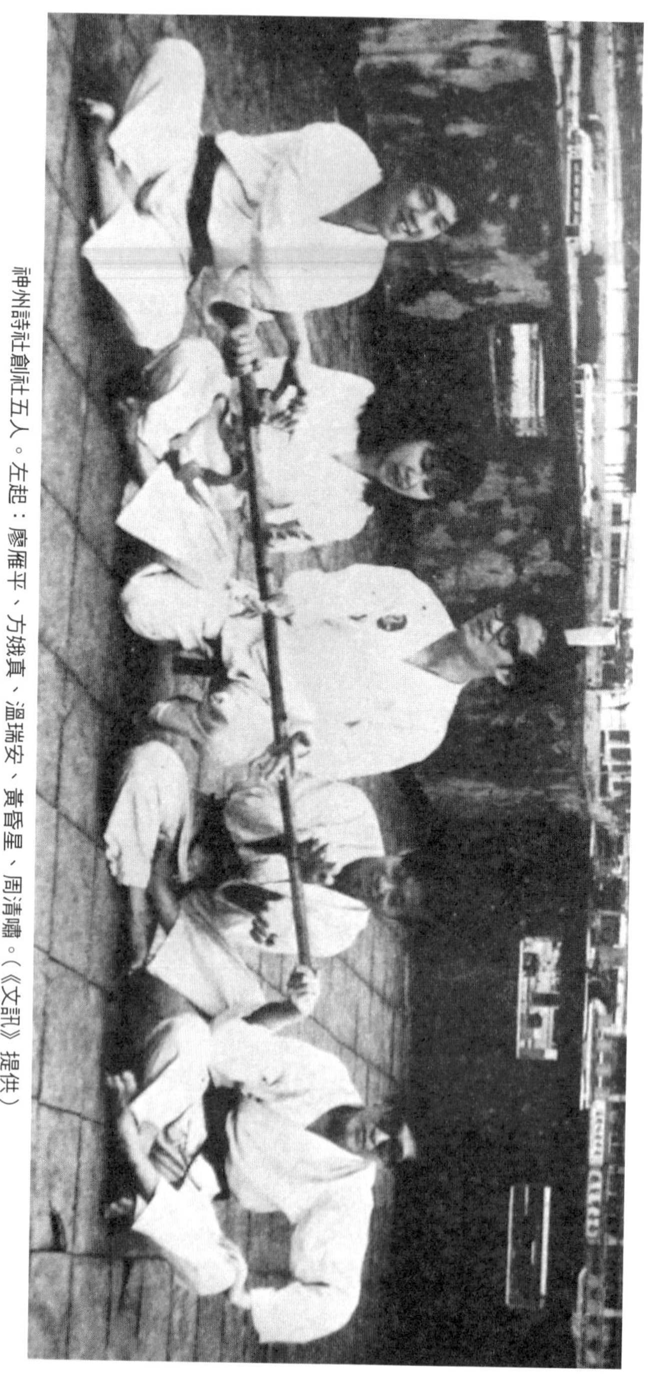

神州詩社創社五人。左起：廖雁平、方娥真、溫瑞安、黃昏星、周清嘯。（《文訊》提供）

以鼓吹「文化中國」理念。神州至此已非屬大學校園詩社或詩刊，倒像是一群梁山泊聚義的「好漢」，有義氣而無好詩了。

頻繁集會結社與嚴密組織分工，再加上從不諱言對「中國」的好奇渴望，在在引起台灣特務機構的關注，遂於一九八〇年九月二十五日晚上闖入試劍山莊逮捕溫瑞安與方娥真。羈押數月後未經審判，溫、方二人終以「涉嫌叛亂」、「為匪宣傳」罪名被驅逐出境，僥倖免於一死。此時神州社員早已星散，短短四年的神州夢，畫下了充滿悲劇性與荒謬感的休止符。

詩社本來就只是情感的集合體，加入好詩社並不能保證寫出好詩，此理甚明。加上神州詩社全盛期成員雖高達三百人，但幾乎都忙於強身報國（道館練拳）、出外打仗（書籍推銷），以及服務「大哥」溫瑞安及其伴侶方娥真。神州諸君的詩創作題材，多徘徊在出生地大馬鄉鎮與不可望、亦不可及之中國河山。身處於兩端間的悲痛沉吟，是他們無法抵禦的宿命，從黃昏星、周清嘯合著詩集《兩岸燈火》（一九七八）中可見一斑。殘酷的是：溫瑞安及方娥真的詩創作是神州詩社眾多兄弟姊妹中，唯二足道者——文學史畢竟是個體成績的競技場，像神州這樣講義氣、排輩分、論兄弟、聚眾人，於文學創作方面仍稱不上具有真正「實力」。

方娥真

坊間普遍認為：溫是俠骨、方是柔腸，在文學表現上方也被視為溫的附屬品。余光中所言，最能代表這種認知：「溫瑞安的俠骨，方娥真的柔腸，相映成趣。」「如果溫瑞安在他的詩中扮演的是江湖上的豪俠，則方娥真在《娥眉賦》中扮演的是閨中的才女，常在樓上守著一盞燈，等她的俠士從江湖上闖蕩歸來。」[56]這種說法所反映的往往不是詩作風格，而是尊卑位階，亦即視女性為他者或附屬，以呈現男性的自我及優勢位置。溫瑞安三部詩集《將軍令》（一九七五）、《山河錄》（一九七九）、《楚漢》（二〇〇〇）內容多所重複，台灣版《山河錄》便收錄了在大馬出版的《將軍令》部分作品，《楚漢》則多數來自前兩部詩集，再加上一輯寫牢獄之災前後心境的「天牢記」。溫瑞安彼時的伴侶方娥真雖僅出版過一部詩集《娥眉賦》（一九七七），但她詩作產量並不遜於溫瑞安，意象營造、文字功力與節奏控制則更在溫之上。譬如這首〈歌扇〉：

我要告訴你
告訴你一句話
那句話，在世界上
只許一盞燭火照亮
照在你的壁上
垂掛成歌扇
點點斑斑
一扇展顏
生和死是扇面的底子
情緣是浮雕
那句話，你在扇中
可以尋到

正因為方常被視為溫的附屬（或永遠的「娥真姐」），方娥真的詩作往往被詮釋為寫給溫瑞安的情詩，這種既定印象嚴重窄化了詩之可能。這首〈歌扇〉充滿古典情韻，不應只理解為寫給溫瑞安的情詩，「你」實可指每一位詩的讀者。歌扇是古代歌者歌唱時，持以掩面的扇子。詩中「那句話」究竟為何？詩人不說，僅以不容質疑的語氣表示此話「只許一盞燭火照亮」，答案早已化為壁上垂掛的歌扇。全詩以扇起興，一扇展顏、死生同列，「那句話」在「你」的壁上，就等待「你」來取（或可說是邀請此詩讀者前來尋扇解謎）。

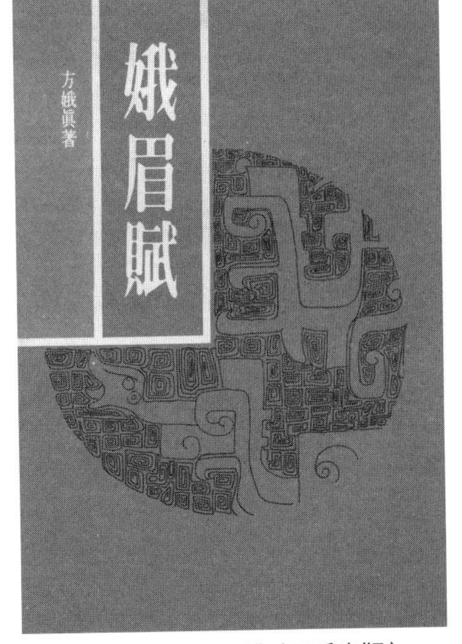

方娥真，《娥眉賦》（四季出版）

與許多被視為「閨怨作家」的詩人不同，方娥真的詩看得出甚有主張、才氣縱橫，更厲害的是首尾兩端常常拔地而起，卻又顯得無比自信與十分自在。取與「娥真」、「峨眉」雙關為題的〈娥眉賦〉，開頭便寫道：「怎麼辦呢？如果才情絕峰／而我年華尚淺／如果稚嫩還在含苞／日子正當少女」，破題一句「怎麼辦呢？」其實是無比自信的展現。其後對第二人稱「你」的大段絮語傾訴，恰可與詩中不斷出現、迴旋飄浮的那句「日子正當少女」相較，無非在提醒良人或豪俠，「我」不願繼續「等待」的委屈。詩中不乏「你看你看，所有的可憐都姓方」、「我才不要年歲的加深／悲哀是一種想死的渴切」這類不由分說的主張，嬌羞中自有強勢，自不宜視為無知少女強說愁。「看它繁華的傾城／看它豪華的傾國／火滅了，雪塌了／而我還在／

56　俱出自余光中替《娥眉賦》所撰之序〈樓高燈亦愁〉（方娥真，一九七七：二、四）。

日子正當少女」，一百五十九行的〈娥眉賦〉以此作結，顯然傾城傾國，火滅雪塌皆非關己事，詩人只願守護自己的青春年華，不願過多涉入凡塵俗世。

方娥真的抒情詩多指向第二人稱的「你」，力避艱澀求工一路，詩中雋語尤多，如：「為什麼不帶我去流浪呢／我柔情的燈每一盞／都向你歸來的夢照」（〈墓幃〉）、「你知道嗎／暗戀是一本顰眉的日記／待展而未開／待鎖而未蹙」（〈存愁〉）。《娥眉賦》中的「你」，不必然指涉現實中的誰（或固定的某個人，譬如溫瑞安），方詩之價值亦不會因此有所減損。《娥眉賦》中還有一系列想像少女夭亡之作，如〈絕筆〉、〈幕幃〉、〈倒影〉、〈側影〉、〈捧心〉、〈掬血〉、〈聊齋〉，率皆死生相隔，鬼氣幢幢，在彼時甚為罕見。這已經不是在寫情詩，而是在寫人世之變與不變了。過往因為方娥真太常與溫瑞安相連，像〈掬血〉所云「常犧牲你的大我，完成你的小娥」更成為另類鐵證。殊不知方娥真的詩作自有天地，不容干犯。方娥真不像溫瑞安汲汲於對「中國性」的無度求索，亦因此倖免於被其吞噬而不自知。她的詩可親可愛，沒有神州諸子的悲憤苦悶，卻有一種「認真地不講理」的天真情懷：「我再也不想獨自外出／寧願死在家中的詩裡／每一刻夭折／換取感動的絕句」（〈扶渡〉）。所謂「溫是俠骨、方是柔腸」之說，昧於成見，似是而非。方娥真在新詩創作上也不該被視為溫瑞安之附屬，溫先、方後的「溫方」之說，實屬無稽。

溫瑞安

溫瑞安是一位能夠日寫萬字的快筆，但他最致力者應為武俠小說的江湖世界。詩之於他宛如「江南白衣方振眉」的副產品，是可以盡情展現俠情的展示台。最顯著的例子，就是一九七五至七六年間完成的十首「山河錄」系列：「我便是長安城裡那書生／握書成卷，握竹成簫／手搓一搓便燃亮一盞燈／握刀握劍，或訣或別」（〈長安〉）、「我帶一卷詩上千山萬峰／才知道詩裡沒有人／五嶽之外，我獨立成山峰／誰來伴我一

溫瑞安，《將軍令》（天狼星詩社出版，文訊提供）

溫瑞安，《楚漢》（尚書文化出版）

溫瑞安，《山河錄》（時報文化出版）

生的孤寂？／寒鴉，青燈，還是抬美眸看我的小女孩？」（〈武當〉）英雄出少年，二十二歲的溫瑞安已有如此抱負：「這首詩我不停而寫／才氣你究竟什麼時候才斷絕？」、「我化成大海／你化成清風／我們再守一守／那錦繡的神州……」（〈黃河〉）。守護神州的大夢裡，當然還有這位少年劍俠欲和「少女」相知相守的小夢：「古之舞者……何其傷憂／最美麗而完美的少女／常常是一柄痛苦的小刀／時時刻劃著我們易驚易喜的心胸。」（〈江南〉）

溫瑞安詩作的魅力，正在於以古典武俠想像為背景，理直氣壯地結合「故國之思」與「情愛之私」兩者為一。在「山河錄」首篇〈長安〉中，詩人有云：「我在這二十世紀古典的燈下寫詩給妳／才發覺古典有多遙遠」，此處「妳」可以是深情女子，亦可指涉母土故國——十首「山河錄」皆可如是觀。部分前行代詩人在新詩史回歸期對中國古典的態度不變，如洛夫、余光中、鄭愁予等從古典文學之意象、節奏、聲韻、詞彙乃至抒情方式中汲取資源，再鑄新詩。來自大馬的溫瑞安則另闢蹊徑，改擁俠情以守護神州：「寫到這裡，或說我借古典還魂／我說不如是借中國吧／或人說我自命為俠／我說誰願俠情只成了古遠的回音？」（〈西藏〉）溫瑞安詩作布滿了這種對中國性（Chineseness）的無止盡追尋。同一首詩作有云：「彷彿離中原遠了／而我確實從邊塞而來」，莫不是在指涉自己的大馬華僑學生身分？抑或是一種朝拜中心、尋求認同的衝動？在溫瑞安筆下，大馬霹靂州美羅小鎮總是隱遁不出，腳下台北當然亦非現代長安。他是藉由想像與文字在全力召喚「古典中國」，一個僅存於新詩書寫及武俠小說中的完美世界。

十四、非馬與渡也

回歸期台灣新詩史誕生了不少長詩，此與傳播媒體的大力推動有關。尤其是一九七八年成立的「時報文學獎」，初以小說和報導文學為徵文獎項，翌年在《中國時報・人間副刊》主編高信疆力倡下增設「敘事詩」一項，直到一九八三年第六屆才將敘事詩類改成新詩類。惟歷時四年、總共四屆的公開徵詩之舉，已替台灣詩壇催生了羅智成〈一九七九〉與〈問聃〉、向陽〈霧社〉、白靈〈黑洞〉、陳克華〈星球紀事〉等近四十首長篇敘事詩，影響不可謂之不大。這些獲獎敘事詩的題旨明顯可辨，語言力避晦澀，格局與氣象更是一新讀者目光[57]。除了以獲獎長詩一舉躍上大報舞台的青年詩人，回歸期新詩史還誕生了兩位傑出的短詩創作者：非馬與渡也。他們筆下意象皆如匕首般銳利，好採口語卻不流於俚俗，提升中文短詩至另一層高度。

非馬

非馬著有《在風城》（一九七五）、《非馬詩選》（一九八三）、《白馬集》（一九八四）等詩集的非馬，幼時長於廣東，來台後畢業於台北工專，一九六一年赴美留學。他攻讀的是機械碩士與核能工程博士學位，長期從事能源研究工作，可謂是一位道地的科學人。無從也不必推敲科學訓練背景，對他的文學創作有何啟迪；但可以確定的是非馬的詩，文字簡潔，選詞精準，熱切關懷下堅持冷靜道出。其題材多援引現實，技巧取法現代，節奏有致，餘味深長。〈電視〉正是其中代表作：

一個手指頭
輕輕便能關掉的
世界

57 事實上，「時報文學獎」所徵得的作品，並非全數可劃入敘事詩，有些其實只是拉長篇幅的抒情詩。

卻關不掉

逐漸暗淡的熒光幕上
一粒仇恨的火種
驟然引發
熊熊的戰火
燃過中東
燃過越南
燃過每一張
焦灼的臉

此詩以即物手法，表現出戰爭的殘酷不仁及詩人的悲憫反省。電視機可以用手指頭輕易開啟或關閉，但電視中所傳達或報導的悲慘事件，卻不是僅憑手指頭便能夠說關就關。就算關得掉一時的影像，仍然關不住遠方的真相。詩中「卻關不掉」四字，承上啟下，上為電視機外的承平時期觀眾，下為電視機內所播放的域外戰火及苦難人民。這四個字恰好提醒了讀者：當電視螢光幕逐漸黯淡之刻，反而應該點亮心中的悲憫情懷。雖是報導遠方有戰爭，但戰爭也從來不只在遠方，因為「一粒仇恨的火種」或因宗教、或因種族、或因政權，是多麼容易在各地被引燃延燒。這些都是「關不掉的」，沒有人可以當局外人，「每一張焦灼的臉」裡或許也將看到他人及自我。此作透過電視機連結了螢光幕內與外、遠與近、戰火與和平兩端，自現實事物出發，深入感受其意涵及呈現出強烈對比，實屬回歸期極具標誌性的一首即物詩。〈電視〉之遣詞用字有著科

非馬（非馬提供）

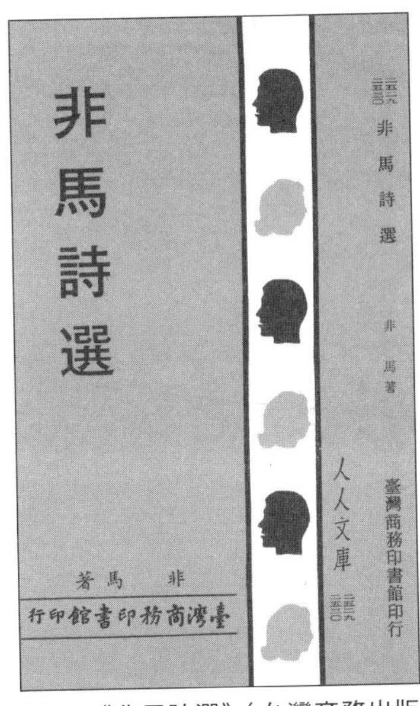

非馬，《非馬詩選》（台灣商務出版／提供）

非馬，《在風城》（笠詩刊社出版，非馬提供）

學人的冷靜，批判警世則具文學人的熱情，兩者奇異地和諧、統一在非馬的創作之中。

〈鳥籠〉也是以即物手法所作的一首短詩：

打開
鳥籠的
門
讓鳥飛
走

把自由
還給
鳥
籠

在「鳥籠」、「鳥」與「自由」三者之間，俗見多採「鳥籠拘禁了鳥，便讓鳥喪失了自由」之說。詩人別具慧眼，看到三者間的關係不是如此淺陋，因為鳥被關在鳥籠，固然因此失去自由；鳥籠也因為得負責關住鳥，等同一起喪失了自由。鳥籠與鳥，彼此實為相互依存、難以切割，就像群體與個人，抑或地球與人類之間的關係。當讀者發覺禁錮監管者，自身也是這個禁錮行為的一部分時，此作便已觸擊政治乃至哲學的層次了。更別說詩中還有隱身未顯的「我」，是在何處窺探？為何放鳥籠自由？莫非跟鳥與鳥籠相比，「我」才是真正的不自由？職是之故，非得藉此開籠行為，象徵「我」有一天能夠真正得到自由？其中可能轉折，饒富思辨空間[58]。〈鳥籠〉很能呈現出非馬短詩中，一向擅長的控制節奏、獨特詮釋及翻轉成見這三項特質。

台灣當代詩人中，長期旅外或移居異國者多矣。去國日久，所思所感所寫大抵不脫憶舊懷鄉，倒也實屬人之常情。擁有同樣身分際遇的非馬，卻更多地採台灣本土現實題材入詩，彷彿在他鄉記錄著老台灣風貌。〈夜笛〉就在寫今已不可見的盲人按摩師傅，沿街敲枴杖吹笛以招攬生意。所謂「夜笛」即指盲笛（按摩笛），為三孔特製短笛。因不少盲人以按摩維持生計，但早年台灣沒有專業按摩店，故他們會吹著幽怨的笛聲推銷按摩。〈夜笛〉僅一段，共七行：

用竹林裡
越刮越緊的
風聲
導引
一雙不眠的眼
向黑夜的弄尾
按摩過去

58 〈鳥籠〉發表於《笠》詩刊第五十五期（一九七三年六月），一九八九年七月一日非馬於《自立晚報》副刊發表〈再看鳥籠〉：「打開／鳥籠的／門／讓鳥飛／／走／／把自由／還給／天／空」，詩境遂又見一重翻轉。

首行之竹林，可以是實際的生活場景，也可能當作笛子的換喻（以竹製笛），更可視為盲人按摩之換喻（由竹林成盲笛），無論何者，皆足以引發讀者好奇心。其後兩句「越刮越緊的／風聲」，在同時期詩作〈禁止張貼〉中亦有「在越刮越緊的北風裡／凝鑄成／一個個／沉重的鉛字」，可見詩人好以其表示淒涼無依之情緒，也頗符合盲笛演奏之歌曲調性。詩史回歸期的非馬短詩裡，常見他好以一行短句或二三字詞來承上啟下，〈電視〉之「卻關不掉」是如此，〈鳥籠〉之「走」是如此，〈夜笛〉之「導引」亦復如此。盲人需要「導引」辨識方向，而按摩師「一雙不眠的眼」替代的是工作所需「一雙不眠的手」，亦暗示生活所迫，無法歇息。以眼代手，盲人按摩向「黑夜的弄尾」，固然有失去視覺之黑暗，也隱喻未來前途之不明。在非馬最好的短詩裡，都可以見到像〈夜笛〉這般題材取自現實，文字精煉清朗，在邏輯跳躍及聯想豐富間獲得理想的平衡[59]。

渡也

渡也著有《手套與愛》（一九八〇）、《憤怒的葡萄》（一九八三）、《最後的長城》（一九八八）、《落地生根》（一九八九）等詩集。一路攻讀博士學位並於中文系任教的他，曾出版過多部學術論著及散文集。從一九八一到一九八六這五年間，渡也曾以三首長詩獲得文學大獎，這些獲獎作中尤以〈王維的石油化學工業〉最富當代感，能融詼諧幽默與嘲諷批判於一體。有趣的是，這位中文博士詩人最常揶揄的對象，正是古典意象

渡也（文訊提供）

及傳統禮教，由〈美國化的乳房〉這段便可見一斑：

今晚你俯身拾取掉在地上的禮記時
你的乳房穿過寬大無私心的領口看我
而禮記抬頭望你的乳房
那一刻
我趕快用五千年的道統
抵抗你身上兩百年的美國

以一部傳統經典《禮記》（書還掉在地上，莫非在暗示禮法崩壞？），說它正「抬頭望你的乳房」，讓禮教與情慾之間的默默拉扯，頓時顯得充滿趣味，甚至有點荒謬。「寬大無私心的領口」雖採詼諧語調，但畢竟暗示了對女性身體的有意或無意偷窺。眼見欲望正要燃起，敘述者「我」（可聯想到中文系學生或中國文化傳統的擁護者）竟然是「趕快用五千年的道統／抵抗你身上兩百年的美國」！至少在數字上，五千年遠勝兩百年，古典中國也比現代西方更具傳統榮光。關於「我」的抵抗行為，幽默語調下隱然帶有一股「不然能夠怎麼辦」的無奈。今日的外國乳房正如清末的船堅砲利，道統繼承者「我」的抵抗，最終究竟有效無效，恐怕都不宜也不用深究了。

這類語帶詼諧、心繫批判之作，固然很能展現渡也的詩風，但他在回歸期新詩史上所留下的清晰刻痕，

59 非馬長期從事詩歌翻譯及英文詩寫作，數量雖多卻同樣獲得「理想的平衡」，無礙於自己的中文詩創作。

還是眾多如花火閃耀的精彩短詩。下面這首〈棄婦〉跟前述〈美國化的乳房〉一樣，寫情道愛間常不經意透露出性之聯想：

妳是冬季最後一頁日曆
我想撕去妳就會看到春天的草原
沒想到當我撕去妳
不止息的雪
迎面撲來
其實寒冬剛剛降臨
雪
才是妳永遠的眼神
我用什麼抵抗呢

先將對象「妳」隱喻為「冬季最後一頁日曆」，而這個動作「撕去妳」至少可以有兩種解釋：一為把「撕去」作為性愛的暗示或動作，二為以音相近而意指「失去」。第一種解釋是相結合，第二種解釋是傷離別。無論是合、是離，敘述者「我」將會面對「不止息的雪／迎面撲來」。換言之，根本不是什麼冬季的最後一頁（或一夜），「妳」就是「我」命運中永遠的那一頁，也將與我共度最後的那一夜。詩題「棄婦」乃沿用李金髮名作，在渡也手上卻隱隱有反諷意味：這次被拋棄的，比較像是敘述者「我」呢。〈美國化的乳房〉裡，五千年中國道統似乎抵抗不了兩百年的美國乳房；〈棄婦〉中始終沒有真正看見「春天的草原」，因為眼神如雪的「妳」，已然是我一生無法抵抗、只能長伴的寒冬了。可見在喜愛與欲望面前，臣服還是比抵抗容易得多。渡也書寫情愛的短詩，徹底展現了詩人敏銳於語言、顯露出機智的特質，率多雋永可誦的妙語。如四行詩〈懺悔〉寫道：「她走了／整個早晨／候車室空著的椅子都是我／揮手時的眼神」，用空著的椅子對應著揮手時的眼神，寫活了愛人間雖不捨仍要告別、告別後悔恨難解的心緒。人去剩椅留，「我」只能把眼神也留在候車室，暗示著眷戀之情不因愛人離去而稍減。空著的椅子亦可聯想到愛人離去後，在「我」眼神裡的空洞，哪怕用整個早上的懺悔都喚不回她願歸來。〈手套與愛〉則是利用了英文「glove」與「love」間的一字之差：

桌上靜靜躺著一個黑體英文字
glove
我用它來抵抗生的寒冷
她放在桌上的那雙黑皮手套
遮住了第一個字母
正好讓愛完全流露出來
love

沒有音標
我們只能用沉默讀它

她拿起桌上那雙手套
讓愛隱藏
靜靜戴在我寒冷的手上
讓愛完全在手套裡隱藏

此作同樣暗示了「妳」已離開，只留下一雙黑皮手套供「我」思念。手套象徵著溫暖，黑體字給人沉穩可靠的感覺，足以「抵抗」愛人離去後生活或生命感受到的「寒冷」（又是抵抗，再見寒冷！）。被遮住後「glove」僅剩下「love」完全外顯，詩人卻說「沒有音標／我們只能用沉默讀它」，如此簡單的英文單字，還需要音標嗎？應該是感到十分害羞，「我們」才會寧可默讀，不願張口念誦。當「她」回來時拿起桌上手套，等於一併把「love」戴走／帶走，同樣沒說出口卻將「愛」轉為隱藏在手套裡。此作透過語言文字間的差異轉換，巧用機智寫詩，遂能妥貼「隱藏」一雙手套（可聯想為一對伴侶）中的曖昧之情。

渡也還有多首深得意象派精髓的傑出短詩，頗能帶給讀者驚愕與衝擊，如〈雨中的電話亭〉：

突然
以思想擊響閃電的
鮮血淋漓的玫瑰啊
凋萎

「鮮血淋漓的玫瑰」當在暗示這是一座紅色的電話亭，而作為溝通用的電話，此處傳遞的並不是聲響，而是思想。詩中將視覺跟聽覺兩種感官一併呈現，四行中分居頭尾的開頭「突然」跟末行「凋萎」，配合上斷裂句式與急促節奏，以不容分說的決絕語調，彰顯此雨並非尋常——雷電交加之下，指向的是思想頓悟，或靈感乍現的時刻。除了在短詩上經營有成，渡也早期還致力於散文詩寫作，如〈嬰〉、〈面具〉等多具極短篇小說企圖。他曾將前作整理後，結集出版一部散文詩集《面具》（一九九三）。渡也跟商禽、蘇紹連、秀陶一樣，可謂是台灣為數不多的散文詩創作代表人物。渡也後期的詩創作更多與土地及故鄉結合，從出生地、生活處到旅遊點，在地誌詩書寫上頗有建樹，自新世紀以降繳出了《攻玉山》（二〇〇六）、《澎湖的夢都張開翅膀》（二〇〇九）、《諸羅記》（二〇一五）與《桃城詩》（二〇二〇）等多部地誌詩集。

第七章

開拓期

一九七二年及一九七三年的「關唐事件」引發了台灣詩壇詩風的轉變，年輕世代籌組的新興詩社蔚為大觀已如前述；加上文壇於一九七七年出現的鄉土文學論戰，使得這股從現代主義「回歸」的餘緒，到了一九八〇年代初仍餘波盪漾。於一九七九年成立的《陽光小集》在一九八四年六月推出「政治詩專輯」，同年出刊的《春風》詩刊更在之前的四月推出「獄中詩專輯」，渠等放眼台灣、介入現實的作風，可謂承襲自回歸期轉趨傳統與本土的詩潮。然而一九八四年出刊十三期的《陽光小集》卻因「政治詩專輯」戛然而止，而再一年《春風》出版第四期「崛起的詩群：中國大陸朦朧詩專輯」後也宣告停刊，這似乎也顯示在此之前回歸傳統與本土的詩潮，到了開拓期要「暫告」一段落。

此時期更為年輕的詩社紛紛成立，從一九八〇年代初期的腳印（一九八一）、漢廣（一九八二）、掌握（一九八二）、心臟（一九八三），出現了由更新世代創辦的詩社和詩刊；到了中期的四度空間（一九八五）、地平線（一九八五）、象群（一九八六），以至於晚期現身的新陸（一九八七）、薪火（一九八七）、曼陀羅（一九八七）、長城（一九八八）等，蓬勃發展的詩社與詩刊，並不亞於之前一九七〇年代的盛況；甚至資

《漢廣》創刊號（文訊提供）

《四度空間》創刊號（文訊提供）

深詩刊如《現代詩》（一九八二）、《藍星》（一九八四）與回歸期的《草根》（一九八五）也都選在這段期間復刊。此一階段由於經濟長足的發展，所謂「台灣錢淹腳目」，特別是資訊科技初興，直接間接都對文學創作——尤其是詩作產生連動作用。復刊的《草根》由羅青執筆的〈專精與秩序——草根宣言第二號〉（一九八五）便如此呼籲：

> 近來資訊工業一日千里，電腦的運用日益普遍。面對此一傳播媒介的革命，詩人應該把詩的思考立體化，把此一新的傳播方式納入構思體系。例如，嘗試以錄影帶的方式發表詩作。在一個多元化的時代裡，詩的創作與發表，也應當多元化起來。（引自林燿德，一九八八a：三六）

從此一宣言可以看出，草根同仁認為一九八〇年代台灣社會已來到一個資訊的新紀元，詩人的創作亦面臨調整的時刻，則爾後出現羅青提倡以錄影方式寫詩的《錄影詩學》（一九八八）已不足為奇了。然而在《錄影詩學》面世的前一年，羅青便糾集草根同仁白靈、黃智溶與林燿德創辦了《後現代狀況》磁碟雜誌，由羅自己擔任發行人，林燿德則任總編輯，儘管這份破天荒的磁碟雜誌後來未掀起詩壇的滔天巨浪，但詩作的表現至此顯然有了不同的氣象。

譬如當中具有實驗精神的《四度空間》與《地平線》，便顯現出與一九七〇年代不同的美學風格，開拓出詩學的新風貌。尤其是《象群》所刊詩作極具前衛性，諸如羅青的〈關山亭觀滄海——墾丁國家公園記遊詩之一〉、林燿德的〈線性思考計畫書〉與〈海之甍〉、黃智溶的〈全國聯絡網——通信官日夜記錄簿〉與〈電腦詩No.1男人．女人〉、楊維晨的〈顯示〉、許悔之的〈抽樣城市〉等，無論是在題材、形式或語言的表現上，不僅不同於展開期的戰前世代，亦迥異於回歸期的戰後第一代詩人，他們不再限於前行代「西化vs.

《地平線》第三期（文訊提供）

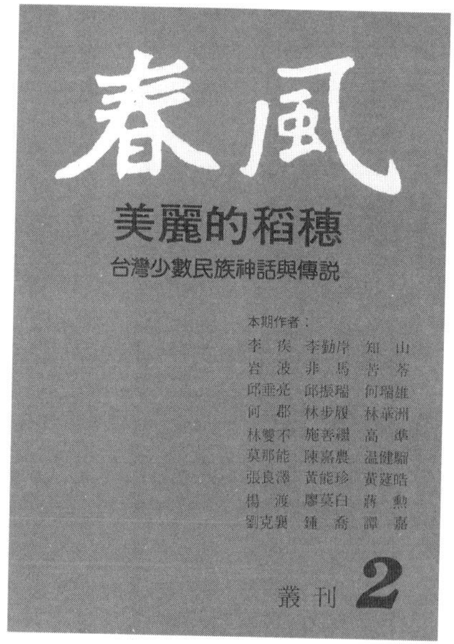

《春風》第二期

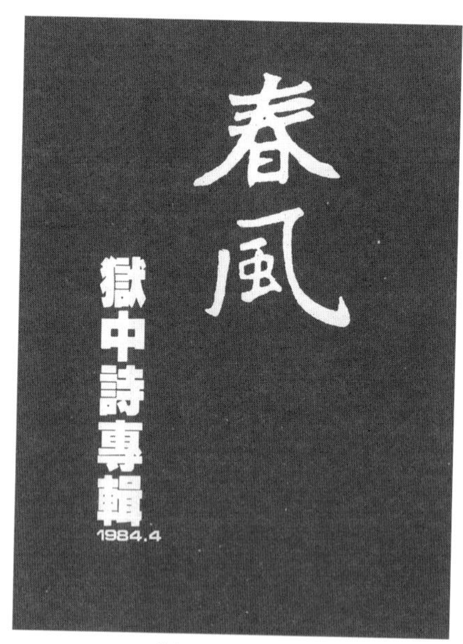

《春風》創刊號

草根

近作兩首

獨處的時候

說詩

玩一玩

白千層

顏色的語言

筆筒

大衆是不喜極端的 林燿德

彈頭自述

詩人關心生活 六題

煤

政客

槍戰

專精與秩序

草根宣言第二號

本刊

評估過去·預示未來

——復刊詞

羅青

《草根》詩刊第四十二期（復刊，文訊提供）

本土」以及「現代vs.寫實」的二元對立中，使得渠等詩作有了一番新的風貌，乃至呈現出不同的新詩美學。

於茲時刻，正好迎來一九八七年的政治解嚴，政治與社會日趨開放，隨之而來，蠢蠢欲動的文化趨力沛然莫之能禦，詩壇上則可見各種詩類的勃興，如科幻詩、生態詩（環境詩）、語言詩、視覺詩……詩潮乃朝多元化發展，其中新世代林燿德等人提倡的都市詩最具代表性，以別於一九八〇年代前期由《陽光小集》所推動的政治詩。此外，與林燿德互相唱和的中生代羅青則扛出後現代大旗，一九八五年他在《自立晚報》副刊發表〈一封關於訣別的訣別詩〉，這首詩不啻為「台灣後現代主義的宣言詩」（林燿德，一九八八a：五二）[1]，從此後現代主義登堂入室[2]；除了羅、林二氏，餘如夏宇、黃智溶、丘緩、鴻鴻、林群盛、田運良等的後現代詩作也於此時現身詩壇。

就在解嚴當年年底，政府開放民眾赴大陸探親，分隔兩岸的台灣外省籍詩人，終得以能返鄉探親一解鄉愁，所謂「少小離家老大回，鄉音無改鬢毛催」，大陸家鄉的召喚，讓詩人從午夜夢迴的鄉愁詩，在腳踏故土之後，迎來返鄉詩的寫作高潮，譬如這就讓洛夫從鄉愁詩〈邊界望鄉〉（一九七九）寫到返鄉詩〈與衡陽賓館的蟋蟀對話〉（一九八八）。而此一風潮進一步則造成兩岸詩人的交流，此時台灣不少詩刊紛紛闢有「大陸詩人」專欄（如《創世紀》、《秋水》、《葡萄園》……）[3]。流風所及，中國大陸詩人開始在台發表作品，繼而在後來也在台得獎、出書。趁著此波時勢，一九九二年十二月創刊的《台灣詩學季刊》便推出專輯「大陸的台灣詩學」，立即產生爭議，引發兩岸詩壇猛烈的砲火，相互檢視彼此的詩學主張。

然而同一時期，承襲一九七〇年代出現的方言詩的台語詩創作也壯大起來，向陽、林宗源、黃樹根、林央敏、黃勁連、宋澤萊[4]等都有代表性的台語詩作，延續了一九八〇年代前期政治詩所掀起的熱頭，這自然也拜賜於解嚴所帶來的開放風氣。而承此一開放風氣，一九八八年更出現「還我客語」（「還我母語」）運動，牽引客語詩創作，黃恆秋與杜潘芳格率先出版客語詩集[5]，儘管客語詩「進軍」詩壇已晚於原住民詩的出現（一九八四年《春風》即刊登莫那能的三首「山地人詩抄」）[6]。此種族群文學的崛起，與認同政治（identity politics）的發展息息相關，顯然「台灣人」（包含閩南人、客家人與原住民）身分的認同至此已成一值得關注的議題。

此外，一九八八年報禁解除，在此一開拓期也給詩壇帶來相當的衝擊。由於政策的開放，大眾傳媒彷若猛虎出欄，帶動強勢的大眾文化，更造成消費經濟抬頭，所謂的輕薄文學風跟著流行，「席慕蓉現象」的出現[7]，讓當時的大眾詩因此盛行一時，這股流行風潮後來甚至吹到海峽對岸。所幸，此一「輕詩」（或曰大眾詩）流行現象只盛行數年便煙消雲散，但席詩卻也因此在詩壇奠定某種象徵地位。

然而，針對「席慕蓉現象」所掀起的大眾詩風潮，孟樊在《現代詩復刊》第十三期的〈瀕臨死亡的現代

---

1 事實上，夏宇收在首部詩集《備忘錄》中具有後現代風的三首詩〈連連看〉、〈歹徒丙〉、〈社會版〉，寫於更早的一九七〇年代末、一九八〇年代初。

2 隔一年羅青在高雄中山大學演講〈七〇年代新詩與後現代主義的關係〉，正式首揭後現代主義大旗，宣告後現代蒞臨台灣。

3 譬如《創世紀》第七十二期（一九八七年十二月）即推出「大陸名詩人作品一百二十首」，之後又於一九八八年八月的《創世紀》第七十三、七十四期推出「兩岸詩論專號」（厚達二百八十三頁）。

4 鄭良偉於一九九〇年幫他們六位編了一本《台語詩六家選》（前衛）。

5 即黃恆秋的《擔竿人生》（一九九〇）與杜潘芳格的《青鳳樓波》（一九九三）。一九九五年黃恆秋還與龔萬灶合編《客家台語詩選》（客家台灣雜誌社），共收十二家詩作。

6 一九八九年莫那能出版他的處女作《美麗的稻穗》（晨星）。

7 席慕蓉於一九八一年出版的《七里香》，一年多即銷售到第十版（刷）；接著一九八三年出版第二本詩集《無怨的青春》，在短短兩年內竟印行二十七版（刷）；第三本詩集《時光九篇》於一九八七年出版，三年多時間也有二十七刷的佳績（至二〇〇四年為止，已銷售到三十五刷）。

詩壇——一個系統論的觀點〉一文中憂心忡忡地指出，患上「到死之病」（The Sickness unto Death）的詩壇似乎正在走向死亡的境地（一九八八：三—一六），從當時詩壇內外環境來看，均不利於新詩的發展，在輕薄文學風盛行之下，受到讀者漠視的新詩，注定成為「邊疆文學」而難以翻身。以言前行代詩人，當初留下的典型，於茲難以再造新的典範；而戰後第一代代表性的詩人，不少人於其崛起之後旋即停滯或轉換文學陣地（如陳家帶、陳黎、苦苓等人）；至於於此時期現身的新生代，可貴的是他們實驗的精神，為了超越前行代，則須另舉大纛，揭竿而起，於是有所謂後現代詩（ＰＴＶ、電腦詩、解構詩、科幻詩、遊戲詩）的「反叛」——也確實在這裡，和回歸期出現的戰後世代有了不同的詩學展現。新生代如此表現，雖然見仁見智，卻也不免令人憂心。

孟樊的憂心之論，並未有替詩壇判生死之意，其意在拋出問題引起關注，這是來自詩壇內部的反省之聲，儘管未引發如回歸期關唐事件所掀起的論戰砲火[8]，卻也是開拓期最為肯綮的批判聲音。而從這一角度看，一九九〇年代伊始顯然不再是「論戰的年代」，這也表示解嚴以及報禁解除之後的時代，卸除緊箍咒的心防，人們可以更自在地表達自己，不必再以劍拔弩張的姿態迎戰各種「不義」之事。尤其新媒體——ＰＣ電腦與網路時代的蒞臨，詩人的創作及其表現將又會有新的風貌。

孟樊

一、夏宇

十九歲開始寫詩的夏宇，收在她第一本詩集《備忘錄》（一九八四）裡最早的詩作〈鞋〉係寫於一九七六年，而此不啻說明她是在一九七〇年代中後期步入台灣詩壇。她寫於一九七〇年末與一九八〇年代初的〈說話課〉、〈歹徒丙〉、〈社會版〉等詩，被視為詩壇最早出現有後現代風的詩作[9]，對於後來整個詩壇風潮的轉變乃至於後起的「六年級生」（一九七〇年世代）有著重要的影響。夏宇聲名鵲起後，從一九八〇年代迄至於新世紀，她的詩被年輕世代捧讀，詩集也被粉絲蒐購珍藏[10]，可謂蔚為奇觀，曾被論者稱為「夏宇現象」（陳義芝，二〇〇六：一九七），在詩集的銷售上，直可以和暢銷詩人席慕蓉媲美。

寫詩的夏宇以另外的筆名李格弟、李廢發表歌詞，一首〈我很醜可是我很溫柔〉由歌手趙傳唱紅的歌（詞），奠定她在國內作詞界的地位[11]；或也因她作詞迭有佳績，乃於二〇一〇年將自己所作歌詞編為《這隻

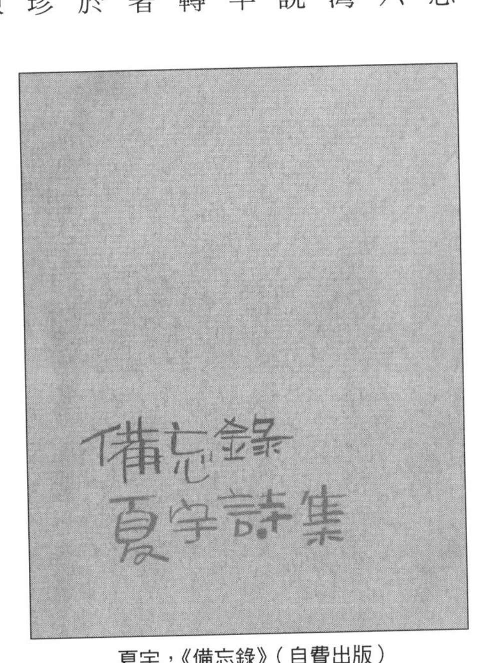

夏宇，《備忘錄》（自費出版）

8　後來只有洛夫、向明等人零星的回應。

9　事實上，羅青寫於一九七〇年年底的〈吃西瓜的六種方法〉即有後現代味道，可謂開台灣後現代詩先河（一九七二：一六六）。

10　例如《備忘錄》的初版一刷，在網路拍賣（茉莉二手書店）的成交價竟曾飆至二萬二千三百元台幣。

11　夏宇還曾以田馥甄的〈請你給我好一點的情敵〉一曲入圍第二十三屆金曲獎最佳作詞人獎。

斑馬》／《那隻斑馬》二部「詩集」出版[12]。同時在詩壇和作曲界享有盛名的她，卻是諱莫如深般的一位詩人，早年不僅幾乎不在公開場合拋頭露面[13]，詩作也罕見於主流刊物，更不由商業性出版社出版、發行她的詩集，詩集出版全由她自己一手包辦，不假他人。不曾參加任何詩社的夏宇，倒也非獨來獨往，在二〇〇二年年初便曾和鴻鴻、零雨、阿翁、曾淑美等人合辦《現在詩》詩刊；而這份詩刊也與眾不同，因為它並非代表詩社的集結，只是夏宇和詩人同好共創的一份刊物。

若自作品的出版方式來看，夏宇每一本詩集的出版都可視為一種「行動藝術」，或可也視為一種「創作」（行為）。從她第三本詩集《摩擦．無以名狀》開始，每一冊詩集的出版都有出人意表的編輯及製作形式：《摩》書是將第二本詩集《腹語術》（一九九一）剪下來的字詞碎片隨意拼貼而成（而且缺乏頁碼）[14]──這種「隨意拼貼」的方式後來也影響她自己的創作。接下來的《Salsa》（一九九九）則仿上本《摩》書的作法，紙張不裁切（讀者閱讀前需用裁切刀將紙頁切開）。到了《粉紅色噪音》（二〇〇七）更絕，係將無數英文部落格網站撿來的句子，仿造詩的分行形式丟給翻譯軟體自行翻譯，成書時復以中英文並列方式（英文在前頁、中文在後頁）打印在透明膠片上[15]。之後的《這隻斑馬》／《那隻斑馬》已如前述，是同時誕生的「雙胞胎詩集」，且是將歌詞集當作詩集出版。而《詩六十首》（二〇一一）則是在封面讓讀者玩刮刮樂遊戲，參與製作（讀者可以刮出出自書內的詩題與詩內文）。至於《88首自選》（二〇一三）雖走「極簡風」，詩作不分年代排列在四十五磅的單光牛皮紙上，重量極輕[16]，可捲曲或摺疊，並且內頁與封面不分，單一字型到底（除了封面裡與封底裡），一、二十張圖片任意插頁，也缺乏扉頁。二〇一六年的《第一人稱》全書「似」只有一首詩（三百零一行），每行詩句各占一頁或兩頁，每頁並搭配一張或黑白或彩色照片，亦即一首詩就是一本詩集；但在封底內頁則浮貼附上一小冊詩集──也就是全書的縮小版（書中書），而由於有這縮小版詩集，每頁固定出現的七行詩句（以五－二兩節形式排列，中英對照）則又可視為每首獨立的詩作。最新的《脊椎之軸》（二〇二〇），輕薄的一百一十二頁去掉油墨，以鑄字打凸的方式印製，拿在手上彷若無物，讓她獲得二〇二一年金蝶獎金獎。夏宇這樣的作法，影響後來新世代詩集的編排與出版方式甚鉅。

夏宇詩作之所以令人一新耳目，並不在她出奇不意的文字或令人驚嘆不已的意象，而是那讓人錯愕的表現形式，這得歸功於她的跨域與混搭「創作」，比如《備忘錄》裡用圖畫表現的〈歹徒丙〉與〈社會版〉，從「文」跨到「畫」；而混搭則是混合不同文字外，還延伸至聲音、顏色（彩照）、圖畫，乃至遊戲、翻譯（軟體）、勞作（剪貼）、編排與印刷（紙張）等等[17]，具有後現代不求甚解的遊戲風的這首〈連連看〉即堪稱代表：

信封　　圖釘
自由　　磁鐵
人行道　五樓

12 這兩部詩集其實為同一部詩集，收有一百六十三首歌詞，同樣的內容被設計為黑白（《這隻斑馬》）和彩色（《那隻斑馬》）兩個版本。

13 近些年她開始「走出來」舉辦新書發表會與簽書會，也出席一些詩文活動，參與各種展覽，甚至親自朗誦詩作。

14 這類似二十世紀初法國達達主義的實驗手法。

15 由於是打印在透明膠片上，使得黑字的原文與粉紅色的譯文互為交疊，同時被看見，卻也看不清楚，閱讀前必須在兩頁間插入一不透明的白紙，才能辨識那交疊在一塊的文字。

16 全書一共一百九十二頁，但總重量只有九十四公克，均為薄磅工業用紙；而且僅用兩個騎馬釘裝訂。

17 這種跨域方式也啟發了更新世代的夏夏、林德俊等「行動派」詩人。

手電筒　　鼓
方法　　笑
鉛字　　□□
著　　無邪的
寶藍　　挖

〈連連看〉混搭了不同的物件邀讀者一起來遊戲，而它也從詩跨域到小學生的國語測驗試題，同時模糊了詩與他種文類的界限。這樣的「詩」在此之前並無人嘗試，夏宇的創新的確「前無古人」，徒讓寫實主義詩人與現代主義詩人瞠目結舌，不知如何評斷。

邀請人去「連連看」的上詩，待我們實際參與遊戲才發覺上當，因為上下兩列實在很難連結出彼此的相關性；或者說其連結有無數的可能性，總之是找不出標準答案。後現代創作的不求甚解，文本難以尋繹其中心思想，夏宇在此湊合難以連屬的物件，以解構文本恆定的意義，此詩可為佐證。詹明信（Fredric Jameson）說，後現代主義與現代主義重要的一個差異是它的平板性（flatness）與無深度性（depthlessness），而這可能是後現代主義最重要的形式特徵（一九九一：九）。〈連連看〉和夏宇其他多數詩作欠缺的深度性，恰是後現代詩顯著的一個註腳，而這也和她的文字平易近人有關。

在夏宇之前的世代，除了崇尚寫實主義的笠詩人外，多數詩人無不以「文字煉金術」是尚[18]，更且追求語不驚人死不休的意象（尤其在一九六〇年代），但夏宇卻一掃這樣的「陋習」，她的語言平白如話，而且使用大量的口語，從首部詩集《備忘錄》開始即已樹立此種語言風格（如〈說話課〉等詩），包括後來的諸如〈沒有你們就沒有我們〉、〈高達〉、〈電影取代了注視〉（《詩六十首》）……乃至於晚近的《第一人稱》、《羅曼史作為頓悟》裡的詩作，很多都是口語式的散文敘述，用字完全不事精雕細琢。其中像〈高達〉一詩甚至玩起諧音遊戲：「當高達把一切都變成高達的／剩下不是高達的／也自動變成不『是高達』的／喜歡高達的人也喜歡／德希達米蘭達／聶魯達珍芳達／保力達百視達／千里達／速克達」，這種無厘頭的內容在此除了凸顯意符（字音ㄉㄚˊ）本身的物質性（materiality）外，並無意義的指涉性（其他像〈降靈會III〉等詩亦同）。夏宇這種寫法，和美國語言詩派（the Language Poets）訴求語言物質性的作法如出一轍[19]，彷如隔海呼應。

夏宇在〈伊爾米弟索語系〉中說：「……可以寫詩了當滑膩的／音節逼近喉嚨通過舌尖／引發出存純粹感官感官感官　的／愉悅」，這種對於語言感官性之愉悅，恰恰是來自她「發現對字的肉慾的愛」（一九九七：三二），而所謂的「字的肉慾的愛」即係本於她對語言透明性的不信任，使得她特別凸顯語言的意符（字音、字形），不在乎意指的指涉，如上提及的〈降靈會III〉即係由一堆殘缺不全及雜湊的字形組合而成，其義無法辨識；而另一首只有短短兩行的〈另一種道德〉：「存秄／仈匧囪遠閂」一樣難以辨認——此詩且是由〈降〉詩投胎轉世而來[20]，兩詩的互文性亦由此可見。此等互文性的牽扯，亦是夏宇喜愛的伎倆之一（《詩六十首》裡特別多）。

原來白話如口語的語言，意符儘管欠缺指涉性，其意脈卻不難捕捉，有些詩經由詩人慧黠的轉折，也讓人驚豔，如〈愛情〉、〈甜蜜的復仇〉、〈野獸派〉等短詩，都極為可感——雖然這樣的詩都是出現在夏宇較早期的作品裡。她的許多詩都寫愛情，卻是一反《詩經》那種「上邪式」的愛情，充滿輕盈、俏皮、自嘲、

18　被余光中譽為「新現代詩的起點」的羅青當然是一個例外。

19　夏宇的詩如何與語言詩派有異曲同工之妙，可參閱孟樊〈夏宇的後現代語言詩〉一文（二〇一二：二六三—二九四）。

20　即該詩中第四行那被圈起來的七個「字」。

灑脫與隨意。如此的情詩自不難理解，然而，由於她的語言隨興，敘事常不予時序連貫，往往於其中並置不同理路的敘事線（narrative lines），令人捉摸不定，使得口語般的語言竟也因此形成一種隔閡，即便不像超現實主義那樣幾乎在行與行之間即出現斷裂，但像〈二輪電影院〉這首二百四十行的長詩，敘事常被支開，插入另外的敘事，而不連貫的敘事終究造成意符的飄浮不定。夏宇擅用這種美國語言詩人伯恩斯坦（Charles Bernstein）所稱的「內爆式句法」[21]，不僅成了她個人極為鮮明的語言特色，也影響了後來的新世代隨興甚至任性的語法。不過到了《羅曼史作為頓悟》，這種分叉式敘事有稍作調整的跡象，諸如〈瑪麗路易絲歌謠〉、〈變成湖〉、〈反音樂性．在你的腦袋裡攪拌〉等詩，就不再見到敘事衍生敘事的「喃喃自語」。

革新詩語言的夏宇其實從來不甩詩壇的眼光，詩壇的風風雨雨似與她無關。然而不能否認的是，夏宇所起造的詩風（風潮），寓有如美國語言詩人那種文本政治（textual politics）的意涵，除了挑戰在此之前的主流詩潮，更有開創新局的歷史意義。

二、杜十三

或許可以稱之為行動詩人（performance poet）的杜十三[22]，在一九七〇年代初就讀於台師大時便開始發表詩作，一首三百行長詩〈黃花魂之歌〉一出手即獲文學獎的肯定；同時他也於此時期開始演出舞台劇，展現他跨越文字創作的長才；到了一九八一年更以罕見的散文詩獲得第四屆時報文學獎。從一九八〇年代中期起，他陸續出版多種詩集，包括詩畫集《人間筆記》（一九八四）、有聲多媒體詩集《地球筆記》（一九八六）、詩選集《嘆息筆記》（一九九〇）、手製限量詩集《愛撫》（一九九三）、詩集《火的語言》（一九九三）、散文詩集《新世界的零件》（一九九四），以及千禧年的《石頭悲傷而成為玉——世紀末詩篇》等多部著作[23]；同時他的藝術創作與行動展演也在此時期「火力全開」，不僅在國內外的美術館、畫廊、藝文中心參加各種藝術展覽，在台灣詩壇還從事並推動跨媒體的詩之展演活動與創作。譬如，光是實踐詩之多元創作的「詩的聲光」就展演多次（一九八五、一九八六、一九九二）。一直到一九九〇年代中期，這前後大約十年的時間，可說是杜十三創作的全盛時代。如果說夏宇是紙本式行動派詩人，那麼杜十三便是活動型行動派詩人，而兩人的「行動派藝術」則影響也啟發了二十一世紀後新起的年輕一輩的詩人。

作為一位行動詩人，杜十三可謂為「知行合一」的實踐者。他的「詩行動」係出自他所揭櫫的文藝理念，而他所提出的多元及再創作的詩之主張，亦由其行動實踐予以落實。依他所信，詩在中國歷代的發展已經來到所謂的「後期印刷文字階段」（即第四階段）[24]，並面對第五階段電波符號時代的來臨——這是危機

杜十三（文訊提供）

21 所謂「內爆式句法」是指「通過詞序的雜亂拼湊、省略、移植、顛倒，短語的堆砌、羅列，使詩歌的意義鏈突然中斷，偏離原來的方向，從而製造一種令人震驚的藝術效果」的一種構句（引自曾艷兵，二〇〇二）。

22 稱杜十三為「行動詩人」，最早係來自林燿德的〈行動詩人杜十三〉一文（一九八八：八—一一）。

23 杜十三的著作除了詩作外，還包括：散文、小說、劇作、雜文乃至於論述，可謂是一位全才型的作家。雖然出版多部詩集，但他後出的詩集有重複收錄舊作的習慣。

24 按照他的說法，最早是口唱階段，詩以歌謠傳頌，後迨文字出，始有以文記錄下來之《詩經》；其次是筆墨階段，詩以書簡絹帛紙張記載，自《楚辭》以下至元曲，兼具聲韻與文字之美；三為印刷文字階段，白話新詩自傳統詩詞破繭而出，更為著力在文字符號

亦是轉機。雖然現代詩至此似淪為詩人之間一種小眾的傳播語言，但由於這時傳播媒介的特質已由筆墨轉化成電波，那麼這就給了詩人機會：何妨讓文字符號和電波符號彼此共存！「如果我們來得及恍然頓悟，當可以接受詩在文字符號的領域之外，以再創作的形式同時存於新時代脈膊的電波符號之中。」（一八）有鑑於此，杜十三即於一九八二年起，開始他一系列行動藝術的展演，包括郵遞展出行動、街頭演出行動、出版行動（有聲、多媒體詩集出版）、舞台行動，乃至於朗誦與譜曲等有關的再創作行動，其中以一九八七年的貧窮詩劇場以及一九八八年「因為風的緣故」多媒體舞台演出，最是令人稱道。

杜十三，《嘆息筆記》（時報文化出版）

若從詩的基調看，從一開始杜十三的「筆墨」便滲出有哀傷的筆調，這就難怪他把一九九〇年出版的精選詩集名為「嘆息筆記」——因為嘆息的背後實係出於他的哀傷——該書分為五卷，分別是「愛情的嘆息」、「空間的嘆息」、「時間的嘆息」、「人間的嘆息」、「符號的嘆息」，從中可見他對於人世的種種哀傷，誠如〈傷痕〉一詩所說：「我們心中都藏著千山萬水／蜿蜒曲折　難以攀行／不是順著兩行淚水就可以找到方向／也不是藉著一聲再見就能變出歸途」，詩中人「我們」的迷失，最終只能讓「妳偷偷的用口紅塗去一片／紫色的傷痕」。賴芳伶即指出：「他對現象界的洞察始終是『哀傷』的，這個『哀傷』之感，既回顧又前瞻，一直滲透在他所有的創作當中。」（二〇〇七：二三七）信哉斯言！看看他這首屢被討論的短詩〈石頭因為悲傷而成為玉〉便可一目瞭然：

文字涅槃之後送去火葬場
留下的舍利子是詩
石頭拒絕說話被斧鑽逼迫吐出真言
剖開的滿懷心事是玉

文字是因為歡喜而成為詩
石頭是因為悲傷而成為玉

這首詩事實上是兩組意象的並置，因為並置而形成互喻：文字燒成涅槃成為舍利子之後才成其為詩；這就像石頭要被斧斤鑽研最終才能成為玉。然而兩者淬鍊的因緣卻有差異：前者係因歡喜而後者則是出於悲傷，因以化成自身。若自佛家偈語的角度觀之，歡喜即法喜，悲傷即慈悲，法喜因於慈悲，慈悲導向法喜，故其因緣一也。但如此解讀，卻也無法泯除詩中隱約滲透的那種微微的悲傷感（如同詩題所示）。

我們又發現，在杜十三這些「哀傷書寫」（sadness writing）的詩作裡，以表現男女情愛（關係）的「情詩」為最大宗，而他寫男女情愛則「往往勾連倫常情誼，社會習尚，政治家國，與地球環境……種種『災難』的徵兆」（賴芳伶，二四六—二四七），譬如〈紅〉中拿「妳」唇上的口紅與〈長安街〉廣場上的坦克來互比，最後指出它們其實都是凝固的「火焰　都是／化了妝的　血」，帶出他對六四天安門事件的批判。在

意旨的想像功能上；四為後期印刷文字階段，創造出史上最詭譎多變的現代詩形貌來（一五）。

杜十三的情詩裡，向以「妳」作為詩中人「我」傾訴的對象，而這位成了詩人哀傷來源的「妳」，形象完全不同於羅智成詩裡那些「可人的女子」（也不同於楊澤呼喚的那位瑪麗安），「妳」似是要讓杜氏證成「因悲傷而成為玉」的因緣女子。

當然，杜十三的悲傷不只限於男女情愛的小我天地，他的「悲」愈到晚近愈有感於人間所受的苦難，顯示他濃烈的入世情懷，從較早的〈煤——寫給73年7月煤山礦災死難的67名礦工〉、〈美麗新世界——探母病路過兒童癌症病房偶見有感〉、〈網——寫給南台灣的漁民〉、〈毒——寫給呼痛的大潭村〉……到〈汝有聽著地球崩落去兮聲無——祭921世紀末大地震〉（閩南語歌詩），都可以看到詩人由悲傷到悲憫的人道關懷，其中令人聞之鼻酸的台語詩〈汝有聽著地球崩落去兮聲無〉，更標示著他嘗試台語詩創作的最高成就。其實從收入《火的語言》中的十二首台語詩（閩南語詩）「台灣十二唱」起，杜十三即有刻意寫作台語詩的企圖，他的這些台語詩都是針對台灣社會現實的描摹（每首詩都有註明為何而作），他使用閩南語口語，以依聲託字（而不用羅馬或漢語拼音）的文字敘述，自成一格；也由於同時注重對偶、類疊、排比、層遞等修辭手法，使他的台語詩形成極強的音樂性，頗適合拿來朗誦。

杜十三的詩被他拿來和聲光、音樂乃至於舞台演出，一方面如上所述係出於他多媒體實驗的理念，一方面也和他詩作本身所具備的敘事性攸關——有故事在內，便易於演出。經過一九七〇年代回歸期的洗禮，台灣年輕一代的詩人，詩語言已不再以艱澀的意象語取勝，這從夏宇和杜十三的詩作即可瞧出端倪。與夏宇使用放鬆的口語不同的是，杜十三以他明顯的敘事性對抗濃稠的用語，雖然他仍不疏於意象的經營，但即便如〈刷牙〉這樣僅只九行的短詩，都不乏敘事色彩。正因為有著若隱若現的敘事穿針引線，使他跨向散文詩寫作便是順理成章了。相較於分行詩的跨行斷線，散文詩較無這種因斷行而切割敘事的干擾，這讓杜十三的散文詩能得心應手地開展其敘事，《新世界的零件》一書收錄的九十九首散文詩作，便展現了他長於敘事的功力，而其中表現不俗的佳作或多或少都使用了魔幻寫實（magic realism）的手法，令人印象深刻，如〈蠟燭〉、〈雨〉、〈金〉……寓意及其張力均由魔幻寫實的場景給呈現出來。

在表現形式上，杜十三或許要實踐他的跨媒體創作理念，蓄意的在詩作裡展現他的圖畫性，譬如〈影子〉一詩的最末段首行，將「日出了」故意出血到行首的最上端，以示「日頭在頂上照」之意；又如〈澄〉的第二段末行「從天空墜落」，後四字彼此的間隔愈拉愈長，以顯現壯麗的晚霞隱退前的畫面，予人確有栩栩如生之感。如此詩例甚多，類此局部圖像文字的呈現或源於詩人詩畫合一的跨媒體創作思想。至於以對照形式排成上下或左右列隊詩行的〈亂髮〉、〈不敢和妳相擁〉、〈Touching愛撫〉、〈罈中的母親——泣亡母〉、〈出口〉等詩，均極具實驗性，目的在讓詩的文字符號嘗試更大的延伸。

而純就文字長度的延伸來看，杜十三可以將之伸長為一首一千兩百行的長詩〈火的語言〉，這首杜氏的力作分成〈疤〉、〈沉默〉、〈共鳴〉、〈無所不在〉與〈波〉五卷，各分卷標題同時也標出其主題思想。詩人虛擬火帝以洪鐘之聲說「道」，火帝所說亦即「火之語言」，闡釋了沉默的力量（也是法門），沉默孕育巨大的能量，可以發光發熱進而產生共鳴；共鳴則無所不在，而無所不在即有所不在。無所不在無懼無怖，最後成為「波」；波即一切渡，即般若。詩末（九十三節），這位類先知的火帝提及人將面臨「光或灰燼的審判」，而審判前出現的七天異象，明顯襲自《新約聖經》的〈啟示錄〉「最後的審判」[25]，嚴格而言，這種說「法」並不高明；而詩中顯而易見更援用了《金剛經》「有而不有」的思想，則是詩人以詩證成先知的方便法門，卻難免取巧。整體而言，這首千行長詩不能算他的成功之作。

25　「七天」之期，除了數字七與〈啟示錄〉中眾多「七」之數吻合（如七個封印），亦有乞靈自《舊約．創世記》上帝七天創造世界之記載。

其實杜十三並不只向長詩巨構挑戰，他也寫小詩，在《火的語言》（一九九四）裡所收錄的三十首短體制的三行小詩，都極為可感，譬若〈真理〉一詩：「真理唸了一千遍／誦出的經便在樹上結成了正果／每個果子裡面都塞滿了淚水」，僅僅三行卻一點就通，遠勝宏圖千行。千禧年以後，杜十三的詩作日漸少產，在3C產品當道時，當眾人期待他風雲再起，看他如何在4G時代再玩多媒體花樣，卻猝然告別台灣詩壇（二〇一〇年），去和他的老友林燿德促膝長談，令人不勝唏噓。

三、羅青（二）

羅青在一九七二年出版的《吃西瓜的方法》，被余光中譽為台灣「新現代詩的起點」，開展了異於之前展開期的新詩風，同時為回歸期的詩史掀起新的一頁。在《吃西瓜的方法》之後，羅青接著出版《神州豪俠傳》、《捉賊記》，並在跨越一九七〇年代後又出版《水稻之歌》（一九八一）與《錄影詩學》（一九八八）；更於一九八八年與一九八九年分別出版《詩人之燈》和《什麼是後現代主義》兩本揭櫫後現代主義的評論集，引人側目，尤其他在開拓期（大約在一九八〇年代中後期）所極力主張的後現代主義，開啟詩壇的後現代風，自然也成了當時浪頭上的風雲人物。

羅青，《錄影詩學》（書林出版／提供）

開拓期的羅青是他提倡後現代主義全盛的年代。約莫在一九八〇年代中期，羅青即開始大力鼓吹後現代主義，從理論與實作雙管齊下：先是一九八五年於《自立晚報》副刊發表〈一封關於訣別的訣別書〉；接著一九八六年在高雄中山大學演講「七〇年代新詩與後現代主義的關係」；一九八七年在《香港文學》第二十六期發表後現代詩兩首（除了上述的〈一〉詩，還有〈關山亭觀山海〉）；一九八八年於《台北評論》連載〈台灣地區後現代狀況及年表初編〉[26]；之後又陸續發表不少有關後現代的文章[27]；同年更出版《錄影詩學》；最後於一九八九年出版《什麼是後現代主義》。後現代詩在台灣崛起並受到極大的關注，羅青可謂厥功至偉。

然則什麼是後現代主義？在一九八〇年代被引進台灣的後現代主義，不消說是詩壇，當時連整個文化界、文壇乃至學界，都還搞不清楚是怎麼一回事，自然而然會被當道者視為洪水猛獸，難以接受。於是有《兩岸》詩叢刊（第三集）於其「名詩會審」專欄中邀集十位詩人來共同「會審」羅青在《香港文學》發表的那兩首後現代詩。羅青那兩首後現代詩寫法大同小異，茲舉第一首〈一封關於訣別的訣別書〉略作說明：

卿卿如晤：

提起筆

26 此文後來收入一九八九年出版的《什麼是後現代主義》一書中，並易名為〈台灣地區後現代狀況大事年表一九六〇—一九八七〉；該書同時也收入屈琴堡（Stanley Trachtenberg）的〈歐美地區後現代階段大事年表一九六〇—八四〉，並加上羅青個人的譯註。屈氏年表則出自他本人主編的《後現代階段：當代各種藝術革新手冊》（*The Postmodern Moment: A Hand Book of Contemporary Innovation in the Arts*）。此舉亦在顯示，羅青編此年表非無所本，以杜訾議。

27 這些文章包括〈詩與後設方法：「後現代主義」淺談〉、〈詩與資訊時代：後現代式的演出〉、〈詩與後工業社會：後現代狀況出現了〉、〈後現代與未來：後工業社會的文藝〉，都收入《詩人之燈》（一九八八：二三七—二七五）一書中。

就想給你寫信
抓起一張紙
三行兩行的
一寫就寫到了
這裡
既然寫到了這裡
也只有寫到
這裡了
就此打住
敬祝
平安愉快

意洞手書
西曆一九八六年
三月二十七日夜
黃曆四六八四年
三月二十六日夜

這首詩寫到上面這裡其實還沒真正打住，它還有「附筆：信中所寫／絕對與信中／所沒有寫的／任何事物／無關」；但你以為這就打住了嗎？還沒！這附筆之後還有「又及：此信／／萬一被／史學家／考古家／批評家／編選家／或偷窺狂／看到了／敬請／視而不見／高抬貴手」。「附筆」與「又及」其實是詩本文的一部分，「附筆」是「信」本文的後設語言（meta-language），「又及」則同時可看作是「信」的後設語言和「附筆」的後設的後設語言，而反身性的後設用語乃是後現代常用的手法之一。此外，此詩還呈現出兩種後現代的主要特色：一是它難以尋覓意義（反內容主義），因而也不具深度感；二是如詹明信所說，它是一種仿作（pastiche），仿作其實也是一種諧擬（parody），諧擬是反諷（或嘲笑）加模仿，但後現代的仿作是空白的諧擬（blank parody），它沒有諧擬那種隱而未露的動機，沒有諷刺的意味，沒有嘲笑（一九八五：一四）。而模仿林覺民〈與妻訣別書〉的此詩，裡頭卻嗅不出反諷的味道（孟樊，二〇〇三：五〇—五一）。

此詩與有異曲同工之妙的〈關山亭觀山海〉[28]後來都收入《錄影詩學》裡。《錄影詩學》中其實收有不少類如〈一〉詩這種反內容主義的嬉遊詩，如〈石榴．石榴〉、〈長短調〉、〈葫蘆歌〉等，都頗有打油詩的味道。從處女作《吃西瓜的方法》開始，羅青詩作處處充滿諧趣，常讓讀者莞爾，到了最晚出版的《錄影詩學》[29]，風格依舊，包括他擅用的排比（如〈過愛琴海〉）、頂真（如〈大英博物館驚豔〉）、反覆迴增（如〈鐵板燒專門店〉）、定行詩節（如卷四大部分的詩）等手法，可謂一成不變。他重「詩想」而不重意象，長於謀篇布局，不避口語、俗話，到了《錄》書中仍未見改弦易轍。

然而《錄》書引人注目的，除了〈一〉詩等開後現代風之先的詩作外，厥為〈天淨沙〉與〈野渡無人舟自橫〉——這兩首為羅青自我標榜的所謂「錄影詩」。錄影詩的寫法係以語言當作攝影鏡頭，由詩人權充

28 此詩收入《錄影詩學》後易名為〈多次關滄海之後再觀滄海〉。

29 此書之後，羅青另出版有兩本詩集《少年阿田恩仇錄》（一九九六）與《一本火柴盒》（二〇〇〇），但這兩冊都是少年詩集。

導演或攝影師，來拍攝出「既古典又現代的視覺詩」。此時的詩人所採取的是全知全能的視角（omniscient viewpoint），盡量不介入被攝景物本身——說是「盡量」，係因〈天淨沙〉一詩的首段「老樹」出現有「不祥的」這種類似主觀的旁白音，縱然如此，鏡頭語言在情緒的表達上是極為克制的。在詩中，你可以看到鏡頭隨時在變換，詩人利用鏡頭的上升、下降、橫移、跟拍、推進、拉開、伸縮……展開場景的敘寫，時而特寫，時而遠景，再以淡出、淡入分割不同場景，甚至用上蒙太奇（montage）手法（如〈天淨沙〉末段「在天涯」一開頭連續幾個剪接和特寫），顯現出純文字無法製造的光景。然而文字畢竟不是真正的攝影鏡頭，為了讓讀者（或觀眾）得知鏡頭如何拍攝，此時詩人導演便不得不使用後設的括號隱語作為運鏡的說明。就羅青以身作則演示的這兩首錄影詩來看，可以發現，詩人若不運用蒙太奇手法，而只讓攝影機鏡頭到處移動，則極易形成流水帳似的攝景，難以製造張力。再說以文字攝影終究缺乏實感，不如攝影機拍攝實物動人，或也因此嗣後無人踵繼[30]，羅青這錄影詩寫作最終也只是曇花一現。

嚴格說來，《錄影詩學》中所收詩作，大都延續羅青前此的慣用手法，真正具有後現代風的詩作並沒想像中那麼多，其中卷二「文字錄影世界」其實就是他的海外旅遊詩，其寫法也非「錄影詩學法」（缺乏攝影鏡頭），然而該書在此時期出現，仍予人一新耳目，甚至興起後現代寫作之風。只可惜到了跨越期以後，羅青似乎醉心於書畫甚於賦詩，詩作少產，且從錄影詩學轉而去提倡他書畫藝術的興遊美學（the aesthetics of contingent excursion）了[31]。

四、李敏勇

與二二八事件同齡的李敏勇，早期曾以傅敏、李溟為筆名，於弱冠之年（一九六七）便有詩作發表，一九六九年二十二歲的他即出版詩與散文合集《雲的語言》，算是半部詩集的該書，難免耽於感傷的情懷，展現了和多數詩人同樣少艾的起手式，如與書名同題之作〈雲的語言〉所示：「莫說我只是個愛流浪的人／有時我也會落淚的／在樹枯了山時／在草枯了田地時／我的靈魂擁抱了它們」，詩中雲的自剖，其實是詩人感情的寄寓。

一九七〇年，李敏勇加入笠詩社。成為笠的成員後，使得他的風格有極大的轉變，包括詩作的題材、語言的展現都有所翻新，而在一九七〇年代這段期間，他的詩作幾乎都在《笠》詩刊發表，成了十足的笠詩人。一直到一九八六年，他的第二本詩集（也可說是他真正的第一本詩集）《暗房》才面世，就在這一年他出任《台灣文藝》社長，同時出版首部評論集《作為一個台灣作家》[32]。

李敏勇（文訊提供）

30 林燿德有首詩〈蚵女寫真——報導攝影實例示範〉，乍看題目似是羅青所說的錄影詩，事實上寫法並不相似，雖然該詩也使用括號隱語，惟其隱語並非鏡頭語言，只是報導者的後設說明。

31 羅青的畫作則被梁實秋、楚戈譽為「新文人畫的起點」，風格橫跨現代與後現代。至於與遊美學的書畫藝術，可參羅青二〇一八年的「與遊美學」回顧展。

32 再隔四年（一九九〇），他獲得巫永福評論獎；之後再二年（一九九二），又得吳濁流新詩獎。事實上，李敏勇在詩文創作和文學評論上是左右開弓、雙管齊下的，而且持續至今。

一九九〇年，李敏勇將在此之前的作品（包括收錄在《暗房》的詩作）整編為三部詩集《鎮魂歌》、《野生思考》、《戒嚴風景》同時出版，而他在笠詩社（乃至於詩壇）的地位也因此而奠定。如果按照寫作的時間來看，前兩本詩集的作品幾乎全寫於一九七〇年代（《鎮》書有若干詩作寫於一九六九年），可視為同一階段之作；而後書以及稍後於一九九三年出版的《傾斜的島》，則是另一階段的作品，收入寫於一九八〇年代和一九九〇年代初的詩作。

就上述四冊詩集而言，《鎮魂歌》的「調性」較為曖昧，它可說是從《雲的語言》到一九七〇年代創作的過渡——這也與它收有一九六九年的詩作有關。一來詩人感傷浪漫的身影仍揮之不去，如〈水平線〉透露的傷情：「孤獨的我也是世界的一部分／還有漂流的帆影／海鷗也是／還有極目處那朵雲」；二來該書中也充斥著意象語，諸如「土地是乾澀的更年期婦人的肌膚」（〈在紅外線瞄準具中〉）、「床燈是盞小小的烽火」（〈光裸的背面〉）……偏偏意象語的使用與笠的風格較為扞格。再細看李敏勇興好的這些意象，多數是令人難受的負面意象：死亡、流血、淌淚、烽火、斷垣、瘠土、蒼白的腦汁……以及難堪的飾語：枯萎、腐爛、乾澀、黯澹、鬱結……。

這就不得不讓人想起同是笠詩人的拾虹所說的——李敏勇是「秋的詩人」[33]。拾虹認為，他之所以是一位「秋的詩人」，是因為李敏勇的詩裡呈現出秋天肅殺的景象（九〇）；從上述那些於詩中摭拾的負面意象來看，的確不得不讓人作如是想，李敏勇著實呈現出一副「秋氣嚴酷，摧敗萬物」的模樣。秋之肅殺以及蕭索的氛圍其實一直貫串著李敏勇的詩作，不獨《鎮魂歌》為然；這除了拾虹所舉的諸如「地平線的燃燒」、「他在戰場開成一朵花」這類肅殺的景象外，亦與他擅用的如「落葉」的主控性意象（controlling image）有關，甚至為了加強秋的蕭索感，他還常用一些相關的字素（lexis），如憂鬱、鬱悒、憂愁、憂傷、哀愁、哀傷、悲哀、感傷、悲痛、愴痛、落寞、寂寞、寂寥、靜寂、死寂、孤寂、孤獨、孤單等（孟樊，二〇一二：

三六—三七）。

除了與秋天有關的落葉意象外，從《野生思考》起，李敏勇特愛「窗」（玻璃窗、鐵窗）和「鳥」（海鷗、鴿子、雀鳥、斑鳩）這兩組主控性意象，前者如〈鐵窗之花〉、〈隱藏的風景〉、〈地下電台〉、〈青春紅樓〉……，而後者如〈他愛鳥〉、〈為一隻鳥〉、〈心聲〉……。窗，象徵著上帝之光（the light of God），作為人或事物與上帝溝通的管道，亦代表「我們自己的意識向外觀看並詮釋這個世界」（Fontana，七七），〈隱藏的風景〉末段提及打開窗才能看到「自然光呈現耀眼的七彩／映照著藍天」便是有此指謂。李敏勇有不少詩布置的場景都是詩中人從房內的窗往外看，如〈現實風景〉末段所言：「我在窗口／靜靜地咀嚼現實的風景」，也得要從窗子向外瞧，才能看見飛翔的鳥，如同〈從有鐵柵的窗〉所看到的一樣，而鳥能無拘無束地翱翔在天空，象徵著自由，牠通行於天地之間充當神的使者，是詩人精神寄託之所在。

秋的詩人雖然酷愛秋天的肅殺與蕭索，但從《鎮魂歌》（確切地說是從《暗房》）起，他在語言表現上開始逐步調整——亦即慢慢捨棄意象語而增加日常語言的使用，字質也就不再那麼飽滿；他的肅殺之氣反而轉向「戰場」；如〈焦土之花〉、〈夢的手札〉、〈青空的憂鬱〉、〈故事〉……，寫出戰爭的悲哀，與戰爭相關的意象時不時出現，此時「戰爭」似乎成了他鍾愛的主控性意象，同時也是他偏愛的題材，試看這首可謂為他此一時期代表作的〈遺物〉：

從戰地寄來的君的手絹

33 在〈「秋」的詩人〉一文中，拾虹指出，拾虹、鄭炯明、李敏勇、陳明台四位笠詩人，「各自吻合著春、夏、秋、冬四季中的一環」（一九八六：九〇），李氏因而被視為秋的詩人。

休戰旗一般的君的手絹
使我的淚痕不斷擴大的君的手絹
以彈片的銳利穿戳我心的版圖

從戰地寄來的君的手絹
判決書一般的君的手絹
將我的青春開始腐蝕的君的手絹
以山崩的轟勢埋葬我

慘白了的
君的遺物
我陷落的乳房的
封條

表面上，這首詩吐露了現代婦女對（因戰事）一去不復返的良人的哀怨，直可說是現代版的閨怨詩，但卻和鄭愁予的〈錯誤〉那種灑脫的語調（tone）顯然有別（視角也不同），反而和陳陶〈隴西行〉的「可憐無定河邊骨，猶是春歸夢裡人」有異曲同工之妙（鄭炯明，一九九〇：一〇九），其骨子裡皆出於對戰爭的嫌惡，故此可視為如假包換的反戰詩，而詩人的反戰態度在此也可瞧出端倪。

進一步看，〈遺物〉這首詩在形式上可說是李敏勇數十年創作的一個原型。首先，這是一首三個段落的四行詩節（quatrain），而四行詩節其實是一種定行詩節，所謂的定行詩節是指每一詩節（段落）均由固定的行數（或有規律可循之行數）組成，自《鎮魂歌》開始，就慢慢出現這種定行詩節的創作傾向，而且愈晚出版的詩集，這種傾向愈明顯，直至二〇一四年的《一個人孤獨行走》，整部詩集幾乎全是定行詩節的詩作。其次，〈遺物〉使用並列結構的句子（如一、二行和五、六行），相對於從屬結構（hypotaxis）的並列結構，係指不用連接詞而並列的句子，通常是由單詞、短語、從句或句子按照並列的語法結構來排列，在此也可視為修辭學的一種排比句，而這是李敏勇慣用的手法之一。再次，於茲亦得見另一種為詩人喜用的反覆手法，反覆手法除了此詩第一、二段所用的反覆迴增（類似歌謠體）外，也可從他常用的複沓句或疊句見之，如〈狗自由自在地跑〉（《戒嚴風景》）每一段首重複的詩句。由於上述這些慣用的形式，使其語言趨向明朗透明之際，仍能保有一定的詩質，至少形成某種反覆迴旋的節奏感，維繫詩的音樂性於不墜。

顯而易見，跳脫最初浪漫抒情的詩風，秋的詩人在步入「野生的思考」後，逐漸挪步於政治領域，〈沉默〉、〈啞巴〉、〈發言〉、〈他愛鳥〉、〈傾斜的島〉……這些政治詩隨後傾巢而出，《戒嚴風景》及《傾斜的島》二書的第二輯幾乎全為政治詩（除該輯外仍有不少政治詩），此時的李敏勇更刻意拋棄意象語的使用，語言放鬆，敘事性增加，並以尖銳的語言控訴體制，批判當道，甚至質疑國家認同（如〈戰俘〉、〈異國情調〉），一直持續至一九九〇年代。然而從《心的奏鳴曲》（一九九九）開始，雖然仍可見他鍾情於政治詩的創作，卻於其中浸染了他個人更多的情懷，不復之前那種劍拔弩張的模樣，到了新世紀出版的《自白書》（二〇〇九），甚至可以看見像〈夢見我們的島〉所煥發的那種愉悅的情緒（因為政權輪替了）。將抒情帶進政治的國度裡，讓我們看到的是像〈我聽見〉這種更為深切的生死之思；從此詩同時亦可讀到詩人於此際逐漸出現的「論詩詩」，一種關於詩（寫作、閱讀）的詩作，如〈在語言的森林〉、〈詩是〉、〈詩之為詩〉、〈坐在塞納河畔〉等，一路走來的創作讓李敏勇開始上升至詩的本格思索。

李敏勇其實是一位天生的抒情詩人，即便在一九八〇年代至一九九〇年寫作政治詩最為熱情的時候，仍可以從字裡行間嗅出他的款款深情，誠如〈異國情調〉裡漂泊於異國的人（放逐者、流浪者或移民？）內心總是堆積著像紛紛飄落的雪的寂寞，而一個人孤獨行走的他，也為他鍾愛的台灣寫出台語詩集《美麗島詩歌》（二〇一二），期盼傾斜的島不再傾斜。秋天的詩人怎能一個人踽踽獨行？布洛斯基（Joseph Brodsky）、奧登（W. H. Auden）、阿赫瑪托娃（Anna Akhmatova）、策蘭（Paul Celan）、里爾克、茨維塔耶娃（Marina Tsvetaeva）、塞佛特（Jaroslav Seifert）……都和他一起走在詩的道路上。

五、林燿德

又是一位早慧詩人！但這位自十六歲便開始發表詩作的早慧詩人林燿德，偏偏也是位早夭詩人，短短的三十四歲生命（一九六二－一九九六），彷彿一顆璀璨的流星在開拓期劃過台灣的星空，徒留詩壇的嘆息。

早歲的林燿德初初寫詩的那幾年，詩作猶有「美少年」（自我畫像）似的浪漫抒情（多收在《妳不瞭解我的哀愁是怎樣一回事》卷四〈韶華拾遺〉裡）；也由於他在這一階段（高中）曾加入神州詩社，部分詩作且含古典意象並富「任俠精神」

林燿德（文訊提供）

（如〈展卷〉、〈釀酒〉），或多或少受到神州「中國風」的影響。所幸這段時間不長，一九八〇年代起待他堂堂皇皇踏入詩壇之後，即不見那青澀之風。一九八七年他的第一本詩集《銀碗盛雪》出版，收集了他寫於一九八〇年代前期的作品，翌年又接著連出兩本詩集《都市終端機》、《妳不瞭解我的哀愁是怎樣一回事》[34]，也收錄了他這段時期（一九八〇年代前期）的詩作。早慧詩人不少[35]，但像林燿德首部詩集以剛過弱冠之齡即寫出〈大汗的塚〉與〈布達拉宮遺事〉這種宏大氣魄的「人物頌詩」，可說是其他同是早慧的詩人所不能及。

林燿德擅寫這種「大詩」，已成定論。他的大詩除了氣魄雄偉、磅礡淋漓之外，更可見他的架構龐大、結構嚴謹，主題則涵蓋宇宙、星球、文明、歷史、戰爭、英雄人物……而且長篇鉅製迭出，端的是「大塊文章」！林氏長篇鉅製的長詩，即便不以詩行行數取勝（洛夫有三千行長詩的《漂木》）[36]，光就長詩數量而言，台灣詩壇恐無出其右者。他喜寫長詩，從早期的〈F中學鈎沉錄〉一詩即可見端倪。《銀碗盛雪》開篇〈絲路〉一出手就是三百二十四行的長詩，確實令人刮目相看；甚至於他逝世後最末出版的《不要驚動不要

林燿德，《都市終端機》（書林出版／提供）

34 這兩本詩集收錄的是他寫於一九八〇年代的詩作。《妳不瞭解我的哀愁是怎樣一回事》卷四〈韶華拾遺〉裡另收有一九八一年以前的少作。

35 早慧詩人如楊牧、林泠、白萩、李魁賢……為數不在少數，反倒是像隱地、陳育虹等起步較晚的詩人，卻成了台灣詩壇的異數。

36 大荒的詩劇《雷峰塔》的詩行也不遑多讓。

喚醒我所親愛》（一九九六），也是一部長詩詩集。這使得讀他的詩作似乎成了一件辛苦的差事[37]。

然則為何他的詩（辛苦）難讀呢？長篇鉅製固是難以「卒睹」，他詩作裡所透露的博物誌知識恐怕是另一個關鍵所在，林氏似是上自天文下逮地理，無所不知，也無所不引，彷若一位「百科全書癖」，遂也因此造成讀者的格格不入，誠如楊牧為其詩集《銀碗盛雪》所寫的序所說：「林燿德驅遣文字之不辭百科術語，更使我們有時覺得跟不上他；或者已經跟上他了，轉眼間詩人消逝了蹤跡，竟將我們拋棄在一間密不通風的大房子裡，牆上畫滿了精巧的圖象，令我們目不暇給。」（一九八七：二）目不暇給的圖象則是他層出不窮的意象，而且這些出奇與令人驚怖的意象往往來自典型的現代主義式語言，如〈夢之甍7〉的末五行：「光纖叢叢流溢思維根部／闔起雙目夢中有醒／一枚赤裸裸的／瞳睛，血淋淋／昇起意識的屋脊」以及〈夢之甍15〉的頭二行：「魚群滑翔，在彤彤原野參差的絨毛上／天空垂掛下橙綠織映的閃爍光簾」。以〈上邪注〉為例，他特意將古典的愛情（發思古之幽情）一變為現代末世（核爆）的輓歌，更在〈上邪變〉中變奏為絕世的肉體歡愛，以現代主義的語言抒發那無可解的哀愁。原來古典的〈上邪〉終而變成現代主義的〈上邪變〉。

事實上，林燿德極偏愛超現實主義的自動寫作手法，以致其語言「迴旋婉轉，忽遠忽近，跳脫隨心，任意切入」（白靈，一九八八：一五），而如此也易造成語境的割裂，讓人不易抓準其意脈走向，若加上詩長，更易使人分神，讀其詩如何不苦？他的長詩或多或少都帶有此一特點。一般長詩適宜敘事，語句也多半放得較鬆，而說明性語言更是難以避免，意象之展現亦不極盡其能事[38]——然而這些對林燿德而言，簡直棄之如敝屣。譬如收在《１９９０》（一九九〇）中的〈巴柏拉夫斯基〉一詩，背景似的說明與敘事本就不多，而第四大段出現的一連串層層相疊的意象，雖是美不勝收，卻令人難解其義，端的是超現實主義自動語言的復辟。反而若干敘事較為可感的長詩，如上所舉的〈布達拉宮遺事〉，以及同樣收入《１９９０》的

〈馬拉美〉、〈韓鮑〉[39]，除了詩人寫來酣暢淋漓外，讀者讀來也覺氣象萬千，易於把握，確為其長詩之佳構。

耐人尋味的是，收在《1990》卷一的除了〈馬拉美〉、〈韓鮑〉、〈巴柏拉夫斯基〉，還有〈巴德〉與〈阿波利奈〉等詩，這些詩不啻透露林氏向西洋汲取營養的現代主義系譜，有著他與達達主義、象徵主義、超現實主義乃至於未來主義的血緣關係。這其中，未來主義對林燿德的影響尤為深遠。未來主義勇於面對未來，嘲弄傳統，擁抱科技文明，並迎向騷亂的都市生活，在在啟發他的創作，特別是未來主義所從事的語言實驗與革新，譬如義大利的馬里內蒂（F. T. Marinetti）主張要廢棄傳統句法，消滅形容詞、副詞與標點符號，甚至連接詞，而採用數學符號與音樂符號，即採直覺和自由不羈的字句去寫詩（柳鳴九，五一—五四），林氏的〈交通問題〉等詩（消滅形容詞與副詞）或乞靈於此[40]。

林燿德以第一人稱書寫的〈阿波利奈〉一詩即係向法國詩人阿波利奈致敬的一首頌詩。阿波利奈結合了立體派（繪畫）和未來主義創立「立體未來主義」，力圖將立體派繪畫的美感移植到詩裡，由此寫作了不少具象詩或圖畫詩（concrete verse），林燿德不少具圖像形狀的詩作，諸如〈U235〉末尾核爆所產生的蕈狀雲狀、〈六〇年代〉中排成斜坡狀密密麻麻一片的「蝗」字（表蝗變）、〈第十夜〉裡排成狼首狀的圖形（內含由大逐漸變小的擬聲字「嗸嗸」）……乃至整首詩排成金字塔型的〈月球上的金字塔〉，都遺有未來主義的痕跡。此外，林燿德也打破標點符號的慣用法，譬如他喜歡將標點符號放在行首（如〈農村曲〉、〈真理與謊

---

37 譬如白靈在為林氏的《都市終端機》寫的導讀文章裡便提及，林的詩讓讀者和詩人傷透腦筋，更讓詩評家跌破眼鏡，「多數詩長得像令人窒息的大錦蛇」，使得他的詩讀起來非常辛苦，甚至是「痛苦的」（一九八八：一五、三九）。

38 洛夫長詩〈石室之死亡〉算是例外。但此長詩實係一首由六十四首短詩構成之組詩，這六十四首短詩都可分開讀，彼此連結性並不強。

39 此詩後來收入《不要驚動不要喚醒我所親愛》時易名為〈軍火商韓鮑〉，並將原詩五十五節擴充為六十節。

40 馬里內蒂有首詩〈的黎波里戰役〉（"Battle of Tripoli"），即屏棄了形容詞、副詞和標點符號，並大量使用原形動詞、擬聲字與數學符號。

言〉等），置首的作法（影響了年輕世代盲目地跟進），平心而論，除了反叛意味外，實在看不出對語意或音樂（節奏）有何調節作用。他的反叛傳統，還拿字體來玩味，譬如字體的放大縮小、變換不同字體（楷體、黑體）、九十度順時旋轉字體（〈鋁罐的生態〉），乃至於一百八十度旋轉字體（〈世界偉人傳〉）……尤其是〈五〇年代〉一詩，當中「孤獨的」指涉一九五〇年代紀弦的名作〈狼之獨步〉（狼是孤獨的），但筆畫殘缺不全的這三字，反攫住讀者的視線，凸顯文字作為符號的物質性，可謂是字形本身的自曝其短。

於是，林燿德便在此跨到後現代領域來。他在形式的創新與語言的實驗上，的確頗具革命意味，而乞靈於現代主義對他來說只能算是一個起步，字體與標點符號的實驗，可視為他朝後現代邁進的過渡，尤有甚者，他用剪貼和拼湊（《新生報》新聞報導和廣告）的後現代手法寫成〈二二八〉；而一些打破文類（genre）的試驗之作，諸如極短篇詩〈武裝詩人〉、小說詩〈聖器〉、小品文詩〈霧的早晨〉、論述詩〈線性思考計畫書・語言學的看法〉……則走在詩與極短篇、小說、小品文、論述文字的文類邊緣，其他像〈交通問題〉、〈資訊紀元——《後現代狀況》說明〉、〈公園〉、〈路牌〉等詩，幾乎已非「詩類」，難以將文本定位，也呈現後現代擬泯滅文類分際的企圖。即以〈交通問題〉一詩為例：

紅燈／愛國東路／限速四十公里／
黃燈／民族西路／晨六時以後夜九時以前禁止左轉
綠燈／中山北路／禁按喇叭／
紅燈／建國南路／施工中請繞道行駛／
黃燈／羅斯福路五段／讓／
綠燈／民權東路／內環車先行／

紅燈／北平路／單行道／

這首詩明的是如詩題所示在談「交通問題」，暗地裡指涉的則是政治問題，理由蓋在台北市地圖上這些路並未真正交會或串聯，請問如何左轉？但是詩中卻說民族朝「西」的道路上禁止「左轉」，在中山（孫中山）的道路（北路）上要「禁按喇叭」，而「建國」（南路）仍在施工中……至於碰到「北平」路則是「紅燈」，必須停下，且前去是單行道，無法回頭。如此解讀，這是一首政治嘲諷詩殆無疑義。然而從形式看，它也可以看作單純是城市路名與交通號誌的羅列，甚至故意破壞現代主義者所強調的主從關係句法，因此說它是後現代政治詩亦不為過。

從另一個角度看，〈交通問題〉這首詩同時也是都市詩，都市的交通不通雖是政治問題，其實更關涉到城市建設問題。林燿德在一九八〇至一九九〇年代初期，在台灣文壇搖旗吶喊他的都市詩學，豈會缺乏都市詩作？收在《都市終端機》與《都市之甍》裡多的是他的都市詩，而他這些都市詩抱持著類如俄國未來主義者馬雅可夫斯基（Vladimir Mayakovsky）對都市文明批判的態度，背後往往是不安的底色，誠如其詩〈白領階級的皮靴〉所云：「灰濛濛的陰天下／踏不出太陽」。而他的不安則又以性（愛）的渴求為解除手段——與之相關的女體意象也就不斷出現；可性愛卻無法滿足他的不安，而且其結果甚至是虛幻的，以致他不得不喊出「妳不瞭解我的哀愁是怎樣一回事」。

雖然林燿德踵繼其師羅青在一九八〇年代揮舞後現代大纛，他也確曾受蔭於幾位後現代大家（如波赫士〔Jorge Luis Borges〕），然而骨子裡的他仍是成色極濃的現代主義者。至於他把羅門拱成台灣都市詩的門神，則反而為他掙得一席之地，成為當時都市詩學代表的不二人選。

六、陳克華（一）

出生於醫師家庭的陳克華，及長也畢業於台北醫學院醫學系，後來則成了榮總的眼科醫生[41]；然而隨著他的學醫與行醫的「大夫歲月」，這位十八歲即登上《聯合報》副刊的青年，也一步一步在稿紙上不斷地耕耘，一展他詩的才情，並在極年輕時便已囊括當時所有重要的文學獎項[42]，使得這位頂著醫生詩人或詩人醫生桂冠的「騎鯨少年」，簡直是文壇的天之驕子。

天之驕子的陳克華從一九八三年出版他的第一部詩集《騎鯨少年》開始，至一九九〇年中期《欠砍頭詩》（一九九五）的出版，總共出了六本詩集[43]，創作力頗為豐沛。除了《欠砍頭詩》的語言及題材有顯著的轉變而須視為他另外一個創作階段外（詳跨越期詩史），可以將他於一九八〇年代初至一九九〇年代中期所交出的這五本詩集的創作階段，視為陳克華早期詩創作的「騎鯨少年」時期。

陳克華（文訊提供）

通覽這位騎鯨少年早期的詩作，可以發現他幾乎始終維持著一種「自剖式語調」，雖然詩中人「我」常常對著一位（虛擬的）「你」說話，宛如在傾訴他的衷情——也因此他的這些詩不論題材涉及什麼（比如科幻、童話、死亡、情慾……），都可以視之為「情詩」或「類情詩」，從其長詩到短詩皆可作如是觀——究其實都是「我」自己在自說自話。不僅如此，再進一步看，還可以嗅出這自剖式語調滲有淡淡的哀傷，且傷逝的味道頗為濃厚，就像〈桂花——贈Cat〉一詩所訴：「你會折下一枝桂花相贈／——我俯身喜悅深深／那香氣，卻始終不曾傳來／歲月裡當我嗅及／（我始終不明白那折花的人）／花已謝盡，而我們／我們僅僅攜手繞了夢一圈／誰也沒走進去。」以及〈淡〉所透露的傷情：「只敢用鉛筆描你的，6A的，／畫在最不容易起皺發毛的紙上／因為只有特殊的／你的這種淡／才符合記憶的久遠／和／空無一物。」詩人似乎在「獨唱」著自己愛的哀歌，或也因此，諸如哭與淚的意象在他的詩裡便屢見不鮮。

不過，一般男性詩人寫情詩所寄託（或訴衷情）的對象通常是「妳」，譬如羅智成、林燿德，很少會像民初男詩人那樣慣用「你」字。雖然少數男詩人如楊澤，在他詩中呼喚的瑪麗安，以及陳黎在散文詩集《詠嘆調——給不存在的戀人》裡所抒懷的「戀人」，用的都是第二人稱「你」；然而詩人面對的「你」（其實是「妳」），主要不是他們訴衷情的對象，尤其楊澤的瑪麗安可說是一種呼告的修辭用法，只作為詩人起興的一個引子，幾乎和他的戀情無涉。騎鯨少年陳克華在其詩中幾乎一律使用第二人稱「你」[44]，而依據我們往常閱讀的經驗，自然而然會將男性詩人情詩裡的「你」視為「妳」——在此所謂的「自然而然」背後其實是出自異性戀的文化霸權（heterosexual hegemony）的解讀反應。可當我們進一步深入其文本，才發覺詩中那位第二人稱的「你」往往無法被解讀為「妳」，反倒是詩中我可被視為女性的「我」，或者說是具有女性陰柔特

41 在台灣詩壇裡具有不少醫生身分的詩人，遠的像日據時代的賴和、吳新榮、王昶雄，近一點的也有戰後出生的第一代曾貴海、鄭炯明、江自得，以迄於一九六〇年前後出生的莊裕安、王浩威、陳克華，乃至於在一九七〇、一九八〇年代出生的更新世代的謝昭華、鯨向海、阿布等人。

42 光是時報文學獎，陳克華就獲得過五屆（四、五、六、八、九），難怪被稱為「得獎專家」。

43 除了詩集，這段期間他還出版散文集四本、小說集（極短篇）一冊，並創作了三部劇本，產量豐富。

44 陳克華也有像〈斷髮〉（《騎鯨少年》）這種以「妳」為第二人稱對象寫的情詩，只是極為少見。

質（femininity）的「我」；不僅如此，「你」在詩中扮演的又多是陽剛的（masculine）角色，是「我」心之所依、所盼、亦為所苦的對象，例如〈我在你我之間醒來〉裡的我，儼然就是一位「小女人」的角色，哭起來還會「淚水如潮湧」。

對於情愛的執著與惶惑，可說是這個時期縈繞於騎鯨少年心坎裡難以治癒的情結，愛的難解因而讓詩人無法釋懷，如〈無題（四）〉、〈七夕雨〉、〈傷心旅店〉……便洩漏了「我」情傷不已的心境，其中〈第六棵楓樹〉詩云：「如果一天／你路過家鄉／那兒僅有的五棵楓　是否／仍引你駐足欣賞／／自從你決意漂泊的那晚起／我便悄悄／立成一株等待的楓／望你以冬的步伐歸鄉／探看我不住地憔悴／落髮」，顯示「我」對「你」的愛的堅貞與執著，其愛之馥烈較諸席慕蓉的〈一棵開花的樹〉實不遑多讓，而這也透露同性之愛與異性之愛並無二致。

當然，騎鯨少年畢竟不是席慕蓉，雖然他們都嘗過「愛別離苦，求不得苦」。本質上頗具浪漫情懷的陳克華，雖然很多詩作像浪漫主義般直抒胸臆，卻偶有意識流的揣想，詩思遄飛飄逸，難以想像，例如〈我撿到一顆頭顱〉一詩所呈現的奇異景象：一路行來的我，一直在丟棄我自己身體殘留的部位，同時沿途從撿到手指開始，繼而再撿到乳房、陽具、頭顱，到最後是心臟，然後擱進空敞的胸臆，以完成我「生命的完整」——這是我對自己身心的重構，但在此之前卻必須先自我解構。此詩詩思奇特，情境駭人，若干身體用語（如乳汁、鼠蹊、頭蓋骨等）已可見後來他寫作情色詩與身體詩的端倪。收入此詩的同名詩集《我撿到一顆頭顱》（一九八八）是陳克華的第三本詩集，除了出現不少像上述這種「肉質性」的身體語言（不僅止於這本詩集），其中像陽具、精液、手淫、勃起、射精這些用語（標誌男性）使用尤其頻繁——性的渴求與不安瀰漫在這段騎鯨少年歲月乃顯而易見，其他還有諸如卡路里、電解質、細胞核、ＤＮＡ、雙螺旋、苯、福馬林、試管……這些科學用語，此則可見詩人的醫生本色了。

然而，在騎鯨少年時期為人樂道的恐怕是陳克華的科幻長詩了。他的第二本詩集《星球紀事》和林燿德的《銀碗盛雪》都在一九八七年出版，兩冊詩集都收有科幻詩[45]，而兩人的科幻詩均涉及其他星球與外太空領域，同時亦指向未來時間；甚至更有一個雷同之處——兩人的科幻詩中，往往會出現一個第二人稱的你（陳的詩）或妳（林的詩），然而兩個第二人稱除了性別不同外，兩個「我」對你或妳的態度也顯然有異。以他們同樣寫「雙星」的科幻詩來看（陳的〈星球紀事〉與林的〈星球之愛〉）：前者的你是我深情寄託的對象，而且就像亞瑟一樣，石中劍由你拔起；後者的妳雖也被我追索其憂愁，但夫妻兩人似乎只能相互寄託，因為彼此「必須永遠互相治療下去」。而更為重要的差異是，兩人詩作敘事語調的差異——前者是抒情的，帶點哀傷的味道，調性是軟的；而後者則較具知性，帶有說明性的口吻，調性是硬的。

除了〈星球紀事〉，《星球紀事》一書還收錄了〈愛情．神話紀錄〉、〈水〉、〈建築〉等長詩。他的長詩和林燿德一樣，帶點超現實的自動語言，故事線又隱隱約約，讀者不易補綴，只留下基本的敘事骨幹讓人揣想，抒情性反倒更為濃厚，甚至可以視之為詩人「為愛情悲悼的輓歌」（陳克華，三八），儘管〈星球紀事〉用科幻題材包裝，而〈愛情．神話紀錄〉係取材自北歐神話，但究其實這兩首詩毋寧更像是情詩。較為特殊的是〈水〉這首敘事長詩，詩中人「我」為尋找水源（蜜與奶之地），遂展開他的追尋之旅，探向水源之地貝德麗采（襲用但丁《神曲》裡女主人翁 Beatrice 名字），以尋求貝城的主人「你」；尋找的沿途中並歷經撒旦的考驗。這首長詩可視為如假包換的小說詩，可以和林燿德的〈聖器〉一詩等量齊觀；而之所以可被視為小說詩，蓋因其敘事線較諸〈星球紀事〉等長詩更為清晰，結構亦十分完整。陳克華這種打破文類劃分的企圖，不啻是後現代的初試啼聲之作。

45 同一時期寫作科幻詩的除了陳、林二氏外，其他還有羅青、林群盛、田運良等人。

總是為自己而寫的騎鯨少年，往往耽溺於自身所幻想的世界，縱然這一個為他靈巧的詩思所構築的王國，不乏各種誌異的題材，但仍舊和現實有所扞格，也因此他敘寫現實的這類詩作都不太吸引人（〈南京街誌異〉算是其中最成功的一首詩）。所幸這一自艾自憐的騎鯨少年，到了一九九〇年代中期以後的跨越期有了猛烈的轉向，為他自己掀開歷史的另一頁。

七、羅智成（二）與陳黎（一）

羅智成（二）

被稱為「黑色教主」[46]，也是「微宇宙的教皇」的羅智成（林燿德，一九八六：一一三），在一九八〇年代初先是交出一本《傾斜之書》，之後赴美留學三年，而在返台後的第三年（一九八八），一口氣出版兩本詩集《擲地無聲書》與《寶寶之書》，接著要等到一九九九年才又出版第六本詩集《黑色鑲金》。雖然這段長達十年多的時間，他也完成《黑色鑲金》與《夢中書房》的寫作（兼有其他散文創作），但創作量委實不多，多半的時間都耗費在他所從事的傳播媒體工作上。

一九八〇年代末出版的這兩本書，對羅智成的創作來說，有著承先啟後的關鍵地位。這兩本詩集代表著他詩創作的兩個面向：抒情（《寶》）和敘事（《擲》），而他總能以委婉細膩之筆調，成功地揉合他的抒情語言與敘事想像，成就他個人所搭建的「微宇宙」。《寶寶之書》形式上是箚記體式，帶有童騃似的浪漫語調，以童真般的想像貫串全書，主題在開宗明義的第一首即已點出：「我們必須在長大之前／展開我們的戀愛」，童年是詩人永恆的鄉愁（一直延續至《迷宮書店》），而「愛」則是詩人書寫「寶寶之書」的原動力。

這位他呼喚的第二人稱「寶寶」，最早出現在《畫冊》內那首〈點絳唇〉裡——有時她也被喚作愛麗絲、R、奈帶奈靄、Q、W，甚至被逕稱「妳」——寶寶這位異性情人，緣由於「詩人對理想異性、理想創作生活或理想知感經驗的嚮往」（羅智成，一九八九：二），除了作為詩人鍾情的異性心象外，也可以被視為是詩人「阿尼瑪」（anima）的化身。心理學家榮格認為，阿尼瑪是我們人格的內在面貌，他或她就是我們內在性格的異性心象，如榮格所說：「一個嬌滴滴的女人卻有一個男子氣概的靈魂，一個英俊的男人反倒有一個女子氣的內心。」（四六八—四六九）羅智成的這位情人有些時候不妨可作如是觀，尤其是在後來的《夢中情人》（二〇〇四）出現的那位女性敘述者，語調太像詩人（另一個）自己。

事實上，《寶》書中出現的這種「呢喃絮語」在《畫冊》裡即已出現（如〈點絳唇〉與〈髮際〉等詩），而給予寶寶絮絮呢喃的，從臥室的睡床、被窩到戶外的星星，為夢境鋪展的氛圍，也早在《畫冊》和《光之書》中初現端倪。這種絮語甚至持續到稍後創作的《黑色鑲金》（譬如第七十九首仍有類似《寶》書這樣的詩句：「我把妳帶進被窩／在鐘乳岩支撐的／夢的洞窟裡」），雖然《黑》書帶入更多的哲思，詩質較具硬度。《黑》書一樣和《寶》書採箚記體書寫——更確切地說，它們都是一種語錄體詩作，而這可上溯自《畫冊》的〈異教徒手札〉與《光之書》的「光之書」與「語錄」兩輯詩作，下至《夢中情人》與《透明鳥》（二〇一二）。羅智成從一開始對於語錄體書寫即顯示他強烈的偏愛，而這恐怕和他出身哲學系不無關係，語錄體寫作適合他隨興的哲思，他那深邃的思想又擅於用精緻的語言來包裝，由此形成他個人極具魅力

46 林德俊稱羅智成為「黑色詩人」，並以〈黑色教主的秘密〉一文冠給他「黑色教主」的稱號（參見二〇一一年四月二日《聯合報》副刊）。羅智成出版的詩集，除極少數如《夢中書房》外，詩集封面率以黑色為底，已成其個人獨具之特色。黑色有陰森、神秘等意涵，而羅氏自開篇《畫冊》起又喜故布秘教氣息，林燿德遂謂其文字袒露有陰森的個性，且以「初日芙蕖」稱楊澤而以「暗夜貓瞳」稱羅智成（一九八六：一一三—一一四）。

的風格，獨樹一格，而此一風格發展至對於人類文明、進化以及情慾關係予以深入思索的《夢中情人》，可謂已至極致；可到了較晚的《透明鳥》仍在絮聒不停，不管用來反思或批判人類社會與文明，難免顯得有點陳腔濫調了。

好在他繳出企圖心宏大而成績斐然的敘事詩作！他的敘事詩作始於《傾斜之書》，該書〈那年我回到鎬京〉一詩不啻是他將以敘事詩重探中國歷史與文化的宣告，首以〈問聃〉、〈離騷〉這兩篇重量級的敘事詩開場（詳前章），繼而就是《擲》書出現在〈諸子篇〉裡的〈齊天大聖〉、〈說書人柳敬亭〉等詩[47]，甚至還持續至二〇一三年《諸子之書》的〈洛神〉、〈太白〉、〈蒲松齡〉三詩[48]。這些敘事詩多以「深邃的心理描寫，迷人的敘述語調，跌宕起伏的情節推展」，敘述視角或以第一人稱、第二人稱、第三人稱出之，不拘一格，較諸楊牧的敘事詩不遑多讓，甚至更為精彩。

更令人驚嘆的是，到了二十一世紀的一〇年代結束前，羅智成出版了他自己所謂的「故事雲」系列的兩本詩集《迷宮書店》（二〇一六）與《問津：時間的支流》（二〇一九）。羅智成自己說這是他嘗試跨界的詩劇創作（二〇一六：二一七），但這兩冊敘事長詩（一本詩集就是一首詩）與其說是詩劇不如說是小說詩——是詩和小說的混種，這當然是承襲自前面的敘事詩書寫而來，只是其架構與企圖更為龐大。前書自與〈夢中書店〉有血緣關係[49]，詩中「我」可以在「迷宮書店」裡穿梭在書本（譬如《小王子》、《浮士德》、《追憶逝水年華》……）與現實之中，嗜書的「我」顯然尚未褪盡童真的夢想。而後書則是一則桃花源寓言的具體化，詩人將桃花源傳說以虛擬的永周邑這一外人難以尋覓的化外之地，著實予以具體的建構，包括該地所處方位、建築房舍、男女服飾、居民語言、歌謠舞曲、宗族規章，乃至奠祭禮儀……無不細心刻劃。詩人的這些設計與擘劃其實並非無所本，如前書或乞靈於奇幻小說與電影《墨水心》（*Inkheart*）[50]，而後書則係拼湊和整理自詩人過往的經歷，包括他的湘西之行、對土家族習俗的考察以及客家土樓構造的觀摩……總之，羅智成對於桃花源永周邑的描述，脫離不了他所看到的西南少數民族營寨（如苗寨）的模樣，顯見其繪製的此方迦南勝地並非無中生有。由於必須鋪陳大量情節，這兩本書也一反羅氏常態作法，語言首度放到最鬆的程度，讓小說身影在分行詩中更為顯形。

《迷》書和《問》書，可謂為羅氏「夢想詩學」之集大成（另詳跨越期詩史）。而他夢想詩學的花園一向洋溢著童真的氣息，以甜而不膩的語言訴說著秘教的符咒，在醒而未醒的夢中輕聲呢喃，向著心儀的女子低喁，呼喚他膩愛的名氏，傾訴某種類先知的智慧之語，散發出陣陣幽深的氛圍，讓他的追隨者流連忘返，自願在他的詩裡迷航。

陳黎（一）

早年曾加入大地詩社的陳黎，在一九七〇年代初現身台灣詩壇，一九七五年出版他的首部詩集《廟前》，收錄他最早發表的詩作；再五年才出版第二本詩集《動物搖籃曲》；然後突然消失於詩壇，幾乎未有作品發表，一直等到十年後再以《小丑畢費的戀歌》（一九九〇）復出，讓余光中為此特地寫了〈歡迎陳黎復出〉一文以誌茲事。事實上，復出之作共收五十一首詩作的《小丑畢費的戀歌》，其中新作二十九首（包括獲得時報文學獎敘事詩獎的長詩〈最後的王木七〉與組詩〈擬泰雅族民歌〉），皆係作於一九八〇年代，說

---

47 〈說書人柳敬亭〉一詩讓羅智成拿到一九八五年時報文學獎的新詩推薦獎。

48 《諸子之書》主要係自《傾斜之書》與《擲地無聲書》收錄相關的「諸子」篇章，加上上述新作三首合輯而成。

49 如該詩中有如下場景：「去年為追捕一本風漬書而／永遠沉淪於文字流沙中的文學教授／多年以後突然從壁畫中破牆逃回的書評家」（二〇〇二：一五），和《迷》書裡的「我」可以在現實與書本裡穿梭的設定頗為相似。

50 《墨水心》原作是德國作家柯奈莉亞．馮克（Cornelia Funke）寫的一部奇幻小說，小說裡的主角藉由朗讀，讓書中人物與現實人物可以穿梭在書籍與現實世界裡。

明此時的陳黎詩作雖少，卻也未嘗繳白卷。縱然如此，這本約占百分之五十六新作的詩集，勉強只能算是半部詩集。

出身於英語系的陳黎，由於本身具備的外文學養，讓他極早即接觸並飽讀西方文學，從中吸取養分，成為他創作的泉源之一。而從他翻譯的作品來看，除了英、美、愛爾蘭、拉丁美洲外，他也譯介包括亞洲、東歐、蘇聯等較少人觸及的文學，足證其兼涉第三世界文學，不惟英美文學是賴，甚至多處還顯示他對拉丁美洲文學的偏愛，譬如他對聶魯達（Pablo Neruda）作品的譯介即為顯例[51]。也因此他的詩作乞靈於拉美文學者甚多，像聶魯達在〈我述說一些事情〉（"Explico algunas cosas"）一詩採用的排比句法，於陳黎一九八〇年代的作品裡就常出現（陳正芳，一二）；又如其得獎力作〈最後的王木七〉（一六七—一八二行）便曾師法聶魯達另一首〈馬祖匹祖高地〉（"Alturas de Macchu Picchu"）（第九節）（一四），其中像第十七段連八行的排比句，即轉承「自聶魯達書寫下的意象和氣格」（林燿德，一九九〇a：三七八）。可以說，陳黎擅於挪用（appropriate）外國文學元素，以為其源源不斷的靈感來源，而他的挪用不只是一般的用典而已，進一步言，其可與原典產生互文性的趣味；可退一步言，若它退回「二度創作」的境地，則其原創性就要大打折扣了。

陳黎（文訊提供）

從首部詩集初試啼聲到他第六本詩集《島嶼邊緣》（一九九五）出版之前，可謂為陳黎早期的創作階段；而在《島嶼邊緣》轉向後現代風之後，他的形式更為自由，語言益發跳脫，此係其創作之第二個階段

（詳下一章）。然而，即便是在他早期這一階段，他即有多面貌的表現。他不像多數詩人一出手即揮灑浪漫主義式的抒情（比如楊澤），或者晦澀不堪向現代主義的狡猾看齊（如蘇紹連），他的形式多變，語言或緊或鬆，詩行可長可短，有長篇敘事詩（如〈后羿之歌〉），也有三行現代俳句（如《小宇宙》）。他迎合西方（或拉美）思潮，卻也不忘本土現實；關切私我的家族史（如組詩〈家庭之旅〉），亦不吝表示對原住民族的關懷（如〈擬泰雅族民歌〉、〈太魯閣．一九八九〉、〈布農雕像〉），甚至大膽去探索國族意識（如〈蔥〉）。

從陳黎這些較早期的詩作來看，尤其是前二部詩集，不少詩作還是可嗅得到現代主義的風味，有些詩甚至仍留有超現實主義的「遺毒」，例如〈蝙蝠〉一詩的意象晦澀難解，用的即是自動寫作手法；又如〈午後〉、〈旱道〉、〈管理員之死〉、〈春天在一個熱帶的漁鎮〉等詩，其中若干段落偶爾便會冒出難以索解的自動語言。然而，陳黎初出茅廬時，詩史畢竟來到了一九七〇年代，即使詩風不脫前行代的現代主義氣息，其比重與色調當也會削弱許多，此時的詩人已無法再和現實隔閡，這在他第一部詩集《廟前》即可見端倪，諸如〈西遊記〉、〈中山北路〉、〈好望角〉、〈Ave Maria〉……即刺戳現實，頗具嘲諷味。第二冊詩集《動物搖籃曲》手法雖然較貼近現代主義，卻也不乏像〈在我們最貧窮的縣區〉（有兩首）如此反諷味馥烈的詩作。到了第三本《小丑畢費的戀歌》，陳黎有意介入現實的傾向更是昭然若揭（如〈最後的王木七〉），若干詩作甚至極富批判性，如〈二月〉、〈獨裁〉、〈罰站〉、〈新生〉等詩；而〈蔥〉、〈牛〉、〈台灣風〉等詩則更直探國族意識，以「蔥嶺沒有蔥」和「牛，不必到北京也是牛」呈顯詩人的台灣意識。

陳黎在這一階段的語言即已顯示跳脫的特色，意象也極鮮活，只要和超現實的自動寫作遠離些，他的詩

51 陳黎譯有《聶魯達詩集》（一九八一）、《聶魯達詩精選集》（一九九八）、《聶魯達：一百首愛的十四行詩》（一九九九）等聶魯達的詩作。

作便愈精彩可期，如〈你不要以為月光沒有腳〉、〈廚房裡的舞者〉、〈動物搖籃曲〉等都是佳篇。他那些介入現實而離現代主義遠一點的詩，力道遒勁，反更吸引人，其中難得一見的〈擬泰雅族民歌〉便開啟他後來原住民詩的寫作。而《家庭之旅》（一九九三）出現的〈為懷舊的虛無主義者而設的販賣機〉這類戲作，則可預見他後來後現代風的轉向，有跡可循。

八、陳家帶與簡政珍

陳家帶

陳家帶剛過弱冠之齡即出版了他的第一本詩集《夜奔》（一九七五），那時他是政大長廊詩社的發起人，而長廊詩社作為一個長春的大學校園詩社，從陳家帶、黃維君、游喚、孟樊，一直到許赫、吳宜軒，幾乎留下將近半個世紀的足跡，當中出現不少優異的詩人，而從這個角度來看，它的存在較諸短命的一般詩社更具歷史意義。作為創社者的陳家帶，便成了（校園）詩社的標竿人物，本身也成了一則「長廊神話」。

詩作量少質精的陳家帶，其實成名甚早，以紀弦、羊令野、洛夫、瘂弦等人掛名主編的《八十年代詩選》（一九七六）即選入這位二十二歲青年的詩作（與他同時入選的年輕詩人還有：李男、苦苓、溫瑞安、渡也、羅智成，都是當時一時之選）；之後經過四年，他又出版了第二本詩集《雨落在全世界的屋頂》，詩集裡的同名詩作，後來還引來不少的模仿者（瘂弦，一九九九b：一二—一三）[52]。然而不知是什麼緣故，政大新聞系畢業後走入職場坐上《聯合報》編輯檯的陳家帶，那隻詩筆從此幾乎「熄火」，擱筆恐怕足足有二十年之久（一九八〇與一九九〇年代只見零星的幾首詩作），較諸同輩詩人陳黎的停筆時間猶有過之。一直到二十世紀結束前的一年，才出版他的第三本詩集《城市的靈魂》（一九九九），不過，這本詩集其實是他前兩本詩集的轉世投胎，收錄的都是他早期的舊作，只有〈當王摩詰遇上德布西〉等六首詩作始寫於一九九○年代。他真正的復出之作要等到二十一世紀才出版的《人工夜鶯》（二○一一），以及之後的《聖稜線》（二○一五）與《火山口的音樂》（二○二○）。

陳家帶一出手就是調製意象的高手，諸如：「針分裂時的相思令人牽腸掛肚／即把日色濃縮成血也嫌淡／到頭來，淚水又乾凝成晶鹽」（〈午鐘〉）、「書樓上猛然崩下全部的王摩詰／和灰藍空氣中散布的德布西撞個滿懷／／詩樂鏗然大作，／巴黎夜色今夕拷貝了長安萬家燈火」（〈當王摩詰遇上德布西〉）……這類意象均極為鮮活；但早期一些詩作刻意營造意象，顯得較為生硬，如劇場系列三首〈人間劇場〉、〈魔鬼劇場〉、〈天使劇場〉，仍遺有現代主義晦澀的詩風，遠不如收在同本詩集《雨落在全世界的屋頂》裡的〈聲音〉一詩，後者雖亦為堆砌意象之作，卻顯得生動自然許多。

陳家帶，《人工夜鶯》（書林出版／提供）

擅於經營意象只能算是詩人應有的當行本色之一而已，未必能夠成詩人特有的風格。陳家帶從早期開始即醉心於定行詩節的安排，所謂定行詩節係指全詩的每一詩段（節）均由固定的行數組成，如常見的四行詩節即每一詩段由四行組成。狹義的定行詩節指的是詩中每一段落的行數均固定不變；廣義的定行詩節則指全

52 如孟樊的〈三月陰雨，有人從屋簷下走過〉便有「陰雨下著。／下在北方人家的屋頂上」這樣的句子，顯係受到該詩的影響。

詩的每一詩段行數雖未必完全一致，但會出現行數相等的段落，且這些行數相等的段落又以某種節奏反覆出現[53]。陳家帶喜用的多為狹義的定行詩節，和酷愛它的羅青相比，簡直不遑多讓。儘管陳家帶採行的多是不押尾韻的無韻體（blank verse）[54]，定行詩節這種外在形式或多或少也有助於節奏的形成，有時甚至因為為定行而迴行（run-on-line）到下一段，將語意切斷，反造成懸念（suspense），如採五行定行詩節的〈鐵觀音在我身體旅行〉，第三段末二行「驟雨驚夢／悄悄運走我的足印，在晌午」之後就因滿五行而結束段落，迴行到下一段首行「壁鐘打了個美麗的呵欠」，其中「在晌午」除了可看作是該行的倒裝句外，也可兼做下一行的起首時間副詞修飾語，但因分段被切割，語意停頓反造成懸宕效果，端的是一石二鳥的手法。類此例子不在少數（如〈佛拉明哥〉、〈烏鴉的更正啟事〉、〈芹壁絕景〉等）。

除了定行詩節這種慣用形式外，陳家帶更兼擅對仗、反覆迴增這種「類形式」手法。對仗的例子太多，就甭說了；以歌謠體這種反覆迴增出現的詩作如〈啊，秋天掉下來了〉、〈夜歌〉、〈反白的夜歌〉、〈巴哈絕句〉、〈雲們〉、〈在一隻琵琶裡〉等，都形成某種迴環的節奏，而這也成為他予人重視「音樂」的印象。音樂常常是詩人擷取靈感的素材，甚或也成為他擬欲呈現的主題乃至形式，更因此成就他與眾不同的風格。譬如〈巴哈絕句〉、〈重聽貝多芬〉取材自音樂，主題是音樂，連形式也是音樂；〈給V的奏鳴曲〉雖是一首懷人主題的情詩，內蘊形式則是仿奏鳴曲式的；而〈給V的搖籃曲〉甚至別開生面地放入蕭邦四小節樂譜；其他如〈淨夜〉、〈在一隻琵琶裡〉、〈印象拉威爾〉、〈音樂臉譜〉、〈斷奏〉、〈晚餐前彈蕭邦〉等，都可說是如假包換的「音樂之詩」，而這些詩之樂音還持續傳至《火山口的音樂》裡[55]。

或許是出自本身對於音樂的偏愛，連帶讓陳家帶也玩起諧音遊戲來，可以看到後出的《人》和《聖》這兩本詩集在不少詩裡頻頻出現諧音字，以魚目混珠的方式製造雙關語的諧趣，例如〈貓空找茶〉用來「找春天的碴」比擬他上貓空喝春茶（鐵觀音），然後在下一首詩〈鐵觀音在我身體旅行〉裡「茶言觀舍」，「飄飄欲鮮」。包括〈夏天所不知道的翡翠灣〉、〈黃公望合璧〉、〈文字獄〉、〈哲學之道〉、〈最遠〉、〈太平亂世〉、〈愚人碼頭〉……都借用了諧音字的雙關語，多少都有戲謔的味道，如以〈太平亂世〉一詩來看，第一首末行的「萎人銅像」將「偉人」諧音為「萎人」，不言可喻。

諧音遊戲往往是一九八〇年代末吹起的後現代風慣用的伎倆之一，此時期的陳黎的寫作可堪代表，相形之下，小試身手的陳家帶只能算是「小巫見大巫」。但或緣於此故，就把陳家帶嫁接到後現代來。早期的陳家帶——尤其是一九八〇年代之前的他，富有浪漫的少年情懷，如〈如夢記〉、〈啊，美婦〉、〈祝辭〉、〈吻〉[56]、〈婚禮〉，並帶有少許的現代主義詩風（〈杯裡的太陽〉、〈邊緣感覺〉等）；雖然他亦有若干詩作觸及社會現實，除了〈黑暗中的悲歌——記一九八〇年瑞芳煤礦災變〉一詩外，像〈菊花院〉、〈艾芙琳的故事〉、〈植樹節〉等詩都表達得較為隱晦，尤其〈花是窮人的午餐〉明顯關注社會底層的這首詩，依然用花的浪漫意象來施予同情，其批判力道便被抵銷殆盡。然而，近期受到後現代風啟迪的陳家帶，則顯然脫卸這種「青澀」味道，他可以隨意使用ABCD選擇題、＋－×÷＝等運算符號以及樂譜入詩，且運用得頗得心應手；而像〈鏡之夢〉這種菱形狀排列的圖象詩，左右兩端的物件或物事並未互成鏡像，以及另一首〈蝴蝶

53 羅青便是最喜用這種定行詩節的詩人，特別是他早期的《神州豪俠傳》（一九七五）最具代表性，譬如該書第二卷全係四行詩節詩作。

54 收在《人工夜鶯》裡的〈巴哈絕句〉算是例外，此詩是有押韻（換韻）的四行詩節體，除了要符合詩題所稱的「絕句」（例為四行）形式要求外，更因為巴哈（J.S. Bach）的賦格音樂講究嚴謹的形式，為了呈現這種以模仿和對位（counterpoint）為特徵的一種多聲部音樂，陳家帶利用小提琴、大鍵琴與管風琴等巴洛克時期常見的樂器來共同「演奏」，賦以反覆迴增的詩型，展現巴哈音樂特色。

55 譬如接續〈晚餐前彈蕭邦〉的另兩首〈晚餐時彈蕭邦〉與〈晚餐後彈蕭邦〉——這三首詩可視為「蕭邦晚餐三部曲」。

56 〈吻〉一詩或乞靈於鄭愁子的〈情婦〉，並可與之媲美，詩中提及等在窗口的姑娘得讓「我用全部的力量仰面呼喚她」，顯得沒像鄭詩那位男子那麼高傲，具有尊位，儘管陳詩裡也說她是「耽於戀的傻姑娘」。

結〉上下左右形狀對稱但意象卻拼湊的圖象詩，形與義失焦，意符與意指分離，儼然是後現代的戲作。

所幸對陳家帶來說，後現代只能算是他的嘗鮮試探而已（到了《火山口的音樂》，又讓他「回歸原來的軌道」[57]），但這也讓他的詩作內裡與形貌更顯豐厚與多面。撇下後現代不談，他的佳作〈理想國〉、〈讀報追雪〉、〈碧潭宴〉、〈室內樂〉等詩，以類似攝影機的鏡頭來描繪景物，層次分明，運鏡自然生動，確實令人動容。

簡政珍

較陳家帶年長四歲的簡政珍，步入詩壇的時間稍晚於前者數年，當他一九七五年第一首詩〈景象〉[58]發表在《台灣文藝》時，陳家帶正好出版了他的第一部詩集《夜奔》。雖在一九七〇年代中期初試啼聲，但簡政珍真正在台灣詩壇現身則要在他於美國奧斯汀德州大學取得博士學位返台教書後（中興大學外文系）。於茲時期，他的創作大為爆發，光是一九八八年便一口氣出版兩冊詩集《季節過後》與《紙上風雲》，尤其是後書，除了〈五妃廟〉與〈泳者〉兩首詩外，悉數寫於該年上半年。不僅如此，隔一年他又出版中英文版文論集《語言與文學空間》與《語文—意識—閱讀》；再一年，出版第三冊詩集《爆竹翻臉》，之後每隔數年便有新詩集出版，直至新世紀以來，創作依然持續不輟。

簡政珍幾乎同時以詩人與詩論家的雙重身分出現詩壇，除了詩作，他的詩論集《詩的瞬間狂喜》（一九九一）、《放逐詩學》（二〇〇三）[59]、《台灣現代詩美學》（二〇〇四）也不讓自己的詩作專美於前。或緣由於學者與詩論家身分，簡政珍一入詩壇便被《創世紀》所延攬，一九八七年即加入該詩社，從此並在該詩刊持續刊登作品，他的角色有頂替當時幾已擱筆的張漢良的味道[60]，允為創世紀一把批評的利刃。自一九九二年初起，他更充任《創世紀》（第八十七期）主編，直至一九九五年年末（第一〇五期）共主編四年，在創世紀的前十多年時間可謂為他最為意氣風發的歲月。到了二〇〇七年年底，簡政珍因故離開了他前後待了二十年的創世紀[61]，不再加入任何詩社；而創世紀也是他迄今唯一加入的詩社。

乍看之下，長於意象語的簡政珍的詩作，似乎和社會現實會有所隔膜，蓋因台灣大部分的所謂寫實詩都不太擅長意象的營造——對簡政珍而言，這絕非事實。簡政珍的詩作絕對是很現實的，他的題材頗為庶民，關涉的人物形形色色，包括乞兒、雛妓、礦工、僧侶、相士、警察、老兵、農民、民代、教師、殘疾者、拾荒者、乃至流浪狗……不一而足；他的寫作也很日常，即使像〈歷史的騷味〉與〈失樂園〉這樣的大題，素材也很「平常」（前詩因為題為「歷史」，有觸及楚漢相爭的「大歷史」典故），寫的就像是他的「浮生紀事」；因此而涉及的社會現象，諸如天災、迷信、貪汙、選舉、環保、考試、大陸返鄉、SARS流行，乃至二二八、政黨輪替、槍擊事件、臉書紀

簡政珍，《歷史的騷味》（尚書文化出版）

57 除了一首以拼湊手法形成「噪音」的〈噪音遊戲〉。

58 在簡政珍第一本詩集《季節過後》書末所附詩作寫作年表中，可以發現這首詩是他最早發表的作品（一五六—一五七）。

59 《放逐詩學》一書也討論白先勇、張系國與陳若曦的小說。

60 張漢良於一九八〇年代末已少見其評論文章，一直到二〇一〇年才復出《創世紀》，開了一個詩學專欄，惟此一專欄已偏學術性，旨在展現其治學功力。

61 從二〇〇八年三月春季號的《創世紀》開始，簡政珍就被正式除名了。

事……包羅萬象，詩人不僅沒「不食人間煙火」，更且「身在江湖」。

「走江湖」的簡政珍使的卻非一般寫實主義那一套，已如前述。蓋在寫實主義的寫實詩多半使用「賦」的手法，對於事物直接陳述，即朱熹在《詩集傳》一書所言：「賦者，敷陳其事而直言之者也。」正因此，寫實詩少用意象語鋪陳，而多用說明性語言敘事狀物，此則是簡氏引以為戒的。簡政珍針砭時事或社會現象的詩作，最大的亮點在它們多帶有嘲諷或反諷味，如〈老僧〉提及：「今生今世／只問雙掌握持的重量／是否／隨著時鐘的數字／增加」，諷刺僧人只在乎托缽的成效；又如〈學術會議〉諷刺開會的學者「朦朧的眼睛／及時提醒／半開半合的嘴巴／嚥下一句／鼾聲」，詩像照妖鏡般照出「一個個打瞌睡的頭顱」。他的這種「酸言酸語」的背後有時還令人拍案叫絕。

縱然如此，簡政珍直刺的詩作並非常見，蓋因他常以意象寫詩，而其意象往往又「指鹿為馬」，以至於讀者要拐個彎才能窺其堂奧，而也因為這樣，使得他的詩在此和笠詩社赤裸、火辣的批判有了區隔。然則他的意象究竟有何個人特色？一說是平淡無奇，另一說是平淡見奇。相較於陳家帶詩作出現的令人印象深刻的意象，簡政珍詩之意象幾無驚豔之處，予人沒有太大的「起伏之感」，用的多為一般常見的意象（也少用典）[62]，比如「季節」、「口沫」（或「口水」）這些經常使用的字眼（意象），這是他的「淡」；儘管他欠缺奇特的詞彙與意象，卻因擅長製造空白，在意象之間留下縫隙（如場景突兀的變換）[63]，語意經常跳躍難以跨越，意符浮動，意指游移，意義曖昧不明，〈失樂園〉、〈所謂劇本〉、〈收成〉……諸多詩作，反為平淡的意象擠壓出聯想的趣味，這又是他的「奇」。

然而，他的不少詩作因為「奇」到難以捕捉，晦澀難解，已接近超現實主義的自動寫作了，如較早的〈相片〉就隱約出現自動語言的跡象，而收在《浮生紀事》中的〈變〉幾乎是超現實主義的復辟，如開頭的前八行：「酒的濃度不夠／所以我們隨著玻璃的碎裂／在牆上刻出血痕／灼熱的燈心／照亮了我即將枯萎的胸骨／秋風已起／我以乾咳／等待嘔血」，雖然尚乏驚愕的意象，卻隱隱然有洛夫味。當然，簡政珍未能和超現實主義畫上等號，除了他的意象不那麼驚心動魄外，他並不以「毫無頭緒」的自動語言來書寫。

反觀他若干較為可感也可解的佳作，如〈鞦韆〉、〈午後〉、〈火〉、〈銅像〉、〈窺視〉、〈試裝〉、〈那一年〉、〈掃墓〉[64]、〈生日〉、〈尋找〉、〈下午茶〉、〈奏鳴曲〉、〈豪雨過後〉……這些詩一來其描摹的場景未予硬性切換（故意留下空白），敘述流暢；二來也容許必要的說明性的過場文字現身（這種銜接性文字是他有意排斥的）；三來意象的展現仍是詩中的主角，而且是詩人敘述的動力。以〈銅像〉為例，全詩兩段不乏意象語，而說明性的文字（「一部工程車／載來幾把鐵錘」），則使敘事更為流暢[65]，以啟動接著而來的爆點（「報紙斗大的標題／一記悶響，銅像／已變成瞎眼的／植物人」）。此詩前後兩段互為對照，後段且有挖苦前段的味道，是簡氏少見的新即物主義的「抒事詩」。

在同輩的詩人當中，簡政珍是少數有意從事長詩創作的詩人，他前後總共寫了六首逾百行的長詩：〈變

62 少用典故這一點，讓簡政珍的學院味道減淡許多，不像他的前輩詩人楊牧那樣有「學究味」。

63 如《浮生紀事》裡的〈時序〉一詩，短短十六行詩（不分段）就出現難以勾連的數種場景：一—四行、第五行、六—九行、十—十三行、十四—十六行共五個場景。其餘例子不在少數。

64 此詩收在《歷史的騷味》（一九九〇）裡；又《爆竹翻臉》（一九九〇）也收有另一首同名詩作。簡政珍的詩題一般都很短，短至兩字、一字的所在多有，這也造成他的題目常有重複（或近似）出現的現象。此外，偶有較長的題目，泰半係自詩內文擷取而成，似有「先文後題」之嫌（《放逐與口水的年代》一書最為明顯）。相較於陳家帶，他的命題較不討喜，前者的詩題極具魅力，如〈春日為你協奏〉、〈荷花走出夏朝〉、〈晚餐前彈蕭邦〉、〈亞熱帶憂鬱〉……。

65 晚出的《臉書》（二〇二〇）則出現他罕見的流暢性的語言，雖然減少行與行之間的空隙，延展的語意並未因此而遜色許多，反而增加閱讀的可感性。

調的四季〉、〈歷史的騷味〉、〈浮生紀事〉、〈失樂園〉、〈流水的歷史是雲的任務〉、〈放逐與口水的年代〉[66]，這些長詩均有一共同點，就是——浮想連篇，花樣百出。所謂「花樣百出」是指其詩意象層出不窮；「浮想連篇」則是詩意漂浮，符徵連動，捉摸不定。仔細一瞧，這些長詩毋寧說是他以意象語寫作的一般分行詩的延展，質地其實無異於他的短詩（合集），蓋因其長詩幾無敘事可言，而偏偏作為一種文體的長詩，敘事係其基本格局，他的「意象萬花筒詩」可謂徹底顛覆長詩的形制，打破傳統，開創另一種典型；但此種不「合體」，亦有可能是他不擅長長篇敘事之故，因而另思出路以闢蹊徑。無論如何，這位以意象語獨樹一幟的兼有詩論家身分的詩人，自成一獨特的風格也是可以肯定的了。

九、陳義芝

一九七二年還在台中師專就讀的陳義芝，加入了由蘇紹連、司徒門（洪醒夫）等同校校友所創辦的後浪詩社（出版《後浪詩刊》，後易名為《詩人季刊》），也就在這一年，他開始發表詩作，並在參加的復興文藝營中拿到文藝營新詩獎的第二名，引發其詩興，但要一直到一九七七年，才出版他的處女作《落日長煙》。一九七九年他從台師大畢業並於中學執起教鞭，陸續發表詩作；三年後獲瘂弦賞識，棄教從編，入瘂弦主持的《聯合報》副刊工作。一九九七年瘂弦退休，陳義芝從〈聯副〉副主任升為主任，正式接掌副刊編務。此時邊工作邊讀學位的他，終於在二〇〇五年取得高師大國文系博士學位，更在兩年後再次執起教鞭，轉換跑道回到學校，任教於台師大國文系（直至退休），成了另一位詩壇的學院詩人。

不少學院詩人喜好用典（如楊牧），但此非陳義芝本色；或者說，陳義芝入行較晚，已逾知天命之齡始於大學教書，且除了第七本詩集《邊界》若干詩作（有十五首詩）以及最新的詩集《無盡之歌》（二〇二〇）發表在他學院教書（專任）之後，悉數詩作皆寫於他任教台師大之前。或許由於他是「後來的學院派」，以致在他詩中幾乎聞不到「學究味」；若說學院訓練對他創作有所影響，看來也僅限於一九九五、一九九六年間他就讀於香港新亞研究所並撰寫碩士論文（《台灣戰後世代女詩人的性別意識》）時創作的若干「女性詩」，如〈住在衣服裡的女人〉、〈觀音〉、〈裸夜〉等。

確實，陳義芝早期的詩作不免用典，譬如「落日長煙」即襲自王維〈使至塞上〉的意象（「大漠孤煙直，長河落日圓」），「青衫」（第二冊詩集名）則典出白居易〈琵琶行〉中的詩句（「江州司馬青衫濕」），甚至連「新婚別」（第三冊詩集名）都不無有仿自杜甫同名詩作的味道（餘如〈孔雀東南飛〉、〈蒹葭〉……更不用說了），但這些典故均非僻典，他亦不願在典故上大做文章[67]。倒是從這一點可以看出，在《新婚別》之前的陳義芝，無論在語言的使用或是意象的表現乃至詩題的揀選上，均頗具中國抒情古風，甚至因此被視為是一位標準的「中文系詩人」，例如〈蒹葭〉、〈醉翁操〉、〈夢境〉、〈荷箋〉等詩的確可以嗅出濃厚的古典中文風；即以〈陽關〉為例，此詩化用王維〈渭

陳義芝（文訊提供）

66 此詩作者自稱為「詩小說」，倒不如說是「小說詩」，蓋因此作是詩體不是小說體；再者，若文體為小說，則這小說幾乎無敘事在內，也無對話，更乏具體人物（只有指涉不明的你／妳）。

67 晚出的《無盡之歌》（二〇二〇）輯三所收八首詩作，主要以古詩人（屈原、陶淵明、謝靈運、蘇東坡等）為題材，互文的味道甚於用典。

城曲〉（「西出陽關無故人」）的典故昭然若揭，而其語言（心澀翅折、蒼天不語、雪擁冰封、依稀猶見）、意象（駝鈴、琵琶、城堡、炊煙、悲管、軟玉）與情境（蒼涼、離別）都有古典味，無怪乎鄭樹森說他「早年得力於中國古典詩詞的意象意境」（二〇一一），誠哉斯言！

如此的中國古風，楊牧在陳義芝的第二本詩集《青衫》所寫的序文中即曾指陳，說他的詩「植根於傳統中國詩的理想」，是「一種堅實純粹的抒情主義」，卻也肯綮地指出其作「以白話文為基礎，但含大量的古典趣味」，致使其語法介乎生熟之間，而向故紙堆汲取營養的同時，導致一些詩作遁入古典詞賦的末節（一九八五b：七—八），語有委婉之議；後來再加上余光中為《新婚別》寫的序，指出他有文白夾雜的問題（一九八九：二〇）[68]，令他心生警惕。楊、余二氏之說，證諸陳義芝後來的詩作，可謂影響他甚深，使得他從《不能遺忘的遠方》開始即亟欲甩開這種半生不熟及文白夾雜的用語，甚至要切割被冠以的「中文系詩風」。

陳義芝的蘊藉多情，尤其是他早期的詩作，如上所述，多被視為頗具中國詩的抒情傳統精神，以《青衫》為例，抒情浪漫的整本詩集，頗見淚光閃閃，到處可見垂淚意象（如〈蒹葭〉、〈讀信〉、〈蓮霧〉、〈思君如滿月〉……），其中〈思舊賦〉一詩堪為濫情翹楚：「回首三十塵土／再見八千里路／眼淚仍然／仍只能在眶裡打轉」，想當年二十四歲作此詩的他「何來回首三十塵土」？又何來「再見八千里路」[69]？雖然縱情如是，此詩卻是開啟他後來寫作一系列家族詩的嚆矢，特別是在《新婚別》裡尋去那「不能遺忘的遠方」（川蜀）以追溯他的家族血脈，堪稱台灣返鄉詩代表作的〈川行即事〉（十首返鄉詩組詩）即為顯例。這首不無尋根與返祖意味的探親長詩（組詩），在抒發浪漫的鄉愁之外，更兼有知性的反思，甚至寓有現實的批判，而且語言不再文白不化，意象也不像同輯裡的〈出川前紀〉與〈新婚別〉那樣古典，已見語言收放自如之姿。再者，此長詩更在他擅長的抒情之餘，兼用大量的敘事筆法（〈出〉與〈新〉二詩亦同），以知性駕馭感性，誠屬他早期的力作。

雖然陳義芝的浪漫不像他的前輩鄭愁予的瀟灑、葉珊的形而上，以及同輩羅智成的深邃、楊澤的激情，卻自有其獨特的抒情風格，縱然他的少作曾乞靈於故紙堆的世界，卻也非不食人間煙火，譬如在《落日長煙》中便有〈啊，以色列〉這種紀事詩（一九六七年中東「六日戰爭」）；在他望向古典的中國時，更不忘腳下所踩踏的台灣鄉土，收在《新婚別》卷二「綠色的光」的七首詩即可見一斑，透顯著他對台灣鄉土的深情；到了他戮力轉型的《不能遺忘的遠方》，一首〈居住在花蓮〉的家族詩，便可拿來和陳黎的花蓮書寫媲美，而七首大肚溪流域的連作，復刻了他幼時生長的地方，分量並不比〈川行即事〉輕。

尤其值得一提的是，在他第四本詩集《不能遺忘的遠方》中可以看到他明顯的轉變。所謂的轉變不純然指其題材、思維的改變，在此更涉及其語言的調整（包括他習用的字彙、用語，甚至是口吻），一言以蔽之，自茲以後，他的語言放鬆，文字的表現更為純熟，反而更顯創作的自在。即以《新婚別》裡的〈女性主

陳義芝，《不能遺忘的遠方》（九歌出版／提供）

68 在《落日長煙》的自序中，陳義芝提及他的詩作〈孔雀東南飛〉發表後曾受到洛夫的指點，說他此時的詩大多濫情（sentimental），語言兼又受舊詩詞影響太深，「像『猶是春山怎堪愁』這一類的句法，最好能加以變化，以免引起『固定反應』」，可見洛夫是最早即指出他有這種中國抒情風特色的人，而且也給過他類似的寫作建議（引自陳義芝，二〇一〇：二四九）。

69 此詩刻意引用岳飛〈滿江紅〉用語，難免流於矯情，也緣於詩人的硬套典故。

義怎麼說〉以及《不安的居住》中的〈裸夜〉兩相比較，便可發覺：前詩語言要鬆不鬆，有點彆扭，而後詩語言則全部鬆開，一覽無遺；此外，前詩意象仍借重古典，不脫中文系氣息，而後詩則一腳踢開古典，和現代擁抱；最後，前詩守貞女人的閨怨，到了後詩則直接劈腿婚外情。

語言放鬆後的陳義芝，已不再耿耿於懷那撈什子的文白不化，詩作更能大開大闔，譬如在《不安的居住》中端出「家族相簿」，更聚焦在至親家人身上，從返祖到所愛至親，展現出更為堅實的家族書寫；同時他也為「住在衣服裡的女人」們繪製她們的「愛情地圖」（不論視角是女性或男性），試圖展露其心聲；乃至寫出大膽敞開欲望的情色詩，令人側目，〈自畫像〉、〈海中哺乳〉等媚而不俗的性愛詩，著實讓我們看到詩人溫柔敦厚之外的另一面。甚至到了最近的《無盡之歌》（二〇二〇），即便古風復見，文白參差問題則已悉數化解。

一向不以電光石火的意象與石破天驚的語法取勝的陳義芝，雖然習用風、花、雲、雨、雪、星、月、夜、夢以及四季等再平常不過的意象，卻仍能翻陳出新，他使用特別的視角、敘事的口吻、嶄新的詩思，以「舊瓶裝新酒」或者「新瓶裝舊酒」，《不》書以來的新作尤能見之，如《我年輕的戀人》裡的〈一刻〉，詩中「無緣無故」的重複，以排比句法呈現「無緣無故」的喋喋不休，重要的並非在詩末指出的「一刻等於百年」的旨意，而是藉由疊詞的反覆強調愛情往往是沒啥道理的，而其中「無緣無故」一詞凸顯的語音才是此詩令人一新耳目的重點所在。在這裡也可看出，陳義芝有向後現代主義借光的嘗試，於是在這之前與之後出現的平行並聯句法（如〈陸上交通〉）以及拼貼手法（如〈未完〉），也就讓人見怪不怪了。

雖然到了晚近的《我年輕的戀人》與《邊界》兩冊詩集不復見《新婚別》和《不安的居住》那種理念先行的創作企圖——返祖（中國）與返鄉（台灣）書寫，然而，不管是抒寫人生或解剖情愛，他的用語與手法都極為老練，不少詩作又以定行詩節形式呈現，加諸擅用排比（對偶）以及複沓（含變奏式複沓）句法

（《無盡之歌》用得最多），極具音樂的律動性，可「讀」性極高，而這也形成他後期詩作的一大特色。此時再看他這一階段最晚發表的〈東坡在路上〉與〈嬝娜——許仙獨白〉，即便其題材、語言和意象咸具古典色彩，你也不會再視他為「中文系詩人」了。

十、蘇紹連（一）

還不到弱冠之齡的蘇紹連，於一九六八年便與台中師專同學洪醒夫等人籌組後浪詩社，〈茫顧〉一詩由周夢蝶推薦給詩宗社，發表在第一號叢書《雪之臉》（一九六九），從這首詩正式步入台灣詩壇。一九七〇年台中師專畢業後隔一年，蘇紹連和林煥彰、施善繼、蕭蕭、辛牧、喬林等人共組龍族詩社，但只一年旋即退社，回頭去重整後浪詩社，並出版《後浪詩刊》。一九七四年《後浪詩刊》改版並易名為《詩人季刊》，擴大組織，先後加入的同仁有莫渝、許茂昌、陳義芝、掌杉、廖莫白、李勤岸……。也在這一年，蘇紹連獲得他人生的第一個詩獎《創世紀》二十週年詩創作獎，開啟他的得獎之路。

蘇紹連創作的起步其實係自一九七〇年開始[70]，初期他的詩作主要發表在《龍族詩刊》。《茫茫集》、《河悲》與《驚心散文詩》三部詩集集結了他於一九七〇年代創作與發表的詩作，只是後兩書遲至一九九〇年始與另一部長詩詩集《童話遊行》同年出版。一九七八年出版的首部詩集《茫茫集》，可視為他創作的雛形或原型：說是雛形，是他後來寫作的手法已可從此詩集瞧出端倪；說是原型，是後來他創作的形式已自此

70　之前僅於一九六九年發表〈茫顧〉和〈秋之樹〉兩首詩作。

奠基[71]。《芒芒集》被視為是一九五〇、一九六〇年代超現實主義詩作在一九七〇年代的殘痕（簡政珍、林燿德，二〇），其實除了〈比翼鳥〉和〈陰影之床〉兩首詩發表在「關唐事件」之時（「唐文標事件」更在之後），其餘悉數均發表在一九七一年以前，詩史的回歸期並未真正開始，寫實詩潮尚待萌發，於此，《芒芒集》不妨視之為現代主義的遺緒或者說是展開期詩史的最後一個句點。

《芒芒集》輯一一開始便可以找到這種超現實的畫面：「兩瓣手指掌自鬼魂的眼中飛出」（〈秋的夢土〉）、「一群鳥如放煙火從谷底把月光彈出」（〈月升〉），懾人的意象令人驚駭，四首散文詩一翻開，石破天驚，卻依稀可見前行代商禽的身影幢幢其間。〈地上霜〉這首改寫自李白〈靜夜思〉的散文詩是他早期最具代表性的作品，可視為後來他一系列改寫古詩作品的肇始。一樣是表鄉愁的詩作，但蘇詩裡那哭著要回去的月光確實比李詩的情境更為生動，而「刀的歌聲吞遙遠」三個連續排比句中的受詞「蕭條」、「空洞」、「遙遠」，係從形容詞轉品作為抽象名詞用，令人一新耳目，成為此時期蘇氏的招牌詩句。但令人不解的是，當中硬插的「血欄」、「血路」、「血流」這些血的意象，很有違和感，是此詩敗筆之處。輯四「春望」也是古詩新寫，多在形式上做文章，如以單字成行水平排列，卻在意境表現上反不如古詩深切，此一實驗之作不算成功。

蘇紹連（文訊提供）

說《芒芒集》是超現實主義的殘痕，主要可從輯三「芒的微粒」所收九首連作看出。這九首連作（數字一—九）亦可視為一首大型組詩，諸如「子彈潮濕，彈膛／充塞著硫磺洗過的眼睛」這類與戰事有關的驚人意象偶爾會出現在其中（或與他此時的服役經驗有關），使得你不願和洛夫的〈石室之死亡〉聯想在一起都難，顯然年少的詩人在此不無向前輩詩人致敬的味道。再看輯五中二百二十行的長詩〈陰影之床〉，超現實的意象層出不窮，時有驚人之語，躺上這張陰影之床的詩中人「我」為了做不做愛而浮想連篇，簡直讓人莫名所以。

在「四顧茫茫」不久之後的蘇紹連，馬上來到四言體的寫作，交出一冊六十首的詩集《河悲》。《河悲》的主題，顧名思義看似在寫「河的悲傷」（河的意象因此成了主述部分），骨子裡主要是在演繹夫與妻的兩性關係，尤其是離亂中的男女，如〈婚禮〉、〈賣唱〉等詩所述。值得注意的是，書中出現了不少新版的閨怨詩，如〈築岸〉、〈蹂躪〉、〈守夜〉、〈渡河口〉、〈落日倦鳥〉……出河去的丈夫多因打仗離家，而獨守空閨的妻子最後等到的往往是夫的屍體。整部《河悲》的調子可說都是悲傷的，夫與妻的關係也沒如膠似漆、長相廝守。

以形式而言，這六十首詩作多採四段式詩節，共三十四首占百分之五十六，居次的三段式則有十六首。而在四段式中全然以四字為一句、四行為一段的標準豆腐體，計有九首之多。四段式詩之所以為最大宗，想必與「起承轉合」的詩法結構較為合拍有關（張默，一九九〇：七）。事實上，以言四言體詩作，全書只有十四首符合此一形制（〈降半旗〉與〈妻種荷〉各自勉強算半首），絕大多數都有逾越四言（四字）定制的破格現象，從一言、二言、三言、四言、五言、六言到七言、八言的詩行所在多有。四言體可以不計詩節多寡，惟均以四言為詩行係其定規，蘇紹連不此之圖，打破形制，想來係出於規避四言體的機械性與單調性有以致

71 據詩人自述，《茫茫集》裡的第一輯「茫顧」已見證了他後來寫作散文詩的傾向；輯二「廢詩拾遺」裡的小詩「練習」，讓他以後能繼續出版《私立小詩院》；輯三「茫的微粒」則開啟他寫作長詩（大型組詩）的契機；輯四「春望」從古詩取火，讓他引發《河悲》以及〈問劉十九〉一系列變奏曲的寫作；最後輯五「魂與床」的隱晦、驚悚，成了他自珍的手法之一，其被視為超現實的意象亦可在他的詩作裡瞧見些許蛛絲馬跡（D３）。

之，而這也使得他的這種格律體「頗具流動性，常中有變，變中有常」（林燿德，一九九〇b：二四〇）。相較於稍後出現的向陽的十行詩，蘇紹連的四言體或因先天上形制較為嚴格，致使他不得不出此「下策」。

與《河悲》同年出版的《童話遊行》所收九首長詩，寫於一九七八年到一九八九年，可說是該階段蘇紹連比較有心經營的詩類[72]，而這些長詩讓他終於和早期浸淫在超現實主義的「迷茫」告別，回應回歸期詩史的寫實浪潮，如集中的第一首〈玉卿姐〉即寫於鄉土文學論戰尚夯的一九七八年一月。除了〈扁鵲的故事〉一詩較未能扣緊台灣社會現實外，其餘八首詩或多或少均烙印有台灣土地的足跡，尤其是〈三代〉和〈蘇諾的一生〉這兩首政治長詩，頗具濃烈的政治批判意味，讓人懷疑它們是否出自蘇氏手筆。《童》書的轉變，讓詩人「由內斂自省外射為現實批判」（借林燿德語），與此同時，也使得他之前字質稠密的語言轉趨為乾淨明朗，當然這一半也因長詩本身多少需有敘事之交代使然。〈雨中的廟〉、〈三代〉與〈台灣鄉鎮小孩〉算是其中較精彩的三首詩。〈台灣鄉鎮小孩〉較諸得獎的〈童話遊行〉更勝一籌，對於人物的描摹更為生動，意象簡單卻靈動；但它和〈蘇諾的一生〉一樣，每小節之前的作者按語，有喧賓奪主之嫌，讓之後的詩作本文反成了前述按語敘事的註腳。

蘇紹連在台灣詩壇向以散文詩聞名，除了商禽外，自他以下似無人可與之比肩。在開拓期詩史這一階段，他一共寫了兩本散文詩集《驚心散文詩》與《隱形或者變形》（一九九七），也以這兩冊詩集奠定他散文詩翹楚的地位；之後於跨越期的二十一世紀還出版《散文詩自白書》（二〇〇七）與《孿生小丑

蘇紹連，《驚心散文詩》（爾雅出版／提供）

的吶喊》（二〇一一）（卷四分行詩除外）兩本散文詩詩集。這四冊詩集合共散文詩二百九十七首，單就詩作數量而言，台灣詩壇恐無出其右者。他的散文詩語言確實有比初期的分行詩放鬆些，此當與散文詩作為一個次文類的詩體要求有關，因為散文詩常需營造情境，而這非得有敘事為之鋪設不可，無法全然使用不帶說明性的意象語。惟衡諸他這四本詩集的語言表現，有從鬆（《驚》書）到緊，再從緊（《散》書）到鬆（《孿》書）的轉變。

以形式而言，蘇紹連的散文詩多以雙段式為主，四冊散文詩集合計一百九十五首（百分之六十五．六五），其次為多段式（即三段以上詩節）。推兩段式之所以為他散文詩之最大宗，當與其擅用的情境逆轉式敘事有關，即第一段先交代戲劇情節，然後第二段的情境再來個突然的逆轉（reversal），而此一逆轉又往往出以「超現實」（非超現實主義）的變形（metamorphosis），也即物我轉位，如〈獸〉、〈蜈蚣〉、〈電視機〉、〈螢火蟲〉等，試看底下這首〈七尺布〉：

> 母親只買回了七尺布，我悔恨得很，為什麼不敢自己去買。我說：「媽，七尺是不夠的，要八尺才夠做。」母親說：「以前做七尺都夠，難道你長高了嗎？」我一句話也不回答，使母親自覺地矮了下去。
>
> 母親仍按照舊尺碼在布上畫了一個我，然後用剪刀慢慢地剪，我慢慢地哭，啊！把我剪破，把我剪開，再用針線縫我，補我，……使我成人。

72　所謂比較「有心」係指他為了參獎比賽而特意為之的創作，這可從他這幾年頻獲獎的紀錄看出，不論是國軍文藝金像獎或時報文學獎的敘事詩獎與新詩獎，與賽作品均要求長詩；而這兩個獎項他都連得幾屆，顯然為獎而作之意昭然若揭。

詩第一段敘事母親買回七尺布要幫孩子「我」做衣服，「我」質疑布料好像不足，此一情境只是交代基本的情節；但第二段母親按舊尺碼做衣服時，「我」則一下子變形為布，「我」被剪裁、縫製衣服成形，而「我」也成人。此一結局確實令人怵目驚心，這自然得歸功於其變形手法的運用，也由於此一變形造成魔幻寫實的效果；在此，詩人並未使用超現實主義自動語言，自不會有商禽式的晦澀難解，卻無損於其驚心動魄。這是蘇氏「驚心散文詩」魅力之所在。

上述這類情境逆轉的詩作多以第一人稱「我」入詩，物我轉位即由此而生；再者，詩中戲劇性的主角多為小孩（或以之為描寫對象），如〈魚眼幻境〉、〈金魚眼的小孩〉等，有著強烈的童真渴望。

雖然在蘇紹連來說，《驚》書和《隱》書的散文詩作已成典型，他仍意欲求新求變，到了《散》書，在形式上更有進一步開拓性的表現，如古詩新作，以及微型散文詩、回文散文詩等新體的嘗試，可見他不以既成之作為滿足，擬將作為一個獨立文類的散文詩更加延展其可能性，而此時台灣詩史已進展到下一個階段了。

十一、劉克襄

初出茅廬的劉克襄，一九七八年即以本名自費出版了第一本詩集《河下游》，但書出版後的一週旋即以「不能見人」的理由而將之回收銷毀；初登詩壇之後的他，後來曾一度加入於一九七九年創社的陽光小集。一九八〇年代是他在台灣詩壇發光發熱的時期，從一九八〇年起他便連得多項詩獎，並於此際先後出版四本詩集：《松鼠班比曹》（一九八三）、《漂鳥的故鄉》（一九八四）、《在測天島》（一九八五）與《小鼯鼠的看法》（一九八八），收穫頗豐。他的作品在當時的大學校園被知識青年傳誦，形成一股所謂的「劉克襄旋風」

（張默、蕭蕭，二〇〇二：八〇四），寫下屬於他自己的一則現代詩傳奇。

處女作《河下游》其實並沒那麼不堪，或許裡頭埋藏有他個人「愛之抒情」，如〈思〉與〈髮散〉等詩便透露有少年哥德式浪漫的憂鬱，與他後來的創作理念有所扞格，因而被他棄之如敝屣。其實像〈大北方〉與〈新公寓〉兩首詩已見他對人世的關懷，甚至也出現〈第六街〉這樣的政治詩，似乎預告後來會出現《漂鳥的故鄉》與《在測天島》如此讓知識青年驚豔的政治詩和社會詩的寫作路線。《漂》和《在》二書成色顯然迥異於《河》、《松》、《小》乃至於二十一世紀出版的《最美麗的時候》（二〇〇一）與《巡山》（二〇〇八）；也恰恰是這兩本特色鮮明的政治詩與社會詩詩集，讓走過一九七〇年代末期鄉土文學論戰的一九八〇年代的知青，在社會風氣大開而政治益趨自由的時代氛圍下，令他們眼睛為之一亮，風靡了無數年輕的心靈。

早期的《河》與《松》二書顯露出劉克襄喜與自然為伍以及隱遁山林的心態，殆無疑義，換言之，此時期

劉克襄，《漂鳥的故鄉》（前衛出版）

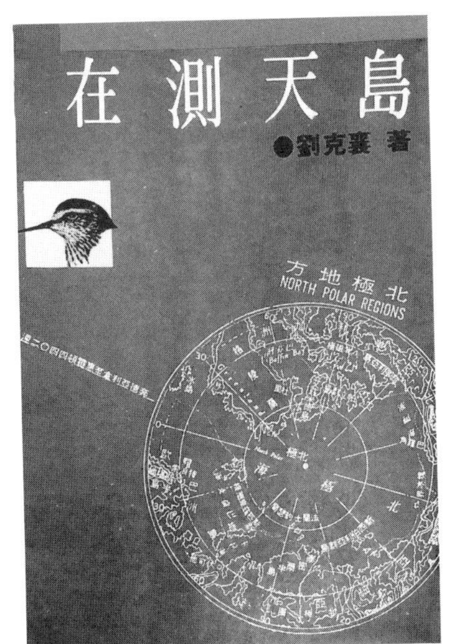

劉克襄，《在測天島》（前衛出版）

他對現實的態度並非積極的介入；縱然如此，寫於此時期的〈第六街〉、〈遺腹子〉以及〈金安城小記〉則已見入世的色彩，讓他在酷愛大自然的山林生活（霧、雨、雪、落日諸意象不時出現）之餘，也不乏有歷史與政治現實的反思。試看他的〈金安城小記〉：

二〇〇一年，……逆匪魏精浣，唆使二千名叛軍侵擾金安城，大肆殺戮。未幾，英勇的皇軍前來解救，擊潰叛軍。匪首魏精浣畏罪自殺，史稱「金安之亂」。——（本文引自「X民國史，二〇八〇年」）

二〇〇一年，……先烈魏精浣，率領二千名革命志士，突擊金安城，不幸誤陷敵陣，彈盡援絕，魏精浣悲壯的飲彈自盡。是役，史稱「金安之役」。——（本文引自「Y民國史，二八八〇年」）

這首詩以精簡的對比，將同一段歷史卻因為不同的意識形態而形成對立的兩種歷史版本勾勒出來，在相映成趣的同時也提供吾人對於歷史深一層的省思，足供新歷史主義（new historicism）批評的註腳。劉克襄其實很擅長這種對比手法的運用，其他如〈遺腹子〉、〈七〇年代〉、〈八〇年代〉、〈兩代之間〉、〈回家〉、〈觀鳥小記〉、〈終戰前後〉……都是利用這種對比以產生力量。

劉克襄詩作之所以能於當時迷倒多數知青，當與其詩語明朗有力有關，語言完全脫離前行代那種稠密又晦澀的風格——而這則符合一九七〇年代以後詩風轉趨寫實明朗的時勢，不僅是作者的創作態度，連讀者的期望視野（horizon of expectations）此時也跟著調整了。《漂》和《在》這兩冊特具寫實主義色彩的詩集最足以代表。大體上，他的詩不在單詞單句的雕鏤，而是著重整體的詩思所營造的詩意，換言之，他的詩意重在一首詩的整體而非局部，賣弄詞藻的事與他無涉。

但若只是語言明朗這樣的特點，當然不可能在當時引領風騷。不靠精緻的語言與稠密的意象取勝的劉克襄，卻喜歡說故事，可以說他的詩幾乎都是以敘事見長，從《松鼠班比曹》以下的幾本詩集中，絕大多數的詩都可以找到冷靜、明澈的敘事手法，從中可以發現他鋪設的情節，而且相較於擅敘事的瘂弦，他的敘事線更為清晰，更有血肉，譬如〈阿瑛堂妹的婚姻〉一詩，末段謎題揭曉的剎那，令人不禁鼻酸為阿瑛一掬同情之淚，原來死了父親的阿瑛堂妹婚姻的不幸，就是犧牲她以拯救「我們家」的幸福。劉克襄特別埋線至詩末才將原委道出，情節顯然經過刻意的安排。事實上，敘述手法的運用早在其處女作《河下游》中便現端倪，〈秋決〉一詩可說是他早期敘事體的典型之作，該詩還運用倒敘手法（第二小節回溯交代犯案的前事），故事具備極短篇的形制。

進一步看，劉克襄的這些敘事詩作除了偶爾使用第二人稱敘述，多半以第三人稱與第一人稱敘寫，其中最常出現的還是被權充為戲劇角色的第一人稱「我」，亦即這個我並非他真正的本人，在《漂》和《在》二書裡，此一虛構的戲劇角色尤為醒目，詩人化身為妓女、妓女的兒子、卑南族老婦人、時髦女性、囚犯、二二八事件罹難者的同輩友人、老芋仔的兒子、中年人、退休演員、私生子、不良少年等，不一而足，也由於這種多重角色的摹擬，難怪他會被稱為「變色龍詩人」（吳潛誠，二〇〇三—二二一）。有趣的是，劉克襄筆下的這些個變色龍的「我」多半是作為第一人稱的觀察者，敘述焦點（focus of narration）反而放在「我」敘述的對象或人物身上，如〈五姑〉裡的五姑、〈女性的角色〉中的姊姊、〈阿瑛堂妹的婚姻〉裡的堂妹……敘事者講述的是他看到的故事。也緣由於他擅長敘事，所以極早在首部詩集裡，劉克襄便開始嘗試寫起散文詩來（如上所舉的〈秋決〉）[73]，相較於分行詩語言粗暴的切割與跳躍，散文詩較能展現敘事的功能，可以架構較為完整的情節，表現更為清晰的人物形象，《小鼴鼠的看法》以及《最美麗的時候》的半數詩作就是他耕耘散文詩的成績，而他的這些散文詩則呈現出與較早之前以「驚心」散文詩取勝的蘇紹連不同的風貌。

雖然劉克襄講述的故事人物百百種，卻幾乎都是底層人物，如啞巴叔叔、種田的原住民、女工、應召女郎……此外，也包括教授、大學生與政治犯等知識分子，但對於後者（除了政治犯外），語多批判，如〈知識分子〉、〈教授〉[74]等詩。西方馬克思主義之父盧卡奇（Georg Lukács）認為寫實主義（realism）應當表現某一特定歷史時期最典型的（typical）事物，而依照馬克思主義觀點來看，所謂的「典型性」在任何社會都是最具歷史意義與進步的潛在性力量，它們揭示了社會的內在結構和動力。寫實主義作家的任務就要以真實可感的個人與行動，有血有肉地表現這些典型的傾向和力量，此則由作家透過他所創造的典型人物予以體現歷史的力量（Eagleton，二八—二九）。不可否認，劉克襄上述所呈現的這些角色，揆諸台灣從一九五〇年代迄至於詩人寫作的一九八〇年代，都具有相當的典型性，他們都代表當時社會上某類人物，其背後都輻射出社會某層面的現實（如〈階級關係〉中與大學生相愛而最後被拋棄的美容師），同時亦揭露社會潛藏的諸種問題（如白色恐怖、社會階級差異）。

然而，在掀起政治詩與社會詩寫作熱潮之後不久，劉克襄即將筆鋒轉向寫起他的生態詩（ecological poetry）了，從《小鼴鼠的看法》以下，他已然不再醉心於批判的寫實主義（critical realism），反獻身於自然寫作，甚至在二〇〇八年還交出一本台灣詩壇獨一無二的山岳書寫詩集《巡山》。如上所述，寫作《河》和《松》二書時的劉克襄即已顯露他步向田野山林的足跡，所以待他結束熱血批判的《漂》和《在》的寫作時期，一九八〇年代後半葉開始便專致於他最愛的自然寫作。除了《巡》書，《小》和《最》二書的生態詩多以散文詩呈現已如前述，其所涉及的生態地域主要包括：高山、湖泊、海岸、海灣、峽谷、岬角、沙灘、森林、河流、沼澤……亦即巴瑞（Peter Barry）所說的「壯觀的地景」（the scenic sublime）與「鄉間」（the countryside）[75]。與其他詩人多以自然環境為詩作背景不同的是，劉克襄不少生態詩的自然題材不僅被擺置到前景（foreground）來，而且構成詩作的主題（孟樊，二〇一二：三〇三—三〇四），如〈檜木林之歌〉、〈枯木活著時〉、〈美麗小世界〉，其寫作題材與描寫對象即是檜木林、枯木與溪流（大肚溪）本身，而《巡山》的主題則是台灣的山岳。

劉克襄的生態詩多半有個第一人稱「我」參與其中，雖然這也和他擅用擬人法有關；相形之下，那種不見人影或人跡的所謂「純自然詩」就比較少見。生態批評理論家葛羅特費爾蒂（Cheryll Glotfelty）便指出，所謂的生態並非以人自居環境的中心，它是一種互為依存的聚落，人居其中必與他物及其環境有著深深的連結（一九九六：XX）；依此，生態詩當免不了有人（即我）的參與，而「有我」的生態詩則更能讓人親近、動容。進而在這些「有我」的生態詩中，「我」也未必居於核心或主角的地位，不少詩甚至寓有「與物

73 劉克襄在《小鼯鼠的看法》的再版序（晨星版）曾自剖他寫作散文詩的由來：寫作早期，「新詩斷行的果決和驚奇，竟遠超乎我所能承受的負荷。在形式和文意的表達，此時的我，是趨於保守和猶疑的。散文的拘謹描述，似乎更能貼近我欲追求的情境。有回正巧讀及魯迅的《野草》集子，對詩意濃烈的散文更加鍾愛。於是，以精煉的散文詩呈現，遂悄悄地成為寄託的方式，進而成為一種習慣」（三—四）。

74 〈教授〉所描述的教授，語多嘲諷，似意有所指：「當你自美國回來／舒逸，柏克萊大學教授／十八歲就是優秀的年輕詩人／這回你要為我的國家運來麵包／還是繼續讓女學生著迷的詩」、「雖然擁有綠卡／到底是離過婚的男人／歷經過你認為最大的挫折」、「四十多歲，彷彿慈祥的白髮老翁／美國有一棟大庭院的木屋／屋後是土撥鼠的森林／你常常獨步林中沉思／完成懷念福爾摩莎的頌詩」。

75 巴瑞將英美生態批評所描繪的外在環境（outer environment）的自然，劃分為四種不同的區域，除了區域二「壯觀的地景」及區域三「鄉間」外，還有區域一「荒野」（wilderness）（如沙漠、海洋）以及區域四「如畫的家園」（the domestic picturesque）（如公園、巷道）（二五五）。

同化」的精神內涵（如〈鯨的子孫〉、〈在〉等），像〈火葬〉一詩最後即顯見有齊物論的思想。

語言明朗、缺乏稠密度的劉克襄，寫詩初始竟能造成一股旋風，大出意料，但他擅於敘事並以批判的寫實主義針砭政治與社會現實，引發無數讀者共鳴；而後回歸他的自然，在生態詩中另闢一個新天地，也成就他個人的一則傳奇。

十二、白靈

一九七三年以「白靈生」筆名在《葡萄園》發表第一首詩的莊祖煌，同時也創作小說在學校刊物發表；同一年他參加復興文藝營，並以〈巨人〉等詩獲新詩創作首獎，也因此從舊名再轉「生」出「白靈」這個筆名。又兩年，他結識文曉村，被邀入葡萄園詩社，從此成為該社最具代表性也是最重要的詩人。初初寫詩的這段期間，他橫跨理工與人文兩個不同領域，曾就讀於台北工專化工科與台師大美術系（夜間部）[76]，「雙腳」踩進史諾（C. P. Snow）所說的「兩種文化」（The Two Cultures）[77]裡，而這也影響他後來的詩作與詩論——譬如以愛因斯坦（Albert Einstein）的質能方程式$E=MC^2$去闡述詩作，成為詩壇獨樹一格的詩論家。

白靈的首部詩集《後裔》於一九七九年出版，同年他以長詩〈大黃河〉獲國軍文藝金像獎（銀像獎），

白靈（文訊提供）

次年又以〈黑洞〉長詩獲第一屆時報文學獎敘事詩首獎，成了當時代表性的青年詩人。若以得獎紀錄而言，他可以說是以長詩起家，可惜此一長詩寫作只是曇花一現，之後他反而大力耕耘小詩，鼓動小詩創作風潮[78]，甚至推行截句創作（四行以內小詩），包括在他主編的《九十一年詩選》與《二〇〇七台灣詩選》，一反常例特闢小詩（短詩）專輯，其中更曾和向明合編《可愛小詩選》（一九九七）一書，策劃《台灣詩學》的「截句詩系」叢書，並且身體力行，出版《白靈短詩選》（二〇〇二）、《五行詩及其手稿》（二〇一〇）、《白靈截句》（二〇一七）與《野生截句》（二〇一八）。

白靈的第二本詩集《大黃河》於一九八六年出版，而跨入一九八〇年代的白靈，詩活動轉向他後來加入的草根詩社，一九八五年還出任《草根》主編。這一時期可謂為他的多媒體與詩的展演階段，他和同好羅青、杜十三等人共同策劃多場「詩的聲光」展演，一度推出「貧窮詩劇場」，試圖將詩與多媒體攜手合演（這也緣由於他和羅、杜等人皆有詩畫專長的背景），以開發詩創作的另一種可能，而其影響甚遠，以致逾二十世紀猶有新世代林德俊等人踵繼其志。

白靈早期的兩本詩集《後裔》與《大黃河》，予人印象較深者，厥為其於詩中偶有出現的祖國（精確一

---

76 此時的白靈是個「怪胎」，甚至有點反骨，譬如他還在建國中學就讀時就不按常理寫校方規定的週記；他更先後兩次考進國防醫學院（牙醫系和醫學系），卻未去就讀，在一九七四年台北工專畢業後，隔兩年再去讀台師大美術系夜間部；最後在一九八〇年情歸美國紐澤西州史蒂文斯理工學院，主修高分子材料（high polymer）科學，逾一年取得化工碩士返台（二〇〇八：一九七—一九九）。

77 兩種文化之說來自史諾於一九五九年劍橋大學名為「兩種文化與科學革命」的一場演講（後來出版成專書）。史諾指出，科學家和文學家（或人文學家）代表兩種不同的知識分子，雙方涇渭分明，彼此甚少來往也沒有交集。他認為雙方應跨越彼此的鴻溝，前者應該讀莎士比亞作品，而後者也需認識熱力學第二定律。史諾自己即兼具科學家與小說家雙重身分（一九九四：一—一五〇）。

78 白靈最早便於一九九七年的《台灣詩學季刊》策劃「小詩運動」專輯；後來該刊在二〇一四年曾與《文訊》、《創世紀》、《風球》、《乾坤》、《衛生紙+》等刊物共同推動小詩風潮，並將該年訂為「鼓動小詩風潮元年」。

點說是文化中國）意識或情結，如〈致讀者〉、〈大屯山西望〉、〈下大屯山〉、〈長城〉、〈鄉關〉、〈祖籍〉……以及長詩〈大黃河〉與〈黑洞〉。如〈大屯山西望〉中說：「歷史以五千年富我／山河以錦繡迷我」，〈致讀者〉甚至說：「願是人造衛星一顆／悄悄守候祖國上空」。然而，他的文化中國與政治中國（等於中共）意識其實是分得很清楚的，對於後者的態度他一貫出以批判的口吻，〈大黃河〉與〈黑洞〉二詩便是力道遒勁的批判；而如此的文化意識形態也吻合他此時所隸屬的葡萄園詩社的大中國意識。

都獲獎的〈大黃河〉與〈黑洞〉兩首詩，在手法上一脈相傳，都慣用排比句法以強調語氣，製造澎湃的情感起伏；也利用疊詞（詞彙重複）、疊音（同音）、複沓句乃至頂真句，形成連綿的感覺以增強氣勢，很適合拿來朗誦。以言表現手法，前詩略勝後詩一籌，蓋在後詩相似的排比句法以及疊詞、疊音的使用委實過多，若干地方甚至成了機械式表現，若自俄國形式主義角度看，亦即此類手法已形成自動化（automatization）效果，反讓讀者無感。此外，後詩的敘事性雖然增強，字質反而變弱，詩的質地被「散文語言」稀釋甚多。

不過，從前二詩可以瞧出白靈詩裡乾坤賣的是什麼藥。上面所說他一脈相傳的手法，包括疊詞、疊音，以及排比甚至對偶，大量地散見於他各冊詩集中，尤其是排比句法，自早期到近期，從長詩到短詩，不論是抒情言志或寫景敘事，在在都可以看到他精於此道；而運用此等手法則可加強詩的迴環節奏，展現流暢的音樂性[79]。試看下面這首五行詩〈夜探寒山寺〉：

一座廟在寒山的夢境中擱淺
幾條船從唐代的鐘聲裡漂出
月光推門滿地竹影忽古忽新

失眠的鐘聲按捺不住，爬上古牆
寺外一批引擎，朝深夜轟隆奔來

此詩意象精巧靈動，無一贅語（複用「鐘聲」疊詞，實不可少，而如上述，此用法亦為白詩之特色），頗合英美意象派（imagism）之神髓，白靈的不少短詩，確有意象派的特色。此詩前兩行即以排比（也是對偶）句起頭，全詩更以生動的意象鋪展，邊敘事的同時也邊寫景——他的不少旅遊詩都具此特色，可以說用意象語來敘事成了他的招牌手法，如〈出口〉、〈永恆的船——龐貝城所見〉、〈大戈壁——敦煌旅次〉、〈燭台〉、〈秋芒〉……盡皆以精彩的意象來帶動敘事。擅於敘事的同時，白靈詩作也極為重視謀篇，即便像上述這首短詩〈夜探寒山寺〉，亦能瞧出他擘劃的巧思：開始從遠景描述（一座廟、幾條船），之後鏡頭推前移動至院內角落（寺門），再由鐘聲引導，後縮為遠景，從古色古香的景致（鐘聲）裡回到現代有引擎聲的世界。以結尾的今與前述的古互為對照，並作為收束，頗見結構之匠心。難怪他初始寫作係以小說試身手。

如上所述，白靈詩作的意象一向用得精準、生動如意象派，而活靈活現的詩亦多少拜賜於他喜用的擬人法，像前詩〈夜探寒山寺〉裡的寺廟、月光、鐘聲都一一被擬人化了；再如收在《昨日之肉——金門馬祖綠島及其他》（二〇一〇）裡的〈壓或挺〉、〈海盜屋〉、〈芹壁〉、〈陰影〉、〈流動的臉〉……都以擬人法活化詩之意境，尤其散文詩〈流動的臉〉以第一人稱「我」寫青海省湟水，讓讀者極易將其感情代入，以臻物我交感的境界。倒是他向來擅長的敘事手法，在《昨日之肉》中有明顯減少的現象；不僅如此，在該書中還出現

79 余境熹曾以《白靈短詩選》為例，除了指出疊詞、疊字（即同字或同音）的使用以及對偶與音節的安排外，還分析雙聲、疊韻與行末押韻如何產生重複性的音樂效果（九九—一二三）。

難以歸類的前衛詩作，如〈「安全士官守則」變奏曲〉、〈「獄」這個字〉等（有泯滅文類的企圖），以及不無批判味道的圖象詩〈遭尖嘴痛擊的島嶼〉、〈綠洲山莊的八卦樓〉。

一九九二年《台灣詩學季刊》誕生，加入該詩社的白靈，詩之活動重心轉移於此，主編詩刊、策展活動、籌劃詩獎、出版書系詩集，不遺餘力，尤其是對於小詩創作的推動投注他最多心力，如上所述，他亦將創作重心轉至小詩上，遂有五行詩、截句等小詩的大量詩作。然而，向以精準意象語取勝的小詩，往往出現一些白靈慣用的意象，如雲、霧、影、窗……這些常見的意象在白靈巧手玩弄下，的確變幻出不少花樣，卻也令人懷疑他手中是否欠缺一個千變萬化的「意象萬花筒」（imagery kaleidoscope）？

所幸白靈以他出身理工背景的機智製造幽默有趣的詩行，以減低過度複用相似或相同意象所造成的自動化心理效應，如〈二大娘的肋骨〉、〈在詩人碧果的鼾聲中作詩〉、〈偷〉、〈三月八號這天〉、〈旱象〉……以詼諧口吻反寫「苦中作樂」的情境，黑色幽默令人莞爾；尤其〈魔術師〉一詩以反諷手法刻劃一位「無所不能」的魔術師：「我們的魔術師，只向人們收取微薄小費／便使口渴的人可以喝黃樟素／呼吸困難的人可以吸收戴歐辛／嘴饞的吃了黃麴毒素保證沒事／如果生了病，請一定／一定要相信我們的魔術師／用沒有消毒的塑膠針筒才能早日康復」，用語詼諧，卻具批判力道，直堪與瘂弦的〈赫魯雪夫〉媲美。

除了分行的長詩和短詩外，白靈前後也嘗試寫了十多首散文詩，寫人的〈我的朋友杜十三〉與〈散文詩教主——歪公商禽〉都極為精彩，寫江水的〈流動的臉〉亦頗生動，惜乎他並未如對小詩那般鍾情，否則以他善說故事與謀篇的才能，極適合在散文詩上一展長才，假以時日成績必更可觀。於白靈而言，儘管新世紀之後的《昨日之肉》一書，可以看到思以轉變風格的嘗試，然而，語言明朗、意象生動可說是他一以貫之的特色則無庸置疑。

十三、朵思與羅英

朵思

曾為創世紀同仁的朵思，十六歲便於《野風》發表第一首詩作〈路燈〉（一九五五），但在此之前的她已於《公論報》發表過首部短篇小說。早期的朵思，詩與小說左右開弓，齊頭並進，一九六三年出版處女詩集《側影》，一九六五年出版短篇小說集《紫紗巾和花》（筆名韻茹），一九六九年再出版長篇小說《不是荒徑》，卻在一九七〇年代中後期停筆數年（一九七四—一九七八）[80]。復歸文壇及詩壇的朵思，於一九八〇年代除了出版短篇小說集《一盤暮色》（一九八三）外，創作領域更伸向散文，一連出版了兩本散文集《斜月遲遲》（一九八二）與《驚悟》（一九八七），而這也延遲了她第二本詩集《窗的感覺》直至一九九〇年才出版。

早期的詩人朵思，也就是前兩本詩集的創作（雖然第一本和第二本前後相差近三十年），誠如商禽所說，風格上沒有太明顯的變化（一九九七：一七二），大體上呈現著悒鬱的抒情筆調，如〈梧桐樹下〉、〈風雨中〉、〈關於你〉、〈道別〉、〈葬情篇〉等詩，都可嗅出那濃稠的傷感情懷，其中〈風雨中〉即提及：「但我，正被禁錮，正被淤塞／黝黑之中，正被圍住，圍住，被／粒粒閃避不及的寂寞。此刻」，而寂寞也常是她此刻心情的寫照，這又緣於她對愛的執著，可她的戀如〈關於你．第三首〉所說：「便如那空空的兔穴／便如廣大而不能耕作的土地，便如／剛張開口的蛤蜊，飢渴而／空洞」，這種愛的「空」在〈葬情篇〉裡有更深的剖示。

80　此係依據朵思自訂的寫作年表（一三五—一三六）。另一說是她曾輟筆十餘載（沈奇，一九九七：一五六）。

一九九四年出版的《心痕索驥》是朵思的第三本詩集，也正是此書讓她終於有被入史的肯定。此時的她雖然憂悒的情緒依舊，卻有了不同的展現方式，譬如〈四行詩四則‧4〉云：「過分孤寂／使一些影子頻頻在生命幅面自由出入／無非也是有些傷口始終未癒／胸中喀出的那顆夕陽才有最悽絕的笑容」，顯現有她精神官能症的情緒障礙，其他包括：〈幻聽者之歌〉、〈妄想症〉、〈精神官能症患者〉、〈夢囈抒情〉、〈在昏眩的時空〉、〈憂鬱症〉、〈感覺夢正腐蝕〉、〈躁鬱症患者之歌〉等，這些詩雖與精神醫學有關，卻也是詩人以此療癒自己的一種方式[81]，也未嘗不可以看成是一種屬心智障礙的失能詩（disability poetry）[82]。而以廣義的角度看，朵思這些心智失能詩也是一種醫事詩，並在《窗的感覺》就已出現這類醫事詩如〈病室風景〉、〈第三病房〉等，其書寫方式且迥異於男性醫生詩人曾貴海、江自得、鄭炯明諸人（莫渝，二〇〇八：一二二）。

從《心痕索驥》到下一本詩集《飛翔咖啡屋》（一九九七），經過一九八〇年代的過渡，朵思的風貌有了某種改觀，這兩本詩集所收詩作泰半寫於（或發表於）一九九〇年代，除了如前所述出現有所謂的心智失能詩或醫事詩外（後書續有顯示精神分析治療過程的詩作〈精神症醫病關係〉），首先是她對於「激情的轉化，作品中含有了更多思辯與睿智的成分」（沈奇，一九九七：一六三—一六四），譬如對個體生存困境的拷問（如〈第六感〉、〈我收集夢，夢也收集我〉）乃至對社會現實的逼視（如〈嫖客‧雛妓〉、〈心與島嶼的交會〉），尤其是收在《飛》書第二輯「臉色」裡的十九首散文詩（若將輯一裡的〈淚〉和〈剪刀〉加計，合共

朵思，《飛翔咖啡屋》（爾雅出版／提供）

二十一首）。

這些散文詩雖未必悉數盡有稠密的詩質，但少見的是首首都以女性為聚焦者（focalizer）[83]，端的是女性書寫的大合輯！儘管未設有令人驚怖的情境（如商禽、蘇紹連的散文詩），這些女性書寫的散文詩，卻都以女人的眼光來觀看世界，也用女人的身體接觸世界，展現出獨特的女性身體美學，如洪淑苓所說，詩人「透過身體，創造了肉體的快感，並且細膩的享受」（一〇三－一〇四），譬如〈在渡輪上〉寫乘渡輪到對岸的女人，「用目視測量一下夜，用嗅覺感應一下水深，讓飄盪的眼神停泊在風中，讓消失的海岸線跟她一起上岸」，展現了女性特有的視覺和嗅覺描述，其他像〈夜〉、〈筆〉、〈畫框〉等則有反寫傳統閨怨詩的嘗試，亦令人耳目一新。

若將其中〈擁抱〉和〈耳〉再拿來和〈詩句發芽〉並論，可以發覺此時期擅長感官（視覺、聽覺、嗅覺、觸覺、味覺）描寫的朵思，甚且有從身體感官舒展出女性情慾的袒露；相較於前二詩的含蓄，後詩〈詩句發芽〉的表達更為露骨，是詩一開始即敘述「男人用手觸撫女體」，接著「女人用渾圓的想像脫去他的衣衫」，然後說「淹沒我以前／請辨識：飛瀑湍流在另一度空間亢奮」，並「從臉部以下胯間直上／視線的力點一一撥開肌肉的奧秘」……不管你稱它是情慾詩或情色詩都好，以同輩女詩人來說，朵思此詩確屬大膽之

81 朵思自承，《心痕索驥》讓她把精神醫學融入於詩裡，且意外療癒了自己，「並產生迎擊各種困頓的力量」（一三二）。

82 失能詩係指由失能者（disablist）所書寫的自身失能經驗，並展現其失能意識的詩作，而失能者則包括了身心（即身體與精神）的失能。失能研究（disability studies）的文學理論則以「失能者」代替「殘障者」稱此身心受到傷害的人士（孟樊，二〇二〇：一〇－二三）。

83 根據普林斯《敘述學詞典》之說，聚焦者係指敘事文中聚焦的主體，也就是視角的持有者（七七）。

作，而其豪放程度相較於顏艾琳、江文瑜則不遑多讓[84]。但末段突地加上「詩句發芽」四字，似有狗尾續貂之嫌，蓋如此一來便將女性情慾的展現轉到創作過程的比喻，使得以情慾解讀此作終歸站不住腳。情慾的洩漏乃係詩人的偶一為之，不用大書特書，倒是《心痕索驥》和《飛翔咖啡屋》的轉變，其實更和意象的表現有關。朵思的前兩冊詩集，意象的處理既精緻又準確（如〈靜觀日出〉、〈微風．微雨〉等），但她更讓人激賞的地方則在此之後轉向現代主義的飛翔，以略帶有超現實主義「想像飛躍」的詩句形成個人特色鮮明的詩風，〈夢幻飛翔——觀賞米羅《小丑狂歡節》〉、〈幻境時空〉等詩便是例證，而她這類詩作予人卻無晦澀之感，緣由於做了「有機的化解與整合」（沈奇，一九九七：一六九）。

之後越過二十世紀出版的《曦日》（二〇〇四），是朵思向長詩創作挑戰的嘗試，內容以她個人的經歷與生存情境為主，並由此輻射出歷史記憶與社會語境的進程，或虛或實，裡面有著她的夢囈與苦澀，有著她的感念與懷想，也有她的反思與批判，企圖不可謂不大；但語言時鬆（如〈牽繫——母親〉）時緊（如〈歲月的節奏〉），收放未能自如，尚未能謂為成功之作。

羅英

小朵思一歲的羅英，同樣是一九九〇年代中後期創世紀詩社最具代表性的女性同仁，也都在一九五〇年代中期便開始創作。荳蔻年華的羅英，極早即加入現代派，也比朵思更早進入創世紀（一直到一九九八年十月為止），在一九八〇、一九九〇年代可說是創世紀最長青的女性同仁。羅英曾和商禽結縭，如同蓉子與羅門的結合，一度傳為詩壇佳話。或因此故，使她的散文詩也帶有奇詭的「超現實」色彩，至於是誰影響誰，或者是夫妻彼此相互影響，恐難論斷。

二〇一二年於南非約翰尼斯堡猝逝的羅英[85]，除了寫詩外，也創作散文和極短篇，但她生前僅留下

《雲的捕手》（一九八二）與《二分之一的喜悅》（一九八七）兩本詩集。如上所述，羅英的起步極早，卻遲至一九八〇年代才出版她的詩集，而也是在此一時期方見她創作的高峰。論者常謂她的詩隱有超現實主義的色彩（鍾玲，一九八七：九），早期羅英的一些詩作確實有這種超現實主義的味道，諸如：「讓太陽去洗他冰冷的孤獨吧」（〈蘋果季〉）、「那顆哭泣的樹上／結著荒謬的秋天」（〈孩語〉）……這類出奇不意的意象頗令人驚豔，而且這些奇詭的意象多半又出自由潛意識操使的自動寫作，若干詩作如〈最後的冬季〉、〈晴日〉、〈蘋果季〉、〈孩語〉、〈臘月記〉等，都不無自動語言的鑿痕。

當中尤可一提的是她的散文詩。羅英的散文詩數量並不多，收在《雲的捕手》裡的〈貓〉、〈魚〉、〈黑夢〉、〈最後的石榴〉等詩，的確都有使用自動語言的痕跡；這些散文詩雖未必如洪淑苓所說係詩人「藉由夢境的鋪陳，反映了她對青春自由、愛情的渴求與挫折」，但字裡行間所滲透出來的那種「墜入孤獨疏離的窒息感」卻是再明顯不過（三〇五）。之後收在《二分之一的喜悅》中的〈植物篇・榕樹〉、〈天國之旅〉、〈死，你的動作是飛翔〉（七首組詩）、〈魚族記事〉等——其內容或多或少都透露些許「荒謬的存在感」，詩

羅英，《二分之一的喜悅》（九歌出版／提供）

84 此詩寫於一九九〇年代中期，彼時西方女性主義已大舉進入台灣社會，相信朵思也不無受到影響，以致有此種情色詩的出現。

85 朵思曾在二〇一四年一月二十二日《自由時報》副刊，發表悼亡詩〈夢境低語——悼女詩人羅英〉以悼念羅英。詩的開頭說：「以驚悚低語走動夢境」，即具體而微地顯示了羅詩個人的獨特色調。

中所製造的詭異情境雖不乏「超現實」意味，不過已較無前一本詩集那種自動語言的色調了。羅英這些極為精彩的散文詩所展現的巧思與奇譎畫面，與其夫君商禽相較，可說並不遜色。

然而，這也不是說她擅長使用什麼稀奇古怪、石破天驚的意象——她後來所使用的意象反倒是稀鬆平常，諸如夜、月（光）、夢、風、雨、雪、鳥、魚、貓……平心而論，並無驚人之處。事實上，羅英那令人驚愕的意象主要是拜「超現實的場景」之賜，例如〈臘月記〉的開頭：「那些玫瑰都昇起來／在風裡紛飛／並且歇在雲上／——太陽正在長大」即為顯例。此所謂「超現實」係指超脫現實以外的景物，亦即其景物於現實中不可能存在或如實出現，對羅英而言，這往往得力於「異景的銜接」，也就是讓意象闖進它本不該存在的情境裡，以使它所銜接的不同情景產生張力——這也可說是俄國形式主義所強調的一種陌生化手法。但這樣「超現實」的陌生化手法，未必就是使用超現實主義的自動語言——這在《二分之一的喜悅》裡就比較少見。

羅英所製造的奇詭情境，除了運用上述「異景的銜接」外，更常利用轉化或變形手法以達成陌生化的超現實效果，諸如〈死之演出・三〉（人化作雲）、〈貓〉（貓是蝶又是仙人掌）、〈書〉（「我」變成書）、〈靜物・鏡子〉（夜化作池塘）、〈石頭〉（石頭溶化為雪與花）……都出現有這種變形的物事或畫面，其中最具典型者毋寧是〈畫家〉一詩，該詩首段說畫家：「畫一隻黑色的／鴿，又／畫一隻白色，一隻紅色，以及一隻銀灰色的／鴿」，在作畫的過程中，第二段接著說：「那人／覺得自己的羽翼已經豐碩起來／遂從高樓的窗戶／匆匆地／飛出」，最後人變形為鴿子向外飛出，得到自由。

在上述常見的意象中，羅英特別喜歡「貓」、「鳥」、「魚」這幾個動物意象：首先是貓，如〈貓的秋天〉、〈貓〉、〈雪的遐想・2〉等詩出現的貓蹤，貓多半有著「不吉利」的味道，甚至象徵死亡的使者（尤其是〈貓〉裡的黑貓）；只有〈柿子〉裡那隻躺在「我」手中熟睡的由柿子轉化的貓，才搖身一變為安詳的天使。其次是魚，如〈秋日〉、〈晴日〉、〈孩語〉、〈魚〉、〈死，你的動作是飛翔．2〉、〈魚族記事〉，詩裡的這些魚——不管是遠游的魚或擁擠的魚，都寓有情慾的意涵，也象徵著美好和自由。至於鳥（包括鴿子、燕子、斑鳩等）出現的頻率最多，鳥是神的使者，代表著愛、自由、和平的希望（如〈畫家〉、〈鴿〉、〈小詩輯．4〉），但在〈秋日〉、〈孩語〉、〈小詩輯．3〉、〈靜物．3口紅〉裡的鳥則有死亡、墮落之意。

總之，羅英酷愛以象徵手法——尤其是私設象徵——來寄寓其形而上的存在之思，不少詩作更帶有迷離、神秘的色彩，如〈魚族記事〉、〈蝴蝶〉等詩，還隱約透露通感（synaesthesia）的氛圍（各種感官交相作用），〈蝴蝶〉一詩甚至指涉死亡的意涵（「是相框裡母親的／儀容」）[86]。而關於死亡的書寫，則也是羅英詩作與眾不同的特點，按照洪淑苓的統計，與死亡有關的詩作，《雲的捕手》有百分之四十六、《二分之一的喜悅》占百分之四十，比例極高，其中有寫人的死亡（如〈戰事〉、〈死之演出〉），也有寫物的死亡（如〈斑鳩〉、〈稻草人〉），並呈現出三種死亡觀：死亡可再生、死亡即毀滅、死與生之糾纏（二七〇—二七七），要之，其死亡之書寫不啻在探究生之存在，而這又根源於其對存在之焦慮，令人宛如置身於荒原與廢墟之情境，背地裡透顯出荒涼的死亡美感（例如〈荒原〉）[87]。

羅英詩之奇詭，尤其是散文詩所營造之畫面，並不下於商禽，與後者相較，那些詭譎的超現實情境甚至更為可感；可惜她留下的詩篇不多，否則成就將更為可觀，也允為當代女詩人之奇葩。

86　鍾玲便因此指出，羅英之詩表現了象徵主義的特點（一九八七：一一一—一一四）；其實，這只限於她少部分詩作。

87　洪淑苓則說，此係根源於詩人的「荒原意識」，讓她的詩作充滿頹唐之美，亦即死亡之美（二八六—二八七）。

十四、杜潘芳格與利玉芳

杜潘芳格

若說是以日文而非中文創作，可謂是跨越語言一代的杜潘芳格，在她十五、六歲就讀新竹女中時即已提筆開始寫作；但真正以中文創作則要等到一九六〇年代後，特別是在她三十九歲加入笠詩社之後，這當中和其他跨越語言一代的省籍詩人一樣，都要經歷從日文轉換為中文的再學習過程。也因為如此，杜潘芳格直至一九七七年才出版她的首部詩集《慶壽》[88]。

於個人而言，雖然杜潘芳格的中文創作起步較晚，但她在笠成立後翌年即加入該詩社，輩分極高，先後被延攬擔任《台灣文藝》社長以及女鯨詩社社長。一九九〇年她以自選集《遠千湖》獲第一屆陳秀喜詩獎，除了《慶壽》與《遠千湖》外，前後出版中文詩集有《淮山完海》（一九八六）與《朝晴》（一九九〇），以及《青鳳蘭波》（一九九三）、《芙蓉花的季節》（一九九七）兩本詩文合集。她的詩（文）集取名別出心裁，書名多半來自她的親友，除了最後一部詩（文）集外，《慶壽》係以她丈夫名字為父親祝壽出版；《淮山完海》的「淮」和「海」分別取自父與母之名；《遠千湖》出自詩友陳千武（千）和她的兩位舊識（遠、湖）；《朝晴》則取名自孫子的「朝」與孫女的「晴」；至於《青鳳蘭波》係脫胎自女兒鳳蘭與她少

杜潘芳格（文訊提供）

女時代的兩位男性友人名字。

從杜潘芳格對於詩（文）集的取名，可以看出她對親友之情的重視，而這也顯示在她詩作的字裡行間，成了她以倫理親情為重的一種詩之風格。譬如〈在桑樹的彼方〉與〈桃紅色的死〉寫的是她對於父親的孺慕之情；〈秋〉抒發她對母親的悼念；〈吾倆〉和〈婚後四十年〉可見她與丈夫的鶼鰈情深；而〈兒子〉與〈送畀妹仔鳳蘭〉顯露的則是她深摯的母愛。從〈母鳥涙〉一詩更可以看出作為人母者無私的奉獻情懷：當所有的小鳥都離巢飛走，母鳥的瞳孔盯著地上，看自己脫落的羽毛隨著秋風片片飄走，只能掉下母鳥涙。離巢的小鳥可能不知（或知？），母鳥經過生產的痛苦（〈末日〉），操持家事的辛勞，又在家中廚房與丈夫診所之間穿梭，同時兼顧家務與醫務（〈問〉），十足展現一位客家婦女辛勤耐勞的形象。由此亦可見，杜潘芳格的詩作內容往往來自日常生活的瑣碎素材，從柴米油鹽裡提煉她的人生見解，化為詩的結晶。

以〈選舉合味〉為例，這首罕見的不以批判當道者（國民黨政府）為訴求的客語政治詩，用客家料理中青菜與醬料的搭配為喻：

> 一家團圓食飯時
>
> 鋪娘人就想，那係民進黨係傴腰菜，國民黨就桔漿豆油。
>
> 國民黨係紅菜葉，無黨派就係薑麻酸酢。　盡合味。

指出政治上各黨派要和諧，大家就像一家人團圓吃飯，不分彼此才能「盡合味」。嚴肅的政治詩竟從柴

88　因為長久以日文寫作的習慣，到了一九八八年她甚至還出版一本日文詩集《拯層》。

米油鹽裡去取材，也只有像杜潘芳格這樣的客家婦女才寫得出來，不似笠的男詩人的政治詩那樣劍拔弩張。

杜潘芳格是國內少數刻意經營客語詩的詩人之一[89]，合共七十五首客語詩作（林璟瑜，三一四），主要收錄在《朝晴》、《青鳳蘭波》、《芙蓉花的季節》諸書中[90]，她一再強調母語書寫的重要，因為語言就是表達自己所在的工具，而失去語言不啻喪失自我，如〈𠊎本身係光个工具〉表示：「𠊎本身係有生命个畀語言使用个工具」，〈聲音〉則進一步說，聲音被上鎖等於「語言失去出口」。其中〈出差世〉一詩最能代表杜潘對於客家母語的立場，此組詩分「三世」：日語世代（一八九五—一九四五）、北京話世代（一九四五—一九九〇）、鶴佬話世代（作此詩時的現在），卻沒有一個世代能讓客家人好好講自己的母語，尤其是她對所謂「台語」文化霸權的反思，「講起台語有種種」，但路頭巷尾聽到的都是鶴佬話（＝台語？）；而客家人得「愛會曉得講鶴佬」，但「學到家世三代後／連自家母語忘了了」，感嘆「恁樣下去作得麼」？

杜潘芳格的客語詩基本上是「我手寫我口」，所以極為口語化，在文字上借用漢字來表達，並盡量尋求近音字或近義字（如「係」為「是」、「唔」為「不」、「个」為「的」、「畀」為「被」），但也因為太口語化，使得不少語言過於鬆散，導致一些詩行被拉得很長，如前詩〈選舉合味〉就有二十三字的詩行，長詩句的說白因而成了她詩作（不夠精煉）的特色之一。

如上所述，杜潘芳格可以用客語詩來表達她的政治理念，此外，她的客語詩（當然不只是客語詩），或寄託對客家原鄉文化之情（〈茶園〉），或反思民俗文化的陋習（〈普渡〉），或歌頌台灣母地的美好（〈擎針連衫〉），或流露虔誠信仰（上帝）的感恩（〈子孫係上帝交託个產業〉）……其中〈中元節〉與〈平安戲〉兩首詩以中元普渡被作為祭禮口含「甘願」的大豬公（前詩）以及年年「圍著戲棚下，看平安戲」的平安人（後詩），諷諭政治順民，也對宰制與被宰制的關係提出省思，尤其是後詩更寓有反殖民意識在內，認命的客家婦女其實是很硬頸的，一點都不認命。

雖然杜潘芳格慣以日常生活題材入詩，使其詩作頗具「日常的興味」（洪淑苓，二三七—二六六），她重視家庭倫理，承擔妻母之職，詩裡不乏濃厚的親情，卻壓根兒沒有閨秀氣；她也不像女鯨詩社裡其他女性主義色調分明的詩人那樣「大張旗鼓的顛覆父權和高喊解放女權的企求」，卻有著理性冷凝的省思，從中可見她的女性書寫所呈顯的主體意識（劉維瑛，一二七），而這也是杜潘芳格最被肯定的所在。

利玉芳

與杜潘芳格同是客家人並也寫作客語詩的利玉芳，詩創作起步於她加入笠詩社的一九七八年。該年她以家庭主婦身分參加鹽分地帶文藝營，結識該詩社同仁後，成了笠的成員，自此開始在《笠》詩刊發表作品，也從原來的散文轉向詩創作[91]。一九八九年，利玉芳出版了她的首部詩集《活的滋味》；一九九三年她繼杜潘芳格之後以詩選集《貓》（一九九一）[92]獲第二屆陳秀喜詩獎。首部詩集出版後再隔十年才出版她真正的第二本詩集《向日葵》，之後是千禧年的第三本詩集《淡飲洛神花茶的早晨》，以迄於二〇一〇年的《夢會轉彎》與二〇一六年的《燈籠花》[93]。以她創作逾四十年的詩齡來看，利玉芳的詩作產量並不算太豐富。

當初崛起於詩壇的利玉芳——尤其是收在《活的滋味》中若干表達女性情慾的詩作，令人為之驚豔，諸如〈貓〉、〈水稻不稔症〉、〈古蹟修護〉、〈給我醉醉的夜〉等，以本省籍女詩人的身分抒發其情慾聲音，

89 同為笠詩社的利玉芳有四十五首、張芳慈有四十四首客語詩作（林璟瑜，五—六）。
90 杜潘芳格往往將舊作重譯為客語詩。
91 利玉芳就讀初中時即以筆名綠莎發表散文創作，在她加入笠詩社的同一年，與友人王建裕合出散文集《心香瓣瓣》，但封面的作者名字卻誤植為綠沙。
92 《貓》係自《活的滋味》四十九首詩中抽出十一首，以英日譯文重新整編出版的詩集。
93 利玉芳有後出的詩集再收入若干前作的習慣。

當時確實讓人側目，而這也讓鍾玲在《現代中國繆司》一書中以「描寫情慾感官經驗」的女詩人為她定調（一九八九：三二四）。以〈給我醉醉的夜〉為例，該詩敘述在與你一起品酒的夜晚的「我」，一開始「面對著誘人的香醇」所引發起來的欲望，仍不免矜持像一座「突然處女起來的牆」，但繼而一想：「果真這樣矜持／想來今夜將被我弄得無趣／使你沒有獲得一夜的愛／我也沒有獲得一夜的情」；可這醉醉的夜最終：

給我勇氣

給我微微的醉意
用來擊破虛偽的牆
讓真情俘擄我的靈魂

給我用肉體歌唱不朽的詩
給我厚實堅強的肩膀
我需要灌滿一夜的愛

其實這首詩對於情慾的表達仍舊顯露著傳統女性婉約的矜持，不像一九九〇年代後顏艾琳、江文瑜，以及二十一世紀後騷夏、子處那樣赤裸火辣的表達方式；儘管如此，藉著醉意賜給勇氣的詩人最後還是大膽地說出「我需要灌滿一夜的愛」。

雖然到了近作《燈籠花》中還能見到〈玫瑰花情〉如此表現女性情慾的詩作（「含苞的玫瑰也在溫柔

的月下蜷縮著身子／在震顫的晨曦中發出微妙的能量」），但是利玉芳這類表現女性情慾自主的詩作，卻一直未見女性主義的色調，誠如這首〈玫瑰花情〉所說，新嫁娘的我要「放下自己的固執和意見／去學習如何取悅我的新郎」，反倒可見女性順從的態度，骨子裡是逆反女性主義（antifeminism）的。縱然如此，利玉芳卻以她的母性意識展現她的母性胸懷（motherhood），如〈保溫箱〉、〈嬰兒與母親〉、〈紅樹林之（二）〉、〈子宮樹〉……都是男性詩人所無法呈現的「母性詩」（maternity poetry）；尤其是〈蠟炬的淚〉一詩，在詩末，詩人發揮她的同情來擁抱受傷的二二八英靈，希冀讓他們受創的傷口可以在她「溫潤的胸脯中癒合」。

順著她的母職或母性心緒，我們可以進一步發現利玉芳喜用的女體語言（female body language），此一有別於男性用語的女體語言係出自所謂「生物上的性」，諸如：胸脯、乳房、子宮、火母、產道、恥部、經痛、懷胎、害喜、流產……這些女體意象完全是基於不同於男性（生物學上）身體的思維，不易在男性詩人的詩作中出現，例如〈暈機〉一詩，即別出心裁地以女人的害喜來比喻暈機所造成的作嘔；〈水稻不稔症〉則提及女性流產的心境係因肚子缺乏男人的愛；〈出席證〉更以「垂喪的乳房」抗議她出席日本岩手縣北上市東亞詩書展胸前被配戴的「黃金出席證」，因為上面寫著CHINESE TAIPEI。

於此一〈出席證〉裡，利玉芳強烈的台灣意識可謂一覽無遺。尤其在《向日葵》與《淡飲洛神花茶的早晨》二部詩集裡，鮮明的台灣意識幾乎無所不在，而這也成了她大量的政治詩和旅遊詩中時常出現的主調，

利玉芳，《燈籠花》（秀威資訊出版／提供）

從〈瓦窯〉（客語詩）、〈月亮也繫上黃絲帶〉、〈眠月線形影〉（後兩首為旅遊詩）等詩即可窺知一二。譬如以瓦窯側寫莊下（鄉庄）生活記憶與感覺的〈瓦窯〉，詩裡就特別強調瓦窯生產的瓦是「台灣瓦」，其實綜觀全詩，若把「台灣」兩字拿掉也不損及文化傳承的原意。再如〈眠月線形影〉一詩，手法亦如出一轍，此詩敘寫詩人與同好遊阿里山賞櫻，同樣要強調被人喜愛的一葉蘭是「象徵台灣堅貞的植物」。也由於以台灣意識為本位，使得利玉芳的政治詩具有鮮明的反中國意識，兩國論的主張便呼之欲出，自然也對當時執政的國民黨政府不懷好感，如〈祈雨〉、〈一個不是很特殊的日子〉、〈賴抱〉、〈素描三太子〉、〈ね化け〉、〈仙人掌王國〉、〈喜宴〉、〈倒風內海〉、〈舊新聞〉……這些政治批判的詩作則已非台灣意識所能涵括了。

語言一向明朗的利玉芳並不擅長寫長詩，較長篇的詩作主要出現在《向日葵》中，但最長也不過五、六十行，而且她的詩節大多都偏短（《燈籠花》最明顯）。除了大量的政治詩和旅遊詩外，她也寫作母語詩（客語詩與閩南語詩），從第二本詩集《向日葵》起，她的每冊詩集都收有母語詩，只是分量尚不及成書。她曾在一九九八年和笠同仁杜潘芳格、張芳慈等人加入由女性詩人成立的女鯨詩社，卻未見積極參與。如上所述，利玉芳的詩作並未有顯明的女性主義色澤，但她的母性意識與女體語言，卻也成了成色亮眼的女性詩，可謂為女鯨詩社一抹絢麗的色彩。只可惜女鯨之後未再「海嘯」，然則利玉芳個人的女性詩並未因此而減少她的成色。

十五、馮青與零雨

馮青

二十八歲（一九七八）才開始於詩人羊令野主編的《詩隊伍》雙週刊發表處女詩作的馮青，起步算是晚了，雖然如此，在她現身台灣詩壇之初即令人驚豔。當年八月《創世紀》詩刊即一口氣刊載她〈夏日詩鈔〉十首詩加以推介，由於語言清純脫俗，意象表現不凡，馬上便被詩壇譽為才女（向明，一九八三：二二七），如張漢良即稱她是藍菱之後最傑出的女詩人，而稍後林燿德更視她為當時年輕一代三種女性文體和詩思的典型之一[94]。之後她於一九八三年交出的處女詩集《天河的水聲》確也令人刮目相看。

《天河的水聲》吟唱的多是少女情懷的歌音，譬如其中第一卷所收二十一首詩便都是柔情與傷情之作，其意象清新幽美，不勝枚舉的例子如：「是誰把星子掛在水亭上呢／讓往昔叮叮噹噹的作響」（〈湖上〉）、「快把花瓣燒了吧／所謂聚散／也無非是琥珀杯中的酒香」（〈壺〉）、「絲絲的銀雨／琴聲一樣透明而清涼」（〈南風輕輕〉）、「我啟程時，昨日就回來了／昨日就是／掛在你唇邊的一抹淺笑」（〈依稀〉），皆令人神醉。這些柔情似水的歌詩，傾訴的對象多半是第二人稱的你，不妨視為詩人寫給「你」的系列「情書」。其餘從第二卷到第五卷所收詩作，亦多是抒情感懷之作，柔美的意象諸如：「一塵不染的寂寞」（〈蓓蕾〉）、「花香的腳步／比落葉／還輕」（〈山中黃蟬〉）、「很可口的小憂愁」（〈邱燈瑣記〉），彷若「天河的水聲」的傳唱。

雖然《天》書中的「水聲」讓人思及〈醉花陰〉，

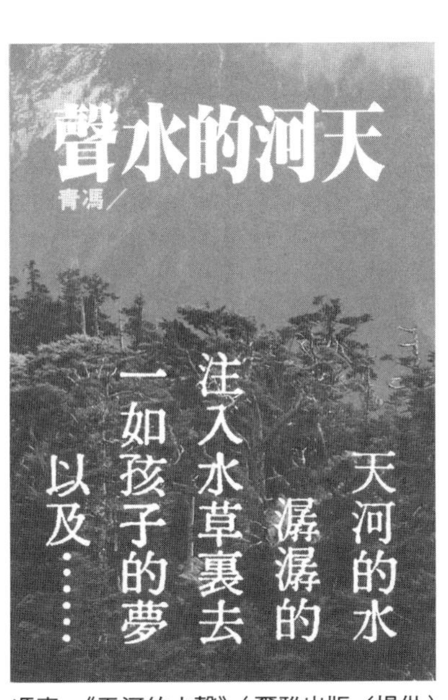

馮青，《天河的水聲》（爾雅出版／提供）

94　其中方娥真代表古典語感和現代詩質的融匯，夏宇則是後現代與新人類的代言人，而馮青即是現代主義與存在主義的女性詩人，並且是中產階級的反中產階級者（林燿德，一九九〇c：九九）。

興起堪比李清照「人比黃花瘦」之嘆，但此時的馮青並不純然流淌於風花雪月之中，譬如該書第三卷便多轉以第三人稱視角入詩，如〈那麼一天：〉、〈一婦人〉、〈失時〉等詩，即將「我」的距離拉開，寫「他」和「她」的日常，不僅語言直露，拋棄耽美意象，更不論情愛，反以女性意識省思男女關係，尤其〈一婦人〉一詩，末段說：「至於嶄新的千元大鈔／比男人孩子才更值得信賴／自己也唯有對自己捐獻這麼一點的時候／她眼睛裡多了一點光亮」，雖不無諷刺見錢眼開的女性，卻也暗指結了婚的女性未必就要一輩子為丈夫和孩子而活，隱然有女性主義的思想在內。

緊接著《天》書之後的一九八九年與一九九〇年，馮青出版了《雪原奔火》和《快樂或不快樂的魚》，結集她創作於一九九〇年之前的作品。這兩冊詩集的創作基調大抵相似，卻和《天》書來個一百八十度的大翻轉！一言以蔽之，馮青此時竟和之前的感性浪漫一刀兩斷，展開胸懷向現代主義擁抱，更確切地說是逆向轉回一九六〇年代前期的超現實主義[95]，向詩壇揭示她那獨特的冰冷如金屬的女性文體[96]，也從此我們再聽不到「天河的水聲」那美妙的天籟。

轉向後的馮青，若自創作的內容觀之，局限於小情小愛已非她所願，她大刀闊斧地開展她的詩思，抒寫女性情慾，反思社會現實，批判黨國體制，展現環保意識，與蒼茫歷史對話，正視台灣庶民生活……題材大開大闔，不少長詩如〈女角〉、〈快樂或不快樂的魚〉、〈山水卷〉等，寫來更是酣暢淋漓、氣象萬千。譬如她的七首〈台灣組曲〉便展現了台灣庶民的悲抑風情（雖然這也和早期台灣歌謠詞曲多悲傷淒涼有關），關懷之情已擴及社會層面，風花雪月已然不存；因而你可以在〈給壞情人的現代啟示錄〉中看到她慧劍斬情絲，宣告「我不再愛你了！再見／我只要去造反！」加入女性主義陣營，甩掉脂粉去搞街頭運動。然而柔美不再的馮青，可仍讓人衷心喜愛嗎？

在經過一九七〇年代寫實主義的「洗禮」後，馮青回頭去擁抱超現實主義，確實令人費解。在她向「雪原奔火」之後，詩的質地更加稠密，繆思的想像飛躍，連情理（sense）邏輯都棄之如敝屣，以層出不窮的意象鋪展、堆砌首首詩作，看她這種炫技式的「意象萬花筒」的展演，令人大開眼界之外卻也眼花撩亂，使得她多半的詩不知它們葫蘆裡賣的是什麼藥。說得好聽是：有著「豐富而跳躍的意象表達」（趙慶河，三二），說得難聽是：語言晦澀難解，甚至不知所云。

讀她此時期的詩作，彷彿可以看到布勒東驀地走在台北街頭，用著他那自動寫作的花腔語言說東道西，發出像是未經連綴的夢囈，那些密碼式的符號，你驚嘆之餘卻也須費心猜解。「你臉上的光亮和陰影／從世界心臟築出一條／我們沒有燕子呢喃的黎明」（〈不要在醒時被醒呼叫〉）、「這公園／有人將白千層置於陽光的病唇裡吸吮」（〈公園一九八八〉）、「你的眼睛生出手腕／越過狗吠的月亮及森林」（〈鐵路出門去了〉）……類似這類突兀的自動語言往往「前不巴村，後不著店」，讓人無所適從，而這些生鮮意象確實有著濃烈的法國超現實主義的印記，以至於讀到〈快樂或不快樂的魚〉，布勒東那首〈可溶解的魚〉會在腦海裡不得不油然而生。

越過二十世紀後，久不見新作的馮青於二〇一〇年出版了她第四本詩集《給微雨的歌》（部分收入舊作）。跨越世紀末與新世紀的這些作品，自動寫作的鑿痕依舊，此時馮青使用的語言也已「到達文字所能負荷的臨界」（馮青，四），但若干詩作的語言已有放鬆跡象，如〈葉子〉、〈她唱雨夜花〉、〈把監獄拿掉〉、〈文言文〉、〈一切都假裝得很好〉、〈總統先生〉……不僅更為入世（譬如政治批判），用語坦白，不少詩且以

95 蕭蕭曾提及，馮青從寫詩開始即特別偏愛洛夫、瘂弦、羅門與商禽等人作品中具有超現實意味的詩句，頗受這些前輩詩人的影響（一九八三：二二一）。此說從其詩風的轉向來看，或有所據。

96 林燿德認為《天》書儘管題名浪漫而感性，書中顯示的卻是冰冷如金屬的文體（一九九〇c：九九）。事實上，馮青並沒以書名詐批評家，該書實是詩人浪漫抒情之作，冰冷的文體要從第二本詩集開始才真正出現。

諷刺手法來營造詩質，一反自動寫作方式。

馮青是自早期的洛夫、商禽、葉維廉、碧果以下極少數鍾情於超現實主義的詩人——尤其是女詩人，這也形成她個人知性且晦澀（中後期）的詩風，而在眾多的感性、陰性女詩人中獨樹一格。她上承朵思、羅英的自動寫作格調，更下啟二〇一〇年代同樣帶有超現實風的劉曉頤、張書勤等女詩人，可謂自成典型。

零雨

馮青之後出現的零雨，詩創作起步更晚，當她的威斯康辛大學東亞語文研究所同學羅智成的「鬼雨書院」已在詩壇揚名立萬時，她的第一首詩尚未誕生，要遲至她而立之齡才交出她的處女作〈日出〉。而她之所以興起寫詩念頭，也是因為當時復刊的《現代詩》主編梅新邀她幫忙校稿，以致手癢拾起詩筆寫作，從此一發不可收拾，甚至於從第九期開始接編復刊的《現代詩》，並在一九九〇年出版了處女作《城的連作》。之後創作持續不輟，至二〇二二年《女兒》的出版，已累積有十一本詩集的成果；二〇〇二年，新世紀肇始不久，更與夏宇、鴻鴻、曾淑美、阿翁等人創辦《現在詩》。在《現在詩》於第十期二〇一二年休刊之後，已移居宜蘭的她，轉而擔任在地的《歪仔歪》詩刊顧問。

不像馮青初始所展現的荳蔻歌吟，零雨一出手即以冷冽形象逼人，而且一以貫之；與她同時代的女詩人如夏宇雖也不溫婉柔情，但不乏「談情說愛」之作。可晚出一點的零雨，似乎是跟情愛絕緣[97]——即使「談」起愛情，也像那方方正正的四方形（〈我的記憶是四方形〉），就如她一首詩的題名「這凌厲的光線毫不留情」，彷彿事不關己。她的詩雖多以第一人稱「我」或「我們」為敘事者，但敘事或說話的口吻往往不見個人情緒，譬如〈種在夏天的一棵樹〉裡的「我」，儘管一開始就表明「我喜歡這棵樹」，底下便一一說明「我」為何喜歡的理由，甚至到最後說「這棵樹就住著一個母親」（而不說是住著母親或「我的」母親），仍然不洩漏一己的情感，將自身的主觀性壓到最低，形成所謂的「零度寫作」（writing degree zero）。零度寫作要求作者屏除任何主觀因素，盡量「將澎湃飽滿的感情降至冰點」，以不介入的態度直陳所見，筆下所敘幾近「白色」無痕的素描[98]。零雨所彩繪的自然是多姿的世界，惟其冷冽的口吻依稀可見是白色的筆調。

零雨從現代主義起步，相較於浪漫主義，現代主義確實如她在〈冬天的囚犯〉所說「有些冷」（七），譬如《城的連作》裡的力作長詩〈城的歲月〉就遺有自動寫作的痕跡，任由意識流帶著詩人馳騁；又如《消失在地圖上的名字》（一九九二）裡的「箱子系列」組詩，詩中拘限「我」的箱子，是現代主義被剝奪的世界，是個體／主體的「圍城」。習於切斷連貫性語意的現代主義，使得零雨一開始即形成敘事或設景不連貫的詩語，而這些「不連貫」，有時則係詩人任性所為——於此，若干詩作彷若夏宇（但沒她任性），帶有不同於現代主義的隨興風格。

零雨，《木冬詠歌集》（唐山出版）

當然，零雨不同於夏宇。從「箱子」出走之後的零雨，很快就跳上載她從台北到宜蘭的「火車」，自第三本詩集《特技家族》（一九九六）起，火車便穿梭在接續的各冊詩集裡，直至《膚色的時光》（台北）火車換乘捷

97 首部詩集《城的連作》確曾出現若干「情詩」，如〈道情〉、〈孤獨列傳．夢〉等，但詩中呈現的情感也極為制約，後詩有云：「我們對著看書　下雨了　書上記載你來臨的日子　我枕著匕首　夢高高地飛起」——這算是詩人最浪漫的句子了（可「我」的枕頭還藏著匕首呢）。

98 參見陳艷風，〈「零度寫作」是文學烏托邦〉，https://kknews.cc/zh-tw/culture/nmk3ke2.html；瀏覽日期：二〇二一年二月二十日。

運才在最後登場[99]。火車詩堪稱是零雨生活的寫照[100]，更以此用來書寫她的家人、友朋、鄉野、田園、鄉愁、童年、旅行、歷史，乃至生命和死亡；「火車」往往也是她創作念頭的起興，譬如收在《木冬詠歌集》（一九九九）裡的〈父親在火車上〉，書寫的對象其實是她父親，火車則只淪為陪襯的背景；真正描寫火車紀行的詩作要在《田園／下午五點四十九分》（二〇一四）才出現，《田》書這些火車詩描繪了搭火車的美好，尤其是〈頭城——悼F〉一詩——台鐵應該找她代言才對。

零雨的詩服膺的是一種空白美學，她似乎頗鍾情於中國古畫裡的那種「留白」，所以她習慣不把話說滿，或因此故，她的詩行向來簡約——除了句子本身簡短外，還故意以強制式的迴行方式切斷句子使詩行變短，如〈特技家族〉之三（組詩九首）的首段：「右手凌空飛起／切入切入　切／入轉頭最脆弱／的位置」，其中第二到第三以及第三到第四行的迴行即為顯例（每行最多不過六字）。或也因此之故，她的詩不用太多的修飾語充塞詩行，更不時興堆砌令人驚豔之意象。語短，卻遒勁；不賣弄詞藻，卻語出驚人——往往俱現其神思飛揚，如〈火車旅行2〉竟這般開頭：「明清的車廂，宋代的車廂／緩緩前進」，將火車旅行幻化成歷史之旅。

她的短行則形成另一種敘事常被中斷的特色（和夏宇有些許相似），以致詩行在敘事前進時突被攔腰斬截，並另起一新的敘事，當中故意留下或大或小的空白，以考驗讀者的想像力。她的斷續又絮聒不斷（最喜歡寫組詩的女詩人）的短句，頗有伊瑞葛萊（Luce Irigaray）所說的「女人話」（female parole）那種味道——女人語言可以朝向任何面向，令男性的他無法分辨其完整一致的意義：

> 她說的話總是自相矛盾，若從理性的角度來檢討，還真像是瘋言瘋語……因為就在女人所說的話中……只消以一串喃喃自語、一聲驚呼、一段低聲吶喊、一句未說完的話……她就可以輕鬆抽離自

> 身。待她回來之後，又可以從另一處再次出發。……吾人勢必要以另一隻耳朵來聆聽，彷彿聽到了總是不停在編織自身的「另一層意義」，總是時時跟語詞交纏在一起，但是，為了避免被固著在語詞之內，勢必也要時時擺脫語詞的束縛。……一旦她說的話已離題太遠，她便當下中斷話題，再重新自「原點」開始說起。（三四）

零雨的詩語多少具有這種女人話的特徵，也正因如此，使她脫掉不少現代主義那種「意象匠氣」。但說到「匠氣」，顯然她過於氾濫使用的破折號即為例證，破折號於她而言，已到無它不歡的境地（直至最新的《女兒》一書），破折號已不只是代表語意的補述、指示、轉折，乃至停頓而已，它尚兼具其他符號功能，在此，封她為「破折號詩人」亦不為過。

到了晚近出版的《田園／下午五點四十九分》（二〇一四）、《膚色的時光》（二〇一八）與《女兒》，零雨的語言有了稍稍的改變，雖然她仍多以第一人稱說話，但詩的敘事性較見完整（代表她說的話較為完整），尤其後二書的語言放得更鬆，類如〈語詞練習〉、〈失守〉這種具有後現代味的詩作是不會在此之前的作品中出現的；更難得出現像〈女兒〉（組詩）這樣頗具女性意識的長詩。而如此的轉變，於年逾耳順之齡的詩人來說，仍是值得令人期待的。

---

99 換搭捷運的〈捷運（2014）——致W〉一詩，頗有入世味道，詩人站在酷兒這邊，以反諷守舊的傳統。

100 零雨任教於宜蘭大學，火車是她每週往還北宜之間的交通工具，她甚至出了一冊直接以火車命名的詩選集《我和我的火車和你》（中英對照，二〇一一）。本書作者之一的孟樊任教於礁溪佛光大學時，曾有一次在火車上和零雨不期而遇，兩個人的座位竟是隔鄰而坐。

十六、汪啟疆與尹玲

汪啟疆

汪啟疆可謂是台灣詩壇幾乎是獨一無二的「將軍詩人」，官拜中將退伍[101]。他出身於海軍官校，擔任過艦長、艦隊長、海軍指揮參謀學院院長，直到二〇〇〇年退役，長達近半世紀的軍旅生涯都在海軍服役，一生與海洋結下不解之緣，在創作上自然也離不開海洋。台灣詩史裡要說有「海洋詩人」，汪啟疆自是當仁不讓，不作第二人想，連覃子豪、鄭愁予和沈臨彬都沒他夠格。

汪啟疆前後出版了十多冊詩集，每一冊都是「藍色的」——因為你可以看到藍色的海洋浮泛其間。一九七九年他出版第一本詩集《夢中之河》時，年已三十五，而且直到一九九〇年才出版第二本詩集《海洋姓氏》，這中間又隔了十一年。但從一九九五年的《海上的狩獵季節》之後，即有穩定的創作量，一直保持至二〇一九年的《遙遠與陌生》，可謂老而彌堅。他的這些詩作多半是海洋詩，寫他的海洋觀察、海洋生活體驗，以及海洋情感，幾乎囊括了全方位的海洋物事，而如蕭蕭所言，他的這些詩「海洋意象已完全溶入詩中，血肉肌骨，無可析離」（二〇〇〇a：二六八），說他能「深入海洋之中，優遊洪瀾之上」（二〇〇〇a：二七一），已不復是覃子豪、鄭愁予那種時來感發的「隨興之筆」（張歎鳳，三三三）。

這位最具典型的海洋詩人的海洋詩，可以寫海上航行（如〈駕駛台〉：「把大海咬出一堆堆白斑疙瘩」）、船上生活（如〈椅子與床〉：「床晃著弟兄睡臉，他們／裹住軍衣，臉沉溺在髒枕巾上」）以及軍艦工作情況（如〈航行×鬼火〉：「我們是／幾根纜繩所燃引的鬼火，使用有限的鯨油／熒熒微亮」），可以寫海洋景觀（如〈日出海上〉：「海的胸膛蘊藏一千度灼熱／波浪覆蓋，而海鷗啄開了晨」）與海洋生物（如海魚、海龜、海象、海鯨等，也包括於空中飛行的信天翁、海鷗等），也可以寫海洋四季（如〈秋之天空〉：「秋夜天空／種滿星星／軍艦慢慢行駛在／星與星的空隙」），乃至寫海上戰事（如長詩〈血跡〉：「黑夜，在黃昏後面／把戰鬥的濃墨，靜靜注入所有的同仁」）[102] 以及家國情懷（如〈家庭〉：「入夜，我觸碰／她浮到海洋上的床榻／而我靜靜泛潮。想像／家裡養一缸大海」、〈台灣〉：「翻騰著，念及台灣灘和台灣……／船脊和全體官兵壓不住翻騰／天空滿是疊蓋的魚鱗雲」）……即便詩之主題不在敘寫海洋本身，仍能見到海之意象穿梭其間，譬如旨在寫人的〈老店東〉，寫到寂然無言的老店東拉響的二胡聲音，就像「一波一波的海」；說他是全方位的海洋詩人諒亦不為過。

然而，我們可別忘記，這位海洋詩人同時也是位軍人，並且在軍中長達將近五十年的歲月（相形之下，那些軍中出身的詩人如洛夫、張默、瘂弦、商禽、辛鬱、管管、沙牧、張騰蛟……服役時間可沒他那麼長），因此汪啟疆可不是一般的水手或船長，他的詩勢必烙上海軍色彩，蓋他操使的是作戰的軍艦而非捕魚的船隻，不論出任務的是巡航、運補或作戰演習，如〈時間的工作〉一詩所說：「一年十二個月／趴在桌上／忙兵力運用和計畫研究／無預警戰備抽測／射擊、反潛演習、以及／在休息時間仍作大陸偷渡遣返」，也就是說，他的海洋詩中更多的是海軍詩——而海軍詩也可說是他專屬的文類了。

在上引〈時間的工作〉一詩的第五行，我們注意到他連用了兩個頓號；現代詩人一般罕用頓號，可汪啟疆對頓號特別青睞，三不五時便出現頓號。頓號一般用來分隔並列的同類事物，通常是單字、詞語或短句，

101 另一位官拜中將的「將軍詩人」為金軍。他曾擔任過師長、軍長、副司令，出版詩集《碑》、《歌北方》，先後寫了不少戰爭詩。

102 這首長詩對於海上戰事有精彩的描寫，生動的刻劃頗具臨場感，是史上一首難得一見的典型的戰爭詩，讓汪啟疆實至名歸地獲得國軍文藝金像獎。惟唯一值得斟酌之處，乃在全詩以第一人稱「我」敘寫，而最後「我們」全軍覆沒（軍艦自沉），則這首紀戰詩如何能夠留下（除非是利用鬼魂現身交代）？

而當中的停頓較逗號短；但汪啟疆並不只是如此用法，頓號往往被他用作語氣的停頓而且是隨意的停頓，同時更把逗號給取代了，如〈臉猶如此〉有云：「看看今昔未來所有／渴望、臉內外所透顏色」，顯然當中的頓號吃掉了逗號；又如〈樹猶如此〉首段末兩行：「如何在不容挪移中／完成對大地、天空、的擁抱」，第二個頓號的停頓不在分隔平列的事物，只不過是詩人想在此暫停一下而已。

酷愛頓號的詩人還經常出現一些怪詞[103]，諸如：鹹累、碎氛、奕粒、嶼壘、截幹、雛衷、焚匯……但相較於令人難解的有著語病的詩行，這些詩人刻意自製的怪異詞彙還算是小巫見大巫了。譬如〈西貢之3〉第二行出現這樣如此不通的句子「我從赤裸手上縮回手來」——而如此怪句往往緣由於累贅的字句所造成，若是精簡一點，如「我從赤裸縮回手來」或「我從手上縮回赤裸」，詩意反比原句飽滿。

汪啟疆詩作長期以來即顯現字詞累贅（也就是不夠乾淨）的創作習性，不少詩行常常拖泥帶水，譬如〈遠方的鷺鷥林〉頭二行：「他們和她們子女要過日子／放逐逃逸到可喘息的遠遠的藏匿的地域」，語意太飽滿，反失去想像的空間（放逐與逃逸，二者擇一即可）。他從早期的詩作如《海洋姓氏》與《藍色水手》（一九九六）便喜用長詩行，話說得很多，即便到了《台灣海峽與稻穀之舞》（二〇〇五）、《風濤之心．台灣海峽》（二〇一三）、《季節》（二〇一五）依然可以看到他頻繁使用長句（長詩行）的習性。而在晚近《戰爭的島，和平的人——金門．馬祖．我們》（二〇一九）一書偶見的短詩行的詩作，就顯得比較乾淨俐落，如〈書本〉首段：「廢舊碉堡，書室有筆／砲口擴作窗……整個海／仍在撕牙裂爪」，省去贅語便簡潔有力。

被視為海洋詩人的汪啟疆，當然也寫「非海洋詩」，但即便那些「岸上詩」（如敘情的〈梨花樹〉）往往也採取與海相對的視角，或浮現與海相關的意象。然而，二〇一九年的《遙遠與陌生》已出現不少與海無干的詩作，譬如輯五「骨頭的陌生」所收詩作完全是他手術與住院的手記，記錄與抒發的是他人生的另一片段。如此拓寬題材以免陷於重複的泥淖的嘗試，有待他繼續耕耘，但他作為台灣詩壇海洋詩人甚或海軍詩人的代表，肯定是無庸置疑的。

尹玲

曾被「戰火紋身」的尹玲，出生於越南（南越）的美拖市（My Tho），在家和廣東大埔人的父親講客家話的她，小學念的是華語崇正學校，初中時改念法語中法學堂，高中進入越語學校就讀，大學畢業於西貢文科大學；之後於一九六九年赴台負笈，並於一九七一年與一九七七年先後獲得台大文學碩士、博士學位。教了兩年書之後的她，再於一九七九年飛抵巴黎，最後更取得巴黎第七大學文學博士學位，是迄今唯一獲有海內外文科雙博士學位的台灣女詩人。基於這樣特殊的身分背景，她也是唯一同時會操使粵語、華語、越語、法語、英語的台灣詩人。

青春時期的尹玲，擅寫的是抒情散文[104]，偶有詩作出現，如最早作於一九六九年的〈這一季雨〉[105]，寫的是候人未至的少艾情懷，在姍姍的「這一季雨」還沒來的「你」[106]，「也喚作情人／也撐一傘碎雨滴滴／

103 他的錯別字也不算少：侖廓、悤悤、老駒伏櫪、宛延、蘊釀、打戰、晤乾……不勝枚舉。

104 參見尹玲散文集《那一傘的圓——尹玲散文選》（二〇一五）。

105 另有收在《當夜綻放如花》裡的〈素描〉一詩，標記作於一九五七年十一月十六日，被視為尹玲最早的詩作；惟自該詩所述內容觀之，如第四段：「來不及揮手／巴黎就已在你腳下／隨著八年晝夜／縮成肉眼看不見的／往事」，以及末段前兩行：「十二歲擁他入夢／此後專注如秋空的雁」，應是在一九五七年之後的若干時日作的，何況此時的尹玲才十二歲而已（未免過於早熟）。後求證作者本人，表示此為手民誤植，確切時間當在一九八六年至一九八七年間。

106 尹玲酷愛用第二人稱入詩，而且有愈來愈變本加厲的傾向，到了《故事故事》（二〇一二）幾乎無「你」不成詩；這個「你」指涉廣泛，有時指自己，有時又是指向愛人，乃至故鄉或其他地方等物事。

也教人心痛過的／也讓人不眠」。類此抒情詩諸如：〈時光粉牆〉、〈無悔〉、〈你的眸子〉、〈尋你〉……從首部詩集《當夜綻放如花》（一九九一）起，便在她後續的每部詩集裡斷斷續續出現，端的是少女情懷總是詩！然而尹玲是何許人也，怎能只會自艾自憐？成長於受到戰爭蹂躪的南越，即便是正值荳蔻年華的她，初嘗愛情的甜蜜，卻是「沐浴」在像是天燈綻放的戰火中，如〈血仍未凝〉所說，與愛人的「一次見面是一次死生的輪迴」，不禁令伊慨嘆「愛原是血的代名詞」。

年輕的尹玲先後共用了十八個筆名，本名何尹玲的她，除了尹玲，其他如小鈴、謝苓苓、蘭若、ＤＬ、俊強……一直換用；及長，進入台灣詩壇，才開始固定以「尹玲」筆名寫詩，而以「何金蘭」寫論文。雖然詩人曾自述，她之所以常換用不同的筆名，主要出於雅不願讓人知曉她寫了什麼東西以及不想讓她父親操心有個憂鬱的女兒（三〇—三一）；但若從其文本自身觀之，她的筆名如同其身分難以定於「一尊」，可謂信有所本，如同〈綿密如悲的空間網罟〉所言：「一遍又一遍悽惶地構築自我／方才塑成轉瞬便徹底解構」，在建構身分的同時，自我也一併瓦解，〈橋〉、〈鄉〉、〈風那樣旅行〉、〈在永恆的翻譯國度裡〉、〈越南語文課〉、〈鎖麟囊〉……這些詩都顯示詩人對自身身分或認同的疑惑，誠如〈鎖麟囊〉一詩的捫心自問：「你真的已完全忘記真正的／你到底是哪一個你」。

爰是，追尋身分之歸屬，勢成為尹玲創作必須面對的課題。而身分往往源自其所來自的原鄉，所以探詢身分又得歸因於其對原鄉的追尋；偏偏她的身分複雜，受到多重文化的影響[107]，如〈讀看不見的明天——重構另類六〇年代（午）〉一詩的自承：

我們操著粵語　越語　法語
美語　英語　國語

和不知哪一國哪一地的語
誰的聲音大　誰
就是我們的主子
我們是宿命的終生異鄉人
額上紋著判無歸屬的黑章
在邊緣地帶無終止地飄蕩

自己到底是隸屬於何國何地何鄉，終究因為複雜的多重身分而如同〈在永恆的翻譯國度裡〉對著自身所說的：「你永遠回答不了／你到底是哪一國哪一鄉人」。而無法歸屬身分的詩人注定一生得漂泊不定，〈特定藥劑〉、〈離鏡〉、〈宿命網罟〉、〈邊界〉……都是詩人對於漂泊的抒懷，其中〈你〉一詩：「這語那語／此鄉彼鄉／漂泊是你宿命／孤單是你真形／／多少歲月尋覓／母語和家鄉／依然在不知處」，將那不知家鄉在何處的飄泊感可謂一語道盡，和盤托出。

或也因為漂泊感的如影隨行，使得酷愛旅行的尹玲交出不少遊歷各地的旅遊詩，直可以出版一冊旅遊詩集，如第二本詩集《一隻白鴿飛過》（一九九七）第三輯所收詩作幾乎皆為旅遊詩，泰半都是寫她曾留學與寓居的巴黎（法國），而她寫異鄉異地的詩作確實也以巴黎居多，從〈緣起〉一詩起，包括〈素描〉、〈構造巴黎鐵塔〉、〈如此流逝巴黎〉、〈暮色拱起的鐘聲〉、〈讓歲月凝視〉、〈和平咖啡廳〉、〈看那迷人月色——多

107　尹玲自承，除了在一九六〇年代接觸台灣現代詩外，自小便閱讀許多大陸作家如冰心、丁玲、徐志摩、老舍、魯迅、沈從文等人，以及香港作家如金庸、徐速、徐訏等人的作品（三）。

碧雅街２０１１年〉……都是在寫巴黎——尹玲的永恆之都，而她的這些「巴黎之歌」（廣而言之——法國之歌），寫景、寫人、寫事，更寫情，盡顯其風姿綽約之態。

事實上，導致尹玲無所適從的飄泊遊蕩，歸根結柢係來自其原居故里的戰事。在她成長期間，戰火的威脅從不間斷，見證了「煙硝下小老百姓的萬般苦楚」（二八）；在一九六八年北越發動「春節大崛起總攻勢」的翌年，終於能夠千里迢迢飛到台灣寶島求學，「離開永恆戰地南越」（三一），往後數度「回鄉」，只能算是客居。了然於此，看到她充斥於各部詩集裡的鄉愁詩和戰爭詩，也就不會令人太過訝異。南越在一九七五年四月三十日淪亡，也就在當日讓她一夜白髮，這一巨大衝擊使她於一九七六年到一九八六年整整停筆十年無法創作（三〇）。恢復創作後的一九九〇年有一詩〈如髮那樣白著〉如此追憶道：「鄉愁其實如髮／如髮那樣　很早以前就白著／白了整個生命／第一流的染劑／又怎能徹底地／以另一種顏色／從根染起」，寫盡了鄉愁的憂思，也控訴戰爭讓她「白了整個生命」。

尹玲的戰爭詩——確切地說應是反戰詩，如〈講古〉、〈血仍未凝〉、〈碑石流著湄河一樣的淚〉、〈他們終於要那朵雲開花〉、〈一隻白鴿飛過〉、〈困〉、〈追憶火逝玫瑰〉、〈瘡痍〉、〈曾經鐵證如山〉、〈我的名字叫Leila〉……從不同的面向來描寫戰爭（不只越戰），拓深了作為次文類所能呈現的領域。瘂弦指出，「尹玲的戰爭詩之所以動人，乃是來自於切身的慘痛經驗」，並以罌粟花來形容她的戰爭詩：以詩美顯露邪惡之本質（一九九一：二）。出於如此特殊的身分與經歷，瘂弦繼而認為：「在尹玲溫暖的書齋裡，我們看到火光，聽到槍聲；尹玲不是快樂的詩人。或許她永遠不可能成為快樂的詩人，因為寫詩總或多或少地要使她的記憶掃過戰爭經驗的橫切面，她將一次次的『戰火紋身』。」（一九九一：六）而戰火紋身的尹玲，的確是台灣獨一無二的女詩人。

十七、鴻鴻與許悔之

鴻鴻

就讀高中時（一九八〇年）曾入雲門舞集習舞的鴻鴻，一九八二年即加入創刊不久的漢廣詩社，他的處女作《黑暗中的音樂》雖於一九九〇年始出版，所收百餘首詩卻是涵蓋了他自十五歲到二十五歲的作品。此時的他，如同瘂弦為該書作序所指出的，「過著敏感、流動、閃爍，充滿了聲響和色彩的生活」（一九九〇：一四），青澀的歲月所寫下的詩篇，處處「留情」，其中下卷「紀念冊」尤重，所收情詩忒多。

這些瘂弦所說的「情感凝重」的詩作，內裡則顯現著他內向憂鬱的一面，看起來他的情愛似乎都是悲傷的（如〈備忘錄〉、〈白色書簡．霧中城堡〉、〈夢的橋梁〉……），就如「黑暗中的音樂」一樣，有著少年維特式的煩惱。這曲「黑暗中的音樂」所流瀉出的抒情主旋律，一直持續到第二冊詩集《在旅行中回憶上一次旅行》（一九九六）的出版，譬如是書中〈死去的女人〉一詩所追念的那位「死去的女人」，象徵的是已逝的戀情，不僅無法擁有過去，連能擁有的芬芳也是「一片片碎裂的現在」。

那麼，你是否能說此時的鴻鴻未免太濫情了？這倒未必！除了他的詩未盡是針對情人所出，更重要的是，於其字裡行間所顯現的那種帶有無邪的、童穉的、甚至是調皮的口吻和語感，譬如〈結婚〉一詩以天真無邪的敘事口吻所寫結婚一事好像兒戲般，不免令人會心一笑；又如〈紀念冊．8 童話山坡〉所述：「高高興興牽手去遠足喔，故意裝成／文靜而帶點嚴肅的群山們，禁不住／慧黠的西風一胳肢就爆出抖落萬葉的大笑來嘍」，童穉的語氣如出一轍。其餘如〈小童與大龍〉、〈玩具〉、〈天使之書〉……都有類似筆調，而其中較為特別的是，童話詩〈寫給諾諾的童話詩〉與電玩詩〈超級馬利〉兩首，可見詩人的童心未泯，濫情倒未必。

鴻鴻曾於一九九三年起主編復刊的《現代詩》，加入後期現代詩陣容，這段期間結集出版的第二本詩集，延續的基本上仍是早年「黑暗中的音樂」的創作風格，雖然抒情的筆調依舊，但已不復見童稚的口吻。或由於在此之前的一九九一年鴻鴻去了歐洲與中國大陸旅行一整年，使得他自茲嚆矢不少旅行詩；而與眾不同的是他的旅行詩（非旅遊詩），記述的重點不在景的描寫——因為那不重要，重要的反而是詩人因景的「有感而發」，往往發出他對景物人事的嘲弄與批判（如《仁愛路犁田》第二輯「旅行的分析」所輯之詩），只是如此的旅行到後來未免變得沉重與不忍。

然而從第四本詩集《土製炸彈》（二〇〇六）起，鴻鴻來了個大轉身，與之前的他在風格上可謂判若兩人：前一位是文青鴻鴻；後一位是憤青鴻鴻。其中第三本詩集《與我無關的東西》（二〇〇一）的創作可說是居於此間轉變的過渡時期，於茲階段，少時浪漫情懷已難再見，如〈詩已無法表達愛情〉所說：「詩已無法表達愛情／就像翅膀無法取代飛行」；而像〈遠離耶路撒冷〉這樣逼視現實的詩作雖不如《土製炸彈》的砲火那般猛烈，你可以說它便是在為後來的「土製炸彈」預做準備。

來到中年的鴻鴻，在復刊的《現代詩》休刊後，於二〇〇二年元月又和夏宇、阿翁、零雨、曾淑美等人共同創辦了《現在詩》。形式多變又傾向後現代玩法的《現在詩》，反而與此時鴻鴻的創作走向不太相稱，雖然我們可以發現他也有〈超然幻覺的總說明〉、〈美的教育（六年級）〉、〈中文量詞練習〉這類後現代遊戲式詩作。但是在他一九九八年走訪以色列和巴勒斯坦回來後，對於生命新生的體會，已無法讓他再走回頭路了，從此詩對他而言乃「是一種對抗生活的方式」（二〇二〇）。二〇〇八年他個人更創辦《衛生紙詩刊＋》[108]，以此來實踐他的詩之美學。

鴻鴻除了寫詩外，也寫小說和劇本（更兼導戲劇和電影），詩以敘事見長自是其當行本事，但在《土製炸彈》之後，像〈李白夜遊〉與〈仁愛路犁田——記老農第12度北上訴願〉（《仁愛路犁田》）這類敘事詩作可謂寥若晨星，較為罕見。反而自《與我無關的東西》開始大量地使用排比手法，從《土製炸彈》、《仁愛路犁田》（二〇一二），以迄於《暴民之歌》（二〇一五）與《樂天島》（二〇一九），多半詩作可說「無排不比」，恐怕是台灣詩壇排比手法用得最多的詩人了。排比句可增加氣勢，強化情感，易讓讀者感動，更帶有明顯的節奏感，頗具現場演誦效果，也讓鴻鴻自己朗誦起來得心應手。

然而，鴻鴻最大的改變毋寧說是他對於現實的介入，在丟了一顆《土製炸彈》之後，搖身一變為「怒目金剛」，劍指政治（如〈鄉愁四韻——記立法院通過土地徵收修訂條例〉）、社會（如〈遊民〉）、教育（如〈生活週記〉）、文化（如〈發達資本主義時代的藝術家〉）……諸領域，涉及社運（如〈春天不是讀書天——記江翠護樹行動〉）、學運（如〈暴民之歌——聞318佔領立法院反服貿學生被媒體與立委指為暴民〉）、環保（如〈葡萄牙與塑膠花——反中科跟農民搶水〉）、反核（如〈核電廠的緣起〉）等議題，率多以諷刺、挖苦或嘲弄手法，並站在底層人民或弱勢者的立場來針砭與批判當道和執政者，詞鋒犀利，又富含激情，且一舉甩開瑰麗優美的詞藻與多彩多姿的意象，轉以通俗平白的語言（有大量的口語）直述胸臆[109]。例如〈中國山水〉這首短詩：「山禿了／水枯了／有亭子／沒有路／／垂釣的人／在雲裡／釣魚／釣鳥／還是／釣一顆官印」，用的仍是他擅長的排比句，平白的語言裡沒有特殊的意象，卻以嘲弄的疑問口吻把（兩岸的）當

108 《衛生紙詩刊+》始終由一人主編鴻鴻選詩，有「+」的符號是因為這份刊物之刊登內容不限於歸類為文體的「詩」，也歡迎文、圖與劇本等。第十二期起，編者後記發表了「去詩刊宣告」，遂改名為《衛生紙+》，總共出刊三十三期，至二〇一六年十月宣告停刊。

109 鴻鴻於《土製炸彈》的〈後序〉中曾表示：「寫作不是為了添加世上原已車載斗量的文字，而應以更精簡的方式直命要害，終結這些繁縟的夾纏。因此比起瑰麗優美的詞藻，我寧願回頭學習詞不達意的小學生作文，後者至少更直接地面對他所感受到的真實。」（二一三）可見於此之後，他的創作態度已然改變。

權者消遣了一番。

鴻鴻這種迥異於詩壇主流詩學的詩作，不僅具現在他自己的詩集裡，更以他主編的《衛生紙＋》身體力行，帶動這種「新寫實風」[110]，影響無數年輕世代詩人。《衛生紙＋》雖於二〇一六年停刊，但由鴻鴻掀起的新詩潮仍在網路上流盪。

許悔之

略晚於鴻鴻進入詩壇的許悔之，最早於一九八四年加入地平線詩社，自此之後，詩作陸續在《創世紀》、《草根》等詩刊發表，並一度出任地平線詩社社長。一九八六年他和林燿德、吳明興等人創辦《象群詩季刊》，隔一年又和楊維晨、羅任玲、黃智溶、陳皓等三十人共創《曼陀羅詩刊》，在幾個於一九八〇年代中期出現台灣詩壇的代表性詩社裡，都見得到許悔之的身影。未久，就在他二十四歲進入當時最重要的文學刊物《聯合文學》擔任編輯的隔一個月，便出版了他的處女作《陽光蜂房》（一九八九），而此書則見證了他略顯青澀的少作歲月。

此時的許悔之幾乎是一位品行良好的「文青」。他的《陽光蜂房》遵循著先輩良好的抒情傳統，展現他的「孺慕之情」（如〈餘震〉裡那種羅智成式的句子、〈崩潰兩帖〉中林燿德式的意象）；到了他第二本詩集《家族》（一九九一），更洩漏他關心社會民瘼的良好品

許悔之（文訊提供）

格，挺出知識分子的良心，以社會詩和政治詩反映社會問題、批判政治箝制。但《家族》裡大部分的詩作都太造作，幾乎復刻了劉克襄《漂鳥的故鄉》與《在測天島》的詩風，不論是語言或題材甚至是基調，幾乎是劉氏的翻版——雖然你可以說是年輕詩人對前輩詩人的致敬。

從上兩本少作可以發現，一出手的許悔之即急於展現他強烈的創作企圖，除了抒寫他情愛的感傷、生命的體驗、幽思的冥想，也敘寫他的歷史感懷、文化省思、佛禪體悟、社會觀察與政治批判，上溯古代的屈原、李商隱，下追當代的卡夫卡、博衣斯（Joseph Beuys），涉獵各種藝術與文學經典（繪畫、音樂、舞蹈、詩詞、小說、神話、傳說）乃至哲學，展現他的好學精神。

然而，誠如廖炳惠在為他的處女作撰寫的序文以「憂鬱藍調」冠題所示，即便如上所述許悔之的題材廣闊、主題深遠，卻也透顯出他深藏在骨子裡那種「憂鬱的藍調」（melancholic Blues），而這「憂鬱的藍調」除了《家族》之外，幾乎成了他後來詩作的主調，而在創作上展現出來的便是他一以貫之的悲傷書寫（sadness writing）。他的悲傷，自始即在，就如《陽光蜂房》中這首書寫天安門事件控訴（中共政權）味道濃烈的詩作〈超重量級的悲哀〉，也滲有極重的悲傷；連在第三本詩集《肉身》（一九九二）裡反映動保（動物保護）與環保（環境保護）問題的詩作〈我們神秘的悲傷〉，一樣帶有悲傷的氣息。不只如此，之後出版的詩集從《我佛莫要，為我流淚》（一九九四）、《當一隻鯨魚渴望海洋》（一九九七）、《有鹿哀愁》（二〇〇〇）、《亮的天》（二〇〇四）到《我的強迫症》（二〇一七），在在都可見清晰的悲傷主調，例如〈我的觀世音菩薩〉、〈割裂天空〉、〈熄滅〉、〈悲傷〉、〈頭上花萎〉、〈秋光如此遲疑〉、〈夢海〉、〈輓歌〉……讓人

110 向陽在為《樂天島》作序的序文中指出，鴻鴻這類劍指政治核心的詩作雖承襲自鄉土文學論戰後的政治詩，在語言和技巧上，還透過諷諭、錯置、割裂、拼貼等手法，試圖逼近主流價值與權力關係的荒謬現實，可以名之為新現實主義詩學（二〇一九：一四）。

行走在他的詩冊，彷彿隨時可以撿拾他掉落的悲傷。

或也因為他的悲傷，讓他的眼淚便不時地流下來，不論是〈跳蚤聽法〉裡被跳蚤吸吮那「世界最後一滴淚」的佛陀，或〈頑石〉中那顆「為你淚流不止」的頑石、〈禪定的海〉中那座「收取了所有悲欣的眼淚」的海，還是〈觀音的汗水〉裡捧飲河中水而流出眼淚的餓鬼……眼淚都是許悔之悲傷書寫最常出現的意象之一（其他還有紫兔、鹿、鯨等），而這是他面對「美麗與哀愁」時最為坦然的一種回應，尤其在死亡跟前，他是絕對地「藍調」，偏偏死亡好似跟他形影不離，彷彿那就是他的「強迫症」，〈胎記〉、〈死亡是美麗的〉、〈千分之一秒的流星雨〉、〈墜樓〉、〈自在〉、〈蝴蝶夢．化蝶〉……所描述的死亡，不管其姿態或形式是如何的不同，就像〈每年今日〉一詩所說，對他而言，「死亡於左右為伴」；或也因此，才有不少悼亡詩出現在他筆下。

然而許悔之筆下的悲傷，往往離不開佛懺，這從他早期出現的〈石頭也有血要迸〉與〈詩不詩兩首〉即迸有禪味隱約可嗅得，而此非僅指他好用佛家語而已，更是他真切的「修行」體悟，誠如〈如咒直下〉所言：「我的佛陀／剝下我身上的人皮／黥上你的法句法語」，而後在〈我們都是大樹上的葉子〉得悟：「無數眾生，共有一顆真心」。可他的「修行」卻另闢蹊徑，行的是「肉身道」，體驗的竅門自是不同，如他所唱的這支「無畏之歌」：「而我的體悟就好似／著魔之後遺忘了哀樂／我的佛陀，請聽／這肉體在大雷雨中／被閃電擊穿的／無畏之歌」（〈無畏之歌〉）。《我佛莫要，為我流淚》便是他以肉身求道的鐵證，他要佛陀吻他、撫摸他，讓他「在歡愉欲死之中絕望呻吟」（〈空中充滿烏鴉興奮的叫聲〉）；他又化身為「夜叉迎著佛陀祖露下體」（〈歌舞方歇〉）；他甚至以阿難在前世與摩登伽女交合（〈我佛慈悲——阿難悔懺〉），透過肉身欲望的磨難以證自己的澄明，從「人行邪道／如此歡喜」（〈有歌曰〉）中以證道。

事實上，許悔之展現的肉體情慾在《肉身》中已現端倪，該書「主要都在談論情慾」，如其所言「肉身是我們唯一的證據」；與《我佛》不同的是，「《肉身》的情慾是一種享樂，一種頹廢的浪漫」（南方朔，一二〇、一二四）。雖然《我佛》的佛懺與《肉身》的情慾仍瀰漫在他之後的詩集裡，然而自始至終，唯一不變的是許悔之那帶有憂鬱氣質的悲傷書寫；說他賡續的是自鄭愁予、葉珊以下的抒情傳統，自亦不為過。

十八、洛夫（三）

時序走到了一九八〇年代中期，生命已逾一甲子歲月的洛夫，也翩然即將向他的中年告別，走入詩史的開拓期。從一九七〇年代回歸期伊始，洛夫率先即以為他贏得台灣文學經典地位的《魔歌》一書宣告「黑色詩魔」的時期已杳，迎接他的是表現昂揚生命力的「血色時期」。按照任洪淵的說法，「石／血／雪」是洛夫詩世界裡的三原型，而這三原型可以「黑色／血色／白色」三原色為代表，並以之「構成洛夫所有詩篇色的節奏和旋律」，依此，進一步還可分出他創作的三個時期：黑色時期（以《石室之死亡》為代表）、血色時期（以《魔歌》為代表）和白色時期（以《時間之傷》為代表）[111]（一八一—一八二）。以此觀之，來到開拓期詩史的洛夫，正走入他轉型為白色時期的創作階段。

白色時期的洛夫，其作雖始於《時間之傷》（一九八一）以及之後《釀酒的石頭》（一八八三），但嚴格說來，於開拓期之間出版的《月光房子》（一九九〇）、《天使的涅槃》（一九九〇）二書，才是表現他「生命的苦悶、燃燒與昇華」的代表作，尤其前書《月光房子》更讓他榮獲國家文藝獎（一九九一）。其實，任氏以「三原色」之說強為洛夫創作分期，未必可信，譬如以「石／血／雪」的原型意象來硬切創作階段，便

111 洛夫自己在《如此歲月》的自序中，提及白色時期的代表作，還加上《月光房子》一書（二〇一三：一五）。

難免武斷之嫌（以「雪」的意象而言，即橫跨任氏所區分的三個時期；而凸顯「石」之原型的〈巨石之變〉則成詩於一九七四年）[112]。然而，延續回歸期從《魔歌》以來的轉型，洛夫於茲開拓期所繳出的《月光房子》和《天使的涅槃》兩本詩集[113]，則無論題材或語言都更趨「日常」，從早期專注於詩人個人內心世界的經營轉趨外在現實的探索，並從而試圖探尋傳統與現代的熔接。在此，意象之展現已非賦詩要事，卻也因此反讓詩人手到擒來，自成佳作，稀鬆平常的意象，往往能化腐朽為神奇，如〈不雨〉、〈西湖二題〉、〈詩的葬禮〉等。

說到詩的「日常」，對洛夫來說，則剔牙、挖耳、刮鬍、洗臉、飲酒、喝茶、讀報、賞畫、購傘……舉凡日常生活裡的行動、物事，樣樣皆可入詩，題材已不拘偉大或渺小；至於詩的用語，也不再乖張，不再語不驚人死不休，像〈甘蔗〉詩裡「呸，呸，呸」這種粗鄙的口語亦能脫口而出，且寫來極為自然。可感的是，向來不以敘事見長的洛夫，於此之際也調整了他的筆法，不少詩作已見增強的敘事性，譬如具有聊齋意味的〈鼠圖〉一詩即為顯例，餘如〈邂逅〉、〈日落象山〉、〈蒼蠅〉、〈吉首夜市〉……都帶有敘事性。

雖然如此，改弦易轍後的洛夫仍以典型的抒情詩見長，單薄的敘事往往只充作他抒情感懷的背景，而這可說是一種「託物起興」的伎倆，他擅長的仍是以「賦」（直陳事物）、「比」（用比喻描繪事物）手法來表達一己的感念、懷想與思索，此時意象的使用便至關重要，偏偏洛夫是操使意象的魔手，即便此際他已對「魔」的意象敬鬼神而遠之，惟如上所述，即便再簡單平常的意象，在他手中使來，得心應手不說，還能出「凡」致勝，意象凡不凡，都奈何不了他，例如〈詩的葬禮〉一詩：

把一首
在抽屜裡鎖了三十年的情詩

投入火中
字
被燒得吱吱大叫
灰燼一言不發
它相信
總有一天
那人將在風中讀到

這首短詩首末兩段以簡略的敘事帶出與收束，所用的意象如：詩、火、字、灰燼、風，盡皆稀鬆平常，卻令人動容，更隱藏著詩人一份珍重不已的深深情懷，端的是語言「渺小」，感動卻是「巨大」。

開拓期的詩史正逢「大歷史」的巨變年代，政治解嚴，報禁解除，連兩岸一水的阻隔也豁然開通，影響著大陸來台詩人手下正握著的那管詩筆，祖籍湖南衡陽的洛夫自然也不在話下，值此之際的他，即罕見地出現不少鄉愁詩、返鄉詩，乃至文化鄉愁詩（後者更是他返「西」歸「中」的佐證之一）。先是在《月光房子》現身的鄉愁詩〈蟋蟀之歌〉、〈歲末悼亡弟〉、〈剁指〉，以及文化鄉愁詩〈黃河即興〉、〈車上讀杜甫〉，

112 洛夫便將自己的創作生涯分為五個時期：抒情詩時期、現代詩探索與實驗時期、反思傳統，融合現代與古典時期、鄉愁詩時期、天涯美學時期（二〇一三：一五）。

113 從一九八〇年代中期至一九九〇年代中期，除了上述這兩本詩集外，還包括一九九三年出版的《隱題詩》（後詳）。這當中不包括他舊作選編的選集（《夢的圖解》、《雪崩》）以及在台灣以外（大陸、香港）出版的詩集（《詩魔之歌》、《愛的辯證》、《葬我於雪》）。

之後於《天使的涅槃》再出現〈與衡陽賓館的蟋蟀對話〉、〈河畔墓園〉等鄉愁詩與返鄉詩，尤其該書卷一「神州之旅詩鈔」十四首詩作，既是旅遊詩也是返鄉詩，是洛夫於一九八八年九月首度回大陸返鄉兼旅遊有感而發之作。

這些詩作其實承襲自《時間之傷》裡的〈邊界望鄉〉、〈與李賀共飲〉等（文化）鄉愁詩，只不過恰逢歷史之變，讓大陸來台詩人有機會復臨神州，回到他們朝思暮想的故里，鄉愁詩與返鄉詩於此時大量爆發，洛夫有此之作，自是在情理之中：詩人聽聞那隻蟋蟀唧唧的叫聲，從〈蟋蟀之歌〉（一九八五）裡隱身於台北三張犁詩人寓所一隅，一直唱到〈與衡陽賓館的蟋蟀對話〉（一九八八）中讓詩人於旅館輾轉反側難眠的半夜，唧唧「不絕如一首千絲萬縷的歌」，散發著濃濃的鄉愁，著實令人感動。

以上那些鄉愁詩在《天使的涅槃》中，進一步讓詩人引申出卷二「天使的涅槃」中五首扣緊現實（尤其是政治）的詩作，其中與卷名（及書名）同題的〈天使的涅槃〉（一九八九）一詩，直面當年的天安門事件，不無史筆批判的企圖，是洛夫少有的批判政治之作。至於在《月光房子》出現的文化鄉愁詩，諸如〈車上讀杜甫〉與〈邊陲人的獨白〉——前詩係針對杜甫的〈聞官軍收河南河北〉，而後詩則針對他的〈春望〉，以現實觀點重新詮釋，衍生新意，令人眼睛為之一亮。此可謂下啟新世紀《唐詩解構》（二〇一四）一書對唐詩重加詮釋及再創作的試煉。

值此開拓期的洛夫尚有一書不得不談，此即於一九九三年出版的《隱題詩》。該書四十五首隱題詩是洛夫在形制上的一項嘗試，足證詩人「老驥伏櫪，志在千里」，到了六十五歲的暮年初始，仍然「壯心不已」，勇於向詩之形式挑戰。隱題詩，顧名思義，即是將詩的題目隱藏在詩內的詩作，一般多將詩題隱藏在每行的行首，是謂「藏頭詩」，中國古詩中即有此類藏頭詩的遊戲之作。洛夫的隱題詩，除了〈夕陽美如遠方之死〉與〈水來我在水中等你／火來我在灰塵中等你〉二詩兼有藏頭與藏尾之作用外，清一色皆為藏頭詩。

此外，他還為此隱題詩設定：標題本身便是一句詩或多句詩；但也因此設置，讓他的題目一反常例拉得很長，詩題看起來好像不是詩題。洛夫做此嘗試，當不在文字及形式的遊戲，反強調以「有機的結構」來展現詩美學之特質，形制的自縛手腳卻令他自得其樂。然則，為了讓詩題文字置行首，他常有迴行硬切之舉，尤其是虛字「的」，往往為了符合藏頭的要求，不顧語意的連結硬被切斷置於（下行）行首，全書除了〈獨與天地精神往來／而不傲睨於萬物〉、〈杯底不可飼金魚／與爾同消萬古愁〉等寥寥幾首詩之外，皆有為斷逗而斷逗之弊（偏偏這兩首詩題目正好沒有「的」字）。或也因為隱題的限制，令他顧此失彼，前後句子或場景往往無法相互照應，造成語意銜接的困境，譬如〈刀子有時也很膽小／跌進火中便失去了個性〉一詩，兩行詩題文字有其一慣性，但內文的兩個詩節，敘述的卻是不相關的兩種情境。不惟如此，洛夫似只重視行首文字是否隱題，至於內文與題目相干與否卻不在他考慮之內，亦即整冊隱題詩作幾乎都是「文不對題」，切題之作大概只有末兩首〈說她是水，她又耕成了田／說她是蛇，她又飛成了鷹〉與〈拈花一笑〉。

雖然隱題詩之嘗試，對洛夫而言不算成功，但吾人仍能肯定他試圖突破形制的用心，以及向昨日之我挑戰的勇氣，否則二十一世紀之後不會看到他對於唐詩的「解構」，甚至也不會有像《漂木》這種氣象萬千的長詩巨制了。

十九、楊牧（三）

一九八〇年代伊始，西雅圖時期的楊牧詩風有了較為明顯的轉變，《有人》（一九八六）一書集結了他寫於一九八〇年至一九八五年間的作品，其中〈悲歌為林義雄作〉（一九八〇年三月）可謂為此階段的開篇之作，以楊牧向來不因事而作的習性[114]，這首赤裸裸回應林宅血案的詩作，確實令人一驚。然而此集子裡為人樂道的，則是寫於一九八四年的〈有人問我公理和正義的問題〉，此詩幾乎放棄他慣用的意象語，反而以乾淨明朗的語言敘事，詩中一位困惑的外省第二代的青年形象呼之欲出，雖然對於他所提出的「公理和正義的問題」，顯示同理心的詩人最終亦未予解答，但如此碰觸現實題材的詩作，對楊牧而言，可謂鳳毛麟角。同集裡另有一首〈班吉夏山谷〉，也是楊牧少見的介入現實的作品，只是該詩寫的是遠在阿富汗的友人與戰事，和台灣無關痛癢。

從《有人》之後，也就是從一九八六年開始，楊牧的創作來到中晚期，此一階段的作品包括：《完整的寓言》（一九九一）、《時光命題》（一九九七）、《涉事》（二〇〇一）、《介殼蟲》（二〇〇六）、《長短歌行》（二〇一三），以及遺作《微塵》[115]（二〇二一）六本詩集。早期受到西洋浪漫派濟慈（John Keats）等人影響的楊牧，詩風溫婉抒情，雖然至此時期，他的感性耽美依舊，華美與柔美的意象仍令人神醉，如：「當上半夜的體溫剛才冷卻為露珠」（〈佐倉：薩孤肋〉）、「春雨輕擊窗戶的記憶／不捨地爭辯」（〈隕籜〉），類此迷人意象於他而言唾手可得；但也不可否認，在抒情之餘，他詩中的知性硬度逐漸增強，在《完整的寓言》（一九九一）之後，如此知性傾向益發明顯。

他的知性之思，往往以動人的意象（具象）起頭，然後讓抽象思緒跟著流動的意象浮出其上，例如〈象徵〉一詩，一開始這樣起頭：「車過大橋／我點頭／風在幽谷裡驅趕／白雲的漩渦，逆時間方向／引我迢迢上溯，隨一規律／轉動，回到永久熾烈的圓心」，接著筆鋒一轉，不再敘事和寫景，之後嫁接到：「未來永久／看巒嶂重複麟介之姿／探虛無深邃以尋找實有／並且領悟／河水於深秋的芒草間，錯落／追蹤一宛然的神似」，令人莫名其「象徵」（詩題）為何，也難以理解詩人如何對象徵釋疑。再看更為典型的〈池南荖溪一〉（首段）：

再來的時候蘆花裡有黃雀出沒
的痕跡，穿越時空在湖水表面
輕聲撞擊如昔——
那是自我反射，追逐的
意志，稍縱即逝，其餘留下
將永遠回旋於震撼的心底：
初生之魄，以它的實際歸屬
杜撰的音義，彷彿來不及
具象成形，維持一種
無限的虛擬。我們懷抱的
知識去原始指涉極遠
安於舛錯無悔改，如露水
凝聚孤懸的樟樹葉尖，期待
子夜沉重的陰氣升高遂滴落
構成永不休止的漣漪

114 楊牧於《有人》的〈後記〉中曾辯解，他的詩是為人而作，〈悲〉詩作如是觀也未嘗不可。

115 由洪範書店出版的《微塵》收有楊牧生前未發表的詩作，包括六首未定之作與十首未結集詩稿（《長短歌行》之後）。特別的是，每首詩都附上他的手稿，包括初稿、修訂稿與定稿。

此詩一開始三行以畫筆描摹荖溪的景致，交感（視覺、觸覺、聽覺）的具象語烘托出一幅栩栩如生的畫面，隨即急轉直下，以抽象的論述式文字代言荖溪想法，並為其生命定位為「一種無限的虛擬」，以此反躬自省（安於舛錯無悔改）。末尾則結束於一個玄學詩似的曲喻（conceit）（如露水凝聚孤懸的樟樹葉尖）——這也是楊牧擅長的伎倆。這種以具象語帶出抽象語或於意象語中插入抽象語似的思維，乃至直接從具體的意象表達抽象的理念，逐漸成為晚期楊牧詩作的一個顯著的特徵。或緣於此故，以致在《時光命題》裡出現有援杜甫〈戲為六絕句〉作法的〈論詩詩〉這種以詩為論述的嘗試[116]。杜甫以前賢（王楊盧駱初唐四傑）為創作之借鏡，反述詩作之鑰，而楊牧志在闡述一己體驗之詩學定理（單數段是他於創作上的領會，而偶數段的對話體則是對「詩問」的回覆），兩者表現面向不同，卻能互映成趣。

從上詩中，我們可以進一步瞧出楊牧詩法的一些蹊蹺。楊牧一向慣用的招牌手法迴行、句中頓，在此詩中運用自如不復贅言，他亦以此種方式來調控節奏，加強詩的音樂性，特別是早期詩作流暢的音樂性，多半拜賜於此已如前述（參看展開期詩史的楊牧）。不過到了晚期的他，如上所述，在詩作增加知性硬度的同時，似乎也不再斤斤計較於節奏的經營，若干詩作甚至於迴行時都有硬切之嫌，如此詩第二行前三字「的痕跡」的迴行，即有硬切之弊，主要是硬把「的」一字迴行置頭，不論是語義和語音均不協調（其他有〈沙婆礑〉、〈佐倉：薩孤肋〉、〈形影神〉、〈復活節次日〉……）[117]，多少減低了音樂性的流暢度。

然而，以上也不能遽予論斷此時的他即輕忽詩的韻律與節奏。愈到晚年的楊牧，於詩的形式反而愈為講究，尤其是新世紀以來，除了少數的不分行詩外，定行詩節的形式似乎成了他的最愛，或四行或五行或六行或四—六—四—六……或七—八—七—八……以規律反覆出現的行數段落，製造適切的節奏感，不能不說是出於楊牧刻意的經營。

在此不得不提的是，此時抽象意念的表達卻也造成晚期楊牧詩作的費解，如〈象徵〉、〈隕籜〉、〈蠹蝕〉……尤其是（生前）最後一本詩集《長短歌行》裡的大半詩作，隱藏在詩裡的奧義，常令讀者氣餒。楊牧就像詩神，讓人愛不釋手，在膜拜之餘，卻又退避三舍，自覺渺小。此時的他往往選用一些僻字，例如：幼穉、矇瞀、翾旋、椶櫚、毶毶、喧豗、窺窬、飜飛……不勝枚舉，而這也成了他此時期詩作的特色之一，加上他「多識鳥獸草木之名」，信手拈來，如蛇莓、藿香薊、洗髮草、毛茛……以及薯甲蟲、蛸蠐、蘇鐵白輪盾介殼蟲……一一入詩，感受他博學之深令人望塵莫及。楊牧當不至於炫學，也不如當初他為林燿德詩集作序時所指出的「驅遣文字之不辭百科術語」（一九八七：二），但冠給他一個「博學詩人」的名號卻當之無愧。

從楊牧的博學更可以看出他酷好用典（allusion）的習癖，而這也更能嗅出他的學者氣質。他廣徵博引中西各類文藝掌故於詩中，從西雅圖時期起即已不少見，若說晚期之後的他沒變本加厲，則頻繁用典的習慣仍未見褪色。他的用典，有時明目張膽，如〈卻坐〉一詩，典自《甲溫與綠騎俠傳奇》（*Sir Gawain and the Green Knight*）；有時天衣無縫，如〈時光命題〉中的第四段用典漢樂府〈長歌行〉以及末段引用葉慈的〈航向拜占庭〉（"Sailing to Byzantium"）；有時與原典互為媲美，如〈客心變奏〉以感傷「造化之力」對比於謝眺思鄉的原詩〈暫使下都夜發新林至京邑贈西府同僚〉；有時又將原典改寫重新演繹，如〈孤寂．一九一〇〉即改寫辭世前托爾斯泰（Leo Tolstoy）與其妻絲昂雅（Sonya）的關係。詩人所用典故若非僻典，當不至於造成讀者的隔閡，但若是引自少見的掌故，則難免形成閱讀障礙，甚至也給批評家帶來負擔。楊牧某些詩作之令人費解或不得箇中三昧，部分原因或係出自於此。

116　其實，同部詩集裡亦出現與杜甫同名的詩作〈戲為六絕句〉一詩，但與杜甫的論詩詩不同的是，它仍是一首楊牧擅長的抒情詩，只是詩裡提及四行詩（絕句）的寫作而已。

117　「的ＸＸ」（ＸＸ一般是名詞）三字迴行置首之後，通常會緊接個逗號，以示停頓，而此句型似成了楊牧晚年少見的一個特色。

晚年的楊牧如陳芳明所說，詩作呈現著成熟的紋理，是年少時期無法追趕的（二〇一五：二九三），比如〈歲末觀但丁〉這類潛藏著知性之奧義的詩作，絕不會出現在葉珊筆下，此時的他「遣詞用字自然而然會注入一些生命哲理，那是他早年詩風未曾出現的一種豁達」（二九三），就像〈介殼蟲〉中那隻被一群學童無意間發現的介殼蟲一樣，偉大的發現只在此一介蟲子身上，而那竟是來自天真無邪的歲月[118]；這時間之思，同時也在陳述他邁入暮年的心境。縱然此時的楊牧較乏年少時的舒心浪漫，這些暮年思維仍舊由抒情筆調來引領，骨子裡寫的一樣是如假包換的抒情詩。而他抒情詩的成就，除了早期的鄭愁予足堪媲美外，放眼台灣詩壇不作第二人想，說他是當代抒情傳統的締造者當不為過。

二十、張默

張默是行動派詩人，這是他的詩社同仁洛夫給的讚詞。但若此一稱謂僅指他在詩活動上的表現，則又屬拐彎抹角的諷刺了——暗地裡說他擅長的只是編刊物、辦活動、搞詩運，而這些都無關詩作的表現。其實，洛夫上面說的不只是針對張默作為一位詩運的推動者而言，還兼指他詩作的表現（一九九四：九）。他的老友白靈則說：「張默是這島上的紅塵中極少數能把『詩』當作動詞，而不只是名詞的人。」（二〇〇七a：一一）說法相似但更直接：前者指他對於詩運的推動，而後者說的乃是他對於詩的寫作。李瑞騰說他的詩長年未受到應有的注意（一九八八：一八四），也不盡符合實情，譬如蕭蕭便為張默詩作編選了一部長達四百多頁的評論選集，只能說張默在「詩行動」上的成績太過搶眼，讓人讚譽之餘，反倒未太刻意去關注其詩作。

一九五四年十月繼現代詩與藍星之後，張默在高雄左營與洛夫籌組創世紀詩社，出版《創世紀》詩刊，同年底瘂弦跟著加入，三人彷彿劉關張三結義一樣，成了後來引領著詩壇走向的創世紀「三口組」。一九六九年至一九七二年《創世紀》因經費短絀而暫時休刊，張默被邀加入洛夫與彭邦禎、羊令野、辛鬱等人於一九六九年在台北成立的詩宗社，隔兩年他又與管管在左營合辦《水星詩刊》；除此之外，張默一直堅守著創世紀，任勞任怨，撐持著創世紀所有的大小事務[119]。主編《創世紀》之餘，長期以來，張默且策劃與編選多種詩集與詩叢書，包括《中國當代十大詩人選集》（與辛鬱、菩提、張漢良、管管合編）、《新詩三百首》（與蕭蕭合編）、《現代女詩人選集》[120]等影響甚遠的

張默（文訊提供）

118 這首詩寫於二〇〇三年，楊牧時任中央研究院文哲所所長，時齡應為六十又三，惟詩的首段末二行有謂：「學院堂廡之上／一個耳順的資深研究員」，耳順之年只是比喻。或謂此一年紀是在呼應楊牧所鍾愛的葉慈的〈在學童中〉同樣的第一節結尾「一位六十歲，面帶微笑的公眾人物」（A sixty-year-old smiling public man）裡的那位老人，參閱《每天為你讀一首詩》，利文祺專欄（http://cendalirit.blogspot.com/2016/04/20160425.html，瀏覽日期：二〇二〇年三月二十五日），因為此詩亦提及耳順之「我」後來也「在學童中」。此一用典也是妙手天成。

119 如洛夫所說：「舉凡編輯，跑印刷廠，校對，發行，以及籌措經費，都由他一手包辦，卻從不利用編者職權作自我宣揚，他永遠站在幕後默默地奉獻自己。」（一九九四：一〇）例如他主編《中國當代十大詩人選集》，便自動放棄入選，將桂冠讓予他人（一九九四：一三）。

120 此選集為一九八一年初版的《剪成碧玉葉層層——現代女詩人選集》的再版（二〇一一）；初版選錄一九五二年至一九八一年台灣女詩人二十六家的詩作，再版則增選二十七家，選錄時間延長至二〇一一年。

詩選集[121]，以及策劃並主持爾雅版的年度詩選，乃至廣為蒐羅各種詩集文獻檔案，編出一冊《台灣現代詩編目》，同時也獎掖無數青年詩人，詩友因而冠之以「台灣詩壇的火車頭」，或戲稱他為「詩壇總管」，卻也實至名歸。

那麼，這位「火車頭」的詩作表現到底如何？張默從一九六四年出版的處女詩集《紫的邊陲》至二〇一五年最末的一冊《水汪汪的晚霞》為止，一共出版十八本詩集（包括前後重複選入的各類詩選集，如小詩、旅遊詩等），寫詩已逾一甲子的他，作品數量亦不在少數（除詩集外，尚有散文集與評論集多部），足證他於熱情推動詩運之餘，仍不忘筆耕。綜觀他詩創作的發展，約略可劃分為前後兩個時期[122]：前期從他一九五〇年代初鍾情於海洋詩（如〈關於海喲〉[123]開始，直至第二本詩集《上昇的風景》（一九七〇）問世，可謂為張默的現代主義時期，其中初試身手的海洋詩浪漫時期，由於時間不長，且多半詩作未收入首部詩集中，可略去不計（其中只有四首詩帶有浪漫情懷）[124]；而此一現代主義階段約略和創世紀所揭櫫的「詩的世界性、超現實性、獨創性與純粹性」的「超現實主義時期」發展時間相當。第三部詩集《無調之歌》（一九七五）則可視為他自現代主義出走，從前期的晦澀走向後期澄明的過渡階段，但若直接將之歸入後期創作亦無不可；此詩集所收作品多為一九七〇年代初之作，其風格之轉變也和此一時期台灣詩潮之轉向寫實若合符節。後期的創作係自「出世」轉為「入世」，從西化回歸傳統，可謂為張默的澄明時期，已切心和現代主義一刀兩斷了。

如上所述，張默最早的「浪漫時期」不長，在《創世紀》第十一期後彷彿要附和紀弦主智的論調，一甩當初浪漫抒情之風，受到超現實主義的感染，大力地操作起自動語言來，例如〈期嚮〉、〈沉層〉、〈虛無之歌〉、〈窗之嬉〉、〈恆寂的峰頂〉（四首連作）……都是超現實主義之作。以言〈恆寂的峰頂〉等四首連作，這首長達三百三十多行的長詩可謂為張默此一時期的力作，全詩以自動語言堆砌過於飽滿的意象，層層躍進的詩思，卻讓人很難跟上其逼仄的思路，雖云詩中所說的四個峰頂乃是「現代人精神的展現」（大荒，一九九四：一三〇），讀者仍難以捕捉其確切之意；亦即其語言雖具質感，詩思卻不易一窺全豹。再以〈窗之嬉〉為例，全詩雖以「窗」與「牕之海」統攝全局，但它們可以什麼都是（或者什麼都不是），譬如窗可以木立、行進、咆哮、嘔吐，可以是野火焚燒、是樂園，或是昨夜流浪漢的友伴……；而牕之海更絕，它可以黑暗無邊、酣舞、擺動夜晚的頭、說著無情的情話，可以是一枚黑蝴蝶、一幅馬蒂斯的裸女畫、尼采的超人……。總之，詩人的意識流流到哪裡，它們就可以是「哪裡」。

現代主義是舶來品，也因之值此創作前期的張默，其詩作塗染濃重的西化色彩自是可以預期的，譬如他好用洋名：奧尼爾、凱撒、維娜斯、梵谷、高更、貝多芬、海德格、史特拉紋斯基、米勒、優力息斯、薛西佛斯、味吉爾、波特萊爾……這些人名，或是作家、或是畫家、或是音樂家、或是哲學家、或是神話人物，不一而足（中國人物只對石濤一人情有獨鍾）；也因此引用的題材又多是西洋典故，如首部詩集第一首詩〈拜波之塔〉即在歌頌荷蘭尼德蘭畫派巨匠彼德．勃如海（Pieter Bruegel）的同名畫作（通譯為〈巴別塔〉）[125]；而〈摩娜．麗莎〉第二段提及：「愛慕自意大利的山川來／自雷奧納的思想中／呵，升起，維娜

121 張默編選的各類詩選集至少也有二、三十冊之普，詩壇幾乎無出其右。

122 按張默自述，他將自己的創作分為五個時期：一、歌詠海洋的浪漫時期；二、擁抱現代主義的實驗時期；三、回歸傳統的反省時期；四、抒發鄉愁的惆悵時期；五、追求澄明的晚近時期（一九九四：一）。

123 論者（乃至詩人自己）皆謂張默早期以海洋詩出發，但以《紫的邊陲》所收十三首詩作（自一九五〇年代末至一九六〇年代初），只見〈關於海喲〉與〈哲人之海〉兩首海洋詩，比例極低。

124 這四首詩為：〈最後的〉、〈摩娜．麗莎〉、〈戀的構成〉、〈紫的邊陲〉。另按瘂弦所述，張默比較浪漫的最早期（一九五〇—一九五六）詩作以白描手法見長（一九九四：五六），但這些作品由於未收入詩集裡，今已難覓。

125 納悶的是，巴別塔的原始典故來自《舊約．創世記》的故事，張默卻捨此源頭不用，反而間接從畫作取材，以表示他對彼德氏之「崇拜」，卻忽視了上帝對自大的人類施以懲罰的本義。

斯之靈地升起」，顯然引述的是義大利文藝復興時期巨匠波提切利（Sandro Botticelli）的名畫〈維娜斯的誕生〉（但張默卻將之嫁接到達文西的〈蒙娜麗莎〉）。

到了第三本詩集《無調之歌》，收入從一九六九年至一九七五年的作品，創作時間已在張默加入的詩宗社（一九六九年十月）所提出的「現代詩歸宗」口號之後，而所謂「現代詩歸宗」係指現代詩要「歸向中國傳統人文精神之宗」，簡言之，即詩之創作要從當初橫的移植回到縱的繼承，《無調之歌》即已顯示這種歸宗的轉變，雖然其中若干語言仍殘留現代主義的痕跡，但已不復見詰屈聱牙之弊。最為明顯的「歸宗」則可從詩中洋名的減少以及中國名字的增加看出，如〈樹〉一詩出現的只有「老莊的樹」、「鄭板橋的樹」、「五柳先生的樹」——都是中國人的樹，其中竟無一棵洋人的樹，這在「歸宗」之前的張默是難以想像的。此時的張默，雖然語言不再如過往那樣稠密，意象也不再超拔繁複，詩作卻更為可感，甚至寫出諸如〈露水以及〉、〈無調之歌〉這樣的代表作。試看這首普受好評的〈無調之歌〉：

月在樹梢漏下點點煙火
點點煙火漏下細草的兩岸
細草的兩岸漏下浮雕的雲層
浮雕的雲層漏下未被甦醒的大地
未被甦醒的大地漏下一幅未完成的潑墨
一幅未完成的潑墨漏下
　　急速地漏下

空虛而沒有腳的地平線
我是千萬遍千萬遍唱不盡的陽關

這首「感悟詠志」之詩同時利用類疊（點點、千萬遍）、頂真（行與行的連接）、排比（結構相似的句法）、層遞（由上往下一層層的漏下）、譬喻（我是XXX的陽關）等修辭手法，把時間的流變融入物象的轉換之中，讓詩中人「我」的鄉愁感（陽關象徵離別）逐次加深；儘管詩中呈現的諸種意象並不特別，卻一個個起著連鎖反應（譬如：潑墨↓地平線↓陽關），烘托至深的情感氣氛，如李瑞騰所說，表面上不著一字（情感），卻能盡得風流（一九九四：二八七），也為頂真句法立下新詩創作的典範。

上述〈無調之歌〉的類疊和排比手法，不僅可見之於同本詩集裡的其他詩作，在他早期以至於後期的詩作中，也是一再地出現，幾乎成了他創作的不二法門，而這也是他以此來調控與展現音樂性的主要手段，此種重複手法則有助於節奏的進行，因而張默的詩極適合拿來朗誦。然而，不論他寫的是長詩、短詩、抒情詩、敘事詩，或者是旅遊詩、餽贈詩，甚至是戲仿詩，都常用此種重複手法，長期以來便形成慣性寫作，過猶不及，合該他引以為戒。

後期走向澄明的張默，益見返璞歸真，從《陋室賦》（一九八〇）、《愛詩》（一九八八）、《光陰．梯子》（一九九〇）、《落葉滿階》（一九九四）、《無為詩帖》（二〇〇五）到《水汪汪的晚霞》，題材不再表現人生

張默，《陋室賦》（創世紀詩社出版）

的悲苦或者傳達無奈的感受，更不再膨脹自我之形象（如〈我站立在風裡〉），轉而開始寫現實的人生，思親、懷鄉、訪遊、讀書、作畫……取材皆來自生活，風格亦漸趨明朗與圓融。其中一九九二年完成的長詩〈時間，我繾綣你〉可謂是他此一時期的力作。此詩係由四十首六行短詩組成，可合併成一首每節六行共四十節的組詩來看，亦可看成是綰合在總題「時間」之下各自分開的四十首短詩。此詩的每一節起頭均以「時間，我ＸＸ你」，展現詩人對於時間的種種複雜感受，裡頭可看到他對生命的省思、文化的鄉愁，意象之敷衍則大開大闔，與洛夫的〈石室之死亡〉可相互輝映，前者結構嚴謹，而後者灑脫自如；然而，前者固定的句式難免過於機械之譏，而後者的天馬行空則遭致晦澀之謗。

晚年的張默創作力仍不減當年，新世紀之後，他將長年經營的類型詩——旅遊詩、小詩與戲仿詩結集出版成《獨釣空濛》（二〇〇七）、《張默小詩帖》（二〇一〇）、《戲仿現代名詩百帖》（二〇一四）三書[126]，與頭不下於洛夫對隱題詩、古詩新鑄的嘗試，暮年之際，他仍能彩繪著那一片「水汪汪的晚霞」，一如他最後詩集的題名，可謂老而彌堅，寶刀未老。

二十一、辛鬱

一九五一年，時年十八的辛鬱未及弱冠之齡，跟隨長他五歲的沙牧學習寫作，沙牧成了他結識繆思的啟蒙之師。在辛鬱生前出版的最後一本詩集（自選集）《演出的我》（二〇〇三）中即收有悼念之作〈沙牧檔案〉，情真意切地感念這位讓他「自黑中釋放／還原為白」的老友。辛鬱開筆寫作不久即於《新生報》發表作品，並以雪舫為筆名在《野風》半月刊露臉。一九五四年和紀弦結交，也因之獲邀加入紀弦籌組的現代派，自此在《現代詩》改以「辛鬱」為筆名發表詩作[127]。一九五四年創世紀詩社成立後，他又跨社加入，成了創世紀元老級同仁，與該社諸詩友相交甚深，情誼都在一甲子以上。然而與他們不同的是，除了寫詩，辛鬱也寫作散文、小說和劇本，尤其是小說，前後共出版短中長篇小說六冊，數量甚至超過他的詩集。辛鬱生前出版的詩集有《軍曹手記》（一九六〇）、《豹：辛鬱詩集》（一九八八）、《因海之死》（一九九〇）、《在那張冷臉背後》（一九九五），另外，還有一冊在他逝世後由封德屏和楊宗翰為他合編出版的《輕裝詩集》（二〇一八）[128]。

從辛鬱在早期創世紀的時代來看，他也有別於其他同輩詩人，亦即他雖然同受西方現代主義思潮的影響，相對而言，其鑿痕卻不深，在他的詩作中少見那種詰屈聱牙般天馬行空的超現實意象，類如「你的廣場遊蕩著一群鳥羽／一組銀的餐具走進你心的中央」（〈母親・母親〉）這種驚悚詭異的意象，並不常見，在他最早的《軍曹手記》中更見悠悠的少年情懷充斥於字裡行間（如〈午時的幻覺〉、〈觸及〉等詩），即便是稍後的《豹》，亦欠缺同時期洛夫、葉維廉等人那種惱人、爆裂的意象。

若說辛鬱具有現代主義的精神，那麼他汲取的毋寧說是較接近存在主義那一支系的養分，在手法上和西洋象徵主義、超現實主義、表現主義等流派離得較遠。張默和蕭蕭指出，辛鬱詩之表現「不是波特萊爾式的，而是卡繆式的」（二〇〇一：四八七），這話大體上不假。的確，辛鬱之詩缺少波氏那種令人膽顫心驚的語言，倒頗有卡繆那種關於人的「存在之思」（being thinking）的韻味，而他的存在之思幾乎都指向「自我」（self-I）。辛鬱確實寫下不少關於他人的作品，包括一些餽贈詩（如〈寫給兒子的詩〉、〈握手以及——致劉登

126 張默從《上昇的風景》起即創作不少寫人的餽贈詩，這些餽贈詩多半也寫得頗為精彩，簡直可以再續寫成「空前的」另一本詩集。

127 後來他發現當時有一位籃球國手唐雪舫，即停用「雪舫」筆名，易名為「辛鬱」。

128 辛鬱生前另出版詩集《辛鬱．世紀詩選》（二〇〇〇）與《演出的我》（二〇〇三），但這兩本自選集主要都是舊作重編，不算是新作的詩集。

翰、袁和平〉）、懷人詩（如〈外婆的手〉、〈茫茫然垂向落日的臉——念沙牧〉）、思鄉詩（如〈夜市中一男子〉），乃至罕見的劇詩（〈永遠是二對二〉），尤其是《輕裝詩集》，寫人的詩忒多，但這些詩若和他的「自我之詩」相較，簡直是小巫見大巫了。

辛鬱的「自我之詩」，從他較早在一九六三年發表的〈流浪者之歌〉一詩即可瞧出端倪，不管這首詩寫的是否為流浪人[129]，破題的首段即指出這是一首關於「我」被牢困的「存在之悲歌」，末段提及「東風從不會自南方吹來」，路不會成為河，而河也不會成為路，儼然就是來自卡繆《薛西弗斯神話》（*The Myth of Sisyphus*）的啟示。後來的〈來自某地界的呼喚〉則可視為是「薛西弗斯的進階版」，它呼喚的是關於自我之存在（意義），諸如〈板門店顫慄——一株白楊的記事〉、〈金甲蟲〉、〈影子出走〉……都是關於自我存在與生命之探問，也因此他有很多的自況詩，如〈捕虹浪子〉、〈白楊訴願〉、〈馬〉、〈在那張冷臉背後——給自己畫像〉、〈未定的疆界〉、〈三讀米羅〉……這些自我寫照的詩，在他每部詩集裡隨處唾手可得，而辛鬱如此之「鍾愛自己」，放眼台灣詩壇確實是個異數。

然而，當我們掀開這些「自我之詩」的底蘊，卻發現它們大多具苦澀之味，如同〈在那張冷臉背後〉詩末所說：詩人「將自己／定調為大提琴的／一個低音」。這把苦澀的大提琴在〈順興茶館所見〉一詩裡撩撥著他的寂寞；而在〈豹〉這首自況詩中，則呈現著他的「孤獨之存在」，詩開頭即說：「一匹／豹　在曠野盡頭／蹲著／不知為什麼」，馬上可以瞧見牠踽踽的身影，雖然在涵容一切的蒼穹之下，開放著許多的花香和綠樹，然而：

這曾呼嘯過
掠食過的

豹　不知什麼是香著的花
或什麼是綠著的樹

不知為什麼的
蹲著　一匹豹
　　蒼穹默默
　　花樹寂寂

　曠野
消　失

這匹蹲到曠野消失的豹，正顯示了牠（詩人）孤獨的存在，彷似陳子昂〈登幽州台歌〉反向的現代版。孤獨面對蒼茫的詩人不免有些許寂寞（〈六十自吟〉），從一九七七年〈順興茶館所見〉所透露的寂寞情緒，到了十六年後的〈別了，順興茶館〉，仍舊可見一個人踽踽獨行的寂寞，而這裡頭更且還吐露著詩人面對時光似水的無奈，於此，我們可以感受到辛鬱濃濃的傷逝情懷，而這傷逝情緒也遍布在他前後期的詩作之中，如〈髮〉、〈問盆栽〉、〈休說無奈〉、〈湖畔感懷〉等，時間對這位素有「冷公」之稱的詩人來說[130]，冷得

129 這首詩收入《辛鬱自選集》（一九八〇）時題為〈歌〉，後來再收入《演出的我》時易名為〈流浪者之歌〉。

130 台灣詩壇素有「三公」之稱，除了辛鬱外號為「冷公」外，尚有「歪公」的商禽和「溫公」的楚戈。管管說，辛鬱之被稱為「冷公」一定有他冷的地方，「他的詩之外貌也是如此；文如其人的證據在此」（一〇）。

不再溫熱，如〈在一切物體中〉所示，它本身似乎是一個極嚴苛的命題，生命之存在得接受它的考驗。

然而此一嚴肅的「時光命題」，在辛鬱來說，下筆卻極為日常。不像其他慣用陌生語的創世紀同仁，辛鬱的詩語多半來自平常話（daily language），因而在他的詩中，找不到那種矯揉造作的語言，這自然也和他一向不賣弄賦詩手法有關。譬如〈向我的四件舊衣服道別〉一開始提及，一早八點鐘聯播節目剛結束，接著（第二段）：「我提著四件舊衣服下樓／不需要任何儀式／把它們送進／慈福舊衣收集中心的車廂／向它們說了聲再見」；而這幾件舊衣服會被運送到哪兒？「高棉？衣索匹亞？陝北？／還是常鬧水災的安徽？／其實我不必費心去想」，因為「有一點可以肯定／不管誰穿了它們／都不會感覺／我的喜怒哀樂」——顯然這些一點都不標新立異的日常用語，簡直直逼「我手寫我口」。到了最後的《輕裝詩集》一書，日常用語的使用可說已臻返璞歸真的境地。雖然辛鬱使用的是稀鬆平常的白話，但就像前詩〈向我的四件舊衣服道別〉那樣，他於詩裡娓娓道來的功力仍屬一流，因為他這些詩都呈現了極強的敘事性，或許這也和他創作小說不無關係。

就像他使用質樸無華的日常語言一般，辛鬱詩作的取材也來自日常生活（daily life），不論是旅遊、懷鄉、思親、贈人、遣興……都出自他「個人生活所在的見聞感悟」（辛鬱，一九九五：一四六），即便是像面對「存在」與「時間」如此嚴肅的課題，他也沒把它們寫得那麼崇高偉大。的確，辛鬱叫「辛」「鬱」，實在太沉重（〈影子出走〉），平凡人過平常生活，人生不必那麼苦澀。所幸晚年冷公的老花眼裡，終究也「出現未嘗一見的青山綠水」（〈回望〉），含飴弄孫（〈續寫做爺爺滋味〉），怡然自得，詩也就不再有之前那種澀味了。

二十二、向明

向明是覃子豪的得意門生，也因為與覃的師生緣，極早即加入草創期的藍星詩社，在覃主編的《藍星》週刊發表詩作[131]。當初紀弦成立現代派時曾邀他加入，卻被他婉拒，始終堅守藍星（向明，二〇〇四：七）。後來的向明更賡續其師之志，主編《藍星詩季刊》（一九八四—一九九二），肩挑後期藍星編務[132]。但在一九九二年《藍星》最終還是走入歷史，也在同一年，另起爐灶的向明加入由李瑞騰、白靈等人共創的《台灣詩學季刊》，並出任首任社長，展開他個人第二階段的「詩社活動史」生涯。

細數向明的創作歷程，一直以來都被視為「後勁愈盛」、「大器晚成」（余光中，一九九四：一七七）。「後勁愈盛」係指其創作臨老不僅未走下坡，反而愈爬愈高，詩集（以及詩論與詩話）一本接一本出版。

向明（文訊提供）

131 向明在〈我的詩人老師覃子豪先生〉中表示，他和覃結上師生關係，係緣由於一九五三年他參加中華文藝函授學校的詩歌班，受到覃的指導，有段時間常去覃住處向他討教，覃甚至關切他的婚戀狀況，最後還成了他婚禮的主婚人（二〇〇五：三一九—三二七）。

132 《藍星》（作為詩社詩刊的總體稱呼，因為藍星前後擁有多種刊物）曾數度復刊與休刊。一九八四年復刊的《藍星》，由九歌出版社支持，一直出版到一九九二年的第三十二期才停刊。一九九九年在淡江大學中文系支持下，易名為《藍星詩學》（趙衛民主編）再次刊行（至二〇〇六年為止共出二十三期）。

從他的整體創作趨勢看，最早的兩冊詩集《雨天書》（一九五九）和《狼煙》（一九六七）出版於一九五〇與一九六〇年代（合共八十五首）[133]，之後雖未停筆，卻也少產，迄至一九八二年始再出版第三本詩集《青春的臉》，這十多年期間總共才得詩七十首，不可不謂不豐。然而這本《青春的臉》也可視為他創作的分水嶺，從此之後他的創作逐漸步入穩健的軌道，詩集、詩話、詩論，乃至童詩、譯詩等著作源源不斷出版，創作量頗為可觀。光就詩集而言，自《水的回想》（一九八八）至《早起的頭髮》（二〇一四）即有八冊之多（但當中有部分詩作前後重複收入不同詩集內），其中又有五本是新世紀以來所出版的作品。至於「大器晚成」之說，當指他愈寫愈好，臨老入「花叢」，佳作連篇，終至卓然成家。

向明，《狼煙》（藍星詩社出版）

我們可以將他最早的《雨天書》和《狼煙》兩本詩集看作是詩人創作的早期階段。這兩本詩集創作的時間正處於現代主義風起雲湧的年代，詩人很難避免受其影響，若干語言頗見其糾纏不清之弊，例如〈視之野〉一詩，語言敘述曖昧不明，類如「螺絲紋下處死了太多的理智，於／視之野／佛洛伊特乃將傳染病傳染著／惹起細菌們的表現慾」，以及「視之野／問禮者的車輸被白骨敉平／只看得見／長春藤寬大地／絞死了最後的人生彌撒」，晦澀費解，其中光是「視之野」一詞就有語病（當時流行的超現實主義常見的語言通病之一），詩人硬是把「視野」拗成「視之野」，以之陌生化；其餘如〈不等式〉、〈拜月者〉、〈虹逝〉等詩，都顯見有此語言特色。然而，相較於創世紀那種直如天書無解的自動寫作，所幸向明這類曖昧不明的詩作尚屬有限[134]，而且不少詩作所使用的手法，乃至所呈現之語言特色，已顯現其後來詩作（即後期階段）的創作雛形。

從第三本詩集《青春的臉》起——也就是向明創作的後期，他的風格業已定型，直至晚年，不論是語言的提煉、意象的展現或是結構的安排，甚至是體式的經營，在在都呈顯出他個人極具辨識特色的獨特格調，而且數十年如一日，這中間沒有再起起伏伏、一變再變的過程（如「多妻」的余光中）。若從這一角度看，說他的詩是「大器晚成」就值得商榷；事實上，早自一九七〇、八〇年代開始，向明的詩就這樣寫了——除非你認為這樣寫作的他（當時）還不夠「大器」[135]——換言之，他的詩並沒有如此「晚熟」。

向明向來被視為「生活的詩人」，也就是說他的詩是從生活中來，「以生活入詩」（蕭蕭，二〇〇〇b：六），而這是指他詩的題材均出自生活，現實人生俯拾皆是其詩之素材[136]，怪力亂神的「魔歌」，終究和他格格不入。他的詩信手拈來，可謂凡常瑣碎皆題材，關注層面甚為廣泛，涉及生活態度（如〈窗外〉）、社會現象（如〈對稱〉）、現實政治（如〈早起的頭髮〉）、生態問題（如〈山徑〉）、文化習俗（如〈寂寞〉）、宗教信仰（如〈廣場上的佛陀〉）、創作表現（如〈瘤〉），乃至懷人（如〈隱形的翅膀——懷楚風〉）與思親（如〈青春的臉〉、〈湘繡被面——寄細毛妹〉）等，或委婉批判（如〈變壞〉）、牢騷針砭（如〈異想世界〉），或

133 向明曾在一九六七年和蜀弓、彭捷、楚風、鄭林合出詩集《五弦琴》，因為是合集，故不列入個人詩集清單內。

134 這是否該歸因於其師覃子豪的教導？向明本身也知此種詩作之不可恃，在他後來出版的多部自選集中，於此早期階段所選詩作，皆不見此類糾纏不清之作。

135 向明曾在《陽光顆粒》的序文中自云：「外面對我的評語常是『向明愈晚』或『大器晚成』，這『晚成』於我真是啼笑皆非。」（二〇〇四：一〇）他的抱怨自可理解——他何時晚熟了？

136 若自此點看，蕭蕭謂向明乃「必待四十歲之後生活的歷練飽實，孕沙成珠」（二〇〇〇b：六），大器乃成！的確，後期從《青春的臉》起步的向明，時已年逾四十；惟仍未至晚年之齡。

冷嘲熱諷（如〈後現代敵情〉）、感慨係之（如〈水的回想——懷屈原〉），不一而足，其詩風被稱為「生活美學」（蕭蕭，二〇〇〇b：六），乃有以致之。

在向明涉獵的眾多形形色色的題材中，較為獨特的是他對論詩詩的鍾情[137]，從他第三本詩集起，就陸續出現這類論詩詩的創作，如〈瘤〉、〈大地的歌〉、〈出恭〉、〈詩的厲害〉、〈瞬間·四·九·十·二十六·二十七〉、〈詩人的孤獨〉、〈詩玩之後〉、〈詩之來也〉……《閒愁》一書卷三甚至輯有十四首論詩詩（包括〈詩觀想〉一首組詩[138]），這些論詩詩概以詩歌指涉詩作，或寫創作過程，或論創作態度，或言詩之特性，或述詩之功能，或品詩人之情性……其中〈詩的厲害〉一詩以男女性愛同時妙喻詩的創作過程及其功能，洵為一絕。想來杜甫的論詩詩〈戲為六絕句〉[139]怎敢如此「大放厥詞」？和英國桂冠詩人艾略特重視傳統的態度如出一轍的杜詩之說，在此似被素有「台灣詩壇儒者」之譽的向明給顛覆了。儘管如此，詩人創作的孤獨心境卻是古今同儔，杜甫有「飄飄何所似，天地一沙鷗」，而向明的〈孤獨國君〉則也有如下的孤獨[140]：

風中傳來一聲喝問
誰在「逆」詩而行？

我懶得回答，以為
大臣例行參本「逆施倒行」

我不懂話因，從不見誰
「順詩直上青雲」

在詩的國度，我是我自己
蠻橫的孤獨國君

此詩將詩人自己比喻為（在創作的王國裡的）「國君」——而且是孤獨的國君（從不見誰），他才不關心倒行逆「施」（詩）之事，在此向明耍了一個諧音的雙關語手法，明的是指涉國政，但暗的則是關乎詩人創作的態度甚或方法，堅持「順詩而為」始為真諦，即便別人以為忤，指斥他蠻橫，他仍然抱持己見——這就是他孤獨的所在。

這首詩用語明朗，也不以驚豔的意象令人瞠目，其實平白如話的語言本來就是向明詩作的特色之一，就此點看，向明毋寧更接近《笠》的風格。在形制上，這也是一首二行體的詩作，而定行詩則是他慣用的詩體形式，從他的處女作《雨天書》開始直至晚近的《早起的頭髮》，處處均可發現這種定行詩（從二行體到七行體不等）的行蹤；加上他又偏愛排比（乃至對仗）手法（也是自始而終），極易形成齊整的形式特徵。然而，這種獨門絕技一而再再而三的施用，久而久之也成為創作的套路，過猶不及。

無論如何，以他同輩詩人而言，即便拿笠詩人來相提並論，向明自成一格的詩作，除了辨識度極高外，更為明朗的詩風也可成為大家，樹立了另一個典範。

137 向明的這類論詩詩，或下啟了王厚森的論詩詩之作《讀後：王厚森「論詩詩」集》（二〇一九）。

138 〈詩觀想〉組詩包括七首短詩，係脫胎自《地水火風》（二〇〇七）卷三的同題詩作（六首）。

139 杜甫以下，從北宋以迄當代如：邵雍、元好問、戴復古、姚瑩、王士禎、袁枚、趙翼、宗白華、楊牧等，皆有論詩詩之作，自成一個詩之文類傳統。

140 同樣是「孤獨國」的帝皇，周夢蝶禪定的孤獨（〈孤獨國〉）則是俱足的存在，圓融的完滿。

第八章

跨越期

自上個世紀九〇年代中期開始的台灣「數位詩潮」，跟彼時新興文學社群在紙本／網路上的力量消長頗有關連，可分別以《植物園詩學季刊》與《晨曦》詩刊為例說明。一九九四年由十八所大學院校、四十位校園詩人組成的「植物園詩社」，在發行四期《植物園詩學季刊》、出版一部詩選《畢業紀念冊》後即告停擺。該社雖有一定聲勢與青春朝氣，紙本詩刊和詩集卻始終在出版市場上表現欠佳，會停止運作並不令人意外。而一九九六年從網路世界出發的《晨曦》詩刊，同樣是由年輕一代詩人所創辦，卻能藉助電子布告欄系統（Bulletin Board System，後簡稱ＢＢＳ）此一傳播媒介，爭取愛詩人張貼最新作品、討論新詩理論、提出詩作評論。相較於過往台灣眾多的紙本詩刊，存在於網路的《晨曦》詩刊沒有發表「頁數」限制，ＢＢＳ獨特之ＩＤ文化與匿名機制，也讓投稿者享有更寬闊的「自由」。它甚至不主張企畫編輯、不開立邀稿主題、不賦予編選者領導權力，亟欲打造出求平等、反中心的網路文學烏托邦[1]。《晨曦》詩刊以台灣多所大學ＢＢＳ「詩版」為傳播管道，創刊五個月內便刊登了

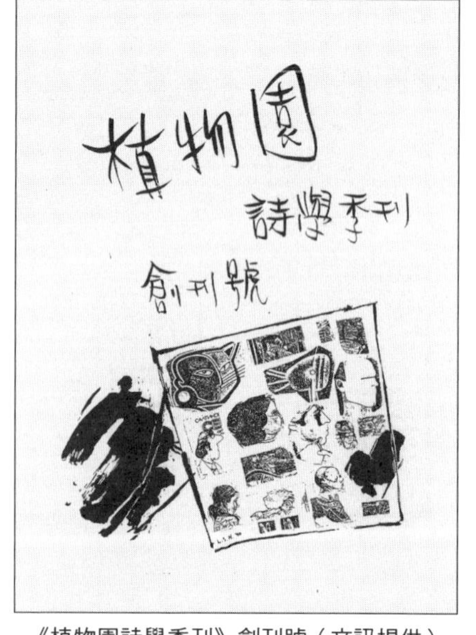

《植物園詩學季刊》創刊號（文訊提供）

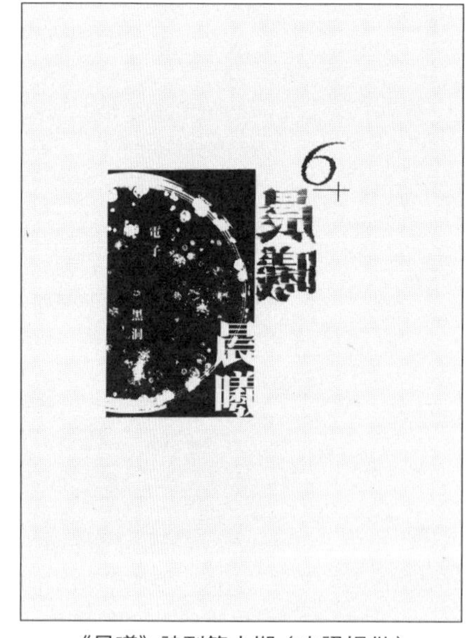

《晨曦》詩刊第六期（文訊提供）

五十多位詩人的一千餘首詩作；但在虛擬的網路之外，它也並未完全放棄實體的紙本——以先網路詩版、後紙質詩刊的編輯策略，終究還是印行出版了六期《晨曦》詩刊。誠如該刊發刊詞所述：「這群網路新詩創作者代表的是新時代新青年與新思想的誕生，我們可以藉由網路的新詩創作來發掘出這時代青年人所想、所看與所認知的情感主題、生活欲念與新的思想變遷。這是台灣詩壇未來所面對的一個新詩的寧靜革命。」網路正是引燃這場寧靜革命的關鍵火種，它讓台灣現代詩從一九八〇年代中期倚重符號與科技想像的電腦詩（如黃智溶一九八六年作品〈電腦詩〉、林群盛一九八七年作品〈沉默（POETRY-BASIC）〉[2]），進入九〇年代中期，改為數位浪潮襲台下催生之數位詩。

環繞BBS「詩版」形成的九〇年代台灣新興文學社群，吸引了彼時眾多現代詩創作者投稿參與，尤以中山大學山抹微雲藝文專業站及海洋大學田寮別業最為著名（且因校園地理位置而被美稱為「南山抹，北田寮」）。馬來西亞留台生創立的「大紅花的國度」詩版上，也可見到大馬與台灣詩人、詩作間的互動。它們與前述之《晨曦》詩刊一樣，都運用了BBS能夠逃逸出紙本平面印刷限制、享有更多貼文（post）發表之自主性。九〇年代中、後期BBS「詩版」的盛況，隨著二〇〇〇年「明日報」於全球資訊網（World Wide Web，後簡稱WWW）創刊及提供「個人新聞台」服務，部分創作者開始轉移陣地。從BBS「詩版」

1 向陽指出，《晨曦》詩刊此模式「基本上是對傳統報紙副刊守門行為的一個反動，這些校園文學社群以網路為媒介，力圖打破平面媒介的文化領導權，重建新的網路傳播規則，表現了E世代文學社群異於先前世代的網路思考特性。其中，其實也隱藏著新的『網路副刊』經營運作模式的可能。網路文學傳播，從這些校園BBS站的實踐開始，出現去中心、去霸權的個體化性格，文本遊戲的規則回到擁有網路的遊戲者手中，傳統的文學傳播模式到此才受到真正的挑戰」（二〇〇一）。向陽亦曾論及，由網路文學社群集結而出的「網路副刊」應該有兩個特質：一為「採取並保有異於平面媒介主流論述傾向的個性」，一為「保有並改善主流媒介去取內容、決定文本的權力，達到具有協商與平衡功能的文學資訊流通的最佳狀態」（向陽，二〇〇四：八三）。

2 對兩首詩作的討論，可參見楊宗翰，〈台灣現代詩的數位衝浪：從電腦詩到新媒體〉（二〇一七a：二二八—二三五）。

崛起的鯨向海與楊佳嫻（彼時兩人於ＢＢＳ寫詩的ＩＤ分別是eyetoeye與ejs），皆開始建構與打造「個人新聞台」，二〇〇二年「偷鯨向海的賊」更獲得第一屆明日報網路文學獎的首獎。以青年詩人為主的三十三位「個人新聞台」台長還曾主動結盟，催生了現代詩專屬逗陣新聞網「我們這群詩妖」。此一新興網路文學社群沒有特定美學主張，不依賴編選過的刊物（版面）來彰顯詩觀或立場，每位「詩妖」宛如各自占據群島中的一隅，以詩作展示自身的新聞台特色並藉此向外發聲[3]。

第一版誕生於一九九六年，至一九九七年六月正式於ＷＷＷ上線的「詩路：台灣現代詩網路聯盟」，是文建會委託杜十三、侯吉諒、須文蔚籌劃的詩網站。從早期的詩刊網路傳播、典藏詩人史料、系統性向全球傳遞台灣新詩精華，到後來開設「塗鴉區」供一般使用者發表詩作、另闢「精華區」收錄三千多首篩選過的網路投稿，「詩路」儼然成為彼時台灣最大的現代詩網路平台。該站曾推出《每日一詩電子報》與出版網路年度詩選，在普及推廣新詩、營造文學社群、推介數位文學上皆卓有貢獻。但「詩路」終究還是難脫「將平面文字數位化」之思維，和ＢＢＳ「詩版」及「明日報個人新聞台」一樣，只能（只應！）視為台灣數位詩基礎形貌與初階樣式。更進一步的數位詩，當屬不再只將網際網路當作工具／題材，而是清楚認知到：它既是詩形式不可分割的一部分，也是召喚詩靈感的絕佳搖籃，更是可以擁抱多媒體、超文本、互動體質的全新「詩品種」。網際網路的非線性特質及HTML、JAVA、FLASH等程式運用，在在豐富與更新了台灣

《台灣詩學．吹鼓吹詩論壇》創刊號
（台灣詩學季刊提供）

數位詩的萬千面貌（雖然它們也有「被更新」之虞，如JAVA與FLASH今日皆面臨被終結、取代的命運）。所謂「數位詩」應該分為二類，一類為將平面印刷詩作數位化處理，張貼於BBS詩版或發表於WWW網站。另一類為包含「非平面印刷」的超文本（hypertext）詩作，其往往具有互動（interactivity）、超連結（hyperlink）、動態文字或影像等特殊設計——精確地說，第二類才是台灣新詩史上的全新「詩品種」。美國詩人惠特曼《草葉集》（*Leaves of Grass*）中收錄了一首"I Sing the Body Electric"，可中譯為「我歌頌帶電的肉體」；對台灣從事數位詩創作者來說，他們宛如是在這波數位浪潮下「歌頌帶電的詩體」。

這股全新「詩品種」數位詩潮，肇始於一九九七年藝術家姚大鈞（筆名響葫蘆）與曹志漣（筆名澀柿子）於美國加州創設的「妙繆廟」。「妙繆廟」允為最早問世的華文具象詩（concrete poetry）及多媒體創作網站，所錄如姚大鈞〈媽的！我的全唐詩掉到太空艙外面了……〉、曹志漣〈觀瀾賦〉等作，皆擅長切割重組文字或援引文字來構成圖畫。曹志漣〈唐初溫柔海〉讓詩句以動畫呈現，用文字來展演，如在「打撈落水的誓言」此句後，出現兩個綠色、去掉水邊的「落」字；「被拋棄的回音」一句，將「被拋棄」三字以拋物線向下排列。姚大鈞〈龍安寺枯山水對坐——贈恆實法師〉更直接「不立文字」，改以十五個色彩變化的方塊代表京都龍安寺內十五塊奇石。他以色塊變化詮釋冥想時的思維流轉，邀請讀者一同參與隨時間而漸「悟」之過程。對聲響樂音的重視，也是「妙繆廟」內作品一大特色：姚大鈞在〈蓮悟？蓮霧？蓮舞？

3　「詩妖」之重要性，當屬終於探索出網路詩社群的維繫之道：它讓「個人新聞台」不像BBS詩版有版主權威與刪文機制，亦非WWW個人網站式的單打獨鬥，而是在兩者中各取其優點，透過連結讓每個台長都不是詩的孤島，遂能充分發揮網路世界的社群特性。網路的「詩論壇」則是「個人新聞台」外，新銳詩人跟網路創作者在二十一世紀的另一戰鬥空間。台灣最早的詩論壇，應屬二〇〇二年創立，一年後便不幸夭折的「壹詩歌論壇」。其次則為台灣詩學季刊社於二〇〇三年六月開闢的「吹鼓吹詩論壇」，以「詩腸鼓吹，吹響詩號，鼓動詩潮」十二字為論壇主旨，二〇〇五年九月起還由電媒跨入紙媒，持續出版《台灣詩學．吹鼓吹詩論壇》詩刊、推出以「吹鼓吹詩人叢書」為名的詩集。「吹鼓吹」可謂是從電、紙兩端，分進合擊有成之佳例。

蓮悟〉中把曼荼羅手印作了動畫處理，並配上東方冥想音樂；曹志漣〈字 Rave 1934〉則以一九三〇年代上海雜誌為素材，讓一九三四年反覆出現的「現代」、「今天」、「忠實」詞彙跟當代電子音樂長伴共舞。「妙繆廟」內之佳構多為這類奇思異想和聲光之美的融合，等於幫新詩加上了網際網路和程式語言的雙翅，讓其從「紙本載體」限制和「純文字」束縛中起飛，創造了前人所未能及的新穎閱讀體驗。

一九九八年起這股全新「詩品種」數位詩潮登陸台灣，創作界開始出現李順興「歧路花園」、蘇紹連（米羅．卡索）「FLASH超文學」、向陽「台灣網路詩實驗室」、須文蔚「觸電新詩網」、白靈「象天堂」等以數位詩為核心的網站。出版傳媒及學術界對此一浪潮亦積極回應：如一九九七年揚智文化印行鄭明萱《多向文本》一書，系統性整理了外國（尤其是美國）的超文本論著，並讓 hypertext 一詞的中文翻譯首度有了根據（雖不能說就此定於一尊，但畢竟還跑在此類創作襲台之前）。一九九八年台大外文系《中外文學》推出「Techne 98β：科幻．網路」專輯、一九九九年中興大學外文系主辦「網路文學」座談會、《文訊》雜誌於一九九九年五月推出「當文學遇上網路」專輯……都是相當積極、重要的回應。《文訊》雜誌該期刊載了文學網站清單與網路文學評介目錄，則是台灣第一次有文學媒體對這波數位浪潮，做出在地化的資料整理。

一九九〇年代中期點燃的「數位詩潮」，是台灣新詩史跨越期的一大特色。可惜還未過完二十一世紀第一個十年便無以為繼，更新一代的詩人多半選擇「將平面文字數位化」之途，或改走詩裝置、詩展演、詩聲光等形式，避開了需要學習程式語言或網路技術的門檻。從詩史的角度而論，數位詩至今或已融入「跨界詩」傳統之中。所謂「跨界詩」泛指超出純文字表現形式之詩創作，乃是新詩向其他文類或藝術類型乃至生活範疇跨界之作品。舉凡圖象詩、小說詩、歌詩或詩意歌詞、演詩或詩劇、視覺詩、物件詩、裝置詩、數位詩、影像詩、行動詩與詩行動……以上皆屬跨界詩作品[4]。至於一度洶湧而至的數位詩浪潮，無論科技怎麼新穎、效果如何炫目，這些擁抱多媒體、超文本、互動體質的數位詩作畢竟還是「詩」——詩體固然歡迎帶電，惟文字與詩想俱不可滅。

一、蘇紹連（二）、向陽（二）與須文蔚

台灣新詩史上最早以非線性、超文本方式出現者當屬代橘的〈超情書〉[5]。代橘的詩作曾發表於《現代詩》、《創世紀》與《晨曦》詩刊，作品〈宿醉後的早上開始洗衣服〉亦曾被選入《八十五年詩選》，可謂橫跨了紙本與網路兩種發表場域。〈超情書〉以一篇（偽）情書／情詩為原始文本，作者並在部分字詞上增設超連結，當讀者一按便會進入連結之嫁接文本。摘錄原始文本之片段如下：

還有薄荷的味道
傻孩子，妳定不知
愛情像黏貼在小腹的脂肪
一放在結婚證書上這張占[6]板上就極度不快
如果早上醒來時你有一個飽滿的子宮
我感到憂慮

4　可參見徐學、楊宗翰主編，《逾越：台灣跨界詩歌選》（二〇一二），其中便收錄及展示了半世紀以來台灣跨界詩的重要成果。

5　代橘本名賴興仕，一九七一年生，網路匿名為Elea。

6　「占」的嫁接文本為：「敬告讀者　這是一個錯字」。

可是你不喜歡等待
我不喜歡教堂[7]

這首詩藉助了HTML為工具，但所使用的技術與層次相對簡單，如評論者所言：「讀者仍是順著主文的軸線，並無跳接或轉換情境軸線的機會，作者所安排的鏈結點，都是正文文字的再詮釋、補充或是後設式的對話。」（須文蔚，七四）〈超情書〉固然是台灣超文本詩作之濫觴，但在詩之多媒體及互動性上，尚有待蘇紹連、向陽與須文蔚三位代表性詩人增添與補足。

蘇紹連（二）

蘇紹連原以散文詩與分行詩享有盛名，自一九九六年起他改以「米羅．卡索」為名完成許多數位詩創作，並陸續發表於各大BBS、「FLASH超文學」與「美麗新文字」網站。二〇〇四年他以這個筆名得到《2003台灣詩選》年度詩獎，二〇〇五年又以此筆名出版了紙本詩集《草木有情》[8]。「米羅．卡索」此一筆名代表其數位詩創作階段的開始（與結束），之後從事華語台語混搭詩及無意象詩創作時，詩人便恢復使用「蘇紹連」了。他的數位詩創作呈現了對畸形社會現實之不安與焦慮，但不只是單向傾訴，還要求讀者應進行互動——為了讓讀者「真

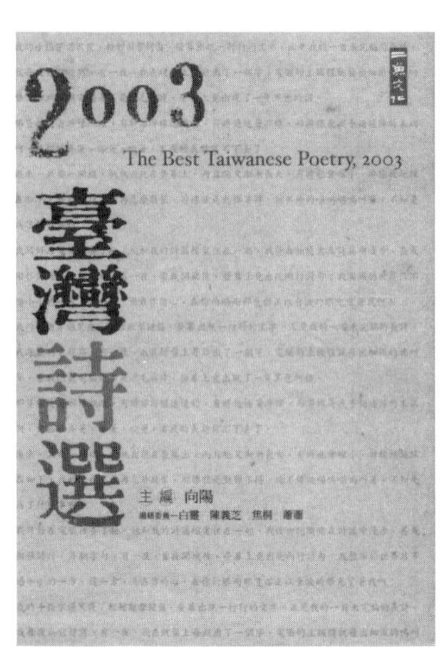

向陽主編，《2003台灣詩選》（二魚文化出版／提供）

正」感同身受，令其必須操作滑鼠去點選詩中圖文。因為唯有如此，文本才會啟動，閱讀方能開始。在滑鼠拖曳過程中，讀者得以看到移動出現、變幻閃現之文字／圖象內容。如〈春夜喜雨〉可供讀者自行操控，以光線的明暗變化呈現出閃電的雨夜情境；〈扭曲的臉〉讓詩句環繞在臉的周圍，當臉部扭曲時，詩句便會跟隨扭曲。又如〈小海洋〉這類詩句接合實驗，每行詩分為前後兩半，前半固定不動，後半則有賴讀者尋找合適字句接合成詩。如此自然會因為讀者的各自選擇，拼貼出不同的詩作樣貌，遂帶有一定文字遊戲性質。但後現代推崇的「遊戲性」絕非蘇紹連數位詩創作所求，傳達出當代詩人與知識分子的困頓憤懣才是。正是後者貫串了〈凍結詩人〉、〈我的手稿〉、〈詩人行動〉、〈詩人總統〉等數位詩作。

向陽（二）

與蘇紹連多採「原生」方式創作數位詩不同，向陽的數位詩創作多改編自其原本發表於平面媒體之詩篇[9]。從這些作品中可以一窺網路科技的媒介表現，如何讓平面文本的原詩產生「歧出」、「異義」與「質變」，或也暗示了文學創作及文類設定的新途徑。寫於一九八五年的台語詩〈在公佈欄下腳〉以大企業裁員公告為題材，原本的平面文本通過JAVA轉化後，讀者必須拖曳滑鼠抹去黑影，才能「偷窺」到暗黑所在的

7 「教室」的嫁接文本為：「我不喜歡教室／教室允許我們生小孩／卻不准我們做愛」。

8 自一九八三年張默主編《七十一年詩選》開始，台灣的年度詩選均以中華民國紀元方式列名。自二〇〇三年起統一改為西元，並因歷來皆以在台灣的文學傳播媒體所刊發詩作為編選對象，為使名實相符，故正名為《２００３台灣詩選》。自一九九六年起，詩選出版時同步頒贈「年度詩獎」，給一年內有傑出表現的詩人。此外，蘇紹連雖以「米羅．卡索」為名出版詩集《草木有情》，該書所錄作品卻完全沒有超文本、多媒體、互動性等數位詩特質。

9 這僅是就相對比例而言。蘇紹連早期數位詩〈心在變〉、〈思想的運作〉、〈名單之謎〉等，亦本於平面媒體發表過的同名舊作。

勞工心聲。原本平面版的國語／台語兩相對照，到了數位版成了可見／不可見，相同的是底層勞工命運無法翻轉的無盡悲哀。一九八九年作品〈一首被撕裂的詩〉除了刊登於《自立晚報》本土副刊的平面版，還衍生出GIF版、拼貼版、FLASH動畫版，一詩就有四種版本[10]。平面版原詩中大量文字被空格框框（□）取代，並以「一九四七年響遍台灣的槍聲／直到一九八九年春／還作著噩夢」作結，指向從「二二八事件」以降之政治迫害及言論箝制。GIF版中空格框框變成紅、藍、綠三色，像子彈般掃射；拼貼版可以拼在一起，成為完整的一首詩；動畫版則能聽見子彈掃射、孩子尖叫，最後是大卡車開進來，一整個村便消失覆滅。數位詩中以不同色塊遮住部分文字，讓勉強拼湊出的完整詩句，在色塊刺眼變動下難以卒讀——這種閱讀時的「不適感」，比平面版原詩更能傳達出言論自由的極度受限。

須文蔚

在數位詩的理論批評探索及創作實踐號召上，李順興與須文蔚兩人各有貢獻：任教於中興大學外文系的李順興，是台灣第一位在大學課堂正式開設「網路文學」課程的教授。他在《聯合電子報》之「e世代文學電子報」開設「美麗新文字」專欄，連載兩年間（二〇〇〇年十一月十九日—二〇〇二年十月二十七日）以三十五篇文章探討超連結、互動設計、文學遊戲、制動文本、非線性敘事等議題。李順興與蘇紹連二〇〇〇年推出的「美麗新文字」網站，以FLASH程式創造了大

須文蔚（文訊提供）

量動態及互動設計，讓新興科技與文字美學互相衝擊出新的閱讀可能。須文蔚則是受文建會與《聯合報》副刊之託，二〇〇一年於「文學咖啡屋」邀請十位作家駐站發表數位形式作品，並歡迎讀者互動回應以選登於副刊園地。在這項每月登場、一共十次的網路創作展裡，須文蔚、蘇紹連、向陽、白靈都選擇以結合文字、影像和聲音的詩作參展，成為台灣這股數位詩潮中多向詩、具體詩、互動詩、多媒體詩集合匯聚的重要「事件」。須文蔚一九九八年十二月於《創世紀》第一一七期發表〈網路詩創作的破與立〉，是台灣第一篇探討中文網路詩理論及美學的研究論文。他二〇〇三年出版的《台灣數位文學論》，則是本地第一本以數位文學為主題的學術專著。

須文蔚不但長期持續探索台灣數位詩理論與美學，他一九九六年出版的第一本詩集《旅次》，也是在紙本新書印行上市的同時，便將詩集全文上網發布。儘管樣式略為簡單，《旅次》應該還是台灣第一部「紙、電」同步出版的個人詩集。以JAVA語言編寫的互動詩〈追夢人〉，是須文蔚數位詩篇代表作。詩人設定好結構後向讀者提出十個問題，而讀者必須在完成填答表單（form）後，方能一覽這首由作／讀者共同完成的情詩。以往作者與讀者兩造各有功能、界線分明，像這樣開放讀者可以帶入自己喜歡的事物「共同追夢」，在彼時台灣實屬罕見。〈追夢人〉打通了詩人與讀者間、乃至詩歌語言跟生活世界間的隔閡，竟還有「偷看提示」此類設計，令人莞爾。〈把詩句刻在波動的湖面〉以JAVA強化動畫效果，避免單調；〈成住壞空〉以FLASH設計，在時鐘四端寫上佛家語成住壞空，刻度則是動態的迴文詩作；〈非常性男女〉是採用PowerPoint寫就的電腦詩；多向詩〈在子虛山前哭泣〉始於一滴水的旅程，讓讀者自由操作並可選擇情節推展與最終結局，「超連結」在此不再只淪為某種註解或補充。「觸電新詩網」上的數位詩，勇於利用

10〈在公佈欄下腳〉平面版收入向陽，《土地的歌》（一九八五：一四二—一四五）；〈一首被撕裂的詩〉平面版收入向陽，《向陽詩選》（一九九八：二六四—二六六）。

HTML、ASP、JAVA、FLASH、GIF、PowerPoint等不同程式，乃能創造出多向詩、互動詩、動畫及３Ｄ等不同效果。

值得注意的是：蘇紹連、向陽與須文蔚分別生於一九四九、一九五五跟一九六六年，比他們晚出的新世代網路詩人，為何絕大多數都選擇了「將平面文字數位化」之途？這些更新世代的創作者，往往只利用網路在資訊流通上的便利性，卻放棄了諸如超連結、動態文字或影像等程式工具所能達到的效果。他們既不願嘗試挑戰技術門檻，也對學習程式語言不感興趣。數位詩在台灣，到後來遂被窄化為將平面印刷詩作採「數位化處理」——彷彿將文字傳到ＢＢＳ詩版或發表於ＷＷＷ網站，便成了新穎的「網路詩」或「數位詩」。

二、羅智成（三）

跨過少有新作問世的九〇年代空白階段，羅智成在二十一世紀第一個十年繳出了各具特色的「夢中三書」：適逢第一個孩子出生，《夢中書房》（二〇〇二）成為他迄今最為甜美的著作，也是這位「黑色教主」非常罕見的白色詩集，欲獻給「永不消逝的『最後讀者』」；《夢中邊陲》（二〇〇七）則是繼《寶寶之書》、《黑色鑲金》後，屬於他「藍色時期」又一部短詩集。側身於前兩者間的《夢中情人》（二〇〇四）經營最力，以兩千七百多行的長詩規模，展現出嚴肅的反省企圖與國際的議題視野，亟欲探討人類的深層欲念及騷動迷惑。五十節的長詩《透明鳥》（二〇一二）從試寫到定稿共耗時十載，是繼《夢中情人》後，詩人又一次大規模的寫作實驗。《透明鳥》原為父親寫給孩子的童話故事，在詩人筆下，它是「半肉體、半靈體」的：

「這只是一個隱喻……」
當然也有許多不一樣的心得
來自其他聆聽者
「透明鳥其實只是
只是詩的隱喻……」

「而詩，只是
人類殘存的
易感、脆弱心靈的
隱喻……」

一開始的童話氛圍與華麗意象，到了《透明鳥》後半部分，敘述者終究難掩憤懣憂思，改為滔滔雄辯。跨越期羅智成詩作的最高成就，不在他向來精熟的短詩，而是二〇〇五年起以「故事雲」為名啟動的創作計畫。羅智成一直在反思創作如何歸類，和探索詩究竟有何邊界？「故事雲」便是透過故事或劇本的創作，探索詩人參與其他的藝術或影藝形式之可能性。這系列代表作有三，皆是兩、三千行的長篇鉅構：《迷宮書店》、《問津：時間的支流》及《荒涼糖果店》（二〇二〇）。《迷宮書店》詩中第一人稱敘述者少時為了閱讀，情願孤獨，幸好還有一間書店降臨，「專程來守望我孤獨的童年」。長大後在現實生活中飄搖受挫、亟待修補的成年人，竟能回到那間記憶中的書店，遂想透過閱讀與文字，徹底「完成一次他未完成的童年」。全作結尾處，敘述者才知道自己被設了局：對於專心閱讀、全神投入的讀者，這座書店會施展法力，「在讀者的心智裡／腐蝕書中世界與現實世界的界線」。原來這是間被詛咒的書店，也是一座文字迷宮，誘惑著所有對閱讀執迷的愛書人，永不得出。《迷宮書店》的英文書名 The Bookery，料是衍自麵包店 The Bakery，取書本與麵包一樣誘人之意。古舊的鬧鐘、窄門後的書井、書店老闆的女兒麗穗，讓這間書店「閱讀光年」長出奇幻故事的骨架。歌德《浮士德》、普魯斯特《追憶似水年華》、李清照〈聲聲慢〉、魯迅〈孔乙己〉等諸多中外文學經典，在詩人引用與叩問下，從閱讀箚記逐一化成故事的血肉。

《問津》提供了「羅記」版本桃花源最新樣貌——情節跌宕中敘述者彷彿藉問津一事，持續叩問：何謂「理想」？怎分新／舊？該走還是該留？是建構抑或解構？

《問津》以帶長輩溯源返鄉／返湘為本事，從昔日祖父的恍惚夢境開篇，連結到奶奶想回老家永周邑之願。後者是詩人以當代心智來塑景，拓展而成的桃花源想像。此地久與世隔絕，得等待每六十年一次的穀雨之時，趁春水大漲跟無若溪雙源合流，才能從中覓出蹊徑。敘述者在陪奶奶回家的過程中，方知六十年前原來在此處實習做「司命」（掌管占卜與鬼神之事）的她，與因傷昏迷而誤入桃花源的軍官相戀。奶奶因愛想要出走（「我義無反顧／干犯所有的禁忌／愛情已徹底點燃了我／女巫的基因」），打算私締盟誓的二人，終於逃離了沉睡的永周邑。可是這段遭遇不能向人訴說，只得由兩人孤立承擔，「而孤立也是／我們愛戀最完美／最完美的形式了……」。

羅智成的企圖，當然不會止步於一則淒美愛情故事。陶淵明〈桃花源記〉述及晉武陵漁人誤入後，隱士劉子驥「聞之，欣然規往。未果，尋病終。後遂無問津者」。既要成為新問津者，就得以詩筆建築永周邑的細節，甚至包括「位權」跟「貨權」等新創概念。羅智成除了發揮想像構圖著色外，也參考過湖南古城鎮、新店、烏來、石碇、太魯閣、客家土樓等實景，今古拼貼，真幻相濟，難怪詩中敘述者說，穿越樓宇廂房時「感覺夢越做越深了」。《問津》中帶入的環境、生死、胡漢之別、建築形式、紀年方法等，可以看出羅智

羅智成，《迷宮書店》（聯經出版）

羅智成，《夢中書房》（聯合文學出版，羅智成提供）

羅智成，《荒涼糖果店》（聯合文學出版，羅智成提供）

羅智成，《問津：時間的支流》（聯合文學出版，羅智成提供）

成有意嘗試讓「詩」走得更深、更細，也更遠。值得注意的是，從《傾斜之書》中的〈問聃〉、〈離騷〉，到《擲地無聲書》中的「諸子篇」系列作，羅智成詩中的先秦圖像一直為愛詩人津津樂道。這次《問津》中寫道「被夢寐以求的古代」、「我的先秦時代終於有聲音了」，可視為詩人對往昔之先秦圖像，一次更豐沛完足的造型塑影。

《荒涼糖果店》與前面兩部「故事雲」相當不同。《問津》改寫了陶淵明〈桃花源記〉，以帶長輩溯源返鄉／返湘為本事，今古拼貼，真幻相濟，場景與細節仍可見其所依憑。《迷宮書店》有多位中外文學名家可參，詩人發揮想像力一一妥貼縫合起書與人，為讀者創造閱讀樂趣及驚喜。但《荒涼糖果店》卻是無事可依、乏典可憑，只借用「忘川」與美麗女子「孟婆」，來與「記憶」作為對照。甘願自棄一向精熟的中外名篇跟博物知識，此舉在羅智成眾多作品中堪稱罕見。其間道理，不難猜測：詩人在反覆測試，文字是否足以製造視、聽、味、嗅、觸覺之融合體驗，與傳達紛繁多層次的親密感覺。《荒涼糖果店》與之前幾部故事雲最大的差異，就是決心回到文字本身。除了文字，別無依託。全篇以一家彷彿停留在百年前老城區內的糖果店為背景，乍看之下是童話感濃厚的甜蜜開端，細讀後方知關涉悲傷的依戀，乃至甜美的遺忘。讀者跟隨敘述者嚼著店裡種類繁多、名稱殊異的糖果，終於明白記憶本身就是一間糖果店，「那些糖果是／我記憶的形式／你嚐到的滋味／就是我內心的感覺」。貫穿全詩的主要角色有二：一為「麗昔」，取自希臘神話中冥府的忘川河（Lethe）音譯，但也可能在暗示時間之流下仍美麗如昔，反而成了以不變容顏對抗無邊遺忘；二為「R」，在詩中有時是「Dear R」（羅智成讀者再熟悉不過的歌詠對象），有時是「紳士R」，有時則成了「詩人R」，當然也可以從「大腦過動／精力過剩」句中，辨識出羅姓詩人躍然欲出的本體。敘事者聽著麗昔談她與R之間，漫長的分合聚散、愛戀憂愁往事，並夾雜了自身對麗昔複雜難表的曖昧心緒。透過敘事者的目光，讀者也體會到其中的後設趣味——譬如詩裡說R可能還活在自己的作品裡，又譬如這作品原本取名為「忘川之旅」，但R自己偏喜歡暱稱為「荒涼糖果店」。人物設定在此詩是流動多於固定，也讓故事自然跳脫單線發展，放大了可能的詮解空間。

《荒涼糖果店》開始於認識人生旅途中的荒涼，最終導向死亡與牽掛之間的無盡辯證。雖然有情節推演，設局解謎，但詩中一直暗示並維持著開放結局。就像R所說：「你也將很快擁有／你的版本的『忘川』／你的版本的『荒涼』」，《荒涼糖果店》是詩人留給並不久遠的將來，一部記憶與存在的證據。他必須及早思忖專屬於自己的版本，正如詩云：「我只能選擇繼續／留在書寫的現場／探索最後設的後設／在流逝的光陰裡／忘情地刻舟求劍」。

羅智成是一名探索「詩究竟有何邊界」的深耕覃思者，早已不輕易出手，但一發表就是介於長詩、劇本與故事之間，形貌曖昧、誘引改編的「故事雲」。他讓現代詩此一文類不再是文本串接、原創IP、跨平台雲端的「局外人」，筆下各部「故事雲」皆充盈影藝視聽化的潛在能量，當屬跨界詩人繳出的不凡跨界詩篇。

三、瓦歷斯・諾幹

台灣原住民詩為讀者所識的起點，始自一九八四年四月創刊的《春風》詩叢刊。該刊首期便開闢「山地人詩抄」一輯，收錄三首排灣族詩人莫那能的作品。先天視弱而逐漸全盲的莫那能，只有國中畢業的教育程度，且長期流浪於各地幹捆工、採砂石，種種條件都不利於他用中文書寫及創作。故「山地人詩抄」中所錄之莫那能作品，多屬他即興唱出的感受，並先由《春風》同仁李疾抄錄，之後楊渡跟李疾「就著阿能的文字，逐字逐句問原意為何，逐字逐句刪改、換段、補充，再唸給阿能聽，問他同意否，意思是否充分表達了。待阿能同意後，又唸一次，才算完稿」[11]。《春風》編輯部在「山地人詩抄」前加了一段引言：「雖然際遇苦難，但詩中的生命力與生命觀，是何等深沉有力。這應是源自受壓迫最深者的怒吼，同時，也是他們未受物化的心靈，所別具的力量。」引言亦將這類作品，置入台灣文學的範疇及歷史中思考：「我們深信，山地文學將是台灣文學未來的希望之一。並且，唯有山地文學的加入，台灣文學才能算是有完整的面貌。」（莫那能，一九八四：四五）

雖然現在「山地文學」一語早已不被採用，但一九八四年《春風》諸君的遠見依然值得敬佩。一共發行了四期的《春風》，每期都闢有「山地人詩抄」一輯刊登莫那能的作品；可惜該刊因內容企畫犯忌，問市後皆遭受查禁命運，多少影響到作品的傳播。幸好一九八九年莫那能出版《美麗的稻穗》一書，成了台灣原住民新詩集的先聲，這批口頭吟唱遂能以紙本印刷的形式獲得保存。惟楊渡也在回顧時準確指出：

> 出現這些詩，恰恰是在原住民權利促進會正在籌備之際，並由於它是首度原住民的文學創作，因此彌足珍貴，也獲得相當多的迴響。然而，相應的其他人和創作並未出現。不知為了什麼原因，拋出的磚並未引發其他玉石。這情況要到拓拔斯（田雅各，布農族）開始寫作系列山地小說之後，才有所改變。（二〇〇四）

楊渡文中所指的原住民權利促進會，就是一個以原住民為主體，企求以行動來爭取及關懷原住民權益與命運的團體，一九八四年十二月二十九日成立於台北馬偕醫院。既欲以原住民為主體，政權或統治者在其建構過程中理當喪失優先性——莫那能長詩〈燃燒〉便可視為一篇詩之證言：「無數小溪匯成巨大的聲音，／它叫大河。／無數民族匯成巨大的聲音，／它叫中國。／我是少數民族的一支，／我是人民，／我是小溪，

／有了我，／才有中國。／政權，請你退去，／土地才是我的母親。／政權，請你閉口，／母親不是壓迫的藉口。」（一九八五：一五七）這首〈燃燒〉刊載於《春風》第四期，也是最後一期（一九八五年七月），若只擺在統獨光譜或框架中解讀，未免太看輕了這首詩及其背後的意旨。這是以小抗大、拒絕收編、回歸土地的宣言，出自一位台灣原住民詩人的筆下更饒富深意。此詩「編者按」亦寫道：「無數的訓示與標語告訴我們，『中國，你是我們的母親』，但是請你聽聽一個沒有喝過長江黃河的乳汁、一個未受長城庇護過的原住民，如何看待這個問題。」一向高高在上的國家，對台灣原住民詩人來說畢竟太過遙遠，遠不如腳下的土地踏實可親。

我們要問的是：除了莫那能的「山地人詩抄」（一九八四—一九八五）、《美麗的稻穗》（一九八九），一九八〇年代中、後期難道沒有其他原住民詩人？泰雅族詩人瓦歷斯．諾幹應是其中最重要的一位。詩集《山是一座學校》（一九九四）所錄作品寫於一九八四至一九八八年，題材多涉他的小學教師工作，如副標題為「給原住民兒童」的〈山是一座學校〉：「當山的校園敲起上課的鐘聲／你要自己找椅子上課／風霜雨雪可能是一枝鉛筆／一本書、一架鋼琴，或是／一座實實在在的體育場／因為你正是山的孩子」。瓦歷斯．諾

莫那能，《美麗的稻穗》（晨星出版／提供）

11 阿能即莫那能，見楊渡，〈讓原住民用母語寫詩〉（二〇三—二〇四）。除了李疾整理過莫那能唱的歌詞，莫那能也曾在口述個人經歷時表示，部分詩作是他自己手寫的：「後來我在學校，偶爾就用簽字筆寫一寫」、「我就開始用那個一二〇磅的白報紙或點字紙寫，一張紙正好寫四、五行而已」（莫那能，二〇一〇：二三一）。

幹雖自培育小學教師的搖籃台中師專畢業，卻遲遲未回出生地部落附近學校服務，其間之心理掙扎，以詩行見諸〈番刀的下落〉：「入夜後，山雨的手勢／很模糊，也許是邀我入山／難說，不過我倒想起部落的番刀／掛電話問番刀的下落／竟說是離家出走了／／蓋著被子看到窗外的番刀／起身隨它帶領到森林的邊緣／叮叮咚咚的伐木聲來自／已然禿盡的部落山脈。天一亮／知道又做夢。早晨有點悲涼」。此詩甚奇，雖分兩段，但前後皆充斥著恍惚調性與不確定用語，彷彿是天亮前的一則奇譚。夜雨邀入山，番刀離家行，遠離部落的敘事者在半夢半醒間，卻被這把刀引領至森林邊緣。原來番刀帶去之處，是森林資源遭到濫砍的部落山脈，可以想見觀者心中是何等「悲涼」了。而「離家出走」的，果真是那把部落番刀嗎？不，詩中敘述者才是真正離家的人。這首詩寫出了家之變貌，還有離家原住民對現狀的無奈：夢中歸家就是如此，真正回家又能如何？

但瓦歷斯．諾幹對部落及故鄉的反思，不會止

瓦歷斯．諾幹（文訊提供）

瓦歷斯．諾幹，《想念族人》（晨星出版／提供）。此為二〇〇〇年版書影。

步於此。《山是一座學校》以「與學童書」系列作見長，詩人的部落書寫及原住民主體探索，則集中於同為一九九四年印行的《想念族人》。跟《山是一座學校》一樣，書中所錄詩作早於一九八〇年代中、後期陸續完成及發表，也見證了作者由漢名「吳俊傑」改至筆名「柳翱」，再逐步恢復成原住民姓氏「瓦里斯．尤幹」，終至「瓦歷斯．諾幹」的變遷軌跡。其實詩人一九八〇年代後期，便頻繁以詩出現在《中外文學》、《聯合文學》、《南方》、《兩岸詩》、《台灣詩》與各報副刊，也因為閱讀《夏潮》雜誌而開始認識原住民族的現況。恐怕是因為他兼擅詩與散文，早期又不時採用「柳翱」筆名，導致原住民詩人的身分要到一九九〇年代初期屢獲文學獎項，方為世所周知。在出版三本個人創作集後，他仍謙稱：「愈接近傳統的精神文明，愈發感覺自己只是還在學習的嬰兒，『文學』的封號，我是應該交給祖靈，而我所做的一切，也才剛開始而已！」（一九九四：二一）但瓦歷斯．諾幹無疑是第一個精熟掌握漢人創作語言及技巧，並藉之來追尋與建構自身主體的原住民詩人。

一九八〇年代後期他仍有不少吐露無奈之作，如一九八六年創作的〈在烏來〉就寫道：「秋收季節，父親微笑地說／他聽見豐年祭的快樂聲音／我側耳細聽，流水在嗚唱／山下的民俗村，大概是／觀光客盡情的嬉遊聲罷」、「後來我也聽見了祭典的聲音／它們在精美的錄音帶裡轉動／低沉抑或熱情，都令我悲傷」[12]。代表原住民傳統文化的豐年祭，淪為觀光客嬉鬧之處；在漢人奇觀化視域下，建成了展示用的「民俗村」；連在原住民文化中占有重要地位的祭典，也僅存錄音帶裡流洩的歌聲。這樣的烏來，究竟還保存了多少真正的原住民部落文化？類似的困境，在八尺門、在蘭嶼、在環山、在南庄、在大同……各個原住民部落都被他

12　一九八六年完成的〈在烏來〉，後收入一九九四年出版的詩集《想念族人》，兩者間竟有八年之遙。該書中「我們的部落」一輯各首作品，同屬早早寫就並於媒體公開發表。惟因詩集出版年代甚晚，兩者間的「空窗期」，極易讓人誤會原住民書寫是否缺席了。

以詩筆寫入《想念族人》第二輯「我們的部落」，也都不脫困窘無依之鬱結情緒。譬如寫原住民礦工的〈在瑞芳〉，他們從花東部落離鄉背井來到瑞芳討生活，卻在礦災過後面臨無法轉業、歸家不得的厄運：「歸途被時序的雜草淹沒／胸中跳動的歸心猶如一顆顆／煤渣，滲入肌膚的底層／在黑色頁岩掩蓋的部落／形成最原始的困窘」。煤是燃料，是動能來源，更是原住民工人換取生活溫飽的資源；豈料久居瑞芳之後，歸心便宛如一顆顆煤渣，從肌膚到部落皆被無止盡的黑與煤掩蓋。暗無天日的黑，愈挖愈薄的媒，原民及原鄉至此竟成為「最原始的困窘」。詩人彷彿在問：當原民主體歸不得部落原鄉，該在何處覓得故鄉的圖騰、祭典的儀禮？

悲情失措無助於主體重建，原民書寫當然不能於此止步。瓦歷斯・諾幹遂於一九九〇年十月創辦了《獵人文化》雜誌，以部落報導及積極行動，尋找建構原住民主體的各方可能。他自身除了前述之恢復原住民姓名，任教學校也從一九八〇年代的花蓮富里國小、台中梧南國小、豐原富春國小，一九九四年終於調回自己的家鄉母校自由國小。回歸與正名，所關涉者並非僅限於詩人自己，而是整個族群及傳統。譬如一九九二年作品〈關於泰雅（Atayal）〉述及泰雅族的「父子連名」與「出草獵首」傳統：「孩子，給你一個名字。／讓你知道雄偉的父親，／一如我的名字有你驕傲的祖父，／你孩子的名字也將連接你。／／孩子，給你一個名字。／要永遠記得祖先的勇猛，／像每一個獵首歸來的勇士，／你的名字將有一橫黥面的印記／／孩子，給你一個名字。／要永遠謙卑的向祖先祈禱，／像一座永不傾倒的大霸尖山，／你的名字將見證泰雅的榮光。」[13] 出草獵首在漢人文化或所謂「文明」社會中，總是被鄙視為應拋棄的惡習。歷來統治者為「理蕃」所需，甚至還精心打造了「吳鳳神話」，將他塑造成自我犧牲的「義士」，來彰顯原住民的野蠻落後、欠缺教化。這樣荒誕的「神話」，從日本統治時代到國民政府遷台一直沿用並進入課本，一直要到一九八九年教育部才在抗議壓力下同意從課本中刪除。瓦歷斯・諾幹此詩除了以書寫奪回自己族群的姓名，也拒絕讓獵首被再度汙名化。兩者同樣以詩銘刻出主體的位置——用漢人的文字，寫祖先的傳統，給新生的孩子。

進入一九九〇年代後，詩人的作品少了徬徨猶豫，多了激昂肯定。《想念族人》壓卷作〈悲情未必是宿命〉寫於一九九二年，副題為「致靜坐台大校門口的原住民學生」，欲藉大地、山水及祖靈之助，昂揚召喚著公義的到來：

一九九二年，我看到你們
通通站成山水。是泰雅的
就站成剛毅的大霸尖山
是排灣，就挺起大武山的胸膛
是阿美，就噴射秀姑巒溪的憤怒
是雅美，就旋轉太平洋的濤浪
就像台灣的山山水水，千百年來
我們就在這裡。太陽與月亮
輪流在大地上做見證，四季的風雨
傳遞著我族的榮光，鳥獸與蟲鳴
流動著祖先精靈的圖像。是誰？
誰讓烏雲遮蔽公義的眼睛……

13 「父子連名制」為泰雅族的命名方式，如「瓦歷斯．諾幹」一名，瓦歷斯是詩人自己的名字，諾幹是詩人父親的名字，詩人兒子則是飛曙．瓦歷斯。

泰雅、排灣、阿美、雅美……詩中定位參與抗議的原住民各族青年學子，其存在便如同台灣的高山流水，「千百年來／我們就在這裡」。從〈悲情未必是宿命〉中可見，身為台灣這塊土地最初的主人，原住民主體其實一直與大地緊緊相繫。《伊能再踏查》（一九九九）便收錄了一篇一九九二年的作品〈台灣□住民〉，敘述者向欲任意更改原住民族群名稱的漢人說道：「我們即將如你們所願的消失／但我們並非真的死去／我們的靈魂將與哀嚎的大地／一同注目、徘徊，並且安慰／承受災難的花草樹木、大地的毛髮。」原住民主體與大地之間，一直是這種生死相伴的關係。故原住民詩中呼告大地之處，等同在以書寫召喚主體——這些詩行彷彿在提醒：這裡從前全都是原住民的土地，如詩所言：「千百年來／我們就在這裡」。

四、陳克華（二）

回顧台灣新詩史，異性戀男詩人酷好創造有英文名的女性角色，讓「她」成為詩中最理想的傾聽者：方莘〈練習曲〉中的「林達」（二〇—二四）、楊牧〈十二星象練習曲〉中的「露意莎」（一九七八：四三三—四四二）、楊澤〈在畢加島〉中的「瑪麗安」（一九七七：五—七）……皆在其列。只聽不說的無聲女性、有陌生化效果的外文洋名，在在確立了台灣異性戀男詩人主體的宰制位置。同性戀男詩人則不循此道，有英文名的角色往往性別難辨，譬如陳克華少作〈星球紀事〉中的「ＷＳ」。這首得到時報文學獎的作品，原本的題目是〈ＷＳ．星球紀事〉，臨出刊前才接受主編高信疆建議，刪除了「ＷＳ」（一九八七：六）。同樣是由敘事者向有英文名的某對象傾訴，〈星球紀事〉卻未賦予傾訴對象確切的性別。整篇作品以科幻詩外表包裹愛情詩內容，倒未聞彼時評論界把「ＷＳ」當作男人看待。要到二〇〇六年後，陳克華才自承：「我的第一首詩就是同志詩！」而〈星球紀事〉的「ＷＳ」就是自己痛苦單戀六年的學長[14]。詩人的「夫子自道」僅能視為「一種」參考，在此也無意追隨索隱派研究進路，應該要問的是：為何一首上個世紀八〇年代後期誕生、書寫同志情愫的詩篇，要遲至二十一世紀才能由作者自己替詩出櫃？

「異性戀男詩人」永遠不需要自我證明，但愛上男人的同性戀男作家，就算再怎麼寫，總還是需要替自己的身分正名／證明。就像陳克華儘管早於《顛覆之煙》、《哈佛・雷特》、《夢中稿》等文集中為同志權益不斷出聲，最後還是得在二〇〇六年發表〈我的出櫃日〉寫道：「今天我在這裡鄭重地，清晰地，美好地，奪回了我的出櫃權。」以文字抗拒異性戀秩序裡對同性戀人士的獵奇[15]。在這般秩序裡，「性愛書寫」從來就不是男同志詩人會被質疑的問題；「愛上男性」才被視為真正的「問題」。陳克華早在一九九五年便以猥褻犯及背德者的無畏姿態，繳出了挑戰詩壇尺度的《欠砍頭詩》。其間之性愛書寫無論質量，皆超過余光中、白萩、楊光中等前輩男詩人。書寫性愛於他當然不是難事，他在意的是如何拒絕「投入多數」，傲然保持自己的「少數」位置。他似乎挪用了前輩男詩人瘂弦〈如歌

陳克華，《欠砍頭詩》（九歌出版／提供）

14 陳克華受訪時表示：「『我的第一首詩就是同志詩！』陳克華不諱言，他得時報文學獎的成名作〈星球紀事〉就是寫給同性愛人。他認為，自己寫的每一首詩其實都是『同志詩』。」（陳宛茜，C6）另一篇採訪則提到了「WS」的身世：「單戀學長的痛苦六年裡，他曾試著割腕，也寫下了無數的詩，包括得獎的敘事長詩〈星球紀事〉，裡頭的WS，即是這位學長。」（廖之韻，E3）

15 陳克華被人威脅恐嚇，要向工作醫院揭露他的同志身分。豈知雖然警方迅速破案，媒體卻在一年半後羅織成八卦報導，對詩人的性取向大做文章，故他才會公開發表〈我的出櫃日〉一文（二〇〇六：八）。

的行板〉的名句「溫柔之必要，肯定之必要」為題，翻轉出〈「肛交」之必要〉：「但是肛門只是虛掩／悲哀經常從門縫洩露一如／整夜斷斷續續發光的電燈泡／我們合抱又合抱不肯相信做愛的形式已被窮盡／肉體的歡樂已被摒棄／我們何不就此投入健康沉默的大多數？／我們何不就此投入多數？」援「肛交」為象徵，詩中隱而未顯的「少數」，儼然正指涉了男同志的位置。當「肛交」從排泄之所改易為交歡之處，所謂「多數」共同信仰的價值亦隨之崩壞。《欠砍頭詩》中另一首〈婚禮留言〉亦復如是：「我的至愛／今天我從你手中接過你贈與的指環／所費不貲／我將因此賦予／你合法使用我的屄的權利」。此詩宛如同性戀詩人對異性戀價值的挑戰，「多數」所共同信仰的神聖婚姻，不過就像一只所費不貲的指環，亦即用金錢便可取得合法性交之權利。

揭露了男異性戀的兩性婚姻假象，《欠砍頭詩》也沒放過嘲諷政治及威權的機會：「肱二頭肌。你愛我嗎？／比目魚肌。萬歲，萬歲，萬萬歲。／股四頭肌。人民是國家真正的主人。／大胸肌。我的家庭真可愛美滿安康又溫馨。／陰道收縮肌。用過請棄於字紙簍。／眼輪匝肌。祖國的山河是多麼壯麗。／腓腸肌。快樂嗎？很美滿。／上斜肌。正確的性愛姿勢。／肛門括約肌。免洗餐具，斯斯，生髮劑。／腹直肌。愛國、愛民、愛黨。／擴背肌。告訴你一個民族英雄的真實故事。／皺眉肌。微笑，微笑是人際關係的潤滑劑。／豎毛肌。一、二、三，到台灣。」這篇〈肌肉頌〉並非真的在歌頌肌肉或示範解剖，而是利用「私我」的各部位肌肉組織，來對比「宏大」的「國家」、「人民」、「英雄」、「黨」。以小逆大，以私拒公，就是彼時陳克華寫詩的慣用手法。詩行中的身體、肌肉、毛髮、精液、陽具都變成了詩人的武器，堅持以少數和個體力抗多數和集體，意象之游離跳躍，想像之奔放誇張，其實皆旨在尋覓男同志詩妥適的主體位置——異性戀男詩人從來不必矯飾對女性的愛，當男人愛上男人卻得遮遮掩掩。需注意到《欠砍頭詩》中的多數作品，若視為異性戀的性愛書寫或性交指涉亦不違和，且「驚世駭俗」四個字，就足以讓它被主流文壇及異性戀秩序輕易收編。

在嘲諷婚姻、政治與威權之外，還有沒有別的方式來彰顯愛上男性的同志主體？《花與淚與河流》（二〇〇一）中便有另一首〈肌肉頌〉，用了完全不同的書寫策略：「陽光斜照在男人的身體上／男人睡著了／／但他的肌肉醒著／彷彿還在護衛著他／／午後海上的風／斷續加入這一幅靜物／／男人的肌肉上／留著我不經心的筆觸／／我在移動這幅畫時想起／：一個人究竟要有多脆弱／／才能時時負載這麼厚重的肌肉呢？」與之前的同名作〈肌肉頌〉相較，這首作品放下對抗及嘲諷，專注於歌頌男體之美好。敘事者確實耽溺於男人的身體與肌肉，前者睡了，後者醒著，而這個男人或許真正存在，也可能僅留在「我」筆下的畫裡。「一幅靜物」四字，更凸顯了第一人稱敘事者「我」無論是觀看或奇想，心中皆無法平靜的狀態。當男同志詩作能如此坦率地書寫男人身體（而非讓異性戀「奇觀化」性器官或性交合），方能代表主體建構工程已經開始。

「男身」是男同志詩的主體所繫，當它與不分性

陳克華，《花與淚與河流》（書林出版／提供）

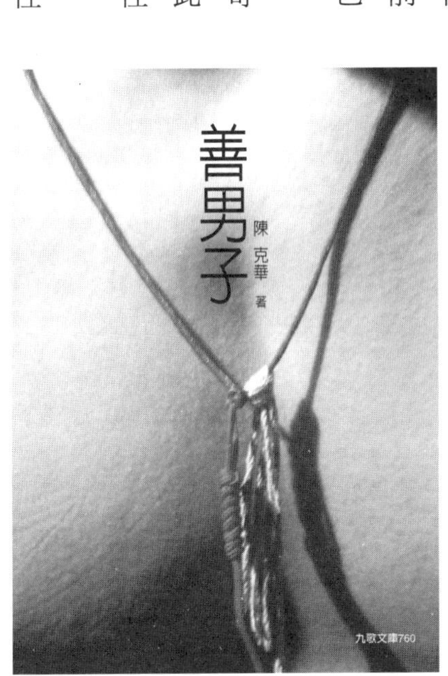

陳克華，《善男子》（九歌出版／提供）

別、性取向、性癖好者皆欲追尋的「愛」相交織，乃有《善男子》（二〇〇六）中這首〈想我這男身〉：「於是我就男人了／我就／眼／耳／鼻／舌／身地　男人了／／可是心裡還有一孩子，沒有性別／在心之暗角佇立／他眼角淌著淚，安靜而沉默／渴求愛」。此詩後半部分述及，孩子創造了一個「玩具般陪伴他」、「同樣安靜而沉默」的父親。父親在孩子長大後同時扮演鏡子跟玩具的角色，而孩子「要繼續長大再大成為同樣的男身」，最後並讓孩子「愛上了鏡中的自己」。此處貌似以詩挑戰了兩代亂倫禁忌，其實只是男同志詩中主體投射出「尋找男身／父身」之渴望，期盼能有更多的愛來澆灌，好早日成長茁壯，或許能在攬鏡自照時與父親重逢。「男身」可以是主體希冀重溫父兄之愛時的投射對象，當然也可能是逗引主體無限遐思的同性情慾軀幹：

彷彿有一條比目魚
潛藏在小腿皮膚下

滑行　收縮
滑行收縮靜止——一種多麼可口美麗的魚類
靜止。復

逗引著我如鯊的目光
在如海水般的黏腥空氣中
梭巡且

瘋狂飢餓。

這首〈小腿〉收錄於《BODY身體詩》（二〇一二），以比目魚來譬喻被觀看者的小腿，敘述者「我」則擁有「如鯊的目光」，彷彿隨時在等待獵捕的良機。全詩以氣氛營造見長，「可口美麗」的當然不是魚而是男體，「黏膩」兩字尚有性愛之暗示。「男身」終究是詩人陳克華用不盡的靈感泉源，亦堪稱為男同志詩主體建構的根基所在。

五、陳育虹

與許多早慧的台灣詩人相較，年過半百才專注寫詩的陳育虹無疑是個異數。但從作為「送給父親的禮物」的首部詩集《關於海》（一九九六）到歷經親人與愛貓逝世的《閃神》（二〇一六），二十年間能推出七部個人詩集，再加上凱洛．安．達菲（C. A. Duffy）、瑪格麗特．愛特伍（Margaret Atwood）與露伊絲．葛綠珂（Louise Glück）三位外國女詩人的三部譯詩集，陳育虹的著、譯質量，實不可謂之不豐[16]。文藝青年多以天賦才情為揮灑基底，陳育虹卻以為人妻、為人母、為自己之不同階段生命體會，再加上一九九一年選擇離開台灣移居加拿大溫哥華，十餘年後方返台定居的異國經歷，替作品譜出了豐厚的情感層次。從就讀文藻外文系開始，陳育虹便習慣在中、外文交雜互譯的語境下思考，並從各國文學作品中汲取養分，轉化為用。她

16 三部譯詩集，分別於二〇一〇、二〇一五、二〇一七年出版。她另譯有美國詩人傑克．紀伯特（Jack Gilbert）與加拿大詩人安．卡森（Anne Carson）的詩集，分別於二〇一八與二〇二〇年出版。

的詩作以鎔鑄中外、結構多樣、語法創新、意識深沉四者見長，佐以對文字音韻及抒情結構的重視，儼然成為台灣當代詩人中的文體家——這裡完全不必加個「女」字。

詩人嗜以片段、選擇、重組、交融等法「創體」，在詩集《索隱》（二〇〇四）中藉「索」提問、由「隱」回答，透過西方第一位女詩人莎弗（Sappho）作品翻譯跟自己的文字並列，在「你」與「我」間追跡／隱匿的層層變貌下，既巧妙串連起全書結構，亦重構出女性的詩語系統及閱讀可能。詩集《魅》（二〇〇七）為八十則箚記書信，取英文「mail」與中文「魅」兩字聲音相近，譜為一闋闋戀歌哀曲。《之間》（二〇一一）則讓詩作跨界結合音樂，堪稱台灣當代Poetry as symphony之重要範例。踵繼這三部詩集的《閃神》由五十二首作品構成，卷一「無調性」與卷三「知了，親愛的知了」各占二十五首，卷二「古老的神話」、卷四「一種藝術」皆為一首（各為二十二、四十小節的組詩），形式結構上可見編纂配置之用心，內容題材上更有以詩涉世之企圖。陳育虹《閃神》不宜只當「恍

陳育虹，《閃神》（洪範出版／提供）

陳育虹（文訊提供）

神」解釋，她欲閃躲的，難道不是「神」的肆意介入，乃至人的坐以待斃？故《閃神》裡既有草、木、鳥、獸、蟲、魚之召喚，對人間苦難的關懷亦不曾缺席，譬如〈他們都熟睡了〉斥政府軍如何以化武攻擊平民、〈地中海上〉寫敘利亞難民、〈海地〉悼太子港震災、〈半步〉念日本三一一海嘯後的岩手縣。足證詩既可思想，詩更應涉世。《閃神》卷二全採箚記體書寫，卷四由美國一九四九—一九五〇年度的桂冠詩人伊莉莎白・畢肖普（Elizabeth Bishop）的〈一種藝術〉（"One Art"）發想，卻寫出了指涉迥異的「另一種藝術」。從一首詩篇，到一部詩集，陳育虹對詩歌書寫應如何「創體」深具自覺。

與許多台灣女詩人不同，陳育虹的作品不好彈感性及婉約老調，其抒情詩中自有一種堅硬的知性為底。而她對音韻的講求及節奏的掌握，恰又微妙地調和了本顯銳利的鋒芒，遂使詩句凝而不滯，行間閃現著理智與思考後的結晶。可舉詩人筆下最常見的「櫻」為例：「只是一株細瘦的山櫻就把整個宇宙／佔滿了整個心佔滿了／（一株細瘦的山櫻以及山櫻／　細瘦的死／　就把整個後院佔滿了）」（〈只是一株細瘦的山櫻〉）、「櫻花談的是一種迫切／迫切的美，美的／更迫切的結束」（〈櫻花談的是另一種哲學〉）、「山櫻花半在雲端／另一半，如何／就閃了神，紛紛杳杳／不知情的紅／一地紅著」（〈鏡花〉）。《閃神》所錄〈這女性的草原〉，更是她以詩召喚女性譜系源頭的傑作，詩前有按語：「但野花是繫不住的……」後有作者自註：「中國西北牧民稱生長野花的草原為雌性草原，不見野花的草原為雄性草原。」詩人以滿布的「野花」取代了細瘦的「山櫻」，便是欲彰顯飽滿豐沛、不受拘束的女性原始力量。詩分四節，首節即說唯有「野花」能「讓草原漂浮起來」、「讓整片草原浮動，狂奔」，並留下「遊牧的蜂留宿花的氈房」這句伏筆。次節寫道：

野花與風，光與色
那女性的草原（你說你記得）

那整片浮動的靜
是不是神祇應許的氾濫
蜜蜂在花的耳根，花在你肋骨
你滾燙的影子走過時間走過的草原

雌性草原並非今日的發明，其本應回溯至原始的記憶，詩中男性如「你」當然應該「記得」。「整片浮動的靜」指遍地野花，「神祇應許的氾濫」意謂女性原初力量可藉由繫不住的野花盡情施展。「蜜蜂在花的耳根，花在你肋骨」呼應前一節伏筆「遊牧的蜂留宿花的氈房」，都是兩性歡愛的動作與象徵。「花在你肋骨」符合《舊約聖經．創世記》記載（上帝用亞當的肋骨創造了夏娃），但別忘了這是繫不住的「野花」，豈會乖乖聽話或馴化？果然歡愛中便引領男性「你」以滾燙的影子，回到女性譜系源頭——那「時間走過的」、最初的草原。承續的第三節以「進來吧你聽到一個聲音」開篇，「你」彷彿受邀踏入由野花鋪成的夢境，一個由女性主導的空間。「你俯身，風一吋吋推擠」、「天蠍的尾鉤已經伸出」兩句，對性愛貪歡之暗示至為明顯，「風」、「蠍」跟前引之「蜂」，皆屬男性肉體的隱喻。詩中最後一節再從空間回探時間，在女性譜系源頭裡「時間不再動彈」，不再依男性「你」的線性時間觀前進：

時間逐漸模糊
你說著獨木舟說月光的間歇泉
說花的美德草原的等待你說等雪
探到馬腹等雪溶了等蛇莓與貓薄荷再次

老去，你
還在

此處亦可視作表彰女性原始力量，足以逆寫（write back）鄭愁予等男性詩人筆下的閨怨作品。當時間「不再動彈」、「逐漸模糊」，唯有男性「你」還在獨自訴說，不知此舉終點何在？誰又願俯身傾聽？這是男性主體位置的失落，也是陰性主體位置的重拾。

除了藉詩歌召喚女性譜系源頭，陳育虹還以再現理想女性形象來確立主體。除了前述《索隱》中對莎弗及其遺留文字的追索，至少還有希薇亞・普拉斯（Sylvia Plath）與李清照等東西方不同理想女性的形象。先以美國自白派詩人（confessional poet）[17]普拉斯為例：陳育虹〈在十字路口〉以「給希薇亞・普拉斯」為副題，早慧的普拉斯貌似一路順遂，其實自一九五二年起曾三度自殺，前兩次企圖服藥後皆獲救；第三次起因於跟詩人泰德・休斯（Ted Hughes）婚姻失敗後，帶著兩個孩子遷居倫敦的她雖然勉力維持創作，一九六三年二月十一日還是在寒冬中自殺身亡。所以〈在十字路口〉中，敘述者「我」才會說：「我想像倫敦最冷的那個冬天／積雪的一月以及隨後始終沒有融化的／二月，妳始終沒有跨過／／妳始終沒有跨過這第三個十字路口」。接在其後者為普拉斯〈拉撒若夫人〉（"Lady Lazarus"）一詩中的句子：「這是第三次，妳說／這是怎樣的垃圾，每十年得銷毀一次」[18]。陳育虹既以「銷毀」來譯「annihilate」，遂寫下「第三次，妳終於

17 此派由羅伯特・羅威爾（Robert Lowell）、安妮・塞克斯頓（Anne Sexton）所創，所謂「自白詩」指詩人對私我經驗、精神狀態、心理變遷的自剖表白，透過詩行在讀者前自我暴露，進而邀請讀者見證自己的奇詭日常、瘋狂體驗乃至精神病徵，最終達成作者、讀者對內在空間的分享與共感。

18 《閃神》中此處除了「妳說」兩字，其餘皆改以楷體標示，料應為陳育虹自譯。原文為：This is Number Three./What a trash/To annihilate each decade.

銷毀了自己」一句。普拉斯死於一九六三年二月的倫敦，陳育虹寫於二〇〇九年一月的台北——後者以「十字路口」作為生命抉擇之象徵，在寒流中馳騁神思，開展跨越近半世紀的兩地想像。詩中的台北這端，充盈著庸碌惡俗的街頭風貌：暢銷的豐田Altis汽車、超商通路霸主7-Eleven、咖啡飲料店85°C的拿鐵、瞬間嫩白精華液、台新銀行玫瑰卡……，看似繽紛繁多，其實正如詩中所述：「紅燈黃燈綠燈不斷變化其實／沒有變化」。這些盡屬可卸除之外物，皆非生存所必須；但卻是現實中十字路口，最最日常不過的風景。想像在倫敦的普拉斯／在詩中的拉撒若，倘若面對這些將會多麼憂傷難耐？

詩中也寫道，在台北的十字路口「那些提著筆記電腦的，送瓦斯的／散發坐月子中心傳單的／回收舊玻璃瓶的，他們向左向右／沒有遲疑」。因為無知，所以無惑，「沒有遲疑」究竟是常人的不幸，或者其實比「詩人」更為幸運？陳育虹以詩篇回望這位西方早逝詩人，思忖普拉斯選擇自殺的意義：「超載的公車箱漆著罌粟紅廣告：／萬安生命——給珍愛的人最好的告別式／我只想問：保持不動很容易嗎」。今日台北畢竟不同於昔時倫敦，連死亡都是一種商業、一則廣告、一道標語，在在遍布了世俗生活的痕跡。這亦點醒了詩人的神思從倫敦回到台北，末段首句「街角的小學敲響下課鐘悠悠盪盪」，下課的鐘聲也是告別的鐘聲（時辰已至，必得離開）。敘述者既然身在塵世，再怎麼遲疑皆終需選擇：

我必須走了，向左向右回家不回家
啊拉撒若夫人，最好的告別式
從愛開始到春天結束，妳的精靈
悠悠盪盪
在我的十字路口

「精靈」一詞二義，可指普拉斯的個人詩集《精靈》（*Ariel*），抑或在暗示亡靈精魄之回歸。有別於普拉斯無路可出、只能「銷毀」自己的悲劇命運，敘述者終於肯認自己走在「我的十字路口」，這樣的陰性主體遂有了前人難以企及的更多可能選項。陳育虹可謂在二十一世紀的十字路口，以詩圓滿了普拉斯此位理想女性的生命缺憾。

以「致李清照」為副題的〈漱玉泉〉，本應屬古今兩位女作家的同感共鳴，卻設計成以如下對比來呈現：

你一定見過泰山，大明湖
你一定沒見過摩天樓或高速公路
你的旅店沒有電視
沒有即溶咖啡保險套
（遠方的土石流轟轟奔竄而下）
這是臭氧和紫外線交織的
我的世界
你的世界
有不同的街道不同的俚語
不同的兵荒水患與瘟疫
並不比我的更悠閒或更混亂

「摩天樓」或「高速公路」都表徵了現代性（modernity）的存在，「電視」、「即溶咖啡」與「保險套」則是現代生活下的產物，雖然高效、迅速卻也旋生旋滅，可見敘述者「我」的世界跟「你」多麼不同。李清照的生活畢竟是「簡單的日子」，允許女詩人「在小小的書房和知心人把玩金石／在後院吟詩放紙鳶／（一個紙鳶繫著一個／必定墜落的心願）」。「吟詩放紙鳶」這類遠古文人的小小趣味如今已不能再，幸好敘述者察覺自身可以「見到」李清照這位傑出女詩人所未能見，儼然踵繼這位理想女性的「愛與失去」：

你未及見到的身後
我見到了
你未及見到的，更多的
愛與失去（許多字跡已經斑駁）
我見到了
我見到飄著柳的風飄著你
泉水湧動的時間裡
有你
沸沸人聲，急雨中
我見到
有人來了有人離去倉促的
巴士不是扁舟

詩裡用「沸沸」、「急雨」跟「倉促」等詞，意謂它並非古典化情愛的復樂園，而是現代性都會的生活圈。巴士已非宋詞裡的扁舟，如今載不動的，可是現代人之新愁？當陳育虹以詩向李清照致意並再現「理想女性」形象之刻，她也建構了屬於當代、屬於自己的主體位置與陰性想像[19]。

六、羅任玲

自十一歲開始寫詩、發表，羅任玲的詩齡雖超過四十年，下筆謹慎的她卻僅推出過《密碼》（一九九〇）、《逆光飛行》（一九九八）、《一整座海洋的靜寂》（二〇一二）與《初生的白》（二〇一七）四部詩集。冷凝的詩風與靜謐的氛圍，形成羅任玲高度風格化的個人特色。出道甚早的她一貫「不與時人彈同調」，讓詩作在後現代以降的喧囂躁動或語言遊戲中，透過以小喻大、興發感悟、物我和諧，追求哲思與現實的凝結。

李元貞在《紅得發紫：台灣現代女性詩選》中，視羅任玲與顏艾琳、江文瑜等人，同為書中收錄的「第四世代」女詩人[20]。鍾玲出版《現代中國繆司：台灣女詩人作品析論》時，論及羅任玲跟夏宇、陳斐雯等人

19　陳育虹詩中還有其他類型的「理想女性」形象，譬如引發特洛伊戰爭的海倫（Helen of Troy）與中國民間傳說裡的白蛇（白素貞）。兩者皆不避坦露內在欲望，大膽衝撞父權體制，儼然是從跟普拉斯、李清照的對反面，來確立起陰性主體位置。具體詩例，可見〈只為那桃花梨花的盛會——白蛇〉與〈廢墟下——特洛伊的海倫〉諸作。

20　李元貞在書中劃分出四個世代：第一世代收錄的女詩人有陳秀喜、胡品清、杜潘芳格、蓉子、朵思、張香華、敻虹、羅英；第二世代有淡瑩、席慕蓉、鍾玲、尹玲、李元貞、洪素麗、翔翎、葉香、蘇白宇；第三世代有馮青、斯人、利玉芳、沈花末、葉紅、蔡秀菊、王麗華、劉毓秀、蕭秀芳、筱曉、零雨；第四世代則為江文瑜、曾淑美、洪淑苓、陳斐雯、羅任玲、丘緩、張芳慈、顏艾琳、吳瑩等（二〇〇〇b：三—四）。

羅任玲（文訊提供）

羅任玲，《初生的白》（聯經出版）

羅任玲，《一整座海洋的靜寂》（爾雅出版／提供）

一樣，時常取用西方的童話，改寫其內容以表現當代的處境[21]。羅任玲這類對童話的刻意改寫，其目的在於以擬仿童話來瓦解童話（及其背後的男性權力結構），以暗示讀者應追求女性自身的主體位置。〈我在果菜市場遇見白雪公主〉就是一例，以「那是今天早晨的事了」開篇，想像白雪公主的婚後生活從西方童話落入今日現實。白雪公主本應住在城堡或皇宮，詩人卻將場景移至果菜市場，白雪公主「看來蒼老而憂鬱」、「擁有臃腫的腰身」，竟還為了一個青蘋果而討價還價。而童話中的白馬王子，現實裡「投資股票去了，輸掉三千萬」。童話故事結局裡的幸福快樂日子，顯然離他們倆相當遙遠，遂產生了無比滑稽的效果。最末句「她提著蘋果桃子，彷彿陷入。深度沉思。」在「陷入」與「深度」間會採句號區隔，恐怕不只在描述白雪公主的反思感嘆，也帶有提醒讀者至此應「深度沉思」之作用。經典童話包裝下的那些故事，是否只是男權社會誘引女性未來與現實妥協的手段？

同樣以擬童話來反童話的作品中，〈我堅持行過黑森林〉尤值一提。首段寫「只為找尋童話／黃昏時分我堅持行入蓊鬱的黑森林／精靈憂傷在我四周奔跑跳躍」，敘事者為何要「找尋童話」？無非就是想用童話裡的完美，來叛逃現實中的不完美。但敘述者發現黑森林竟只存遍地「腐朽」，且「惡語巨大紛雜從隱匿的暗處悄悄襲捲／像極某種泛潮生蛆情結曖昧的夢境／莫非這已不是童年的可親的　黑　森　林」。從初踏入時的高昂壯志，到愈走進去愈感困惑不解，進而產生對「童話」是否還在的懷疑。敘述者「我」最後只在黑森林中，找到空洞目眶、毫無脂肪的「兩具擁抱的枯骨」：

21　鍾玲此書詳細介紹了從一九五〇年代迄一九八〇年代，五十二位台灣女詩人的風格與表現。有些女詩人在詩中反映了許多神話基型，有些女詩人在詩中編織富神話意味的私有象徵，而夏宇、陳斐雯、羅任玲等人則是時常取用西方的童話，改寫其內容以表現當代的處境（一九八九：一三八）。

「王子公主死於不確定的年代，

……生前陽光燦爛，……」

未及讀完告示
我匆匆離開他們
不小心踩斷公主或王子的
一根肋骨

西方的王子與公主（或中國的才子和佳人）這類故事，提供了多少女性夢想跟憧憬，乃至視這種愛戀、婚姻的結合為人生目標。童話人物到了此詩中竟「死於不確定的年代」，且被「匆匆離開」的敘述者，不小心踩斷了「公主或王子的／一根肋骨」。畫面雖充滿戲謔感，卻不掩其中嚴肅的意涵：這一腳正踏破了關於黑森林的種種童年幻想，也逃逸出公主與王子的美好童話幻象。這類「美好」童話源自男性社會長年積累的書寫成果，早已充滿了父權的指紋，當然吝於提供陰性主體位置。

當堅持行過黑森林的敘述者「我」，發現童年的黑森林竟只存在遍地腐朽時，自是不免疑惑與失望。除非偶爾佯裝成小小孩，否則那個黑森林恐怕再也回不去了，正如童年於今已不可再得[22]。值得注意的是：「黑」在羅任玲詩中多被視為女性力量的泉源之一，而寫作正是女性恢復自己主體位置的一種方式。羅任玲曾寫詩給同為女性寫作者的張愛玲與莒哈絲（Marguerite Duras），「黑」便是這些詩作中的關鍵意象。譬如〈九月〉一詩副題為「紀念張愛玲」，將作家張愛玲創作身影跟詩人自己書寫狀態相聯繫：「坐在黑黑的秋天裡／想像蜘蛛結網／那些隱晦的時光字語／如雨聲滴流」，黑黑的秋天暗喻女性的神秘力量，蜘蛛結網則是靈感的營構過程。羅任玲此作雖題為「紀念」，卻不寫事件，直探空間，欲以詩行塑造一座女性創作者的自在園地。於此縱有男性不解的隱晦處，那又何妨？詩末寫道：「桌上的一支羽毛筆／／九月黑夜的安靜」，詩人既想像自己跟已逝的張愛玲共享「黑夜的安靜」，也暗示「黑」與「靜」正是女性書寫力量的來源——或可提供女性思考與創作時，一處自己的房間（A Room of One's Own）。

寫作與閱讀，皆莫不如此。〈寫〉一詩以莒哈絲所言「打開的書也是黑夜」為引，首段即為「我展開妳。／像打開自己的黑夜」。展卷閱讀莒哈絲，便是在閱讀自己，詩人在黑夜此一女性力量之泉中，肯認自己不是唯一的孤獨寫作者：「我喜歡你傲氣地／說：寫作，一開始就是我的地方／獨自一人，遠離一切／隨身帶著孤獨讓它／散成碎屑」。當有「寫作」這一處可倚靠或回歸，明白它終究是「我的地方」，就算孤獨被分成更多細碎斷片，實亦無需畏懼。

看花雨亂飛
埋藏對世界的一切秘密
那始終未曾言說的
愛，十三畫的
愛，十五畫的
寫

22〈我堅持行過黑森林〉全詩最末兩句便寫道：「為了避免我的心意急速老化不可收拾／偶而變成小小孩是必要的……」

剩下飛遠的
兩畫
是眉
直到很久很久以後
才有人在黑夜裡看清
那是眠夢中長存的
遺忘

從「愛」到「寫」，詩人想像兩字之間多出的兩個筆畫，應是女性的雙眉。此處巧妙並置「畫」與「眉」，妝容是為己而畫？抑或為他而掃？隨著時間過去，答案已不重要了。就如同未曾說出口的愛，總要久久等待才會被對方感知，甚至最後不得不在「眠夢中長存」（指離世）。憑藉著陰性主體共享的力量泉源「黑夜」，多年後詩人遂能讀懂、看清莒哈絲因愛而寫下的那些「對世界的一切秘密」，當然也包括對情人的在內[23]。

前已論及在「黑」之外，「靜」也是女性書寫力量的來源。羅任玲詩中常見「安靜」、「靜靜」、「靜寂」等關鍵詞，以〈風之片斷〉為例[24]：

僅僅留下一雙
黛綠的手勢

頭顱身軀都已涉向
不知名的流金暴雨
在短暫平靜的清晨
我拾起你
像拾起
整個宇宙的風聲
空蕩的兩片小舟
托住
空蕩蕩的一整座森林
影子
啊影子
召喚著
一整座海洋的靜寂

23 《情人》是莒哈絲自傳式的小說，被視為隱藏了半世紀的初戀故事。此作中人物沒有姓名，人稱混雜變換，在敘述上不時如夢囈一般，還將心理時間跟時鐘時間穿插交錯使用。

24 羅任玲詩中出現「安靜」或「靜靜」處，可見：「誰依舊安靜坐著／閱讀潮濕氣味的晚報／讓世界沉默且錯身而過」（〈逆光飛行〉）、「和敵機一同落下的禱詞靜靜／一直走我們一直路過」（〈哈利路亞〉）、「每日他在熱水瓶裡倒出一些螞蟻的屍體，安靜漂浮在紙杯的水面，像落葉般安詳」（〈記憶之初〉）、「靜靜地說話／名字寫在天空裡／一隻鳥就抹去了／多鹽的／黃昏」（〈墓誌銘〉）、「彷彿那是／世界的本質／你靜靜嚼著／鴉片。橄欖枝。／三千萬個方生方死。」（〈雨鹿〉）等。

詩人在此作後記中提及：她在暴雨後的台東知本森林，發現一雙「色如黛玉，貌似奇貝」，在初陽下閃爍幽光的昆蟲翅翼，遂有此詩。〈風之片斷〉收入《一整座海洋的靜寂》（詩集名稱亦錄自本詩末行），展現出羅任玲一向擅長的藉意象帶動敘述，從微小處著眼而迎向無垠[25]。此詩以「風之片斷」為題，既符合昆蟲翅翼斷落的事實，亦指涉雙翅宛如「黛綠的手勢」，竟能帶領起「宇宙的風聲」。從視覺跨入聽覺，饒富動態之美，想像極其高妙。詩云昆蟲遺留的雙翅像兩片空蕩的小舟，再聯想到其能托住空蕩蕩的森林（一來詩人身在知本森林，二來昆蟲本該回歸森林）。所謂「影子」可以是昆蟲之影、翅翼之影，也可以指觀物者（敘述者自己）的身影，與同為孕育生命之處的森林或海洋相較，無疑都十分渺小。縱使細瘦微小如影，在流金暴雨過後的平靜清晨「召喚著／一整座海洋的靜寂」，可以想見詩人是如何震懾於自然的力與美。此作從詩人跟大自然對話的吉光片羽，延伸為感受到生命之起落與消逝。海洋的靜寂亦是生命的寂靜，「靜」一直是羅任玲女性書寫力量之來源。《初生的白》所錄之〈在島上〉，敘述者彷彿隱遁不見蹤跡，詩人卻用「只有蟬聲」、「次第攀爬」的聽覺與視覺通感，加倍襯托出「寂靜」懷有原始、無窮之力：「蜿蜒的身軀還給洪荒／遙遠的傳說還給海／／只有蟬聲次第攀爬／向蜃樓的最深處／／只有寂靜／切割了正午的眼瞳」。對羅任玲來說，寫詩從來就不是一件風花雪月之事，她也從不受婉約、纖弱、柔媚等女性刻板印象束縛。羅任玲詩作的終極力量來自黑與靜，並在經過長久沉思默想後，譜寫出一闋闋如何與自然及生命和諧共處之篇章。

七、顏艾琳

顏艾琳《骨皮肉》（一九九七）是台灣第一本女詩人情色詩集，但這部詩集並非她創作的起點[26]。其首部詩集《抽象的地圖》（一九九四）絕少關涉情慾，只有〈抽象三圖〉等極少數作品約略觸及一二，嘗試表達女性的等待與寂寞：「脫光衣服的女人／垂甸甸的雙乳在飲泣……／而梳粧檯上一朵玫瑰，／早已陽痿多時。」顏艾琳受彼時詩壇矚目之作，還是像〈早晨〉這樣的四行小詩：「大地的惺忪／是被樹葉中／篩下來的鳥／聲所滴醒的」。聽覺與視覺的通感運用彷彿神來一筆，讓這首發表於一九八九年的作品頗受讚賞。但在她講求修辭與追逐詩境的同時，一九八八年已寫就、後來收入《骨皮肉》的〈瑪麗蓮夢露〉，從這位永恆性感女神的三圍數字，連結到可口可樂瓶子外觀：

「這裡躺的是瑪麗蓮夢露。３６，２４，３６」
——摘自其墓誌銘

Ａ教授推上滑落的眼鏡，
慎重地告訴我：
其實，瑪麗蓮夢露
是純粹普普主義的作品。

25 收入首部詩集《密碼》中的〈鷹〉同樣是這種從生活中取材，卻能藉由冷凝詩思，以小喻大，終而突破現實桎梏之作，透露詩人驅動語言及調配想像的傑出才具：「站在巍巍的山頂等／風，慢慢近了／張開茫然底袖／／一個寂寞／飛過」。

26 崇尚「女體美的讚頌，性與愛的謳歌」的男詩人楊光中，一九七八年雖繳出《好色賦》這部台灣第一本情色新詩集；但與顏艾琳近二十年後出版的台灣第一本女詩人情色詩集《骨皮肉》相較，楊光中詩作奇觀化有餘、藝術性不足，意象處理上過於粗糙，兩者成就高下立判。二〇〇四年顏艾琳出版詩集《她方》，書寫主題從女性情慾一端，更多地過渡到婦女孕事及身心變化。

第二次世界大戰以後，
可口可樂的瓶子
便大大流行起來，
這同瑪麗的三圍
有著相當的關聯。
據說：
有些男子，利用可口可樂的空瓶——
自慰並射精……
難怪瑪麗自殺

影星瑪麗蓮・夢露（Marilyn Monroe）是《花花公子》雜誌創刊號的封面女郎，紅顏薄命的她只活了短短三十六歲便自殺身亡（另有一說是遭到謀殺）。憑藉著姣好身材與出眾外貌，她成了男子性幻想的最佳對象，金髮紅唇與被風吹起的裙子更化為夢露個人獨特標誌。一九六二年她不幸逝世後，世人仍視之為性感女神的永恆象徵，進而衍為舉世皆可意淫之物件。夢露是男性心目中最渴望觀看、掌握的女體，當女詩人說可口可樂的瓶子跟夢露的

顏艾琳（文訊提供）

三圍「有著相當的關聯」，就讓手握可樂瓶的男性成為諷刺對象：貌似獨一無二的絕美女體，竟然跟量產的可樂瓶子相同，是可以大量製作、廉價且十足商業化的產物。普普（pop）正是來自英語的大眾化（popular）一詞，是藝術家透過模仿複製，對消費社會的一種批判嘲諷。女詩人此處亦是用詼諧口吻，嘲諷男性在性幻想中自以為掌握了夢露女體，其實不過是藉可口可樂空瓶聊以自慰。試問射精後的萎頓男根，不也等同淪落為商業產銷機制下的疲軟無助「客體」嗎？女詩人跳脫男性主導的邏輯與次序，嘗試翻轉女體長期被觀看、被掌握、被意淫之命運。連瑪麗蓮．夢露的選擇自殺，女詩人都指向與「厭惡男性」不無關係。當性感女體被巧妙代換為可樂空瓶，三圍數字更諷刺地彰顯了男性困於情慾後之愚昧、盲視，空瓶亦令人聯想到欲望的空洞[27]。

顏艾琳，《骨皮肉》（時報文化出版，文訊提供）

步入一九九〇年代初期，顏艾琳開始專注創作呈現女性情慾的詩篇，企圖宛如其詩〈淫時之月〉末兩行所述，「以她挑逗的唇勾／撩起所有陽物的鄉愁」。她當然不是最早書寫女性情慾的當代女詩人，但一定是早期最集中、最具主體意識去呈現「女性情慾自主」的當代女詩人。她在〈水性——女子但書〉中嘗云：

27　就像安迪．沃荷（Andy Warhol）一九六七年重複印製夢露臉孔而成的普普藝術作品，刻意模仿報紙、雜誌的廉價大規模生產法，即在批判媒體對於這位性感女神的報導，反而讓「瑪麗蓮．夢露」的意義變得更加空洞。

「『道德是一件易脫的內衣』／『不過是貼己的褻物而已。』」女子本有權追求或坦露自身欲望。道德可脫卸、身體可探索，就像她在此詩中以「潮」一節，書寫月經過後的女子欲念：

日子剛過去，
經血沖洗過的子宮
現在很虛無地鬧著飢餓；
沒有守寡的卵子
也沒有來訪的精子。
只剩一個
吊在腹腔下方的空巢，
無父無母、
無子無孫。

說子宮現在正「很虛無地鬧著飢餓」、精子與卵子俱闕，暗喻詩中女性作為情慾主體，對性事之渴望企盼。子宮向來被視為具傳宗接代功能，但詩中特意用「空巢」來否定女性得背負生育之責，懷有情慾不等於非得生育。此詩另有一節名為「渡」，焦點從子宮移轉到乳房：

欲望在雙乳之間擱淺
很無趣的擺蕩著；

從非常遠的早晨
擺渡到非常近的晚上，
反反覆覆
早早晚晚

乳房跟子宮皆是明顯的女性性徵，對男性而言充滿了性魅力。但囿於傳統禮教及父權體制，這兩處也是一向最受壓抑的女性身體器官。「欲望在雙乳之間擱淺」便是指被壓抑、不能發的女性欲望，「渡」指的是敘述者從早而晚、自古至今反覆擺蕩的無奈及無趣，這不免讓人聯想到：歷史上究竟有多少女子的欲望，都是如此被迫擱淺在雙乳之間？

〈瓶中蘋果〉一詩將卵子喻為蘋果、子宮喻為花瓶，書寫月經帶給女體的感受：「那蘋果熟至腐爛／化為稠汁，／並且憤怒地、快速地／往下墜落／離開我的身體」、「那蘋果僅留一籽，／以結實的眼淚型態／懸於我幽密的花瓶，／之中」顏艾琳酷愛使用黑暗、浪潮、蘋果與蘋果核（可見《骨皮肉》所錄〈亞當的蘋果核〉）等意象，在詩中替女性情慾顯影。《她方》收錄的〈陰田〉有云：「潮，過去了／而欲望才開始高漲」，同樣暗示了月經過後勃發的女子欲念。

在傳統禮教及父權體制下，女性難為自己的情慾發聲；但顏艾琳以詩〈巨鯨的自卑論〉反將一軍，狠狠嘲諷了男性對自身性器尺寸大小的焦慮：

牠濡濡地吐出泡沫，
掩飾臉部害羞的面積。

「在海洋裡，
　我不過是人間的
　　一枚　微小精子。」

巨鯨是陽具的隱喻，男性常將陽具大小當作無比重要之事，甚至延伸成為性能力強弱或權力高下的象徵。海洋則是女陰的隱喻，不管巨鯨再怎麼雄偉碩大，總得要在一片海洋中才能存活。職是之故，終究只能害羞承認：巨鯨（陽具）再大，也大不過海洋（女陰），所謂海中巨鯨不過宛如人間一枚「微小精子」——這是試圖以詩反轉男女尊卑位階的努力。

嘲諷完男性的情慾想像及性器焦慮，顏艾琳藉〈黑暗溫泉〉進一步呈現女性如何反抗世俗眼光與傳統道德，不再壓抑自身情慾，甚至主動邀請「你來汲取我的溫潤」：

如果生活很累
道德很輕，
那麼，
卸下一切
投入黑暗中吧！
黑暗中的底層
是我在等待。

為了誘引你的到來
我將空氣搓揉——
成秋天森林的乾爽氣味，
適合助燃
我們燃點很低的肉體。

讓你來汲取我的溫潤吧！
即使再深的疲倦
都將在黑暗溫泉裡，
洗褪。

能夠洗褪深層疲倦的黑暗溫泉，跟〈巨鯨的自卑論〉中的海洋一樣都意指女陰。有別於女陰在傳統男性觀點下常見的情色意涵，此詩將其賦予了治療及重生之力量。黑暗溫泉作為疲憊生活跟禮教道德的反面，敘述者宣稱想誘引「你的到來」，搓揉空氣、點燃肉體皆在隱喻性事及其動作。此詩肯定了女性對自身情慾的積極主動，也暗示男性的解放與救贖，有賴黑暗溫泉之神秘力量[28]。

28 二〇一〇年時值〈黑暗溫泉〉寫成二十年，詩人又發表〈上半生〉一詩。已從彼時一介少女變成生育過的婦女，生命情調大異後的詩人，筆下帶有神秘感的黑色遂被乳汁的白色取代：「當他帶來年輕的體溫／與疲倦的愛情時，／我化作黑暗溫泉，／將彼此洗滌成沒秘密的人。／多年後，從我身體／分出一個骨肉的地方，／也形成他溢逃的缺口。／他留下或走／都有深淺不明的滯痕；／而我的胸乳／成長為母性的山脈，／在分泌完乳汁後，繼之以淚／灌溉新積成的沙洲。」（顏艾琳，E4）。

女性情慾本有著不可思議的力量，甚至可以是女性遠比男性優越的證明。〈溺〉便以男人在水中漂流浮沉，指出其終得屈服於女人之下：「男人　是水上的漂流物／／當欲望淹沒肉體，／細胞自身上大量流失；／融為水性的我／載著半／浮／半　沉　的他／往黑色的漩渦／捲溺下去……」，黑色的漩渦當然也是情慾的漩渦，此詩彷彿在鼓勵男人直面自身欲望，坦然接受黑色漩渦的召喚。情慾本無罪，跟隨陰性的「我」捲溺而下又何妨？

顏艾琳這些呈現女性情慾的詩作，並非都只採用陰／陽、陸／水這類二元論樣貌出現。她不避諱同性性欲取向的書寫，二〇〇三年便曾發表〈因為詩，我與夏宇同性戀〉一作，歌詠好似「一則不老的童話」的女詩人夏宇：「我忘了自己是女人／怎麼可以像男人一樣愛她。／因為如此，／我更自豪為女詩人／可以用詩來愛她。／／如果在詩中與她相戀，／那將是多麼美好的事。」女詩人的身分當然值得自豪，女人的身分亦然。沒有陽具從來就不是女人的缺憾——因為顏艾琳早已寫出這首〈陽具屬陰〉，以詩軟化了這個惟堅硬是尚的「玩物」：「女人的陽具／從來不在她的身上。／／那軟弱如一截小腸的／玩物；在她面前垂首、／鞠躬　致意。」「她一下滿足了，／卻也無比虛空。／陽具不是她的法器／是　她的涅槃。」

八、江文瑜

江文瑜是語言學博士，研究專長為音韻學、語音學、構詞學、語言社會學。或許正是因為有這些學術背景，她在第一本個人詩集《男人的乳頭》（一九九八）中便以詞語的諧音、假借、置換、嬉戲等方法來顛覆成規。她欲從語言層面召喚女性擁有的「流動」特質，試圖讓陰性主體遠離男性秩序之制約。當女詩人筆下的文字脫離長久固定甚至已趨僵化的語義，更能開出豐饒的、新穎的生命及解釋。《男人的乳頭》裡詩人用女性視角來引導讀者重新「觀看」男性，盼女性凝視（female gaze）能打破男性慣用詞語及其意義。過往諱莫如深的女性情慾，成了全書最重要的書寫主題。二〇〇一年江文瑜又推出詩集《阿媽的料理》，所涉題材從女體自身進一步推至萬物眾生，頻繁出現書寫女性歷史及批判政治現象之作，不變的是對語言形式的刻意鍛煉。總的來說，諧音換義、同音異字、一語雙關等技法，皆是江文瑜藉由女性詩語來顛覆父權語言的拿手好戲。在《男人的乳頭》與《阿媽的料理》這兩部語出必驚人、諧音兼批判的詩集之外，江文瑜也有十分抒情的面相，譬如《合掌》（二〇一〇）與《佛陀在貓瞳裡種下玫瑰》（二〇一六）。前者以江文瑜三十六首詩，與翁倩玉三十八張版畫作品相互對話。後者串連「佛陀」（宗教）、「貓」（靈性動物）、與「玫瑰」（愛）三者，透過貓的四種不同階段，隱喻人生及生命的各式主題——不過其中還是有〈今夜，我渴望你吟蕩的名〉這類利用諧音的情色詩篇。歷時十八年終於寫畢，定稿為三部曲形式的《女教授／教獸隨手記》（二〇一七），則是台灣第一部以女教授身分代入及表述的大型長篇組詩，其於

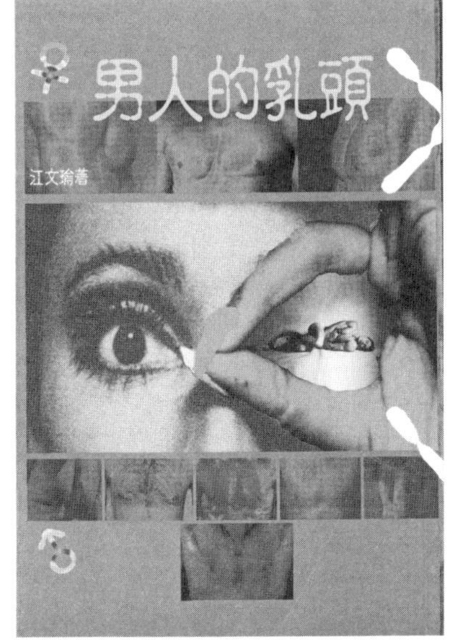

江文瑜，《男人的乳頭》（元尊文化出版）

江文瑜（文訊提供）

結構設計上，頗有融匯總結之前各部詩集之意味。

一九九八年十一月一日，在新竹市立文化中心所主辦的「從詩與女性談陳秀喜」研討會中，台灣第一個全由女性詩人組成的「女鯨詩社」宣告成立。十二位成員都是具有堅定陰性主體意識的台灣女詩人，組成詩社的同一年便出版由江文瑜主編之選集《詩在女鯨躍身擊浪時》。她們想將詩的革命納入女性運動之一環，在情慾、孕事、家庭等議題上表現出女性思考的獨特性，編選詩選集亦有跟長期由男性主導的「年度詩選」抗衡之意。《詩在女鯨躍身擊浪時》所錄江文瑜編序中寫道：「以雌性的號叫，吸引雄鯨的注意，也發出強烈的自我定位訊號。」（三）[29] 其實江文瑜自己就是最好的實踐者。《男人的乳頭》與《阿媽的料理》便藏有許多「雌性的號叫」，等同向台灣詩壇發出強烈的自我定位訊號。食色性也，江文瑜書寫飲食的小詩尤其多涉情慾：「最處女的身段／擺給你看／一回生／兩回熟」（〈生魚片〉）；「嘴唇是蛤蠣／舌是扁平蛇／扁平蛇剝開緊閉的蛤礪／找尋同種的獸交配」（〈蛤蠣〉）；「妳森林的幽徑／矗立一顆岩石／隙縫泌泌流出／見底的瓊漿玉液」（〈礦泉水〉）；「雞／肌　肉／觸電後／她的唇親自品嘗／皮軟還是疲軟」（〈麻油雞〉）皆為顯例。大膽坦露寫性並不足奇，江文瑜最好的小詩當如〈咖啡〉一般，在發乎情、止乎禮的優雅氛圍中，暗示「你」與「他」之間的情慾挑逗：「你啜飲義大利卡不奇諾的灼舌／他輕舔法國的燙唇／／你加冰糖／他添黑糖／／你融合奶精／他攪拌全脂鮮奶／／舉起杯子／你們精準地在同一時間微笑」。唇舌、輕舔皆帶有性暗示意味，加糖之舉就是增加甜度（甜言蜜語），攪拌奶精或鮮奶意謂性交動作，「精準地在同一時間微笑」指兩方同步達到高潮。從兩人對坐啜飲咖啡生發出的遐想，有著比賣弄裸體或暴露性徵更堪咀嚼的詩味。

但江文瑜既想將詩的革命納入女性運動之一環，當然要積極抗拒過往對女性身體諱莫如深的禁忌，並以更多的情慾詩寫、雌性號叫，來發出強烈的自我定位訊號。一九九七年作品〈立可白修正液〉便是一例：

我打開立可白
她橫躺——
堅挺的乳頭滲出豐沛的乳汁
或是，尖硬的陰唇
泌流黏狀的潤滑液——

正準備塗抹在攤開男體
修正那一身陽性的弧線——

修正液俗稱為立可白，此名來自最早在台上市的修正液品牌「Liquid Paper」之音譯。它的頭部可分為兩種，早期的掃帚樣貌與後來的筆型滾珠。江文瑜此詩將立可白徹底陰性化：其頭部讓詩人聯想到堅挺乳頭或尖硬陰唇；修正液本體顏色則類似婦女分泌乳汁或陰部產生愛液。首段是詩人從外型、顏色、功能三項，尋找女性身體與立可白間共通之處。末段則在凸顯陰性主體位置，是用女性視角來觀看男性，「攤開男體」、「那一身陽性的弧線」成為被修正的物件，主客關係的轉變正暗示了權力位階的翻轉。這次維持「堅挺」或「尖硬」的終於不再是陽具，「攤開男體」可以暗喻著書寫用的紙張，乃至一部部被記錄下的歷史（history）——難道不是他的故事（his story）有錯，有待她（her story）來修正？

女性以詩書寫身體，不該成為諱莫如深的禁忌。當女詩人能夠站在主體位置上發聲，在詩中探索身體

29 女鯨詩社十二位成員為江文瑜、李元貞、利玉芳、沈花末、杜潘芳格、海瑩（張瓊文）、張芳慈、陳來紅、劉毓秀、蕭泰（蕭秀芳）、謝碧修、顏艾琳。該社另於一九九九年編印《詩壇顯影》，二〇〇一年編印《震鯨：九二一大地震二週年紀念詩專輯》。

及情慾的諸般可能，便等同在發出自我定位訊號了。江文瑜所做的顯然比這更多、更強烈。她筆下的情慾詩寫，除了站穩陰性主體位置，還致力於打破男性語言成規，推翻男性凝視制約。譬如「精液」此一詞彙有固定之形、音、義，向來是女性極力避諱、不敢暢談之物。江文瑜卻在〈妳要驚異與精液〉一詩，運用對諧音之嫻熟操練，以無比自信、自在、自如的姿態，讓敘述者大談甚至大啖「精液」：

身為女人的妳對做愛總是無比驚異
率將鼓舞歡送衝鋒陷陣的兵隊精液
在暗潮湧洶的陰道浮沉驚溢
千萬支膨脹盛開的雞毛撢矗立勁屹
用力廝殺出憂暗角落隱藏的不經意
濕潤的愛意與愛液淫役　武功高強的精義
為保險　套上一層六脈神劍不侵的晶衣……
豪爽對峙躍上最高峰競藝
玉山動如跳躍莖翼
牽連閃爍著台灣鯨腋
每夜用妳親手撫慰的最高敬意
冥想創造　精益
求精

每日用妳喉嚨尖聲喃喃的頸囈
冥想創造　精液
求驚

從「驚異」、「驚溢」、「勁屹」、「經意」、「精義」、「晶衣」、「競藝」、「莖翼」、「鯨腋」、「敬意」、「精益」到「頸囈」，一連用了十二個諧音雙關，其實意在消滅「精液」於男性語言中的權威地位，解放「精液」一詞為世所知、漸趨固定的形音義。人類的精液是男性在射精時，從陰莖的尿道射出體外之液體。此詩名為〈妳要驚異與精液〉，用「妳要」強化了女性敘述者的主動性及宰制性，從而拆解了男性往昔好藉性器或體液，來凸顯性別優勢之陽謀。詩題中將驚異排在精液之前，首句又云「身為女人的妳對做愛總是無比驚異」，即可視為欲以女性驚異替代男性精液之宣告。「每夜用妳親手撫慰的最高敬意」喻手愛，「每日用妳喉嚨尖聲喃喃的頸囈」寫口交，陰性主體皆以無比自信態度為之，是主動而非被迫。諧音字密集出現所造成的聽覺「過剩」，讓全詩帶給讀者的不是偷窺之歡愉，而是理解後的荒謬，從而也提供了讀者反思男性語言成規的可能。

另一首〈男人的乳頭〉則旨在推翻男性凝視制約，翻轉男性觀看女體時，總讓後者淪為「沉默主體」之困境。女性乳房是古今無數男詩人歌詠之物，江文瑜此作卻在展現女性眼中男人的乳頭，究竟是何等樣貌？詩中男人的乳頭原本面目如 o（形似英文O的小寫），卻因為舌頭的各種刺激逗引，使 o 看起來像 a、b、c、d。僅愛撫一側乳頭，竟也引發另一側的不滿：「喔，舌帶差點忘記美容你的另一個 o／他正乾瞪吃醋得脹紅了臉如O」，把男性常說「女人就愛爭風吃醋」這類批評，以如此的戲劇性畫面奉還給男人。詩末以女人看顧男性胸罩專櫃作結，全盤翻轉了兩性間凝視／被凝視的權力關係及位階：「負責打點男性罩杯專櫃的女人／滿意地凝視／ａ　ｂ　ｃ　ｄ／屬於男人的／小寫款式」。將男性罩杯的ａｂｃｄ對應女性罩杯的ＡＢＣＤ，是讓小寫男性對上大寫女性，暗示男人（及其乳頭）得乖乖遵守規則，準備接受不再沉默的陰性主體之管束。

九、焦桐與陳黎（二）

焦桐

欲結合食譜與新詩於一冊，焦桐《完全壯陽食譜》（一九九九）當為全台首例。詩集取了這樣的書名，容易被誤歸入食譜之列；惟讀者若將《完全壯陽食譜》真當作一部食譜，恐怕只會非常失望。就像羅青詩集《吃西瓜的方法》（一九七二）常被列入飲食類書籍、《神州豪俠傳》（一九七五）成了武俠小說、《不明飛行物來了》（一九八四）彷彿ＵＦＯ外星飛碟圖鑑……。這類詩集命名時都蘊含了作者刻意的設計，目的無非是引導讀者思考新詩之可能，擴大新詩之疆界。

胡錦媛曾指出：「《完全壯陽食譜》名為『食譜』，卻是一本背離讀者食譜記憶與預期的書。雖然焦桐與時報出版社於《完全壯陽食譜》新書發表會

焦桐（文訊提供）

當時，曾委託台北名店永福樓按照食譜做菜，席開八桌，款待嘉賓，以『行動藝術』式的『演出』來證實《完全壯陽食譜》所言不虛，但是如果讀者準備依樣畫葫蘆，在自家廚房做《完全壯陽食譜》所記載的菜，他／她很快就會發現這是個不可能的任務。」關鍵便在於「食材取得不易」與「製作方法的指示不明確」。在食材取得上，如「中國奉化縣溯溪而上的小魚」、「新出土恐龍蛋」、「嚴重發情的公鵝」等皆頗為荒誕奇特；在作法指示上，如「所有材料像一串咒語，先喃喃唸一遍」、「先讓鵝餓七七四十九個小時，灌以頂級XO白蘭地，醉眼朦朧後再放血，拔毛」等亦令人無所適從，難以準確判斷（胡錦媛，二〇一〇）[30]。

焦桐，《完全壯陽食譜》（時報文化出版，文訊提供）

其實「食譜」只能算是詩集的「外包裝」，跟行動藝術亦未必有多少牽扯。詩集名中「完全」兩字，令人聯想到一九九三年日本人鶴見濟的《完全自殺手冊》（日文名稱為《完全自殺マニュアル》，太田出版）[31]。如果「食譜」只是外包裝，這部詩集的內容物究竟該怎麼定位？從「壯陽」延伸到「情色」似乎是一種解答。《完全壯陽食譜》全書依A餐、B餐、C餐分為三輯，共收錄二十四道食譜，每道再分為「材

30 關於食材的例子，見《完全壯陽食譜》中〈我將再起〉與〈重振雄風〉；關於作法的例子，見詩集中〈莊敬自強〉與〈偷香竊玉〉。

31 由於書中詳列各種自殺方法及執行細節，引發爭議並被政府列入青少年不宜閱讀名單，一九九四年台灣印行的中文版面市後旋被查禁，但已引起全台各界廣泛矚目。自殺是邁向生命終結，壯陽是重振男性雄風，兩者間之強烈對比再加上一九九九年「世紀末」氣氛，應也影響過《完全壯陽食譜》的書名取決。

料」、「作法」、「說明」與「詩」四部分，並加上多幅裸露女體插畫來取代傳統食譜精美照片[32]——以肉體代替菜餚，挪情慾置換口欲。由焦桐首開端倪的這類型作品，以詩行結合食譜菜餚與情色書寫兩者，運用了大量諧擬（parody）與轉喻（metonymy）技巧，卻更凸顯「壯陽」不過只是表象而已。

譬如煎牛小排這道料理，食譜命名為〈毋忘在莒〉，這四字亦見於金門大武山上的石碑，乃蔣中正親題以訓勉眾人要光復大陸河山。作為前線的金門，戰爭血淚斑斑可考，故此則「注意」一項上遂有：「沮喪、悲傷時盡量避免烹製這道菜，尤其下鍋時切忌落淚，因為眼淚會改變食物的構成，引起危險的化學變化。」沮喪、悲傷的情緒當與回憶昔日戰場英靈有關，但是坊間一般食譜怎麼會有這種提醒？說眼淚引起的化學變化會「危險」，這危險並非影響菜餚口感，應是影響政治判斷。題字毋忘在莒的政治強人早已過世，還我河山之夢，仍要做下去嗎？「說明」一欄述及牛小排「切塊後每塊中間帶著一片骨頭，壯如金門大武山上的勒石。烹製這道菜，要充滿等待的耐性，不避煎熬，不畏勞怨，發揮毋忘再舉的精神」。從「在莒」到「再舉」，既可指涉迫切的男性壯陽意圖，亦可關連舉目欲收拾舊山河，可謂盡得諧擬之妙。另外，當毋忘在莒中的舊山河已然遙不可得，不知道廣大的萎頓男性，要如何靠一道道食譜回春？這則「說明」透露出「陽」之不可壯，猶如「國」之不能復。歷史大敘述跟國家大人物，在此僅能供後現代戲耍（play）之用，就像所有壯陽者都想著如何〈重振雄風〉：「鴨肉若薄片可當零食，隨身攜帶，無時無刻不可進行壯陽。不過，這道菜的享用地點講究九品中正——若在掌上、肩上、秋千板上、被中、燈中、雪中、帘下、屏下、籬下等九種地方品嚐，效果最佳。」將魏晉南北朝時官員選拔制度「九品中正制」，跟專門評論纏足的清人方絢《香蓮品藻》之「三上、三中、三下」刻意並置，以中正對小腳，呈現出唐突戲謔的惡搞風格。此處用中正兩字，亦可指蔣中正，也就是詩人在食譜〈允執厥中〉裡嘲弄的那位「世界中正學大師蔣公」。

《完全壯陽食譜》從一開始的〈日出東方〉到最末篇〈一柱擎天〉，皆滿溢著對陽具再度雄起的渴望，並頻頻回首光復國土的大夢與故人「蔣公」的言行。在二十世紀的最後一年，這種著魔痴迷（obsession）宛如「世紀末」的異音，極盡誇張，更顯詭異——在一切都瀕臨分解重組之刻，為何還拚命召喚那不可再得的故國／故人／故夢？這種召喚映現出對政治與權力的著魔痴迷，精心設計的菜餚食譜亦宛如春膳或鎮定劑，一道道不間斷推出，目的正在延緩真相被揭露的那一刻（焦桐，三二）。因為屆時恐會發現：壯陽終究只是殘夢，完全二字盡屬狂想。除了吃了會讓人滋生情慾的春膳，精心設計的菜色也可以是好用的定心丸或鎮定劑，如〈莊敬自強〉「說明」欄透露的訊息：「一流的復興基地要先有一流的軍民，一流的軍民要先有一流的菜色，這道菜補中益氣，對體氣虛弱的軍民固有強壯功效，對國家也有鎮定安神的作用。」焦桐這一系列的作品，刻意張揚食譜結構，極度膨脹情色象徵，最終可謂是從後現代式的戲耍，映照出政治與權力的虛妄。

陳黎（二）

後現代式的戲耍及新詩語言的跳脫，同樣見於身居詩史跨越期的陳黎筆下。自第六本詩集《島嶼邊緣》（一九九五）起，他幾乎每隔兩、三年必會印行一部新作，並於詩事與譯事、現代俳句及散文創作上收穫豐碩。最虛幻的網路跟最實際的本土，在陳黎詩中輕鬆並置，毫不違和[33]。其中最具突出成績者，當屬具有後

32　二十四道食譜體例大抵統一，只有十道在「作法」、「說明」間另起一欄「注意」，另有四道沒有「說明」此欄。

33　外文背景與譯詩經驗，讓陳黎更擅長以域外詩藝來處理本土主題。從《輕／慢》（二〇〇九）、《我／城》（二〇一一）、《妖／治》（二〇一二）、《朝／聖》（二〇一三）到《島／國》（二〇一四）都是如此，詩人讓電腦操作及網路詞彙自然入詩，充滿了設計巧思及後設趣味。譬如《我／城》便以「部落格」、「新聞台」、「音樂匣」等為輯名，而輯一雖名為「房地產」，實則意圖以詩採錄台灣史地佚聞，遠從一五〇〇年的里奧特愛魯（目前所知花蓮最早的名稱），近至則二〇〇九年的山東／台北兩個「泰山」。第七輯「留言簿」則是針對第一輯「房地產」內十四首的回應、補充，甚至可以說是惡搞。

現代風的新詩作品，彰顯了對語言文字成規的重新發現／發明，與詩中文字如何成為圖象的補述及背景。前者如〈不捲舌運動〉，以戲謔輕鬆態度，挑戰說「國語」便非捲舌不可之成規：

不捲舌
不打領結
不裝腔作勢
不繁文縟節

輕便自在的行動
讓舌頭成為簡單的獸
躑躅踟躕的蛇不要
戴不慣的首飾ㄓㄔㄕㄖ
這話兒那話兒
可以不要

唸唸看：
石氏嗜詩，嗜食死屍，使十侍
適市，施施拾十四死獅
四獅屍實似石獅，十獅屍濕

似濕柿，石氏撕獅嘶嘶食
是獅，是屍，是史詩……
（ㄙˊㄙˋㄙˋㄙ ㄙˋㄙˊㄙˇㄙ ㄙˇㄙˊㄙˋ
ㄙˋㄙˋ ㄙㄙㄙˊㄙˊㄙˋㄙˇㄙ
ㄙˋㄙㄙㄙˊㄙˋㄙˊㄙ ㄙˊㄙㄙㄙ
ㄙˋㄙㄙˋ ㄙˊㄙˋㄙㄙㄙㄙㄙˊ
ㄙˋㄙ ㄙˋㄙ ㄙˋㄙˇㄙ……）

獅屍有兩種，好的
繞口令，一如好的史詩
只有一種

不便秘
不臃腫
不違背歷史
不排斥不捲舌

譬如說長（ㄘㄤˊ）住（ㄗㄨˋ）台灣
譬如說三民主（ㄗㄨˇ）義統一中（ㄗㄨㄥ）國

詩中所憑，應來自趙元任一九三〇年代所撰〈施氏食獅史〉。此文共有九十一字（連同標題九十六字），每字皆讀音相近，只有聲調相異：「石室詩士施氏，嗜獅，誓食十獅。施氏時時適市視獅。十時，適十獅適市。是時，適施氏適市。……（後略）」但陳黎先是以「躑躅踟躕」，來暗諷捲舌行為背後所象徵的造作繁縟；繼而以「是獅，是屍，是史詩」帶入了對新詩語言的反省，並用「獅屍有兩種，好的／繞口令，一如好的史詩／只有一種」，挪用彼時流行的藥品廣告語「斯斯有兩種」，反襯出當下欲追求「史詩」者的尷尬處境——詩中神聖的語言跟宏大的企圖，畢竟俱往矣／俱亡矣！此詩欲聲討的裝腔作勢跟繁文縟節，不獨出現在使用語言或書寫詩篇之刻，還暗藏於詩人偷渡的「這話兒那話兒／可以不要」，是棄陽具於不顧，擱正統於路旁。陽具跟正統都指向父子相承的島嶼統治者，雄赳赳、氣昂昂的權力來源；語必「捲舌」也符合台灣「光復」後的國語教育指導方針。如此看來，詩末兩句「譬如說長（ㄔㄤˊ）住（ㄓㄨˋ）台灣／譬如說三民主（ㄓㄨˇ）義統一中（ㄓㄨㄥ）國」就是一以抗拒捲舌來籲求本土化，二以兩相矛盾（既要長住台灣，如何統一中國？）來呈現政治口號之虛妄可笑。

像這般對語言文字的鬆動改易及重新發現／發明，是陳黎自《島嶼邊緣》以降詩作的一大特色。如〈一首因愛睏在輸入時按錯鍵的情詩〉藉用電腦寫詩為理由，操作出一篇因誤打同音字，而把情詩寫成情色詩的新作：「親礙的，我發誓對你終貞／我想念我們一起肚過的那些夜碗／那些充瞞喜悅、歡勒、揉情秘意的／牲華之夜／我想念我們一起淫詠過的那些濕歌／那些生雞勃勃的意象／在每一個蔓腸如今夜的夜裡／帶給我飢渴又充食的感覺」，此處聲音再度成為開啟肉慾的開關：聽其音，是絕對的純情；觀其字，卻是飽滿之色欲。同樣採中文電腦輸入而成的〈腹語課〉，卻是一首相反的純情之作。全詩共動用了三十六個「ㄨˋ」字與四十四個「ㄜˋ」字，這兩類同音字中絕大多數十分罕見：

惡勿物務誤悟鎢塢鶩蓩噁岉蘁甒痦逜埡芴
軏杌婺鶩堊沕迕遻鋈矹粅阢靰焐卼焆扤屼
（我是溫柔的……）
屼扤焆卼焐靰阢粅矹鋈遻迕沕堊鶩婺杌軏
芴埡逜痦甒蘁岉噁蓩鶩塢鎢悟誤務物勿惡
（我是溫柔的……）

惡餓俄鄂厄遏鍔扼鱷蘁餩嶭蝁搹圔軶豟豟
顎呃愕噩軛阨鶚堊諤蚅砨砐櫮鑩岋堮枙齶
萼咢啞崿搤詻閼頞堨堨頞閼詻搤崿啞咢萼
齶枙堮岋鑩櫮砐砨蚅諤堊鶚阨軛噩愕呃顎
豟軶圔搹蝁嶭餩蘁鱷扼鍔遏厄鄂俄餓（
而且善良……）

「惡」字可以發「ㄨˋ」音亦可發「ㄜˋ」音，但詩中對應的卻是「溫柔」與「善良」，對照出外與內、口與心的並不一致。藏身在詩後的「我」，說起話來就算是給人「可惡」或「邪惡」的印象，在一連串難辨的腹語下，「我」所欲傳達的卻是溫柔與善良。貌似無意義的同音字堆疊，實為提醒讀者不要相信濃情蜜意的語言，也別在表白文字前輕易許諾。〈腹語課〉無疑是首情詩，凸顯出語言文字可以是兩造溝通的工具，也可能是一切誤解的根源。寫詩遂成為在口說及腹語之間，尋找語言文字全新規則的手段。

陳黎擅長重組或諧擬字形、字音、字義，或直接以文字為圖象來表達事理，譬如〈戰爭交響曲〉採三段式結構，融合視覺與聽覺，彷彿是交響曲的三個樂章。從第一節整齊劃一的「兵」字隊伍，到第二節開始出現缺右或左腿的士兵「乒」和「乓」，到最末所有的戰士都一律變成了土「丘」。此詩顯示兩軍對戰下的隊伍潰散、斷腿喪命，最終步入墳墓——所謂英雄，盡是枯骨，足見反戰意味之濃。同樣以文字為圖象的〈學院之宿〉，諧擬楊牧名作〈學院之樹〉卻加入一棵樹的外型，以圖說詩，另有別趣。但陳黎更進一步的突破，在於將詩中文字變成圖象的補述及背景。此舉徹底翻轉了表情達意「非文字不可」的寫詩成見，是對新詩傳統更激進的戲耍，也是台灣新詩進入跨越期後的另一真正「跨越」。〈新康德學派的誕生〉貌似複製出一張感冒藥盒，底端以小字寫道「這是廣告，不是詩，也不是情書……」；〈為宇宙家庭之旅的海報〉以保險套外型的文字串列，套在地球頂端，而底部亦有一行「不二乳飛行氣球公司世紀末廠　敬製」。兩作內的文字雖然都還是維持詩言詩語，但康得六〇〇膠囊跟不二乳膠公司堪稱眾人皆知，刻意諧擬下反倒消解了文字的權威。再者，攤平的藥品外盒跟伸展的保險套，讓圖象比文字更能一舉吸引讀者目光，一向高高在上、占據優位的文字，在此變成了圖象的補述及背景。這類型從〈為懷舊的虛無主義者而設的販賣機〉（見《家庭之旅》）以降之作，雖多被視為遊戲或惡搞手筆，卻未必盡是後現代主義文學中常見的「無深度」（depthless）。畢竟陳黎作詩，就連在耍弄方塊字形、音、義的種種可能，抑或以圖說詩、造圖寫詩，都不是簡單地「複製／貼上」或「為遊戲而遊戲」。因為他的詩作終究是有根的、有所寄託的；他的語言風格貌似很後現代，所圖卻很「本土寫實」——那是從家鄉與生活之地、一向被視為台灣邊陲的花蓮發聲，逗引界線，翻轉主流。

十、蕭蕭與路寒袖

蕭蕭

出版書籍數超過一百種的蕭蕭，是真正「著作等身」的文學作家、評論家與教育家。他兼擅現代詩之寫、評、編、教，對引導讀者脫離晦澀迷障，重拾鑑賞之道貢獻尤多。他創造過許多「第一」：與張漢良兩人編著台灣第一套《現代詩導讀》（一九七九）、與楊子潤為中學生編了第一本《中學白話詩選》（一九八〇）、交出台灣第一份寫詩指導《現代詩入門》（一九八二）、印行第一個以《現代詩學》（一九八七）為名的專書、跟張默合編兩岸第一部《新詩三百首》（一九九五）、完成台灣第一冊新詩區域詩學研究《土地哲學與彰化詩學》（二〇〇七）……。或許正因為蕭蕭在詩的評論、編選與教學上身影過於巨大，導致遮掩了自身詩創作的成就；但本書主張，一部台灣新詩史若將詩創作與詩評論、詩編選甚至詩教學，肆意包裹、一併評價，絕非正途[34]。

蕭蕭（文訊提供）

34 當然還有像「詩社參與」這類好用的標籤，經常混雜在新詩史敘述裡，有時也造成困擾。以蕭蕭為例，他曾是龍族（一九七一）、詩人季刊（一九八三）、台灣詩學（一九九二）三個團體的要角，但這三個分別創立於一九七〇、八〇、九〇年代的詩社，立場跟主張

檢視詩人的創作成績，還是要回到作品。上個世紀蕭蕭出版的五部詩集《舉目》（一九七八）、《悲涼》（一九八二）、《毫末天地》（一九八九）、《緣無緣》（一九九六）、《雲邊書》（一九九八），便已展現出以下四項特質：語言透明清朗、重視音響修辭、時見短詩連作、題材多涉茶禪。跟眾多一九七〇年代後期成長的詩人一樣，他曾大力檢討、批判前行代逃避現實社會及刻意惡性西化，自此建立起詩語言的清朗標準；重視音響與修辭，應屬中文系專業訓練下的體會。短詩本為蕭蕭所長，譬如詩集同名作〈緣無緣〉：

一隻螞蟻一直
輕輕叩著糖罐：

喂，喂
不讓我進去
你是醒不了的夢啊！

喂，喂
不讓我進去
你是醒不了的夢啊！

那樣的回聲一直
輕輕叩著糖罐

螞蟻能遇到糖，可謂「有緣」；再三輕扣卻仍進不去，罐子裡面的糖對螞蟻就成了「無緣」。不避重複，喊了兩次糖罐是「醒不了的夢」，意指得有螞蟻進去吃糖，此夢才能醒來。糖罐的存在是要保護罐內的糖，若糖被吃掉，糖罐就喪失了自身存在的意義。一切起於螞蟻想要有緣入夢，但無論回音再怎麼輕叩，糖罐卻還不願離開此夢。可見而不可及的糖，跟急於覓食的螞蟻間，在此起於有緣，終於無緣。那詩人呢？他在罐外，還是罐內？他是在清醒的現實裡，還是在醒不了的夢中發言？蕭蕭的短詩，多見此類可引領浮想聯翩之機鋒，卻少有部分前行代詩人的故作晦澀炫奇。同題詩、詩連作更為蕭蕭一向所長，如《緣無緣》詩集中兩首〈石頭也有淚要流〉、四首〈洪荒峽〉、〈河邊那棵樹〉連作三十五首、〈我心中那頭牛啊！〉甲篇跟乙篇各十首。連造訪白雲山莊一事，詩人都能道出三種感懷與翻新境界，從〈訪白雲山莊未遇白雲〉，到〈再訪白雲山莊遇雲〉，終於〈三訪白雲山莊無雲〉。

至於說蕭蕭詩作題材多涉茶禪，在進入跨越期新詩史時，此點最為明顯。其歷來茶詩輯為《雲水依依》（二〇一二）、《雲華無盡藏》（二〇二〇），禪詩見於《月白風清》（二〇一五）及《松下聽濤》（二〇一五）[35]。以詩寫茶，他在早期詩集《悲涼》中已有〈茶葉的心事〉及《毫末天地》內〈茶與呼吸〉等佳作，選集性質的《雲水依依》也是台灣新詩史上第一本茶詩集。但與這些偏向靜觀記錄的茶詩相較，跨越期新詩史上蕭蕭最突出的成績，當屬他的現代禪詩。寫現代禪詩的作家不算少，其中也不乏將佛教詩混雜其中，乃至只搬佛典、欠缺禪趣——問題是既了無禪趣，怎敢稱禪詩？最能彰顯台灣的現代禪詩成績者，當

頗有差異，故實無助於促進讀者理解詩人蕭蕭在新詩史中的應有位置。

35 《月白風清》選錄了蕭蕭一九八二到二〇一四年間，八十一首具禪意、禪趣、禪境之作。《松下聽濤》收錄詩人二〇一一至二〇一五年作品，雖分為「茶禪一味」、「情悟雙和」兩輯，亦多以饒富禪味又洞燭人生取勝，如這首〈寂天寞地〉：「雙手緊握陶缽微凸的肚子／來而又往摩娑著／／千幸百幸萬幸／還有淡黃冷月缽底相伴」。詩寫陶缽，更是在寫中高齡人士的身體與心境。

為周夢蝶、洛夫與蕭蕭三人。洛夫的禪詩創作集中於壯年乃至晚年，惟其實非詩人主力；「雪中取火且鑄火為雪」的周夢蝶，以創作凝鑄一生的困頓悲苦，在出世／入世間的矛盾與參透，構成他難以模仿的詩風。與前兩位相較，蕭蕭的禪詩創作數量有過之而無不及，且取材範圍顯然更見廣闊，充滿人間性與現實感。如禪詩集《松下聽濤》寫校園、詠屈原、讀畫作、聽石頭、歌高粱、嘆氣爆，在在皆可證明。詩人的企圖心還展現在同一主題之多重變奏，譬如從〈不向佛陀行處行之若無其事〉到〈且向佛陀行處行之若有其事〉，四篇各自衍義，相涉卻不相滯，跟《緣無緣》以三篇寫造訪白雲山莊一事，亦可參看。

蕭蕭，《松下聽濤》（釀出版出版，秀威資訊提供）

值得注意的是：與這些感悟禪詩相對應者，恰是蕭蕭詩作中的淒冷自省。從早期《悲涼》時的〈孤鶩〉、〈悲涼〉、〈冷〉與〈渴〉等作，就可看出他酷嗜以物我對照，呈現淒清孤寂。此種心緒延續至中壯年創作，生發出一股既空且冷之感：「教堂的鐘聲冷了／／一輛廢棄的公車停在遠遠／遠遠的小學旁／十分慈祥」（〈初冬心境〉第十首）。與空冷相伴的是白色，但不是「月白風清」那種白，而是「白色的是血」（〈初冬心境〉第九首）與〈白色的嘆息〉：「飽蘸墨汁的毛筆／一揮／／留下滿紙白色的嘆息」。那是人過中壯年，進入「後更年期」[36]所感受到的空冷與白，構成了蕭蕭創作中另一種底色與基調，並且讓他的作品，沒有沾染上某些禪詩的故作超脫。

蕭蕭歷來所授、所論、所編、所寫盡屬現代文學，殊不知他的根底實來自古典詩學。一九七〇年他就以司空圖的《詩品》研究獲得台師大碩士學位，自然深諳「不著一字，盡得風流」與韻外之致、味外之旨，以及其對嚴羽「以禪論詩」一派的影響。從古典詩學出發，蕭蕭藉情與悟交融，茶與禪同味的新詩創作，抒發生活感受及生命體會。他的現代禪詩，是跨越期台灣新詩史的特別收穫。

路寒袖

路寒袖的文學之途啟於台中一中，原本他想成為一名小說家並因此拒絕聯考，盼早日進入社會吸收經驗，以利完成自己的作家夢。高中畢業後先是流浪了兩年，直到認識前輩小說家楊逵，在東海花園與他過了四個月田園栽種生活。這個經驗影響了日後路寒袖的創作題材及方向，亦增進了他對土地、生活跟創作間關聯的認知。之後考入東吳大學中文系，並在大四時跨校串聯愛好新詩的朋友共組漢廣詩社，發行《漢廣》詩刊。他早年的詩創作，多在描繪個人成長經驗，或再現中國傳統古典美學。以後展現出更深刻的社會關懷與本土感情，特別是藉由細膩典雅、推敲再三的台語文書寫，大幅提升台語新詩的可見度，進一步讓詩尋找到跟台灣歌謠之間的連結。這種「詩歌一體」的嘗試，可謂替台語文學注入無比活力，也同時替台語詩跟台語歌創造了新的高度。

路寒袖著有《早，寒》（一九九一）、《夢的攝影機》（一九九三）、《我的父親是火車司機》（一九九七）等多部詩集；但他最受矚目與流傳最廣，堪稱跨越期台灣新詩史一大亮點的，還是台語詩。《春天个花蕊》（一九九五）是他第一部台語詩集，之後又有《路寒袖台語詩選》（二〇〇二）與《有夢最美》（二〇〇二）。但這不代表他僅以跨語言的詩創作見長，因為他其實曾多方嘗試將新詩與唱片、攝影、電影、電視等

36 蕭蕭曾將一部詩集命名為《後更年期的白色憂傷》（二〇〇七），出版時詩人恰過六十歲。

不同媒介結合，心中所繫念者為：如何以跨媒介傳播方式，讓詩與音樂、影像、電視劇或電影結合？在這個意義下，路寒袖當被定位為一位持續不懈的跨界詩創作者[37]。

他不是最早、也並非最多產的台語詩創作者。但他能夠以對台語「雅歌」的積極參與，融詩樂一體的藝術表現，以及結合新詩和流行音樂之持續努力，讓自己成為作品流傳最廣的當代台語詩人，且大有功於讓詩走入大眾生活。路寒袖筆下的「台語詩歌」真正達到雅俗共賞，可謂動搖了對長久以來深受紀弦「詩是詩，歌是歌，我們不說詩歌」影響的詩壇成見[38]。他的台語詩歌一貫文字典雅，意味深遠，饒富故事性與畫面感。這類台語詩歌的題材多指向男女情感與社會情境，前者可以〈畫眉〉為代表，後者則以替陳水扁競選台北市長所寫之〈台北新故鄉〉與〈春天的花蕊〉最為著名。〈畫眉〉雖寫兩性關係，卻已跳出傳統的台語歌曲刻板的悲情或哀嘆套路，背景也不再是車站、碼頭、酒店或歡場，改易為戶外山水與台灣自然。「天星伐過小山溝／伊的影綴著泉水流」、「我是雲，你就是，你就是彼座

路寒袖，《有夢最美》（遠景出版／提供）

路寒袖（文訊提供）

山／顧著你驚你受風寒／我畫目眉你斟酌看／逐筆攏是海焦石爛」，〈畫眉〉以這般雅麗的文辭，道盡男女間深情款款，與「山」及「雲」之相依相惜，連不識台語文者亦可輕易辨識。至於為候選人量身訂做的競選歌曲可以說是一種「台灣特色」，而全台首發便是路寒袖寫的詞〈台北新故鄉〉與〈春天的花蕊〉。在〈台北新故鄉〉中提及：「台北好徛起，快樂念歌詩」、「台灣的門窗，歌詩滿街巷」，與其說這些句子是「為政治而作」，不如說詩人是以詩句寫出對台北這座城市的期待，盼望未來能有弦歌不輟的盛景。〈春天的花蕊〉寫道：「春天的花蕊歸山墘／有你才有好芳味／暗暝的，暗暝的天星滿天邊／無你毋知佗位去」，也傳達了你我之間必須相互扶持，而非爭強鬥狠。放在只求勝敗的選舉場合，這樣的詩歌更顯得珍貴。路寒袖的台語詩歌，無論是寫男女情感或社會情境，多能達到音韻動人與情意雋永，無怪乎能深刻影響人心，傳唱久遠。

他的台語詩歌裡，尚有一類值得注意卻罕被論及：人的生存環境與心理狀態。在非台語詩中，已見路寒袖有此類主題之創作；但改為台語與歌詞的雙重前提下，更能表現出詩人觀察之深刻，以及聲韻律動的變化。譬如這首〈生活影印機〉，總共兩段，下為第二段：

生活親像影印機
昨昏印的是記持

37 在詩的跨界上，路寒袖最為人所知的當然是台語文書寫。但他在結合詩與攝影上的努力亦不可忽視。這種文字與圖象的交會對話，路寒袖自新世紀以降已出版《忘了，曾經去流浪》（二〇〇八）、《何時，愛戀到天涯》（二〇〇九）、《陪我，走過波麗路》（二〇一〇）、《走在，台灣的路上》（二〇一二）、《看見，靈魂的城市》（二〇一三）。

38 該用「台語詩歌」抑或「台語歌詩」，迄今仍無定論。但台灣詩人中，曾以台語寫過最多政治詩歌與流行詩歌者，非路寒袖莫屬。

今仔日印的是昨暝
有時烏甲心稀微
有時淺甲毋知啥物是日子
逐工猶是揣無你
烏白的未來
烏白的過去
生活親像一台影印機
揣無你，借伊來ＣＯＰＹ
印出千千萬萬的你

此詩把日常生活比喻為一台影印機，「昨昏印的是記持／今仔日印的是昨暝」，用台語表達就是比直寫「昨天印的是記憶，今天印的是昨夜」更有韻味；「有時烏甲心稀微／有時淺甲毋知啥物是日子／逐工猶是揣無你」，也是在台語述說下更顯得「加添心稀微」（更增寂寞之意）[39]。這樣黑與白的歲月，還要過多久？人的日常彷彿只剩下工作、工作、不斷地工作，「揣無你，借伊來ＣＯＰＹ」——這應是暗示：在天與地、未來及過去之間，「你」終究無法遁逃。並且還以影印為喻，說明得遵循此法則的不是「你」一人，還有千千萬萬個「你」。ＣＯＰＹ（拷貝）在此，可以指涉影印這份勞務工作，亦可指不停複製著的日常生活，兩者皆令人疲憊不堪。詩人準確掌握了台語的精髓，藉以表現當人面對生活壓力時，那種百般無奈、卻逃遁不得的複雜心緒。

十一、詹澈與江自得

詹澈

詹澈讀過農專、做過農民、當過農會工作人員，還曾擔任「一一二三與農共生」十二萬農漁民大遊行的總指揮，故常被稱為台灣最具代表性的「農民詩人」。其實那些都是詹朝立（詹澈本名）的事功與角色，應該說詹澈就像他首部詩集《土地請站起來說話》（一九八三）那般，始終都是「站在土地上說話的詩人」。他還出版過詩集《手的歷史》（一九八六）、《海岸燈火》（一九九五）、《西瓜寮詩輯》（一九九八）、《海浪和河流的隊伍》（二〇〇三）、《小蘭嶼和小藍鯨》（二〇〇五）、《綠島外獄書》（二〇〇七）、《餘燼再生——綠島外獄書續篇》（二〇〇八）、《下棋與下田》（二〇一二）、《發酵》（二〇一八），另有簡體版《詹澈詩選》（二〇〇五）與截句集《詹澈截句》（二〇一八）等。

詹澈可謂跨越期台灣新詩史中的異數，欽慕與承續的是對岸詩壇以艾青為代表之寫實主義文學傳統，並堅持直面生活，擁抱以詩敘事，不畏長句，不避長篇。

詹澈（文訊提供）

39 烏甲是指「黑得……」，逐工指「每天」，揣無你指「找不到你」。以上皆詩人自註（路寒袖，一二〇）。「加添心稀微」引自台語流行歌曲〈雪中紅〉歌詞：「既然已分開，不通擱講起／越頭只有加添心稀微。」

但詹澈並不是那種以直線思維寫詩，只追求社會性效益的詩人。他詩作魅力之所在，並非把目的跟題旨全盤托出，而是提供了內在各種力量拉鋸下的躊躇。一度長居台東的他，既以詩嘗試再現原住民及大自然，亦以詩表述自己對勞動與階級問題之苦苦思索，與父子兩代觀念之矛盾難解。他的作品因此多帶議論，呈現觀點，卻不曾以雄辯見長，倒是時有相反力量的拉鋸游移，譬如〈有時會帶一本書〉此段：

有時會帶一本書
始終無法看完的資本論
但勞動後的思考使我更為疲倦
雖然偶有欲望沉澱後的清晰
但我不是青年馬克思
我被自己的矛盾老化了
來不及把思想發酵或蛻化為
螢火或星光

勞動者的身分讓他對農工與土地的觀察多了一份貼近，但他也不避諱自己的知識分子背景，終將導致在清晰與疲倦之間反覆擺盪。這種帶有高度不確定性的直陳其事，配合末二句「來不及把思想發酵或蛻化為／螢火或星光」的詩意作結，很能代表詹澈的獨特風格，更是一新傳統寫實主義詩作日趨僵化之習套，而且即便終得面對生活粗礪，全詩收束處仍然不失細膩：

但收入不好時不至於飢餓到革命
這點，我和阿爸已經統一
我們已是模糊的階級
例如米粒和咖啡豆，番薯和芋仔
例如這一切似乎是模糊的後現代
例如阿爸眼中的ＧＡＴＴ和ＤＤＴ
例如我，阿爸的影子
西瓜寮和堤防
都被夜色收入山谷的夾頁裡

詹澈酷嗜以詩處理敘述者跟「父親」間的關係，後者在他筆下儼然是台灣傳統農民的象徵。觀念不同、思考迥異的他倆，在此竟難得「統一」，但詩人刻意用「模糊的階級」、「模糊的後現代」來反諷，因為接下來的「例如」都不能真正「模糊」以待——對習於勞作的農民而言，米粒和咖啡豆，番薯和芋仔，ＧＡＴＴ和ＤＤＴ豈會不辨，怎能等同[40]？詩人將ＧＡＴＴ與ＤＤＴ並列，不無暗諷ＧＡＴＴ如同致癌物般，必將殘害台灣農業之意。選用「模糊」一詞，更反襯出他們之間的不能模糊以待。這些都是出自在農地勞作「有時會帶一本書」的第一人稱敘述者腦中，展現了深度關懷與高度憂慮，卻只能再度以詩意作結，依然困擾未解：「例如我，阿爸的影子／西瓜寮和堤防／都被夜色收入山谷的夾頁裡」。詹澈筆下的敘述者總是在找注

40　ＧＡＴＴ是關稅暨貿易總協定（General Agreement on Tariffs and Trade）之簡稱。ＤＤＴ是雙對氯苯基三氯乙烷（Dichloro-Diphenyl-Trichloroethane），曾是著名的合成農藥與殺蟲劑，惟其有致癌之副作用。

定無解的答案，在一切都無法確定之下，彷彿只剩大自然可以寬慰依傍：「我問風／風去問雲／而雲已藏在黑夜的大衣裡／我向黑夜質疑／黑夜脫掉她的大衣／黑夜裸露的告訴我／等待黎明吧／而黎明已在瞳孔四周翻白」（〈黑夜的質疑〉）、「一朵雲蹲下來／蹲在也是蹲著的山上／大概是被太陽曬累了／隨著黃昏把姿勢放軟／我把手中的工具放在樹下／蹲著看夕陽如何被雲／吞進山的口袋」（〈耳唄〉）。久居台東，隨父耕種，時間是零碎的，寫作是奢侈的。詹澈把西瓜寮比作堡壘，將西瓜園視為夢土，待他終以十五年時間繳出「西瓜寮」系列詩作，卻也見證了〈變賣夢土〉的時刻：讓渡了西瓜園的父親，「他站立在堤防上／身體像鋤頭柄頂著太陽／陽光正深深踏在他的肩背／他的影子在堤防邊折了腰」，以影子折腰為象徵，道盡了勞動者與農民的悲哀。

《西瓜寮詩輯》顯示出的游移與擺盪，詰問和躊躇，到了之後幾部詩集已見翻轉。這位農民的兒子曾「憤怒的舉起我的犁／又輕輕的放下來」[41]，在《海浪和河流的隊伍》、《小蘭嶼和小藍鯨》、《綠島外獄書》、《餘燼再生——綠島外獄書續篇》等作中，作長詩的能力更見發揮，寫阿美族千人豐年祭舞的〈海浪和河流的隊伍〉、聽布農族八部音合唱的〈瀑布抽打山的陀螺〉俱為可觀，造句謀篇彷彿重現了歌舞盛景。以詩固可道喜，詩人不忘訴憂，筆端尤其多涉原住民生活跟離島生存問題，譬如說達悟族老人〈孤獨的晚餐〉、談蘭嶼反核青年的〈鹽和雪〉。若說跟「西瓜寮」時期有何相似，應屬詩人雖從農田走向海岸，仍保有對自然山水的敏銳感知，那絕非是

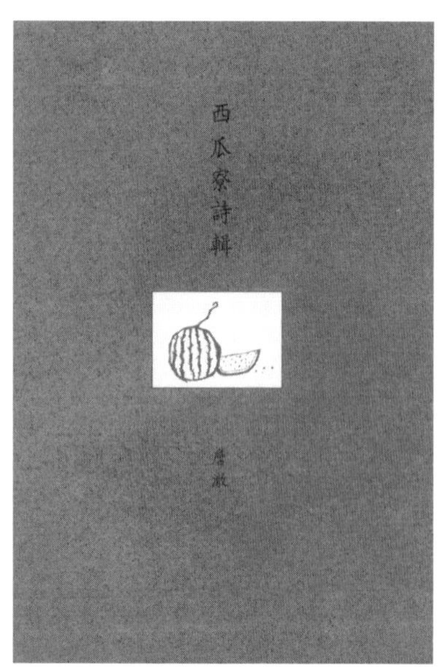

詹澈，《西瓜寮詩輯》（元尊文化出版，文訊提供）

什麼靜觀自得，而是深具在地性，充滿人世感，如〈台東赤壁〉中所述：「溪邊阿美族部落傳來的歌聲／歌聲遊走在溪水與陽光間／遊走在他們的自信與自卑間／一片片布景似的赤壁／如一塊塊時間的墓碑／而永遠安靜下來的山壁／還留著赭紅的血跡」。特援引三國的赤壁，移轉至台灣的台東，此處所寫的就不是山景或詠懷，而是對原住民處境的不捨。所謂歌聲，可能是配合漢人商賈或政府觀光政策下的演出——畢竟這裡為「一片片布景似的赤壁」，而布景本來就是為配合演出或戲劇效果，在舞台上裝飾的景物。這塊永遠安靜的山壁，對照著傳自溪邊部落的歌聲，可以看見在靜與動、戰事與歌舞、死傷與演出之間，詩人完全無意於懷古，他在乎的是以詩悼今。

詹澈作詩，雖慣於議論與敘事，卻能力避直白吶喊，張口見喉。晚近更於新詩形式上覃思叩問，終於創發出一套「五五詩體」。所謂的「五五詩體」指每首詩分為五段，每段五行，總共不超過五百字。其中第三段為轉折，虛轉實、情轉境、境轉意、哀轉怒皆可，更可當作全詩之詩眼。詩集《發酵》便是詹澈「五五詩體」的書寫成果，也是詩人嘗試為新詩裁製適合衣服之探索。已經久離昔日西瓜寮生活的詩人，在進行社會主義思考、反省資本主義商品經濟矛盾，與回顧自己的寫作之路時，仍要乞靈父子共通的農耕經驗。五五詩體〈吊絲蟲〉最末段便有：

對抗到何時？生產者與消費者，消費者與被消費者
剝削者與被剝削者，在人與人的生態裡
什麼人，吃什麼飯，像背一個背包的旅行者

41「然而我只是農民的兒子」與「我憤怒的舉起我的犁／又輕輕的放下來」，俱見《西瓜寮詩集》中的作品〈犁〉。

我走到了中年，一步一手搖，還要寫詩寫下去
菜蟲菜腳死（啊，業力）父親說；寫什麼詩，也一樣

台灣俗諺說「菜蟲（吃菜）菜腳死」，指吃菜的蟲終會死在菜腳下，也有提醒世人別做壞事，避免日後自食惡果之意。原來寫詩也是一樣，既然走到中年仍在寫作，這位「旅行者」必是抱著覺悟，藉詩自惕、也是自勉：雖知後果如何，就是要走完這條詩路。

江自得

江自得畢業於高雄醫學院，跟畢業於屏東農專的詹澈一樣，於詩創作起步甚早，兩人也常被分別冠上「醫生詩人」與「農民詩人」稱號。出於身分背景或工作經歷的標籤，並非將兩位詩人並列同章同節的理由；而是他們最重要的作品，都出現在跨越期台灣新詩史，並成為此階段詩史深具代表性的一部分。江自得就讀高雄醫學院期間，擔任過該校阿米巴詩社社長。這個南台灣的校園詩社性質頗為特殊，跟寫詩、讀詩、評詩同樣重要的，至少還有反抗威權、關懷弱勢、認識台灣政經文史……。此團體成員強調介入現實，重視社會參與，充滿批判精神。所以新詩與醫療，都該算是他們的起點，而非終點。

江自得結束在阿米巴的習作期後，一九七六年起在台北榮民總醫院執業，期間完全中斷寫作。一九八二年回到故鄉台中任職，方才重提詩筆，四十三歲終於出版第一部詩集《那天，我輕輕觸著了妳的傷口》（一九九〇）。台灣不乏具備醫師身分的詩人，但能以臨床經驗或醫學知識為詩創作題材，在台灣畢竟相當罕見。江自得第三部詩集《從聽診器的那端》（一九九六）全以醫事入詩，寫診療觀點，採病理分析，無論就選擇詞彙或呈現意象上皆獨樹一幟，確立了他在醫病書寫上的歷史位置。值得一提的是，多年後他又

繳出一部《紅血球》（二〇一七），詩集內容竟出自二十年前舊作《從聽診器的那端》與同題新作，新舊合併，輯為一冊。這兩部詩集含對照巧思，有互涉之趣，很能展現詩人超越自我的決心。在呈現死生醫事、觀照苦痛經驗上，非醫療背景的詩人確實不易企及。但江自得的寫作，並非僅靠題材、依憑身分來取得成績；他出入醫學與文學之間，敏於觀察、勇於思索、勤於設計，作詩不取華麗詞藻，字句卻經常閃現悲天憫人的輝光。譬如在《那天，我輕輕觸著了妳的傷口》、《那一支受傷的歌》（二〇〇三），與不少詩作中皆嗜用「傷」字，從個人的感傷，擴及歷史的創傷，甚至讓「傷」也有積極面向。最末者例如〈美麗島之傷〉寫道：「妳開始集合散碎的影子／開始注視卑微的小草／注視肥沃的土地／注視明亮的山巒和大河／妳開始廣納大海的呼喊／從浪和岩石的撞擊中／催生黎明」。江自得筆下的「傷」，多涉台灣土地或先民際遇，幸未流於悲憤吶喊，而是以連綿敘述道出深沉反思。

詩人二〇〇三年自台中榮民總醫院退休後，雖

江自得，《從聽診器的那端》（書林出版／提供）

江自得（文訊提供）

仍以胸腔影像判讀專業支援醫事，惟明顯更能將精力投入寫作，遂能迎向詩創作質與量的高峰。這在長篇組詩或歷史敘事詩上最為明顯，《給NK的十行詩》（二〇〇五）、《遙遠的悲哀》（二〇〇六）、《Ilha Formosa》（二〇一〇）、《台灣蝴蝶阿香與帕洛克》（二〇一一）、《大霹靂之後》（二〇二〇）五部堪稱代表作。《給NK的十行詩》以詩人的兩大關懷「美」與「時間」作為書寫對象，完成〈給NK的十行詩〉與〈時間筆記——致NS〉，各為三十首及十五首的十行詩。前者嘗試捕捉被美強烈撞擊後的感受，後者則窮盡對時間的咀嚼體會，且不時佐以自身醫病經驗，例如第十一首：

你思考著
那個躺在加護病房的男子
他殘餘的生命
是否與氣管內管的長度等長

看啊！呼吸器把時間
反覆壓縮進他的肺部
再釋放出來

你伸手調整呼吸器的按鍵
瞬間聽到時間穿透生命
發出金屬性的聲響

呼吸器跟聽診器，兩者皆為江自得筆下常見意象。呼吸器理應把氣體壓縮進入病人肺部，此詩卻將可感受之氣體，易為不可見的時間，敘事者卻又提醒讀者要「看啊！」，筆法尤具警醒之效。又有兩處讓人聯想到域外詩人名句，讓「時間」與「生命」的連結在詩中益發強烈：一是「他殘餘的生命／是否與氣管內管的長度等長」，度量長短之刻，令人思及艾略特〈普魯弗洛克的情歌〉（"The Love Song of J. Alfred Prufrock"）：「我用咖啡匙舀盡了我的生命」（I have measured out my life with coffee spoons）；二是「你伸手調整呼吸器的按鍵／瞬間聽到時間穿透生命／發出金屬性的聲響」，當是里爾克《時間之書》（*Das Stunden-Buch*）：「怎樣時間俯身向我啊／將我觸及／以清澈的，金屬性的拍擊」[42]，來自台灣的遙遠回聲，又帶有醫師生涯所見之無數次生命續絕體驗。

《遙遠的悲哀》有強烈的構史企圖心，詩人選擇台灣四大歷史事件——一九二四年治警事件、一九三〇年霧社事件、一九四七年二二八事件與一九五〇年代的白色恐怖，融詩情於史識，不讓歷史敘事詩只存文字記錄功能，而是寄寓更多想像於其中。《Ilha Formosa》則拉到更大，從台灣島誕生到解嚴後的當下，都成為詩人亟欲述說及重建的敘事對象。《台灣蝴蝶阿香與帕洛克》同樣從「台灣」意象出發，同名長詩乃是以文學詮釋歷史際遇，想像台灣主體。與反思與構造台灣史恰可對照者，為堪稱「試以新詩作自傳」的《大霹靂之後》。詩人從宇宙大霹靂寫起，分兩部先述世界的誕生，再談個人的出生。在論及人從何而來，思考人往哪處去後，他在生死體悟跟價值建立中，仍展現出捨我其誰之志：「成為詩人是你的宿命／像一隻鳥／用傷口飛行」。這首組詩最精彩處，乃是高度結合了個體經驗及宇宙觀念，如第二部第十六篇所寫：

42　此為方思中譯，李魁賢則譯為「每當時間俯身觸及我／以清澈、金屬性的敲擊」。

你穿過醫院的白色長廊
候診室聚集大量的痛苦

診療室裡
你的愛讓你感到你存在
你的存在讓你的時間同時存在

診療室外
太陽如常地照耀

人，車，樹，道路
宇宙仍不停地
爆炸，膨脹

你感到
你仍一天比一天
更渺小
也感到
一天比一天

更巨大

愛與時間，生命與痛苦，人世間與宇宙界，若再加上美與台灣，江自得詩創作之關懷便可謂俱見於此。此詩呈現出診療室內外有別的迥異風景，雖讓敘述者沉吟反思良久，惟不再是早期那種環繞鬱結之低盪氣氛，而宛如一位通曉個體及宇宙間神秘關連的智者[43]。醫師能以診斷提供貢獻，詩人可藉書寫重現世界，兼具兩者身分的江自得在格局宏大的《大霹靂之後》，已臻自身在長篇組詩創作的另一巔峰。

十二、唐捐與陳大為

隨著國家整體高等教育的普及，與作家個人博碩士學位的追求，跨越期誕生了數量空前的「學院詩人」。這個稱號雖涵蓋各科系與專業，惟仍以中國文學博士居多，最具體可見的是一九九六年由古添洪等八位詩人發起之「學院詩人群」年度詩集。他們自一九九七年至二〇〇七年，一共出版了七冊詩選集，成員最高峰時達到了十七位[44]。雖然有著教育養成、職業身分跟生活環境上的相似性，但各個參與成員間仍是世代

43　在更早完成的〈癌症病房〉中，江自得便曾寫道：「房內四處紛飛著／白骨的意象／／乾燥了的笑容／在寂靜的冬夜碎裂」。

44　分見古添洪，《（後）現代風景．台北——學院詩人群年度詩集1996》（一九九七）；蕭蕭編，《戲逐生命——學院詩人群年度詩集1997》（一九九八）；古添洪編，《詩的人間——學院詩人群年度詩集1998—99》（一九九九）；陳慧樺編，《切入千禧年——學院詩人群年度詩集1999—2000》（二〇〇一）；白靈編，《千年之門——學院詩人群年度詩集2001》（二〇〇二）；唐捐編，《震來虩虩——學院詩人群年度詩集2002—2003》（二〇〇四）；洪淑苓編，《在世界的裂縫——學院詩人群年度詩集2004—2005》（二〇〇七）。

混雜，除了合出詩選集外並無其他號召或作為。應該說跨越期台灣新詩史上的「學院詩人群」，並非所謂傳統意義上的「詩社」，反倒比較接近因為出版行為才聚合而生的共同標誌。「學院詩人群」首屆召集人古添洪就曾表示：「所謂『學院詩人群』只是說我們有著一個學院的訓練與背景，如此而已。」（一九九九：III）另一個以學院詩人身分為標準而著稱者，是一九九二年創立迄今的台灣詩學季刊社。該社定期印行詩（學）刊物《台灣詩學》，社務委員則以在大學任教的文學系所教授為主[45]。

「學院詩人」跟「醫生詩人」、「農民詩人」等稱號一樣，可以是鮮明的標誌，也可能是誤導的根源。學院的訓練與背景固然是學院詩人們的共同點，但通常也就僅止於此，所謂「學院風」通常只是幻想下的產物。應該說跨越期學院詩人正是用詩文本，擴大了一般讀者對學院風格的慣性認知。本節所論的唐捐跟陳大為，跟許多「學院詩人」有著一樣的成長、學習及授課經歷。兩位都是中文博士，大學校園可謂是工作及生活的重心。他們兩人在跨越期出版之詩集，曾同樣被出版社放在「詩學院」書系中[46]，唐捐還加入過「學院詩人群」並曾主編《台灣詩學學刊》。文史傳統、古典遺澤與對中文之錘字鍊句，都算是學院之於詩人的深刻影響；但他們被詩史銘記的理由之一，還是在於具有「學院詩人」四字難馴的創作風格，是那麼獨特且難以複製。

唐捐主編，《震來虩虩：學院詩人群年度詩集2002-2003》（萬卷樓出版／提供）

唐捐

唐捐著有詩集《意氣草》（一九九三）、《暗中》（一九九七）、《無血的大戮》（二〇〇二）、《金臂勾》（二〇一二）、《蚱哭蜢笑王子面》（二〇一三）、《網友唐損印象記：台客情調詩》（二〇一六）。唐捐早期的詩，文字稠密，意象繁複，既叩問生命，也直面身體。奇思妙想已不足以說明讀者為何會被其吸引；他的高明處於在能夠以連綿如網之聯想，牽引讀者進入貌似紛雜卻自成其理的布置。〈暗中〉這類作品最可證明，試擇其中一段：

> 眼睛不能杜絕眼淚　身體不能開除體溫　心　心怎能抵抗心情
> 窗外有貓　體內有心　隔著玻璃　牆壁　肋骨　胸肌
> 心不能影響貓　但貓能影響心
> 有一種濃稠的分泌物　布滿七竅　不知道是貓鳴　還是心情

〈暗中〉一詩分「目擊者」、「受害者」與「作案者」三節，此處引自「受害者」。遇有案件發生，唐捐

45 台灣詩學季刊社原本逐期出版《台灣詩學季刊》，二〇〇二年適逢創社二十週年，轉型改為《台灣詩學學刊》，以刊登體例嚴謹的論文為主，附設刊登網路詩選。二〇〇五年網路詩選脫離《學刊》，另行出版《吹鼓吹詩論壇》，「台灣詩學」遂成為台灣唯一同時出版《學刊》和《吹鼓吹詩論壇》雙刊物之詩社。相關資料可見方群、楊宗翰編，《與歷史競走：台灣詩學季刊社25週年資料彙編》（二〇一七）。

46 指一九九七年文史哲出版社以「詩學院」為名的書系。

不願是那個直陳其事的說書人，而是用多重敘事觀點，分別告知可能的情節片段。詩人以懸疑代替揭露，捨具體解釋，就音韻節奏，噴湧而出的意象在在牽引著讀者的思維與感官。超現實表現手法帶來的魔幻驚愕效果，亦是早期唐捐拿手好戲，如「作案者」最末所述：

聽到髭鬚生長的聲音，拿出銳利的刮鬍刀。但是下巴光滑，胸口卻有一條好看的疤痕。拉開疤痕，像拉開拉鍊…………。

啊，心臟已長滿毛髮。

髭鬚是生在嘴邊的短毛，日常剃鬚卻遇到下巴光滑，還沒真正動作就已見著胸口一條「好看的」疤痕。又說拉開胸口疤痕好比拉開拉鍊，似在暗示人的皮囊跟所穿衣服無異，不過都是外物罷了，其對比的正是內心。由上而下，長長一條刪節號是在模擬拉下了拉鍊，盼打開外物後能直視內心。收束處道出髭鬚並沒有生長在外表，而是一眼不能見的心臟，但「結果」（按：「結果」乃「作案者」此節小標）仍不得而知，案件懸而未破。解釋結果跟道出原因，本不為詩人所重；其詩意存於說與不說之間，藉敘述，遞聯想，意象推衍中自成風格。唐捐的詩，詭奇炫目絕不落任何人之後，又能自在出入高尚與低微、典雅與俚俗、聖潔與穢物之間，在身體詩書寫上達到了全新高度：

我用傷殘的身體
游走於火熱的鍋鑪
這一塊是熟透的乳房　乳頭拴著兩片惶惑的嬰唇　這一塊是焦黑的根器　戒指般　緊箍著殘餘的

手掌　這一塊該是老母親的荒廢的子宮　〔日出江花紅勝火　春來江水綠如藍〕　我觸到荇藻和羊水
的微涼　胎盤的積雪冷澈骨髓　淫淫的愛液夾泥沙在肺泡間滑進滑出　〔夢裡不知身是客　一晌貪
歡〕　炭化的纖維該是新生的禾草或陰毛　那麼細　那麼軟……

以上摘錄自〈我用傷殘的身體〉，詩題極易讓人聯想到戴望舒名作〈我用殘存的手掌〉。戴氏說：「我用殘損的手掌／摸索這廣大的土地」，寫出人雖入獄仍想望「永恆的中國」之心。唐捐則把詩的圖景做成了一幅地獄遊記，摸索的不是土地而是「火熱的鍋爐」。戴望舒詩云「觸到荇藻和水的微涼」、「黃河的水夾泥沙在指間滑出」；唐捐替代為「觸到荇藻和羊水的微涼」、「淫淫的愛液夾泥沙在肺泡間滑進滑出」，其中差距，顯非一字之別而已！性器、體液、排泄物在唐捐筆下暴猛揮灑，括號裡援引的卻是唐代白居易〈憶江南〉跟五代李煜〈浪淘沙〉名句，彷彿在製造身體書寫跟傳統詩詞之刻意碰撞。雅俗共榮，死生交錯，在極度張揚的語言狂歡之外，此作亦可視為唐捐藉新詩對抒情美典的強力宣戰。

自《金臂勾》後的幾本詩集，唐捐又展現了完全不同的風格，過往堪稱招牌的濃稠文字及紛繁意象，易為高度口語化及白爛惡搞風的書寫實驗。《蚱哭蜢笑王子面》中便有「我抱歉時，歉居然沒抱住我」（〈致歉〉）、「在孝順節　你應該打電話給父母／（但不可以用電話打父母）」（〈節外生枝〉）、「一枝梨花／常帶雨／操場裡的軟式棒球常帶泥而我帶賽」（〈備受打擊的男孩之歌〉），這些都是舊字詞、發新意，既見巧思，更是趣筆。詩集的呈現形式上，亦可見有取詩道於「非詩」之念，漫畫、網路、臉書……無不盡為唐捐所利用／濫用，毫無顧忌地大開起玩笑來。就算是他人頗富盛名的抒情詩，唐捐也總是能取其偏鋒，諧擬改作，遂可見到〈難道這就是愛〉（顧城〈遠和近〉）、〈二十四歲（2．0版）〉（楊喚〈二十四歲〉）、〈乘坦克車離去〉（夏宇〈乘噴射機離去〉）、〈我年輕的閹人〉（陳義芝〈我年輕的戀人〉）等，其中不但有二創（按：二

唐捐，《網友唐損印象記：台客情調詩》（一人出版／提供）

唐捐（文訊提供）

唐捐，《金臂勾》。書封採正反雙封面設計。（蜃樓出版／提供）

次創作）式改編、仿作或發展，也可謂是對新詩史既有美學典範的二度構造。

這位大學中文系教授近期的詩，乍看是隨手塗鴉戲筆，用語卻饒富當代感。「宅男」跟「魯蛇」[47]常為時下年輕人自嘲之用，唐捐以詩擬其聲，遂有〈宅男詩抄〉：「學妹／乃一／凶宅／我在／其中／遇害」、「學姊／乃一／豪宅／深受／惡犬／愛戴」、「我是／誰的／陰宅／草蟲／憑空／舉哀」、「愛情／乃一／火宅／燒得／如此／痛快」。兩字一行，決絕短句，顯示的不是什麼堅毅果敢，而是透露出淡淡哀傷和微疼領悟。他也寫了首〈魯蛇世家〉，敘述者為「魯二代」，自云：「在地球的課堂上，反覆被當／（～啊～）／遭受天地的霸凌，一日千敗／／俺繼承祖宗十八代，洪荒以來，被魯了／又魯的悲哀」。特意選用「俺」這個中國北方方言的「我」，並說自己loser的命運是繼承而來。但在地球的課堂與天地的霸凌這兩處，將極小個人與極大世界相互對立，反倒凸顯了敘述者的明知其不可為，仍得獨自面對命運的魯二代之痛。唐捐晚近自云的廢文爛詩，不時藏有這類可供挖掘之蘊意，或者像〈沙灘上的腳印〉中這樣的句子：「世界是無力者的沙灘／吞忍起伏的浪潮、來去的腳步——／若無其事」，顯示他在瘋狂KUSO、黑色幽默與冷面笑匠的面具底下，未曾或忘自己偶爾要繳出「真正的抒情詩」。唐捐擁有充沛的書寫能量、多變的詩藝技法及廣闊的題材面向，魔怪、身體與戲謔之作尤見特色。無論呈現出的是精純抑或駁雜，取法自古典、當代、遊戲還是網路，唐捐詩創作中最重要的底蘊，仍來自於抒情的無邊魅力。

陳大為

陳大為跟唐捐都是「五年級後段班」最重要的學院詩人，惟唐捐重抒情，陳大為偏敘事。兩位皆屬擅

47　宅男泛指整天待在家，生活圈只有自己或不擅與人相處之人。魯蛇為loser（失敗者）之諧音，常被用於自嘲，或與winner（「溫拿」，勝利者之諧音）相對應。

於變造（新）古典風華、添入（後）現代意識的佼佼者，也可說是台灣最後一批因屢次榮獲兩大報文學獎，而為讀者所熟悉的現代詩人[48]。出生於馬來西亞怡保市的陳大為，一九八八年來台就讀台大中文系，在學期間已多次獲得各報刊文學獎；一九九四年入東吳中文碩士班時，出版了第一部詩集《治洪前書》；一九九八年入台師大國文所博士班時，出版第二部詩集《再鴻門》。這些經歷讓他很早便被視為「在台馬華文學」的一顆新星，倘若暫時擱下顯赫的獲獎榮譽，最值得注意的應是其選擇的書寫題材與敘述策略。〈招魂〉以詩新論漁父、〈摩訶薩埵〉塗寫莫高壁畫、〈治洪前書〉推敲鯀禹糾葛……，世人熟悉的「中國」在詩人筆下獲得翻轉，他拷問歷史「真實」的雄心在同世代中堪稱罕見。歷史敘事詩創作者陳大為擅長「以詩疑史」，其書寫目的不在詠史或懷古，而是重建歷史人物形象與拆解歷史敘述方法。譬如〈再鴻門〉並非旨在如實重現鴻門宴，或是展現出何種「在場」姿態，而是策略性地拉著讀者「再創作」與「再解讀」。英雄事蹟或歷史場景，在詩人的後設手法下另成新貌、新詮與新視角，遂成：「你在范增的動作裡動作／形同火車在軌上無謂掙扎／劍舞完，你立刻翻頁並吃掉頁碼！／也來不及暗算或直接狙殺／你的憤恨膨脹，足以獨立成立另一章。／／來，再讀一遍鴻門這夜宴／坐進張良這角色，操心弱勢主子／會有不同的成語令你冷汗不止。」此處的「你」指向讀者，可以因閱讀史書而進入宴飲畫面，卻也可因詩人頻頻打斷而頓時清醒。讀者就在讀史跟讀詩這兩者間，心緒隨之上下起伏。司馬遷寫《史記》，是用文字重現歷史；陳大為作〈再鴻門〉，又是

陳大為（文訊提供）

用詩行「再」寫，並處處提醒讀者歷史之不可盡信，不如學其打造出「我的鴻門」，不必依賴別人。全詩收束處寫道：「我要在你的預期之外書寫／寫你的閱讀，司馬遷的意圖／寫我對再鴻門的異議與策略／同時襯上一層薄薄的音樂……」作者再次點破所謂歷史場景可能僅存於敘述之中，提醒讀者注意司馬遷跟詩人都屬於歷史敘述的一環，同樣都在寫歷史，也同樣都在被閱讀。刪節號代表的是無窮無盡，「我的鴻門」永不結束，「你」的閱讀不也如此？

陳大為終究不曾陷入後現代的遊戲觀跟相對主義的陷阱。欲以詩解構歷史，不代表他捨棄了追求意義，更不代表對歷史故事及英雄人物的全盤否定。他一面以詩說故事、話人物，一面讓自己現身說法，逕與史家、說書人甚至主人翁同台爭奪話語權。一共五節的〈曹操〉很能表現他這種寫法的特色，譬如名為「大陣仗」的首節：

氣數已盡的東漢因而氣盡
馬上的將軍扣住了史官眼睛；
不管喜不喜歡，史官都得
攤開耳膜承接他噸重的馬蹄
交出瞳孔供奉他的一生言行；

48　兩人都是一九六九年，即民國五十八年出生。唐捐為台灣大學中文所博士，陳大為是台灣師範大學國文所博士，迄今也持續在大學任教。兩大報文學獎指《聯合報》與《中國時報》，後來兩者皆曾停辦或轉型，紙本媒體與大報副刊對文學讀者的影響也大幅滑落。

偶爾採取距離（在現場旁聽？）
把他的辭令謄下再裁剪
將口語濃縮成精練的文言，
「歷史必須簡潔」
（是的，歷史必須剪接）

有時遠遠下筆（在前線大本營？）
緊跟在將軍戰馬後方的
很少是肉體，多半是史官的想像力
事後採訪其他將領再作筆記；
大陣仗如赤壁如官渡
勝負分明，戰略又清晰
只需在小處引註，在隱處論述……
「歷史就是這麼回事」
（沒錯，史官就是這麼盡責）

史官甲和史官乙的聽力與視力難免有異
正史甲和正史乙所交集的部份
只有大陣仗可以深信

只能用大陣仗來說明將軍的生平。

眼見為憑在此成了笑話，原來被遮蔽視覺後史官是用聽覺在記事。但聽覺是否可靠？說出口的是否為真？顯然不是，「歷史必須簡潔／（是的，歷史必須剪接）」就是用諧音巧妙諷刺，與「『歷史就是這麼回事』／（沒錯，史官就是這麼盡責）」則是心口不一的例證。有這樣於遠處下筆、靠想像力參戰的史官，將軍的戰功與事蹟，能不引起敘述者的懷疑嗎？正史若是這樣寫出來的，雖屬官方，何正之有？這就給敘述者留下了縫隙，括號是最有力的諷刺與質疑。說書人所憑藉的野史或話本呢？敘述者同樣認為不可盡信，他說羅貫中是「拇指虛構故事，尾指捏造史實」、「魏王被票房抹黑復抹黑／正史也黯然閉上爭辯的嘴／沒有誰懷疑其中的冤情」（見此詩第三節「說書的祕方」）。亟欲扭轉曹操偏負面形象的敘述者，在詩末第五節跟羅貫中角力時，述及「第五組曹操寫到這裡……／／曹操就來了！」說過故事的人、想說故事的人，這下真遇到了故事中的人（別忘了，還有在看故事的讀者）。最後仍在震驚中的敘述者，對長年被誤會的曹操說：

第五組曹操寫到這裡不得不停筆。
魏初的血腥似狼群竄出冷氣機
「不必！」
「還，還你清白，好嗎？」

「冷氣機」意象的躍出將時空再拉回現代，既是以冷氣對熱血，亦為分判出書桌與戰場。詩人透過寫作，算是「再曹操」了不止一回，儼然也有幾分話語權可跟史家、說書人拚搏。而過往忠奸難辨、評價分歧的曹操，至少在這首詩裡是無比快意瀟灑，根本不在乎過往撰史者或小說家的糟蹋。

《治洪前書》與《再鴻門》解構了中國神話與歷史人物，但來自怡保的陳大為仍繫念著如何書寫家鄉大馬與「南洋」。新世紀後陳大為繳出了三部詩集，為台灣詩壇帶來完全不同的風景：《盡是魅影的城國》（二〇〇一）、《靠近　羅摩衍那》（二〇〇五）與新作加精選的《巫術掌紋》（二〇一四）。近八百行的南洋史詩與十餘首台北都市書寫，構成《盡是魅影的城國》一書骨幹；但在詩的城國裡，也因為陳大為寫南洋時皆不加註釋，轉而成為擴展台灣讀者慣性認知的契機。像〈甲必丹〉不刻意標注是馬來語的Kapitan（協助殖民政府處理事務的僑領），讀來卻有一種陌生化後的疏離效果——諸如葉亞來、拿律戰爭（Larut War，或稱拉律戰爭）亦復如此。《靠近　羅摩衍那》走得更遠，詩人收束起偌大的南洋，轉而聚焦於老家「小桂林」怡保，直面這座城市的多元種族、宗教與文化情境。《羅摩衍那》為印度兩大史詩之一，整本《靠近　羅摩衍那》有意讓

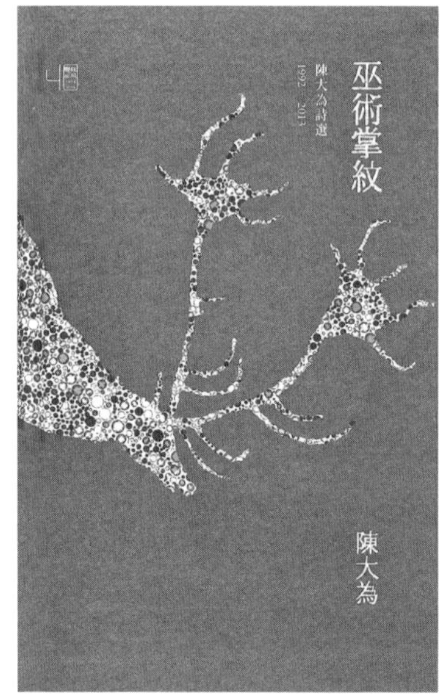

陳大為，《巫術掌紋》（聯經出版）

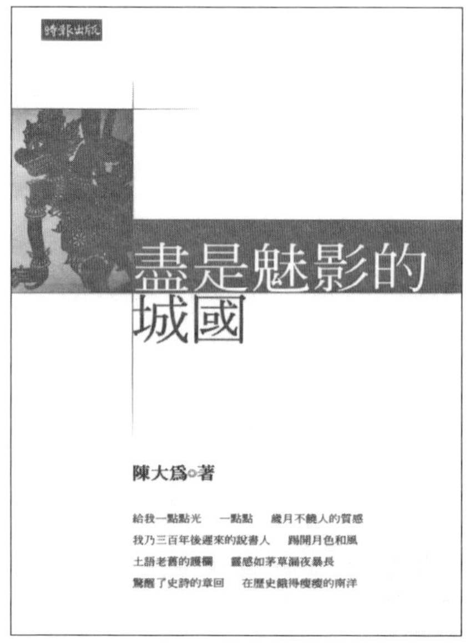

陳大為，《盡是魅影的城國》（時報文化出版）

佛道教、印度教與伊斯蘭教以詩共生並存，是前此未曾出現在台灣新詩史中的全新書寫，其意義實遠大於詩人個人在「記錄家鄉」。前曾謂在台馬華文學（早期被稱為馬華旅台文學）當為台灣文學的一部分，這種說法或許是把它看小了——在台馬華文學，真正擴展了台灣文學的框架與經驗，《靠近　羅摩衍那》便是饒富啟示性的成果。

《巫術掌紋》則更進一步，六首〈垂天之羽翼〉調侃意味濃厚，拿溫瑞安、李永平等在台或旅台馬華前輩試筆，可以跟前作《靠近　羅摩衍那》書寫中國當代詩人北島、江河等人的六首〈京畿攻略〉並觀。十二首〈銀城舊事〉在記錄家鄉的人與鬼、真與幻，但銀城可以是／不是怡保，詩人發表時刻意未加註明。「鬼話連篇的銀城／成為燈　成為寫作資本額」，有著台北跟怡保、中國與南洋等多重經驗的詩人，確屬資本雄厚。南蠻刺青，北地漢語，說書人陳大為至此實已下筆如有巫[49]。

十三、孫維民與李進文

孫維民

孫維民詩作中有一股濃厚的疲倦、苦悶與不安感，允為台灣新詩史上厭世系詩人的鼻祖。他的厭世並非來自虛幻的玄想，亦無耽溺存在的困境，而是對日常生活、平凡人與細節的觀照反思。孫維民所著詩集《拜

49　《巫術掌紋》中另一別具企圖的組詩，是作者從馬來文地名自行音譯的〈拉爾哈特〉。它源於童年生命經驗的濃縮，詩人再以想像後天加工，建構出一座半虛構、「像書籤一樣／夾進聖典裡」的伊斯蘭孤城。叛軍、彎刀、戰馬……，詩人都走到了這麼遠的他方，傳統的「大中華」、「台灣」甚至「馬華」新詩史該如何回應呢？

波之塔》（一九九一）、《異形》（一九九七）、《麒麟》（二〇〇二）、《日子》（二〇一〇）與《地表上》（二〇一六），率皆用語節制謹慎，卻彷彿融煉了人間苦痛，出而為筆下各式非常的日常。察覺這種難以平息的痛苦，詩人乃有這首〈異形〉：

如此強悍的痛苦在我的體內我無法以眼睛嘴巴性
器將它排出我不能用聲影液體煙霧將它殺死

我在信封上書寫姓名地址
我拿起電話按下一堆數字
我走進黑暗的街道直到破曉
我駕著車任憑儀錶求救尖叫
我打開門找到床枕
躺下以前照例我
祈禱

可是始終它在生長還在我的體內像某種外太空的
異形指節伸進我的指節如同手套腳掌踩壓我的腳
掌彷若鞋子它的身體終於取代了我餘下空殼的我
不過是它臨時的居所偽裝

除了我
沒有人知道
除了它
沒有人知道

「強悍的痛苦」生長在「我」的體內，無法排出，難以殺死。無論求饒或求救都無效，「它」還在生長中並且終於取代了「我」，這一切卻只有「它」跟「我」知道。「餘下空殼的我／不過是它臨時的居所偽裝」，人類的皮囊竟淪為空殼，不過只是它的臨時暫居處。當「我」有意識地目睹整個過程，宛如夢魘全面流入生活，「我」進退不得、無從脫身，豈不是只能跟「異形」繼續相處？令人不寒而慄的「它」，雖「像」卻並非真正的外星生物，而是詩人感到痛苦不適的一切來源，也是對人類厭棄、厭煩且厭倦的象徵。

或許因為多次以火車與疾病為題材，讓孫維民常跟鐵道詩人[50]、疾病書寫兩者相連結——那也是源於日常通勤與醫療看顧，自具體經驗萃取而出，詩中隱藏作者總有一個警醒的靈魂。月台等待、往返移動、車廂見聞……他關於火車的詩既多且好，乃因詩人不曾滿足於鏡像式的寫實照錄，並擅長塑造戲劇化情境的散文詩寫作。試看這首〈遭遇〉：

50 和火車運轉的巨大聲響相反，在台灣被稱為「鐵道詩人」者多半低調安靜、秉性沉潛，謝絕詩壇活動與無謂交際。最具代表性者為服務於鐵路局電報室近三十八年，「跨越語言的一代」詩人錦連（一九二八—二〇一三），還有年紀小上他許多的零雨及孫維民。

孫維民（文訊提供）

孫維民，《麒麟》（九歌出版／提供）

孫維民，《異形》（書林出版）

由於命運的指使他忽然走出停靠在黃昏的南下快車
逆向穿過人影稀疏的月台走近一列北上的平快他先
攀登第5車廂的梯級稀薄的日光燈色與電扇的呼吸
聲響在每一個車廂反覆出現然而稍微猶豫之後他即
決定坐在第7車廂

當他攜帶皮包與夢魘通過中間一節幾乎空洞荒涼的
車廂時他看見了下班之後偎倚著疲憊和挫折雙手猶
如秋末的芒草植根於膝上一冊圖解山海經的我

標點符號盡去，節奏通篇緊湊，幾乎沒有留下喘息的餘地，讀者只能讓一幕幕畫面打到自己眼前，致使難以躲開或輕鬆快速略讀。開頭雖云「由於命運的指使」，但詩中並未多加解釋；就像第三人稱「他」為何會看到下班之後的「我」，難道同樣都是命運的指使？「他」從南下突然換乘北上的列車，又從「第5」決定改坐至「第7車廂」，是一連串的機遇與巧合，還是接受了某種命定或召喚？「皮包與夢魘」、「空洞荒涼的車廂」增添鬼魅氣氛，但「稀薄的日光燈色與電扇的呼吸／聲響在每一個車廂反覆出現」卻又是十足的台灣火車日常，真幻虛實遂更顯難以分辨。連綿長句「偎倚著疲憊和挫折雙手猶／如秋末的芒草植根於膝上一冊圖解山海經的我」實蘊深意，因《山海經》論及山川神祇、飛禽異獸，皆屬過往先民眼中的「非常」與「日常」，而「圖解」則屬後人的詮釋，上班族如「我」恐怕只能藉一冊圖解《山海經》，勉力支撐自己飽嘗疲憊和挫折的身軀。詩題為〈遭遇〉，不知來自何時何方的「他」與終於下班的上班族「我」相遇於火車車廂，究竟是因讀書而喚醒了象徵奇人異獸的「他」，抑或始終只是受困於生活牢籠的「我」，幻想在通勤中擺脫令人疲憊的日常重複，就成了詩人留給讀者思考的空間了。另一首散文詩〈病理學〉則以冬天火車車廂內，闖入一群護校女生為背景。她們「懷抱著厚重的病理學」，鮮紅外套底下有著「無法制伏的青春」。敘述者揣測不遠的將來「我必定要落入她們手中（和世界上許多人一樣）」，煩惱將會「任憑她們為我打針換藥穿脫衣物甚至移往冰冷的器械旁邊赤裸且完全無能為力地面對她們的健康及野蠻」——這是典型的孫維民式散文詩：無標點，欠句讀，節奏緊湊，情景人間，心境中年。類似〈遭遇〉或〈病理學〉這種「非常的日常」時刻及場景，正是孫維民詩作獨特的魅力。

另一個非常的日常，來自他的疾病書寫。從心態上的病識，到親人的病逝，乃至旁觀其他病患與陪同者，詩人都有深刻的體會。譬如〈病〉一詩：「我們憎恨彼此，卻又不能分離／如同多年的夫妻。」這是以相互仇恨卻不能離婚的夫妻，來比喻人與病的關係。「總之，這場婚姻持續至今／我們如此地熟悉對方，／它在我的裡面／我在它的裡面」，直指人與病兩者間的糾葛互纏，何其傳神！結尾處寫道：

我們努力地小心地，維持著
一種平衡——
失去平衡的一方
將被殺死

或許，仍是有愛的：
我若死了，它也無法存活。

醫生常被說要「視病猶親」，指該把病患當作親人一般來照顧。詩人這首〈病〉卻可謂「視病猶妻」，疾病像是斷不了關係的配偶，病與人熟悉彼此並互為依存，連「愛」與「殺」都成了一體之兩面。久病或衰老都需要療養，孫維民〈假日的四行詩〉中是這樣寫「安養院」的：

此刻，歲末的日光穿越樹枝
幻麗的影落在彎折的背
像力道不足的手掌，拍打濃痰——
星期天上午，親人們的探視

「歲末」跟「彎折」都指涉暮年晚景，已經需要拍痰，更顯示身體之孱弱。老弱身軀放在安養院中，親人只有在假日上午才來探視，果如詩中所喻是「像力道不足的手掌，拍打濃痰」。孫維民一向不尚聲嘶力竭的吶喊呼告，而是以這種知感交融與巧筆妙喻，將其對人事物之犀利觀察，寄託於詩。倘若病體難癒，必然得面對的，就是死亡。聽聞他人安慰死亡是必經的過程，像「樹葉終究掉落」，詩人在〈回答〉這首詩裡寫道：「我完全理解這個比喻／物理定律和宗教／我也知道一些／／還有很多偉大的詩／我也重讀，也／想要相信／／謝謝你／真的，謝謝／／可是我的悲傷／頑強抵抗」。這是孫維民式的悼亡，巨慟難釋，自抑至此，令人不忍。

李進文

李進文是最後的「副刊文學獎世代」，從二十世紀末到二十一世紀初，他得遍了四大報的新詩大獎，其中包括時報文學獎、聯合報文學獎、中央日報文學獎與自由時報林榮三文學獎（每項還常不只一次）。在各詩獎徵稿行數限制下，他總能尋覓合適題材，發揮文字技巧，繳出令人印象深刻之作。這時期已經能看出詩人十分擅長尋覓意象與控制節奏，詩篇饒富畫面感與音樂性，如〈一枚西班牙錢幣的自助旅行〉中所寫：「她舞蹈／她一轉身即翻落我的書桌，姿勢以中文校正／落地，就是異鄉」，以舞孃舞姿來比喻西班牙錢幣的旋轉，而當錢幣翻落在敘述者書桌之上，所謂落地便成為在地。故鄉跟異鄉，西班牙和台灣，兩處的命運及歷史在詩人筆下隱隱然相互呼應，足證詩人是創造連結與關係的高手。

從李進文結集之《一枚西班牙錢幣的自助旅行》（一九九八）、《不可能；可能》（二〇〇二）、《長得像夏卡爾的光》（二〇〇五）、《除了野薑花，沒人在家》（二〇〇八）、《靜到突然》（二〇一〇）、《雨天脫隊的點點滴滴》（二〇一二）、《更悲觀更要》（二〇一七）、《野想到》（二〇二〇）這些詩集來看，各大文學獎只能算是小小開端，且畢竟有行數規格上的限制，為了突圍亦得特意在題材上謀新求變。李進文最好的作品，莫不是以純真的眼光與新穎的觀點，審視現代生活的各式細節及甘苦。所以才會有下列這般詩行：「世界嘎吱嘎吱也像壞掉的／Ubike腳踏車，經過屋外」和「總還有些小美好，甘願等，／等戀人有一天比超人早到，／出手拯救時光」（〈隨風而逝〉）、「用下雨的句型寫信／長亭接短亭地默誦，換氣，就／沉靜些些了我」（〈些些跳痛情詩〉）、「風，也有風格樹立／吹起來像遭時間遠遠拋去／葉和葉用比翼雙飛的方式誘拐陰影」（〈靜得像噪音〉），在在顯示幽默與童趣，常駐於李進文的詩創作中。但他並非故作小兒語，而是見證風霜後仍願持守純真，不悲觀不放棄更不願停下筆。畢竟從新聞記者、數位多媒體與文創開發到出版社總編輯，他豐富的職場經歷，使自己極早便涉入了資訊傳播，甚至還曾從事跨界創作如動畫、紀錄片，以及美術品與詩之間的對話展示。資訊既是力量（Information is power），資訊也是當代人的生活情境，而詩人之可貴就是能夠觀看日常，從中看出他人所未見。正如「味道」系列中有一首〈宅〉：

李進文（文訊提供）

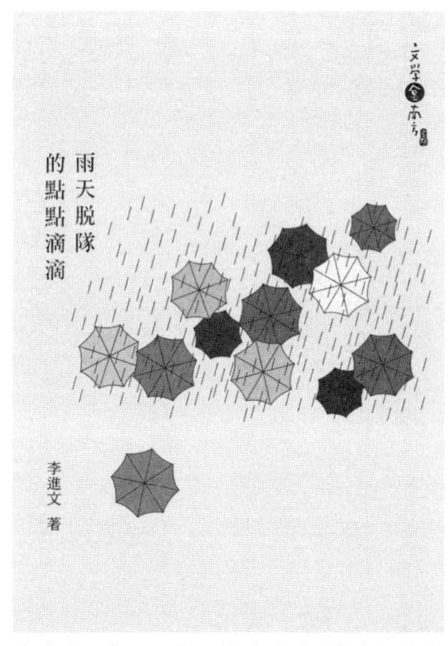

李進文，《雨天脫隊的點點滴滴》（九歌出版／提供）

李進文，《一枚西班牙錢幣的自助旅行》（爾雅出版／提供）

我必須放下視窗拉上簾幕
不讓資訊繼續往室內堆積
思考從亂髮冒出
像玻璃浮球受壓
又猛然冒出海面大吸一口氣

「宅男」、「宅女」或不分性別的「阿宅」，除了喜歡待在家、生活圈裡只有自己，通常還極度依賴／高度提供網上資訊。放下視窗或拉上簾幕，在詩中所指便可能是電腦螢幕而非臥室窗戶，「不讓資訊繼續往室內堆積」，亦說明網路資訊如何透過螢幕蜂擁而出，有形復有限的室內，在無形卻巨量的資訊下變得擁擠不堪。亂髮暗示了「我」長期守在斗室，但「我」並非安於被餵食資訊，而是想在資訊海洋裡保持思考判斷力。詩中的「玻璃浮球」，是半世紀前討海人從事捕撈作業時，綁在漁網上的浮標，彷彿見證無數討海人是如何跟海洋拚搏的。浮球可比擬「我」正在思考的頭顱，亦可當作反抗墜海命運的象徵，總之代表了「我」不願在資訊之海裡陷溺或投降。「宅」字在此有了新詮，雖不見得能駕馭龐大資訊，至少希望為生活保有冒出資訊之海「大吸一口氣」的可能。

當詩人觀看自己的日常時，愈發顯露出一種澄明與洞察，出人意表下往往能逗引讀者會心一笑：

建國一百年
我潦草抵達中年。
很久沒有聽見梅花的消息，你說：

滿天下的心都不冷不熱。
所幸，有人勇敢地
大量在雙十這天結婚以延續昌隆
所幸小老百姓如我忍辱上班
賺錢以維繫國運

你是國父
卻沒有收到請柬，唉
人間到底是現實主義
你站在黃色隔離線外觀禮
聽聽每一任總統文告植入政績
你轉頭問：這是國慶還是選舉？

以上摘錄自〈國父與我——中華民國一百年十月十日〉，政府機構隆重其事的「建國百年」下，有一個對此無感的上班族「我」，與開創百年基業卻連請柬都沒收到的國父「你」。自謂潦草抵達中年的敘述者，跟站在隔離線外觀禮的國父，其實都只是這場「建國百年」盛典的局外人。劉家昌作詞作曲的〈梅花〉，開頭與結尾是這麼唱的：「梅花梅花滿天下，越冷它越開花」、「冰雪風雨它都不怕，它是我的國花」。詩中所謂不冷不熱、久無消息，恐也與梅花象徵的「大中華」在台灣漸無「市場」有關。「國花」自然跟「國父」一樣，如今幾乎已沒有「行情」可言。一談到國慶，照例都會祝賀國運昌隆，但詩人在此卻語帶調侃：「所幸，有人勇敢地／大量在雙十這天結婚以延續昌隆／所幸小老百姓如我忍辱上班／賺錢以維繫國運」，拆解了國運跟昌隆兩者，也道出國家實有賴於每一個平凡小老百姓的付出——包括在國定假日還得「忍辱上班」這檔事。這裡代表及顯示了無論快樂與否，李進文筆下總會帶著幽默感去面對，讀來令人莞爾。

無論在探討個人、家庭、職場、政治社會或資訊網路，李進文就算是寫同樣題材，總能找到不同角度、多樣多途的抵達辨法。他始終維持相當穩定的詩創作質量，晚近更刻意嘗試高度散文化、隨筆式、跨文體的形式實驗。在變與不變之間，在乘車或運動之刻，他以詩寫出如何坦然面對中壯年：「駛至中年，開始對身外放鴿子——／這樣更好（不是也好），／頓挫時對自己這樣說。」（〈普悠瑪之歌〉）「汗是白流了？／當歲月引體向上，面紅／耳赤對人生。」（〈健身〉）這種對人生的理解與態度，正構成李進文詩中最動人的一部分。

十四、鯨向海、李長青與林德俊

若欲探討跨越期台灣新詩史，就不能忽視網際網路的興起及其帶來的巨大衝擊。網路可以說逐步主宰了本時期的文學傳播場域，讓過往多藉由紙本媒體（如報紙副刊或同仁詩刊）來公開發表的詩創作，改為在虛擬的天空之城上現身。網路時代作者可以主動且隨時將一首詩貼上ＢＢＳ、部落格或社群媒體，很可能馬上便有人樂於回應、按讚及分享；比起過往投稿報紙副刊或紙本詩刊之後的單向、被動、等待跟守門人機制，其間感受確實相當不同。網路發表在晚近幾年間，更出現了「臉書體」的詩文交混短篇記事、Instagram的視覺圖像結合詩行文字，與用鋼筆抄寫詩篇後拍照上傳至社群媒體的趨勢，聲勢浩大，蔚然成風。必須提醒的是：這些絕大多數仍偏向傳播形式與呈現樣貌不同於昔，並非在「詩創作」本質上有何驚天動地的改變。「網路詩人」一詞，同樣有著被濫用與被誤認的危機。因為「網路詩人」中大多數只是選擇在網路上張貼作品，這不代表他們完全拒絕向紙本媒體投稿或排斥發表機會，更不代表這些詩作的網路版跟紙本版有何等巨大差異——這裡當然不包括擅於利用ASCII在BBS上揮灑，以及WWW上運用HTML、JAVA、GIF動畫功能創作的詩人。問題是他們在「網路詩人」此一共同名號下，所占比例委實不高，且愈到後來，人數愈少。

台灣本就享有華文世界裡最大的創作自由，隨民主化發展及解嚴後趨勢更是達到頂峰，可謂完全沒有創作限制與尺度禁忌。網際網路真正帶來的是發表自由，以及隨時可以被閱讀、回應、分享的全新體驗。此乃詩史跨越期跟前面幾個時期的重要差異，但這仍然跟「詩創作」本質無甚關係，除非讀者的即刻回應讓詩人動念作出修改或調整（常見於網路小說，特別是以連載方式呈現者）。職是之故，「網路詩人」雖然無疑是詩史跨越期首見的新興力量，但這個稱呼也容易引起誤會，以為所有的「網路詩人」在創作上跟過往前行代詩人皆迥然有別。實情是：兩造間的相同處遠大於相異處，而且真正能善用網路特質跟軟體工具的往往是中壯代（如蘇紹連、白靈、向陽等）。在匿名性強的虛擬網路空間，本即屬於性別與年齡不具、真名及暱稱難辨，所謂「網路詩人」從來就不該是年輕世代的專利。

跨越期詩史的年輕世代不必然興起於網路，但多少皆曾受惠於網路帶來的發表環境與傳播模式。網路的出現讓他們不必像前行代一樣結社、辦刊，就能達到幾近相同的交流效益，以及更為迅速廣泛、超越地理疆界的能見度。如果要給跨越期詩史涉及的年輕世代訂一個生理年齡下限，這部《台灣新詩史》會設定在一九八〇年，亦即在成長時同時見證了政治解嚴前後與網路發展歷程的一代人。他們現在最年輕的剛滿四十歲，早已出版過不止一冊個人詩集，更重要的是在跨越期中形成了鮮明可辨的個人風格。《台灣新詩史》願負責任地提出六個名字，而不是鄉愿地再列出一堆期待或潛力名單。這六位詩藝有成、卓然成家的詩人，就是鯨向海、李長青、林德俊、林婉瑜、楊佳嫻與隱匿。不管他們究竟屬於年輕的麒麟抑或珍稀的妖獸，六位終究是跨越期新詩史無法繞過不論的詩人。

鯨向海

鯨向海一九九六年開始在ＢＢＳ上以「eyetoeye」此一ＩＤ發表詩作，在九〇年代後期以「南山抹、北田寮」為尊的各ＢＢＳ詩版上廣受矚目。他堪稱崛起於網際網路的年輕詩世代第一人，曾獲PChome Online明日報網路文學獎首獎，發表平台則自由出入於ＢＢＳ、部落格、Facebook跟紙本等不同媒體。著有詩集《通緝犯》（二〇〇二）、《精神病院》（二〇〇六）、《大雄》（二〇〇九）、《犄角》（二〇一二）、《Ａ夢》（二〇一五）、《每天都在膨脹》（二〇一八）。

台灣新詩一度朝菁英路線傾斜，末流卻走向刻意晦澀一路；後又改為擁抱明朗、迎向大眾，部分劣作卻讓新詩淪為張口見喉、白水無味。兩端之間抗衡多年，未解僵局卻在跨越期出現了曙光——因為網路帶來了新的讀者、新的傳播環境，以及以鯨向海為代表的新一代詩創作者。鯨向海的詩一向言簡情繁，不避俚俗，尤擅於從生活片段跟日常用語中生發聯想，捕捉詩意。他的出現，極其自然地跳過並揚棄了前述兩端之爭，每首詩都充滿暗示並綻放情緒，但用語遣詞不走既艱且澀一路，卻也拒絕被輕易消化速讀。首部詩集《通緝犯》便已完全展露出前述特質：「又湧起了這麼多意志／一頭大翅鯨融解在海裡／魚骨巨大斑駁／颼颼還在向前游去」（〈一星期沒換水的夢境〉）、「多年來，原是走錯了星球／今在此沿海岸線徵友／你鋒芒而來／我將粉身而去」（〈徵友〉）、「被人家知道名字了／被人家知道一顆心／長什麼樣子／不能再光明正大迷路／不能隨意大小便了」（〈通緝犯〉）。

鯨向海的每部詩集，彷彿都在打造一個聚集詩意的模具，譬如《通緝犯》的孤獨、《精神病院》的癲狂、《大雄》的天真、《犄角》的突出……，共同點應在對秩序的犯禁，與對樂園的想望。雖然以精神科醫生為職業，他的書寫並未被嚴肅的醫學專業與死生之事給綑綁，尚可見到以疾為樂的玩笑自嘲：「下次一起／

當總統好吧？／ByeBye，／記得乖乖吃藥／噓，你不覺得可憐的主治醫生／不知道他自己／有病嗎？」（〈精神病院〉）鯨向海作品最迷人處，在於對青春之回眸及性／別之曖昧：

一罐啤酒，就可以是
傷心的港口
兩根煙相互借火點頭
還是難以溝通……「幹！」
是唯一的問候

然而，我們的確
已經努力對看過
哥兒倆脫光上身，趴在欄杆上
整個青春期最美好的骨架
為了展示那些肌肉
已經堅硬
且適於攀爬

以上摘錄自〈男孩團體〉，很能代表鯨向海詩作中饒富召喚性與群體感之特質。他從不特意作小兒語或世故狀，卻能透過對語言的琢磨及節奏的調控，寫活了青春期同儕團體間的舉止形貌。「兩根煙相互借火點頭／還是難以溝通……『幹！』／是唯一的問候」，更是以不避直書粗話來展現同儕細心問候，道盡「男孩團體」最親切的共通語言為何[51]。以借火點頭連結到雙方溝通，足見詩人巧心妙筆。「那些肌肉／已經堅硬／且適於攀爬」，可視為在暗示青春期的必然結束；但鯨向海對青春的回眸才要開始：「那些眼神曖昧／一次又一次勇渡的／兇險致命之青春期海域／好不容易終於隆起的肌肉與喉結／稠人廣眾突然感到無言／紛紛現出中年大叔的原形／你老師咧他媽的樂園就這樣崩壞了／／此刻相聚的北嵐多麼寂寞／（那些氤氳裡堅挺的謎鳥飛啊飛啊都遠了）／但是同學／我們永遠可以更靠北一點」（〈同學會〉）。中年人或所謂「大人」，不管是「攀爬」還是「勇渡」過了青春期，都不可能再回到「男孩」的狀態。這群人只會變得愈來愈世故無趣，喪失想像能力的他們，離樂園更遠了。

鯨向海又長於詩寫性／別之曖昧，譬如〈單身男子的鍵結〉：「鍵盤結霜敲不住／人間Email多病毒／／連夜大汗／脫去了數件衣冠禽獸／／今晨陽光／照亮手心凍瘡／／且看兩千里外／我呵暖一首覆雪之作／／如何壓彎你窗前的松枝」，抑或這首〈鍛鍊〉：「於是買了啞鈴／鍛鍊體魄／（這種事情，也只敢告訴你）／把啞鈴擺在胸膛上／把你擺在心上／鍛鍊就開始了」。此類作品中敘述者傾訴之對象率皆未見明確，生理性別亦只能推想。這種酷嗜從「男子」觀點詩寫愛慕、迷戀及思念，因有潛伏於其下之性／別流動與曖昧，反而更為深刻動人。鯨向海的詩絕少直露出敘述者的同志情感，而是以整體氣氛及部分意象作出暗示，更傾向開放給讀者自由進行性／別聯想。像〈致你們的父親〉首段這般「坦白」的例子，在他的書寫中相當罕見：「父親，我可以對你坦白嗎？／我是G的。／我和你有多少分相像？／你也是G的嗎？／如果有一天我也愛上一個像你的男人／你能夠原諒我嗎？」書寫同志身分該如何尋求父親認同者多矣，鯨向海此詩的強大在於把敘述者愛侶跟同志父親的形象交相疊合，在性／別之曖昧外，又增添了身分／倫理之曖昧，遂增加了更大的詮釋空間：

第一次，請讓我
如是活著
青春到了最鮮艷處
隨時可能蒸散

父親，我可以對你坦白嗎？
前方風雨仍無止境
愛我的男人都來了
渾身濕透，像你
仔細擦乾我的身體

李長青

在詩創作上，李長青約莫跟鯨向海同一時期出發，但他並未選擇以網路為主要發表場域，而且極早便開始了分行詩、散文詩與台語詩並進的書寫策略。李長青著有詩集《落葉集》（二〇〇五）、《陪你回高雄》

51 粗話問候彷彿是男子基本款配備，詩人筆下的〈男生宿舍〉便述及此：「啊請不要再放屁了／不要再假裝男高音／／洗澡途中他突然說媽的／我蹲在馬桶上很幹但是大不出來」。

（二〇〇八）、《江湖》（二〇〇八）、《人生是電動玩具》（二〇一〇）、《給世界的筆記》（二〇一一）、《風聲》（二〇一四）、《愛與寂寥都曾經發生》（二〇一九）與詩選集《我一個人》（二〇二一）。《落葉集》收錄了六十九首詩，可謂是對「落葉」的六十九種感受與詮解，亦彷彿賦予了「落葉」新的生命。一題多作的組詩書寫所在多有，但李長青一出手就採多線進行，其中有冷靜凝觀、用語節制的分行詩篇，也有對作家哲人語錄的詩意回應或同音聯想（落葉／落頁／落夜／落靨）。他還嘗試採用各式符號，拼貼鑲嵌出一系列圖象詩，更有多首直接以台語寫就。作為第一本個人詩集，《落葉集》成功展現出李長青的創作特色與所據高度，窮盡各種語言形式、想像力及感受性，就為了替「落葉」這個符徵，尋找流動而不固著的符指，頗有以詩重建符號對應系統的雄心。詩人從不尚振臂吶喊，在躁動喧囂的年代始終維持以冷制熱的姿態。一葉遂不只能知秋，在落葉與鳥翅兩者並列，更連結為叩問人生關卡的象徵物：「我不禁想到，還要多久／才能枯黃……／／鳥兒只顧飛翔／翅膀裡／沒有我的答案／／如何我才算成熟呢？要如何／才能開始練習／第一種姿態／安穩地落下／／像其他翅膀一樣／只願不停飛翔」（〈落葉 8〉）。

李長青（文訊提供）

自一九九九年開始寫台語詩篇，李長青的前兩部詩集《落葉集》與《陪你回高雄》皆收錄了若干台語詩，後來更結集出版《江湖》與《風聲》這兩部台語詩集，他在台語詩創作的數量上明顯傲視同輩。更重要的是，他為昔日以歌謠體或悲情調為主的台語詩書寫，走出一條完全不同的路。李長青更重視語言如何承載知性與思考，反覆琢磨以台語作為書寫工具時，究竟怎樣達到相對理想的溝通及閱讀成效？譬如過往台語詩的習套之一，就是講得太白太露，吾人卻可以在〈我常常想到我的詩〉中讀到這段：「我常常想到／我的詩，是毋是／講了傷過濟」。而這恰是李長青從佛經得到的啟發，所以首段便表示「恰恰無講話／就有一陣風／慢慢仔／行過」，意指語言文字不貴在多，於詩尤其是。對抗直白淺露的方式之一，就是積極替詩尋找隱喻並巧為利用，譬如這首〈電風〉：

日時暗暝
無故鄉的人
未曉看黃昏的光線

轉來旋去
世事已經吹盡

毋是溫馴抑是剛烈的節氣
毋是原汁原味的歌詩

有一寡話
永遠無法度自然
講出喙

台語「電風」是指日常生活會用到的電風扇，但全篇乍看下只有「轉來旋去」跟「吹盡」可以跟電風扇相關，其他部分似乎找不到可連結處。其實在善於妥貼利用台語文的詩人筆下，此篇寫出因為外出打拚，注定成為「失鄉者」的當代人心境。他們困頓於生活及工作，竟忙碌到辨不清日與夜之別。電風扇吹的不是涼風，而是涼薄世事；風扇再如何不停旋轉，仍帶不回這群離鄉外出者到最熟悉的家園，更別提那些可親的節氣與歌詩。「有一寡話／永遠無法度自然／講出喙」，電風扇的旋轉就好像在說話一般，但對外出遠行工作的失鄉者而言，說話是何其困難之事，完全不像令人羨慕的電風扇，只要按個開關那樣簡單。這是最具時代感、生活味的台語詩，李長青卻一反前行代末流的直白控訴，崇隱喻，重寄託，遂能成為跨越期台語詩創作的一大異聲。台語的氣口（khuì-kháu，按：口氣，說話的語氣及措辭）常比被認證為官方唯一的「標準華語」更能見出情感層次，台語詩作者應該要有更強的自信，因為善用隱喻不等於風格隱晦，實有必要尋找「詩歌一體」外的另一條全新道路。

隱喻固然為詩人所長，但他同樣擅以台語作詩批判政治及反省歷史。彰化前輩作家賴和，曾為日本退職官員強占台灣人民農地一事，憤而寫下兩百九十五行的詩作〈流離曲〉，呼籲：「被壓迫的大眾，／被榨取的工農，／趨趨！集集！／聚攏到旗下去，／想活動於理想之鄉。」生於高雄，長於台中的李長青，則以同名作寫二二八事件：「一九四七，是一陣安怎掃過的風颱？／你有寒到無？二三月仔時／是安怎會落大雪？天氣茫渺難測／冷底的身，欲安怎有溫暖的睏眠？」這首〈流離曲〉採設問法貫串全篇，層層暗示殺戮之殘暴：「一九四七，是一組安怎開始流血的數字／你有傷到無？破去的收音機／猶原咧放送一篇一篇咬舌的講話／標準的發音將憨憨製糖的番薯攏消化了了」。即便如此，他的詩仍是以恬靜溫雅而非厲聲控訴為主調，揚棄情緒，重視思考，不時閃現知性的輝光，親像（tshin-tshiūnn，按：好像、好比）台語詩〈江湖〉所示：「親像金刀／埋葬佇荒荒廢廢的／昨暝／／天色暗淡落來／才知影江湖的長草／發佇恬靜的心裡／／才知影／心，是另外一場夢」[52]。

林德俊

跨越期新詩史另一亮點，當屬詩創作所用「媒介」之跨越。新媒介反映了詩人正在創造新的感性，也為讀者帶來新的感受。一部分台灣「新新世代」詩人於此甚有表現，所謂「新新世代」是指「在九〇年代後期或世紀之交崛起，而於世紀初漸放光芒的詩人，他們的世代身分，可從作品發表、得獎的時間點去確認，歸納起來，這批詩人以六年級（民國六十到六十九年出生）為主體，但那些大器晚成的五年級詩人或年少早成的七年級詩人不該被排除在外。世代認定應以出道時間為優先準則，其次才是年齡。」前引這段話出自林德俊（一七〇），事實上他自己就是這群「新新世代」中，極早且敏銳於使用新媒介，來展現新感性及傳播新訊息的詩人。

林德俊著有詩集《成人童詩》（二〇〇四）與《樂善好詩》（二〇〇九），作品一貫是在平易可親的文字裡別有寄託，詩人彷佛立志於翻轉世間既有秩序，從

林德俊（文訊提供）

52　李長青似乎頗好以〈江湖〉為題，除了這首已收入台語詩集《江湖》，至少還有分行詩〈江湖——給史艷文〉收入《人生是電動玩具》，散文詩〈江湖〉收入《給世界的筆記》。

形式到內容都在顛覆當代讀者對新詩的刻板印象。分行詩、分段詩與圖象詩之別，到了林德俊手上似乎愈漸模糊，因為他從根本上便開始拆解其間分野。此一特點在他的詩裡遍處可見，過往充滿聖光的詩語言步下神壇，文學在此卸下常被賦予的崇高位置與道德期待；取而代之的是文本的自由戲耍（textual free-play），以及語言、行動及圖象或符號之間的結合。戲耍的衝動亟需透過書寫作為宣洩，諧擬（parody）手法遂被發揮在改寫或重組過往典故、俗世成規、童話寓言……。跟學院詩人不同的地方是，林德俊罕有取法傳統典籍或借鑒歷史豪傑之刻，他永遠把當代性視為第一優先。所以吾人可以在《成人童詩》裡，讀到諧擬與戲仿《六法全書》之〈六髮全書〉：

旁分太瀟灑
中分太鄉愿
中間偏左間偏右中間……

一覺醒來
又是蔓草叢生的思想
（〈六髮全書〉之一「分頭去找」）

佛髮
茂密成林
（〈六髮全書〉之六「禿」）

兩作各從分邊及禿頂生發聯想，乍看下貌似後現代的無深度、平面化戲筆，卻又可以在其中讀到劍指政治與出家人的反諷意涵。在藉文學說教已被當代讀者束之高閣的年代，這種詩的遊戲化書寫更像在誘引讀者踴躍參與意義的建構過程——雖然其背後很可能非常「淺碟」，根本空無一物，但無礙於讓讀者扮演起蒐證人角色——就算詩人早已提醒，「千萬／別回頭去找／那只會徒然製造／詩的不在場證明」（〈詩家偵探〉）。

第二部詩集《樂善好詩》才算徹底解放了林德俊的遊戲衝動，化圖象為詩，以物品為詩，援行動為詩，讓新詩脫離既有形式桎梏。在新媒介與讀者的碰撞互動中，《樂善好詩》迸發出各種新的「詩體」，乃至改變了詩的傳播方式，不再甘於被動接受閱讀，而是直接向群眾索討主題。詩人發明了「樂善好詩」行動，他訂製一個擬仿隨處可見的發票捐獻箱，上頭的字樣卻寫成：「順手捐張隨身物，救救荒涼詩主題」。詩人本該是主題的發想者，但他欣然讓出這個位置，允許並邀請群眾對捐獻箱投入形式不拘的任何物品。詩的創作者與詩的靈感捐獻者，兩造間遂彷彿有了無形連結與合謀關係。一首詩不再是詩人個人的作品，因為有來自他人的（靈感）饋贈或捐獻，每一首被完成的詩作便至少會有兩個人的共筆[53]。

《樂善好詩》的出現，代表了創作者在解放遊戲衝動與實踐行動詩學，並於媒介相互搭配下誕生不少新鮮詩體，如發票詩、獎券詩、車票詩、電郵詩與象棋詩等。譬如五首〈發票詩〉選用生活中最「實用」、最「不文學」的統一發票，卻要創造出具有文學意味的詩，等於在挑戰讀者對文學與非文學之間的判斷標準。一般發票的頂端都是公司名稱，詩人在此置換為「樂善好詩」，底部的廣告則改易孔子的「逝者如斯」說，成為「逝者如詩誰來兌換」。下欄之商店名稱全數純屬虛構，但其所附之手機號碼跟電郵信箱，林德俊迄今

53　二〇〇九年林德俊替台北詩歌節企劃「樂善好詩：捐一首詩行動」，這是在誠品書店放置透明投稿箱，投稿者可以像捐贈發票一般把詩「捐」出來，意即任何紙片或者物件都可以作為「稿紙」看待。

吾餓圀牛肉大王

中華民國97年到100年
收銀機統一發票
（收 執 聯）

Tel：0937798168
大國民中央廚房股份有限公司
dechun@ms36.hinet.net
Poetry × Politics = No lies

2008-05-20　00：00

六大健設絕不觸礁全席

【食】
高單位魚翅干貝綜合佛跳牆泡麵
每日便利超商憑失業證免費兌換

【衣】
綠帽紅衫藍白拖大和解國民服飾
披星戴月苦勞披羊皮的狼皆適用

【住】
開放三萬六千平方公里胸懷廣場
唯口水噴泉及草木皆兵綠地禁入

【行】
歷史記憶月台南下北上一邊一國
物價漲停列車全線共乘無博愛座

【育】
政商名流豪宅附設流浪詩人之家
免稅獨立書店保育夢想多元入學

【樂】
一鄉鎮一巨蛋森林規格蟲鳥專屬
街巷與老樹建教合作城鄉零差距

合計現金：全民買單

國號不分大号小號
假發票報帳特別吠

自助詩收據

中華民國96年1-12月份
收銀機統一發票
（收 執 聯）

Tel：0937798168
懷詩料理旅行團
dechun@ms36.hinet.net
Poetry × Play = Happiness

2007-06-19　00：00

行程套餐

枕頭排隊到夢境吃草的綿羊秀
句讀老被驚嘆號安打的明星賽
星月到眼睛泡湯的水汪汪SPA
卸下人皮偽裝靈魂比基尼探險
流出交響樂的時間水龍頭瀑布
浴缸大峽谷的冥想激流泛舟樂

交通選單

海：把黑夜載往白天遠洋眠床
陸：攀爬身體山脈奈米小火車
空：記憶自動導航雲朵狀拖鞋

超值住宿

時光機心室景觀套房
附彩虹果醬養生早點

合計現金：　□□□□□

無期限定免睡金
刷爆人生專案

樂善好詩

中華民國95年1-12月份
收銀機統一發票
（收 執 聯）

Tel：0937798168
夢境扶助中心
dechun@ms36.hinet.net
Poetry × Reality = Truth

2006-01-01　00：00

項目	售價（請自填）
喝空氣的杯子	□
自童年越獄的玩具	□
在歲月裡邊走邊掉的足印	□
裝不下靈魂的人皮大衣	□
掛在城市胸頸的捷運項鍊	□
從兒時照片裡釋放的雪橇狗	□
合計：	八分滿
現金：	□□□

逝者如詩
誰來兌換

林德俊，〈發票詩〉（遠景出版／提供）

林德俊，〈發票詩〉（遠景出版／提供）

都還在使用，所以代表讀者完全可以據此打電話或寫信聯繫詩人。〈發票詩〉的作者願意公開這些「真實」個人資訊，搭配上許多「非現實」的詩行，一併呈現在堪稱「最現實」的統一發票上，不禁讓人聯想到比利時畫家馬格利特（R. F. G. Magritte）的作品《這不是一個煙斗》（*This is Not a Pipe*，原題《形象的叛逆》〔*The Treachery of Images*〕）。當發票被取消了實用功能，不再是發票之刻，《樂善好詩》卻又把它製成五款書籤隨書附贈，等同再度替它新增了實用功能。況且，別忘了發票畢竟是消費行為的證明，那麼〈發票詩〉在一向被視為反世俗商品化、拒絕向大眾消費品味臣服的台灣新詩系譜中，又該如何看待與定位？它的出現就像是詩史多了一個淘氣調皮的隱喻，不見晦澀卻令人頭疼。

林德俊還曾把發票詩的理念，移至道路封街後的創意市集，提供了互動式作品「詩歌斑馬線」。他在踏查牯嶺街的人文生態後，完成發票詩〈牯嶺街集郵冊〉，繼而將之放大輸出為「詩歌斑馬線」，覆蓋掉牯嶺街小劇場前面的斑馬線[54]。此舉等於全盤轉換了交通標誌的既有功能，逗引觀眾嘗試跨越／閱這一條詩的斑馬線。在越界與閱詩之間，一併滋生出踏上標誌的犯禁感和參與遊戲的趣味性。

林德俊，《樂善好詩》（遠景出版／提供）

十五、林婉瑜、楊佳嫻與隱匿

林婉瑜

女詩人以詩創作直抒情愛之思，過往常遭男性評論者指責題材狹窄或喻為「文學糖衣」，彷彿此舉是何等不堪之事。台灣新詩史的跨越期正逢性別意識高揚之刻，同志想像或情色書寫早已不成禁忌，尺度大開作品所在多有。唯獨女性作者的書情寫愛仍被貶低為太過尋常，不見技巧，未顯深刻。偏偏此類「中額」（middle-brow）作品本為中產階級讀者之最愛，它們並非純文學的剩餘（rest），只是不特意作純、作奇、作高來「挑選」閱讀者。這樣的詩作尤其容易走入一般人的內心，並與每位讀者的個人經驗產生更多聯繫，乃至創造出難以剝離之深刻記憶。跨越期詩史最能以作品達到這一效果者，非林婉瑜莫屬。她著有詩集《剛剛發生的事》（二〇〇七）、《可能的花蜜》（二〇一一）、《那些閃電指向你》（二〇一四）、《愛的24則運算》（二〇一七）與《模糊式告白》（二〇二〇）。林婉瑜擅長以戲劇手法創造畫面感，語言風格一貫澄明透亮，敘事調性總是柔軟而堅定，遂能於同世代中建立起極高的辨識度。

林婉瑜（文訊提供）

54　這是二〇〇八年於台北市牯嶺街書香創意市集舉辦的「跨領域工作坊」中，林德俊所提出的互動式作品。

除了《剛剛發生的事》整理自詩人一九九九至二〇〇六年間各種題材的詩作，之後的幾部詩集就轉為主題式書寫，頗能顯示出詩人對書寫方向及呈現形式的高度掌握。譬如她以《可能的花蜜》寫台北這座城市的各個角落，有用詩篇為地景風貌留影之企圖。《那些閃電指向你》則是花樣繁多的情詩譜，就算談「愛」談到雷電當前、暴雨多艱，詩人仍痛快道出〈瞬間的愛情感覺〉就「像稍縱即逝的閃電／它並不真的落到地面／只是輕微一閃」，詩末尚不忘勸告：

真正的愛情
應該快樂
如仰躺於四月的草地
不要留戀那個
喜歡看你哭泣的人

益發顯露出黠慧詩心下對愛之體悟與提醒。詩中敘述者或以不容商量之口吻頒布懿旨，霸道地將詩題訂為〈就是那時候〉、〈你就是那件快樂的事〉、〈我決定愛你〉；或者直陳「愛與被愛」間的流轉關係，如「愛的時候／像個無賴／賴著愛／不准走開」（〈無賴〉）、「簡單的道理／天冷時需要穿衣與擁抱／醒時需要愛你」（〈醒時需要愛你〉）、「快要天亮了鶺鴒飛走了他跑去睡覺了／全世界只剩下我／一個多情的好人」（〈一個多情的好人〉）。理直情壯與獨到靈視，構成了林婉瑜情詩世界的最大魅力。在那個世界裡面不見得有溫暖或多甜蜜，至少詩人還放置了諒解與寬慰：「在大浪／把我們分開以前／／也許以後／不會再見面了／相遇的時候／做彼此生命中的好人」（〈相遇的時候〉）。

林婉瑜能夠善用戲劇手法營造驚愕效果，詩中不時附加上趣味性與促狹感，因此拉開了跟坊間眾多「中額」情詩的距離。譬如〈自強號車廂分手短劇〉中，第一人稱敘述者作為一個逃票的騙子，竟呼籲「你」快來「找到我／打我手心吧！／把我推落平交道／說我不配／沒有／愛的資格」，這是對「我」這一個愛的騙子之矛盾處罰——打手心彷若遊戲，推下車卻可致命。所以該說這裡所謂的「分手」，到底是愛抑或不愛了呢？藉由詩的戲劇化場景，愈發能夠拷問出愛情的多種面向。

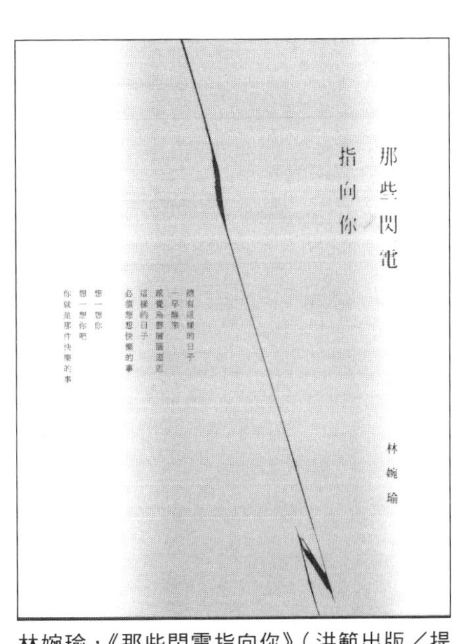

林婉瑜，《那些閃電指向你》（洪範出版／提供）

在愛情之外，詩人對亡母之愛與親子之愛的書寫也很動人。但愛情無疑占了最大宗，且在形式上屢屢推陳出新，創意不絕。譬如〈愛的24則運算〉由二十四則小詩所組成，每則都用到一個數理概念，如絕對值、無限循環小數等等。可以參看第十五則：

並不十分愛我
卻把我當作
你的女人
所謂概數
就是四捨五入

放棄了追究細節的權利

「概數」就是大概的數，為了計算和溝通的方便，在不要求精確數值的情況下，便常以概數來表示。詩人連結了概數可以有少量差異之特質，與「放棄了追究細節的權利」一語，再加上一開始就表明「並不十分愛我」，顯然一切都在變動中而不能（還是不敢？）要求精確，似乎也只能這樣容忍下去了。

另一能夠拉開林婉瑜跟坊間大多數「中額」情詩距離的原因，是她努力求新求變，並意識到必須跨越出自己創造的情詩舒適圈。她顯然不滿足於題材或風格之日趨固定，故在《愛的24則運算》與《模糊式告白》中大幅增加了圖象詩、遊戲詩與各式實驗性質濃厚的詩作，譬如〈雨不停〉、〈手指跳房子〉、〈迷些路〉、〈心理測驗〉、〈期末試題〉、〈某詩人的英翻中試卷〉、〈連連看2〉等。在這些作品裡，林婉瑜藉由當代人再熟悉不過的物件形式（如跳房子、測驗卷、連連看），重塑了其間規範與秩序，以詩創造出讀者對舊物件的新回憶[55]。

楊佳嫻

與跨越期的中額作品或後現代遊戲傾向形成最鮮明對比者，允為楊佳嫻及其詩。她跟鯨向海一樣，作品最早皆發表於BBS詩版與之後的個人新聞台，也都是崛起於網際網路的代表性詩人。但兩者在詩創造的本質認知上各有所好，楊佳嫻長於融會古典菁華，叩問文化傳統，詠嘆咄嗟間在在可見化煉功夫之深。明明深諳時下流行與社群媒體，她在詩中卻從不對當代隨意應聲應景，寧更用心於堅持文字品味與美感錘鍊。楊佳嫻著有詩集《屏息的文明》（二〇〇三）、《你的聲音充滿時間》（二〇〇六）、《少女維特》（二〇一〇）與《金烏》（二〇一三）。其中《金烏》是以首部詩集《屏息的文明》為底本，刪去十首舊作後，新增十七首新作為一冊，可見態度謹慎且不隨便出手。

後現代氛圍與速食文化影響下，寫詩一度變得更為輕易；楊佳嫻的書寫彷彿在暗示：就是在這樣的年代裡，對詩才應該更為慎重。她以詩藝與詩意的反覆打磨，文白相濟與句法結構的精進鍛鍊，反抗當代詩之日趨平淺庸俗，堅持守護住創作的價值與美學防線：「我們高傲的美學／只剩帶血的犄角，浮出冰河」（〈在詩淪亡的前夕〉）、「洋溢著美學與直覺的口水我們相濡／以詩」（〈沉默但仍然充滿聲響〉）。中文博士背景與長期學院生活，並未讓她在題材上受到限制，反而是在廣博的閱讀中冒現閃耀的靈思與瀲灩的意象。對前賢書寫題材的重鑄，隱喻象徵的翻新，乃至暗自向鍾愛作家致意，皆使她的詩作充盈著互文與對比。如〈海德堡晴中讀陳映真〉，詩人寫在遙遠的海德堡那「沒有鈴璫花與騎樓的小城」，閱讀老左派作家陳映真這「一名疲倦與鬍子等長的思想犯／鞋緣微裂，積存著多日的砂泥／忽然就打斷孩童們的旅程」。孩童普遍被視為「理想」的化身，但在現實承平和樂之際，哪怕只需要一時半刻，都不會有多少人願意聽一名理想主義者、老左派作家大談「理想」吧？陳映真曾寫《鈴璫花》，在小說裡利用角色自己的回憶，讓現在與過去彼此交錯，呈現台灣白色恐怖時期受害者們的深層創傷。詩人把小島昔日白恐往事與小城今朝歡樂生活，透過閱讀行為作出連結。兩相對比下，宛如信徒般懷抱理想的陳

楊佳嫻（文訊提供）

55　林婉瑜還是新詩史跨越期中，除了專業作詞人夏宇外，極少數與流行音樂界合作的詩人兼歌詞創作者。

映真，注定只能收到滿滿的落寞與憂愁：「日光完全佔據街道了／長排車頂上，有雲沿途駐足，與自己對望／野玫瑰們帶刺，像滿懷嫉恨的女人／暗示一種鮮豔，但並不倉皇的死……／全然不同於書中那人／憂愁，星殞般的眼睛」。她頗擅長在這種拉近時空、比對今昔的技法下，植入自己的體驗感懷；卻不像他人庸俗之作，僅求以詩交代關於是非對錯之判斷。

楊佳嫻又能自他人作品借取靈光，再憑己力增生繁衍，如讀策蘭〈你的手充滿時間〉而作〈你的聲音充滿時間〉，閱北原政吉〈淡水河〉詩句有感而另成〈淡水二〉等，是類作品數量頗眾。不過這些互文、對比和延伸並非都如此明白可辨，詩人更多的是僅借其意或取其神，需要讀者細心意會，才能窺得其中高妙與用心。詩之於她，終究是一小眾人間相傳的秘密知識，宛如秘教般的一種孤獨存在。跟詩同等重量的是愛，而愛情始終是一再纏繞楊佳嫻的最龐大主題：「在焚詩自保的民主年代裡／固執地犯法／／書寫，遊行，穿越荊棘林／去拜訪消逝的太陽／詩裡的天空暗得特別快／久違的愛人啊，你可還記得／返回戰地與床褥的路徑？」（〈蜜比血甜〉）「我們儼然是大戰後僅存的／兩名垂老的祭司／遵循著同一個神祇的法律／冬天的時候被風雪書寫／夏天來了，就躲到彼此的腦子裡／臨摹幻想中的極地／企鵝咳嗽著，一萬隻海獅用長牙寫信／／卻沒有人能翻譯我們神秘的言語」（〈記載〉）。有愛的甜美，就有愛的苦痛：

我想我是碰見了
最強的靈感
在詩裡，你是全部街燈
雨季，消逝的金烏
小晴朗夜的月暈——你是

這首〈鍛鍊〉的開頭暗示了愛是詩一切的源起，「最強的靈感」與詩裡意象「它們的父親」則說明這些都是愛所帶來的動力。但與最末節一對比，卻更顯出愛的危險，而敘述者寧可冒險也要奮力一愛：「我是復活過了／頭髮裡留存著煤屑／肩胛處仍有棘刺／我是什麼都不怕的（是嗎）／即使你像一把利刃／投入我懷抱」。對於愛，無望的守候最是傷人。〈填海〉中寫道：「你已習慣在我湧向你的時候／舀一瓢沙給我。／這刺痛並非毫無回報／許多年後，我的海中也有／你填造的一塊地，足夠建造／夢中重會的天星碼頭」，料想此作當為詩人思及精衛填海典故與港澳填海造陸，乃引援兩者來暗示意志之堅，更傾吐枯候之苦。楊佳嫻曾說「愛與哀愁同等獨裁」（〈悲傷〉），她寫下愛的決絕，愛的甘苦，還有愛的守候，原來詩人早已領悟：「愛以美的姿態降臨／我們發楞，震懾，忘記馳騁的本能／讓厚厚的詩稿散落／旋即被嚴冬暴雪掩蓋了」（〈當我們艱難地穿越冬季〉）。愛就是引領詩人穿越一切的嚮導。

隱匿

流暢的口語化與明朗的詩風格，曾一度是台灣新詩史各種典律的棄嬰。詩句繁複卻詩意稀薄之作，詩史上所在多有；不避散文化及善用白描手法，則常被貶為不夠「詩」，彷彿成了新詩國度的偷渡客。跨越期新詩史愈發展到後來，愈能破解上述迷障，尤其以二〇〇八年十月創刊的《衛生紙詩刊＋》存在的八年間，以選刊詩作結果明示，詩應該要保衛生存、對抗現實，不拒大眾化及白話寫詩，著力翻轉過往新詩以晦澀與菁英是尚的弊病。主編鴻鴻提倡詩就像衛生紙——用過即可丟棄，吸引了許多認同者勤於投稿發表。他們從未成立什麼詩社或自稱哪種詩派，或可暫名為「衛生紙詩人」，在二十一世紀的第二個十年間，對更年輕的新詩創作者與讀者都造成了深遠影響。這群詩人中最拔尖的一位，是自二十世紀初便開始發表創作的隱匿。她著有詩集：《自由肉體》（二〇〇八）、《怎麼可能》（二〇一一）、《冤獄》（二〇一二）、《足夠的理由》（二〇一五）、《永無止境的現在》（二〇一八）與《0．018秒》（二〇二一）。

前說隱匿是最拔尖的詩人，但或許因為曾困頓於生活，她在詩中總是以最低下的角度觀察世情，直透本質。〈詩與括約肌〉就寫起排泄的日常，逕將創作跟大便連結於一。道在屎尿，寫詩亦同，但要到篇末方知，路邊野貓才真正睥睨著世界：「不用力是不行的／太用力是不行的／／沒天分是不行的／只有天分／也不行／／心存僥倖是不行的／全心全意／也不行／／如何能控制它？／如何能夠解放自己？／／在那小小的／方寸之間／／在那鋪滿了落葉的／小巷子裡／／一隻野貓／輕輕鬆鬆／／為這個乏味的世界／留下了一首詩」。

詩的流派、主義、師承、標準，她恐怕不太有

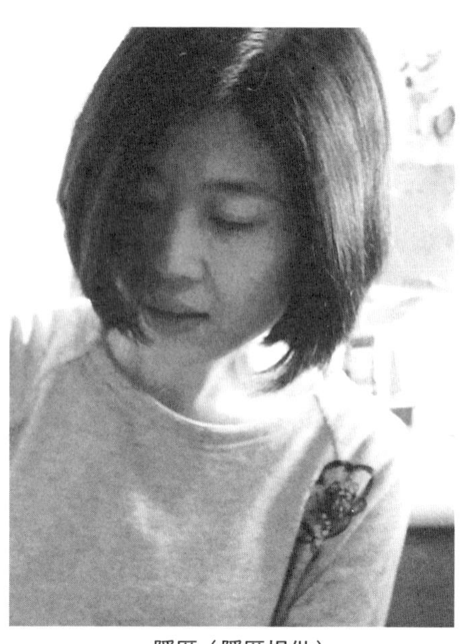
隱匿（隱匿提供）

隱匿，《永無止境的現在》（黑眼睛文化出版／提供）

興趣或機會去關心，卻也讓她完全沒有包袱，可以直接躍過台灣新詩過往的腐舊框架。例如詩人不想受詞藻優美或言必儒雅所拘，〈南無撿破爛菩薩〉就乾脆故作驚人語，並自加附註「請用台語大聲唸出，免驚拍雪」：

「壞銅、壞鐵拿來賣……」
「破胎、破輪、壞摩托車……拿來賣……」
「壞尪、壞某……拿來賣……」
「壞肚子、難睡、爛青春痘、臭腳丫、胯下癢……拿來賣……」
「面色青筍筍、全身軀虛累累、仙道道冷告告、整組壞了了……拿來賣……」

台語「免驚拍雪」意指不要不好意思，此詩確實在用字選辭上堪稱生猛，用台語朗讀以下幾句時最為明顯：「愛哭擱愛跟路、不識字兼沒衛生、不會生牽托厝頭邊、不會泅嫌懶葩太大球……拿來賣……」、「被您北您母您老師您頭家電到金拭拭的壞頭殼……拿來賣……」或許可能被質疑：「這也是詩？」其實以台語大聲念出便可發現詩意流貫全篇。從過往常見之撿破爛車及一路廣播的「ＸＸ拿來賣」，本來就在接受世人的殘缺物或所謂「垃圾」。後者終將被回收處理與再利用，所謂的撿破爛者不就正是物件之菩薩，提供其轉世契機？遇物如此，逢人更是，所以全詩最後寫道：「奧客、奧少年、不見笑、廢人、廢物、無路用的咖肖、詛咒給別人死、死死滅了米……反正不管是瞎咪死人骨頭，攏總拿來賣啦……」，這些都是為世所棄之人，「通通拿來賣」意喻這位撿破爛者沒有分別心，對誰都願意伸出雙手接納與救濟，宛如菩薩之化身。隱匿能夠輕易突破詩的框架與標準——其實新詩最不該有「標準」，可惜日久漸成方便操作之習套——乃緣自於她對平凡事物總能投以新鮮眼光，對日常細節總有與眾不同看法。就像〈距離真的很重要〉所言：「如果學會和人保持距離／我們就能好好做人了／／如果學會和文字保持距離／我們就能好好寫詩了／／如果學會和鏡子、相機、電視機／美術館、百貨公司保持距離／我們就能變美了」。

隱匿詩作為讀者開啟了對世界的嶄新認識，畢竟生活太苦，生命太澀，生而為人又有太多無奈必須承受。雖然《冤獄》述及「儘管戴著手銬與腳鐐／詩是我找到的唯一一扇／通往自由的門」（〈我的詩〉）——可見唯有詩能領她「逃獄」，通往自由。但寫作是要付出代價的，同樣收入《冤獄》中的〈隻眼〉便說：「尤其是那個叫做隱匿的厲鬼／長期攀附在我的肩膀上／始終用她的長髮／遮住我的一隻眼／／因此我從未見過／世界的另一邊」，詩人悟及自己的可能與局限，洞見與不見，並且仍在棄業避世與眷戀人間的矛盾裡苟活求存。原來隱匿曾是本世紀於淡水河邊開業、和一百多隻貓咪相伴共生的有河ＢＯＯＫ「書店臭臉老闆娘」。這間書店，最終因為女主人需要養病，在創設十一載後的二〇一七年宣告歇業。隱匿曾替即將開幕的書店寫下：「我想我會甘心過這樣的日子／有一間書店，緊臨著河岸邊／我為祂，守候著時間／守候每個季節的水鳥／守候泥穴裡沉睡的蟹／我時時勤拂拭，偶爾也縱容／比如說，一隻牆腳上睏著的蜘蛛／一片遭晚霞燒紅的落葉」（〈甘心過這樣的日子〉）。豈料日常經營的反覆磨耗，終讓理想書店成為監牢般的存在：「我花了十一年的時間／終於將它打造成／一座監牢／／現在我醒了／從那個藍色的夢中／帶回七彩的寶石／好用來裝飾我的／下一個監牢」（〈藍色的夢〉）。之後的書店歇業、貓群離散和手術治療，讓詩人好似在進行「艱難又漫長的告別」（〈回診〉）。淡水河邊一度「有河」，那是理想之地，亦是傷懷之所，於今隱匿決意以詩宣告〈離開河〉：

我在淡水河邊生活

已有十幾年的時間
我走過的每一段河岸
每一次輝煌的晚霞
都以詩的方式
改變了河的樣貌

朝前望去
前方已經沒有
看不見的風景

朝後望去
那些陳腐的詩句
有如淤泥
阻礙了河的前進

於是
我將離開
讓未知的一切

重新將我洗滌

我將哭泣
像個不願出生的嬰孩
我將歡笑
彷彿曾經快樂

我將死去
彷彿曾經活過
且完成了一道曲折
蜿蜒的河

已然寂滅的星光
仍在孕育著生命
我的河
儘管是你如此地
波光閃耀
我將離開

十六、洛夫（四）

文學史書寫不該畏懼評價，不（敢）分高下通常只是無能史家的逃遁之詞。若欲列出台灣新詩史發展迄今的三大家，以成就之大、歷時之久、影響之深來整體鑑識與綜合評斷，依齒序當為洛夫、余光中與楊牧。新詩史上的三位大詩人（master poet）裡，洛夫不像余光中手握「璀璨的五采筆」，也非如同楊牧可「一人即成學」[56]；但若僅就詩創作而論，能夠真正雄踞《台灣新詩史》四個時期者，唯有洛夫。他在展開期、回歸期、開拓期、跨越期都交出了傲人的成績，彷彿從未有筆力衰竭之刻。值得一提的是，從一九七七年起台灣文學界曾有三次「十大詩人」選拔。最後一次是二〇〇五年，由台北教育大學與學術期刊《當代詩學》合辦之「台灣當代十大詩人」記名票選，洛夫在老將與新秀同場競逐中得到最高票，名列台灣當代十大詩人之首[57]。可惜余光中、洛夫、楊牧三位大詩人分別於二〇一七、二〇一八與二〇二〇年仙逝，彷彿象徵著一個時代迅速翻頁。時間從不會為誰停駐，惟賴文學史留存值得記取的創作履痕。

洛夫在一九九六年四月移民加拿大，定居溫哥華。自謂為「二度流放」，步入人生「晚境」的他，在詩史跨越期維持著強大的創造力，直至病故。此階段洛夫出版了詩集《雪落無聲》（一九九九）、《漂木》（二

56 黃維樑指出，余光中所握是五色之筆，用來寫詩、寫散文、寫評論、編輯與翻譯（一九九四）。楊宗翰論及：「楊牧在各類文體創作、評論與翻譯上的成績，絕對足以稱為『一人即成學』。」（二〇二〇）

57 「十大詩人」之名首見於一九七七年源成版《中國當代十大詩人選集》一書。該書由張默、張漢良、辛鬱、菩提、管管共同編選，因五人皆為《創世紀》詩社同仁，主動出擊加上舉賢不避親的結果，面世後自然備受爭議。這種爭議催生了《陽光小集》於一九八二年辦理「青年詩人心目中的十大詩人」票選，並於雜誌上公布最終名單。二〇〇五年，孟樊與楊宗翰策劃「台灣當代十大詩人」票選與舉行同名學術研討會，由台北教育大學與《當代詩學》合辦，有資格參與票選者必須是出版過個人詩集的台灣詩人，不分流派、詩社、屬性與認同（楊宗翰，二〇一七b：一三〇—一四三）。

洛夫（二〇一〇年之後，文訊提供）

洛夫，《唐詩解構》（遠景出版／提供）

洛夫，《漂木》（聯合文學出版）

○○一）、《背向大海》（二○○七）、《唐詩解構》（二○一四）、《昨日之蛇》（二○一八），另有在台印行之眾多詩選如《洛夫小詩選》（一九九八）、《洛夫詩歌全集》（一套四冊，二○○九）、《禪魔共舞：洛夫禪詩．超現實詩精品選》（二○一一）、《如此歲月：洛夫詩選（一九八八—二○一二）》（二○一三）等，與以《洛夫精品》（一九九九）為首之多部簡體版詩選集。

在溫哥華的「雪樓」歲月，是詩人身體上離中國與台灣最遙遠，心靈上卻跟中華文化傳統最接近的時刻。對於像洛夫這種年少因國共內戰奔逃來台，一九五○、六○年代崛起文壇的外省籍作家來說，最精彩的創作歲月與成果都在「自由中國」台灣。晚年決定離台，移居充滿外語異音的陌生國度，對一位中文寫作者來說無疑是莫大的挑戰。所以他們會比任何人都亟欲以創作實踐來確認文化身分，進一步召喚古典風華與擺脫認同危機。他們面對的是雙重的斷裂：初到台灣時跟日據時期的台灣文學傳統斷裂，移居異國後跟該處本土文學傳統斷裂。海峽兩岸的特殊關係、分隔事實與對抗態勢，讓不在中國、亦不在台灣的他們只能／只願以文學創作的方式「在場」，而取資古典、鎔鑄傳統便成為最理想的路徑。洛夫正是其中最重要、也是最成功的詩人代表，詠史懷古、古詩新鑄或嘗試結合詩書畫三藝，無疑都有在異鄉生活裡召喚中華文化的成分。但洛夫從不曾被口號或認同給輕易綁架，標籤化的國族論述又豈能抓得住他？正如其詩所宣告：「你們習慣用千百種方式塑造我／鋸我成塊狀／釘我成方形／／虛室生白／真實的我／隱匿在飛揚的木屑中」（《漂木》第四章〈向廢墟致敬〉第二十九節）。

加拿大的雪國生活益發讓他深掘從大陸到台灣、再離台赴加的個人漂泊宿命，如何扣連上中華民族的集體歷史困境，讓倍感孤寂的心靈流浪，能夠在詩裡沉澱為具有「悲劇意識」和「宇宙境界」的「天涯美學」[58]，所以詩人洛夫的「晚境」，除了繼續創造現代禪詩如長逾百行的〈背向大海〉：

我之不存在
正因為我已存在過了
我單調得如一滴水
卻又深知體內某處藏有一個海
而當我別過臉去
背向大海
這才發現全身濕透的我
正從芒刺般的鐘聲中走出
一個碩大的身影
倉皇上了岸
身後傳來千百隻海龜爬行的沙沙聲

最大成就乃是繳出淋漓展現天涯美學的三千行長詩《漂木》。

二〇〇〇年元月起醞釀、一年後全篇發表的《漂木》分作四章，分別為：〈漂木〉、〈鮭，垂死的逼視〉、〈浮瓶中的書札〉（該章又分作「致母親」、「致詩人」、「致時間」、「致諸神」四節）、〈向廢墟致敬〉四章。每章前面都附了一段前言或引詩、引文，第三章則在是四節之前各附上一段。同樣是洛夫最具代表性的長詩，就規模而論，《漂木》比一九五九年動筆、一九六五年出版的《石室之死亡》多了四倍有餘。《漂木》

在形式上的變化也比《石室之死亡》靈活多樣，後者是整齊的六十四首，每首兩段，每段五行，共六百四十行。在命名與訂題方面，《漂木》每章皆另行取名，卻皆能緊扣離鄉背井流浪天涯的「漂木」題旨，既見作者本人「二度流放」的無奈身世，亦有詩中所云木頭「一種／形而上的漂泊」。自我放逐的孤絕感受，始終貫穿《漂木》全書各處。寫於金廈砲戰下的《石室之死亡》，組成的每一首詩則都以標號為序，從一直至六十四，不另取詩題。而且《石室之死亡》一部分實由已發表之詩作組合而得，如第十六至十八為寫給詩人楊喚的〈早春〉、第五十四至五十六原是寫給病中覃子豪的〈火曜日之歌〉（詳見第五章）。另一更重要的區別，當在詩的語言風格：從《石室之死亡》的晦澀奇詭，到《漂木》的張弛自如，彼時被目為台灣超現實主義大宗師的洛夫，在北美雪樓繳出了一部更為洗鍊深沉，更見意象展演、詩意連貫與現實批判的作品。

始於「沒有任何時刻比現在更為嚴肅」一句的《漂木》，絕非《石室之死亡》老調新彈。譬如句法結構上，就將一行詩用句號「。」區隔出上與下，通常上為名詞或客觀意象，下則為完整語句，兩者間有著似鬆實緊的連結，提供讀者自由聯想之空間。第一章裡便有許多這類並置羅列的創新手法，譬如對台灣社會實況之諷刺：

西瓜。青臉的孕婦
鳳梨。帶刺的亞熱帶風情
甘蔗。恆春的月琴

58 洛夫曾在接受蔡素芬採訪時表示，他所謂「天涯美學」主要內容有二：「一，悲劇意識，乃個人悲劇意識與民族悲劇經驗的融合；二，宇宙境界，詩人應具有超越時空的本能，方可成為一個宇宙的遊客。」（蔡素芬，二八四）

香蕉。一簍子的委屈
地瓜。靜寂中成熟的深層結構
時間。全城的鐘聲日漸老去
颱風。頑固的癬瘡
選舉。牆上沾滿帶菌的口水
國會的拳頭。烏鴉從瞌睡中驚醒
兩國論。淡水的落日
股票。驚斷一褲子的褲帶
蘭陽平原的風。歷史的面貌愈形曖昧

既有對紛擾現實的不滿與批判，同樣手法亦用在呈現對死生之事的沉思：

插入生命，插入神經與夢。信用卡，電話卡，健保卡
醫院最近。教堂最遠
殯儀館最近。上帝最遠
歷史博物館。老祖宗被一篇新的就職演說驚醒

近與遠的距離之別指向（實際或心靈）空間，而與之相繫者，為引詩末行（指向永恆或關涉死生的）時間。整部《漂木》中在在可見對永恆或死生的叩問反省，而這一切或許都來自步入「晚境」的詩人，真切感受到

時間的威力：「蟑螂／億萬年前就已找到了永恆」、「我們從不追問／裝在骨灰甕裡粉狀的東西／是變質的碳水化合物／或是涅槃」。以一首四章中還含有四節的三千行長詩來說，《漂木》最成功的部分也在第三章裡的〈致時間〉。此節共有五十二小節，每小節五行，每一節並非全不相涉，亦非一以貫之，錯落中自有詩意的連貫與流動。最末兩節尤可見時間對敘述者鍥而不捨的追捕，直探皮下，躲入骨內：「我一氣之下把時鐘拆成一堆零件／血肉模糊，一股時間的腥味／噓！你可曾聽到／皮膚底下仍響著／零星的滴答」（五十一節）、「於是我再狠狠踩上幾腳／不動了，好像真的是死了／一隻蒼鷹在上空盤旋／而時間俯身向我／且躲進我的骨頭裡繼續滴答，滴答……」（五十二節）。全詩最後結束在第四章〈向廢墟致敬〉，第七十節、也是最後一節仍是回到「時間」：「我來／主要是向時間致敬／它使我自覺地存在自覺地消亡／我很滿意我井裡滴水不剩的現狀／即使淪為廢墟／也不會顛覆我那溫馴的夢」，在無與有、空與實之辯證間，詩人既展現了對無情時間的敬畏，也以書寫留下了自我存在的證明。

洛夫晚年還為自己新闢了一條創作路徑：亟欲喚醒傳統文化積累的古詩新鑄。他以二十五位唐代詩人的五十首作品為對象（幾乎都出自《唐詩三百首》，且選錄二首以上者達十一位），在保留原作意境前提下，拆散既有格律及形式，重新賦予現代的詩語言，並據此完成一部新作《唐詩解構》。這部詩集裡可以看到不少洛夫獨到的創意，譬如轉換唐詩名篇的新詩改寫：「你問我從哪裡來／風裡雨裡／茅店雞鳴裡，寒窗下的燈火裡／從丟了魂的天涯／從比我還老的歲月裡／有時也從淺淺的杯盞裡／／孩子，別說不認識我／這鄉音／就是我守護了一輩子的胎記」（〈回鄉偶書〉），原作為賀知章〈回鄉偶書〉：「少小離家老大回，／鄉音無改鬢毛摧。／兒童相見不相識，／笑問客從何處來。」[59] 洛夫的改作將原作最末「笑問客從何處來」易至

59　昔有「鬢毛摧」、「鬢毛衰」與「鬢毛催」不同版本，洛夫在《唐詩解構》中的唐詩及書法都採用「摧」。

篇首，三個「從」字所帶出的皆非原詩內文所有，而是現代詩人一己之感慨（丟了魂的天涯、比我還老的歲月裡、淺淺的的杯盞）。天涯、歲月與作為酒之代稱的杯盞，都是到了中壯年甚至老年才能深切體會，洛夫確實也藉之更加深掘出賀知章原作所闕。最精彩的改寫，應是把原作的「鄉音」以隱喻連結至敘述者「我守護了一輩子的胎記」，因為「胎記」乃先天，「守護了一輩子」的「鄉音」雖是後天，惟兩者同樣屬於既長且久，一世相隨。無論再怎麼流浪、得離鄉多遠，它們都是敘述者捨命也得捍衛的根源，不容商量。

完成於二〇一四年《唐詩解構》，以唐人原作、洛夫新作與書法並列呈現，再加上書中八幅「詩意水墨畫」，可謂是跨越期台灣新詩史上，能夠成功跨越不同藝術形式藩籬的具體例證——而且這些竟出自一位八十六歲的詩人之手，本身已是一則足以傲視群倫的傳奇。但也必須指出，其實《唐詩解構》這類創作古已有之，洛夫此舉不啻為詩史「擬古」傳統的當代再現。陸機、陶潛、鮑照、江淹等人都有擬古詩作，亦皆不甘止步於模仿或擬代，而是在模擬中嘗試更多深化及開拓的可能。《唐詩解構》雖套用了時髦的現代詞語「解構」，實仍為過往悠久傳統範疇下的一種「擬唐詩」，比較接近是現代詩人洛夫向心儀唐詩作者們的致敬。

餘論

未盡的詩史與未來的詩

楊宗翰

這部《台灣新詩史》以前後八章共九十二節，探討了一百零五位詩人的創作及其定位。其中所錄，從詩史萌芽期開篇的追風、施文杞、張我軍，到跨越期最末一位的洛夫，他們或各具慣用創作語言及影響來源，或懷抱迥異之國族認同和階級身分，最終都是《台灣新詩史》必須討論的對象。而且這部詩史的兩位執筆者，選擇直接面對由詩作及詩集所呈現的新詩文本，而非由詩社與詩刊所建構的詩人秩序。因為執筆者認為：由作者創造、經發表出版、供讀者閱覽的新詩文本，理應是一部新詩史最重要的關注目標。而新詩文本在詩史書寫中，既應被視為一種審美構造，亦該被當作一種歷史產物。《台灣新詩史》主張由新詩文本出發，對詩人的創作成就及所居地位，必須做出判斷與妥善呈現。至於詩人的輩分、獎項、事功、組織、友朋……這些環繞文本外緣的因素，不該是這部「新詩史」的討論焦點。

那「台灣」呢？這部詩史的執筆者認為，「台灣」不應被反帝—反封建或殖民—後殖民等類似史觀所拘限，如此只會使文學創造淪為政治解釋與權力遞嬗的附屬品，在概念先行下往往犧牲了文學的自主性（autonomy）。與其空泛標舉「以台灣為主體」的史觀，不如將「台灣」定位為一塊提供新詩展演的舞台，無論詩人生於何地，寫於何處，認同何方，其文學成就都既可以、也應被《台灣新詩史》納入與評價。「台灣」在這部詩史中就是文學場域，不是地理位置，亦非國族標籤。

望之儼然、積久成習的整體觀或源流說，終究掩蓋不了當代文學史畢竟是由無數的偶然（contingency）

及碎片（fragment）所構成。《台灣新詩史》因此揚棄了連貫性的大歷史寫法，從框定編寫體例開始，便不求連貫、不避片段、不畏重疊，亦毫不掩飾對探尋歷史縫隙及發揚幽微秘境之興趣。作為這部詩史的書寫者，我們樂於邀請所有讀者，一同參與「詩」與「史」的碰撞對話，嘗試重建「新」或「現代」的辯證認知。書寫者希望能讓讀者真切體會到：詩史敘述的流暢可讀，析論文本的有效解釋，知識生產的魅力誘惑。況且時至今日，中文出版品裡早已不缺詩史著作，而是差在還少一部好看的詩史。一部好看的詩史應該在形式上不全盤走生硬和學術型研究的路線，態度上不採取溫良恭儉讓，寫作時不要求面面俱到。其存在並非為了提供標準解答，反倒希望能夠引發討論，激盪思考——此指讀者既可對新詩思考，也可對新詩史思考。因為這部詩史的研究對象是文本，而詩史寫就後的成品自身也是文本，同樣需要解讀與等待評判。新詩史書寫的過程固然在追求意義，新詩史書寫的成品更應該歡迎異議。

坊間各家當代文學史著作，率皆好於全書結束處，留下一個光明的尾巴跟希望的未來。敘述策略上習慣「按資排輩」的新詩史著作，尤其是如此。說到底，恐怕都是中了文學史進化論思維的遺毒。試問哪一位文學史家可以保證，當下可見的最新世代詩人，假以時日將卓然成家？還看不到的未來，必定繽紛多元？這類文學史書寫是虛妄跟偽善下的產物，並有策略性討好最新世代作者及讀者之嫌。文學史的結尾也不該肆意羅列希望名單，把尚不足以成家的詩人聚在一起、提個姓名，並不會讓他們真正「進入文學史」。與之相反者，則是對年輕世代詩人徹底

一九七二年印行的《中國現代文學大系》詩卷（巨人出版）

的蔑視，一九七二年台北印行的巨人版《中國現代文學大系》詩卷序文可為代表：「領中國未來詩壇『風騷』的自然有待另一批新的詩人，他們將以全新的美學觀點和形式來取代我們今天流行的詩。他們是誰？我們不得而知，他們決不是今天詩壇上年輕的一代。」「除非社會性質與型態起了遽變（譬如由今天的半農業社會進入全面的工業社會），我想即使再過二、三十年，我們詩壇恐怕仍難有『新的一代』出現。」（二三―二四）儘管如此，這種對年輕一代詩人的全盤否定，最終也未能壓制「新的一代」在台灣出現，續領風騷。要知道文學史家畢竟不是占卜師或預言者，自該跟研究對象拉出相當距離並做出有根據的評判。這部《台灣新詩史》不願重蹈前行者之覆轍，故所收錄之「新的一代」設定為台灣六年級詩人。「六年級」乃民國紀年下的年齡界定（恰好民國紀年至今也成為台灣獨有），意指民國六十到六十九年間出生者[1]。這部詩史討論到的每一位六年級詩人，論著作多不僅一冊，論個人已詩藝有成，論世代早形成隊伍。他們絕非只停留在光芒乍現或值得期待之階段，自然也不需刻意拿「年輕」作為解釋或藉口。至於更晚一代的七年級詩人，執筆者願把他們留給下一部台灣新詩史去詳加定位，而非如點名簿般空留一堆姓名[2]。

文學史寫作，究竟該如何收尾？晚近由王德威主編之《哈佛新編中國現代文學史》以「科幻中國」此篇當作結尾，並以韓松科幻小說《火星照耀美國》虛構場景裡的年分二〇六六年，定為整部文學史的歷史

1　「年級」論在台灣廣為流傳，始於果子離等所著的《五年級同學會》。此書二〇〇一年問世後大受歡迎，書中把民國五十年到五十九年出生的「後青春期族群」稱為五年級同學。

2　六年級世代出天下時尚有呼朋引伴或搭肩壯膽之趨勢，所以才有二〇〇一年在「明日報個人新聞台」內的三十三個台長（以鯨向海、楊佳嫻等六年級新銳詩人為代表），以「我們這群詩妖」之名集結，成為彼時最具代表性的網路詩社群。七年級世代則以Facebook、Instagram等為主要發表媒介，對六年級過往利用的BBS、個人新聞台皆興趣缺缺，也習慣了無論張貼、按讚、分享、回應、直播，皆不需透過「守門人」的自媒體運作機制。

下限[3]。如此設計，確為創舉，當對文學史的書寫與閱讀深具啟發。《台灣新詩史》中雖然也論及科幻詩，但一來所涉篇幅有限，二來台灣科幻詩創作後繼乏人，三來全書並非採用主題式寫法，故於歷史下限的設定上，不擬參照辦理。這部詩史選擇結束於洛夫與其嘗試古詩新鑄的《唐詩解構》（後者乃一部以現代語言表達，喚醒傳統文化積累的新詩集），並非偶然或無因。第一，洛夫是整部《台灣新詩史》裡，唯一一位在四個不同階段皆設專節討論的詩人，重要性不難想見。第二，拳怕少壯，詩未必然，詩史書寫者斷無理由一定得以少為尊。這部詩史既在敘述策略上拒絕「按資排輩」或「依序列隊」，那收束於已高齡仙逝的重要詩人，有何不可？第三，最末章名為「跨越期」台灣新詩史，而洛夫跟《唐詩解構》的存在，本身便是極佳的「跨越」代表。洛夫從湖南老家隨軍隊遷移至台灣，一九九六年「二度流放」移居加拿大後，終又返台，直至病逝。詩人肉體上的移動，連繫著創作的跨越，其中影響遍及風格、主題、詩思、境界。而《唐詩解構》採古詩與今詮、書法和印刷並列呈現，也讓它成為不同藝術形式間，跨越彼此藩籬的重要紀錄。

王德威主編，《哈佛新編中國現代文學史》（兩冊一套，麥田出版／提供，書封設計：莊謹銘）

其實將最後一章稱為「跨越期」台灣新詩史，本來就不僅指涉「跨越了世紀」（從二十世紀跨入二十一世紀），還有經常被遺忘、卻可能更重要的「跨越了形式」。當新詩不再非得以平面印刷形式呈現，詩人便可選擇要將文字作數位化發布（如張貼於網站或自媒體），抑或處理為超文本（如加入影音、互動、超連結等設計）。若加上可回溯到一九七〇、八〇年代起，新詩向其他藝術類型的跨越（如視覺詩、物件詩、裝置詩、行動詩、詩劇場和詩的聲光），當可發現《台灣新詩史》雖然即將終卷，它仍是一部未盡的詩史，因為它還在尋找「未來的詩」之可能形態與樣貌[4]。

按：本書第六章與第八章部分內容，蒙新學林股份有限公司同意，引用及改寫自楊宗翰著《逆音：現代詩人作品析論》（二〇一九年出版），特此誌謝。

3 這部文學史規模甚大，動員了一百五十五位作家學者撰文，最早印行的英文版 *A New Literary History of Modern China*（Cambridge: Belknap/Harvard University Press, 2017）收錄一百六十一篇。在中國大陸印行的簡體版替換其中近二十篇，在台灣印行的正體版又將被刪除和新增補的一併納入，總數達到一百八十四篇；全書最末篇「科幻中國」為宋明煒所撰。見王德威主編，《哈佛新編中國現代文學史（下）》（四八一—四八五）。

4 在態度上，這部詩史的書寫者寧取謹慎，甘為保守，不作預言。但「未來的詩」之可能形態與樣貌，絕不會是自限於將平面文字數位化的「網路詩」，更不會是固守四行倉庫這簡單特徵的「截句」。「網路詩」跟「截句」兩者，都曾在晚近新詩發展過程中形成聲勢浩大的運動。不過它們終究只是發生過的運動，沒有未來性可言。

Derrida, Jacques. *Of Grammatology.* Trans. Gayatri Chakravorty Spivak. Baltimore and London: The Johns Hopkins UP, 1976.

Derrida, Jacques. *Positions.* Trans. Alan Bass. London: Athlone Press, 1981.

Eagleton, Terry. *Marxism and Literary Criticism.* London: Routledge, 1976.

Fontana, David. *The Secret Language of Symbols: A Visual Key to Symbols and Their Meanings.* San Francisco: Chronicle Books, 1994.

Gellner, Ernest. *Nations and Nationalism.* Ithaca: Cornell UP, 1983.

Glotfelty, Cheryll. " Introduction." *The Ecocriticism Reader: Landmarks in Literary Ecology.* Eds. Cheryll Glotfelty and Harold Fromm. Athens: University of Georgia Press, 1996. xv-xxxvii.

Harlow, Barbara. *Resistance Literature.* London: Metheun, 1987.

Holstein, Michael E. *Beginning Literary Criticism.* Taipei: Bookman Books, 1987.

Howe, Florence, and Ellen Bass. *No More Masks: An Anthology of Poems by Women.* New York: Anchor Press, 1973.

Jameson, Fredric. *Postmodernism, or The Cultural Logic of Last Capitalism.* Durham: Duke UP, 1991.

———. "Postmodernism and Consumer Society." *Postmodern Culture.* Ed. Hall Foster. London & Sydney: Pluto Press, 1985. 111-125.

Jung, Carl Gustav. *Psychological Types.* Trans. H. G. Baynes. Princeton, N J: Princeton UP, 1976.

McGann, Jerome J. *The Beauty of Inflections: Literary Investigations in Historical Method and Theory.* Oxford: Clarendon Press, 1985.

Mills, Sara. *Discourse.* London and New York: Routledge, 1997.

O'Brien, Patricia. "Michel Foucault's History of Culture." *The New Cultural History.* Ed. Lynn Hunt. Berkeley & L. A.: University of California Press, 1989. 25-46.

Perkins, David. *Is Literary History Possible?* Baltimore and London: The Johns Hopkins UP, 1992.

Scully, James. "Remarks on Political Poetry." in *Line Break: Poetry as Social Practice.* Livermore, California: Bay Press, 1988.

Wellek, René, and Austin Warren. *Theory of Literature.* 3rd ed. New York and London: A Harvest/HBJ Book, 1977.

———，《寶寶之書》。台北：少數，1989。

———，《光之書》。台北：龍田，1979。

羅葉，〈中國現代詩壇的一座熄火山〉，收入蕭蕭主編，《詩儒的創造——瘂弦詩作評論集》。台北：文史哲，1994，頁245-304。

嚴羽，郭紹虞校釋，《滄浪詩話校釋》。台北：里仁，1987。

蘇紹連，〈回憶我的第一本書〉，《聯合報》（2012年4月7日），D3版。

中文譯作

弗朗索瓦・佩魯（François Perroux）著，張寧、丰子義譯，《新發展觀》。北京：華夏，1987。

伊哈布・哈山（Ihab Hassan）著，劉象愚譯，《後現代的轉向》。台北：時報，1993。

伊絲・葛綠珂（Louise Glück）著，陳育虹譯，《野鳶尾》。台北：寶瓶，2017。

伊馮・杜布萊西斯（Yvonne Duplessis）著，老高放譯，《超現實主義》。北京：三聯，1988。

安德烈・布勒東（André Breton）著，袁俊生譯，《超現實主義宣言》。重慶：重慶大學，2010。

亨利・拜爾（Henri Peyre）編，徐繼增譯，《方法、批評及文學史——朗松文論選》。北京：中國社會科學，1992。

查爾斯・史諾（Charles P. Snow）著，紀樹立譯，《兩種文化》。北京：三聯書店，1994。

傑拉德・普林斯（Gerald Prince）著，喬國強、李孝弟譯，《敘述學詞典》，修訂版。上海：上海譯文，2011。

凱洛・安・達菲（Carol Ann Duffy）著，陳育虹譯，《痴迷》。台北：寶瓶，2010。

萊納・里爾克（Rainer Maria Rilke）著，方思譯，《時間之書》。台北：現代詩社，1958。

瑪格麗特・艾特伍（Margaret Atwood）著，陳育虹譯，《吞火》。台北：寶瓶，2015。

露西・伊瑞葛萊（Luce Irigaray）著，李金梅譯，《此性非一》。台北：桂冠，2005。

外文著作

Anderson, Benedict. *Imagined Communities: Reflections on the Origin and Spread of Nationalism*. 2nd ed. London: Verso, 1991.

Barry, Peter. *Beginning Theory: An Introduction to Literary and Cultural Theory*. Manchester and New York: Manchester UP, 2009.

Baym, Nina. et al. eds. *The Norton Anthology of American Literature*. 4th ed. New York and London: W. W. Norton & Company, Inc., 1994.

Berger, Stefan, et al. "Apologies for the Nation-State in Western Europe since 1800." *Writing National Histories: Western Europe since 1800*. Eds. Stefan Berger, et al. London: Routledge, 1999.

Brandes, Georg. *Main Currents in Nineteenth-Century Literature*. New York: Macmillan, 1901.

——，《現代詩縱橫觀》。台北：文史哲，1991。

——，〈淺談馮青的詩〉，收入馮青，《天河的水聲》。台北：爾雅，1983，頁219-222。

賴芳伶，〈哀愁與智慧——杜十三的大悲咒〉，收入林明德總策劃，《台灣新詩研究——中生代詩家論》。台北：五南，2007，頁226-265。

錦連，《海的起源》。高雄：春暉，2003。

——，《守夜的壁虎》。高雄：春暉，2002。

聯合報編輯部編，《寶刀集——光復前台灣作家作品集》。台北：聯經，1981。

謝里法，《台灣出土人物誌——被埋沒的台灣文藝作家》。台北：前衛，1988。

鍾玲，〈都市女性與大地之母——論蓉子的詩歌〉，收入蕭蕭主編，《永遠的青鳥——蓉子詩作評論集》。台北：文史哲，1995。

——，《現代中國繆司——台灣女詩人作品析論》。台北：聯經，1989。

——，〈感覺的飛行（代序）〉，收入羅英，《二分之一的喜悅》。台北：九歌，1987。

鴻鴻，《土製炸彈》。台北：黑眼睛文化，2006。

歸人編，《楊喚全集Ⅰ》。台北：洪範，1985a。

——，《楊喚全集Ⅱ》。台北：洪範，1985b。

簡政珍，《季節過後》。台北：漢光，1988。

簡政珍、林燿德主編，《台灣新世代詩人大系（上）》。台北：書林，1990。

顏元叔，《談民族文學》。台北：台灣學生，1984。

顏艾琳，〈上半生——記「黑暗溫泉」寫成二十年〉，《中國時報》（2010年1月12日），E4版。

瀛濤，〈原子詩論——論Atom Age的詩〉，《現代詩》，第3期（1953年8月），頁55。

羅門，《在詩中飛行——羅門詩選半世紀》。台北：文史哲，1999。

——，《整個世界停止呼吸在起跑線上》。台北：光復，1988。

羅青，《興遊美學——羅青「回到未來」七十回顧世界巡展》。作者自印，2018。

——，《什麼是後現代主義》。台北：五四，1989。

——，《詩人之燈》。台北：光復，1988。

——，〈專精與秩序——草根宣言第二號〉，《草根》，復刊第一期（1985年2月），反面。

——，《從徐志摩到余光中》。台北：爾雅，1978。

——，《羅青散文集》。台北：洪範，1976。

——，《吃西瓜的方法》。台北：幼獅，1972。

羅智成，《迷宮書店》。台北：聯經，2016。

——，《光之書》，再版。台北：聯合文學，2012。

——，《夢中書房》。台北：聯合文學，2002。

——，《傾斜之書》。台北：聯合文學，1999。

趙慶河，〈文字大海的弄潮兒〉，收入馮青，《給微雨的歌》。台北：允晨，2010，頁3-7。

劉正忠，《現代漢詩的魔怪書寫》。台北：台灣學生書局，2010。

———等編，〈暴力與音樂與身體：瘂弦受難記〉，《當代詩學》第2期（2006年12月），頁100-115。

劉克襄，《小鼯鼠的看法》。台中：晨星，2004。

劉紋綜，〈50年代末至60年代初期新詩論戰編目〉，收入楊宗翰主編，《文學經典與台灣文學》。台北：富春，2002，頁181-189。

劉登翰、朱雙一，《彼岸的繆斯——台灣詩歌論》。南昌：百花洲文藝，1996。

劉登翰等編，《台灣文學史（上）》。福州：海峽文藝，1991。

———，《台灣文學史（下）》。福州：海峽文藝，1993。

劉維瑛編，《杜潘芳格集》。台南：國立台灣文學館，2009。

蔡英俊，《比興物色與情景交融》。台北：大安，1986。

蔡明諺主編，《新編賴和全集（參）．新詩卷》。台南：國立台灣文學館，2021。

蔡素芬，〈漂泊的，天涯美學——洛夫訪談〉，收入洛夫，《漂木》。台北：聯合文學，2001。

鄭克魯，《法國詩歌史》。上海：上海外語教育，1996。

鄭明娳，〈比日月走得更遠〉，《大華晚報》（1986a年6月1日），副刊版。

———，〈新詩一甲子〉，《自立晚報》（1986b年6月14日），副刊版。

鄭炯明編，〈戰爭．愛與死的交響曲論——李敏勇的詩〉，收入李敏勇，《野生思考》。台北：笠詩社，1990，頁99-114。

———，《台灣精神的崛起——「笠」詩論選集》。高雄：文學界，1989。

鄭愁予，《鄭愁予詩集II：1969-1986》。台北：洪範，2004。

———，《燕人行》。台北：洪範，1980。

———，《鄭愁予詩集I：1951-1968》。台北：洪範，1979。

———，《鄭愁予詩選集》。台北：志文，1974。

鄭樹森，〈談陳義芝的詩〉，收入陳義芝，《不安的居住》。台北：九歌，1998，頁201-202。

蕭蕭，〈超現實主義的穿透性美學——商禽論〉，收入國立彰化師範大學國文系主編，《台灣前行代詩家論》。台北：萬卷樓，2003。

———，〈以海為生活經驗之拓本〉，收入汪啟疆，《人魚海岸》。台北：九歌，2000a，頁265-275。

———，〈向明的詩與生活美學〉，收入向明，《向明：世紀詩選》。台北：爾雅，2000b，頁6-17。

———編，《戲逐生命：學院詩人群年度詩集1997》。台北：台明，1998。

———，〈50年代新詩論戰述詳〉，收入文訊雜誌社編，《台灣現代詩史論——台灣現代詩史研討會實錄》。台北：文訊，1996，頁107-121。

———主編，《永遠的青鳥——蓉子詩作評論集》。台北：文史哲，1995。

葉笛，〈郭水潭的詩路歷程〉，《創世紀》，第135期（2003a年6月），頁118-126。

———，《台灣早期現代詩人論》。台南：國家台灣文學館，2003b。

———，〈閃耀的流星——論林修二的詩〉，《創世紀》，第131期（2002a年6月），頁138-143。

———，〈鹽份地帶的詩魂——吳新榮〉，《創世紀》，第133期（2002b年12月），頁110-118。

———，〈詩、真實和歷史——詩人楊雲萍的《山河集》和《山河新集》〉，《創世紀》，第130期（2002c年3月），頁37-44。

———，〈水蔭萍的esprite nouveau和軍靴〉，《創世紀》，第129期（2001年12月），頁28-34。

葉維廉，《雨的味道》。台北：爾雅，2006。

———，〈在記憶離散的文化空間裡歌唱——論瘂弦記憶塑像的藝術〉，收入蕭蕭主編，《詩儒的創造——瘂弦詩作評論集》。台北：文史哲，1994。

———，〈洛夫論〉，收入洛夫，《因為風的緣故——洛夫詩選（1955-1987）》。台北：九歌，1988。

———，《三十年詩》。台北：東大，1987。

———，《花開的聲音》。台北：四季，1977。

———，《野花的故事》。台北：中外文學，1975。

———，《愁渡》。台北：晨鐘，1970。

葉燁、孟澤，〈葉維廉現代詩中的古典元素舉隅〉，《詩探索》，2010年第2輯，頁69-74。

葛賢寧、上官予，《五十年來的中國詩歌》。台北：正中，1965。

詹冰，《詹冰詩全集（一）：新詩》。苗栗縣：苗栗縣文化局，2001。

路寒袖，《有夢最美》。台北：遠景，2020。

鄒建軍，〈論李魁賢的詩學觀〉，收入李魁賢，《祈禱》。台北：笠詩刊社，1993。

零雨，〈冬天的囚犯〉，收入零雨，《城的連作》。台北：現代詩季刊社，1990，頁7-9。

廖之韻，〈作家不可告人的青春秘事〉，《聯合報》（2009年4月9日），E3版。

碧果，《驀然發現》。台北：獨立作家，2013。

———，《一隻變與不變的金絲雀》。台北：文史哲，2003。

管管，〈無喜歡那一首一首像蔡文穎不銹鋼雕塑的詩——讀辛鬱的詩〉，收入辛鬱，《辛鬱世紀詩選》。台北：爾雅，2000，頁8-19。

趙天儀，〈走在詩文學前鋒的詩鼓手——《陳千武全集》十二冊簡介〉，《笠》，第245期（2005年2月），頁114-205。

———，〈日治時期台灣新詩——以楊雲萍《山河》詩集為例〉，靜宜大學中文系暨台文系承辦「張文環及其同時代作家學術研討會」（2003年10月18-19日），頁101-109。

———等編，《混聲合唱——「笠」詩選》，再版。高雄：春暉，2001。

———等編，〈鄉愁的呼喚——論錦連的詩〉，收入錦連，《錦連作品集》。彰化縣：彰化縣立文化中心，1993。

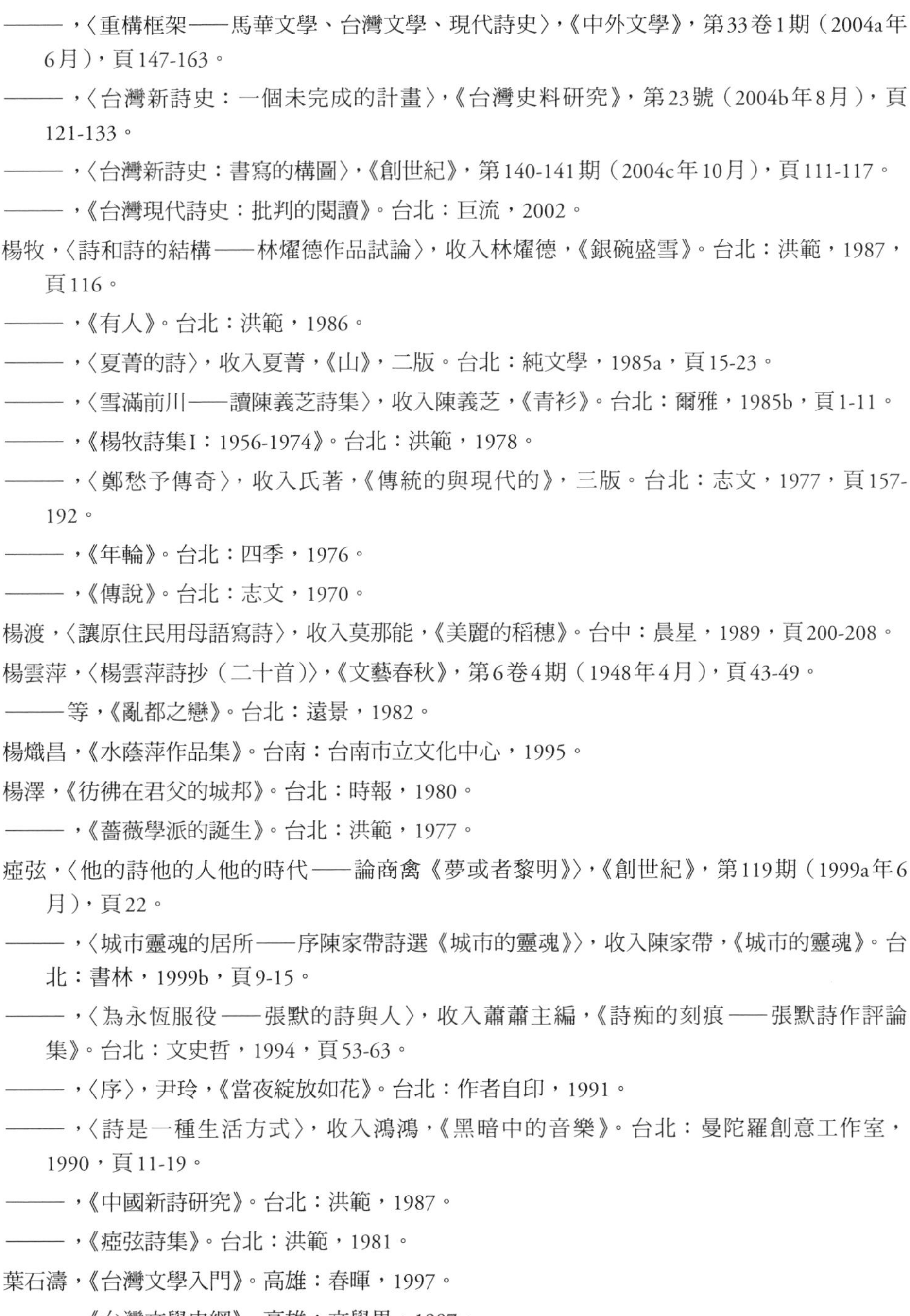

——，〈重構框架——馬華文學、台灣文學、現代詩史〉，《中外文學》，第33卷1期（2004a年6月），頁147-163。

——，〈台灣新詩史：一個未完成的計畫〉，《台灣史料研究》，第23號（2004b年8月），頁121-133。

——，〈台灣新詩史：書寫的構圖〉，《創世紀》，第140-141期（2004c年10月），頁111-117。

——，《台灣現代詩史：批判的閱讀》。台北：巨流，2002。

楊牧，〈詩和詩的結構——林燿德作品試論〉，收入林燿德，《銀碗盛雪》。台北：洪範，1987，頁116。

——，《有人》。台北：洪範，1986。

——，〈夏菁的詩〉，收入夏菁，《山》，二版。台北：純文學，1985a，頁15-23。

——，〈雪滿前川——讀陳義芝詩集〉，收入陳義芝，《青衫》。台北：爾雅，1985b，頁1-11。

——，《楊牧詩集I：1956-1974》。台北：洪範，1978。

——，〈鄭愁予傳奇〉，收入氏著，《傳統的與現代的》，三版。台北：志文，1977，頁157-192。

——，《年輪》。台北：四季，1976。

——，《傳說》。台北：志文，1970。

楊渡，〈讓原住民用母語寫詩〉，收入莫那能，《美麗的稻穗》。台中：晨星，1989，頁200-208。

楊雲萍，〈楊雲萍詩抄（二十首）〉，《文藝春秋》，第6卷4期（1948年4月），頁43-49。

——等，《亂都之戀》。台北：遠景，1982。

楊熾昌，《水蔭萍作品集》。台南：台南市立文化中心，1995。

楊澤，《彷彿在君父的城邦》。台北：時報，1980。

——，《薔薇學派的誕生》。台北：洪範，1977。

瘂弦，〈他的詩他的人他的時代——論商禽《夢或者黎明》〉，《創世紀》，第119期（1999a年6月），頁22。

——，〈城市靈魂的居所——序陳家帶詩選《城市的靈魂》〉，收入陳家帶，《城市的靈魂》。台北：書林，1999b，頁9-15。

——，〈為永恆服役——張默的詩與人〉，收入蕭蕭主編，《詩痴的刻痕——張默詩作評論集》。台北：文史哲，1994，頁53-63。

——，〈序〉，尹玲，《當夜綻放如花》。台北：作者自印，1991。

——，〈詩是一種生活方式〉，收入鴻鴻，《黑暗中的音樂》。台北：曼陀羅創意工作室，1990，頁11-19。

——，《中國新詩研究》。台北：洪範，1987。

——，《瘂弦詩集》。台北：洪範，1981。

葉石濤，《台灣文學入門》。高雄：春暉，1997。

——，《台灣文學史綱》。高雄：文學界，1987。

陳鵬翔，〈葉維廉詩作的身分屬性與主體性〉，《台灣詩學學刊》，第16期（2015年11月），頁7-35。

麥穗，《詩空的雲煙——台灣新詩備忘錄》。台北：詩藝文，1998。

馮青，《給微雨的歌》。台北：允晨，2010。

彭瑞金，《台灣文學50家》。台北：玉山社，2005。

———，《台灣新文學運動四十年》。台北：自立晚報，1991。

斯泰斗，〈天才詩人的解剖〉，《幼獅文藝》，第12卷2、3期合刊（1960年2月），頁26-27。

曾艷兵，《西方後現代主義文學研究》。北京：中國社會科學，2006。

游社煖，〈余光中的創作道路〉，收入黃維樑編著，《火浴的鳳凰——余光中作品評論集》。台北：純文學，1979，頁121-146。

游勝冠，《台灣文學本土論的興起與發展》。台北：前衛，1996。

焦桐，《完全壯陽食譜》。台北：時報，1999。

覃子豪，《論現代詩》。台中：普天，1976。

———，《覃子豪全集Ⅲ》。台北：覃子豪全集出版委員會，1974。

———，《覃子豪全集Ⅰ》。台北：覃子豪全集出版委員會，1965。

———，〈吳望堯的《地平線》與《玫瑰城》〉，《幼獅》，第9卷1期（1959年1月），頁41-42。

須文蔚，《台灣數位文學論》。台北：二魚，2003。

黃美娥，《重層現代性鏡像：日治時代台灣傳統文人的文化視域與文學想像》。台北：麥田，2004。

黃梁，〈大膽潑辣奇怪〉，收入管管，《管管世紀詩選》。台北：爾雅，2000，頁4-18。

黃荷生，《觸覺生活》。台北：現代詩社，1993。

黃維樑編，《璀璨的五采筆》。台北：九歌，1994。

———，〈火浴的鳳凰——余光中作品評論集》。台北：純文學，1979。

———，〈旁觀者清〉，《笠》，第47期（1972年2月），頁20。

———，〈慚愧和歉疚——敬悼吳瀛濤先生〉，《笠》，第46期（1971年12月），頁62。

———，〈我們可以哭〉，《現代詩》，第24-26期合刊（1960年6月），頁19-20。

楊四平，《中國新即物主義代表詩人李魁賢》。鄭州：中國文獻資料，2001。

楊宗翰，〈一人即成學——博大精深的楊牧〉，《聯合報．聯合副刊》（2020年3月14日）。

———，〈詩捉得住他〉，《聯合報》（2019年10月5日），D3版。

———，〈台灣現代詩的數位衝浪：從電腦詩到新媒體〉，收入氏著，《異語：現代詩與文學史論》。台北：秀威經典，2017a，頁228-235。

———，〈曖昧流動，緩慢交替——「台灣當代十大詩人」之剖析〉，收入氏著，《異語：現代詩與文學史論》。台北：秀威經典，2017b，頁130-143。

———，〈羅智成：教皇歸來，王者再臨〉，《聯合文學》，第338期（2012年12月），頁38-41。

陳才崑編譯，《王白淵·荊棘的道路》。彰化縣：彰化縣立文化中心，1995。

陳平原，《小說史：理論與實踐》。北京：北京大學，1993。

陳正芳，〈陳黎的跨文化詩學研究〉，論文發表於第四屆花蓮文學學術研討會，國立東華大學主辦（2007年11月17-18日），頁1-38。

陳克華，《善男子》。台北：九歌，2006。

———，《星球紀事》。台北：時報，1987。

陳秀喜，《覆葉》。台北：笠詩刊社，1971。

陳秀喜著，莫渝編，《陳秀喜集》。台南：國立台灣文學館，2008。

陳宛茜，〈陳克華出書出櫃出唱片〉，《聯合報》（2006年8月31日），C6版。

陳明台，《台灣文學研究論集》。台北：文史哲，1997。

陳芳明，《美與殉美》。台北：聯經，2015。

———，〈雁的白萩〉，收入林淇瀁編選，《白萩集》（台灣現當代作家研究資料彙編44）。台南：國立台灣文學館，2013，頁221-241。

———，《台灣新文學史（上）》。台北：聯經，2011。

———，〈楊牧現代抒情的詩藝——閱讀《十二星象練習曲》〉，收入國立彰化師範大學國文系主編，《台灣前行代詩家論——第六屆現代詩學研討會論文集》。台北：萬卷樓，2003，頁123-137。

———，〈台灣文學史第十三章：橫的移植與現代主義之濫觴〉，《聯合文學》，第17卷10期（2001年8月），頁136-148。

———，《左翼台灣：殖民地文學運動史論》。台北：麥田，1998。

———，〈白萩（七位詩人素描之一）〉，收入白萩，《香頌》。台北：石頭，1991。

———（宋冬陽），《放膽文章拚命酒》。台北：林白，1988。

———，〈回望《天狼星》〉，收入黃維樑編著，《火浴的鳳凰——余光中作品評論集》。台北：純文學，1979，頁8-40。

陳素琰，〈不敢為夢終成夢——席慕蓉的藝術魅力〉，收入席慕蓉，《席慕蓉·世紀詩選》。台北：爾雅，2000。

陳素蘭，《陳千武的文學人生》。台北：時報，2004。

陳逸雄編，《陳虛谷作品集》。彰化縣：彰化縣立文化中心，1997。

———，《陳虛谷選集》。台北：鴻蒙，1985。

陳瑜霞，〈陳奇雲的生命之作《熱流》〉，《文學台灣》，第41期（2002年1月），頁239-269。

陳義芝，〈回首叫雲飛風起〉，收入陳義芝，《陳義芝詩精選集》。台北：新地，2010，頁245-251。

———，《聲納——台灣現代主義詩學流變》。台北：九歌，2006。

陳慧樺編，《切入千禧年——學院詩人群年度詩集1999-2000》。台北：文鶴，2001。

——，〈見林見樹探《河悲》〉，收入蘇紹連，《河悲》。台中縣：台中縣文化中心，1990，頁5-20。

——，〈「創世紀」的發展路線及其檢討〉，收入張漢良、蕭蕭編著，《現代詩導讀（理論．史料篇）》。台北：故鄉，1979，頁415-428。

張默、張漢良編，《創世紀四十年總目：1954-1994》。台北：創世紀，1994。

張默、蕭蕭編，《新詩三百首（下）》。台北：九歌，2002。

——，《新詩三百首（上）》。台北：九歌，2001。

——，《新詩三百首（1917-1995）》。台北：九歌，1995。

張曉風，〈江河〉，收入席慕蓉，《七里香》。台北：大地，1981。

梁明雄，《日據時期台灣新文學運動研究》。台北：文史哲，1996。

梅新，〈《現代詩》復刊緣起〉，《現代詩復刊》，第20期（1990年7月），頁35-37。

章亞昕，《二十世紀台灣詩歌史》。北京：人民文學，2010。

莫那能，《一個台灣原住民的經歷》。台北：人間，2010。

——，《美麗的稻穗》。台中：晨星，1989。

——，「山地人詩抄」，《春風》第4期（1985年7月）。

——，「山地人詩抄」，《春風》第1期（1984年4月）。

莫渝，〈解說〉，收入莫渝編，朵思著，《朵思集》。台南：國立台灣文學館，2008，頁117-129。

——，《新詩隨筆》。台北縣：台北縣政府文化局，2001。

——編，《詹冰詩全集（三）——研究資料彙編》。苗栗縣：苗栗縣文化局，2001。

——，《走在文學邊緣（下）》。台北：台灣商務，1981。

許世旭，《新詩論》。台北：三民，1998。

許俊雅，《見樹又見林——文學看台灣》，台北：渤海堂，2005。

——編，《楊守愚作品選集（補遺）》。彰化：彰化縣立文化中心，1998。

——，《台灣寫實詩作之抗日精神研究：1895-1945年之古典詩歌》。台北：國立編譯館，1997。

——編，《楊守愚詩集》。台北：師大書苑，1996。

郭水潭，《郭水潭集》。台南縣：台南縣立文化中心，1994。

陳千武，《陳千武精選詩集》。台北：桂冠，2001。

——，《詩文學散論》。台中：台中市立文化中心，1997。

——，《現代詩淺說》。台中：學人，1979。

陳大為，《亞洲閱讀：都市文學與文化（1950-2004）》。台北：萬卷樓，2004。

——，《亞細亞的象形詩維》。台北：萬卷樓，2001。

——，〈在語字中安排宇宙——論洛夫《魔歌》〉，收入陳義芝主編，《台灣文學經典研討會論文集》）。台北：聯經，1999，頁201-216。

———，《噴水池》。台北：明華，1957。

奚密，〈在我們貧瘠的餐桌上——50年代的《現代詩》季刊〉，收入周英雄、劉紀蕙編，《書寫台灣：文學史、後殖民與後現代》。台北：麥田，2000，頁197-229。

———，《現當代詩文錄》。台北：聯合文學，1998。

師瓊瑜，《寂靜之聲》。台北：聯合文學，2005。

席慕蓉，《除你之外》。台北：圓神，2016。

———，《邊緣光影》。台北：爾雅，1999。

———，《七里香》。台北：大地，1981。

徐學、楊宗翰主編，《逾越：台灣跨界詩歌選》。福州：海風，2012。

秦賢次編，《張我軍評論集》。台北縣：台北縣立文化中心，1993。

翁文嫻，〈在古典之旁辨解現代詩的「變形」問題〉，《創世紀》，第128期（2001年9月），頁114-132。

———，《創作的契機》。台北：唐山，1998。

———，〈看那手持五朵蓮花的童子——讀周夢蝶詩集《還魂草》〉，收入周夢蝶，《還魂草》。台北：領導，1978，頁135-144。

袁可嘉主編，《歐美現代十大流派詩選》。上海：上海文藝，1991。

馬悅然、奚密、向陽主編，《二十世紀台灣詩選》。台北：麥田，2001。

商禽，《商禽詩全集》。台北：印刻，2009。

———，〈心靈的感官之旅——朵思詩集《心痕索驥》讀後〉，收入朵思，《飛翔咖啡屋》。台北：爾雅，1997，頁172-175。

康原，〈詩史的見證人——跨越語言一代的詩人林亨泰先生〉，收入呂興昌編，《林亨泰研究資料彙編（下）》。彰化縣：彰化縣立文化中心1994。

張光正編，《張我軍全集》。台北：人間，2002。

張我軍，《亂都之戀》。瀋陽：遼寧大學，1987。

張彥勳，〈林亨泰（亨人）——探討「銀鈴會」時代的重要詩人及其創作路線〉，收入呂興昌編，《林亨泰研究資料彙編（上）》。彰化縣：彰化縣立文化中心，1994，頁145-149。

張惠菁，《楊牧》。台北：聯合文學，2002。

張歎鳳，〈「海的制高點上」——論汪啟疆海洋詩作的象徵性〉，《台灣詩學學刊》，第28期（2016年11月），頁29-46。

張漢良，《現代詩論衡》。台北：幼獅，1979。

張漢良、蕭蕭編著，《現代詩導讀（導讀篇一）》。台北：故鄉，1979。

張默，《台灣現代詩筆記》。台北：三民，2004。

———，《台灣現代詩編目（修訂篇）》。台北：爾雅，1996。

———，《落葉滿階》。台北：九歌，1994。

拾虹，〈「秋」的詩人〉，收入李敏勇，《暗房》。台北：笠詩刊，1986，頁90-91。

施懿琳編，《楊守愚作品選集：詩歌之部》。彰化縣：彰化縣立文化中心，1996。

柳鳴九主編，《未來主義 超現實主義 魔幻現實主義》。北京：中國社會科學，1987。

洛夫，《如此歲月：洛夫詩選（一九八八—二〇一二）》。台北：九歌，2013。

———，《漂木》。台北：聯合文學，2001。

———，〈無調的歌者——張默其人其詩〉，收入蕭蕭主編，《詩痴的刻痕——張默詩作評論集》。台北：文史哲，1994，頁9-22。

———，《洛夫小品選》。台北：小報，1990。

———，〈《天狼星》論〉，收入黃維樑編著，《火浴的鳳凰——余光中作品評論集》。台北：純文學，1979，頁6-7。

———，《洛夫詩論選集》。台南：金川，1978。

———，《魔歌》。台北：中外文學，1974。

———，〈管管詩集《荒蕪之臉》序〉，收入管管，《荒蕪之臉》。台中：普天，1972。

———，《無岸之河》。台北：大林，1970。

———，《靈河》。高雄：創世紀詩社，1957。

洪子誠、劉登翰，《中國當代新詩史》。北京：人民文學，1993。

洪淑苓，《思想的裙角——台灣現代女詩人的自我銘刻與時空書寫》。台北：台大出版中心，2014。

———編，《在世界的裂縫——學院詩人群年度詩集2004-2005》。台北：萬卷樓，2007。

紀弦，《紀弦詩拔萃》。台北：九歌，2002。

———，《紀弦回憶錄（第一部）：二分明月下》。台北：聯合文學，2001a。

———，《紀弦回憶錄（第二部）：在頂點與高潮》。台北：聯合文學，2001b。

———，《紀弦論現代詩》。台中：藍燈，1970。

———，《檳榔樹丁集》。台北：現代詩社，1969。

———，〈「現代詩」是邪惡之象徵〉，《葡萄園》，第17期（1966年7月），頁2-3。

———，〈現代派信條釋義〉，《現代詩》，第13期（1956年2月），頁4。

胡錦媛，〈食色經濟學：焦桐《完全壯陽食譜》〉，《中外文學》，第31卷第3期（2002年8月），頁9-26。

桓夫，〈評《綠血球》〉，收入詹冰，《詹冰詩全集（一）：新詩》。苗栗縣：苗栗縣文化局，2001。

唐捐編，《震來虩虩——學院詩人群年度詩集2002-2003》。台北：萬卷樓，2004。

夏宇，《腹語術》。台北：現代詩季刊社，1997。

夏菁，《山》，二版。台北：純文學，1985。

———，《石柱集》。香港：中外文化，1961。

———，《靜靜的林間》。台北：藍星，1954。

林芳年，〈抗戰時期的鹽份地帶文學人物——兼談我前輩子的文學活動〉，《文訊月刊》，第7、8期（1984年12月），頁67-75。

林修二原著，陳千武漢譯，呂興昌編訂，《林修二集》。台南縣：台南縣文化局，2000。

林盛彬，〈現代詩話——錦連詩集《守夜的壁虎》〉，《笠》，第232期（2002年12月），頁135-141。

林煥彰主編，《小詩磨坊：馬華卷》。台北：秀威資訊，2009。

林瑞明編，《賴和全集（一）：小說卷》。台北：前衛，2002a。

———編，《賴和全集（二）：新詩散文卷》。台北：前衛，2002b。

———編，《賴和手稿集（新文學卷）》。彰化：財團法人賴和文教基金會、台灣省文獻委員會，2000。

———，《台灣文學與時代精神——賴和研究論集》。台北：允晨，1993。

———，〈台灣文學史年表〉，收入葉石濤，《台灣文學史綱》。高雄：文學界，1987，頁181-352。

———，〈山河初探——楊雲萍論之一〉，《台灣文藝》，第88期（1984年5月），頁197-204。

林群盛，《聖紀豎琴座奧義傳說》。作者自印，1988。

林德俊編，《保險箱裡的星星——新世紀青年詩人十家》。台北：爾雅，2003。

林璟瑜，《杜潘芳格、利玉芳、張芳慈客語詞彙風格比較研究》。國立彰化師範大學台灣文學研究所碩士論文，2013年6月。

林鍾隆，〈台灣兒童詩的形成與現況〉，《笠》，第132期（1986年4月），頁93-95。

林燿德，《世紀末現代詩論集》。台北：羚傑，1995。

———，《羅門論》。台北：師大書苑，1991。

———，〈陳黎論〉，收入簡政珍、林燿德主編，《台灣新世代詩人大系（上）》。台北：書林，1990a，頁377-379。

———，〈黑色自白書——蘇紹連風格概述〉，收入蘇紹連，《童話遊行》。台北：尚書，1990b，頁230-250。

———，〈馮青論〉，收入簡政珍、林燿德主編，《台灣新世代詩人大系（上）》。台北：書林，1990c，頁99-102。

———，《觀念對話》。台北：漢光，1989。

———，《不安海域》。台北：師大書苑，1988a。

———，〈行動詩人杜十三〉，收入杜十三，《行動筆記》。台北：漢光，1988b，頁8-11。

———，《一九四九以後》。台北：爾雅，1986。

果子離等，《五年級同學會》。台北：圓神，2001。

南方朔，〈不安全的距離——賴悔之和許悔之〉，收入許悔之，《當一隻鯨魚渴望海洋》。台北：時報，1997，頁106-133。

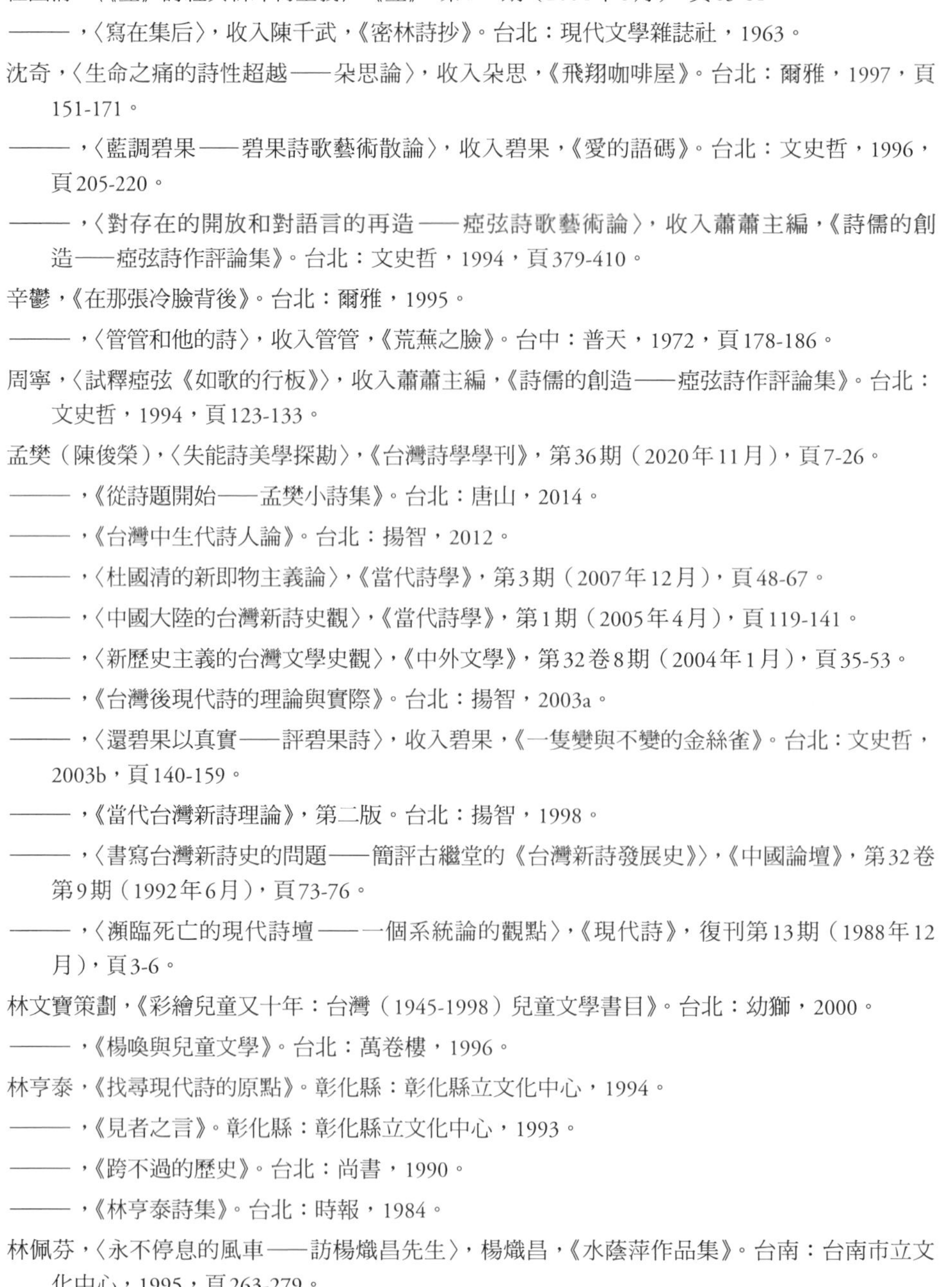

杜國清，〈《笠》詩社與新即物主義〉，《笠》，第241期（2004年6月），頁63-81。

———，〈寫在集后〉，收入陳千武，《密林詩抄》。台北：現代文學雜誌社，1963。

沈奇，〈生命之痛的詩性超越——朵思論〉，收入朵思，《飛翔咖啡屋》。台北：爾雅，1997，頁151-171。

———，〈藍調碧果——碧果詩歌藝術散論〉，收入碧果，《愛的語碼》。台北：文史哲，1996，頁205-220。

———，〈對存在的開放和對語言的再造——瘂弦詩歌藝術論〉，收入蕭蕭主編，《詩儒的創造——瘂弦詩作評論集》。台北：文史哲，1994，頁379-410。

辛鬱，《在那張冷臉背後》。台北：爾雅，1995。

———，〈管管和他的詩〉，收入管管，《荒蕪之臉》。台中：普天，1972，頁178-186。

周寧，〈試釋瘂弦《如歌的行板》〉，收入蕭蕭主編，《詩儒的創造——瘂弦詩作評論集》。台北：文史哲，1994，頁123-133。

孟樊（陳俊榮），〈失能詩美學探勘〉，《台灣詩學學刊》，第36期（2020年11月），頁7-26。

———，《從詩題開始——孟樊小詩集》。台北：唐山，2014。

———，《台灣中生代詩人論》。台北：揚智，2012。

———，〈杜國清的新即物主義論〉，《當代詩學》，第3期（2007年12月），頁48-67。

———，〈中國大陸的台灣新詩史觀〉，《當代詩學》，第1期（2005年4月），頁119-141。

———，〈新歷史主義的台灣文學史觀〉，《中外文學》，第32卷8期（2004年1月），頁35-53。

———，《台灣後現代詩的理論與實際》。台北：揚智，2003a。

———，〈還碧果以真實——評碧果詩〉，收入碧果，《一隻變與不變的金絲雀》。台北：文史哲，2003b，頁140-159。

———，《當代台灣新詩理論》，第二版。台北：揚智，1998。

———，〈書寫台灣新詩史的問題——簡評古繼堂的《台灣新詩發展史》〉，《中國論壇》，第32卷第9期（1992年6月），頁73-76。

———，〈瀕臨死亡的現代詩壇——一個系統論的觀點〉，《現代詩》，復刊第13期（1988年12月），頁3-6。

林文寶策劃，《彩繪兒童又十年：台灣（1945-1998）兒童文學書目》。台北：幼獅，2000。

———，《楊喚與兒童文學》。台北：萬卷樓，1996。

林亨泰，《找尋現代詩的原點》。彰化縣：彰化縣立文化中心，1994。

———，《見者之言》。彰化縣：彰化縣立文化中心，1993。

———，《跨不過的歷史》。台北：尚書，1990。

———，《林亨泰詩集》。台北：時報，1984。

林佩芬，〈永不停息的風車——訪楊熾昌先生〉，楊熾昌，《水蔭萍作品集》。台南：台南市立文化中心，1995，頁263-279。

吳新榮，〈我的留學生活〉，張良澤編，吳新榮著，《吳新榮全集一．亡妻記》。台北：遠景，1981a，頁133-138。

———，〈新詩與我〉，張良澤編，吳新榮著，《吳新榮全集二．消琅山房隨筆》。台北：遠景，1981b，頁179-187。

吳新榮著，呂興昌編定，《吳新榮選集一》。台南縣：台南縣立文化中心，1997a。

———，《吳新榮選集二》。台南縣：台南縣立文化中心，1997b。

吳潛誠，《感性定位——文學的想像與介入》。台北：允晨，1994。

呂正惠，〈方思初探——其淵源及其詩中的「自我」〉，《淡江中文學報》，第9期（2003年12月），頁45-59。

呂興昌編，《林亨泰全集八：文學論述卷5》。彰化：彰化縣立文化中心，1998。

呂興昌，《台灣詩人研究論文集》。台南：台南市立文化中心，1995。

———，〈林亨泰四〇年代新詩研究——跨越語言一代的詩人研究之二〉，收入氏編，《林亨泰研究資料彙編（下）》。彰化縣：彰化縣立文化中心，1994a，頁378-446。

———，〈走向自主性的世代——林亨泰詩路歷程簡述〉，收入氏編，《林亨泰研究資料彙編（下）》。彰化縣：彰化縣立文化中心，1994b，頁365-376。

希孟編，《巴雷詩集》。台北：天衛，2000。

李元貞，《女性詩學——台灣現代女詩人集體研究（1951-2000）》。台北：女書，2000a。

———，《紅得發紫：台灣現代女性詩選》。台北：女書，2000b。

李南衡編，《賴和先生全集》。台北：明潭，1979。

李敏勇，〈解說〉，收入李敏勇編，《白萩集》（台灣詩人選集24）。台南：國立台灣文學館，2009，頁118-132。

———，〈台灣在詩中覺醒——笠集團的詩人像和詩風景〉，收入趙天儀等編選，《混聲合唱——「笠」詩選》。高雄：春暉，2001，頁5-14。

李瑞騰，〈釋張默的「無調之歌」〉，收入蕭蕭主編，《詩痴的刻痕——張默詩作評論集》。台北：文史哲，1994，頁285-294。

———，〈整合與汲取——張默小評之五〉，收入張默，《愛詩》。台北：爾雅，1988，頁183-184。

李魁賢，〈七面鳥的變奏——白萩論〉，收入林淇瀁編選，《白萩》（台灣現當代作家研究資料彙編44）。台南：國立台灣文學館，2013。

———，〈論詹冰的詩〉，莫渝編，《詹冰詩全集（三）——研究資料彙編》。苗栗縣：苗栗縣文化局，2001a。

———，《李魁賢詩集》。台北：行政院文化建設委員會，2001b。

李奭學，〈花雨滿天——詩人周夢蝶的禪與悟〉，《聯合報》（2002年9月1日），23版。

杜十三，《嘆息筆記》。台北：時報，1990。

———，《行動筆記》。台北：漢光，1988。

1997，頁1-2。

余光中，《望鄉的牧神》，台北：九歌，2008。

———，〈簡評「隔海捎來一隻風箏」和「虹口公園遇魯迅」〉，收入向明，《隨身的糾纏》。台北：爾雅，1994，頁177-178。

———，〈從螺祖到媽祖——讀陳義芝詩集《新婚別》〉，收入陳義芝，《新婚別》。台北：大雁，1989，頁10-26。

———，《春來半島——余光中香港十年詩文選》。香港：香江，1985。

———，〈穿過一叢珊瑚礁——我看夐虹的詩〉，收入夐虹，《紅珊瑚》。台北：大地，1983，頁1-27。

———，《五陵少年》。台北：大地，1981a。

———，《余光中詩選（1949-1981）》。台北：洪範，1981b。

———，《與永恆拔河》。台北：洪範，1979a。

———，〈第十七個誕辰〉，收入張漢良、蕭蕭編選，《現代詩導讀（理論、史料篇）》。台北：故鄉，1979b，頁393-414。

———，〈麥克里希的生平和著作〉，收入林以亮編選，《美國詩選》。香港：今日世界，1978，頁263-274。

———，〈樓高燈亦愁——序方娥真的《娥眉賦》〉，收入方娥真，《娥眉賦》。台北：四季，1977，頁1-15。

———，《天狼星》。台北：洪範，1976。

———，《白玉苦瓜》。台北：大地，1974。

———，〈新現代詩的起點——羅青「吃西瓜的方法」讀後〉，《幼獅文藝》，第232期（1973年4月），頁10-30。

———，〈總序〉，中國現代文學大系編輯委員會編，《中國現代文學大系：詩（一）》。台北：巨人，1972。

———譯，《英美現代詩選》。台北：大林，1970。

———，《天國的夜市》。台北：三民，1969。

———，〈論明朗〉，《縱橫詩刊》，第6期，1962年6月。

———，《萬聖節》。台北：藍星，1960a。

———，《鐘乳石》。香港：中外畫報社，1960b。

———，《藍色的羽毛》。台北：藍星，1954。

———，《舟子的悲歌》。台北：野風，1952。

余光中、蕭蕭主編，《八十五年詩選》。台北；現代詩社，1997。

余境熹，〈論重複與白靈短詩音樂美——以《白靈短詩選》為中心〉，《台灣詩學學刊》，第17期（2011年7月），頁99-129。

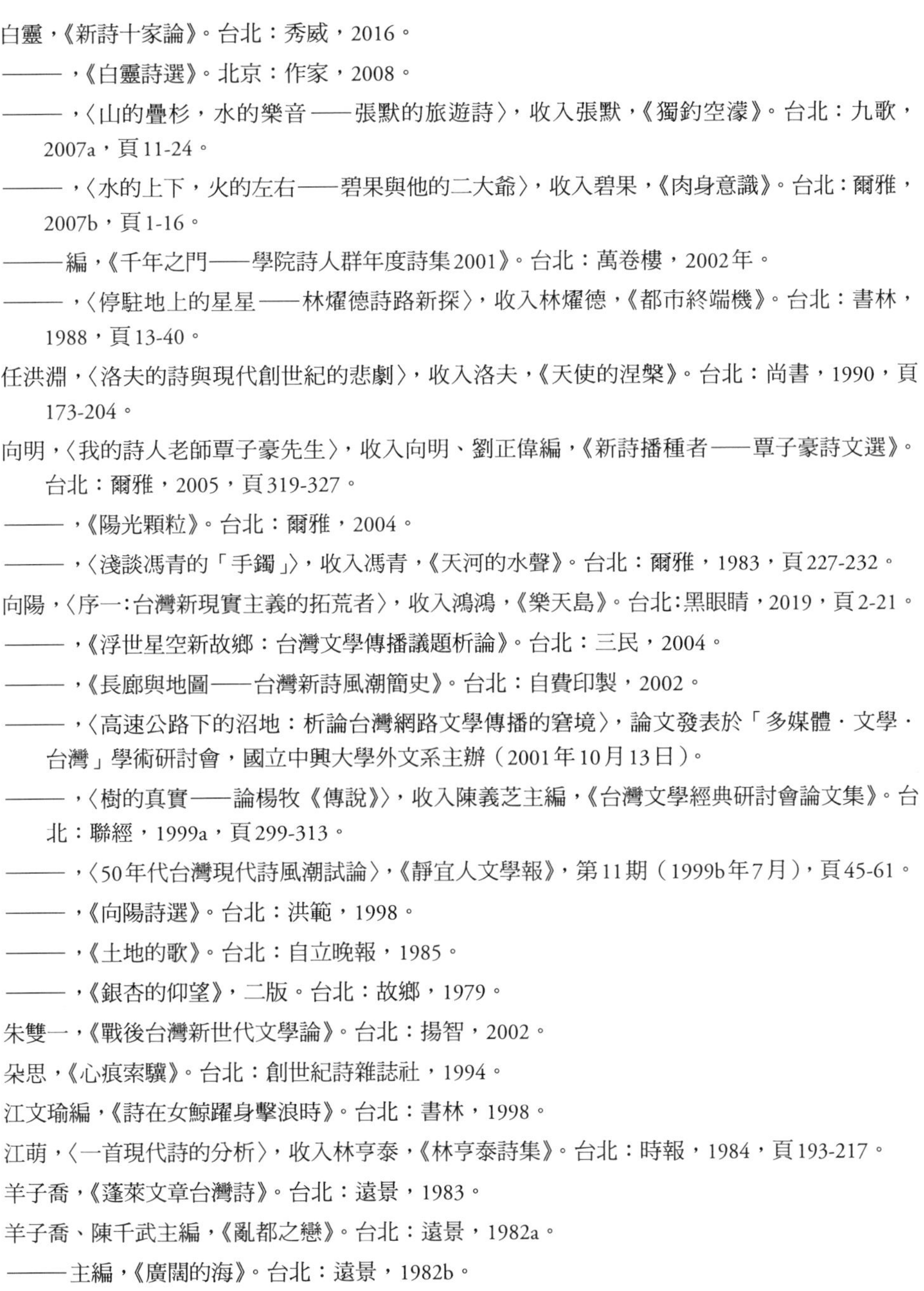

白靈，《新詩十家論》。台北：秀威，2016。

———，《白靈詩選》。北京：作家，2008。

———，〈山的疊杉，水的樂音——張默的旅遊詩〉，收入張默，《獨釣空濛》。台北：九歌，2007a，頁11-24。

———，〈水的上下，火的左右——碧果與他的二大爺〉，收入碧果，《肉身意識》。台北：爾雅，2007b，頁1-16。

———編，《千年之門——學院詩人群年度詩集2001》。台北：萬卷樓，2002年。

———，〈停駐地上的星星——林燿德詩路新探〉，收入林燿德，《都市終端機》。台北：書林，1988，頁13-40。

任洪淵，〈洛夫的詩與現代創世紀的悲劇〉，收入洛夫，《天使的涅槃》。台北：尚書，1990，頁173-204。

向明，〈我的詩人老師覃子豪先生〉，收入向明、劉正偉編，《新詩播種者——覃子豪詩文選》。台北：爾雅，2005，頁319-327。

———，《陽光顆粒》。台北：爾雅，2004。

———，〈淺談馮青的「手鐲」〉，收入馮青，《天河的水聲》。台北：爾雅，1983，頁227-232。

向陽，〈序一：台灣新現實主義的拓荒者〉，收入鴻鴻，《樂天島》。台北：黑眼睛，2019，頁2-21。

———，《浮世星空新故鄉：台灣文學傳播議題析論》。台北：三民，2004。

———，《長廊與地圖——台灣新詩風潮簡史》。台北：自費印製，2002。

———，〈高速公路下的沼地：析論台灣網路文學傳播的窘境〉，論文發表於「多媒體．文學．台灣」學術研討會，國立中興大學外文系主辦（2001年10月13日）。

———，〈樹的真實——論楊牧《傳說》〉，收入陳義芝主編，《台灣文學經典研討會論文集》。台北：聯經，1999a，頁299-313。

———，〈50年代台灣現代詩風潮試論〉，《靜宜人文學報》，第11期（1999b年7月），頁45-61。

———，《向陽詩選》。台北：洪範，1998。

———，《土地的歌》。台北：自立晚報，1985。

———，《銀杏的仰望》，二版。台北：故鄉，1979。

朱雙一，《戰後台灣新世代文學論》。台北：揚智，2002。

朵思，《心痕索驥》。台北：創世紀詩雜誌社，1994。

江文瑜編，《詩在女鯨躍身擊浪時》。台北：書林，1998。

江萌，〈一首現代詩的分析〉，收入林亨泰，《林亨泰詩集》。台北：時報，1984，頁193-217。

羊子喬，《蓬萊文章台灣詩》。台北：遠景，1983。

羊子喬、陳千武主編，《亂都之戀》。台北：遠景，1982a。

———主編，《廣闊的海》。台北：遠景，1982b。

艾青，〈《台灣新詩發展史》台灣版序〉，收入古繼堂，《台灣新詩發展史》。台北：文史哲，

引用文獻

中文著作

丁旭輝，《台灣現代詩圖象技巧研究》。高雄：春暉，2000。

大荒，〈橫看成嶺側成峰——論張默的四《峰頂》〉，收入蕭蕭主編，《詩痴的刻痕——張默詩作評論集》。台北：文史哲，1994，頁259-272。

———，《雷峰塔》。台北：天華，1979。

———，《存愁》。台北：十月，1973。

中島利郎編，《1930年代台灣鄉土文學論戰資料彙編》。高雄：春暉，2003。

中國現代文學大系編輯委員會編，《中國現代文學大系：詩（第一輯）》。台北：巨人，1972。

公仲、汪義生，《台灣新文學史初編》。南昌：江西人民，1989。

尹玲，《那一傘的圓——尹玲散文選》。台北：釀出版，2015。

方思，《方思詩集》。台北：洪範，1980。

方娥真，《娥眉賦》。台北：四季，1977。

方莘，《膜拜》。台北：現代文學社，1963。

方群、楊宗翰編，《與歷史競走：台灣詩學季刊社25週年資料彙編》。台北：秀威經典，2017。

毛燦英、板古榮城著，黃毓婷譯，〈盛岡時代的王白淵（下）〉，《文學台灣》，第35期（2000年7月），頁235-262。

王家新編，《歐美現代詩歌流派詩選》。石家莊：河北教育，2003。

王詩琅譯，《台灣社會運動史——文化運動》，二版。台北縣：稻香，1995。

王德威主編，《哈佛新編中國現代文學史（下）》。台北：麥田，2021。

北塔，〈蝙蝠依聲音飛翔——談葉維廉詩歌中的音樂或樂音〉，《海南師範大學學報（社會科學版）》，2011年第3期，頁79-83。

古添洪編，《詩的人間——學院詩人群年度詩集1998-99》。台北：台明，1999。

———，《（後）現代風景．台北——學院詩人群年度詩集1996》。台北：文鶴，1997。

古遠清，《台港現代詩賞析》。鄭州：河南人民，1991。

古繼堂，《台灣新詩發展史》。台北：文史哲，1997。

瓦歷斯．諾幹，《想念族人》。台中：晨星，1994。

白萩，《現代詩散論》。台北：三民，1972。

———，〈由詩的繪畫性談起〉，《創世紀》，第14期（1960 a年2月），頁25-33。

———，〈從新詩閑話到新詩餘談〉，《創世紀》，第14期（1960 b年2月），頁5-11。

———，《蛾之死》。台北：藍星，1958。

台灣新詩史

2022年5月初版
2023年3月初版第二刷

Printed in Taiwan.

定價：新臺幣950元

著　者　孟　　樊
　　　　楊　宗　翰
叢書主編　蔡　忠　穎
校　對　李　玉　霜
內文排版　黃　秋　玲
封面設計　陳　威　伸

出　版　者　聯經出版事業股份有限公司
地　　　址　新北市汐止區大同路一段369號1樓
叢書編輯電話　(02)86925588轉5305
台北聯經書房　台北市新生南路三段94號
電　　　話　(02)23620308
郵政劃撥帳戶第0100559-3號
郵撥電話　(02)23620308
印　刷　者　世和印製企業有限公司
總　經　銷　聯合發行股份有限公司
發　行　所　新北市新店區寶橋路235巷6弄6號2樓
電　　　話　(02)29178022

副總編輯　陳　逸　華
總　編　輯　涂　豐　恩
總　經　理　陳　芝　宇
社　　長　羅　國　俊
發　行　人　林　載　爵

行政院新聞局出版事業登記證局版臺業字第0130號

本書如有缺頁，破損，倒裝請寄回台北聯經書房更換。　ISBN　978-957-08-6266-9（軟精裝）
聯經網址：www.linkingbooks.com.tw
電子信箱：linking@udngroup.com

國家圖書館出版品預行編目資料

台灣新詩史/孟樊、楊宗翰著．初版．新北市．聯經．2022年5月．
736面．17×23公分
ISBN 978-957-08-6266-9（軟精裝）
[2023年3月初版第二刷]

1.CST：台灣詩 2. CST：新詩 3. CST：台灣文學史

863.091 111004119